詩歌作者事典

志村有弘［監修］
詩歌作者事典刊行会［編］

鼎書房

はじめに

私たちは、幼いころから詩歌と共に歩んできた。小学生の頃から「百人一首」のカルタに親しみ、少し長じては与謝野鉄幹・与謝野晶子・島崎藤村らの詩歌を暗誦するほど愛読し、時にはそれらの調べの美しさと哀切さに涙することもあった。考えてみると、私たちは詩歌を心の拠り所として、生きてきたのではなかったか。

現在、全国で出されている同人雑誌を見ても、詩・短歌・俳句の雑誌が圧倒的に多いことに気づく。なぜ、これほどまでに韻文文学が愛されるのか。それは、詩歌が私たち日本人の原郷であり、日本的精神、換言すれば最も日本人らしい心を象徴しているからではあるまいか。

当然のことであるが、詩歌は、日本の詩や和歌（短歌）・俳句に限ったことではない。中国には多くの優れた詩人たちがおり、私たちは、杜甫や李白の漢詩に人生の何たるか、人生いかに生きるべきかを学んできた。そうして私たちは、作品の理解を一層深めるうえで、詩歌作者たちの生涯のあらましを簡便に把握できる事典を作りたいと考え続けてきた。

本事典は、古代から現代にいたる詩人（中国・日本）・歌人・俳人千余人の小伝である。雄大な中国詩人、奈良・平安・鎌倉・室町・江戸という日本歴史の中の輝かしい詩歌人たちはもとより、行基・最澄・空海など宗教者、上杉謙信や武田信玄など戦国武将たち、維新の志士や政界人、思想家等、あらゆる分野の詩歌人を視野に入れている。近現代の詩歌人も多数取り上げたが、本事典を通して明治天皇や軍人乃木希典の豊かな文才を再確認し、また、違星北斗・岸上大作・中城ふみ子など早世した人たちの生涯にも注目していただきたいと思う。ともあれ、広範さ、特異さにおいては空前絶後の事典であると自負している。

本事典が、詩歌愛好者はもとより、吟道・武道・茶道・香道・書道などいわゆる〈道〉の世界に生きる人たち、一般の家庭、学校、図書館、その他多くの人たちに利用されることを切に願うものである。
最後になったが、日本詩吟学院岳風会理事長木部岳圭氏をはじめ、関係者の皆様に衷心より御礼申し上げたい。

平成二十三年九月

監修者　志村有弘しるす

凡例

一、本書は、歌人、詩人（日本・中国）、俳人について、その人物・作風に関する事典である。
一、人名、伝承上の人物名などを掲げ見出し語とした。
一、見出し語は、本名・旧姓名・別名（筆名・雅号・諡等）などのうち、一般的通称として最も多く使用されているものを採った。そのうえで採用しなかった名もできる限り【評伝】の中で紹介し、利用の便をはかった。
一、見出し語の配列は、現代仮名づかいによる五十音順とした。その際、姓・名を単位として分けるようなことはせずに扱った。なお、中国詩人については目次にゴシック体で区別した。
一、見出し語の読みに関しては、濁音・半濁音は清音、促音・拗音はそれぞれ一字と見なして配列し、長音符は無視した。
一、各人物ごとに、名前の読み、【生没】【評伝】【著作】の順で解説した。
一、【生没】には、生没の年を示し、可能な限り月日まで示した。生没の年は、和暦のあと括弧内に西暦で示した。中国詩人は、西暦のみで示した。生没年に二つ以上の説がある場合は、一般的に知られているものを採用し、評伝中で補足をした。また生没年の調べがつかない場合は、未詳とした。架空人名か実在に疑いのあるものの場合も未詳で示した。生没年に疑義のある場合は、「?」を付けた。
一、【評伝】では、生誕地や経歴および作風とその変遷を説明しつつ、可能な限り逸話の紹介にも努めた。現在活動を行なっている人物については、受賞歴などについて、できるだけ最新かつ正確な情報を盛り込むように努めた。
一、【生没】【評伝】中の年表示は和暦により、明治6年1月1日の太陽暦施行以後は現行の太陽暦に、それ以前は太陰暦に拠った。南北朝時代の年号は、北朝年号／南朝年号の順に両朝の年号を併記した。
一、【著作】には、その代表的な著作を掲げた。
一、漢詩文作者の姓名には旧漢字を多く用いたが、その他は原則として常用漢字、新字体にした。仮名表記は、現代仮名づかいに拠った。
一、書籍として刊行されたものは『　』で示し、新聞、雑誌などの刊行物は「　」で示した。
一、巻末に日中詩歌作者の生没年を対照できる年表を掲げることで、索引としての利用の便をはかった。

詩歌作者事典　目次

はじめに……1
凡例……3

あ

会津八一（あいづやいち）…25
青木月斗（あおきげっと）…25
赤染衛門（あかぞめえもん）…25
秋月胤永（あきづきかずひさ）…26
秋月天放（あきづきてんぽう）…26
秋元不死男（あきもとふじお）…26
秋山玉山（あきやまぎょくざん）…27
芥川龍之介（あくたがわりゅうのすけ）…27
安積艮齋（あさかごんさい）…27
朝川善庵（あざかわぜんあん）…28
足利尊氏（あしかがたかうじ）…28
足利義昭（あしかがよしあき）…28
足利義尚（あしかがよしひさ）…29
飛鳥井雅親（あすかいまさちか）…29
飛鳥井雅経（あすかいまさつね）…29
飛鳥井雅世（あすかいまさよ）…30
飛鳥井雅縁（あすかいまさより）…30
安住敦（あずみあつし）…31
安達漢城（あだちかんじょう）…31
厚見王（あつみのおおきみ）…31
阿倍仲麻呂（あべのなかまろ）…32
阿部みどり女（あべみどりじょ）…32
網谷一才（あみたにいっさい）…32
鮎川信夫（あゆかわのぶお）…33
新井白石（あらいはくせき）…33
荒川洋治（あらかわようじ）…34
荒木貞夫（あらきさだお）…34
荒木田守武（あらきだもりたけ）…35
有馬朗人（ありまあきと）…35
有間皇子（ありまのみこ）…36
在原業平（ありわらのなりひら）…36
在原棟梁（ありわらのむねやな）…36
在原元方（ありわらのもとかた）…37
阿波野青畝（あわのせいほ）…37
安西均（あんざいひとし）…37
安東次男（あんどうつぐお）…38
安藤野雁（あんどうぬかり）…38
安法法師（あんぽうほうし）…39

い

飯島耕一（いいじまこういち）…39
飯田蛇笏（いいだだこつ）…40
飯田龍太（いいだりゅうた）…40
韋應物（いおうぶつ）…40
伊形靈雨（いがたれいう）…41
生田鐵石（いくたてっせき）…41
池西言水（いけにしごんすい）…42
石井露月（いしいろげつ）…42
石垣りん（いしがきりん）…42
石川桂郎（いしかわけいろう）…43
石川丈山（いしかわじょうざん）…43
石川啄木（いしかわたくぼく）…44
石田郷子（いしだきょうこ）…44
石田東陵（いしだとうりょう）…44
石田波郷（いしだはきょう）…45
石塚友二（いしづかともじ）…45
石橋辰之助（いしばしたつのすけ）…45
石橋秀野（いしばしひでの）…46
石原八束（いしはらやつか）…46
和泉式部（いずみしきぶ）…47
伊勢大輔（いせのたいふ）…47
伊　勢（いせ）…47
韋　莊（いそう）…47
磯野秋渚（いそのしゅうしょ）…48
市川一男（いちかわかずお）…48
市河寛齋（いちかわかんさい）…48
一条兼良（いちじょうかねよし）…49
市原たよ女（いちはらたよめ）…49
市村器堂（いちむらきどう）…49
一　休（いっきゅう）…50
伊藤一彦（いとうかずひこ）…50
伊藤左千夫（いとうさちお）…50
伊東静雄（いとうしずお）…51
伊藤松宇（いとうしょうう）…51
伊藤仁齋（いとうじんさい）…52
伊藤東涯（いとうとうがい）…52
伊藤博文（いとうひろぶみ）…52
稲津祇空（いなづぎくう）…53
稲畑汀子（いなはたていこ）…53
井上円了（いのうええんりょう）…54
井上士朗（いのうえしろう）…54
井上井月（いのうえせいげつ）…54
井上文雄（いのうえふみお）…55
茨木のり子（いばらぎのりこ）…56
井原西鶴（いはらさいかく）…56
違星北斗（いぼしほくと）…57
今井邦子（いまいくにこ）…57
齋部路通（いむべのろつう）…58
岩崎行親（いわさきゆきちか）…58
岩溪裳川（いわたにしょうせん）…58
岩田涼菟（いわたりょうと）…59
磐姫皇后（いわのひめのおおきさき）…59
巖谷一六（いわやいちろく）…59
巖谷小波（いわやさざなみ）…59

う

上島鬼貫（うえじまおにつら）…60
上杉謙信（うえすぎけんしん）…60

上田秋成（うえだあきなり）…61
上田五千石（うえだごせんごく）…61
上田敏（うえだびん）…61
上田三四二（うえだみよじ）…62
上夢香（うえむこう）…62
上村占魚（うえむらせんぎょ）…63
右　近（うこん）…63
臼田亞浪（うすだあろう）…63
右大将道綱母（うだいしょう みちつなのはは）…64
宇田滄溟（うだそうめい）…64
有智子内親王（うちこ ないしんのう）…64
内田南草（うちだなんそう）…65
内田百閒（うちだひゃっけん）…65
鵜殿余野子（うどのよのこ）…65
于武陵（うぶりょう）…66
于　濆（うふん）…66
馬内侍（うまのないし）…66
梅田雲濱（うめだうんぴん）…66
浦上玉堂（うらがみぎょくどう）…67

え

永福門院（えいふくもんいん）…67
永福門院内侍（えいふくもん いんのないし）…67
恵慶法師（えぎょうほうし）…68
江國滋（えくにしげる）…68
江藤新平（えとうしんぺい）…68
榎本其角（えのもときかく）
→宝井其角（たからいきかく）…238
江馬細香（えまさいこう）…69
江馬天江（えまてんこう）…69
袁　凱（えんがい）…70
袁宏道（えんこうどう）…70
円　旨（えんし）…70
袁中道（えんちゅうどう）…71
袁　枚（えんばい）…71

お

王安石（おうあんせき）…71
王　維（おうい）…72
王禹偁（おううしょう）…73
王　翰（おうかん）…73
王九思（おうきゅうし）…73
應　璩（おうきょ）…74
王　建（おうけん）…74
王　粲（おうさん）…74
王之渙（おうしかん）…75
王士禎（おうしてい）…75
王昭君（おうしょうくん）…75
王昌齢（おうしょうれい）…76
王慎中（おうしんちゅう）…76
王世貞（おうせいてい）…76
王　績（おうせき）…77
王　勃（おうぼつ）…77
歐陽脩（おうようしゅう）…77
王陽明（おうようめい）…78
大江敬香（おおえけいこう）…78
大江朝綱（おおえのあさつな）…79
大江千里（おおえのちさと）…79
大江匡衡（おおえのまさひら）…79

大江匡房（おおえのまさふさ）…80
大江嘉言（おおえのよしとき）…80
大岡信（おおおかまこと）…80
大木あまり（おおきあまり）…81
大伯皇女（おおくのひめみこ）…82
大窪詩佛（おおくぼしぶつ）…82
大久保湘南（おおくぼしょうなん）…82
大久保利通（おおくぼとしみち）…82
大隈言道（おおくまことみち）…83
大塩平八郎（おおしおへいはちろう）…84
凡河内躬恒（おおしこうちのみつね）…84
大島蓼太（おおしまりょうた）…84
大須賀筠軒（おおすがいんけん）…85
大須賀乙字（おおすがおつじ）…85
太田垣蓮月尼（おおたがきれんげつに）…86
大田錦城（おおたきんじょう）…86
太田道灌（おおたどうかん）…87
大田南畝（おおたなんぽ）…87
太田水穂（おおたみずほ）…87
大槻磐溪（おおつきばんけい）…88
大津皇子（おおつのみこ）…88
大伴大江丸（おおともおおえまる）…88
大伴坂上郎女（おおとものさかのうえのいらつめ）…89
大伴旅人（おおとものたびと）…89
大友皇子（おおとものみこ）…90
大伴家持（おおとものやかもち）…90
大中臣輔親（おおなかとみのすけちか）…90
大中臣能宣（おおなかとみのよしのぶ）…91
大中臣頼基（おおなかとみのよりもと）…91
大沼枕山（おおぬまちんざん）…91
大野孤山（おおのこざん）…92
大野誠夫（おおののぶお）…92
大野林火（おおのりんか）…93
大橋訥庵（おおはしとつあん）…93
岡井省二（おかいしょうじ）…93
岡井隆（おかいたかし）…94
岡田義夫（おかだよしお）…94
岡野弘彦（おかのひろひこ）…95
岡本かの子（おかもとかのこ）…95
岡本黄石（おかもとこうせき）…96
岡本眸（おかもとひとみ）…96
荻原裕幸（おぎはらひろゆき）…96
荻生徂徠（おぎゅうそらい）…97
荻原井泉水（おぎわらせいせんすい）…97
奥村晃作（おくむらこうさく）…98
尾崎紅葉（おざきこうよう）…98
尾崎放哉（おざきほうさい）…99
長田弘（おさだひろし）…99
小澤蘆庵（おざわろあん）…99
小田観螢（おだかんけい）…100
落合東郭（おちあいとうかく）…100
落合直文（おちあいなおぶみ）…100
越智越人（おちえつじん）…101
弟橘比売命（おとたちばなひめのみこと）…101
尾上柴舟（おのえさいしゅう）…101
小野湖山（おのこざん）…102
小野十三郎（おのとおざぶろう）…102
小野老（おののおゆ）…103
小野小町（おののこまち）…103
小野篁（おののたかむら）…103

尾山篤二郎（おやまとくじろう）…103
折口春洋（おりくちはるみ）…104
温庭筠（おんていいん）…104

か

各務支考（かがみしこう）…105
鏡王女（かがみのみこ）…105
香川景樹（かがわかげき）…105
柿本人麻呂（かきのもとのひとまろ）…106
郭　璞（かくはく）…106
郭沫若（かくまつじゃく）…106
角光嘯堂（かくみつしょうどう）…107
加倉井秋を（かくらいあきを）…107
郭麟孫（かくりんそん）…107
何景明（かけいめい）…108
家鉉翁（かげんおう）…108
笠郎女（かさのいらつめ）…108
花山院（かざんいん）…108
花山院長親（かざんいんながちか）…109
花山院師賢（かざんいんもろかた）…109
賈　至（かし）…109
柏木如亭（かしわぎじょてい）…109
春日井建（かすがいけん）…110
荷田春満（かだのあずままろ）…110
荷田蒼生子（かだのたみこ）…110
賀知章（がちしょう）…111
勝海舟（かつかいしゅう）…111
勝見二柳（かつみじりゅう）…112
桂信子（かつらのぶこ）…112
桂山彩巖（かつらやまさいがん）…113
賈　島（かとう）…113
加藤郁乎（かとういくや）…113
加藤宇万伎（かとううまき）…114
加藤克巳（かとうかつみ）…114
加藤暁臺（かとうきょうたい）…114
加藤楸邨（かとうしゅうそん）…115
加藤治郎（かとうじろう）…115
加藤雍軒（かとうようけん）…116
角川源義（かどかわげんぎ）…117
楫取魚彦（かとりなびこ）…117
兼明親王（かねあきらしんのう）…117
金子薫園（かねこくんえん）…118
金子兜太（かねことうた）…118
金子みすゞ（かねこみすず）…118
金子光晴（かねこみつはる）…119
兼覧王（かねみおう）…120
加納諸平（かのうもろひら）…120
亀井南冥（かめいなんめい）…120
亀谷省軒（かめたにせいけん）…120
亀田鵬齋（かめだぼうさい）…121
蒲生君平（がもうくんぺい）…121
鴨長明（かものちょうめい）…122
賀茂真淵（かものまぶち）…122
加舎白雄（かやしらお）…122
烏丸光栄（からすまるみつひで）…123
河合曾良（かわいそら）…123
川崎展宏（かわさきてんこう）…123
川崎洋（かわさきひろし）…123
川田甕江（かわたおうこう）…124
川田瑞穂（かわたみずほ）…124

河野裕子（かわのゆうこ）…125
川端茅舎（かわばたぼうしゃ）…125
河東碧梧桐（かわひがしへきごとう）…126
顔延之（がんえんし）…126
菅茶山（かんさざん）…127
寒　山（かんざん）…127
神波即山（かんなみそくざん）…127
漢武帝（かんのぶてい）…128
蒲原有明（かんばらありあけ）…128
韓　愈（かんゆ）…128

き

妓　王（ぎおう）…129
祇園南海（ぎおんなんかい）…129
菊池渓琴（きくちけいきん）…130
菊池三渓（きくちさんけい）…130
岸上大作（きしがみだいさく）…130
岸田衿子（きしだえりこ）…131
北原白秋（きたはらはくしゅう）…131
北村季吟（きたむらきぎん）…132
北村透谷（きたむらとうこく）…132
吉川五明（きっかわごめい）…133
義堂周信（ぎどうしゅうしん）…133
木戸孝允（きどたかよし）…134
木梨軽太子（きなしのかるのたいし）…134
木下犀潭（きのしたさいたん）…134
木下幸文（きのしたたかふみ）…135
木下長嘯子（きのしたちょうしょうし）…135
木下利玄（きのしたりげん）…135
紀貫之（きのつらゆき）…136
紀友則（きのとものり）…136
紀野恵（きのめぐみ）…136
木俣修（きまたおさむ）…136
木村岳風（きむらがくふう）…137
帰有光（きゆうこう）…138
行　基（ぎょうき）…138
京極為兼（きょうごくためかね）…138
行　尊（ぎょうそん）…138
清浦奎吾（きようらけいご）…139
清岡卓行（きよおかたかゆき）…139
魚玄機（ぎょげんき）…140
許　渾（きょこん）…140
清原深養父（きよはらのふかやぶ）…141
清原元輔（きよはらのもとすけ）…141

く

空　海（くうかい）…141
久貝正典（くがいまさのり）…142
久坂玄瑞（くさかげんずい）…142
日柳燕石（くさなぎえんせき）…142
草野心平（くさのしんぺい）…142
草場船山（くさばせんざん）…143
草場佩川（くさばはいせん）…143
草間時彦（くさまときひこ）…144
九条良経（くじょうよしつね）…144
＝藤原良経（ふじわらのよしつね）
楠木正行（くすのきまさつら）…145
葛原妙子（くずはらたえこ）…145
屈　原（くつげん）…145
屈　復（くっぷく）…146

宮内卿（くないきょう）…146
窪田空穂（くぼたうつぼ）…146
久保田万太郎（くぼたまんたろう）…147
久保天随（くぼてんずい）…147
熊谷直好（くまがいなおよし）…147
久米正雄（くめまさお）…148
雲井龍雄（くもいたつお）…148
栗木京子（くりききょうこ）…149
栗林一石路（くりばやしいっせきろ）…149
栗本鋤雲（くりもとじょうん）…150
黒澤忠三郎（くろさわちゅうざぶろう）…150
黒田三郎（くろださぶろう）…150
黒田杏子（くろだももこ）…151
黒柳召波（くろやなぎしょうは）…151

け

慶運（けいうん）…151
掲傒斯（けいけいし）…152
嵆康（けいこう）…152
契沖（けいちゅう）…152
月性（げっしょう）…153
阮瑀（げんう）…153
元好問（げんこうもん）…153
元稹（げんしん）…154
元政（げんせい）…154
阮籍（げんせき）…154
玄宗皇帝（げんそうこうてい）…155
嚴武（げんぶ）…155
建礼門院右京大夫（けんれいもんいんうきょうのだいぶ）…155

こ

小池光（こいけひかる）…156
古泉千樫（こいずみちかし）…156
呉均（ごいん）…156
耿湋（こうい）…157
項羽（こうう）…157
康海（こうかい）…157
高啓（こうけい）…158
光厳院（こうごんいん）…158
香西照雄（こうざいてるお）…158
孔子（こうし）…159
黄遵憲（こうじゅんけん）…159
高適（こうせき）…159
高祖（こうそ）…160
後宇多院（ごうだいん）…161
黄庭堅（こうていけん）…161
河野愛子（こうのあいこ）…162
河野鐵兜（こうのてっとう）…162
河野天籟（こうのてんらい）…162
高駢（こうべん）…162
皎然（こうねん）…163
孔融（こうゆう）…163
呉永和（ごえいか）…164
小大君（こおおきみ）…164
国分青厓（こくぶせいがい）…164
小式部内侍（こしきぶのないし）…165
児島葦原（こじまいげん）…165
後白河天皇（ごしらかわてんのう）…165
巨勢識人（こせのしきひと）…165
胡曽（こそう）…166

後醍醐天皇（ごだいごてんのう）…166
五島美代子（ごとうみよこ）…166
後藤夜半（ごとうやはん）…167
後鳥羽院（ごとばいん）…167
小西来山（こにしらいざん）…168
小林一茶（こばやしいっさ）…168
後水尾天皇（ごみずのおてんのう）…168
後村上天皇（ごむらかみてんのう）…169
近藤芳美（こんどうよしみ）…169

さ

崔　琰（さいえん）…170
西園寺公経（さいおんじきんつね）…170
西　行（さいぎょう）…171
斎宮女御（さいぐうのにょうご）…171
三枝昂之（さいぐさたかゆき）…171
崔　顥（さいこう）…172
西郷隆盛（さいごうたかもり）…172
西條八十（さいじょうやそ）…172
齋藤監物（さいとうけんもつ）…173
西東三鬼（さいとうさんき）…173
齋藤拙堂（さいとうせつどう）…174
齋藤竹堂（さいとうちくどう）…174
齋藤史（さいとうふみ）…174
齋藤茂吉（さいとうもきち）…175
崔敏童（さいびんどう）…175
坂井虎山（さかいこざん）…175
阪谷朗廬（さかたにろうろ）…176
阪田寛夫（さかたひろお）…176
坂上是則（さかのうえのこれのり）…177
相　模（さがみ）…177
佐久間象山（さくまぞうざん）…177
櫻井梅室（さくらいばいしつ）…178
佐佐木岳甫（ささきがくほ）…178
佐佐木信綱（ささきのぶつな）…178
佐佐木幸綱（ささきゆきつな）…179
左　思（さし）…179
査愼行（さしんこう）…179
佐佐友房（さっさともふさ）…180
佐藤一齋（さとういっさい）…180
佐藤佐太郎（さとうさたろう）…180
佐藤春夫（さとうはるお）…181
佐野竹之助（さのたけのすけ）…181
狭野茅上娘子（さののちがみのおとめこ）…182
佐原盛純（さはらもりずみ）…182
サミュエル・ウルマン…182
猿丸大夫（さるまるのたいふ）…182
沢木欣一（さわききんいち）…183
三条天皇（さんじょうてんのう）…183
三条西実隆（さんじょうにしさねたか）…183

し

椎本才麿（しいのもとさいまろ）…184
慈　円（じえん）…184
慈　延（じえん）…184
塩谷青山（しおのやせいざん）…185
塩谷節山（しおのやせつざん）…185
塩谷宕陰（しおのやとういん）…185
志貴皇子（しきのみこ）…186
司空曙（しくうしょ）…186

司空圖（しくうと）…186
重野安繹（しげのやすつぐ）…186
静御前（しずかごぜん）…187
志太野坡（しだやば）…187
持統天皇（じとうてんのう）…187
篠崎小竹（しのざきしょうちく）…188
篠田悌二郎（しのだていじろう）…188
篠原梵（しのはらぼん）…189
信夫恕軒（しのぶじょけん）…189
司馬光（しばこう）…189
柴秋村（しばしゅうそん）…190
斯波園女（しばそのめ）…190
柴野栗山（しばのりつざん）…191
芝不器男（しばふきお）…191
島木赤彦（しまぎあかひこ）…191
島崎藤村（しまざきとうそん）…192
嶋田青峰（しまだせいほう）…193
清水浜臣（しみずはまおみ）…193
下河辺長流（しもこうべちょうりゅう）…193
寂室元光（じゃくしつげんこう）…194
寂然（じゃくぜん）…194
釈迢空（しゃくちょうくう）…194
寂蓮（じゃくれん）…195
謝榛（しゃしん）…195
謝朓（しゃちょう）…195
謝枋得（しゃぼうとく）…196
謝靈運（しゃれいうん）…196
朱彝尊（しゅいそん）…196
秋色（しゅうしき）…196
朱熹（しゅき）…197
徐渭（じょい）…197
正墻適處（しょうがきてきしょ）…198
常建（じょうけん）…199
正広（しょうこう）…199
蔣士銓（しょうしせん）…199
正徹（しょうてつ）…200
上東門院中将（じょうとうもんいんのちゅうじょう）…200
聖徳太子（しょうとくたいし）…200
浄弁（じょうべん）…201
邵雍（しょうよう）…201
昭和天皇（しょうわてんのう）…201
諸葛孔明（しょかつこうめい）…202
徐幹（じょかん）…202
式子内親王（しきしないしんのう）…202
徐禎卿（じょていけい）…203
舒明天皇（じょめいてんのう）…203
白女（しろめ）…203
新川和江（しんかわかずえ）…204
進鴻溪（しんこうけい）…204
眞山民（しんさんみん）…204
岑参（しんじん）…205
沈佺期（しんせんき）…205
沈徳潛（しんとくせん）…206
神武天皇（じんむてんのう）…206
沈約（しんやく）…206

す

末松謙澄（すえまつけんちょう）…207
菅原輔昭（すがわらのすけあき）…207
菅原孝標女（すがわらのたかすえのむすめ）…207

菅原道真（すがわらのみちざね）…208
杉浦重剛（すぎうらじゅうごう）…208
杉浦梅潭（すぎうらばいたん）…209
杉田久女（すぎたひさじょ）…209
杉聴雨（すぎちょうう）…210
杉山杉風（すぎやまさんぷう）…210
素戔嗚尊（すさのおのみこと）…210
鱸松塘（すずきしょうとう）…211
薄田泣菫（すすきだきゅうきん）…211
鈴木岳楠（すずきがくなん）…212
鈴木豹軒（すずきひょうけん）…212
鈴木真砂女（すずきまさじょ）…212
鈴木道彦（すずきみちひこ）…213
住宅顕信（すみたくけんしん）…213
住谷天來（すみやてんらい）…214

せ

清少納言（せいしょうなごん）…214
瀬川雅亮（せがわまさすけ）…215
關湘雲（せきしょううん）…215
絶海中津（ぜっかいちゅうしん）…216
雪村友梅（せっそんゆうばい）…216
薛　濤（せつとう）…217
蟬　丸（せみまる）…217
錢　起（せんき）…218

そ

宗　祇（そうぎ）…218
増基法師（ぞうきほうし）…219
曾　鞏（そうきょう）…219
宋之問（そうしもん）…219
曹　松（そうしょう）…220
曹　植（そうち）…220
曹　丕（そうひ）…220
相馬御風（そうまぎょふう）…221
副島種臣（そえじまたねおみ）…221
祖　元（そげん）…222
蘇舜欽（そしゅんきん）…222
蘇　軾（そしょく）…222
素性法師（そせいほうし）…223
曾禰好忠（そねのよしただ）…224
蘇　武（そぶ）…224
蘇味道（そみどう）…225

た

戴叔倫（たいしゅくりん）…226
大正天皇（たいしょうてんのう）…226
大弐三位（だいにのさんみ）…226
戴復古（たいふくこ）…227
平兼盛（たいらのかねもり）…227
平貞文（たいらのさだふみ）…227
平忠度（たいらのただのり）…227
平忠盛（たいらのただもり）…228
高井几董（たかいきとう）…228
高桑闌更（たかくわらんこう）…229
高杉晋作（たかすぎしんさく）…229
高田陶軒（たかだとうけん）…229
高田敏子（たかだとしこ）…230
高野公彦（たかのきみひこ）…230
高野素十（たかのすじゅう）…230

高野蘭亭（たかのらんてい）…231
高橋新吉（たかはししんきち）…231
高橋泥舟（たかはしでいしゅう）…232
高橋虫麻呂（たかはしのむしまろ）…232
高橋睦郎（たかはしむつお）…233
高橋藍川（たかはしらんせん）…233
鷹羽狩行（たかはしゅぎょう）…234
高畠式部（たかばたけしきぶ）…234
高浜虚子（たかはまきょし）…234
高浜年尾（たかはまとしお）…235
高村光太郎（たかむらこうたろう）…235
高安國世（たかやすくによ）…236
高屋窓秋（たかやそうしゅう）…237
高柳重信（たかやなぎじゅうしん）…237
宝井其角（たからいきかく）…238
田川鳳朗（たがわほうろう）…238
瀧井孝作（たきいこうさく）…238
卓文君（たくぶんくん）…239
竹下しづの女（たけしたしづのじょ）…239
竹添井井（たけぞえせいせい）…240
武田信玄（たけだしんげん）…240
高市黒人（たけちのくろひと）…240
武林唯七（たけばやしただしち）…241
建部巣兆（たけべそうちょう）…241
武元登登庵（たけもととうとうあん）…241
太宰春臺（だざいしゅんだい）…241
但馬皇女（たじまのひめみこ）…242
橘曙覧（たちばなのあけみ）…242
橘千蔭（たちばなのちかげ）…242
橘直幹（たちばなのなおもと）…243
立花北枝（たちばなほくし）…243
立原道造（たちはらみちぞう）…243
館柳灣（たちりゅうわん）…244
龍草廬（たつのそうろ）…244
伊達政宗（だてまさむね）…245
田邊碧堂（たなべへきどう）…245
谷川俊太郎（たにかわしゅんたろう）…246
谷干城（たにかんじょう）…246
谷口藍田（たにぐちらんでん）…247
種田山頭火（たねださんとうか）…247
田能村竹田（たのむらちくでん）…248
旅人傔従（たびとのけんじゅう）…248
玉城徹（たまきとおる）…248
玉乃九華（たまのきゅうか）…249
田村隆一（たむらりゅういち）…249
田安宗武（たやすむねたけ）…249
俵万智（たわらまち）…250
炭太祇（たんたいぎ）…250

ち

茅野蕭々（ちのしょうしょう）…251
茅野雅子（ちのまさこ）…251
中巖円月（ちゅうがんえんげつ）…252
張謂（ちょうい）…252
張説（ちょうえつ）…252
張華（ちょうか）…253
趙嘏（ちょうか）…253
張九齢（ちょうきゅうれい）…254
張衡（ちょうこう）…254
張継（ちょうけい）…255

張敬忠（ちょうけいちゅう）…255
長慶天皇（ちょうけいてんのう）…255
澄　月（ちょうげつ）…256
長三洲（ちょうさんしゅう）…256
趙師秀（ちょうししゅう）…256
張若虚（ちょうじゃくきょ）…256
張　籍（ちょうせき）…257
蝶　夢（ちょうむ）…257
趙孟頫（ちょうもうふ）…257
趙　翼（ちょうよく）…258
儲光羲（ちょこうぎ）…258
千代女（ちよじょ）…258
陳子龍（ちんしりょう）…259
陳子昂（ちんすごう）…259
陳　琳（ちんりん）…259

つ

塚本邦雄（つかもとくにお）…260
月田蒙齋（つきだもうさい）…260
土屋竹雨（つちやちくう）…260
土屋文明（つちやぶんめい）…261
土屋鳳洲（つちやほうしゅう）…261
坪井杜國（つぼいとこく）…262
坪内稔典（つぼうちねんてん）…262
津守国基（つもりのくにもと）…263

て

程明道（ていめいどう）…263
狄仁傑（てきじんけつ）…263
寺門靜軒（てらかどせいけん）…264
寺山修司（てらやましゅうじ）…264
伝教大師（でんきょうだいし）…265
＝最澄（さいちょう）
天智天皇（てんじてんのう）…265
田捨女（でんすてじょ）…266
天武天皇（てんむてんのう）…266

と

土井晩翠（どいばんすい）…266
土井有恪（どいゆうかく）…267
道　元（どうげん）…267
唐順之（とうじゅんし）…268
陶　潜（淵明）（とうせん）…268
東常縁（とうのつねより）…269
道命阿闍梨（どうみょうあじゃり）…269
十市遠忠（とおちとおただ）…269
土岐善麿（ときぜんまろ）…270
土岐筑波子（ときつくばこ）…270
徳川齊昭（とくがわなりあき）…271
徳富蘇峰（とくとみそほう）…271
杜秋娘（としゅうじょう）…271
杜荀鶴（とじゅんかく）…272
杜審言（としんげん）…272
杜　秉（とへい）…272
杜　甫（とほ）…272
杜　牧（とぼく）…274
富沢赤黄男（とみざわかきお）…275
富田木歩（とみたもっぽ）…275
富永太郎（とみながたろう）…276
富安風生（とみやすふうせい）…277

豊臣秀吉（とよとみひでよし）…277
頓　阿（とんあ）…277

な

内藤湖南（ないとうこなん）…279
内藤丈草（ないとうじょうそう）…279
内藤鳴雪（ないとうめいせつ）…280
中井櫻洲（なかいおうしゅう）…280
永井荷風（ながいかふう）…281
永井龍男（ながいたつお）…281
中江藤樹（なかえとうじゅ）…281
長尾雨山（ながおうざん）…282
長尾秋水（ながおしゅうすい）…282
中川乙由（なかがわおつゆう）…283
永坂周二（ながさかしゅうじ）…283
長澤一作（ながさわいっさく）…283
中島斌雄（なかじまたけお）…283
中島米華（なかじまべいか）…284
中城ふみ子（なかじょうふみこ）…284
永瀬清子（ながせきよこ）…285
永田和宏（ながたかずひろ）…285
永田耕衣（ながたこうい）…285
中塚一碧楼（なかつかいっぺきろう）…286
中　務（なかつかさ）…287
長塚節（ながつかたかし）…287
中皇命（なかつすめらみこと）…287
中院通村（なかのいんみちむら）…288
長意吉麻呂（ながのおきまろ）…288
中野重治（なかのしげはる）…288
中野逍遥（なかのしょうよう）…289
中原中也（なかはらちゅうや）…289
中村草田男（なかむらくさたお）…290
中村敬宇（なかむらけいう）…290
中村汀女（なかむらていじょ）…291
長屋王（ながやのおおきみ）…292
夏目成美（なつめせいび）…292
夏目漱石（なつめそうせき）…292
成田蒼虬（なりたそうきゅう）…293
成島柳北（なるしまりゅうほく）…293

に

新島襄（にいじまじょう）…294
新納忠元（にいろただもと）…294
＝新納武蔵守（にいのうむさしのかみ）
仁賀保香城（にかおこうじょう）…295
西垣脩（にしがきしゅう）…295
西川徹郎（にしかわてつろう）…295
西島蘭溪（にしじまらんけい）…296
西道仙（にしどうせん）…297
仁科白谷（にしなはっこく）…297
西山拙齋（にしやませっさい）…297
西山宗因（にしやまそういん）…297
二条為明（にじょうためあき）…298
二条為氏（にじょうためうじ）…298
二条為藤（にじょうためふじ）…299
二条為世（にじょうためよ）…299
二条后高子（にじょうのきさきたかいこ）…299
西脇順三郎（にしわきじゅんざぶろう）…300
新田興（にったこう）…300

新田大作（にっただいさく）…301
丹羽花南（にわかなん）…302
仁徳天皇（にんとくてんのう）…302

ぬ

額田王（ぬかたのおおきみ）…303

の

能因法師（のういんほうし）…303
乃木希典（のぎまれすけ）…303
野口寧齋（のぐちねいさい）…304
野澤節子（のざわせつこ）…304
野澤凡兆（のざわぼんちょう）…304
野田笛浦（のだてきほ）…305
野中川原史満（のなかのかわらのふひとまろ）…305
野々口立圃（ののぐちりゅうほ）…305
野見山朱鳥（のみやまあすか）…306
野村篁園（のむらこうえん）…306
能村登四郎（のむらとしろう）…306
野村望東尼（のむらぼうとうに）…307

は

梅堯臣（ばいぎょうしん）…308
裴　迪（はいてき）…308
萩原朔太郎（はぎわらさくたろう）…309
白居易（はくきょい）…309
橋本關雪（はしもとかんせつ）…311
橋本鷄二（はしもとけいじ）…311
橋本左内（はしもとさない）…312
橋本多佳子（はしもとたかこ）…312
橋本夢道（はしもとむどう）…313
橋本蓉塘（はしもとようとう）…313
長谷川櫂（はせがわかい）…313
長谷川かな女（はせがわかなじょ）…314
長谷川素逝（はせがわそせい）…314
丈部稲麻呂（はせつかべのいなまろ）…315
八田知紀（はったとものり）…315
服部空谷（はっとりくうこく）…315
服部承風（はっとりしょうふう）…316
服部擔風（はっとりたんぷう）…316
服部土芳（はっとりどほう）…316
服部南郭（はっとりなんかく）…317
服部嵐雪（はっとりらんせつ）…317
花園院（はなぞのいん）…318
馬場あき子（ばばあきこ）…318
濱田洒堂（はまだしゃどう）…318
林子平（はやししへい）…319
林述齋（はやしじゅっさい）…319
林羅山（はやしらざん）…320
原子公平（はらここうへい）…320
原石鼎（はらせきてい）…320
原民喜（はらたみき）…321
原　裕（はらゆたか）…322
春道列樹（はるみちのつらき）…322
范　雲（はんうん）…322
潘　岳（はんがく）…322
伴蒿蹊（ばんこうけい）…323
范成大（はんせいだい）…323
半田良平（はんだりょうへい）…324
伴林光平（ばんばやしみつひら）…324

ひ

東直子（ひがしなおこ）…324
尾藤二洲（びとうじしゅう）…325
日野草城（ひのそうじょう）…325
平池南桑（ひらいけなんそう）…326
平賀元義（ひらがもとよし）…326
平野金華（ひらのきんか）…327
平野國臣（ひらのくにおみ）…327
平野紫陽（ひらのしよう）…328
平畑静塔（ひらはたせいとう）…328
廣瀬惟然（ひろせいぜん）…328
廣瀬旭荘（ひろせきょくそう）…329
廣瀬武夫（ひろせたけお）…329
廣瀬淡窓（ひろせたんそう）…329

ふ

福島泰樹（ふくしまやすき）…330
福田蓼汀（ふくだりょうてい）…330
藤井竹外（ふじいちくがい）…331
葛井諸会（ふじいのもろあい）…331
藤田湘子（ふじたしょうし）…331
藤田東湖（ふじたとうこ）…332
藤野君山（ふじのくんざん）…332
伏見院（ふしみいん）…332
藤森弘庵（ふじもりこうあん）…333
藤原惺窩（ふじわらせいか）…333
藤原朝忠（ふじわらのあさただ）…334
藤原敦忠（ふじわらのあつただ）…334
藤原有家（ふじわらのありいえ）…334
藤原家隆（ふじわらのいえたか）…335
藤原興風（ふじわらのおきかぜ）…335
藤原兼輔（ふじわらのかねすけ）…335
藤原兼房（ふじわらのかねふさ）…336
藤原鎌足（ふじわらのかまたり）…336
藤原清正（ふじわらのきよただ）…336
藤原公任（ふじわらのきんとう）…337
藤原伊尹（ふじわらのこれただ）…337
藤原定家（ふじわらのさだいえ）…338
藤原定方（ふじわらのさだかた）…338
藤原定頼（ふじわらのさだより）…339
藤原実方（ふじわらのさねかた）…339
藤原実定（ふじわらのさねさだ）…339
＝後徳大寺実定（ごとくだいじさねさだ）
藤原高遠（ふじわらのたかとお）…340
藤原高光（ふじわらのたかみつ）…340
藤原忠平（ふじわらのただひら）…340
藤原忠房（ふじわらのただふさ）…341
藤原忠通（ふじわらのただみち）…341
藤原忠良（ふじわらのただよし）…342
藤原為家（ふじわらのためいえ）…342
藤原俊成（ふじわらのとしなり）…342
藤原俊成女（ふじわらのとしなりのむすめ）…343
藤原敏行（ふじわらのとしゆき）…343
藤原長能（ふじわらのながとう）…343
藤原仲文（ふじわらのなかふみ）…344
藤原範長（ふじわらののりなが）…344
藤原秀能（ふじわらのひでよし）…344
藤原通俊（ふじわらのみちとし）…345
藤原道長（ふじわらのみちなが）…345

藤原道信（ふじわらのみちのぶ）…346
藤原道雅（ふじわらのみちまさ）…346
藤原元真（ふじわらのもとざね）…346
藤原基俊（ふじわらのもととし）…347
藤原義孝（ふじわらのよしたか）…347
藤原良房（ふじわらのよしふさ）…347
藤原因香（ふじわらのよるか）…348
古荘嘉門（ふるしょうかもん）…348
文天祥（ぶんてんしょう）…348
文屋朝康（ふんやのあさやす）…349
文屋有季（ふんやのありすえ）…349
文屋康秀（ふんやのやすひで）…349

へ

平群郎女（へぐりのいらつめ）…350

ほ

方　岳（ほうがく）…350
鮑　照（ほうしょう）…350
星野立子（ほしのたつこ）…351
細井平洲（ほそいへいしゅう）…351
細川幽齋（ほそかわゆうさい）…352
細川頼之（ほそかわよりゆき）…352
細見綾子（ほそみあやこ）…353
穂村弘（ほむらひろし）…353
堀口大學（ほりぐちだいがく）…354
堀麦水（ほりばくすい）…354
本田種竹（ほんだしゅちく）…355

ま

前川佐美雄（まえかわさみお）…356
前田透（まえだとおる）…356
前田普羅（まえだふら）…357
前田夕暮（まえだゆうぐれ）…357
前登志夫（まえとしお）…358
前原一誠（まえばらいっせい）…358
正岡子規（まさおかしき）…359
摩島松南（まじましょうなん）…360
松江重頼（まつえしげより）…360
松岡青蘿（まつおかせいら）…361
松尾芭蕉（まつおばしょう）…361
松木淡々（まつきたんたん）…362
松口月城（まつぐちげつじょう）…362
松崎慊堂（まつざきこうどう）…363
松瀬青々（まつせせいせい）…363
松平春嶽（まつだいらしゅんがく）…363
松平天行（まつだいらてんこう）…364
松永貞徳（まつながていとく）…364
松根東洋城（まつねとうようじょう）…364
松村英一（まつむらえいいち）…365
松本たかし（まつもとたかし）…365
黛まどか（まゆずみまどか）…366

み

三浦英蘭（みうらえいらん）…367
三浦樗良（みうらちょら）…367
三木露風（みきろふう）…368
三島中洲（みしまちゅうしゅう）…368
水野豊洲（みずのほうしゅう）…369
水原紫苑（みずはらしおん）…369

水原秋桜子（みずはらしゅうおうし）…370
三谷昭（みたにあきら）…370
道浦母都子（みちうらもとこ）…371
陸奥国前采女（みちのくにのさきのうねめ）…371
三橋鷹女（みつはしたかじょ）…371
三橋敏雄（みつはしとしお）…372
皆川淇園（みながわきえん）…372
源公忠（みなもとのきんただ）…372
源信明（みなもとのさねあきら）…373
源実朝（みなもとのさねとも）…373
源重之（みなもとのしげゆき）…373
源順（みなもとのしたごう）…374
源経信（みなもとのつねのぶ）…374
源融（みなもとのとおる）…374
源俊頼（みなもとのとしより）…375
源具親（みなもとのともちか）…375
源等（みなもとのひとし）…375
源当純（みなもとのまさずみ）…376
源通光（みなもとのみちてる）…376
源通具（みなもとのみちとも）…376
源道済（みなもとのみちなり）…376
源宗于（みなもとのむねゆき）…377
源義家（みなもとのよしいえ）…377
源頼実（みなもとのよりざね）…378
源頼政（みなもとのよりまさ）…378
皆吉爽雨（みなよしそうう）…378
壬生忠見（みぶのただみ）…379
壬生忠岑（みぶのただみね）…379
宮澤賢治（みやざわけんじ）…380
宮澤章二（みやざわしょうじ）…380
宮島誠一郎（みやじませいいちろう）…381
宮柊二（みやしゅうじ）…381
妙音院入道（みょうおんいんにゅうどう）…382
＝藤原師長（ふじわらのもろなが）
三好達治（みよしたつじ）…382

む

向井去来（むかいきょらい）…383
向山黄村（むこうやまこうそん）…383
陸奥宗光（むつむねみつ）…384
宗尊親王（むねたかしんのう）…384
宗良親王（むねながしんのう）…385
村上鬼城（むらかみきじょう）…385
村上佛山（むらかみぶつざん）…386
紫式部（むらさきしきぶ）…386
村田清風（むらたせいふう）…386
村田春海（むらたはるみ）…387
村野四郎（むらのしろう）…387
室生犀星（むろうさいせい）…388
室鳩巣（むろきゅうそう）…389

め

明治天皇（めいじてんのう）…389

も

孟郊（もうこう）…389
孟浩然（もうこうねん）…390
黙雷（もくらい）…390
本居宣長（もとおりのりなが）…391
元田東野（もとだとうや）…392

本宮三香（もとみやさんこう）…392
森鷗外（もりおうがい）…393
森槐南（もりかいなん）…393
森川許六（もりかわきょろく）…393
森春濤（もりしゅんとう）…394
森澄雄（もりすみお）…394
文武天皇（もんむてんのう）…395

や

八木重吉（やぎじゅうきち）…396
安井朴堂（やすいぼくどう）…396
安岡正篤（やすおかまさひろ）…397
安原貞室（やすはらていしつ）…397
安水稔和（やすみずとしかず）…397
梁川紅蘭（やながわこうらん）…398
梁川星巌（やながわせいがん）…398
柳澤桂子（やなぎさわけいこ）…399
梁田蛻巌（やなだぜいがん）…399
藪孤山（やぶこざん）…400
山岡鐵舟（やまおかてっしゅう）…400
山鹿素行（やまがそこう）…400
山縣周南（やまがたしゅうなん）…401
山川登美子（やまかわとみこ）…401
山口誓子（やまぐちせいし）…402
山口青邨（やまぐちせいそん）…402
山口草堂（やまぐちそうどう）…403
山口素堂（やまぐちそどう）…403
山崎闇齋（やまざきあんさい）…404
山崎宗鑑（やまざきそうかん）…404
山崎方代（やまざきほうだい）…404
山田蠖堂（やまだかくどう）…405
山田濟齋（やまだせいさい）…405
山田方谷（やまだほうこく）…405
山田みづえ（やまだみづえ）…406
倭建命（やまとたけるのみこと）…406
山梨稻川（やまなしとうせん）…406
山西雅子（やまにしまさこ）…407
山上憶良（やまのうえのおくら）…407
山之口貘（やまのくちばく）…407
山部赤人（やまべのあかひと）…408
山村暮鳥（やまむらぼちょう）…408
山本荷兮（やまもとかけい）…409
山本友一（やまもとともいち）…409
山本有三（やまもとゆうぞう）…410

ゆ

湯淺元禎（ゆあさげんてい）…411
雄略天皇（ゆうりゃくてんのう）…411
庾　信（ゆしん）…411
湯原王（ゆはらのおおきみ）…411
油谷倭文子（ゆやしづこ）…412

よ

楊維楨（よういてい）…412
楊　栄（ようえい）…412
永　縁（ようえん）…413
楊巨源（ようきょげん）…413
楊　炯（ようけい）…413
楊士奇（ようしき）…414
陽成院（ようぜいいん）…414

煬帝（ようだいてい）…414
楊万里（ようばんり）…415
横井小楠（よこいしょうなん）…415
横井也有（よこいやゆう）…416
横光利一（よこみつりいち）…416
横山白虹（よこやまはっこう）…417
与謝野晶子（よさのあきこ）…418
与謝野鉄幹（よさのてっかん）…418
與謝蕪村（よさぶそん）…419
吉井勇（よしいいさむ）…419
吉岡禅寺洞（よしおかぜんじどう）…420
芳川越山（よしかわえつざん）…420
吉川幸次郎（よしかわこうじろう）…421
吉田兼好（よしだけんこう）…421
吉田松陰（よしだしょういん）…422
吉田冬葉（よしだとうよう）…422
吉野秀雄（よしのひでお）…423
吉野弘（よしのひろし）…423
吉増剛造（よしますごうぞう）…423
良岑宗貞（よしみねのむねさだ）…424
＝遍照（へんしょう）
吉村虎太郎（よしむらとらたろう）…424
吉分大魯（よしわけたいろ）…425

ら

頼鴨厓（らいおうがい）…426
＝頼三樹三郎（らいみきさぶろう）
頼杏坪（らいきょうへい）…426
頼山陽（らいさんよう）…426
頼支峰（らいしほう）…427
頼春水（らいしゅんすい）…427
頼春風（らいしゅんぷう）…427
駱賓王（らくひんのう）…428

り

李益（りえき）…428
李華（りか）…429
李賀（りが）…429
李頎（りき）…430
陸機（りくき）…430
六如（りくにょ）…430
陸游（りくゆう）…431
李商隠（りしょういん）…432
李紳（りしん）…432
李白（りはく）…433
李樊龍（りはんりょう）…434
李夢陽（りぼうよう）…435
劉禹錫（りゅううしゃく）…435
劉基（りゅうき）…435
劉希夷（りゅうきい）…436
劉琨（りゅうこん）…436
柳宗元（りゅうそうげん）…436
劉長卿（りゅうちょうけい）…437
劉楨（りゅうてい）…437
良寛（りょうかん）…438
良暹（りょうぜん）…438
呂洞賓（りょどうひん）…438
李陵（りりょう）…439
林逋（りんぽ）…439

れ

厲　鶚（れいがく）…439
冷泉為相（れいぜいためすけ）…440
冷泉為秀（れいぜいためひで）…440
冷泉為村（れいぜいためむら）…440

ろ

盧照隣（ろしょうりん）…441
魯　迅（ろじん）…441
盧　僎（ろせん）…441
盧　綸（ろりん）…442

わ

若槻礼次郎（わかつきれいじろう）…443
若山牧水（わかやまぼくすい）…443
鷲津毅堂（わしづきどう）…444
渡邊崋山（わたなべかざん）…444
渡邊吟神（わたなべぎんじん）…445
渡邊順三（わたなべじゅんぞう）…446
渡邊水巴（わたなべすいは）…446
渡邊龍神（わたなべりゅうじん）…447
渡邊緑村（わたなべりょくそん）…447
王　仁（わに）…448

付・日中詩歌作者略年表………（左1）

あ　いうえお

会津八一（あいづやいち）

美術史家・書家【生没】明治14年（1881）8月1日~昭和31年（1956）11月21日

【評伝】新潟県新潟市に生まれる。雅号は、秋艸道人、渾斎。中学生のころより『万葉集』や良寛の歌に親しむ。早稲田大学英文科卒業後、郷里の有恒学舎の教員となる。平仮名を使用する独特の歌風が特徴である。歌人としては、自ら結社をつくることもなく、結社に属することもなく、歌壇とは終生没交渉であった。自らの歌の系譜を「万葉集—良寛—正岡子規—会津八一」であるとしている。昭和31年、冠状動脈硬化症により病没。享年75。

【著作】歌集に『南京新唱』『鹿鳴集』『寒燈集』。随筆に『渾齋随筆』『続渾齋随筆』など。

青木月斗（あおきげっと）

俳人【生没】明治12年（1879）11月20日~昭和24年（1949）3月17日

【評伝】本名、新護《しんご》。別号、図書・月兎・三木老人。大阪に生まれた。薬種商を営む。俳句は正岡子規に師事した。大阪満月会を興し、明治32年「車百合」を創刊、大正5年には「カラタチ」、大正9年には「同人」を創刊した。関西俳壇の主要誌となった「同人」を晩年まで続けた。昭和24年、没。享年71。妹の茂枝は河東碧梧桐の妻。高浜虚子とも親しかった。

【著作】句集に『月斗翁句抄』。他に『子規名句評釈』。

赤染衛門（あかぞめえもん）

物語作者・歌人【生没】生没年未詳

【評伝】大江匡衡の妻。子に大江挙周《たかちか》、江侍従らがおり、挙周の孫には大江匡房がいる。『紫式部日記』に和泉式部、清少納言と並び人物評が描かれている。和泉式部と並び称

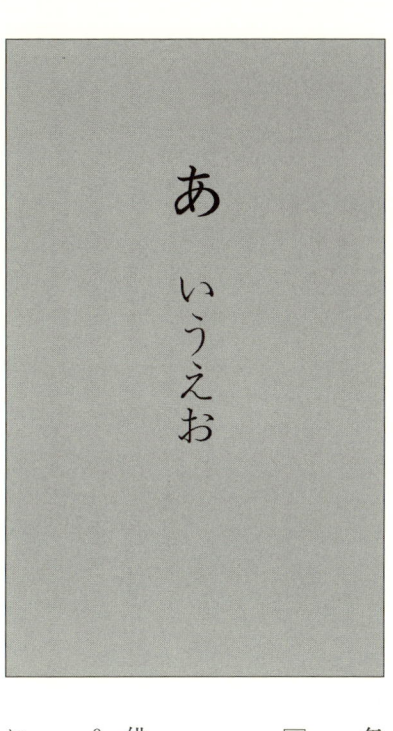

され、和泉式部が情熱的な歌風なのに対して、赤染衛門は穏やかで典雅な歌風と評された。『拾遺集』以下の勅撰集に93首が入首。『後拾遺集』から「小倉百人一首」の59番に入首している。歴史物語『栄花物語』の作者である説が有名だが、未詳である。中古三十六歌仙、女房三十六歌仙のひとり。

【著作】家集に『赤染衛門集』。

秋月胤永（あきづきかずひさ）

教育者**【生没】**文政7年（１８２４）7月2日～明治33年（１９００）1月5日

【評伝】本姓は丸山。字は子錫。通称は悌次郎。会津藩（福島県）の人。丸山家の家督は長男の胤昌が継いだため、彼は別家として秋月姓を称した。藩校日新館に学び、南摩綱紀とともに優秀の名をはせた。江戸の昌平坂学問所に学ぶ。藩主松平容保《かたもり》が京都守護職就任するとともに彼も公用方に任命され、容保につきしたがって京都に随行し、そこで公武合体策を推進し、八月十八日の政変では指導者として活躍した。戊辰戦争の際は新政府軍と戦って禁固処分をうけた。のち東京大学予備門、五高（現在の熊本大学）で教えた。明治33年没した。享年77。

【著作】『観光集』。

秋月天放（あきづきてんぽう）

文官**【生没】**天保12年（１８４１）～大正2年（１９１３）

【評伝】江戸末・明治時代の人。名は新。字は士新。通称は新太郎、号は天放・必山。秋月橘門の子で、実学を継承した。父ともども廣瀬淡窓に学び、詩を愛好した。初め家業を継いだが、維新後、兵部省に出仕し陸軍軍人として山県有朋に認められた。後、文官に転じ、諸国を歴任して、東京高等女子師範学校長・文部参事官に任じられ、退官後は貴族院議員に勅撰された。

【著作】『天放存稿』『知雨楼詩存』。

秋元不死男（あきもとふじお）

俳人**【生没】**明治34年（１９０１）11月3日～昭和52年（１９７７）7月25日

【評伝】本名、不二雄。旧号、地平線・東《ひがし》京三。神奈川県横浜市に生まれた。はじめ「渋柿」に投句していたが、昭和5年には嶋田（島田）青峰に師事した。青峰が主宰する「土上」の同人となる。昭和9年、新興俳句運動に加わり、昭和15年、西東三鬼らと「天香」を創刊。翌年、俳句弾圧事件で検挙され、2年間入獄した。戦後は、新俳句人連盟の創立に関わり、同連盟幹事長を務める。「天狼」の創刊に同人として参加ののち、昭和24年に「氷海」を主宰した。昭和31年には横浜俳話会を発足。昭和36年、現代俳句協会を脱退し、俳人協会設立に参加した。昭和46年、直腸癌の摘出手術を受けるが、翌年2月に再入院。俳壇への復帰はかなわず、昭和52年、病没。享年75。忌日は「甘露忌」と呼ばれる。オノマトペを多用した作風が特徴。

【著作】句集に『街』『瘤』『万座』『甘露集』。評論に『現代俳句の出発』。

秋山玉山（あきやまぎょくざん）

儒者**【生没】**元禄15年（1702）6月29日〜宝暦13年（1763）12月12日

【評伝】名は定政《さだまさ》、また儀。字は子羽《しう》。通称は儀右衛門《ぎえもん》。玉山・青柯《せいか》と号した。肥後（現・熊本県）の人。十代で儒学・禅学を学び、23歳で江戸に出て林鳳岡《はやしほうこう》に師事し、十余年間研鑽を積んだ。その後、肥後に帰ってからは教育に専心し、また服部南郭らと交遊した。藩校時習館《じしゅうかん》の設立に尽力し、初代の堤学（教授）となった。詩人としては一字一句を大切にしながら推敲を重ねたという。

【著作】『校正墨子全集』『玉山先生詩集』。

芥川龍之介（あくたがわりゅうのすけ）

小説家・俳人**【生没】**明治25年（1892）3月1日〜昭和2年（1927）7月24日

【評伝】本名も龍之介。俳号、我鬼。別号、澄江《ちょうこう》堂。東京に生まれた。東京帝国大学卒業。在学中から雑誌「新思潮」に拠って小説を書き始め、「芋粥」が漱石に絶賛されることで文壇での不動の地位を築き、新現実主義の文学の旗手として多くの短編小説をものした。親友の菊池寛によって創設された芥川賞にその名を残している。俳句は大正5年頃からはじめ、大正7年頃から高浜虚子に師事した。大正10年頃が最も熱中した時期で、秀吟が多い。古俳句に関心を抱き、特に凡兆・召波・蕉門俳句に関心を示した。芭蕉を主題とした小説「枯野抄」もある。昭和2年7月、「ぼんやりした不安」を抱えて自殺。その命日24日は河童忌・我鬼忌という。

【著作】自選句集に『澄江堂句集』。小説に『羅生門』『地獄変』『奉教人の死』『河童』『歯車』。評論に『芭蕉雑記』。

安積艮斎（あさかごんさい）

儒者**【生没】**寛政3年（1791）3月2日〜万延元年（1

861）11月21日

【評伝】名は重信《しげのぶ》、字は思順《しじゅん》・祐助《ゆうすけ》。艮齋・見山《けんざん》と号した。陸奥（現・青森県）安積郡で生まれた。17歳で江戸に出て佐《さ》藤一齋《とういっさい》・林述齋《はやしじゅっさい》に学び、25歳のとき神田駿河台に学塾見山楼を開いた。のち二本松藩校の教授、そして昌平坂学問所の教授となり、佐藤一齋につづいて官学の支柱となった。宋学を主とし文章家としても名声が高く、また山水自然を愛した。門下から岩崎弥太郎《いわさきやたろう》、栗本鋤雲《くりもとじょうん》らを輩出している。

朝川善庵（あさかわぜんあん）

儒者【生没】天明元年（1791）4月8日～嘉永2年（1849）2月7日

【評伝】名は鼎、字は五鼎、号は善庵。片山兼山の子である。兼山の没後、母が朝川黙翁に嫁いだので朝川姓を名乗った。34歳で養父と死別する際に初めて実父のことを知ったが、養父の恩を考えて朝川姓を通した。山本北山に学び、松浦侯の儒官となった。文化12年、清の船が下田に漂着したとき、筆談で通訳をした。嘉永2年、病没。享年69。

【著作】『楽我室詩文稿』『善庵詩鈔』。

足利尊氏（あしかがたかうじ）

武将【生没】嘉元3年（1305）～延文3年／正平13年（1358）4月30日

【評伝】もとは高氏と名乗る。足利氏は下野国足利荘（現・栃木県足利市）の豪族であり、鎌倉幕府の有力御家人であった。元弘の変後、天皇側に通じ六波羅探題を攻略し建武の新政に参加。天皇の名から「尊」を賜り、以後尊氏と改名。室町幕府初代将軍にして室町幕府初代征夷大将軍。『新千載集』は尊氏の取り計らいにより後光厳天皇に撰進されたため、以後の勅撰集は『新続古今集』まですべて将軍の指揮によることとなった。

足利義昭（あしかがよしあき）

武将【生没】天文6年（1537）11月3日～慶長2年（1597）8月28日

【評伝】足利義昭は将軍義晴の第二子で、義輝《よしてる》の弟。初め出家して奈良一乗院の門主となり覚慶と称したが、兄の義輝が三好・松永の一党に弑逆《しいぎゃく》（目下の者が目上の者を殺害すること）させられたので、近江の和田惟政《これまさ》に頼り、還俗して義秋と名乗った。さらに越前の朝倉義景に投じて名を義昭と改めた。永禄11年、信長の援けにより、三好・松永を討ち、10月将軍職に就いた。しかし間もなく信長と不和となり、天正元年に追放され、毛利氏の庇護を受けることとなった。信長の死後は秀吉の保護を受け、一万石を給せられていたが、慶長2年8月大坂で病没した。享年61。

足利義尚（あしかがよしひさ）

武将**【生没】**寛正6年（1465）11月23日～長享3年（1489）3月26日

【評伝】室町幕府9代将軍。足利義政と日野富子の次男として生まれる。長享元年から始まった近江の六角氏の討伐が長期に渡り、戦の最中に没する。和歌を一条兼良に師事し、文明15年には『新百人一首』を撰定した。さらに私撰和歌集『撰藻鈔』の編纂を試みたが、陣没により未完に終わった。ちなみに死因は過度の飲酒による脳溢血と言われている。またその顔立ちの美しさから「緑髪将軍」と称された。

飛鳥井雅親（あすかいまさちか）

歌人**【生没】**応永23年（1416）～延徳2年（1490）

【評伝】飛鳥井雅世の長男。父に歌道を学び、家督を継ぐ。正長元年以後、内裏や将軍家の歌会に参加。寛正元年に正二位に叙せられ、寛正7年、権大納言に至る。足利義政、義尚の信任が厚く、和歌、蹴鞠を伝授する一方、公家や地方大名の歌道師範として活躍した。義政の執奏により寛正6年、後花園院から勅撰集撰進の院宣を賜るが、応仁の乱のためこれは実現に至らなかった。戦を避け、近江国柏木（現・滋賀県甲賀市周辺）に隠棲の後、文明末年には帰京して歌壇の重鎮として活動、文明14年の足利義尚主催「将軍家歌合」では判者を務めた。文明5年、出家。延徳2年、没。享年74。勅撰入集は『新続古今集』に5首。書も巧みで、栄雅流（飛鳥井流）と呼ばれる書風を確立した。

【著作】家集に『亜槐《あかい》集』『続亜槐集』『雅親詠草』『飛鳥井雅親集』。注釈書に『古今栄雅抄』。歌学書に『筆のまよひ』など。

飛鳥井雅経（あすかいまさつね／あすかいがけい）

歌人**【生没】**嘉応2年（1170）～承久3年（1221）3月11日

【評伝】藤原頼輔の孫にして、難波頼経の次男に生まれる。長男、宗長は難波家の祖となり、次男であった雅経は飛鳥井家の祖となった。治承4年に授爵後、侍従などを歴任するが、文治元年、父が源義経との親交に責を負って安房国、のちに伊豆に流された。雅経も連座して鎌倉に送られる。建久8年に罪を許されて帰京。建保6年、従三位。承久2年、参議。建仁元年、和歌所寄人となり、『新古今集』の撰者のひとりとなった。和歌は藤原定家に師事し、「鳥羽百首」「水無瀬恋十五首歌合」「八幡若宮撰歌合」「最勝四天王院障子和歌」など多くの歌会や歌合に参加。後鳥羽院歌壇の内裏歌合では常連であった。特に「老若五十首歌合」では大活躍し、出詠歌50首中の9首が『新古今集』に採られる。承久3年、没。享年52。少年期から蹴鞠の才能を祖父に見出され、特訓を受けたという。後鳥羽上皇から「蹴鞠長者」の称号を与えられた。雅経は飛鳥井流蹴鞠の祖とされた。雅経は頼朝から和歌と蹴鞠の才能を高く評価されており、京を去って鎌倉にいた頃も、その才能を生かし蹴鞠を好んだ源頼家、源実朝に厚遇されていた。『新古今集』を初めとし、勅撰入集は134首。「小倉百人一首」94番に入集。

【著作】家集に『明日香井集』。日記に『雅経卿記』。蹴鞠に関する書に『蹴鞠略記』。

飛鳥井雅世（あすかいまさよ）

歌人【生没】明徳元年（1390）～享徳元年（1452）

【評伝】飛鳥井雅縁の子。幼少より父に和歌を学び、応永9年、12歳にして自邸歌会で講師を務めた。将軍足利義教の信任を得て、二条家なき後の歌壇に和歌宗匠として重きをなした。永享2年、権中納言に進む。永享3年、義教を自邸に招いて歌会を開催した。翌年には義教の富士御覧に随行し、『富士紀行』を著した。永享5年、後花園天皇より勅撰集撰進の命を受ける。永享11年に『新続古今集』を奏上。嘉吉元年、正二位に至るが同年に出家。享徳元年、没。享年63。勅撰入集は『新続古今集』のみの18首。

【著作】家集に『雅世集』。父、雅縁との合同家集に『宋雅集』。紀行文に『富士紀行』。蹴鞠の書に『蹴鞠条々大概』。

飛鳥井雅縁（あすかいまさより）

歌人【生没】正平13年（1358）～正長元年（1428）

【評伝】飛鳥井雅家の子に生まれる。応永4年、参議。二条家衰滅後の歌壇にあって歌道師範として足利義満の信頼が厚く、公武権門にも信任された。応永13年、有栖川殿（栄仁親王）五十番歌合に判者として招かれるなど、応永末年頃には和歌宗匠として活躍した。正長元年、没。享年71。勅撰集には『新後拾遺集』に雅幸の名で初入集し、勅撰入集は30首。子の雅世が撰をした『新続古今集』では巻頭歌人にして最多入集歌人。書にも優れ、宋雅流の祖である。

【著作】家集に『宋雅千首』『宋雅百首』。子、雅世との合同家集に『宋雅集』。随想に『宋雅道すからの記』。

安住敦（あずみあつし）

俳人【生没】明治40年（1907）7月1日～昭和63年（1988）7月8日

【評伝】本名も敦。旧号、あつし。東京都港区芝に生まれた。立教中学卒業後、逓信官吏練習所を修了。逓信省に勤務し、上司の富安風生に俳句を学び「若葉」に投句。昭和10年には日野草城の「旗艦」に参加した。「多麻」を創刊。戦後、久保田万太郎を擁して「春燈」を創刊した。万太郎の没後は「春燈」を主宰した。昭和47年、『午前午後』他で第6回蛇笏賞を受賞している。昭和63年、没。享年81。

【著作】句集に『貧しき饗宴』『古暦』など。

安達漢城（あだちかんじょう）

政治家【生没】元治元年（1864）10月23日～昭和23年（1948）8月2日

【評伝】名は謙蔵、字は原泉。漢城と号した。肥後（現・熊本県）の人。初め、郷里の私塾で漢学を修めたのち、済々黌《せいせいこう》で学んだ。明治28年、閔妃《みんぴ》暗殺事件に連座するも、35年からは14回、衆議院議員に選出された。大正4年、総選挙で立憲同志会を大勝させ「選挙の神様」と呼ばれるほどの活躍を見せた。加藤、若槻、浜口内閣で逓信相、内相を歴任した。昭和8年、一般大衆の修養道場として横浜市本牧に八聖殿を竣工、11年10月、熊本市に三賢堂を竣工させた。その間、9年7月1日、八聖殿第1回全国吟詠大会を開催し、情操教育の為に詩歌吟詠の奨励に力を注ぎ、12年11月、大日本吟詠連盟を結成し推されて会長に就任、終生詩歌吟詠の普及奨励と向上に尽した。その功績は現在も語りつがれている。昭和23年に没した。享年85。

厚見王（あつみのおおきみ）

皇族【生没】生没年未詳

【評伝】天武天皇の孫にして、舎人親王の子。天平勝宝元年に無位より従五位下に叙され、同6年に太皇太后藤原宮子の葬儀の御装束司となる。同7年、少納言在任時に伊勢神宮の奉幣使となり、同9年従五位上に昇叙されたあとの消息は未詳。『万葉集』に3首が収録されている。3首中1首が久米郎女との相聞である。

阿倍仲麻呂（あべのなかまろ）

唐官吏【生没】文武天皇2年（698）～宝亀元年（770）

【評伝】中国名を朝衡あるいは晁衡という。中務大輔船守の子。幼いころから聡明で、読書を好んだ。元正天皇の霊亀2年、16歳のとき、遣唐使多治比真人《たじひのまひと》県守《あがたもり》の随員として吉備真備・僧玄昉らとともに長安に至った。留学して名を朝衡と改めた。詩を善くして、王維・李白・儲光羲らと交友を持った。唐に仕えて在補闕となり、ついで秘書校書から秘書監に進み、衛尉卿を兼ねた。のち天宝12年、遣唐使藤原清河が帰国するにあたり、従って帰ることを決意して「銜命使本国」と題する詩を作った。ところが海上で暴風雨に遭い安南（今のベトナム）に漂着した。彼の死が伝えられて李白は「哭晁卿衡」と題する詩を詠んだ。しかし幸いにも危難はまぬかれて長安に至ることができた。また仕えて粛宗の上元2年、左散騎常侍・安南都護となる。さらに光禄大夫・御史中丞となり、北海郡開国公に至って、食邑3000戸を賜った。

阿部みどり女（あべみどりじょ）

俳人【生没】明治19年（1886）10月26日～昭和55年（1980）9月10日

【評伝】本名、光子。第2代北海道庁長官を務めた陸軍軍人永山武四郎の娘として札幌に生まれた。札幌北星女学校中退。結核で転地療養中の鎌倉で通院中に病気を忘れるためにと俳句を勧められたことで作句を始め、後に高浜虚子に師事し「ホトトギス」に投句した。昭和4年、女性を中心とした俳句句会「笹鳴会」を興した。昭和7年には「駒草」を創刊した。昭和53年『月下美人』で第12回蛇笏賞受賞。昭和55年、没。享年93。

【著作】句集に『笹鳴』『微風』『雪嶺』など。随筆集に『冬虫夏草』など。

網谷一才（あみたにいっさい）

実業家【生没】明治25年（1892）8月8日～昭和40年（1965）10月3日

【評伝】兵庫県神戸市湊川の人。名は才一。大正元年輜重兵第四大隊に三年間服務。除隊後神戸市連合青年団主事となり永年奉職。文部省第一回興亜青年勤労報国隊を編成し満州に渡る。帰朝後上京して愛国婦人会本部員となり実践課を担当、全国及び台湾をめぐり中堅婦人講習会を指導、玄米食の奨励など永年に亘り青年指導と婦人生活向上に活躍した。戦後は大阪で日刊豆新聞の主筆を務めるかたわら、世道人心の廃れるを憂い、道は歴史を知らしむるべし、琵琶と吟詠道によって実践する他道なしと考え、三国文人会を主宰多くの親しみやすい漢詩や琵琶歌を作った。昭和40年10月3日夜、尼ヶ崎にて交通事故に遭い没した。享年73。日本詩吟学院大阪支部顧問。

【著作】『一才文集』など。

鮎川信夫（あゆかわのぶお）

詩人・評論家・翻訳家【生没】大正9年（1920）8月23日～昭和61年（1986）10月17日
【評伝】本名、上村隆一。東京小石川に生まれる。16歳で詩作を始める。「鮎川信夫」の筆名は昭和12年、雑誌「若草」への投稿作「寒帯」で初めて名乗る。この作品が佳作掲載されて以来用いたが、初期には様々な筆名を用いた。同年に神戸で中桐雅夫が刊行していた同人誌「LUNA」に加入。昭和13年には森川義信らと第一次「荒地」を企画し、翌年3月から2年間に6冊を刊行する。昭和17年、近衛歩兵第4連隊に入隊。昭和18年、三好豊一郎編集の詩誌「故園」へ遺書のつもりで「橋上の人」を書き残す。昭和22年、田村隆一らと詩誌「荒地」を主催し、詩、詩論を発表。その終刊まで見守る。昭和26年頃には、それまで持ち歩いていた未発表作の大方を焼却。同年『荒地詩集』を創刊し、戦後詩の中心的役割を担った。晩年は評論家としても活躍。私生活において秘密主義を貫いていたため、連絡先は母の家、晩年は甥の家にしていた。昭和61年、甥の家に郵便物を受け取りに行き、そこで脳出血で倒れて死去。享年66。
【著作】詩集に『鮎川信夫詩集 1945―1955』『橋上の人』『1937―1970 鮎川信夫自撰詩集』『宿恋行』『難路行』。評論に『現代詩作法』『鮎川信夫詩論集』『戦中手記』『鮎川信夫詩人論集』『吉本隆明論』『すこぶる愉快な絶望―鮎川信夫評論集』など。

新井白石（あらいはくせき）

学者【生没】明暦3年（1657）2月10日～享保10年（1725）5月19日
【評伝】名は君美《きみよし》。字は在中《ざいちゅう》・済美《さいび》。通称は与五郎・伝蔵・勘解由《かげゆ》。白石・紫陽《しよう》・錦屏山人《きんぺいさんじん》・天爵堂《てんしゃくどう》と号した。上総（千葉県）久留里藩主の江戸屋敷に生まれた。28歳のとき木下順庵《きのしたじゅんあん》の門に入り、その推薦で甲府侯徳川綱豊《つなとよ》（のちの家宣）に仕えた。家宣が6代将軍となってからは、間部詮房《まなべあきふさ》とともにこれを補佐し、政治改革を推進した（「正徳《しょうとく》の治」）。家宣の没後は幼主家継を助けたが、家継が没して吉宗が将軍に代わると政界から退けられ、研究・著述に専念し余生を送った。学問は朱子学を主とし、史学・地理学・言語学に長じた。詩は盛唐の趣をもつ本格的なものと評価され、祇園南海《ぎおんなんかい》・梁田蛻巖《やなだぜいがん》・秋山玉山《あきやまぎょくざん》とともに、〝正徳四大家〟と称せられる。

【著作】『白石詩草』『読史余論』『西洋紀聞』『同文通考』『采覧異言』『古史通』『東雅』『折《おり》たく柴《しば》の記』。

荒川洋治（あらかわようじ）

詩人・評論家**【生没】**昭和24年（1949）4月18日〜

【評伝】福井県三国町に生まれる。福井県立藤島高等学校を経て早稲田大学第一文学部文芸科卒業。卒業論文として提出された『娼婦論』は平岡篤頼の推薦で小野梓記念賞芸術賞を受賞。26歳で詩集『水駅』を刊行し、昭和51年、H氏賞を受賞。昭和49年から詩を専門にする出版社である紫陽社を経営。平成10年、詩集『渡世』で高見順賞受賞。平成12年、詩集『空中の茱萸』で読売文学賞受賞。平成16年、エッセイ集『忘れられる過去』で講談社エッセイ賞受賞。平成18年、詩集『心理』で萩原朔太郎賞、評論集『文芸時評という感想』で小林秀雄賞を受賞。大阪文学学校、青山学院大学、早稲田大学等で教鞭を取り、現在、愛知淑徳大学教授。詩、エッセイ、書評、文芸時評など多岐な活躍を見せる。「詩人」ではなく「現代詩作家」を名乗っている。

【著作】詩集に『娼婦論』『水駅』『あたらしいぞわたしは』『心理』『実視連星』。エッセイに『アイ・キューの淵より』『詩は自転車に乗って』『ラブシーンの言葉』。評論に『文芸時評という感想』『文学の門』など。

荒木貞夫（あらきさだお）

軍人**【生没】**明治10年（1877）5月26日〜昭和41年（1966）11月2日

【評伝】東京の人。号は天任。陸軍士官学校卒業。陸軍大学校首席卒業。陸軍大将。男爵。日露戦争で近衛後備混成旅団副官（第一軍）として出征。その後も聯隊長、参謀本部課長、旅団長、憲兵司令官、陸軍大学校長、師団長、陸軍大臣まで進んだが昭和11年2月26日、二・二六事件が起こるやその責任をとり軍服を脱ぎ予備役となる。12年10月内閣参議。13年5月文部大臣となる。23年11月東京裁判で終身刑宣告。29年5月仮釈放。吟詠界との関わりは、昭和4年第六師団長として熊本に着任、皇道会熊本支部を設立、渡邊緑村を吟詠指導講師に招く、毎月大神宮に於いて奉納吟詠会を催す。5年5月木村岳風、荒木を訪ね詩吟によって国威宣揚を語る。荒木も同意、それ以来終生、岳風への支援、吟詠界への支援を続けた。吟詠興隆最大の功労者の一人である。生涯に詠まれた詩歌は数知れないが、残されたものは桂林の一枝。

巣鴨獄中での作、

吉野香雲護丹陛　院庄紅雪落青蓑
兩雄忠節難得期　花下空吟正氣歌
（幽庭花蔭）

また米寿の祝いの時、述懐して

往時茫茫一夢中　迎來米壽媿無功
自知頑陋拙身計　唯願七生楠氏風

和歌を詠じて

天地《あめつち》のひろきが中にいぶきする
われにしあればせぐくまりすな

など終生皇道の至誠を貫いた作である。41年10月奈良県十津川に、大和義挙と二・二六事件との関係などの調査の為に赴き11月2日客死。通夜の時日本詩吟学院副理事長鈴木岳楠は自らの病躯をおして夜通し遺体から離れずその死を惜しみ号泣嗟悼した。時の総理大臣佐藤栄作に宛てた遺書は憂国の至情あふれる一言一言であった。

【著作】 詩集に『天任詩鈔』（新田興校閲）。

荒木田守武（あらきだもりたけ）

俳人 **【生没】** 文明5年（1473）～天文18年（1549）8月8日

【評伝】 伊勢に生まれた。伊勢神宮（内宮）の神官。荒木田氏薗田家に生まれて、15歳で禰宜となり、天文10年、69歳で禰宜長官となった。連歌や狂歌もよくした。史上初になる千句俳諧『守武千句』の成功で、俳諧の開祖のひとりと称された。従来、言捨て（正式に書きとめない句）でしかなかった俳諧の世界で、初めて千句形式を完成させた功績は大きい。守武流と呼ばれた俳風は、後世の俳諧、とりわけ談林俳諧に大きな影響を与えた。天文18年、没。享年77。

有馬朗人（ありまあきと）

俳人・科学者・政治家 **【生没】** 昭和5年（1930）9月13日～

【評伝】 大阪府に生まれる。昭和28年、東京大学理学部物理学科卒業。同大学院に入学。昭和31年、東京大学原子核研究所助手。昭和33年に理学博士号を取得。昭和46年から2年間、ニューヨーク州立大学ストニーブルク校の教授を勤める。昭和50年、東京大学理学部教授。原子核物理学の分野で知られ、原子核構造論などで多大な業績がある。代表的なものに有馬・堀江理論（配位混合の理論）など。日本学士院賞、ベンジャミン・フランクリンメダルなどを受賞。平成元年より平成5年の退官まで東京大学総長を勤める。東大総長選では、もう一人の候補と同票数となり、くじ引きで当選した。平成10年、自由民主党から第18回参議院議員通常選挙に出馬。同党の比例代表名簿一位に登載され、当選。東大総長、俳人、学者といった多彩な経験が買われ、小渕恵三の大英断によって、参院議員当選直後の小渕内閣で文部大臣、科学技術庁長官に就任。参議院議員は1期、6年で政界を引退。中村草田男、加藤楸邨らの亡き後の俳人としても活躍。山口青邨に師事。俳人協会に所属する伝統俳句の俳人だが、前衛俳句にも理解がある。昭和47年に第一句集『母国』を刊行。「天為」を創刊、主宰し、東大俳句会の指導も行う。蛇笏賞選者。

【著作】句集に『母国』『耳順』『立志』。科学書に『原子と原子核』『量子力学』『物理学は何をめざしているのか』。

有間皇子（ありまのみこ）

皇族【生没】舒明天皇12年（640）～斉明天皇4年（658）11月11日

【評伝】孝徳天皇の皇子。父天皇の死後、中大兄皇子と不仲になり反乱を企てるも、中大兄皇子側の密通者であった蘇我赤兄によって謀反は失敗に終わり、捕らえられ斬首に処されている。大宝元年の紀伊国行幸時の作と思われる長意吉麻呂や山上憶良らの追悼歌が『万葉集』に残されている。以降、歴史から忘れ去られた存在となるが、平安後期における万葉復古の兆しと共に、その歌が史料に散見されるようになり、代表作の詠まれた磐代《いわしろ》も歌枕となる。

在原業平（ありわらのなりひら）

歌人【生没】天長2年（825）～元慶4年（880）5月28日

【評伝】阿保親王の5男で在原行平の弟。妻は紀有常の娘。六歌仙のうちのひとり。『古今集』の30首を初め勅撰集に87首が収められており、「小倉百人一首」17番にも採首されている。官位にはさほど恵まれなかったが、容姿端麗な風流人として、『伊勢物語』の主人公であると見なされている。兄の行平ともども鷹狩の名手であったと伝えられる。

【著作】家集に『在原業平集』（『在中将集』）。

在原棟梁（ありわらのむねやな）

歌人【生没】生年未詳～昌泰元年（898）

【評伝】貞観11年、春宮舎人。元慶元年、従五位下。雅楽頭、左兵衛佐、安藝介、左衛門佐などを経て、寛平10年、筑前守、従五位上。同年（昌泰元年）、没。『古今集』に4首、『後撰集』に2首、『続後拾遺集』に1首を残す。中古三十六歌仙のひとり。

在原元方（ありわらのもとかた）

歌人【生没】生年不詳～天暦7年（953）

【評伝】在原業平の孫で、筑前守在原棟梁の子。大納言藤原国経の養子。中古三十六歌仙のひとり。大納言藤原国経の養子になったとも伝えられるが、その経歴はさだかでない。「是貞親王家歌合」「寛平御時后宮歌合」「延喜五年四月八日平定文歌合」などの歌合にしばしば出詠している。勅撰集では『古今集』に14首、『後撰集』に8首、『拾遺集』に2首が入集し、以後『新古今集』以下の勅撰集にも9首が採録されている。

【著作】家集に『元方集』。

阿波野青畝（あわのせいほ）

俳人【生没】明治32年（1899）2月10日～平成4年（1992）12月22日

【評伝】本名、橋本敏雄。奈良県の高取町に生まれた。大正12年に結婚して婿養子に入り、阿波野姓を名乗る。幼少児から難聴を抱えていた。中学2年の時から県内の郡山中学英語教師、原田浜人《ひんじん》について俳句を学び、高浜虚子に師事した。畝傍中を卒業後は、八木銀行（現・南都銀行）に入行。大正6年、原田浜人宅で催された句会で初めて虚子と出会い、難聴であっても大成している俳人の村上鬼城を紹介され、激励を受ける。大正11年、野村泊月の「山茶花」の創刊に参加。虚子から客観写生の必要を諭されて、強かった主観的な傾向を改めるところがあった。昭和4年には「かつらぎ」を創刊した。またこの年より、「ホトトギス」同人。昭和14年頃から連歌もはじめ、虚子や柳田国男と歌仙を巻いた。昭和21年、戦時下で他誌と合併していた「かつらぎ」を復刊、発行人となる。昭和26年、虚子が「ホトトギス」の選者を辞めた際に青畝も「ホトトギス」への投句を中止する。昭和48年、『甲子園』他で第7回蛇笏賞受賞。昭和49年より俳人協会顧問を務めた。水原秋桜子、山口誓子、高野素十とともに、その名の頭文字から「ホトトギス派の四S」といわれる。

【著作】句集に『万両』『国原』『春の鳶』など。

安西均（あんざいひとし）

詩人【生没】大正8年（1919）3月15日～平成6年（1994）2月8日

【評伝】福岡県筑紫郡筑紫村（現・福岡県筑紫野市）に生まれる。福岡師範学校中退。昭和15年頃から詩作を初め、丸山豊らと詩誌に参加する。昭和18年に朝日新聞社入社。福岡総局、東京本社学芸部記者などを務める。学芸部では詩壇を担当した。34年に退社。戦後すぐに「九州詩人」の編集委員となり、文壇の登竜門だった「九州文学」にも発表、このころ火野葦平、劉寒吉、野田宇太郎などと知り合う。中でも久留米の詩人、丸山豊が主宰した「母音」には福岡師範の先輩であり詩人の岡部隆介の紹介もあって作品の発表を続けた。「歴程」「地球」「山の樹」など多くの詩誌に参加する。古典を素材にした詩で知られ、昭和58年、『暗喩の夏』で第1回現代詩花椿賞受賞。平成元年、『チェーホフの猟銃』で現代詩人賞受賞。平成5年、勲三等瑞宝章受章。平成6年、没。享年74。

【著作】詩集に『花の店』『美男』『指を洗ふ』『チェーホフの猟銃』など。

安東次男（あんどうつぐお）

俳人・詩人・仏文学者**【生没】**大正8年（1919）7月7日～平成14年（2002）4月9日

【評伝】岡山県津山市に生まれる。小学校5年生の頃、一家で神戸に移住。昭和16年頃より加藤楸邨の門をたたき、俳句を学ぶ。昭和17年、東京帝国大学経済学部経済学科を卒業。海軍に志願し、敗戦時は、海軍主計大尉。戦後、都立桜町高校社会科教諭、國學院大学フランス語講師などを勤める。昭和21年金子兜太らと句誌「風」を創刊。昭和24年、秋山清らの詩誌「コスモス」に参加。昭和24年、詩作に転じ、抵抗派詩人として注目され始める。昭和25年、第一詩集『六月のみどりの夜は』、翌年6月、第二詩集『蘭』を刊行。40代頃より、深い古典への造詣をふるって、松尾芭蕉の連句評釈を始め、古俳諧、百人一首、和歌、俳諧師、蕪村の伝記などの随想、評論を盛んに記す。昭和38年『澱《でん》河《が》歌の周辺』で読売文学賞。平成3年『風狂余韻』で芸術選奨。平成9年、句集『流』で第12回詩歌文学館賞受賞。平成13年頃から、持病の肺気腫と気管支喘息が悪化。平成14年、呼吸不全のため病没。享年82。

【著作】句集に『裏山』『昨』『花筧』。詩集に『六月のみどりの夜は』『蘭』『カランドリエ』。評論に『澱河歌の周辺』『芭蕉　その詞と心の文学』『与謝蕪村　日本詩人選18』『帰巣者の芸術　芭蕉からモンドリアンまで』など。

安藤野雁（あんどうぬかり）

国学者・歌人**【生没】**文化12年（1815）3月4日～慶応3年（1867）3月24日

【評伝】本名、北村政美。幼名、謙次。通称、刀禰。陸奥伊達郡桑折村（現・福島県伊達郡桑折町）に生まれる。幼くして父を失い、安藤政直の養子となる。若い頃、豊後日田に赴きこの地で妻を亡くす。その後江戸で本居大平、村田春門、塙忠宝などに学び、万葉集の注釈書『万葉集新考』の完成に尽力するが未完。晩年は諸国を漂泊し、武蔵国熊谷（現・埼玉県熊谷市）で没する。大酒と不潔の逸話も多く、奇人変人扱いされたが多くの庇護者を持った。

【著作】家集に『野雁集』。

安法師（あんぽうほうし）

僧侶・歌人**【生没】**生没年未詳

【評伝】俗名は源 趁《したごう》。嵯峨源氏、左大臣源融の曾孫にして内蔵頭源 適《かなう》の6男。父の代から家が傾き始め、出家して曾祖父、融が造営した六条河原院に住んだ。応和2年、「庚申河原院歌合」を催している。藤原高光、大江為基、源順、源兼澄、清原元輔、平兼盛、恵慶など多くの歌人との交流が知られる。自邸に歌人を集め、たびたび小さな歌会を催した。多彩な交流はあったが晴れの場に出ることは少なく、半隠棲のような暮らしぶりは後世の隠者歌人につながる一面がある。永観3年、天王寺別当となり、永観元年まで在任。中古三十六歌仙のひとり。『拾遺集』を初めとし、勅撰入集12首。

【著作】家集に『安法法師集』。

飯島耕一（いいじまこういち）

詩人・小説家**【生没】**昭和5年（1930）2月25日～

【評伝】岡山県岡山市生まれ。東京大学仏文科卒業。在学中、栗田勇らと「カイエ」を創刊、昭和28年、第一詩集『他人の空』を刊行。戦後世代の叙情性が注目される。シュルレアリスムの影響を受けて詩作を続け、昭和31年、大岡信らとシュルレアリスム研究会を作る。「鰐」「櫂」などに参加。國學院大学教授を経て、平成12年まで明治大学法学部のフランス語教授を勤めた。現在は明治大学名誉教授。昭和49年、『ゴヤのファースト・ネームは』で高見順賞を受賞。昭和53年、『飯島耕一詩集』で藤村記念歴程賞受賞。昭和58年、『夜を夢想する小太陽の独言』で現代詩人賞受賞。平成8年、小説『暗殺百美人』でBunkamuraドゥマゴ文学賞を受賞。選考委員は中村真一郎。平成17年、『アメリカ』で読売文学賞、詩歌文学館賞を受賞。平成20年、芸術院会員。

【著作】詩集に『ゴヤのファースト・ネームは』『夜を夢想する小太陽の独言』『さえずりきこう』『浦伝い　詩型を旅する』『アメリカ』など。

飯田蛇笏（いいだだこつ）

俳人【生没】明治18年（1885）4月26日～昭和37年（1962）10月3日

【評伝】山梨県八代郡境川村（現・山梨県笛吹市）に生まれる。本名武治《たけはる》。明治38年、早稲田大学英文科に入学。高田蝶衣の「早稲田吟社」に参加して俳句を始める。早くから才を顕し、高浜虚子が選をしていた「国民文学」の投稿欄で久保田雨傘（万太郎）と競いあった。大正41年、虚子の「俳諧散心」に最年少で参加する。のちに虚子が小説に専心し、「ホトトギス」での選句をしなくなったため、熱意を失う。そして家業を継ぐために早稲田大学を退学、帰郷する。大正初期の虚子の俳壇復帰を機に、「ホトトギス」の代表的俳人として活躍した。大正7年「キララ」主幹となり、誌名を「雲母《うんも》」と改め、終生これを主宰した。昭和37年、没。享年77。昭和42年、彼の功績を称え、角川書店が「蛇笏賞」を創設。毎年6月に、優れた句集に授与している。

【著作】句集に『山廬集《さんろ》』『霊芝《れいし》』『心像』『椿花集《ちんか》』など。

飯田龍太（いいだりゅうた）

俳人【生没】大正9年（1920）7月10日～平成19年（2007）2月25日

【評伝】山梨県東八代郡境川村（現・山梨県笛吹市）に生まれた。飯田蛇笏の四男。昭和15年、國學院大学国文科に入学するも、翌年、肺浸潤のため休学。17年に復学し、西島麦南、塚原麦生らの句会に参加。大学卒業後は父蛇笏の主宰する「雲母」の編集に従事した。蛇笏の没した昭和37年からは「雲母」を主宰した。昭和32年に第6回現代俳句協会賞、昭和43年、読売文学賞を受賞している。また、昭和56年に日本芸術院恩賜賞、昭和58年には紫綬褒章受章。日本芸術院会員。平成19年、肺炎で病没。享年86。

【著作】句集に『百戸の谿』『童眸』『麓の人』『忘音』『春の道』『山の木』『今昔』『山の影』『遅速』。随筆・評論に『無数の目』『俳句の魅力』など。

韋應物（いおうぶつ）

【生没】中唐、737？～790？

【評伝】字は不詳。京兆長安（陝西省西安市《せんせいしょう》）の人。名門の出身ではあるが、若いころは任俠を好んだ。玄宗皇帝に三衛郎《さんえいろう》（近衛兵）として仕えたが、奔放な言動が多かったという。安禄山《あんろくざん》の乱で職を失ってから勉学に努め、一時は貧乏のため転々としたが、代宗の永泰年間（765～766）京兆の功曹《こうそう》から洛陽の丞《じょう》となった。その後は櫟陽《れきよう》（陝西省）の令《れい》となったが、病気のために辞去し、都の善福寺で静養した。建中2（781）年に招かれて比部員外郎《ひぶいんがいろう》となり、さらに滁州《じょしゅう》（安徽《あんき》省）刺史、江州（江西省）刺史を歴任して善政を敷き、名をあげた。しばらくの間都に呼び戻されて左司郎中《さしろうちゅう》となっていたが、また貞元《ていげん》2（786）年蘇州（江蘇省）刺史として転出した。そこでもまた民衆の人望を集め、引退してからもそのまま蘇州に留まった。韋応物は天性潔白で詩作に秀でていた。詩風は王維《おうい》、孟浩然《もうこうねん》の流れを汲んでいることから、柳宗元《りゅうそうげん》とあわせて「王孟《おうもう》韋柳《いりゅう》」と呼ばれている。その詩は、清らかな山水の世界を写して、清冽で閑寂の趣がある。詩を作るときは全く技巧を用いず、天衣無縫のようであり、当時比肩するものがいなかった。白居易は「詩情亦《ま》た清閑なり」〈潯陽楼《しんようろう》に題す〉と述べて韋応物の流儀をまねた詩を作って献じたことさえあるという。

【著作】『韋蘇州集』。

伊形靈雨（いがたれいう）

儒者　**【生没】**延享2年（1745）～天明7年（1787）6月6日

【評伝】江戸時代、肥後（熊本県）の人。名は質。字は大素。通称は荘助。号は靈雨。農家の出身であったが学を好み、熊本藩校時習館に入った。そこで秋山玉山の教えを受け、古学を究めた。のち京都に遊学して有職故実の大家、滋野《しげの》以公麗《いきんかず》の門に入り、国典・和歌を研修した。安永4年儒員となり、時習館助手となった。

【著作】『靈雨詩集』。

生田鐵石（いくたてっせき）

軍人　**【生没】**生年未詳～昭和9年（1934）6月3日

【評伝】山口県平生町の人。名は清範。初め叔父生田良佐に漢詩文を学ぶ。のち陸軍士官学校に入り、卒業後近衛第1連隊附、のち支那の軍事教官に聘せられ湖南の長沙士官学堂に勤務した。帰国後第13連隊附、日露戦役に従軍、中佐となって退役。その後熊本詩壇の長老に推された。詩は愛国尊皇の気風を鼓吹するものが多く長篇を得意とした。詩は「嗚呼忠臣楠子之墓」「赤穂義士」などがそれであり、よく人口に膾炙した。昭和9年6月3日没。享年74。
【著作】詩集に『北征詩集』『三角灣倡和集』など。

池西言水（いけにしごんすい）

俳人【生没】慶安3年（1650）～享保7年（1722）9月24日
【評伝】本名、則好か。通称、八郎兵衛。別号、廉志・紫藤軒など。奈良に生まれた。江戸に出て、松尾芭蕉・椎本才麿らと交わって、談林風を超えようとする新風運動の最前線にいた。後に京都に定住し、伊藤信徳らと交わった。「凩の果てはありけり海の音」という句により名声を高め、「こがらしの言水」と呼ばれるようになった。享保7年、没。享年73。
【著作】編著に『江戸新道』『江戸蛇之酢』『東日記』『京日記』。句集に自選の『初心もと柏』など。

石井露月（いしいろげつ）

俳人【生没】明治6年（1873）5月17日～昭和3年（1928）9月18日
【評伝】本名、祐治《ゆうじ》。秋田県河辺郡利米川村（現・秋田県秋田市）に生まれた。少年時代に父を失い、祖父母の下で育てられた。中学校時代、教師の漢詩人江幡澹園《たんえん》に漢詩を学び、その影響で文学を好み、俳句を作った。秋田中学を中途退学して小学校の教員になったが、明治26年の暮、21歳の時に文学を志し上京。正岡子規の知遇を得て「小日本」「日本」で記者として活躍した。その後、医師となり、明治32年、郷里に帰って開業した。明治33年、子規の命名した「俳星」を創刊した。「俳星」は子規系の代表誌の一つとなった。明治45年にいったん休刊、大正15年に復刊した。「俳星」は主に秋田を中心とし、東北地方に日本派の俳句を広める役割となった。昭和3年、没。享年56。
【著作】句集に『永寧集』（銀婚記念）『露月句集』。他に『蜩を聴きつつ』（遺文集）。

石垣りん（いしがきりん）

詩人【生没】大正9年（1920）2月21日～平成16年（2004）12月26日
【評伝】東京都赤坂に生まれる。4歳の時に生母と死別、以後18歳までに3人の義母を持つ。また3人の妹、2人の弟を持つが、死別や離別を経験する。昭和9年、赤坂高等小学校を卒業し、銀行に事務見習いとして就職。仕事の合間をぬって、「少女画報」「女子文苑」などに投稿する。以来定年まで勤務。昭和21年、職場の機関誌に詩を載せるようになる。昭和23年、同人誌「銀河系」に参加。昭和33年、椎間板ヘルニアのため入院。手術を4回行い、療養に1年ほどを要する。昭和34年、第一詩集『私の前にある鍋とお釜と燃える火と』を刊行。快気祝いとして配り、社会と生活を見据えた詩風、働く女性の立場から書いた生活と体験に根ざした詩風が注目を集める。昭和40年、「歴程」に参加。昭和63年まで所属。昭和44年、第二詩集『表札など』で第19回H氏賞を受賞。昭和46年、二冊の既刊詩集および未刊詩篇を収録した『石垣りん詩集』を刊行。これにより第12回田村俊子賞を受賞。昭和50年、銀行を55歳で定年退職。平成16年、東京都杉並区の病院で死去。享年84。教科書に多数の作品が収録されているほか、合唱曲の作詞でも知られる。

【著作】詩集に『私の前にある鍋とお釜と燃える火と』『表札など』『略歴』『やさしい言葉』『空をかついで』など。

石川桂郎（いしかわけいろう）

俳人**【生没】**明治42年（1909）8月6日～昭和50年（1975）11月6日

【評伝】本名、一雄。東京に生まれる。御田高等小学校卒業。家業の理髪店の仕事をしながら俳句を作りはじめ、昭和9年、杉田久女に入門。父の死後、理髪店を継いだが、店員が次々と召集され、戦争中に廃業した。昭和13年頃から、石田波郷の「鶴」同人であったが、戦後に、「馬酔木」の同人となった。昭和35年に「風土」の編集担当となり、続いて主宰となった。一方横光利一に学んで小説も書き、様々な俳人たちの風狂ぶりを描いた『俳人風狂列伝』で読売文学賞受賞。昭和26年に第1回俳人協会賞、昭和50年には『高蘆』以後の作品で第9回蛇笏賞を受賞している。昭和50年、食道癌で病没。享年66。『俳人風狂列伝』そのままに、桂郎自身も酒色と放言を好んだ。

【著作】句集に『含羞』『竹取』。短編集に『剃刀日記』。

石川丈山（いしかわじょうざん）

詩人**【生没】**天承11年（1583）10月～寛文12年（1672）5月23日

【評伝】江戸時代の詩人、名は重之、通称は嘉右衛門。三河（現・愛知県）の人。大阪夏の陣に際して抜け駆けをしたことが咎められたため、のちに武士を辞めた。それからは京都比叡山のふもとに建てた詩仙堂に隠棲した。享年90。詩仙堂には三十六歌仙にならった36人の詩仙の絵をめぐらせており、晩年は風流自適の生活を送ったとされる。かたや一説によれば、幕府から京都を監視する密命を帯びたお庭番（スパイ）だったとも言われる。書にすぐれ茶人としても知られた。

【著作】『北山紀聞』『新編覆醤』。

石川啄木（いしかわたくぼく）

歌人・詩人・小説家・評論家【生没】明治19年（1886）2月20日～明治45年（1912）4月13日
【評伝】本名、一。岩手県南岩手郡日戸村（現・岩手県盛岡市玉山区）に生まれる。中学時代に、のちの妻、堀合節子や金田一京助らと知り合う。「明星」を読んで与謝野晶子らの短歌に傾倒、また上級生の野村長一《おさかず》（野村胡堂）、及川古志郎らの影響を受け、文学への志を抱く。明治35年、盛岡中学を退学し、上京。明治38年、恋愛関係が続いていた節子と結婚し盛岡に戻る。渋民小学校の代用教員となるが、生活の困窮が続き、新生活の契機となるべく妻子を残し、明治40年、北海道の地方新聞記者として函館に向かう。札幌、小樽、釧路と移り住んだ後、再度上京。朝日新聞社の校正係となる。明治42年、妻子や父母を東京に呼び寄せるが、明治45年、肺結核により病没。享年27。歌は一貫して三行分かち書きで書かれている。
【著作】歌集に『一握の砂』『悲しき玩具』、詩集に『あこがれ』『呼子と口笛』がある。

石田郷子（いしだきょうこ）

俳人【生没】昭和33年（1958）5月2日～

【評伝】東京都に生まれる。父の石田勝彦、母の石田いづみも、ともに石田波郷に師事した俳人。昭和61年、「木語」に入会、山田みづえに師事。山田みづえも、石田郷子の両親と同じく石田波郷に師事した俳人である。平成7年、木語賞受賞。翌年、第一句集『秋の顔』を刊行。平成9年、『秋の顔』にて第20回俳人協会新人賞を受賞。平成16年、「椋」を創刊、代表。同年、第二句集『木の名前』を刊行。平成20年、大木あまり、藺草慶子、山西雅子とともに俳句雑誌「星の木」を創刊。俳句入門書や解説書も多く執筆している。

【著作】句集に『秋の顔』『木の名前』など。

石田東陵（いしだとうりょう）

教育者【生没】元治2年（1865）1月26日～昭和9年（1934）12月6日
【評伝】仙台の人。名は羊一郎。号は東陵。仙台藩校養賢堂助教斎藤真典について朱子学を修めた。明治16年、上京して開成中学校に学び、19年以来同校で教え、36年、教頭となった。昭和3年、辞任したのち、大東文化学院教授・東京理科大学講師となった。最も詩書を善くし、詩は国分青厓に学んだ。

【著作】『大学説』『老子説』『東陵遺稿』。

石田波郷（いしだはきょう）

俳人【生没】大正2年（1913）3月18日〜昭和44年（1969）11月21日

【評伝】本名、哲大《てつお》。愛媛県温泉郡垣生村（現・愛媛県松山市）に生まれる。松山中学に在学中より作句を始める。明治大学文芸科中退。はじめ、五十崎《いかざき》古郷に師事したが、後に水原秋桜子に師事した。昭和7年に上京、翌年から「馬酔木」の第一期同人となり、昭和9年からは「馬酔木」の編集に従事した。昭和12年、「鶴」を創刊して、「馬酔木」より独立した。人間探求派のひとり。昭和18年に応召され、中国に赴くが、昭和20年、病気帰還。この時より生涯胸部疾患に苦しむ。昭和21年には戦争で中断していた「鶴」を復刊させた。昭和30年、『定本石田波郷全句集』にて読売文学賞、昭和44年には『酒中花』にて芸術選奨文部大臣賞を受賞している。昭和44年、没。享年56。

【著作】句集に『鶴の眼』『病雁』『雨覆』『惜命』『酒中花』など。『石田波郷全集』全10巻。

石塚友二（いしづかともじ）

俳人【生没】明治39年（1906）9月20日〜昭和61年（1986）2月8日

【評伝】本名も友二。新潟県北蒲原郡笹岡村（現・新潟県阿賀野市）に生まれる。笹岡尋常高等小学校卒業。農業学校を出て家業の農業に従事したのちに大正13年、18歳で離郷した。出版取次の東京堂に入社。職場の句会で俳句を学び、長谷川かな女を知る。文学に親しみ横光利一に師事した。昭和10年から出版社の沙羅書店を経営した。昭和17年に小説「松風」を発表し、芥川賞候補、翌年、池谷信三郎賞を受賞した。俳句は「馬酔木」に投句し、「鶴」の同人となった。石田波郷の良き同伴者であったが、波郷の没後は「鶴」を主宰した。昭和61年、没。享年79。

【著作】句集に『百方』『方寸虚実』『磯風』『光塵』『曠日』『磊磈集』など。

石橋辰之助（いしばしたつのすけ）

俳人【生没】明治42年（1909）5月2日〜昭和23年（1948）8月21日

【評伝】東京に生まれる。本名も同じ。旧号、竹秋子。安田保善工業学校卒業。神田日活館、新宿帝都座映画等の照明係をしていたが、戦後は日本映画社に勤務。俳句は初め「ホトトギス」に投句したが、昭和6年、水原秋桜子に従って「ホトトギス」を離脱し、「馬酔木」で活躍した。昭和12年には、俳句観の違いから「馬酔木」を退会、新興俳句運動に参加。杉村聖林子《せいりんし》と共に「荒男」を創刊して無季俳句を提唱していく。昭和13年からは「京大俳句」に参加し、「天香《てんこう》」を創刊した。昭和15年の俳句弾圧事件で検挙され句作を中断したが、戦後になって新俳句人連盟で活躍した。昭和23年、急性結核にて病没。享年40。山岳俳句に個性を発揮し、それまで既存の季語だけで詠まれていた登山の俳句に「ピッケル」「ザイル」などの新語を導入。近代的登山や西欧風風景を叙情的に詠むレベルに高めた。

【著作】句集に『山行』『山岳画』『家』『妻子』『山暦』など。

石橋秀野（いしばしひでの）

俳人**【生没】**明治42年（1909）2月19日～昭和22年（1947）9月26日

【評伝】本名、秀野。旧姓、藪。奈良県に生まれる。文化学院文学部大学本科卒業。在学中に、与謝野晶子に歌を、高浜虚子に俳句を学ぶ。昭和4年に石橋貞吉（山本健吉）と結婚し俳句を離れた。昭和13年頃より横光利一の十日会句会に出席し「鶴」に入会し、同人となる。疎開生活中に胸を病み、昭和22年、京都の宇多野療養所で逝去。享年39。翌年、第1回茅舎賞受賞。

【著作】句文集『桜濃く』。

石原八束（いしはらやつか）

俳人**【生没】**大正8年（1919）11月20日～平成10年（1998）7月16日

【評伝】本名、登、後に八束と改名。山梨県に生まれた。中央大学法学部卒業。父、石原舟月の影響で早くから句作を試み、19歳で「雲母」に投句を始め、飯田蛇笏、三好達治に師事した。昭和22年、前年復刊した「雲母」の編集を飯田龍太とともに担当。「内観造型論」をとなえて新境地をひらき、昭和36年に「秋」を創刊し後に主宰した。昭和51年、『黒凍みの道』で芸術選奨文部大臣賞受賞。平成9年、第9回現代俳句協会大賞受賞。平成10年、没。享年78。句集『秋風琴』は三好の命名による。

【著作】句集に『秋風琴』『雪稜線』『空の渚』『黒凍みの道』『白夜の旅人』。評論・研究に『現代俳句の幻想者たち』『飯田蛇笏』など。

和泉式部（いずみしきぶ）

歌人【生没】生没年未詳

【評伝】越前守大江雅致の娘。中古三十六歌仙のひとり。和泉守、橘道貞の妻となり、共に和泉国に下る。後の女房名「和泉式部」は夫の任国と父の官名を合わせたものである。道貞との婚姻は後に破綻したが、彼との間に儲けた娘、小式部内侍は母譲りの歌才を示した。冷泉天皇の第三皇子、為尊親王やその同母弟、敦道親王の求愛を受けるなど、華やかな恋愛遍歴を持つ。敦道親王との恋の顛末を記した物語風の日記『和泉式部日記』があるが、これは本人の作であるかどうかは疑わしい。『拾遺集』以下、勅撰和歌集に２４６首の和歌が入集。死後初の勅撰集である『後拾遺集』では最多入集歌人となっている。

【著作】家集に『和泉式部正集』『和泉式部続集』など。

伊勢（いせ）

歌人【生没】貞観17年（８７５）頃～天慶元年（９３８）頃

【評伝】伊勢守藤原継蔭の娘。伊勢の御、伊勢の御息所とも呼ばれた。宇多天皇の寵愛を受けその皇子を生んだが早世した。その後は宇多天皇の皇子、敦慶親王と結婚して中務を産む。情熱的な恋歌で知られ、『古今集』に22首、以下の勅撰集に１７６首が入集し、『古今集』もそうだが、『後撰集』には65首、『拾遺集』では25首と、女流歌人として最も多く採録されている。また、「小倉百人一首」19番にも歌が採られている。

【著作】家集に『伊勢集』。

伊勢大輔（いせのたいふ）

歌人【生没】生没年未詳

【略歴】大中臣輔親の娘。高階成順に嫁し、康資王母、筑前乳母、源兼俊母など優れた歌人を生んだ。中古三十六歌仙、女房三十六歌仙のひとり。寛弘5年頃に一条天皇の中宮、上東門院藤原彰子に仕え、和泉式部や紫式部などと交友があり、晩年には白河天皇を養育した。『後拾遺集』を初めとし、勅撰入集は51首。「小倉百人一首」61番に入集。

【著作】家集に『伊勢大輔集』。

韋荘（いそう）

【生没】晩唐、８３６～９１０

【評伝】字は端已《たんき》、京兆杜陵《けいちょうとりょう》（陝西省西安市）の生まれ。若いころから才能・人格ともに抜きんでていたが、59歳になってからようやく進士に及第した。官は校書郎《こうしょろう》。のちに蜀《しょく》の軍閥の王建《おうけん》が後蜀《こうしょく》をたてると、その宰相となった。彼は、生まれつき大変に神経質で、米は一粒一粒数えてから炊き、薪は一本一本重さをはかってから燃やしたという話が残っている。黄巣《こうそう》の乱によって都が壊滅していく情景を描いた長編叙事詩「秦婦吟《しんぷぎん》」によって有名となり、「秦《しん》婦吟秀才《ぷぎんしゅうさい》」と呼ばれた。江南の地をさすらい、戦乱のありさまをつぶさに見て、多くの詩編を残したが、いずれも晩唐の終わりを飾るにふさわしい深い抒情をたたえている。

【著作】『浣花集』『又玄集』。

磯野秋渚（いそのしゅうしょ）

詩人【生没】文久2年（1862）8月20日～昭和8年（1933）1月23日

【評伝】明治時代、三重県上野の人。名は惟秋。字は秋卿。通称は於菟介《おとすけ》。号は秋渚・少白山人・碧雲館・王水盧。藩儒町井台水に師事した。詩に長じ、明治24年、大阪の文芸雑誌「なにはがた」の会員となる。関西詩社の中心として活躍した。また書歌も善くした。明治29年、大阪朝日新聞に入社したのちは、月曜付録で活躍した。

【著作】『明治詩鈔』『明治十家絶句』。

市川一男（いちかわかずお）

俳人【生没】明治34年（1901）12月19日～昭和60年（1985）5月12日

【評伝】東京生まれ。本名も同じ。大正9年、原石鼎の門に入り、後に「鹿火屋《かびや》」の編集などにあたった。昭和23年、水谷六子らと口語俳句研究会を興し、「口語俳句」を発行した。33年、吉岡禅寺洞らと口語俳句協会を設立した。昭和60年、没。享年85。

【著作】『定本市川一男俳句集』『俳句百年』『近代俳句のあけぼの』など。

市河寛齋（いちかわかんさい）

儒学者【生没】寛延2年（1749）6月16日～文政3年（1820）7月10日

【評伝】名は世寧《せいねい》、字は子静《しせい》、通称は小左衛門《こざえもん》。寛齋・西《せい》野《や》・半江《はんこう》などと号した。江戸の生まれ。28歳で林家《りんけ》に入門し、昌平坂学問所の学頭となった。しかし人脈などにより寛政異学の禁で迫害され、辞職して江湖詩社を創立した。寛政3年、43歳で富山藩校広徳館《こうとくかん》の祭酒（教授）に招かれ、20余年在職した。晩年には長崎に滞在し、来日中の清の人と交流した。

【著作】『寛齋百絶』『寛齋先生遺稿』『日本詩紀』『全唐詩逸』『三家妙絶』。

一条兼良（いちじょうかねよし）

歌人・学者**【生没】**応永9年（1402）5月7日～文明13年（1481）4月2日

【評伝】室町時代の学者。法名は覚恵《かくえ》。号は桃華老人・三関老人・東齋。諡号は後成恩寺《のちじょうおんじ》。関白経嗣《つねつぐ》の二男。兄の経輔に代わって家を継ぎ、太政大臣・関白を歴任した。応仁の乱の際に邸宅や文庫を焼失し、一時奈良に避難した。のち文明9年、京都に帰った。神・仏・儒・和の諸学に通じた。

【著作】『歌林良材』。

市原たよ女（いちはらたよめ）

俳人**【生没】**安永5年（1776）～慶応元年（1865）8月4日

【評伝】多代女《たよじょ》とも。別号、晴霞庵。奥州、須賀川（現・福島県須賀川市）に、酒造家の娘として生まれた。婿を取って跡を継ぎ、二男一女をもうけたが、31歳で夫と死別した。三児を育てつつ、石井雨考・鈴木道彦に入門して俳諧を学ぶ。道彦の死後は岩間乙二の指導を受けた。48歳のとき江戸へ出て、『菅笠日記』を著す。乙二の命名した晴霞庵に多くの俳友を迎えて、余生を楽しんだ。慶応元年、没。享年90。

【著作】句集に『青霞句集』。編著に『浅香市集』など。

市村器堂（いちむらきどう）

漢学者**【生没】**万治元年（1864）8月9日～昭和22年（1947）2月23日

【評伝】茨城県筑波郡北条町（現・つくば市）の人。本名、瓚次郎《さんじろう》。字は圭卿。号は器堂・筑波山人・月波山人。明治20年、東京帝国大学古典科漢書課卒。学習院教授や東京帝国大学教授を歴任。漢文学者のほか東洋史研究家としても知られ、早稲田大学・國學院大学・大東文化学院・日本大学の講師を兼ね、その間、斯文会・史学会・東方文化学院など多数の理事・評議員を務めた。国文や西洋文学を題材とした漢詩を作詩したり、漢詩の翻訳を行うなど、維新後に洋学に押されていた漢学の立て直しにも尽力した。

【著作】『東洋史統』『支那史』。

一休（いっきゅう）

僧侶【生没】応永元年（1394）1月1日～文明13年（1481）11月21日

【評伝】室町時代の臨済宗大徳寺派の僧。漢詩人。幼名は周建、のち宗純。狂雲子・夢閨などと号した。京都の人。母は藤原氏。後小松天皇の落胤とも伝えられる。6歳のとき京都安国寺の侍童となり、17歳のとき西山西金寺の謙翁《けんおう》宗為《そうい》に師事し、その没後、近江堅田の大徳寺派の華叟宗曇《かそうそうどん》の下で修行し、一休の道号を授けられた。34歳、後小松天皇に拝謁してのち、朝廷との縁が深かったが、各地に頻繁に行脚して布教した。晩年は山城国薪村の酬恩庵にいることが多かった。文明6年、81歳のとき、後土御門院の勅によって大徳寺住持となり、応仁の乱で焼失した伽藍再興に尽力した。13歳のとき建仁寺の慕喆竜攀（絶海中津の弟子）について作詩を学び、15歳のころには一家をなした。

【著作】『狂雲集』『続狂雲集』。

伊藤一彦（いとうかずひこ）

国文学者・歌人【生没】昭和18年（1943）9月12日～

【評伝】宮崎県に生まれる。早稲田大学第一文学部哲学科卒業。学生時代に同級の福島泰樹のすすめで短歌をはじめ、「早稲田短歌会」に入会。大学卒業後は帰郷し、教員として勤めながら作歌活動も続けた。平成7年、『海号の歌』で第47回読売文学賞詩歌俳句賞。平成17年、『新月の蜜』で第10回寺山修司短歌賞。平成20年、『微笑の空』で第42回釈迢空賞受賞。「心の花」所属。「現代短歌・南の会」代表。俳優の堺雅人は、伊藤の教え子。平成22年、伊藤と堺の共著『ぼく、牧水！ 歌人に学ぶ「まろび」の美学』が刊行された。現在は宮崎看護大学客員教授。郷土の歌人若山牧水の研究者でもあり、「牧水研究会」会長を務める。平成23年、「牧水研究会」が刊行する「牧水研究」第8号は第9回前川佐美雄賞を受賞した。

【著作】歌集に『月語抄』『海号の歌』『新月の蜜』『月の夜声』。評論に『定型の自画像』『若き牧水・愛と故郷の歌』『あくがれゆく牧水 青春と故郷の歌』など。

伊藤左千夫（いとうさちお）

歌人・小説家【生没】元治元年（1864）8月18日～大正2年（1913）7月30日

【評伝】本名、幸次郎。上総国武射郡殿台村（現・千葉県山武市）に生まれる。明治法律学校を病気中退。『歌よみに与ふる書』に感化され、明治33年、正岡子規に師事。子規の没後、根岸短歌会系歌人をまとめ、短歌雑誌「馬酔木」「アララギ」の中心となって、齋藤茂吉、土屋文明などを育成した。また、明治38年には、子規の写生文の影響を受けた小説「野菊の墓」を「ホトトギス」に発表、夏目漱石に評価される。この頃、近角常音の兄である真宗大谷派僧侶の近角常観とも知遇を得て、常観が主宰していた雑誌「求道」に短歌を寄稿する。大正2年、脳溢血のため死去。享年50。

【著作】歌集に『左千夫歌集』。小説『野菊の墓』『隣の嫁』『分家』など。

伊東静雄（いとうしずお）

詩人【生没】明治39年（1906）12月10日～昭和28年（1953）3月12日

【評伝】長崎県諫早市に生まれる。長崎県立大村中学から、旧制佐賀高等学校を経て京都帝国大学文学部国文科に学んだ。詩作は大学卒業の頃よりはじめ、卒業後は大阪府立住吉中学校教諭となった。終戦後は大阪府立阿倍野高等学校に転勤。詩作活動に耽る傍ら、生涯教職から離れなかった。昭和7年、同人誌「呂」を創刊。のち「コギト」に専念する。昭和10年、処女詩集であり代表作『わがひとに与ふる哀歌』を発行し、萩原朔太郎の賞賛を受け一気に名声を高めた。当時の日本浪曼派の代表的な詩人として、評論の保田與重郎とともに同時代に多大な影響を与えた。日本古典やリルケに関する造詣の深さに由来する浪漫的かつ日本的な叙事詩に耽美を加えた作風が特徴。昭和15年には第二詩集『夏花』を刊行。昭和16年には三好達治、中原中也、立原道造らとともに、同人誌「四季」に参加。昭和28年、肺結核により死去。死後まもなく『反響以後』が刊行された。忌日に近い3月末の日曜日は、「菜の花忌」として顕彰されている。

【著作】詩集に『わがひとに与ふる哀歌』『夏花』『春のいそぎ』『反響』など。

伊藤松宇（いとうしょうう）

俳人【生没】安政6年（1859）10月18日～昭和18年（1943）3月25日

【評伝】本名、半次郎。別号、雪操居。長野県に生まれた。父の伊藤洗耳に俳句を、加部琴堂に連句を学ぶ。渋沢栄一の知遇を得て王子製紙や渋沢倉庫の支配人として勤務。明治24年に椎の友社を結び、26年「俳諧」を刊行。その後、秋声会に参加した。秉燭《へいしょく》会を結び、44年に「にひはり」を創刊した。俳諧の史的研究と、連句に力を注いだ。古俳書蒐集家としても知られ、そのコレクションは松宇文庫として名高い。晩年は小石川関口芭蕉庵に住んだ。昭和18年、没。享年85。

【著作】著書に『松于家集』『俳諧雑筆』。古俳諧の翻刻・校訂した編著に『俳諧中興五傑集』『蕪村几董付合全集』『俳文学大系』『俳書集覧』『蕉影余韻』など。

伊藤仁斎（いとうじんさい）

儒学者【生没】寛永4年（１６２７）7月20日～宝永2年（１７０５）3月12日

【評伝】江戸時代、京都の儒者。名は維楨《これえだ》。字は源佐《げんすけ》。通称は鶴屋七衛門。号は初め敬齋、のちに仁齋。11歳の時、初めて大学を読んだ。その後医者になることを勧められたが応ぜず、もっぱら朱子学の研究を続けた。37、8歳になり、朱子学に疑問を抱き、それを孔子・孟子の本義にもとると考え、儒教の神髄を知るには直接古典の真義に迫るべきであるとして古義学と称する一派の学を立てた。その学を最もよく代表する著書は、『語孟字義』と『童子問』といわれるが、古経を究める傍ら、仁義を道徳の根底として実践窮行を求めた。京都の堀川に塾（古義塾）を開いて子弟に講学すること40余年。これらは堀川学派と言われ、門弟は全国から３０００余人に及んだ。

【著作】『論語古義』『孟子古義』。

伊藤東涯（いとうとうがい）

儒学者【生没】寛文10年（１６７０）4月28日～元文元年（１７３６）7月17日

【評伝】名は長胤《ちょういん》、字は原蔵。東涯・慥慥斎《そうそうさい》と号した。伊藤仁斎の長男。年少より学才をあらわし、父仁斎の学説を継承して、特に考証の方面を強化した。経学のほか、語彙語法・制度の研究に業績が多い。一生仕えず、堀川《ほりかわ》の家塾で研究と教育とに専念して多くの門人を養成した。没後、門人たちにより紹述《しょうじゅつ》先生という私諡《しし》を贈られた。

【著作】『紹述先生文集』『秉燭譚』『刊謬正俗』『用字格』『助字考』『操觚字訣』『制度通』。

伊藤博文（いとうひろぶみ／いとうはくぶん）

政治家【生没】天保12年（１８４１）9月2日～明治42年（１９０９）10月26日

【評伝】幼名利助、のち俊輔と改めた。博文《はくぶん》は有職読み。号は春畝、滄浪閣主人。周防の人、長州藩士。吉田松陰に学び、維新の際に勤王の志士として活躍した。明治元年、兵庫県知事となり、2年には大蔵少輔兼民部少輔に転じた。西南の役後、大久保利通とともに治績をあげ、大久保暗殺ののちは内務卿となり、15年、憲法制度調査のために外遊し、帰朝後には制度取調局長・宮内卿に任ぜられ、制度改定に従事した。18年、清国に至り、李鴻章《りこうしょう》と天津条約を締結した。次いで太政官を廃し、内閣制度を創設し、最初の内閣総理大臣となった。その後22年、憲法発布に尽力した。28年、日清戦争の後、下関で李鴻章と講和条約を締結し、33年、政友会を組織して総裁となり、38年、日露講和に至り日韓協約を締結、初代韓国統監に任ぜられ、この間に日韓合併の基礎は成った。42年10月、満州周遊の途上、28日ハルピン駅頭にて安重根に狙撃され、69歳で没した。博文は人となり寛厚、思慮周密、深く明治天皇に信愛され、内閣総理大臣を4回も務めた。明治の功臣、国家の元勲であった。詩文を善くし、書にも巧みであった。

【著作】『藤公詩存』。

稲津祇空（いなづぎくう）

俳人**【生没】**寛文3年（1663）〜享保18年（1733）4月23日

【評伝】初号、青流。別号、石霜庵・有無庵など。大坂に生まれた。松木淡々の手引きで東京に出て、やがて榎本其角の門に入る。其角他界の際には遺稿集『類柑子』の編集に関わる。俗化する享保俳壇の中で宗祇、松尾芭蕉を敬慕し、正徳4年、宗祇の墓前で剃髪して祇空と改号した。一時、大坂に帰郷したこともあったが、享保初期まではおおむね江戸に在住。のちに京都紫野大徳寺に移る。諸所を旅した後、享保16年に箱根湯本に石霜庵を結ぶ。平明清新な俳風は法師風と言われ、深い人間性が、芭蕉復帰の五色墨運動を推進させて、蔵前の札差の祇徳・祇明ら四時観派にも強く影響した。祇徳門からは夏目成美が出ている。享保18年、没。享年71。

【著作】句集に『鶏筑波』『朽葉集』など。

稲畑汀子（いなはたていこ）

俳人**【生没】**昭和6年（1931）1月8日〜

【評伝】神奈川県横浜市に生まれた。小林聖心女学院中退。高浜虚子を祖父、高浜年尾を父に持つ。祖父・父について俳句を学び、昭和52年には「ホトトギス」の雑詠の撰者になる。父の没後、「ホトトギス」を主宰した。昭和62年、日本伝統俳句協会を設立し、会長に就任した。平成12年、虚子記念文学館を芦屋に開館、理事長に就任する。作風や俳句に関する考え方は、祖父虚子の説を忠実に継承している。虚子の提唱した花鳥諷詠については、有季定型を通じて、人事を含む一切の森羅万象を詠むこと、いのちを詠むこととしていて、日本情緒の自然詠に限らないとの認識を示している。よって、海外俳句であっても季題を入れることを提唱している。
【著作】句集に『汀子句集』『汀子第二句集』『障子明かり』。

井上円了（いのうええんりょう）

仏教家・哲学家・教育者【生没】安政5年（1858）2月4日～大正8年（1919）6月6日
【評伝】越後長岡藩（現・新潟県長岡市）真宗大谷派の慈光寺に生まれる。16歳で長岡洋学校に入学、洋学を学ぶ。明治11年、東本願寺の国内留学生に選ばれて上京し、東京大学予備門入学。その後東京大学に入学し、文学部哲学科に進んだ。卒業後、著述活動を開始する。中野にみずから建設した哲学堂（現・中野区立哲学堂公園）を拠点として哲学や宗教について全国で講演した。哲学者としての側面の他に、教育者として東洋大学、京北学園の創始者としても知られる。また、オカルティズムを排除した近代的な妖怪研究の創始者としても知られ、「お化け博士」「妖怪博士」と呼ばれた。大正8年、遊説先の満州大連において没。享年62。
【著作】論文集『妖怪玄談』『奮闘哲学』『仏教活論』など。

井上士朗（いのうえしろう）

俳人【生没】寛保2年（1742）～文化9年（1812）5月16日
【評伝】本名、正春。別号、枇杷園など。尾張の国守山に生まれた。名古屋で産科医となる。加藤暁臺の跡を継いで、鈴木道彦・与謝蕪村からも長者としての待遇を受け、「尾張名古屋は士朗《しろ》（城）で持つ」と俗謡にも歌われた。国学を本居宣長に学び、俳風は平明温和だが、天保調の先駆的な一面も持っている。鈴木道彦、江森月居とならんで寛政の三大家のひとり。文化9年、没。享年71。
【著作】著書に『枇杷園句集』『枇杷園随筆』など。

井上井月（いのうえせいげつ）

俳人【生没】生年未詳～明治20年（1887）2月16日
【評伝】本名は一説に井上克三。別号に柳の家・北越雲水。文政5年頃、越後の長岡藩に生まれたと推測されている。少年期から30代半ばまでの経歴は不明である。嘉永5年、長野にて版行された吉村木鵞の母の追悼集に、井月の発句が見える。これが資料として残っている最初のものである。また翌年、同じく長野で開板された吉村木鵞編纂の句集

『きせ綿』に、「稲妻や網にこたへし魚の影」の句が採られている。この頃には既に俳人として活動していたと推測される。安政5年頃、伊那谷《いなだに》（現・長野県南部）を訪れ、死去するまで上伊那を中心に放浪生活を送り続けた。俳諧の師匠として伊那谷の趣味人たちに発句の手ほどきをしたり、連句の席を持ったり詩文を揮毫する見返りとして、酒食や宿、いくばくかの金銭などの接待を受けつつ、南信州一帯を放浪した。酒好きで身なりに構わず虱だらけだったという井月を、土地の女性や子供たちは敬遠したが、俳句を趣味とする富裕層の男性たちは井月を優遇し、中には弟子として師事する者もいた。文久3年、高遠藩の当時の家老、岡村菊叟と面会し、『越後獅子』の序文を乞う。この序文は、井月が長岡出身と自称していたことを記した最初の記録となる。明治2年、富県村（現・伊那市）の日枝神社の奉納額を揮毫したのを初めに、たびたび社寺の奉納額を手がけている。明治18年の秋頃、『余波《なごり》の水茎《みずぐき》』を刊行。同年、井月の健康を案じた塩原梅関の取り計らいにより塩原家に入籍し、塩原清助と名乗る。明治19年の年末、道に倒れているのを発見される。塩原家に運び込まれ看病を受けるが、翌年の明治20年に66歳で没した。芭蕉を慕った井月の句が多数存在する点から、月並俳句が横行した幕末、明治初期にかけて蕉門の再評価を目指した井月の姿勢がうかがわれる。伊那谷出身で井月を知っていた医師、下島勲（俳号、空谷）が大正10年に『井月の句集』を出版する。下島のもとにかかっていた芥川龍之介は、その縁で跋文を執筆している。放浪俳人の先達として、種田山頭火が影響を受けたとされる。また、漫画家のつげ義春は『無能の人』の作品中に井月を登場させ、句を引用している。

【著作】全集に『井上井月全集』。

井上文雄（いのうえふみお）

歌人・医師 **【生没】**寛政12年（1800）～明治4年（1871）

【略歴】江戸に生まれる。通称は元真。号は歌堂、柯堂。田安家に侍医として仕える。和歌、国学を岸本由豆流《ゆずる》、一柳千古に学ぶ。医師をやめた後は歌人として身をなした。維新後、明治政府に反抗、幕府や会津藩士に同情する歌を発表したことから政府に睨まれ、投獄されたこともあった。江戸派の最後を飾る歌人であり、個性の重視や用語の自由を主張して和歌の革新を用意したと評されている。明治4年、没。享年72。草野御牧、佐佐木弘綱、横山由清ら有力な門人に恵まれて没後も名声は高かった。

【著作】家集に『調鶴集』。歌論に『伊勢の家づと』『道のさきはひ』。注釈研究書『大井河行幸和歌考証』など。

茨木のり子（いばらぎのりこ）

詩人【生没】大正15年（1926）6月12日～平成18年（2006）2月17日

【評伝】本名、三浦のり子。大阪府に生まれ、愛知県西尾市で育った。愛知県立西尾高等女学校を卒業後上京し、帝国女子薬学専門学校に進学する。20歳の時に終戦を迎え、昭和21年に同校を卒業する。昭和25年に結婚。結婚後、雑誌「詩学」の詩学研究会という投稿欄に投稿を始める。昭和28年に川崎洋からの誘いで、同人誌「櫂」創刊にたずさわる。創刊号は川崎洋と茨木のり子の二人だけの同人誌だったが、二号からは谷川俊太郎、三号から舟岡遊治郎・吉野弘、四号から水尾比呂志が参加し、その後の第二次戦後派の詩人を多数輩出するようになった。平成3年に『韓国現代詩選』で読売文学賞（研究・翻訳部門）を受賞。平成11年に刊行された詩集『倚りかからず』が、朝日新聞「天声人語」で取り上げられ話題になり、詩集としては異例の15万部の売り上げを記録した。平成18年、東京都西東京市の自宅で病没。享年79。一人暮らしであったため、訪ねて来た親戚に発見された。明るい平明な語り口の中に、明確な社会意識や鋭い現実批判が織り込まれた詩風で知られる。

【著作】詩集に『見えない配達夫』『鎮魂歌』『人名詩集』『自分の感受性ぐらい』『倚りかからず』。エッセイに『うたの心に生きた人々』『詩のこころを読む』『言の葉さやげ』など。

井原西鶴（いはらさいかく）

浮世草子作者・俳人【生没】寛永19（1642）～元禄6年（1693）8月10日

【評伝】本名、平山藤五。初号、鶴永。別号、西鵬・松寿軒など。大坂の富裕な商家に生まれた。自称15歳で俳諧を志したという。長じて家業を手代に譲り、俳諧師として母方の井原姓を名乗る。後に西山宗因に入門して談林派の代表的作者として活躍し、阿蘭陀《おらんだ》流と呼ばれた。速吟に長じて、一昼夜23500句の記録を作った。矢数競争に終止符を打つと同時に俳諧からも決別してものした『好色一代男』が浮世草子という新しいジャンルを創設することになった。元禄6年、没。享年52。同時代では、有名人であり、人気作者であったが、江戸末期には西鶴は忘れられていた。明治初期に、淡島寒月が彼を再発見し、幸田露伴や尾崎紅葉に紹介したところ、彼等も西鶴を非常に評価し、またその作品も影響を受けた。

【著作】句集に『生玉万句』『西鶴大矢数』。浮世草子に『好色一代男』『世間胸算用』『好色五人女』『武家伝来記』。

違星北斗（いぼしほくと）

社会運動家・歌人【生没】明治34年（1901）～昭和4年（1929）1月26日

【評伝】北海道余市町に生まれる。本名、瀧次郎。8歳まで自分がアイヌであることを知らされず育つ。大川尋常小学校に入学し、激しい差別を受けた。大正3年、卒業とともに家業のニシン漁に従事。大正7年頃、「北海タイムス」に掲載されたアイヌを侮蔑した短歌を見て、和人に対して激しい反抗心を燃やすようになった。しかし、小学校の恩師の影響や青年団の活動に参加したりするなかで、むしろ積極的に和人の中に入って学ぶ。大正14年、上京。すぐに金田一京助に知遇を得る。知里幸恵、知里真志保、バチラー八重子など先人のアイヌ作家について金田一から教授を受ける。また、金田一の人脈で伊波普猷や中山太郎などの前で講演を行う。大正15年、帰郷。登別や日高に転住し、日雇い労働をしながら、アイヌの地位向上に関する啓蒙活動を続けた。昭和2年、故郷の余市に戻る。病気療養をしながら同人誌「コタン」を作成。同年末より薬の行商をしながら、道内を回り啓蒙活動に努めるが、病の悪化により、余市の実家で療養することとなる。歌人としては、毎週のように「小樽新聞」に短歌が掲載され、随筆、研究なども掲載される。「新短歌時代」にも参加し、多くの作品が掲載されている。昭和4年、結核にて病没。享年29。

【著作】遺稿集に『コタン』。

今井邦子（いまいくにこ）

歌人【生没】明治23年（1890）5月31日～昭和23年（1948）7月15日

【評伝】本名、山田くにえ。明治23年、徳島県生まれ。明治25年、2歳のとき父母と離れ、父の郷里である長野県下諏訪町の祖父母のもとに預けられた。少女のころより、「女子文壇」に詩を投稿し、何度も入賞した。父の死後上京し、中央新聞社の記者となる。明治44年、同社の記者、今井健彦と結婚、この時期から作歌を始める。大正5年、「アララギ」入会、島木赤彦に師事。昭和11年、「アララギ」を退会し女性だけの歌誌「明日香」を創刊、主宰。自ら活躍するとともに、多くの女流歌人を育てた。昭和20年、幼少期を過ごした長野県下諏訪町に疎開。同年、東京千駄ヶ谷の自宅が空襲により焼失。蔵書、資料なども焼失した。翌年「明日香」を復刊したが、昭和23年、疎開先の同地で心臓麻痺のため病没。享年59。

【著作】歌集に『片々』『光を慕ひつつ』。随筆評論『茜草』『和琴抄』『女性短歌読本』など。

齋部路通（いむべのろつう／いんべのろつう）

俳人【生没】慶安2年（1649）～元文3年（1738）7月14日

【評伝】八十村《やそむら》路通とも。通称、与次衛門。名は伊紀。呂通・露通とも書く。常陸の国高岡に生まれたとされる。神職の家柄だったという。乞食となって漂泊の旅のさなか、貞享2年3月、膳所松本で松尾芭蕉と会い入門した。性格的にも慢心と放縦な性格に問題があったらしく同門からの反感も多かった。芭蕉の怒りをも買い、一時期破門されたこともある。しかし芭蕉は、遺言に於いて路通へのとりなしを書き残している。元文3年、大坂で死没。享年90。

【著作】撰著『俳諧勧進帳』『芭蕉翁行状記』など。

岩崎行親（いわさきゆきちか）

教育者【生没】安政2年（1855）～昭和3年（1928）4月26日

【評伝】号は岳東。香川県に生まれる。20歳のとき東京英語学校に学ぶ。内村鑑三、新渡戸稲造らと同窓であった。翌年、札幌農学校に移り、クラーク博士に学んだ。卒業後は北海道などで仕事を勤めあげたのち、東京で私塾を開き子弟に教えた。明治27年鹿児島県知事の教育・勧業顧問となる。その後、鹿児島県尋常中学校長を勤め、いくつもの中学校設立に奔走し、34年、第七高等学校造士館（現・鹿児島大の前身）初代館長となった。のち福山中学を創立し校内に敬天塾を設けて大西郷の敬天愛人の精神を鼓吹して子弟の教育に努めた。大正10年8月、夫妻相携えて伊勢神宮に詣でた時の所懐「国体篇」は最も人口に膾炙した。昭和3年4月、門下の戦死者招魂碑を城山に建て、当日式場にて倒れ「日本の現状では死にたくない。後はよろしく諸君に頼む」との一言を遺して72歳で没した。

【著作】『日本教訓詩』など。

岩溪裳川（いわたにしょうせん）

教育者【生没】嘉永5年（1852）～昭和18年（1943）

【評伝】名は晋。号は裳川。但馬（現・兵庫県）の人。父は達堂といい、岩垣月洲《いわがきげっしゅう》の門人という。裳川は詩を森春濤に学び、その弟を以て称せられた。本田種竹・森槐南《かいなん》と親しみ、晩年は国分青厓《こくぶせいがい》と並んで二大詩宗と目せられた。資性恬澹にして超脱、すこぶる仙骨があったとされる。詩は杜甫・白居易を尊び、造詣が深く、二松学舎教授・芸文社顧問を兼ね、講義を聴く者の中でその面白さを賞賛しない者はなかった。昭和18年没。享年92。

【著作】『裳川自選稿』。

岩田涼菟（いわたりょうと）

俳人【生没】万治2年（1659）〜享保2年（1717）4月28日

【評伝】名は、正致。通称、権七郎。別号、団友齋・紙風館三世など。伊勢の神職。貞享2年に初入集したが、蕉門に入ったのは芭蕉の晩年で、芭蕉没後は榎本其角、各務支考、谷木因らに親しんだ。西国・北陸道を行脚して勢力を扶植し、多くの俳書を後見して、伊勢派の基礎を築いた。享保2年、没。享年59。

【著作】編著に『皮籠摺《かわごずれ》』『山中集』『湖とろみ』など。

磐姫皇后（いわのひめのおおきさき／いわひめこうごう）

皇族【生没】5世紀中・生没年不詳

【評伝】仁徳天皇の皇后。履中、反正、允恭三天皇の母。記紀によれば、嫉妬深い女性とされる。『万葉集』巻2に相聞歌が収められている。石之日売《いわのひめ》、磐之媛とも呼ばれる。

巖谷一六（いわやいちろく）

政治家【生没】天保5年（1834）2月8日〜明治38年（1905）7月12日

【評伝】名は修、字は誠卿、別号を古梅・金粟道人。家は代々の藩医であった。父の死後京都に出て、医術・書・漢学を学び、21歳のとき帰郷し家業を継ぐものの、明治初年、新政府の官僚となり、明治24年、貴族院議員となる。書をはじめは中沢雪城に学んだが、のちに楊守敬の来日に際してその影響を受け、日下部鳴鶴らとともに魏・晋・唐の書法を究めた。その書は精妙をきわめ、一派をなした。

【著作】『巖谷一六一蘭亭序』。

巖谷小波（いわやさざなみ）

児童文学者・俳人【生没】明治3年（1870）6月6日〜昭和8年（1933）9月5日

【評伝】貴族院議員で書家の巖谷一六の3男として東京に生まれる。本名は季雄《すえお》。別の筆名に大江小波。独逸学協会学校へ入学するも、医者への道を歩ませられることを嫌い、周囲の反対の中で文学を志して進学を放棄し、明治20年、硯友社に入る。機関誌「我楽多文庫」に小説「妹背貝《いもせがい》」などを発表。明治24年、おとぎ話「こがね丸」が好評を得て、以後童話に専念。「少年世界」編集長を務め、『日本昔噺』『世界お伽噺』などをまとめる。アンデルセンやグリム童話を日本で初めて紹介したのも巖谷である。童話の口演や戯曲化にも取り組んだ。童話の口演は、今日一般的に行われている読み聞かせの普及する発端となった。昭和8年没。享年64。昭和53年からは巖谷小波文芸賞が創設された。毎年、青少年の文化向上と普及に貢献した個人や団体、作品に贈られている。

【著作】児童書に『日本昔噺』『世界お伽噺』。日記に『巖谷小波日記』など。

上島鬼貫（うえじまおにつら）

俳人**【生没】**万治4年（1661）4月4日～元文3年（1738）8月2日

【評伝】本名、宗邇《むねちか》。通称、与惣兵衛。別号、囉々哩《ららり》・仏《さと》兄《え》など。摂津の国伊丹に生まれた。酒造業を営む油屋の一族。13歳で松江重頼に入門したが、後に談林風に転じた。25歳で医学を志し大坂に出る。筑後国三池藩や大和国郡山藩、越前国大野藩などに出仕し勘定職や京都留守居役を担当した。蕉門の廣瀬惟然や齋部路通などとも親交があり、彼らを通じ松尾芭蕉とも親交を持つようになる。また一時は伊丹風という異体の俳諧に遊んだ時期もあったが、やがて「まことの外に俳諧なし」と悟り、率直で平明な作風を示すようになり「東の芭蕉・西の鬼貫」と称された。元文3年、大坂鰻谷（現・大阪市中央区鰻谷）にて没。享年78。河東碧梧桐が忌日の「鬼貫忌」を秋の季語とした。平成3年より、故郷伊丹市で「鬼貫賞」が設けられている。

【著作】編著に『大悟物狂』『仏の兄』『独言』など。

上杉謙信（うえすぎけんしん）

武将**【生没】**享禄3年（1530）1月21日～天正6年（1578）3月13日

【評伝】初名は影虎《かげとら》、のち政虎《まさとら》・輝虎《てるとら》と改名。幼名は虎《とら》千《ち》代《よ》。出家して不識庵《ふしきあん》謙信と号した。越後守護代長尾為景《ながおためかげ》の子。越後の春日山城を拠点に北陸一帯を領有し、小田原の北条氏、甲斐の武田氏と鼎立した。とくに川中島（現・長野県）での武田信玄との合戦は有名。それ以後も各地で群雄と戦い、越中（現・富山県）を下し、加賀・能登（現・石川県）に進出して織田信長と対立した。天正《てんしょう》6年、京都進軍の直前に急死した。戦術に秀で、民政・殖産につとめる一方で、四書五経・老荘にも通じ、詩・和歌・茶・書や謡曲を好み、神仏を崇敬した。また義侠心が強く、今川氏と北条氏によって塩と魚の輸送が断たれた武田氏に対してこれらを送り、武田信玄は謙信に名刀を送って謝意を表した、という逸話が残っている。天正5年、謙信は加賀に進撃、金沢から能登を攻め、9月15日に七《なな》尾城《おじょう》を陥落させた。

上田秋成（うえだあきなり）

読本作者・国学者・歌人【生没】享保19年（1734）6月25日～文化6年（1809）6月27日

【評伝】大坂曽根崎に私生児として生まれる。元文2年、4歳の時、堂島の紙油商上田家の養子となり仙次郎と呼ばれる。5歳の時天然痘を患い、手の指が不自由になる。この時加島稲荷（現・香具波志神社）に回復を祈願し、68歳までの寿命を告げられたという。そして、生涯この神社への信仰を篤くする。宝暦元年、18歳頃から放蕩に耽り、そのなかで和歌や創作の基礎を養う。30歳を過ぎて加藤宇万伎に国学を学ぶ。火災で家屋を失った後、医学を都賀庭鐘に学び40歳で医師を開業する。このころより「秋成」の筆名を用い、『雨月物語』を出版する。医師を開業しながら旺盛な執筆活動を行うも、次々と家族に先立たれ、自身も両目を相次いで患い、左目は失明するなど、不遇な生活であった。寛政10年から門人の羽倉信美の邸内に移り住み、文化6年にそこで没した。享年76。

【著作】小説に『雨月物語』『春雨物語』。注釈書『ぬば玉の巻』。研究書『歌聖伝』『霊語通』、俳文法書『也哉鈔』。

上田五千石（うえだごせんごく）

俳人【生没】昭和8年（1933）10月24日～平成9年（1997）9月2日

【評伝】本名、明男。東京に生まれた。上智大学を卒業。父や兄の影響で幼少より俳句に親しんでいたが、大学在学中に秋元不死男の門に入り、「氷海」「子午線」同人を経て、昭和48年には「畦」を創刊した。昭和43年、『田園』で俳人協会賞受賞。平成9年、没。享年65。娘の上田日差子も俳人。

【著作】句集に『田園』『森林』『風景』『琥珀』『天路』。

上田敏（うえだびん）

翻訳家・評論家【生没】明治7年（1874）10月30日～大正5年（1916）7月9日

【評伝】旧幕臣上田絅二《けいじ》の長男として、東京築地に生まれる。静岡尋常中学、私立東京英語学校、第一高等学校を経て、明治30年、東京帝国大学英文科卒業。講師の小泉八雲からその才質を絶賛されたという。英語のほか、仏語、独語、ギリシャ、ラテン語にも長けていた。卒業後、東京高等師範学校教授を勤め、八雲の後任として東大講師も勤めた。第一高等学校在学中、北村透谷、島崎藤村らの文学界同人となり、東大在学中の明治28年、第一期「帝国文学」の創刊に関わる。明治35年、主宰誌の「芸苑」と廃刊になっていた森鷗外の主宰誌「めざまし草」とを合併し、「芸文」を創刊。その後、「芸文」は廃刊したものの、後継誌の「万年艸」を創刊した。この縁で、鷗外とは家族ぐるみで交際した。明治41年、ヨーロッパへ留学。帰国後、京都帝国大学教授となる。明治43年、慶應義塾大学文学科顧問に就任。大正5年、腎臓疾患で東京の自宅で急逝。享年41。高い語学力を以てフランス象徴詩や高踏派の訳詩を発表。ヨーロッパの当時の文芸思潮を熱心に紹介し、後進を啓発した。

【著作】訳詩集に『海潮音』『牧羊神』。訳文集に『みをつくし』など。

上田三四二（うえだみよじ）

小説家・歌人・文芸評論家**【生没】**大正12年（1923）7月21日～平成元年（1989）1月8日

【評伝】兵庫県市場村（現・兵庫県小野市）に生まれる。旧制三高在学中に文学に興味を持ち始める。京都帝国大学医学部医学科に入学するも、文学を志す気持ちと、医学を志して欲しいという父の期待で揺れ動く。昭和23年、卒業後、京大附属病院に勤務。翌年、歌誌「新月」に参加。医師の傍らアララギ派の歌人として出発。昭和27年、京大病院を退職。専門が結核であったため、のちに国立京都療養所や国立療養所東京病院にも勤務している。昭和28年、処女歌集『黙契』を出版。昭和31年、「青の会」結成に参加。昭和36年、「斎藤茂吉論」により第4回群像新人文学賞受賞。あわせて小説「逆縁」が小説部門最優秀賞となる。このときの筆名は、成相夏男。昭和41年に結腸癌を病んだことが大きな転機となり、生と死を見つめることが生涯の作品の大きなテーマとなった。日本文芸協会理事や、宮中歌会始撰者をつとめた。平成元年、癌で病没。享年65。

【著作】歌集に『涌井』『遊行』。小説に『うつしみ』『祝婚』。評論に『眩暈《げんうん》を鎮めるもの』『この世　この生』『島木赤彦』など。

上夢香（うえむこう）

教育者**【生没】**嘉永4年（1851）7月2日～昭和12年（1937）2月28日

【評伝】字は大道、号は夢香・楽静堂。山城（現・京都府南部）の人。上真節《さねたけ》の子。明治3年太政官雅楽局に勤めたのち、宮内省楽師兼東京音楽学校教授となった。またフェントンらに洋楽を学び、文部省唱歌「一月一日」「鉄道唱歌」などの作曲で知られているが、詩作にもすぐれた才能を示した。昭和12年に没した。享年87。

上村占魚（うえむらせんぎょ）

俳人【生没】大正9年（1920）9月5日〜平成8年（1996）2月29日

【評伝】本名、武喜《たけよし》。熊本県人吉市に生まれた。東京美術学校工芸科（漆芸専攻）を卒業。一時教職に就いていた。熊本で発行されていた俳誌『かはがらし』を17歳の時に読み、句作を始めて、主宰の後藤是山の手ほどきを受け俳句に親しんだ。上京後、高浜虚子・松本たかしに師事した。たかしが「笛」を創刊する際に参加した。昭和24年には「ホトトギス」の同人となり、同じ年、「みそさざい」を創刊し、主宰した。齋藤茂吉、亀井勝一郎、吉野秀雄、会津八一、中川一政などと親交。旅をよくし、俳句作家、随筆家として活躍の一方、書・漆芸・作陶活動も旺盛に続けた。平成8年、没。享年77。

【著作】句集に『鮎』『球磨』『霧積』『石の犬』など。

右近（うこん）

歌人【生没】生没年未詳

【評伝】父は右近衛少将藤原季縄。醍醐天皇の中宮穏子に仕えた女房で、元良親王、藤原敦忠、藤原師輔、藤原朝忠、源順などと恋愛関係にあったことが歌から伺える。承平3年、康子内親王裳着屏風歌を詠進。天徳4年と応和2年の内裏歌合、康保3年の内裏前栽合などの歌合に出詠、村上天皇期の歌壇で活躍した。『後撰集』『拾遺集』『新勅撰集』に10首が入集している。入首数は少ないが、女房三十六歌仙のひとりに選ばれるなど、名高い女房歌人である。「小倉百人一首」38番に歌が入集している。

臼田亞浪（うすだあろう）

俳人【生没】明治12年（1879）2月1日〜昭和26年（1951）11月11日

【評伝】本名、卯一郎。長野県佐久郡小諸町（現・長野県小諸市）に生まれた。法政大学を卒業後、やまと新聞の記者となる。月並俳句から入り、日本派に親しんだが、大正3年になって高浜虚子に会って、俳壇に立つ決意をした。翌年、大須賀乙字とともに「石楠」を創刊。高浜虚子の「ホトトギス」、河東碧梧桐の新傾向俳句を批判し、俳壇革正を目指した。大正5年、やまと新聞を退社し、句作に専念。昭和26年、没。享年73。有季定型の新傾向俳句を目指した。
【著作】句集に『亞浪句鈔』『旅人』『定本亞浪句鈔』。評論に『道としての俳句』。

右大将道綱母（うだいしょうみちつなのはは）

歌人**【生没】**承平7年（937）～長徳元年（995）5月2日
【評伝】道綱卿母《みちつなきょうのはは》、藤原道綱母とも。伊勢守正四位下、藤原倫寧の娘。菅原孝標女は姪にあたる。生年は承平6年説、同7年説がある。天暦8年、藤原師輔の三男兼家と結婚。翌年、道綱を生む。半生の自叙伝ともいえる著書『蜻蛉日記』が有名。歌人としても名を知られ、安和2年の「藤原師尹五十賀屏風歌」、正暦4年の「東宮居貞親王帯刀陣歌合」などに詠進。また寛和2年の内裏歌合では道綱の代作をした。『拾遺集』を初めとして、勅撰入集は37首。中古三十六歌仙。
【著作】家集に『傅大納言殿母上集』『道綱母集』。

宇田滄溟（うだそうめい）

新聞記者**【生没】**慶応4年（1868）7月17日～昭和5年（1930）11月12日
【評伝】名は友猪《ともい》（朋猪）、修して（修姓。和風の姓名を漢文風にすること）友という。字は誠甫、号は滄溟。土佐の人。明治20年、板垣退助にしたがって上京し、東京専門学校を卒業。「新愛知」などの記者を経て「土陽新聞」主筆となる。自由党系の論客で、和田三郎とともに「自由党史」を編集。森槐南《かいなん》・国分青厓《こくぶせいがい》・野口寧齋《ねいさい》・田辺碧堂《へきどう》・宮崎晴瀾・大久保湘南らと親しく、詩で以て名をはせた。昭和5年没。享年63。
【著作】『滄溟集』。

有智子内親王（うちこないしんのう）

皇族**【生没】**大同2年（807）～承和14年（847）
【評伝】嵯峨天皇の皇女。母は交野女王。弘仁元年、賀茂斎院となり、天長8年、病のために退下をした。弘仁14年、天皇が、内親王の山荘に行幸したときに、文人を同行させ詩を作らせたとされる。内親王自身も、「寂寂幽荘水樹裡。仙輿一降一池塘。栖林孤鳥識春沢。隠潤寒花見日光。泉声近報初雷響。山色高晴暮雨行。従此更知恩顧渥。生涯何以答昊蒼」の詩を作った。ときに17歳。これに感動した天皇は、有智子内親王を三位に進ませ、御製の詩を与えたという。内親王は『史記』『漢書』をはじめ学問を善くし、その中でも詩作に優れていた。平安第一の女流詩人で、その上多作であり、その詩は『経国集』『雅言奉和』に載せられている。仁明天皇の承和14年10月没した。享年41。

内田南草（うちだなんそう）

俳人【生没】明治39年（1906）9月27日～平成16年（2004）11月19日

【評伝】本名、寛治《かんじ》。三重県熊野市に生まれた。昭和2年、萩原籮月《らげつ》に師事し、自由律俳句を作った。俳誌「唐檜葉《からひば》」「多羅葉樹下」「俳句日本」を発行した。戦後になって、22年「梨の花」を創刊、26年「感動律」と改題した。33年、口語俳句協会の設立に参加した。平成16年、没。享年72。

【著作】句集に『光と影』『感動律俳句選集』。

内田百閒（うちだひゃっけん）

随筆家・小説家・俳人【生没】明治22年（1889）5月29日～昭和46年（1971）4月20日

【評伝】本名、栄造。別号、百鬼園。岡山県に生まれた。東京帝国大学文学部独文科卒業。陸軍士官学校・海軍機関学校教官を経て、法政大学教授となったが、昭和9年から文筆生活に入った。夏目漱石の門下。俳句は志田素琴のもとで六高俳句会を結成したが、やがて中絶する。昭和9年、素琴の「東炎」の同人となって復活した。昭和21年には「べんがら」同人となり、26年には同誌を主宰したが4号で休刊。昭和46年、東京の自宅で老衰により没。享年81。

【著作】句集に『百鬼園俳句』『内田百閒句集』。随筆に『俳諧随筆』『百鬼園随筆』『続百鬼園随筆』。小説に『贋作吾輩は猫である』『阿房列車』。他に『全輯百閒随筆』全6巻、『内田百閒全集』全10巻など。

鵜殿余野子（うどのよのこ）

歌人【生没】生年未詳～天明8年（1788）

【評伝】生まれは享保14年頃と言われている。名は清子、きよい子ともいう。漢学者、鵜殿孟一の妹。若くして紀州侯の大奥に仕え、きよい子または瀬川と呼ばれた。賀茂真淵のもとで和歌や国学を学び、土岐筑波子《つくばこ》、油谷倭文子《ゆやしづこ》とともに真淵門下の「三才女」とうたわれた。兄の影響で漢詩にも秀でていた。徳川宗将の室富宮、側室八重の方、総姫などを主人とし、独身のまま紀伊家に勤め続けて、大奥年寄となる。晩年は出家して涼月と号し、紀州の吹上御殿内の涼月院に住む。天明8年、没。60歳くらいであったと言われている。

于武陵（うぶりょう）

【生没】晩唐、847年頃在世。

【評伝】名は鄴《ぎょう》。字である武陵で呼ばれることが多い。杜《と》曲《きょく》（陝西省西安市の南郊）の人。宣宗《せんそう》の大中（847〜860）年間に進士に及第したものの、役人づとめが性に合わなかったため、琴と書物を携えては諸国を歴遊した。そのために、残されている作品には、旅に出ていることの孤独、南の地方をさすらう悲しみなどを詠ったものが散見される。于武陵は、洞庭湖、湘江一帯をめぐり、その地の風物をこよなく愛したという。のちに、嵩山（河南省洛陽市の南）にこもって隠遁した。

【著作】『于武陵集』。

于　濆（うふん）

【生没】生没年未詳

【評伝】字は子漪《しき》、生没年も生国も明らかではない。唐の僖宗の御世である乾符年間のはじめまで在世した。咸通2年、進士となり、官は最終的に泗州の判事に終わった。詩に巧みであったものの、時流には迎合せず孤高であり、声律に拘束されて浮薄に堕ちるのを嫌い、古風な詩を30編を作り、自ら逸詩と称している。

馬内侍（うまのないし）

歌人【生没】生没年未詳

【評伝】源能有の玄孫にして源時明の娘。実父は時明の兄、致明《むねあきら》と考えられている。斎宮女御徽子女王（村上天皇女御）、円融天皇中宮媓子、賀茂斎院選子内親王、東三条院詮子（円融天皇女御）、などに仕えた後、一条天皇皇后定子に出仕の際、掌侍となる。藤原朝光、藤原伊尹、藤原道隆、藤原道兼などと恋愛関係があり、華やかな宮廷生活を送った。晩年は出家して宇治院に住む。中古三十六歌仙、女房三十六歌仙のひとり。『拾遺集』を初めとして、勅撰入集は38首。

【著作】家集に『馬内侍集』。

梅田雲濱（うめだうんぴん）

勤王家【生没】文化12年（1815）6月7日〜安政6年（1859）9月14日

【評伝】江戸時代、若狭（現・福井県）小浜の人。名は定明・義質。通称は源次郎。号は雲濱・湘南。本姓は矢部氏。初め小浜の儒者山口菅山に学び、のち江戸に出ては佐久間象山・藤田東湖らと交わった。30余歳のとき京都で講説した。また高杉晋作・久坂玄瑞などとも交わった。勤王家で、のち幕府の処置に抗し、水戸中納言を擁立せんとして捕えられ、獄舎で没した。享年44。

【著作】『雲濱遺稿』。

浦上玉堂（うらがみぎょくどう）

藩士・画家 **【生没】** 延享2年（1745）～文政3年（1820）3月4日

【評伝】 江戸時代、備前（岡山県）の人。名は孝弼《たかすけ》。字は君輔《きんすけ》。通称は兵右衛門。号は玉堂。本姓は紀氏。初め池田侯に仕えていた。35歳のとき、中国・明の顧元昭作と伝わる「玉堂清韻」の銘のある名琴を入手したことから「玉堂」を名乗るようになる。名手ではなかったとされるが、琴を深く愛好し、二人の子どもも春琴、秋琴と名付けるほどであった。鴨方藩の大目付などを勤める程の上級藩士であったが、琴詩書画にふける生活を送っていたことから、周囲の評判は芳しくなかったとされる。50歳のとき、武士を退いて、京都に住んだ。画家として水墨の山水に長じたが、儒学にも通じ詩を善くした。延享2年生、文政3年没。享年76。

【著作】『玉堂詩稿』『玉堂琴譜』。

永福門院（えいふくもんいん）

皇族 **【生没】** 文永8年（1271）～康永元年（1342）5月7日

【評伝】 西園寺実兼の長女。名は鏱子《しょうし》。正応元年、伏見天皇の女御となり、ついで中宮となる。しかし子に恵まれず、典侍藤原経子所生の胤仁親王（のちの後伏見天皇）を引き取って養育した。永仁6年、院号をうける。正和5年、出家して真如源と号する。康永元年、北山第にて没。享年72。歌道を京極為兼に学び、京極派の代表的歌人として知られた。『玉葉集』以下の勅撰集に218首が入集。家集は現存しないが、自撰集に「永福門院百番御自歌合」二百首がある。

永福門院内侍（えいふくもんいんのないし）

歌人 **【生没】** 生没年未詳

【評伝】 父は坊門三位基輔、母は高階経仲女。若くして永福門院に仕え深い友情を結ぶ。京極派の歌人として知られた。晩年は播磨に下り、姪にあたる伏見院皇女進子内親王を養育した。「伏見院仙洞五十番歌合」「持明院殿当座歌合」「永福門院歌合」「花園院六首歌合」など、京極派の歌合に出詠。歌は『玉葉集』を初めとし、勅撰入集は49首。『風雅集』撰進のため貞和2年に光厳院が召した「貞和百首」の作者のひとり。

恵慶法師（えぎょうほうし）

僧侶**【生没】**生没年不明

【評伝】出自、経歴は不詳。播磨国分寺の講師をつとめ、国分寺へ下向する際に天台座主尋禅から歌を贈られた。歌人としては『拾遺集』に18首が入集。勅撰入集は計55首。応和2年頃より歌合などで活動し、大中臣能宣、紀時文、清原元輔などの公家歌人との交流があった。「小倉百人一首」47番に歌が採られている。

【著作】家集に『恵慶法師集』。

江國滋（えくにしげる）

俳人・評論家**【生没】**昭和9年（1934）年8月14日～平成9年（1997）8月10日

【評伝】号、滋酔郎。東京に生まれる。慶応大学法学部卒業。出版社の雑誌編集者を経て、昭和41年に退社。安藤鶴夫が企画した雑誌の編集に携わるが、3号で廃刊。以降、文筆業に専念。初期は演芸評論を主に行う。その後、随筆、紀行、評論の分野で活躍する。昭和44年、小沢昭一、永六輔らと「東京やなぎ句会」をつくる。『俳句とあそぶ法』で俳句ブームの火付け役となり、『日本語八ツ当り』はベストセラーとなる。平成9年春に食道癌と診断され手術を受けたが、手術の合併症により、同年に病没。享年62。軽妙な俳風で知られ、殊に挨拶句の名手として知られた。また長年日本経済新聞の投句欄「日経俳壇」の選者を務めた。

　俳句に関しては独学に近く特定の師を持たなかったが、鷹羽狩行とは親交が深く添削なども受けていた。熱烈な阪神ファン。また、カードマジックの腕前はプロ級。他に絵画も巧みであり、将棋も愛好し、「将棋ペンクラブ大賞」の選考委員を死去するまで務めていた。作家の江國香織、編集者の江國晴子は娘。

【著作】句集に『神の御意　滋酔郎句集』『癌め』。芸能評論に『落語手帖』『落語美学』『落語無学』。紀行文に『旅はプリズム』『アメリカ阿呆旅行わん・つう・すりー』『スペイン絵日記』など。

江藤新平（えとうしんぺい）

官僚**【生没】**天保5年（1834）2月9日～文久7年（1874）4月13日

【評伝】名は胤雄、号は南白。佐賀の乱の首領。文久2年、脱藩して上洛したものの、公卿に接近したため藩庁から蟄居を命ぜられる。慶応3年、王政復古で許され、倒幕の東征大総督府の軍監となり、江戸に入って江戸鎮台の判事となった。太政官中弁をはじめ、法制関係の官職を歴任したのち、明治5年、司法卿となり司法権の独立、警察制度の統一を図って改定律例を制定し、フランス法を直訳した「民法草案」を編纂した。翌年参議になったが、西郷隆盛・板橋退助らの唱える征韓論に同調して、岩倉具視・大久保利通ら政府首脳の反対によって辞職するに至った。明治7年、板垣らの民選議員設立建白書の署名には参加したが、佐賀の征韓主張派や欧化政策反対の反動士族らに薦められて首領となり、同年2月挙兵したがまもなく政府軍によって鎮圧され、密行の途中で逮捕され刑死した。江戸を近代的な大産業都市にする構想を持っており、民衆の要求を考慮して地代・家賃の値下げ、問屋・仲買のギルド独占の廃止などを断行したが、政府官僚になってからは、専制的な官僚機構の強化に専念したり、江藤閥をはかるなど、民心から離れていった。

江馬細香（えまさいこう）

詩人【生没】天明7年（1787）4月4日~文久元年（1861）9月4日

【評伝】名は多保、字は細香。号は湘夢・箕山など。大垣藩（現・岐阜県）の人。父は儒医、蘭学の先駆者である江馬蘭齋で、細香はその長女である。文化10年、頼山陽が蘭齋を訪れたことが、彼女が詩人として名をはせる大きなきっかけとなった。詩を山陽に学び、武元登登庵《とうとうあん》、浦上春琴、小石元瑞《げんずい》ら京都の文人らと交流した。山陽は細香に求婚を申し出たが、彼女の父がそれを断ったため、生涯独身を貫き通したという。同郷の梁川紅蘭と併称され、詩の結社である白鴎社を結成した。画にも秀で、はじめ僧玉潾《ぎょくりん》に、のち浦上春琴に学んだ。文久元年に没した。享年75。

【著作】『湘夢遺稿』。

江馬天江（えまてんこう）

教育者【生没】文政8年（1825）11月3日~明治34年（1901）3月8日

【評伝】名は聖欽、後に正人。字は承弼、通称俊吉、天江はその号。近江阪田郡中村、下坂篁齋の第六子。21歳のとき、美濃の仁和寺宮侍医江《え》馬榴園《まりゅうえん》の養子となった。のち緒方洪庵について洋書を学び、また梁川星巌に従遊し、詩を善くした。明治元年、徴士を経て太政官士官となり、官を辞してからは儒学を師弟に授け、明治34年、病没した。

【著作】『退享園詩鈔』『賞心贅録』『古詩声譜』。

袁　凱（えんがい）

【生没】明、1400年頃在世。

【評伝】字は景文《けいぶん》、号は海叟《かいそう》という。松江《しょうこう》の華亭《かてい》（江蘇省）の人。元の末年。府の役人となったが、博学かつ能弁で、しばしば議論をしては、その場の人々を屈服させることを得意とする人柄であった。明の洪武3年、御史《ぎょし》（目付け）となる。このころは明国がうち建てられてからまもなく、武臣が功を恃んで破目をはずし、罰せられるということが多かった。彼は「武臣は兵事には習熟しているが、君臣の礼に疎《うと》いから、経書の講義を聴かせて、礼儀作法を教え、罰を受けないようにさせたい」と上奏した。帝はこの訴えを認め、武臣たちのために名士を招いては経書を講義させた。かつて帝が囚人を厳しく取り調べたときなどは、皇太子は囚人を憐れんで、罪を軽減しがちであった。帝はこのとき袁凱に自分と皇太子と、どちらが正しいかと問うたが、彼は「陛下は法に厳正であり、東宮は心に慈悲がある」と答えた。このように彼が老獪にも両方を持ち上げたのを、帝は快く思わなかった。そのため彼は罪の及ぶのを懼れ、精神不安定を偽り、退職して故郷に帰った。またあるとき、楊維楨《よういてい》の詩酒の宴で、客の一人が自作の「白燕《はくえん》詩《し》」を出したところ、彼は微笑して、別に「白燕詩」を一編、即座に作って差し上げた。楊維楨は、その出来ばえに驚き、客たちに見せて回った。人々はそれから、彼を袁白燕と呼ぶようになったという。

【著作】『海叟詩集』。

袁宏道（えんこうどう）

【生没】明、1568～1610

【評伝】湖北省公安県の人。字は中郎《ちゅうろう》、また無学。号は石公《せきこう》、また六休という。兄の宗道、弟の中道と共に公安派の三袁と呼ばれ宏道がもっとも名高い。万暦20年、進士合格、23年、呉県の知事、後、稽勲郎になったが病気の為辞職した。詩については「独り性霊を抒べて格套に拘わらず」と主張した。また、民歌・戯曲・小説を提唱し、小品文の開拓者でもある。詩文は紀行と写景に長じ、風格は清新流暢である。

【著作】『袁中郎集』『觴政』『瓶花斎雑録』などがある。

円　旨（えんし）

僧侶【生没】永仁2年（1294）10月24日～正平19年（1364）10月10日

【評伝】名は別源。号は縦性。俗姓は平、越前の生まれ。

はじめ鎌倉の円覚寺の東明和尚に学び、元応元年、元に渡り、諸名僧に参契したが、元徳2年、帰国した。円覚寺・建長寺に歴任し、興国中、朝倉氏の招きで、越前弘祥寺の開山となり、正平13年脚疾のために辞して越前に戻った。19年、足利義詮《よしあきら》の強請により、病気をおして建仁寺に移ったが、ついに10月10日、没した。

【著作】『南帰集』『東帰集』。

袁中道（えんちゅうどう）

【生没】明、1570〜1623

【評伝】字は小修《しょうしゅう》、公安派「三袁」の3男にあたる。公安《こうあん》県（湖北省）の人。明末の詩人として活躍し、模倣を忌み、精神性を重視する詩作を行った。早年は易しい言葉で含蓄のある表現をする詩風であったが、中年以後は深淵なものへと変化した。また散文にも才能を発揮し、特に旅行記や書簡では活き活きとした描写と斬新な表現が見られる。

袁枚（えんばい）

【生没】清、1716〜1797

【評伝】字は子才、簡齋《かんさい》、また随園《ずいえん》老人と号した。浙江省仁和の人。幼いころから才能を発揮し、12歳で県の学生にあげられ、乾隆4年には進士となり、翰林院庶吉士となった。ついで溧水・江浦・沐陽・江寧諸県の知事を歴任するなど活躍し、40歳で官を辞してからは、随園という邸宅を江寧の小倉山に築き、読書・詩文をして暮らした。人となりは垢抜けていて、各地から教えを請うために多くの人士が彼の許を訪れるほど、名声を博した。詩は「精霊」（＝心情を自由に表現すること）を唱え、王漁洋の神韻派（＝言外の余韻を尊ぶ）、沈徳潜の格調派（リズムを重視する）と並んで、清代の三大詩派をなしている。仁宗の嘉慶2年、病没した。享年82。

【著作】『小倉山房詩文集』『随園詩話』『随園随筆』。

王安石（おうあんせき）

【生没】北宋、1021〜1086

【評伝】字は介甫《かいほ》、江西省の臨川《りんせん》を本籍とする。そこで王安石の詩文集は『臨川先生文集《りんせんせんせいぶんしゅう》』（百巻）と呼ばれている。百巻のうち、詩は38巻を占める。詩人としてだけでなく、文章家としても著名で、唐と宋の名文家8人（唐宋八大家《はちだいか》）のひとりに数えられている。王安石はまた政治にも力を発揮した。仁宗の慶暦《けいれき》2（1042）年、22歳の若さで科挙に及第しながらも、自ら志願して十余年もの長きにわたり地方回りの官僚を務めていた。この時の農民生活の見聞が、神宗の目にとまって中央に呼び戻され、政治を担当するようになった。それらが一連の革新的な諸施策に反映されることになる。新法と総称される諸施策は、現代歴史家の再評価を受けるまではなはだ評判の悪いものであったが、今日では、そのころ目立ち始めた社会矛盾が農民や零細商人にしわ寄せされていた不平等を是正しようとしたものとして評価されている。しかし、現代の人でも、例えば林語《りんご》堂《どう》のように王安石に否定的評価を下す人もいる。新法の実施もさることながら、問題は、このあと政界が新法党と旧法党の対立という形で動いて行き、次第に政策の対立を離れて個人的感情の対立によってこれ以降の宋の政治がなされていったことにある。これがひいては宋王朝の命脈を縮めることともなり、その責任まで王安石にかかって悪評につながっているのである。

【著作】『臨川先生文集《りんせんせんせいぶんしゅう》』。

王維（おうい）

【生没】盛唐、699？～761

【評伝】字は摩詰《まきつ》、太原《たいげん》（山西省）の人。生没年は、699～759年、とする説もある。幼いころから弟の縉《しん》とともに聡明であった。15歳のとき、科挙の準備のため都へ出た。すでに優れた詩を作り、書画、音楽の才にもめぐまれていた王維は、たちまち都の王侯貴族たちの寵児となった。彼の音楽の才を物語るエピソードに、ある人が一幅の奏楽《そうがく》図《ず》を手に入れたが、題名が分からなかった。王維がそれを見て「霓裳羽衣《げいしょううい》の曲の第三畳《だいさんじょう》の第一拍です」と答えたので、楽師を読んでその曲を演奏させたところ、はたしてそのとおりであった、というものがある。詩では、15歳、17歳、18歳など制作年代の記入のあるものがあり、10代の王維がすでに詩人として名をなしていたことが知られる。これは他の詩人には見られない例外的なことである。貴族社会の名残を留めていた当時にあっては、王維の多彩な才能はもてはやされ、やがて21歳という若さで進士に及第する。役人になった王維は、官僚生活の合間に心を休める別荘を、都の南、藍田山《らんでんさん》のふもとに求めた。そこは初唐の詩人宋之《そうし》問《もん》の所有していたもので、土地の名を取って「網川荘《もうせんそう》」と名付けた。山も森も谷川も湖もあり、その間にいくつも館《やかた》が点在するという広大な別荘である。王維はここで友人たちと閑適の暮らしを楽しんだ。こういった生活を「半官半隠」（半分官吏で半分隠者）という。順調に過ごしてきた王維であったが、晩年になって、思わぬことに、755年に勃発した安禄山《あんろくざん》の乱の際、賊軍につかまって、無理やり官につけられてしまった。それが乱の平定後問題になり、裁判にかけられることになる。しかし賊中で天子を思う詩を作っていたのと、刑部侍郎《けいぶじろう》（法務次官）の要職にあった弟の縉の嘆願によって、官を下げられただけで事なきを得た。その後、尚書右丞《しょうしょゆうじょう》（書記長官）にまで進んだ。最後の官によって、王右丞と呼び、その集を『王右丞集』という。熱心な仏教信者で、字を摩詰というのも、名と続けて読めば維摩詰《ゆいまきつ》になるというしゃれである。母親の影響もあるが、30歳頃、妻を失ったのも原因とされる。終生、後添いをもらわなかった。

【著作】『王右丞集』。

王禹偁（おううしょう）

【生没】北宋、954〜1001

【評伝】字は元之。済州鉅野《さいしゅうきょや》（山東省鉅野）の人。太平興国8（947）年の進士。瑞拱《たんきょう》元（988）年に右拾遺・直史館となる。至道元（995）年に翰林学士。のち地方に出て、黄州《こうしゅう》（湖北省黄岡）の知州（州の長官）となる。当地が王黄州と呼ばれることがあるのは、彼が知州として活躍したことによっている。咸平《かんぺい》4（1001）年、蘄州《きしゅう》（同省蘄春《きしゅん》）に移り、その地で没した。彼の詩は、杜甫、李伯、白居易を宗とした社会・政治への関心が深いものであったため、西崑体《せいこんたい》が主流をなしていた当時の北宋初期の詩壇では独自の位置を占めた。

【著作】『小畜集』『小畜外集』。

王翰（おうかん）

【生没】盛唐、687〜726

【評伝】字は子羽《しう》、山西省太原《たいげん》の人。景雲《けいうん》元年の進士。若いころから豪放で、酒を飲んでは、妓女《ぎじょ》や楽人を蓄え、名馬を飼うなど、才をたのんで奔放自由に生きていた。その言動はまるで王侯貴族のようであったという。そのうち宰相の張説《ちょうせつ》に招かれて秘書正字となり駕部員外《がぶいんがい》に抜擢されたが、張説の失脚後は飲酒と放蕩が過ぎて中央から河南・湖北へと左遷され、そこで没した。とはいえ王翰の詩人としての名声は天下にとどろいており、文士杜華《とか》の母親は孟《もう》母三遷《ぼさんせん》の故事にならって杜華を王翰の隣に住まわせたという。王翰には塞外の地へ行った経験は無いが、高適《こうせき》・岑参《しんじん》らと同様に、辺塞《へんさい》詩人と称されている。

王九思（おうきゅうし）

【生没】明、1468〜1552

【評伝】字は敬夫、号は渼陂。陝西《せんせい》省鄠《こ》県の人。弘治年間に進士に及第した後、翰林《かんりん》院検討・吏部《りぶ》郎中《ろうちゅう》を歴任した。途中左遷されることもあったが、郷里に帰ってからは、康海と交遊し雑劇制作を楽しみとし、没した。歌を善くし、詞曲に秀でていた。明代の代表的な詩人（李夢陽《りぼうよう》・何景明《かけいめい》・邊貢・徐禎卿・康海・王九思・王廷相）のひとり。「杜子美沽酒遊春」では、ときの宰相を風刺したという。

【著作】『渼陂集』『王氏族譜』『鄠県志』。

應璩（おうきょ）

【生没】三国、190～252

【評伝】字は休璉《きゅうれん》。建安七子である応瑒《おうちょう》の弟。汝南《じょなん》郡南《なん》頓《と》の人。散騎常侍《さんきじょうし》・侍中を経て、大将軍・曹爽の長史を歴任した。時世を諷刺した「百一詩」は『詩品』で「『詩経』に通じる」と言われるほど高い評判を得た。嘉平2年、再び侍中となった。博学で詩文を善くし、死後は衛尉《えいい》を追贈された。

王建（おうけん）

【生没】中唐、778?～830?

【評伝】字は仲初《ちゅうしょ》、潁川《えいせん》（河南省）の生まれ。大暦《たいれき》10（775）年に進士及第後、渭南県《いなんけん》（陝西省）尉《い》・秘書丞《ひしょじょう》・侍《じ》御史《ぎょし》を歴官。のち陝州《せんしゅう》（河南省）の司馬に転出。また数年間辺境にも従軍し、帰って来てからは咸陽原上《かんようげんじょう》（陝西省）に居を構えた。韓愈《かんゆ》の門下で、白居易・劉禹錫《りゅううしゃく》とも交遊した。詩風は韓愈と違って、同門の張籍《ちょうせき》と近く、楽府《がふ》・歌《か》行《こう》に秀でて一時の流行をリードし、「張・王の楽府」と併称された。宮詞の名手でもあり、一族の枢密使《すうみつし》王守澄《おうしゅちょう》から宮中の事情を聞いては宮詩（宮中の女性の心情・生活を歌った詩）百編を作ったエピソードは有名である。

【著作】『王建詩集』。

王粲（おうさん）

【生没】後漢、177～217

【評伝】姓は王、名は粲。字を仲宣《ちゅうせん》という。山陽郡高平《こうへい》（山東省鄒県《すうけん》）の人。後漢王朝の皇帝献帝《けんてい》の際、董卓《とうたく》によって都が長安に移されると、曽祖父（王龔《おうきょう》）、祖父（王暢《おうちょう》）とともに王粲も新都に移住する。大学者である蔡邕《さいよう》が、まだ一介の少年に過ぎなかった王粲の訪問の知らせを聞き、下駄をさかさにつっかけて走り迎えた、といわれるほど早熟な少年であった。数年の後、混乱の長安を後にして荊州《けいしゅう》（湖南・湖北）に移る。やがて曹操に召され、その側近となった。曹操の下では「建安七子《けんあんしちし》」の第一人者として文学史上重要な役割を担っている。とてもすぐれた記憶力を持っていたので、道端の石碑を一度読んだだけで暗唱したり、ばらばらになった碁石を、元通りに並べたりすることが出来たという。

【著作】歴史書『英雄記』編。

王之渙（おうしかん）

【生没】盛唐、688〜742?

【評伝】字は李陵《きりょう》、絳郡《こうぐん》（山西省）、あるいは薊門《けいもん》（河北省）の人という。俠気《きょうき》に富み、若いころは郡の若者たちと剣を交わしたり、酒を飲んだりのでたらめな生活をしていたが、のちに行いを改めて詩文の道に励み、十年にして名声をあげた。だが、試験勉強に汲々《きゅうきゅう》とするのを潔しとせず、名士とも交際した。彼の作品ができると楽師らがすぐに曲をつけたという。王昌齢《おうしょうれい》、高適《こうせき》と交遊し、辺塞詩《へんさいし》に秀でていたが、現在は六首しか残っていない。役人としては出世せず、在野の詩人として活躍した。

王士禎（おうしてい）

【生没】清、1634〜1711

【評伝】字は貽上《いじょう》。号は阮亭《げんてい》。また太湖《たいこ》の漁洋山《ぎょようざん》を好み、漁洋山人《さんじん》とも号した。本名は士禛であるが、彼の死後、世宗雍正《ようせい》帝の即位により、帝の諱《いみな》、胤禛《いんしん》を避けて、士正《しせい》と改められ、さらに乾隆《けんりゅう》30（1765）年、詔により士禎と名を賜った。また諡《おくりな》して文簡《ぶんかん》という。山東省の新城の生まれ。代々進士の家柄で、父も国子監祭酒《こくしかんさいしゅ》（国立大学総長）を勤めていた。順治《じゅんち》15（1658）年に進士に及第し、47歳で国子監祭酒となり、66歳で刑部尚書《けいぶしょうしょ》にまで出世した。若くして詩才があり、兄の王士禄《おうしろく》、士祐《しゆう》とともに三王と並び称された。24歳の時、済南の太明湖《たいめいこ》で、秋色に染まる楊柳を「秋柳」七律四首に詠みあげ、この詩はすぐに多数の唱和者ができて、大いに詩名を挙げた。明末の大学者銭謙益《せんけんえき》に重んじられて声望も高まり、康熙年間第一の詩人として尊敬された。清朝詩壇の元祖である。朱彝尊《しゅいそん》と並称して王朱といわれる。彼の提唱した詩論を神韻説《しんいんせつ》という。これは、古語、典故を多用して品格を重んじ、無限の情緒、余韻を尊ぶという詩風である。この考えは康熙年間、盛行した。この一派を神韻派と呼ぶ。彼はこの詩説によって、唐詩を選び『唐賢三昧集《さんまいしゅう》』三巻を著したが、王維《おうい》を筆頭に孟浩然《もうこうねん》、高適《こうせき》らを多く採り、李白、杜甫を採らなかった。

【著作】『唐賢三昧集』『精華録』『帯経堂集』（92巻）。

王昭君（おうしょうくん）

【生没】前30年頃

【評伝】名は嬙《しょう》、字は昭君。のち明妃、明君とも呼ばれた。絶世の美女として知られ、前漢の元帝に仕えたが、匈奴との和親政策のために呼韓邪単于《こかんやぜんう》に嫁がされた。夫の死後は子どもの妻となったという。このことは後年、戯曲「漢宮《かんきゅう》秋《しゅう》」や人文画「明妃出塞図《めいひしゅっさいず》」など様々な作品の題材となった。

王昌齢（おうしょうれい）

【生没】盛唐、698?～755?

【評伝】字は少伯《しょうはく》。陝西省西安付近の人と伝えられる。開元《かいげん》15（727）年に進士となる。秘書郎《ひしょろう》となり、22年宏《こう》辞《じ》の科に及第し、すぐ汜水《はんすい》（河南）の尉を授けられた。しかし素行が悪かったため、江寧《こうねい》（江蘇省）の丞に左遷された。それで王江寧とも呼ばれる。最後は竜標《りゅうひょう》（湖南省）の尉におとされた。この時、友人の李白が「王昌齢が竜標に左遷せらるると聞き、遥かに此の寄《き》有《あ》り」という、七言絶句の詩を送っている。やがて安禄山《あんろくざん》の乱が起こると、そのどさくさにまぎれて王昌齢は故郷に逃げ帰ったが、刺史の閭丘暁《りょきゅうぎょう》に憎まれ、殺されてしまった。この事件には後日談がある。至徳《しとく》2（757）年宰相の張鎬《ちょうこう》が河南に軍をすすめたとき、閭丘暁が軍律違反をして死刑に処されることになった。閭丘暁は「自分には年老いた親があり他に養うものがいないので命だけは助けてほしい」と嘆願したが、張鎬は「それならば王昌齢の親は誰に養わすつもりだったのか」と言ったので、閭丘暁は返す言葉が無かったという。王昌齢は七言絶句に優れ、「七言絶句の聖人」とも「詩家《しか》の夫子《ふうし》王江寧」とも呼ばれる。

【著作】『詩格』『詩中密旨』。

王慎中（おうしんちゅう）

【生没】明、1508～1559

【評伝】字は道思《どうし》、南江《なんこう》と号したが、別号に遵岩《じゅんがん》居士がある。中国泉州晋江《せんしゅうしんこう》市の人。中国の明朝で嘉靖《かせい》の官僚を務め、一方では有名な作家として活躍した。嘉靖八才子の代表的存在である。

王世貞（おうせいてい）

【生没】明、1526～1590

【評伝】字は元美《げんび》。号は鳳洲《ほうしゅう》・弇州山人《えんしゅうさんじん》。太倉《たいそう》（江蘇省太倉県）の生まれ。嘉靖《かせい》26（1547）年の進士で、山東副使・南京刑部尚書などを歴任した。李攀龍《りはんりょう》らとともに復古を主張、〝後七子《こうしちし》〟のひとりとして数えられる。李攀龍の没後は文壇の中心として大きな影響力をもった。「文《ぶん》は必ず西漢《せいかん》（前漢）詩は必ず盛唐《せいとう》。大暦《たいれき》（766～779）以後の書は読む勿《なか》れ」と唱え（『明史《みんし》』王政貞伝）、前七子《ぜんしちし》の主張をさらに先鋭化している。しかし晩年にはやや主張を修正して、白居易や蘇軾《そしょく》を学び、平淡な境地に至った。

【著作】『弇州山人四部稿』。

王　績（おうせき）

【生没】隋、５８５～６４４

【評伝】姓は王、字は無功《ぶこう》。絳州竜門《こうしゅうりゅうもん》（山西省河津県《かしんけん》）の生まれ。隋の王通《おうつう》・王度《おうど》の弟。隋の大業《たいぎょう》の末年に秘書正《ひしょせい》字《じ》になったが、堅苦しい生活に耐えきれず、揚州《ようしゅう》（江蘇省）六合県《りくごうけん》の次官に転じた。しかし、この地方官も、酒が好きで奔放な彼には窮屈であったらしく、退官して竜門に帰っている。唐になっても門下省の待詔《たいしょう》に召されたのも、役所から配給される酒が目当てだったという。一時、官を退くが、貧窮に苦しめられ、再び官を求めた。その際も、酒造家出身のものがいる役所を懸命に頼み込んだという話が伝わっている。晩年は「老荘」を好み、酒屋に何日間も泊まり込むことがあったという。酒を求めて官につくところは阮籍《げんせき》を思わせるが、生活だけでなく、詩も阮籍や陶潜《とうせん》の風を慕い、隠逸的な傾向が強く、質朴で平淡である。

【著作】『東皐子集』。

王　勃（おうぼつ）

【生没】初唐、６５０～６７６

【評伝】字は子安《しあん》。絳州竜門《こうしゅうりゅうもん》（山西省河津県《かしんけん》）の人。王績《おうせき》の兄王通《おうつう》の孫である。６歳のころから文章をつづる天才であった。若くして沛王《はいおう》の修撰《しゅうせん》（史書の編述をつかさどる役人）になったが、諸王の闘鶏を非難する檄文《げきぶん》を書いたために、高宗の怒りにふれて罷免された。しばらくして虢州《かくしゅう》（河南省霊宝県）の参軍（部長）になるが、ここでも才能をひけらかし傲慢であったので、同僚には評判が良くなかった。おりしも罪を犯した官奴をかくまい、しまいには露見するのを恐れて殺してしまう、という事件を起こす。事が発覚して死刑の判決が下るが、大赦をもって救われる。この事件によって、父も交趾《こうち》（今のベトナムのハノイ付近）の知事に左遷され、それを見舞う途中、南海の海中に落ちて死んだ。28歳であったとされる（諸説あり）。勃は「初唐の四傑《しけつ》」の筆頭として文名が高く、その書きぶりも、まず数升の墨をすり、大酒を飲んで一寝入りし、目覚めてから筆をとると、一字も直すところが無かったので、「腹稿《ふっこう》」（腹の中に原稿がある）と言われた。

【著作】『王子安集』。

欧陽脩（おうようしゅう）

【生没】北宋、１００７～１０７２

【評伝】字は永叔《えいしゅく》。吉州廬陵《きっしゅうろりょう》（江西省）の生まれ。中年期、直言がたたって滁州《じょしゅう》（安徽省）に地方官として左遷された時には酔翁《すいおう》（人生を酔って過ごすおいぼれ）と号した。また晩年には改めて六一居士《りくいっこじ》と号した。それは、一千巻の拓本《たくほん》、一万巻の蔵書、一張の琴、一局の碁、一壺《こ》の酒に囲まれて一人の居士《わたし》がいる、というところからこう号したのだと欧陽修自身で説明している。この二つの号ははっきりと欧陽修の生き方を示している。すなわち、古代史研究までも含む広い学問と読書、芸術・趣味を持ち、高位は極めながらも官位にしがみつく醜態は見せず、適当な時機に隠退して山水に親しむ。このような余裕のある、人生を楽しむ態度こそ、以後の文人官僚の典型となるものであった。文学上でも欧陽修は散文の基礎を定め、梅尭臣《ばいぎょうしん》や、蘇舜欽《そしゅんきん》らの詩才を高く評価して、彼らとともに宋詩の方向付けを行うなど、やはり典型を完成するのに功労があった。生まれて4歳で父と死に分かれ、母親に育てられた。家が貧しかったため、筆が買えず地面に荻の茎で字を書いて勉強したという。出世した後は、後進の育成に務めたことでも有名である。

【著作】『欧陽文忠公全集』。

王陽明（おうようめい）

【生没】明、1472〜1528

【評伝】明代の哲学者、政治家。陽明学の始祖である。浙《せっ》江《こう》・余姚（浙江省余姚《よよう》県）出身。字は伯安《はくあん》、名は守仁《しゅじん》、諡は文成《ぶんせい》である。感化17（1481）年に、科挙を首席で合格するほどの秀才であった。朱子学に批判的で、座学だけでは理に到ることはできないと述べ、仕事や日常生活の中での実践の心がけを提唱した。左遷された貴州省龍場駅で県知事として抜擢されると高官を歴任し、いくつもの反乱を鎮圧するのに成功した。のち結核によって江西省南安で没した。

【著作】『朱子晩年定論』『伝習録』。

大江敬香（おおえけいこう）

実業家**【生没】**安政4年（1857）6月1日〜大正5年（1916）10月26日

【評伝】名は孝之、字は子琴。号は敬香のほか、楓山、愛琴など。東京大学文科を中退し、慶應義塾大学を卒業したが、詩は独学で修得した。明治11年には静岡新聞主筆となり、のち山陽新報主幹となった。東京府庁にも勤めたが、24年に辞職して漢詩人として独立した。花月社を結成し、31年には漢詩雑誌「花香月影」を、41年には「風雅報」を刊行した。文章にすぐれ、詩は七言律詩を最も得意とした。大正5年に没した。享年60。

大江朝綱（おおえのあさつな）

文人・書家【生没】仁和2年（886）～天徳元年（958）12月28日

【評伝】丹後守であった大江玉淵の子。検非違使別当で参議の大江音人の孫であり、彼が江相公と号したために、朝綱は後江相公と称された。延喜11年に文章生となり、次いで丹波、信濃での地方官や刑部少丞、民部大丞、左少弁など太政官の数々の官職を歴任し、承平4年には文章博士を兼ねた。天暦7年には参議、正四位下となった。才能にあふれ、作詩や書をよくし、その詩文は『扶桑集』『和漢朗詠集』『本朝文粋』『本朝文集』などに収録されている。自筆本としては漢学者・紀長谷雄の漢詩文集『紀家集』（宮内庁保管）が知られており、また有名な「屏風土代」（宮内庁保管）は、朝綱が作った詩を小野道風が下書きしたものといわれている。

【著作】『後江相公』『倭注切韻』（ともに散逸）。

大江千里（おおえのちさと）

歌人・学者【生没】生没年未詳

【評伝】大江音人の子とされるが、音人の孫とする説もある。弟に大江千古《ちふる》がいる。儒者であるが、漢詩文はほとんど残っていない。詳細な官歴については不明であるが一時罪を得て謹慎を命じられるなど、官人としてはさほど恵まれていなかったとされる。宇多天皇の頃の歌合に参加、寛平6年、宇多天皇の勅命により家集『句題和歌』（『大江千里集』）を撰集、献上している。これは、白居易などの漢詩句を題としそれを和歌に翻案した新趣向の試みで、後世盛んに作られる同種の句題和歌の先駆をなす。また、菅原是善と「貞観格式」を撰している。歌は儒家風で『白氏文集』の詩句を和歌によって表現しようとしたところに特徴がある。中古三十六歌仙のひとり。『古今集』には10首が採られ、以下の勅撰集には15首が入集。「小倉百人一首」23番に歌が入集している。

大江匡衡（おおえのまさひら）

歌人【生没】天暦6年（952）～寛弘9年（1012）

【評伝】中納言大江維時の孫で、左京大夫大江重光の子。妻は赤染衛門。生年は『日本紀略』の死亡記述より逆算したものであり、享年61歳とされる。晩年に自身の半生を回顧した長編の述懐詩「述懐古調詩」を残しており、それによると幼くして詩作の才能を発揮し、康保元年、13歳で元服し、その時に漢代の文人である匡衡《きょうこう》に由来し名を改める。一条天皇期に文人として活躍し、藤原道長、藤原行成、藤原公任などと交流があり、時折彼らの文章を代作し名儒と称された。また地方官としても善政を行った。公卿としての地位を望んだようだが、それは果たせずに終わった。『後拾遺集』を初めとして、勅撰集に12首が入集。中古三十六歌仙のひとり。

【著作】家集に『匡衡集』。漢詩文集に『本朝文粋』『江吏部集』『本朝麗藻』。

大江匡房（おおえのまさふさ）

学者・歌人**【生没】**長久2年（1041）～天永2年（1111）11月5日

【評伝】大学頭大江成衡と橘孝親の娘の子。大江氏代々の家学である文章道を修め、豊富な学識によって朝廷に仕えた。特に天皇の学問的師としての奉仕を長く行い、後三条、白河、堀河の3代にわたって侍読を勤めた。朝儀典礼や貴族社会の有職故実にも通じた。漢詩や和歌には斬新な作風を発揮し、また家学である漢文の技能を生かして『本朝無題詩』などに作を収める傍ら、多くの人のために願文を作成している。『後拾遺集』を初めとし、勅撰入集は114首。「小倉百人一首」73番に入集。

【著作】漢文記に『遊女記』『傀儡子記』『洛陽田楽記』。有職故実書に『江家次第』。怪奇談に『狐媚記』。説話集に『本朝神仙伝』。

大江嘉言（おおえのよしとき）

歌人**【生没】**生没年未詳

【評伝】大江千古の孫にあたる大隅守、弓削仲宣の子。子に公景がいた。一時、弓削姓を称したこともあるが、後に大江姓に復姓している。中古三十六歌仙のひとり。文章道出身の大江家にふさわしく、漢詩の表現をあらたに取り入れたものも多く、知的で清新な詠風が特徴。能因法師、源道済、相模など著名歌人との親交が知られる。『拾遺集』以下の勅撰集に31首が入集。

【著作】家集に『大江嘉言集』。

大岡信（おおおかまこと）

詩人・評論家**【生没】**昭和6年（1931）2月16日～

【評伝】静岡県田方郡三島町（現・静岡県三島市）に生まれる。父は歌人の大岡博。旧制静岡県立沼津中学校を経て旧制第一高等学校、東京大学文学部国文科卒業。学生時代から詩人として注目される。昭和28年、東大卒業後、読売新聞社入社。外報部記者を経て昭和38年に退社。昭和40年から明治大学助教授となる。昭和44年、評論集『蕩児の家系 日本現代詩の歩み』で藤村記念歴程賞受賞。昭和45年、明治大学教授に就任。昭和47年、『紀貫之』で読売文学賞（評論・伝記部門）受賞。昭和54年、詩集『春 少女に』で無限賞受賞。昭和55年、朝日新聞連載「折々のうた」の執筆活動で菊池寛賞受賞。昭和62年、明治大学教授を退任。昭和63年、東京芸術大学教授に就任。平成元年、第11代日本ペンクラブ会長に就任。『故郷の水へのメッセージ』で現代詩花椿賞受賞。平成2年、『詩人・菅原道真 うつしの美学』で芸術選奨文部大臣賞受賞。平成5年、東京都文化賞受賞。詩集『地上楽園の午後』で詩歌文学館賞受賞。平成7年、日本芸術院賞・恩賜賞受賞。平成9年、朝日賞受賞。文化功労者。平成15年、文化勲章受章。昭和54年より平成19年まで、朝日新聞で「折々のうた」を連載。この連載で人々に広く知られている。

【著作】 詩集に『記憶と現在』『わが詩と真実』『彼女の薫る肉体』『世紀の変り目にしやがみこんで』『鯨の会話体』。エッセイに『折々のうた』『新折々のうた』など。

大木あまり（おおきあまり）

俳人 **【生没】** 昭和16年（1941）6月1日～

【評伝】 詩人、大木惇夫の三女として東京都目白に生まれる。本名は章栄《ふみえ》。姉は、北九州市立松本清張記念館館長の藤井康栄と、編集者でエッセイストの宮田毬栄。昭和18年、栃木県安蘇郡田沼町に疎開。小学校2年までをここで過ごし、昭和24年、東京都品川区立延山小学校に編入。昭和25年、小学校三年生の時、俳句の宿題で、芭蕉の句を真似たことが俳句との出会いであった。高校時代は絵画部に所属。昭和36年、武蔵野美術学校洋画科に入学。昭和40年、卒業。昭和46年、「河」入会。角川源義の指導を受く。昭和54年、進藤一考主宰「人」に参加。同人となる。昭和55年、第一句集『山の夢』刊行。昭和58年、「人」を退会。時期は特定できないが「河」も退会しており、無所属となる。平成2年、長谷川櫂、千葉皓史と三人で同人誌「夏至」を刊行。「夏至」同人となる。藺草慶子、石田郷子、山西雅子らの若い俳人と出会う。平成6年、長谷川櫂主宰「古志」に入会。平成7年、矢島渚男主宰「梟」に入会。平成10年、再び結社を離れ無所属となる。平成12年、乱詩の会に参加。短歌に興味を持つ。平成15年、俳句の勉強会「ミントの会」発足。詩人の白石かずこらと「ユリシーズの会」発足。平成23年、『星涼』で読売文学賞（詩歌部門）を受賞。実作を重んじ、「自由に俳句を創作すること」を重視している。公式ホームページには猫の写真が多く掲載されており、自他共に認める猫好き。

【著作】 句集に『山の夢』『雲の塔』『火球』『猫200句』

（藤木魚酔との共著）『星涼』。詩画集に『風を聴く木』。

大伯皇女（おおくのひめみこ）

皇族【生没】斉明天皇7年（661）～大宝元年（702）

【評伝】大来皇女とも記す。天武天皇の皇女。母は大田皇女。同母弟に大津皇子。斉明天皇7年に、筑紫に向かう途中の、大伯の海の上（現・岡山県瀬戸内市の沿岸。かつて邑久《おく》と呼ばれた。）で誕生したとされ、こう呼ばれる。天武天皇2年、父の天武天皇によって斎王制度確立後の初代斎王（斎宮）として泊瀬斎宮に入斎院、翌3年に伊勢斎宮に下向した。朱鳥元年に大津皇子が謀反人として処刑されたあとは都に帰った。『万葉集』に6首が伝わるが、すべて弟の大津皇子を思う歌である。大宝元年、没。享年41。

大窪詩佛（おおくぼしぶつ）

書家【生没】明和4年（1767）～天保8年（1837）

【評伝】名は行光、字は天民。通称、柳太郎。号は、詩佛・痩梅など。常陸（現・茨城県）の人。父はのちに江戸で開業医となった大窪宗春である。江戸の山本北山に折衷学を学び、市河寛齋に漢詩を学んだ。江戸神田お玉が池に詩聖堂を開いた。盟友の菊池五山と共に文化・文政期の江戸詩壇の中心人物となった。また頼山陽や谷文晁とも交友があり、江戸の四詩家と称される。60歳を過ぎて秋田藩に仕えた。詩だけでなく、草書と墨竹画も善くした。

【著作】『西遊詩草』『北越詩草』『再北越詩草』『卜居集』『詩聖堂詩集』。

大久保湘南（おおくぼしょうなん）

詩人【生没】慶応元年（1865）10月19日～明治41年（1908）2月9日

【評伝】明治時代の詩人。佐渡相川町の人。名は達。字は雋吉。号は湘南。郷里の円山溟北について漢詩文を学んだ。内務省属官・逓信省官吏・法典調査会書記・函館日日新聞記者などを務めたのち、明治37年、上京して随鷗吟社を創設した。同年10月、随鷗集第一集を出した。明治41年没。

【著作】『湘南詩稿』。

大久保利通（おおくぼとしみち）

政治家【生没】文政13年（1830）8月10日～明治11年（1878）5月14日

【評伝】薩摩の国に生まれる。藩校造士館で、西郷隆盛や税所篤、吉井友実らと学ぶ。弘化3年、薩摩藩の記録所書助役として出仕。藩主島津斉彬が幕政改革の運動を起こしたため、藩内少壮藩士の間に政治運動が高まった。そこで同輩の西郷隆盛らとこれに参加し、精忠組を結成し革新派の中心となる。斉彬の死後、藩主忠義の父久光のもとで藩をあげて公武合体運動を押し進めた。薩英戦争、下関砲撃事件、幕府の長州征伐、藩内保守派の台頭などから倒幕の必要性を痛感し、京都に出て公家の間を奔走して岩倉具視に接近。慶応2年、長州藩の木戸孝允と結び薩長連合を成立させて倒幕派の中心人物となった。以後倒幕密勅の降下、王政復古などの際の指導的役割を果たす。明治2年参議となり、木戸らと版籍奉還を実現させ、さらに明治4年、廃藩置県を成功させる。同年大蔵卿となり地租改正の建議を行った。岩倉遣外使節団にも副使として参加、欧州を巡遊し明治6年に帰国した。征韓論に反対の立場をとり、征韓派退陣後は内務卿となって政府内に隠然たる勢力を持つ。地租改正・殖産興業などによる資本主義育成政策を推進し、内政の確立を図る。明治7年、佐賀の乱を処理。また台湾処分を建議し、その処理のため清（中国）に渡る。明治8年、台湾出兵に反対して下野した木戸を迎え、彼の意見を入れて政府体制の改革を行う。明治10年、西南戦争による明治政府最大の危機を乗り越え、翌年4月地方官会議を開いて、郡区町村編成法、府県会規制、地方税規則の三新法の制定を図ったが、5月石川県士族島田一良により東京紀尾井坂で暗殺された。

【著作】『大久保利通日記』『大久保利通文書』。

大隈言道（おおくまことみち）

歌人【生没】寛政10年（1798）～慶応4年（1868）7月29日

【評伝】筑前国福岡（現・福岡県）の裕福な商家に生まれる。号は池萍堂《ちひょうどう》、萍堂、篠廼舎《ささのや》、観水居など。幼い頃から二川相近に師事して和歌を学ぶ。家業を継ぐも天保7年、39歳にして和歌に専念するために家督を弟に譲り、香川景樹に師事。また、天保10年からは廣瀬淡窓に師事して漢学を学んでいる。安政4年、60歳にして九州を出て大坂に移住。晩年は中風を病んで福岡に帰郷し、那珂郡今泉村（現・福岡県福岡市）の池萍堂と号する自宅で暮らした。慶応4年にその自宅で没。享年71。佐佐木弘綱、萩原広道などとも交友があった。生涯の歌作は十万余と言われ、非常に多作であった。

【著作】歌集に『草径集』『続草径集』。歌論『ひとりごち』『こぞのちり』など。

大塩平八郎（おおしおへいはちろう）

役人【生没】寛政5年（1793）1月22日～天保8年（1837）3月27日

【評伝】江戸時代、大阪の生まれ。名は正高、のち後素。字は子起。通称は平八郎。号は中斎・連齋・中軒・洗心洞主人。家は代々大阪天満の与力を務める。初め鈴木恕平に学び、王陽明の人となりを慕ってその学を修めた。大阪西町奉行所の与力となるが、業務のあいまに家塾洗心洞にあって陽明学を講説した。天保3年、藤樹書院を訪ねて講経し修築費を寄付した。天保8年、米価が騰貴して餓死するものが多く出るのを見て、奉行に訴えたが容れられず、ついに自らの財を散じて救うとともに、摂津・河内・泉などの貧民を誘導して挙兵しようとするも失敗し、自殺した。時に天保8年、享年45。その講学は厳しく、訓詁誦読に飽き足らずして実践実行を重んじた。その入塾規定である洗心洞入学盟誓には「学の要は孝悌仁義を躬行するにあるのみ。故に小説及び異端人を眩するの雑書を読むべからず。若し之を犯さば、即ち少長となく鞭朴若干」とあるほどである。

【著作】『洗心洞剳記』『後素手簡』『古本大学刮目』。

凡河内躬恒（おおしこうちのみつね）

歌人【生没】生没年未詳

【評伝】一説では淡路権掾凡河内諶利の子。延長3年、任国の和泉より帰京し、まもなく没したと推定される。三十六歌仙のひとり。延喜5年に紀貫之、紀友則、壬生忠岑と共に『古今和歌集』の撰者に任じられる。歌合や賀歌、屏風歌において活躍し、多くの行幸に供奉して和歌を詠進した宮廷歌人。後世、紀貫之と併称された。貫之とは深い友情で結ばれていたことが知られる。『古今集』を初めとして、勅撰入集は194首。

【著作】家集に『躬恒集』。

大島蓼太（おおしまりょうた）

俳人【生没】享保3年（1718）～天明7年（1787）9月7日

【評伝】本姓、吉田。名、陽喬。通称、平助・平八。別号、雪中庵など。信州伊那に生まれた。江戸の雪中庵二世吏登に師事し、その後剃髪。奥羽、上方などを行脚し、延享4年、30歳にして雪中庵の号を襲い雪中庵三世となった。江戸座一派に対抗して「続五色墨」を結成して、雪門を拡張し宝暦年間に着々と俳壇に地歩を占めた。生涯に行脚すること三十余度、編集にかかわった俳書二百余、免許した判者四十余、門人三百余と伝えられる。平明な炭俵調を尊重し、特に連句に手腕をみせるほか、芭蕉の顕彰事業につとめた。天明7年、没。享年70。

【著作】句集に『蓼太句集』。編著に『雪颪《おろし》』『附合小鏡』『芭蕉句解』など。

大須賀筠軒（おおすがいんけん）

役人**【生没】**天保12年（1841）～大正元年（1912）8月28日

【評伝】名は履《り》、字は子泰、通称は次郎、筠軒と号した。磐城平藩儒、神林復所の二男。幼少から聡くやや長じては昌平坂学問所に遊び、文を安積《あさか》艮斎《ごんさい》に学んだ。業成って藩儒となり、元治元年、24歳、仙台に遊び、大槻《おおつき》磐渓《ばんけい》に学んだ。磐渓はその詩を見て、「奇才奇才、後来必名家とならん」と言ったとされている。明治元年、奥羽の乱に兵燹にかかり、資財蕩尽し、仙台に逃れ、乱が治まってからは藩の督学に任じ、4年、廃藩置県の後これを辞して行方・宇多二郡の郡長となった。しかし幾ばくもなく官をやめ、林下に優遊すること十余年、30年、仙台第二高等学校教授となり、33年、定年退職し、大正元年、病没した。

【著作】『緑筠軒詩鈔』。

大須賀乙字（おおすがおつじ）

俳人**【生没】**明治14年（1881）7月29日～大正9年（1920）1月20日

【評伝】本名、績《いさお》。福島県宇多郡中村町（現・福島県相馬市）に生まれた。乙字の父、次郎は筠軒《いんけん》と号し、漢学漢詩の大家であり、初代の相馬郡長を務めていた。仙台一中在学中に作句を始め、東京帝国大学文学部国文科を卒業した。上京後、河東碧梧桐一派の隆盛期を担う俳人として活躍した。やがて乙字は小沢碧童、喜谷六花とともに「碧門の三羽鴉」と呼ばれるようになる。しかしその後、俳句観の見解の相違により碧派から離れ、「懸葵」「常盤木」に拠った。大正3年には臼田亞浪とともに「石楠」の創立に尽力するが、同人内での軋轢が生じ、8年にはついに「石楠」も去ることとなる。俳壇内での孤立が深まる中、大正9年、インフルエンザで病没。享年40。今日では実作者としてよりも俳論家としての業績の方が高く評価されている。

【著作】句集に『乙字句集』。他の著書に『乙字俳論集』『乙字書簡集』。

太田垣蓮月尼（おおたがきれんげつに）

尼僧・歌人・陶芸家【生没】寛政3年（1791）1月8日～明治8年（1875）12月10日

【評伝】京都に生まれる。俗名は誠《のぶ》。菩薩尼、陰徳尼とも称した。生後10日にして京都知恩院門跡に勤仕する山崎常右衛門（後に本姓に戻し、大田垣光古）の養女となった。但馬亀岡城に奉公し、薙刀などを身につけた。養父の紹介で結婚するも、生まれた子のみならず夫とまで死別が続き、再婚相手とも死別した。そして養父とともに仏門に入ることを決意し、蓮月と号した。出家した年に養父と一緒に知恩院内の真葛庵の守役を命じられるが、養父の死に伴い2年でこの生活は終了する。その後は京都市岡崎をはじめ、住居を転々とした。陶芸により生計を立て、書を書き付けた焼き物は「蓮月焼」と呼ばれ人気を博した。晩年は若き日の富岡鐵斎を仕えさせ、彼に大きな影響を与えた他、飢饉の際などは私財をなげうって慈善事業に尽力した。明治8年、没。享年85。六人部是香、上田秋成、香川景樹に学び、小沢蘆庵にも私淑した。橘曙覧、野村望東尼、高畠式部などと親交があった。

【著作】家集に『海人の刈藻』『蓮月高畠式部二女和歌集』（高畠式部との共著）など。

大田錦城（おおたきんじょう）

儒学者【生没】明和2年（1765）～文政8年（1825）4月23日

【評伝】江戸時代、加賀（現・石川県）の人。名は元貞。字は公幹。通称は才佐。錦城と号した。大聖寺藩儒樫田北岸《かしだほくがん》の弟で、太田氏を継いだ。京都に出て皆川淇園《きえん》に学び、ついで江戸に出て山本北山の奚疑《けいぎ》塾に入った。折衷・考証の学を以て一家をなし、九経談・仁説を著して名声を広めた。その学は朱子学を宗としていたが、墨守することもなく諸説を折衷した。その考証は精緻であり、是非を弁明してやむことなく、『続諸家人物志』には「大田錦城……ハ北山ニ学ヲ経義ヲ以テ著称セラル。……其学、漢宋諸儒ノ経解ヲ取捨シ、加ウルニ清人考証ヲ以テ専ラ経ヲ講ジ、一時ヲ風靡ス。所謂ル折衷学ナルモノナリ」と記されている。口弁に優れて経史を講説する際は雄弁流れるが如くであったといわれる。文化8年に豊橋の吉田藩主松平氏に仕え、藩校時習館の創設にあずかって教授となり、藩学の基を築いた。文政5年、金沢藩に招かれて藩儒となり、明倫堂に講じて3年の後江戸に出て、文政8年没した。

【著作】『九経談』『仁説』『論語大疏』。

太田道灌（おおたどうかん）

武将【生没】永享4年（1432）〜文明18年（1486）7月26日

【評伝】摂津源氏の流れを汲む太田氏の出身で相模国に生まれる。享徳の乱、長尾景春の乱で活躍したが、上杉定正により暗殺される。江戸城を築城した武将として知られる。幼名は鶴千代。本名は資長（持資とも）。のちに剃髪して道灌と号した。鎌倉五山（一説によれば建長寺）、足利学校で学問を修め、幼少ながらその英才ぶりが世に知られた。飛鳥井雅親、万《ばん》里集九《りしゅうく》、冷泉為富や木戸孝範などと交流があり、様々な和歌が残されている。文明元年から文明6年頃に心敬を招いて連歌会を催し、これは「品川千句」と呼ばれる。また、文明6年には心敬を判者に江戸城で歌合を行い、それは「武州江戸二十四番歌合」として残っている。家集『慕景集』が伝わるが、父、資清の歌集ではないかと古くから疑問が呈されている。

太田南畝（おおたなんぽ）

狂歌師【生没】寛延2年（1749）3月3日〜文政6年（1823）4月6日

【評伝】名は覃《ふかし》、字は子耜《しし》、通称は直次郎・七左衛門。南畝・四方赤良《よものあから》・杏花園《きょうかえん》・蜀山人《しょくさんじん》などと称した。江戸の牛込の生まれ。家は代々幕府につかえ、彼もまた下級武士として仕えた。幼少時より漢詩・和歌を学び、19歳で風来山人《ふうらいさんじん》（平賀源内）の後援により文壇に登場するやいなや一躍名声を得て、狂歌師として一世を風靡するとともに、黄表紙・洒落本作者としても指導的地位に立った。南畝は太宰《だざい》春臺《しゅんだい》の学風を継ぐ松崎観海《まつざきかんかい》に学んでおり、詩人としては古文辞派の流れをくんでいる。

【著作】『寝惚《ねぼけ》先生文集』『狂詩諺解《げんかい》』『通詩選』『南畝帖《ちょう》』『軽井茶話道中粋語録《かるいざわどうちゅうすいごろく》』『此奴和《こいつは》日本』『万載《まんざい》狂歌集』。

太田水穂（おおたみずほ）

国文学者・歌人【生没】明治9年（1876）12月9日〜昭和30年（1955）1月1日

【評伝】本名、太田貞一《ていいち》。長野県東筑摩郡広丘村（現・長野県塩尻市）に生まれる。別号、みづほのや。長野県師範学校在学中に島崎藤村に傾倒。詩歌に興味を持ち「文学界」に投稿を始める。同級生に島木赤彦がいる。卒業後、松本高等女学校の教師となり、和田小学校校長に赴任する。この頃、窪田空穂と親交を持つようになり、空穂らと和歌同好会「この花会」を結成。明治35年、歌集『つゆ艸《くさ》』を発表。明治38年、友人の島木赤彦と『山上湖上』を刊行。明治40年、信濃毎日新聞の歌壇選者となる。翌年、上京。上京した若山牧水が、水穂宅に寄宿中であった太田喜志子《きしこ》と出会い、2人は後に結婚することとなった。明治42年、同郷出身で「この花会」会員であった四賀光子と結婚。妻とともに教職の傍ら和歌を詠んだ。大正4年、歌誌『潮音』を創刊、没するまで主宰となる。昭和14年、一家で鎌倉に移住し、以後、ここを中心に創作活動を行う。昭和30年、没。享年79。「アララギ」の万葉調や写生主義に対して、象徴主義歌論を展開した。また、芭蕉研究にも力を注いだ。

【著作】歌集に『つゆ艸』『山上』『雲鳥』。評論に『短歌立言』『芭蕉俳句研究』など。

大槻磐渓（おおつきばんけい）

儒学者**【生没】**享和元年（１８０１）5月15日～明治11年（１８７８）6月13日

【評伝】名は清崇《きよたか》、字は士広。通称は平次。号は盤渓・寧《ねい》静子《せいし》。江戸の生まれ。仙台藩江戸詰蘭学医大槻玄沢《おおつきげんたく》の次子で、辞書『言海《げんかい》』で有名な大槻文彦《おおつきふみひこ》の父にあたる。16歳で昌平坂学問所に入って林 述斎《はやしじゅっさい》に学び、その後長崎で蘭学を学んで仙台藩の藩儒《はんじゅ》となった。また、洋学に関心を持ち、江川太郎左衛門の塾に入って西洋の砲術を研究し、ペリー来航に際して開国を主張している。明治元年、奥羽列藩の挙兵の折の活躍がとがめられて下獄、明治4年、釈放の後は東京の本郷に隠棲した。

【著作】『寧静閣詩文集』『近古史談』。

大津皇子（おおつのみこ）

皇族**【生没】**天智天皇2年（６６３）～朱鳥元年（６８６）

【評伝】天武天皇の第三皇子。母は大田皇女。天智天皇2年、九州の那大津で生まれる。親友の川島皇子の密告により謀反の疑いで捕えられ、磐余にある自邸で没す。享年24歳。『懐風藻』によれば身体容貌ともに優れ、幼少時は学問を好み、博識で詩文を得意としたが、長ずるに及び武を好み剣に秀でたという。『万葉集』に4首、『懐風藻』に4篇の詩が残っているが、皇子の作ではなく、彼に仮託した後人の作ではないかとの理解がなされていることも多い。

大伴大江丸（おおともおおえまる）

俳人**【生没】**享保7年（１７２２）～文化2年（１８０５）3月18日

【評伝】本名、安井政胤。通称、大和屋善右衛門。別号、

芥室《かいしつ》・旧国《ふるくに》など。大坂に生まれた。居住地の大伴浦から大伴大江丸と号した。飛脚問屋を営んだ。俳句は、松木淡々・大島蓼太の流れをくむ。職業上よく旅に出て、交友の幅も広い。また、大変な筆まめで、そのうえ長寿でもあったので、残した紀行文や随筆、そして発句などは莫大な数にのぼる。その中でも『俳懺悔』と『はいかい袋』は、大江丸の作品や心境を知るうえのみならず、当時の俳壇の記録としても貴重な資料である。古典のパロディ（西山宗因や上島鬼貫の模倣）や口語調の俳風で、中興・化政期の俳壇におけるユニークな存在となっている。文化2年、没。享年84。

【著作】句文集に『俳懺悔』『はいかい袋』など。

大伴坂上郎女（おおとものさかのうえのいらつめ）

歌人**【生没】**生没年未詳

【評伝】中納言大江維時《これとき》の孫で、左京大夫大江重光《しげみつ》の子大伴安麻呂と石川内命婦《うちみょうぶ》の娘。大伴稲公《いなきみ》の姉で、大伴旅人の異母妹。大伴家持の叔母で姑でもある。13歳頃に穂積皇子に嫁ぐが死別。藤原麻呂との恋愛を経て、大伴宿奈麻呂《すくなまろ》と結婚するも、2児をもうけて死別。その後、任地の大宰府で妻を亡くした大伴旅人のもとに赴き、大伴家持、大伴書持を養育したといわれる。作風は技巧的でありながら、豊かな叙情性も兼ね備えている。彼女の数多い男性との相聞歌は、恋の歌になぞらえて彼らへの親しみを表したものや、実体験ではないのではないかと言われている。坂上郎女の通称は坂上の里（現・奈良市法蓮町）に住んだためと言われている。『万葉集』編纂にも関与したとの説が有力であり、『万葉集』に長歌、短歌あわせて84首が入集。女性歌人としては最多入集である。

大伴旅人（おおとものたびと）

貴族・歌人**【生没】**天智天皇4年（665）～天平3年（731）7月25日

【評伝】大伴安麻呂の長男。家持、書持の父。坂上郎女の異母兄。和銅3年、正五位上左将軍として『続日本紀』にみえる。中務卿を経て、養老2年、中納言となり、神亀元年、聖武天皇即位の際に正三位に昇叙。神亀年間には大宰帥に任官され、山上憶良と交流を持つ。このことが晩年の旺盛な創作のきっかけとなった。天平2年、大納言として京に戻るが翌年病没。『懐風藻』に漢詩作品が収められ、『万葉集』にも和歌が78首入集しているほか、勅撰集へは『新古今集』以下に13首入集。酒をこよなく愛した人物として知られる。

大友皇子（おおとものみこ）

皇族【生没】大化4年（648）～天武元年（672）7月

【評伝】天智天皇の第一皇子。天智天皇10年、太政大臣となった。しかし天智天皇の死後、壬申の乱で大海人皇子《おおあまのおうじ》と皇位を争って敗北した。ときに25歳。わが国最初の漢詩人として、懐風藻に侍宴・述懐の2首を載せている。江村北海の日本詩史巻之一に「史に称す、詩賦の興る、大津王よりはじまると。紀淑望《きのよしもち》も亦た曰く、皇子大津始めて詩賦を作ると。而れども其の実は大友皇子を始めと為し、河島王・大津王之に次ぐ。大友の詩、五言四句、「道徳承天訓、塩梅寄真宰、羞無監撫術、安能臨四海」は、典重渾朴、詞壇の鼻祖と為すも愧ずる無き者なり。大友は天智の太子にして、大叔（大海人皇子）と関原に竜戦し、天命遂げず。「安くんぞ能く四海に臨まん」の語、讖を為す。河島王、五言八句の詩あり。大津王は兼ねて七言を作る。才皆な大友に及ばず」とある。

大伴家持（おおとものやかもち）

官人・歌人【生没】養老2年（718）頃～延暦4年（785）8月28日

【評伝】3歳の頃、父の旅人とともに太宰府に下り、母を亡くしたあとに大伴坂上郎女《おおとものさかのうえのいらつめ》に育てられた。天平2年、帰京。天平18年、越中守に任ぜられ、天平勝宝3年まで赴任。この間に220余首の歌を詠んだ。延暦4年、職務のために滞在していた陸奥国で没する。没直後、藤原種継《たねつぐ》暗殺事件が起こり、首謀者とされた家持は除名のうえ、子の永主《ながぬし》も隠岐に流された。大同元年、桓武天皇没時に従三位に復された。長歌、短歌など473首が『万葉集』に収められており、『万葉集』全体の1割を超えている。このことから家持が『万葉集』の編纂に関わったと考えられている。「小倉百人一首」6番に入集しているが、この歌は『万葉集』ではなく『新古今集』からの入集である。『拾遺集』を初めとし、勅撰入集は63首。軍歌「海行かば」の歌詞は家持の長歌をもとにしている。

大中臣輔親（おおなかとみのすけちか）

歌人【生没】天暦8年（945）～長暦2年（1038）6月2日

【評伝】大中臣頼基《よりもと》の孫にして、神祇大副大中臣能宣《よしのぶ》の長男。寛和2年、文章生となり、正暦2年従五位下。長保3年、伊勢神宮祭主。治安2年神祇伯に任ぜられ、長元7年、従三位として公卿に列する。長元9年、正三位に至る。父、能宣同様歌を能くし、三条天皇、後一条天皇、後朱雀天皇の大嘗会和歌を詠進したほか、屏風歌の制作や歌合でも活躍した。長元8年には関白左大臣頼通家歌合で判者を務める。中古三十六歌仙のひとり。『拾遺集』を初めとし、勅撰入集は31首。長暦2年、没。享年85。

【著作】家集に『輔親卿集』。

大中臣能宣（おおなかとみのよしのぶ）

祭主・歌人【生没】延喜21年（921）～正暦2年（991）8月

【評伝】神祇大副大中臣頼基《よりもと》の子。蔵人所に勤務したのち、天暦5年、讃岐権掾となる。のち家職を継いで伊勢神宮に奉仕し、天延元年、伊勢神宮祭主となる。以後19年間在職。天暦5年、「梨壺の五人」のひとりに選ばれて和歌所寄人となり、『万葉集』の訓読と『後撰集』の撰集にあたった。冷泉天皇と円融天皇の大嘗会《だいじょうえ》和歌を詠進したほか、円融天皇、花山天皇に家集を召されている。また歌合や屏風歌の制作でも活躍し、徽子《きし》女王、規子《きし》内親王家にも出入りした。平兼盛、源重之、恵慶《えぎょう》らとの親交が伝わる。正暦2年、没。享年71。『拾遺集』を初め、勅撰入集は124首。三十六歌仙のひとり。「小倉百人一首」49番に入集。

【著作】家集に『能宣集』。

大中臣頼基（おおなかとみのよりもと）

歌人【生没】仁和2年（886）頃～天徳2年（958）

【評伝】生年には諸説ある。備後掾大中臣輔道《すけみち》の子。大中臣氏は代々神祇を司る家系。頼基は能宣《よしのぶ》、輔親《すけちか》、伊勢大輔とつらなる大中臣氏における歌人の祖である。神祇小祐、権大祐、権小副を経て、天慶2年、神祇大副ののち伊勢神宮祭主。従四位下神祇大副に至る。宇多上皇の信任が厚く、「大井川行幸和歌」では紀貫之、凡河内躬恒、坂上是則らと共に選ばれて詠進した。「亭子院歌合」など多くの歌合への出詠のほか、屏風歌や賀歌など進詠した歌が多く残されている。『拾遺集』を初めとし、勅撰入集は12首。三十六歌仙のひとり。

【著作】家集に『頼基集』。

大沼枕山（おおぬまちんざん）

文人【生没】文政元年（1818）3月19日～明治24年（1891）11月1日

【評伝】名は厚、字は子寿《しじゅ》、通称は捨吉《すてきち》。枕山・台嶺《たいれい》と号した。儒者鷲津《わしづ》幽林《ゆうりん》の孫であり、鷲津毅堂《きどう》は従弟の子にあたる。鷲津家の家塾有隣舎《ゆうりんしゃ》に学び、18歳で江戸へ出ると玉《ぎょく》池吟社《ちぎんしゃ》の梁川星巖《やながわせいがん》に認められ名声をあげた。32歳のとき下《した》谷御徒町《やおかちまち》に家を持ち、下谷吟社《したやぎんしゃ》を開いて詩壇の中心となる。維新後は、『東京《とうけい》詩』を発表して文明開化への屈折した心情を表現し、その後は『江戸名勝詩』などを発表、伝統重視の姿勢を強めた。時流に乗ることを潔しとしなかったため、晩年の世俗的人気は有隣舎の同門森春濤《もりしゅんとう》に及ばなかったともいわれる。

大野孤山（おおのこざん）

軍人・教育家【生没】明治15年（1882）～昭和30年（1955）2月15日

【評伝】宮城県の人。名は國蔵。舟岡館城主の末裔。幼くして家運の傾くに遭い農家に働きに出る。仕事の傍ら漢学を学び作業中も漢文暗誦を怠ることなく、いつしかその暗誦を助ける為に漢文の韻《ひびき》に合わせた独特な韻読（孤山自身の言）調をあみ出した。長じて海軍を志し、日露戦役には八代提督の部下として軍艦浅間に乗り組み、その際艦上悠然と簫を吹く提督の姿を思い起し作詩したのが「舟挺守の尺八」である。日露戦捷後の答礼使八代提督の部下として英国に渡り滞英中、英国名門伯爵と親交を結び、伯爵令嬢とのロマンスが芽生え、結婚を望まれたが帰国。退役後は逗子市小坪に住居し英語を教え読書尚友の生活を送った。元日本詩吟学院岳風会理事長松井岳洋とは住居も近く親交が深かった。朗吟詩「母の心」は当時松井家に宿泊中の岳洋の妹の4歳の子が行方不明になった時の母親の心情を詠んだものである。昭和30年2月15日、囚人補導の為、仙台少年刑務所で講演中脳出血で斃れた。亨年74。作品には前述のほかに「白絹の挽歌に和す」などがある。日本詩吟学院吟友、木村岳風、渡辺岳神、鈴木岳楠等とも親交があった。

大野誠夫（おおののぶお）

歌人【生没】大正3年（1914）3月25日～昭和59年（1984）2月7日

【評伝】茨城県河内町の大地主、回漕問屋大野屋の4男に生れる。竜ヶ崎中学校時代に教師の勧めで短歌を始める。卒業後は画家を目指すも病にて断念。25歳で生家を出て、新聞記者となって文学を志す。昭和9年、「短歌至上主義」に入会。雑誌統合で同誌が廃刊になり、後継誌「光」に昭和19年から所属。昭和21年、常見千香夫、加藤克巳らと「鶏苑《けいおん》」を創刊。昭和23年、『短歌研究』に「薄明」42首を発表して一躍脚光を浴びた。昭和26年、戦後風俗を素材とした歌集『薔薇祭』を刊行。同年、近藤芳美、中野菊夫、宮柊二、山本友一と合同歌集『新選五人』を刊行。常見の脱退のため「鶏苑」を廃刊し、昭和28年「砂廊」を創刊。編集、発行に当たる。昭和32年、「灰皿」創刊に参加。昭和35年、「砂廊」を「作風」に改題。昭和41年、「積雪」50首により、第4回短歌研究賞受賞。昭和59年、熱海にて没。享年69。

【著作】歌集に『薔薇祭』『胡桃の枝の下』、評論集『実験短歌論』。随筆に『或る無頼派の独白』など。

大野林火（おおのりんか）

俳人**【生没】**明治37年（1904）3月25日～昭和57年（1982）8月21日

【評伝】本名、正《まさし》。神奈川県横浜市に生まれた。東京帝国大学経済学部を卒業。中学時代より同窓の俳文学者荻野清と句作を始めた。大正10年「石楠」に入会。臼田亞浪に師事した。昭和2年、大学卒業後企業に勤務したが、5年より23年まで高校の教員を勤める。21年には「濱」を創刊し、主宰する。昭和44年、『潺潺《せんせん》集』他で第三回蛇笏賞を受賞している。昭和57年、没。享年78。

【著作】句集に『海門』『冬青集』『早桃』『冬雁』『青水輪』『白幡南町』『雪華』『方円集』。研究書に『現代の秀句』『高浜虚子』『近代俳句の鑑賞と批評』など。

大橋訥庵（おおはしとつぁん）

教育者**【生没】**文化13年（1816）～文久2年（1862）7月12日

【評伝】江戸時代、下野（現・栃木県）の人。名は正順。字は周道。通称は順蔵。号は訥庵・曲洲・承天・屠竜居士。砲兵学者清水赤城《せきじょう》の3男で、江戸の豪商大橋淡雅《たんが》の養子となる。天保6年、江戸の佐藤一齋の門に学んだ後、江戸に思誠塾を開いて子弟に教授した。尊王攘夷の念が強く、塾名天下に響いて諸国より来塾するものが多かった。とりわけ宇都宮藩の志士が多く集まった。嘉永以来、尊王攘夷の教書を著して憂国心を鼓吹し、ひそかに王政復古の策を立てて画策した。文久2年、正月の坂下門事件はその計画になるものといわれる。のち捕えられて投獄の身となり、7月獄中で病死した。

【著作】『元寇紀略《げんこうきりゃく》』『闢邪小言《へきじゃしょうげん》』。

岡井省二（おかいしょうじ）

俳人**【生没】**大正14年（1925）11月26日～平成13年（2001）9月23日

【評伝】三重県度会郡に生まれる。本名は省二《せいじ》。大阪大学医学部卒業。内科医のかたわら句作をはじめ、加藤楸邨および森澄雄に師事。昭和43年、「寒雷」に入会。昭和45年、「杉」創刊に参加。翌年、第1回杉賞を受賞。平成3年、「槐」を創刊、主宰。「華厳密教的俳諧曼荼羅」「俳句は精神の風景、存在の詩」が基本理念。門下に、児玉輝代、菅原鬨也、小山森生、山西雅子、加藤かな文、吉野裕之などがいる。平成13年、没。享年75。現在、「槐」は高橋将夫によって継続運営されている。
【著作】 句集に『明野』『鹿野』『鯨と犀』『大日』など。編著に『森澄雄　鑑賞秀句100句選』。

岡井隆（おかいたかし）

歌人 **【生没】** 昭和3年（1928）1月5日〜
【評伝】 愛知県名古屋市に生まれる。昭和20年、愛知県の第八高等学校理科甲類に入学。終戦後に作歌を始める。昭和21年に「アララギ」入会。昭和25年、慶應義塾大学医学部に入学。翌年に近藤芳美らと「未来」を創刊。浪漫的な生活詠から出発するが塚本邦雄との文通や寺山修司とも知遇を得て、青年歌人会議、東京歌人集会などの活動に参加し、前衛短歌運動を推し進めた。昭和30年代は塚本らと共に前衛短歌運動の先導者として活躍する。社会詠の発想を拡充して、特に思想の感性化につとめた。昭和31年、北里研究所付属病院に内科医として勤務し、以降医者としての仕事と作歌を両立していた。昭和32年の吉本隆明との短歌定型をめぐる論争は、現代短歌史に於いて有名。昭和45年、突如仕事と文筆をいっさい辞し、九州に隠遁。5年後に歌壇に復帰。評論には齋藤茂吉論が多い。門下に小嵐九八郎、加藤治郎、大辻隆弘、田中槐、紀野恵、笹公人らがいる。
【著作】 歌集に『斎唱』『土地よ、痛みを負え』『朝狩』『眼底紀行』『鵞卵亭』『天河庭園集』『歳月の贈物』『マニエリスムの旅』。歌論集に『現代短歌入門』『辺境よりの注釈』『茂吉の歌』。評論集に『韻律とモチーフ』など。

岡田義夫（おかだよしお）

実業家 **【生没】** 明治24年（1891）〜昭和43年（1968）1月
【評伝】 埼玉県蕨市に生まれる。「青春」の詩の翻訳者。東京高等工業学校紡織科（東京工大の前身）を卒業。東京毛織に入社、南千住工場工務長となり、農商務省嘱託を兼任、大正9年、英国リーズ大学紡織科に留学、学んだ後に欧州の繊維事情を視察、11年に帰国。繊維関係各社の役員、顧問などを経て19年から22年3月まで日本フェルト工業統制組合専務理事を務めた。その後も各会社の役員・顧問を歴任し、国立山形大学、群馬大学の講師も務めた。また、健羊会という羊毛関係の研究団体を創立し後進の指導に当たった。統制組合時代に、サミュエル・ウルマン作の「青春」の詩を読み、感動し翻訳。76歳で没した。

岡野弘彦（おかのひろひこ）

歌人【生没】大正13年（1924）7月7日〜

【評伝】三重県一志郡美杉村（現・三重県津市）の神主の家に長男として生まれる。神宮皇學館普通科を経て、國學院大学国文科卒。学生時代から釈迢空（折口信夫）主宰の短歌結社「鳥船社」に参加、昭和22年からは折口家に同居しその死を看取った。昭和18年から國學院大学に勤務し、昭和50年からは文学部長を務めた。昭和28年、「地中海」に入会。昭和43年現代歌人協会賞、昭和48年迢空賞、同年、「地中海」を退会し、「人」を創刊、主催。昭和54年芸術選奨文部科学大臣賞、昭和63年読売文学賞、紫綬褒章、平成10年芸術院賞、平成13年和辻哲郎文化賞、平成18年現代短歌大賞などを受賞。現在、芸術院会員。國學院大学名誉教授。近年、師である折口と同様の句読点、空き字等を使用、また長歌と短歌を組み合わせた組歌を発表するなど意欲的な取り組みをしている。

【著作】歌集に『冬の家族』『滄浪歌』『海のまほろば』『天の鶴群』『異類界消息』『飛天』『バグダッド燃ゆ』。評論集に『折口信夫の晩年』『歌を恋ふる歌』『悲歌の時代祈りと悲しみの歌』『折口信夫の記』『折口信夫伝』『万葉秀歌探訪』など。

岡本かの子（おかもとかのこ）

歌人・小説家・仏教研究家【生没】明治22年（1889）3月1日〜昭和14年（1939）2月18日

【評伝】東京府東京市赤坂区（現・東京都港区）に生まれる。本名、大貫カノ。跡見女学校卒業。16歳の頃から「女子文壇」や「読売新聞文芸欄」などに投稿し始める。兄、大貫晶川の影響もあり、17歳の頃に与謝野晶子を訪ね「新詩社」の同人となって「明星」や「スバル」に作品を発表するようになる。画家、岡本一平と結婚し、長男太郎を出産。その後の一平の放蕩や兄、母の死、次男を幼くして亡くすなど不運に見まわれ、一時期精神衰弱を患う。早稲田大学の学生、堀切茂雄を一平の了解のもと同居させ、「奇妙な夫婦生活」を送るようになる中、仏教に救いを求めるようになっていった。仏教研究家としての著書も多いが、晩年には小説に専念した。昭和14年、脳溢血で病没。享年49。

【著作】歌集に『かろきねたみ』『愛のなやみ』。小説に『鶴は病みき』『母子叙情』『老妓抄』『生々流転』など。

岡本黄石（おかもとこうせき）

役人【生没】文化8年（1811）～明治31年（1898）4月12日

【評伝】江戸末・明治時代、近江（現・滋賀県）彦根の人。漢詩人。名は宣廸。字は吉甫。通称は半助（半介）。号は黄石。彦根藩老宇津木久純《ひさずみ》の第4子で、12歳のとき藩老岡本業常《なりつね》の養子となる。天保7年、中老となって江戸に祇役し、嘉永5年、家老職に上った。藩主井伊直弼が凶刃に倒れた後は、よく幼主をたすけて事を誤らなかった。初め詩を中島棕陰《そういん》に学んだが、のち梁川星巌・菊池五山・大窪詩佛・頼山陽にも学び、また経を安積艮齋に学んだ。明治4年、京都に居を定めたが、のち東京に移り、麹坊《きくぼう》吟社を創立した。

【著作】『黄石斎詩集』『黄石遺稿』。

岡本眸（おかもとひとみ）

俳人【生没】昭和3年（1928）1月6日～

【評伝】本名、曾根朝子。東京に生まれた。聖心女子学院を卒業。職場の句会で富安風生に師事し、岸風三楼の指導を受けた。「若葉」「春嶺」の同人を経て、昭和55年「朝」を創刊した。昭和26年、句集『朝』で俳人協会賞を受賞している。平成19年、『午後の椅子』で第41回蛇笏賞および第49回毎日芸術賞受賞。

【著作】句集に『朝』『冬』『二人』『母糸』『十指』『矢文』『流速』。

荻原裕幸（おぎはらひろゆき）

歌人【生没】昭和37年（1962）8月24日～

【評伝】愛知県名古屋市に生まれる。愛知県立大学外国語学部第二部フランス学科卒業。昭和56年、「短歌」誌上の塚本邦雄選「公募短歌館」に投稿、入選。翌年「サンデー毎日」誌上の塚本邦雄選「サンデー秀句館」に入選。昭和60年、「炎天に献ず」50首が第31回角川短歌賞最終候補。翌年、塚本邦雄選歌誌「玲瓏」創刊に参加。昭和62年、「青年霊歌」30首で第30回短歌研究新人賞を受賞。昭和63年、第一歌集『青年霊歌』を刊行。平成3年、「主体の問題をめぐって」30枚で第9回現代短歌評論賞次席。朝日新聞に「現代短歌のニューウェーブ」を執筆。「短歌研究」11月号誌上の座談会「現代短歌ニューウェーブ」に出席。平成10年、穂村弘、加藤治郎らとSS-PROJECT（エスツー・プロジェクト）を結成。平成11年、高校の国語科教科書に短歌が掲載される。インターネットを積極的に利用するなど、歌壇にとらわれない活動を展開。シュールな比喩表現や、言葉で発音できない「記号短歌」の導入など、日本語の解体による新しい詩的表現を志向する。そのような新傾向の短歌を自ら「ニューウェーブ」と命名し、加藤治郎、穂村弘とともに平成の短歌革新運動の原動力となる。

【著作】歌集に『青年霊歌―アドレッセンス・スピリッツ』『甘藍派宣言』『あるまじろん』『世紀末くん！』『デジタル・ビスケット』。

荻生徂徠（おぎゅうそらい）

儒学者**【生没】**寛文6年（1666）2月16日～享保13年（1728）1月19日

【評伝】名は双松《なべまつ》、字は茂卿《もけい》、通称は惣右衛門《そうえもん》。徂徠は号である。日本橋茅場町に私邸を持ったことから「蘐園《けんえん》」（〃茅場〃の中国風表記）と号し、また遠祖が物部《もののべ》氏であることから「物徂徠《ぶつそらい》」、「物茂卿《ぶつもけい》」と称した。江戸の芝浦生まれ。20代半ばより芝に私塾を開いたが生活は困窮し、近所の豆腐屋が毎日おからを贈って彼を助けたという話が伝わっている。（のち幕府に仕えるようになってから、徂徠はその恩返しをした。）31歳で将軍綱吉の執権柳沢吉保《やなぎさわよしやす》に迎えられ、綱吉の没後は退き、研究・教育に専念した。徂徠ははじめ朱子学を研究していたが、40歳のころ、明の古文辞派の文集に触発され、独自の復古主義の学説を唱えた。それは、古典は書かれた当時の言語や制度文物を研究したうえで接してこそ真の理解が得られるとするもので、彼はこの立場から、抽象的思考に傾く朱子学を批判するとともに、中国語習得の必要を説いて訳社（中国語の学習会）を創始し、また古典の表現に習熟するため詩文の創作を重視し、自らも実践した。また、哲学が人の自然の性情を道徳によって束縛することに反対し、哲学は本来人の情に基づくものであるとして、この側面からも情の表現としての詩文の製作・鑑賞を奨励した。このような彼の学説は多くの門人を集め、〃蘐園学派〃と称せられ、以後の文化人の活動に非常に大きな影響を与えた。彼の政治経済論は太宰春臺《だざいしゅんだい》に、文学面は、服部南郭《はっとりなんかく》に受け継がれたとされる。

【著作】『弁道』『弁名』『学則』『南留別志《なるべし》』『徂徠集』。

荻原井泉水（おぎわらせいせんすい）

俳人**【生没】**明治17年（1884）6月16日～昭和51年（1976）5月20日

【評伝】本名、藤吉。本当は幾太郎と命名の予定であったが、荻原家の跡目は藤吉を名乗るしきたりがあり、それに倣った。東京芝区（現・東京都港区）に生まれた。東京帝国大学文学部言語学科を卒業。明治44年に新傾向俳句の機関紙「層雲」を創刊。これに、河東碧梧桐も参加する。大正4年、季語無用を主張し、自然のリズムを尊重した無季自由律俳句を提唱した井泉水と意見を異にした碧梧桐が「層雲」を去る。後ろ盾であった河東碧梧桐が引退した後は、この俳誌を舞台に印象的象徴的な自由律俳句を推進し、多くの門下を育成した。昭和40年、日本芸術院会員となる。昭和51年、没。享年91。俳号の「井泉水」であるが、初号は「荻原幾太郎」のイニシャルから愛桜《あいおう》としていた。本人は本来つけられる名であった「幾太郎」も気に入っていたことが伺える。しかし、生年の納音《なっちん》（六十干支を陰陽五行説や中国古代の音韻理論を応用して分類したもの。生まれ年の納音で運勢を占う）から「井泉水」と改めた。

【著作】句集に『原泉《げんせん》』『長流』『大江』『井泉水句集』全8巻。評論に『旅人芭蕉』『奥の細道評論』など。

奥村晃作（おくむらこうさく）

歌人**【生没】**昭和11年（1936）～

【評伝】長野県飯田市生まれ。東京大学経済学部卒。在学中に「コスモス」に入会し、宮柊二に師事。三井物産に入社するも、2年程で辞め、のち芝学園に社会科教諭として勤務。「コスモス」選者および編集委員。「桟橋」発行人。「江戸時代和歌」編集人。外界の物事に出会って動き出す運動体としての心を丸ごとつかむ「直言《ただごと》」という表現方法を唱える。

【著作】歌集に『三齢《さんれい》幼虫』『鬱と空』『鴇色の足』『スキーは板に乗ってるだけで』など。

尾崎紅葉（おざきこうよう）

俳人・小説家**【生没】**慶応3年（1868）12月16日～明治36年（1903）10月30日

【評伝】本名、徳太郎。江戸芝中門前町（現・東京都中央区人形町）号は、縁山、半可通人、十千万堂《とちまん》など。帝国大学国文科中退。明治18年、山田美妙らと硯友社を設立し「我楽多文庫」を発刊。明治20年の大学在学中から読売新聞社に入社し、以後紅葉の作品の重要な発表舞台は「読売新聞」となる。「二人比丘尼色懺悔」で認められ、「伽羅枕」「多情多恨」などを書き、幸田露伴と並称され紅露時代と呼ばれた。明治30年から「金色夜叉」を書いたが、未完のまま没。門下には、泉鏡花、田山花袋、小栗風葉、柳川春葉、徳田秋声など。俳人としては明治23年に硯友社の巖谷小波などと俳句結社「紫吟社」を結成。明治28年に角田竹冷らとともに秋声会を興し、正岡子規と並んで新派と称された。明治36年、胃癌で病没。享年35。忌日は紅葉忌と呼ばれる他にその号より十千万堂忌とも呼ばれる。

【著作】句集に『紅葉句帳』『紅葉山人佐渡句集』。小説に『二人比丘尼色懺悔』『二人女房』『三人妻』『多情多恨』『金色夜叉』など。

尾崎放哉（おざきほうさい）

俳人【生没】明治18年（1885）1月20日～大正15年（1926）4月7日

【評伝】本名、秀雄。鳥取県邑美郡吉方町（現・鳥取県鳥取市吉方町）に生まれた。中学時代の明治32年頃より俳句を始める。東京帝国大学法学部卒業。大学卒業後二つの保険会社に入るが、世間からの脱出を念じて、一切を放擲し、大正12年、京都鹿ケ谷の一燈園に入った。後に、諸所の寺で働き、大正15年、香川県小豆島の南郷庵で没した。享年41。俳句は大正4年以降、「層雲」に投句していたが、独居無言の生活の中から生まれた晩年2年間の作品に佳句が多い。

【著作】句集に『大空《たいくう》』。他に『尾崎放哉全集』。

長田弘（おさだひろし）

詩人【生没】昭和14年（1939）11月10日～

【評伝】福島県福島市生まれ。福島県立福島高等学校を経て、早稲田大学第一文学部卒業。昭和35年、詩誌「鳥」を創刊。雑誌「現代詩」「詩と批評」第七次「早稲田文学」の編集に加わる。昭和40年に詩集『われら新鮮な旅人』でデビュー。以来詩人として活躍し、中でも『深呼吸の必要』が代表作となり、現在でも多くの読者に読まれているロングセラーである。昭和57年、毎日出版文化賞受賞。平成10年、桑原武夫学芸賞受賞。平成12年、講談社出版文化賞受賞。平成21年、詩歌文学館賞受賞。翌年、三好達治賞を受賞。翻訳家、アメリカ文学者で早稲田大学教授の青山南は弟。

【著作】詩集に『われら新鮮な旅人』『メランコリックな怪物』『言葉殺人事件』『深呼吸の必要』『世界は一冊の本』『世界はうつくしいと』など。

小澤蘆庵（おざわろあん）

歌人【生没】享保8年（1723）～享和元年（1801）7月11日

【評伝】大坂に生まれる。一時、本庄家に養子に入り本庄八郎と称した。名は玄仲《はるなか》、玄沖《はるおき》。通称は帯刀《たてわき》。別号は観荷堂、図南亭、孤鷗、七十童、八九童。30歳の頃、冷泉為村に入門し和歌を学び、伴蒿蹊、澄月、慈延と共に冷泉門下の「平安四天王」と呼ばれることになる。しかし、「ただごと歌」という独自の歌学に目覚めたことで為村から破門された。「ただごと歌」とは、平易な言葉を用いありのままの自然な心を詠うということである。その歌論や歌風は香川景樹、大田垣蓮月など多くの歌人に影響を与えた。人望は厚く、伴蒿蹊、本居宣長、上田秋成、蒲生君平などと交際し、特に妙法院宮真仁法親王はわざわざ蘆庵に参殿を請うほどに庇護し、信頼していた。享和元年、没。享年79。
【著作】家集に『六帖詠草』『ふりわけ髪』。歌論に『布留の中道』。

小田観螢（おだかんけい）

歌人**【生没】**明治19年（1886）11月7日～昭和48年（1973）1月1日
【評伝】明治19年、岩手県宇部村（現・岩手県久慈市）に生まれる。明治33年、両親とともに小樽に移住。小学校の代用教員となり、昭和26年、札幌短期大学教授にいたるまで50年余の教員生活を送る。明治35年頃より「文章世界」に投稿を始める。大正4年、太田水穂が短歌結社誌「潮音」を創刊し、加盟する。昭和5年に「新墾《にいはり》」を創刊、主宰する。象徴主義にたち、北海道の厳しい風土を好んで詠んだ。昭和48年、没。享年86。長い歌人生活に対して、日本歌人クラブ名誉会員、第1回北海道文化賞、北海道新聞文化賞、第1回小樽市功労者表彰などが贈られている。
【著作】歌集に『隠り沼《こもぬ》』『忍冬』『蒼鷹』『暁白』など。

落合東郭（おちあいとうかく）

教育者**【生没】**慶応3年（1867）11月19日～昭和17年（1942）1月9日
【評伝】名は為誠、字は士応、東郭はその号。別に青桐居士・半九老人と号した。熊本の人。世々細川侯に仕えた。若冠にして上京し、外祖父である元田東野《もとだとうや》の薫陶を受け、詩を森槐南《かいなん》に学んだ。のち鹿児島第七高等学校造士館教授、熊本第五高等学校教授を務め、明治43年冬、宮内省に入り、内大臣秘書官となった。大正2年、侍従に任ぜられ側近に奉仕すること十余年、職を辞した後、郷里熊本に退隠した。昭和17年、病没。享年76。詩を好み、書を善くし、絵にも長じ篆刻を巧みにした。暇あれば揮毫するのを楽しみとした。人となり謹厳にして敦厚、その詩は七絶を好んだ。

落合直文（おちあいなおぶみ）

国文学者・歌人**【生没】**文久元年（1861）11月15日～明治36年（1903）12月16日
【評伝】陸前国本吉郡（現・宮城県気仙沼市）伊達藩筆頭家

老鮎貝盛房の次男として生まれる。号は萩之家。明治7年、落合直亮の養子となった。明治14年に上京し、翌年には東京帝大文科大学古典講習科に入学するも、中退し3年間従軍。明治21年、皇典講究所の教師となったのをはじめ、多くの学校で教鞭をとる。明治22年には、森鷗外らとともに「新声社」を結成し、共訳詩集『於母影』を刊行した。明治26年には「あさ香社」（浅香社）を結成し、文法書や事典の編集刊行に功績を残した。明治33年に門弟である与謝野鉄幹の創始した「明星」には、監修の協力や歌文を寄稿した。明治36年、駒込の自宅で病没。享年42。

越智越人（おちえつじん）

俳人【生没】明暦2年（1656）～没年不詳

【評伝】通称、十蔵・重蔵。別号、負山子・槿花《きんか》翁。北越に生まれた。延宝の初めに名古屋に出て染物屋を営んだ。貞享元年の冬頃に松尾芭蕉に入門したとみられる。貞享5年の『更科紀行』の旅で芭蕉に同行した。後に山本荷兮《かけい》らと共に芭蕉から離れた。元文4年頃に没したと思われる。蕉門十哲のひとりでありながら没年が判明していない珍しい人物。

【著作】撰集に『鵲尾冠《しゃくびかん》』。俳論に『不猫蛇《ふみょうじゃ》』。注釈に『俳諧冬の日槿花《きんか》翁之抄』など。

弟橘比売命（おとたちばなひめのみこと）

【生没】生没年未詳

【評伝】弟橘媛《おとたちばなひめ》、大橘比売《おおたちばなひめ》命《のみこと》とも呼ばれる。穂積忍山宿禰の子。倭建命の妃。倭建命との間に儲けた子は、日本書紀では稚武彦王《わかたけひこおう》、古事記では若建王《わかたけのみこ》とある。倭建命の東征に同行し、夫を救うため相模国走水の海に入水したと伝えられる。神奈川県横須賀市旗山崎の橘神社に祭られていたが、明治時代に軍用地として接収されたため、近くの走水神社に倭建命と共に祀られることとなった。

尾上柴舟（おのえさいしゅう）

歌人・書家【生没】明治9年（1876）8月20日～昭和32年（1957）年1月13日

【評伝】本名は尾上八郎。岡山県苫田郡津山町（現・岡山県津山市）に生まれる。東京府尋常中学、一高を経て、東京帝国大学文科大学卒業。一高時代に落合直文に教わる。あさ香社に参加し、明治35年、金子薫園と「叙景詩」を刊行し、明治38年、車前草社を結成。前田夕暮、若山牧水らを輩出する。昭和32年、没。享年80。書家としても知られ、日本画家の川合玉堂との親交が厚かった。書画の作品には柴舟が書をしたため玉堂が画を描いたものが多く見られる。
【著作】歌集に『銀鈴』『静夜』など。

小野湖山（おのこざん）

官僚**【生没】**文化11年（1814）1月12日～明治43年（1910）4月10日
【評伝】名は長愿《ちょうげん》、字は士達、幼名は巻、字は懐之。通称は仙助、後に侗之助。湖山と号した。本姓横山、家は参議小野篁《たかむら》より出たので、後に小野姓を称した。父は近江浅井郡高畑の人。初め医術を修め、のち梁川星巖《やながわせいがん》に詩を学んだ。また藤森弘庵《こうあん》に師事し、業成って藩の儒員となった。嘉永6年、ペリー来航、海内騒擾《そうじょう》の際には諸藩の志士と交わった。安政の大獄で藩地に禁錮せらるること8年。慶応3年、朝廷より出仕を命ぜられ、明治元年、総裁局権弁事、記録局主任となった。しかし母の死により3ヵ月で辞し、豊橋藩権少参事、時習館督学を兼任した。4年、廃藩置県の後、東京に出て詩壇に名声をはせ、後また京都に遊び、岡本黄石《こうせき》・江馬天江・頼支峰らと詩作をし、交友、さらに大阪に優遊吟社を興して後進を指導した。30年、再び東京に帰り、43年病没した。
【著作】『湖山楼詩鈔』。

小野十三郎（おのとおざぶろう）

詩人**【生没】**明治36年（1903）7月27日～平成8年（1996）10月8日
【評伝】本名、藤三郎。大阪府大阪市南区に生まれる。天王寺中学校卒業後、大正10年に上京し、東洋大学専門学部文化学科に入学するが、8ヵ月で中退。親からの仕送りを受けながら詩作を続けた。萩原恭次郎、壺井繁治、岡本潤らの詩誌「赤と黒」を見て刺激を受けアナーキズム詩運動に入る。そして昭和5年には岡本潤、秋山清らと協力し、「弾道」を創刊。同年、第一詩集『半分開いた窓』を刊行。昭和8年に大阪に戻り、昭和9年、『古き世界の上に』からは戦争が詩の世界に暗い大きな翳りを投げかけ、それ以後の詩のテーマに通底することとなった。昭和14年、大阪の重工業地帯に取材した『大阪』を発表、独自の詩風を確立した。大阪文学学校を昭和29年に創設し、平成3年まで校長を勤めた。後進の指導にも力を尽くし、小説、詩、児童文学などの講座を開設し、文学の大衆化や市民平和運動に指導的な役割を果した。昭和50年、詩集『拒絶の木』で読売文学賞受賞、昭和54年には『小野十三郎全詩集』が刊行されている。平成8年、没。享年93。
【著作】詩集に『半分開いた窓』『古き世界の上に』『大

阪』『風景詩抄』『カヌーの速度で』『いまいるところ』『冥王星で』など。

小野老（おののおゆ）

官人・歌人【生没】生年未詳～天平9年（737）6月11日【評伝】父母等は未詳。養老3年、従五位下、養老4年、右少弁、天平元年、従五位上、天平6年、従四位下と官位を重ねる。のちに大宰少弐に任ぜられ、天平9年、太宰府にて没。『万葉集』に3首の歌を残している。

小野小町（おののこまち）

歌人【生没】生没年不詳
【評伝】一説に生没は天長2年（825）頃の生まれで昌泰3年（900）頃没と伝わる。出自、生誕地など多くの説があり未詳。仁明朝から文徳朝頃、後宮に仕えていた女性であるとされている。墓所も全国各地に点在している。美人の逸話も多いが当時の絵や彫像は現存せずほとんどが後世に書かれた姿であり、その真偽は不明。歌風は情熱的な恋愛感情が反映され、しなやかで艶やかで美麗である。六歌仙、三十六歌仙のひとり。家集『小野小町集』に百余首の歌を伝えるが、他人の作が混入しており確実な小町の作数は不明。また、勅撰集においても『古今集』の6首、『後撰集』の2首以外の歌はすべて『小町集』から採録したものと考えられ、小町の作であるか疑わしいものが多い。

小野篁（おののたかむら）

歌人【生没】延暦21年（802）～仁寿2年（853）12月22日
【評伝】遣隋使を務めた小野妹子の子孫で、父は小野岑守。孫に三蹟のひとり、小野道風がいる。『令義解』の編纂にも深く関与するなど法理に明るく、政務能力に優れていた。一方で詩才にも優れ、『経国集』『和漢朗詠集』に作品が伝わっている。また和歌にも秀で、『古今集』以下の勅撰集に18首が入首している。「小倉百人一首」11番に入集。また、篁を主人公とした『篁物語』（『小野篁集』）は後人による完全な創作である。

尾山篤二郎（おやまとくじろう）

歌人【生没】明治22年（1889）12月15日～昭和38年（1963）6月23日
【評伝】石川県金沢市に生まれる。号は草の家、刈萱、秋人、無柯《むか》亭主人。明治33年金沢商業に入学するが、36年、膝関節結核のため、右足を大腿部から切断。退学し、文学に傾倒する。明治42年に上京、前田夕暮、若山牧水らを知る。大正2年、歌集『さすらひ』を出版。東京、名古屋、金沢と漂泊の旅を続けながら、短歌、歌論、古典和歌研究の発表を続ける。大正6年、松村英一と「短歌雑誌」の編集に参加。昭和13年「芸林」を創刊。昭和26年、芸術院賞を受けた。昭和38年、没。享年73。

【著作】歌集に『さすらひ』『とふのすがごも』。評論に『大伴家持の研究』など。

折口春洋（おりくちはるみ）

軍人・歌人**【生没】**明治40年（1907）2月28日～昭和20年（1945）3月19日

【評伝】石川県羽咋郡一ノ宮村（現・石川県羽咋市）に藤井升義の四男として生まれる。大正14年、國學院大学予科に入学し、折口信夫に師事。信夫主宰の「鳥船社」に入り、新派短歌を作る。昭和3年、信夫と同居を開始する。昭和5年、國學院大学文学部国文科卒業。翌年、志願兵として、金沢歩兵聯隊に入営するも1年で除隊。昭和9年、國學院大学講師となる。昭和11年、國學院大学教授に就任。昭和18年、太平洋戦争で召集。翌年硫黄島に着任し、陸軍中尉を拝命。同年、信夫の養子として入籍。昭和20年3月19日、硫黄島の戦いにて戦死。しかし信夫は米軍上陸の2月17日を命日と定め、南島忌と名づけた。春洋の生地である羽咋市に信夫が建てた墓所があり、同じ墓に信夫も眠っている。

【著作】遺稿集に『鵠《たず》が音《ね》』。

温庭筠（おんていいん）

【生没】晩唐、812?～870

【評伝】元の名は岐《き》、字は飛卿《ひけい》。太原《たいげん》（山西省并州《へいしゅう》市）の出身。文才には恵まれていたものの素行は芳しくなく、科挙に及第しなかった。いくつかの県の尉をつとめ、国子助手で終わった。詩では同時代の李商隠《りしょういん》とともに〝温李〟と並称され、ともに対句表現に秀でたが、李商隠のきらびやかな艶麗さと比較すると、温庭筠には灰汁《あく》の抜けたさわやかさを感じさせるものが多い。腕組みを8回すれば、たちどころに8韻（16句）の詩ができたので、〝温八叉《おんはっさ》〟と呼ばれたが、この作詩姿勢も李商隠と好対照をなすといえるだろう。また、新興の韻文様式〈詞〉に初めて本格的に取り組んだ詩人でもあり、初期の詞風は彼によって方向づけられた。日本でも平安期より愛読され、ウンテイインと呼ばれたこともある。森鷗外の小説「魚玄機《ぎょげんき》」にも、彼は重要な役として登場する。

【評伝】『温飛卿詩集』。

か　きくけこ

各務支考（かがみしこう）

俳人【生没】寛文5年（1665）〜享保16年（1731）2月7日

【評伝】本姓、村瀬。各務は姉の婚家の姓。別号、東華坊・西華坊・野盤子《やばんし》・見龍《けんりゅう》・獅子庵など。美濃の国北野に生まれた。幼少の頃父を失い、禅刹大智《だいち》寺に小僧として預けられる。19歳で還俗、京都や伊勢で和漢の学問を修めたのち、元禄3年に蕉門に入った。元禄5年、『葛の松原』を発表。30歳のとき、芭蕉の『続猿蓑』の精撰に参与しているがその数ヵ月後、芭蕉が病没。このとき芭蕉の遺書を代筆している。芭蕉没後は、西国・北陸路を中心にして美濃派を組織した。正徳元年「終焉の記」を作って郷里に身を隠したが、その後も旺盛な創作活動を続けた。享保16年、没。享年67。蕉門十哲のひとり。

【著作】句集に『蓮二吟集』。撰集に『笈日記』。俳論集に『葛の松原』。俳文集に『本朝文鑑』など。

鏡王女（かがみのみこ／かがみのおおきみ）

皇族【生没】生年不詳〜天武天皇12年（683）7月5日

【評伝】出自、素性は未詳。最初、天智天皇の妃だったが、後に藤原鎌足の正妻となる。鎌足の病気治癒を祈り、天智天皇8年に山階寺（後の興福寺）を建立した。『万葉集』には4首が入集。天智天皇、額田王、藤原鎌足との歌の問答が残されている。『万葉集』に見られる「鏡王女」と『日本書紀』の「鏡姫王」は同一人物と見られるが、異を唱える説もある。

香川景樹（かがわかげき）

歌人【生没】明和5年（1768）4月10日〜天保14年（1843）3月27日

【評伝】鳥取に生まれる。幼名は銀之助。安永3年頃、父を亡くして伯父の養子となり、名を純徳、通称、真十郎と称す。寛政5年、26歳の時、妻を伴って京都に出て按摩などをしつつ苦学する。翌年、香川景柄の養子となる。これに伴い香川家の主君、徳大寺家に出仕する。景樹は公家の歌会に度々列席し、本居宣長、植松有信と交流を持った。また小沢蘆庵の影響を強く受け、師事して指導を受けた。斬新な景樹の歌は、江戸派の歌人や冷泉家ほか和歌宗匠家から激しい非難を浴びたが、徐々に門弟や支持者を増やしていった。彼の率いる一派は桂園派と呼ばれた。天保14年、京都で没。享年76。

【著作】 家集に『桂園一枝』『桂園一枝拾遺』など。

柿本人麻呂（かきのもとのひとまろ）

歌人 **【生没】** 生没年未詳

【評伝】 残した歌から推測するに、６６０年頃〜７２０年頃の人物であると言われている。下級官吏と言うが、伝記も未詳である。『万葉集』には少なくとも80首以上の歌を残し、勅撰二十一代集内には約２６０首が人麻呂の歌として入集している。枕詞に独創性を持つ作風のほか、対句を用いた長歌にも稀な詩才を見せる。讃歌、挽歌、相聞にもその独自性、才能が発揮され、山部赤人とともに歌聖と呼ばれ、称えられている。三十六歌仙のひとり。

郭璞（かくはく）

【生没】 東晋、２７６〜３２４

【評伝】 字は景純。河東・聞喜《ぶんき》（山西省）の人。経学・詩文・暦数に通じた。その才能、特に占いの術は建国してからまもない東晋王朝の政治家たちに重用され、史書や『捜《そう》神記《しんき》』などの小説にも、超人的な予言者・妖術師として登場するなど、様々な逸話が残されている。日ごろから為政者たちは郭璞の占いの術を政治に反映させていたが、３２４年、東晋王朝を建国するのに功があった王敦が反乱を企てた際、郭璞にその成否を占わせたところ「成《な》る無し」の結果がでた。王敦《おうとん》はかねてから郭璞が有力者である温嶠《おんきょう》や庾亮《ゆりょう》と親しくし、さらに彼らに王敦自身の討伐をそそのかしているのではないかと疑っていたので、占いの結果に激怒し、郭璞を処刑した。享年49。郭璞は「爾雅《じが》」「方言」「山海経《せんがいきょう》」に注をつけたことで有名。代表作は「遊仙詩」14首である。

【著作】『山海経』。

郭沫若（かくまつじゃく）

【生没】 清、１８９２〜１９７８

【評伝】四川省楽山県の人。九州大学医学部卒業。在学中に郁達夫らと創造社を結成し、「創造季刊」を発行した。その後広東の中山大学文学院院長を勤め、北伐に参加した。共産党に入党したが、蒋介石の逮捕を逃れて日本に亡命した。その後千葉県市川市に10年間住み、文学研究を続けた。日中戦争がおこると帰国し、抗日文化宣伝を指導した。新中国の人民政府樹立後は政務院副総理、科学院院長などの要職につき、中国の文化界の代表を務めた。文化大革命ではいち早く自己批判を行った。戦前戦後を通じた知日派で日中友好に貢献した。

【著作】『屈原』『李白と杜甫』『女神』。

角光嘯堂（かくみつしょうどう）

教育者【生没】明治22年（1889）～昭和41年（1966）

【評伝】京都壬生の儒家（橘諸兄の子孫）の家に生まれる。早稲田大学と九州大学国文科を卒業、文学博士、日本大学、相模女子大学などで教鞭をとる。吟詠との関わりは、廣瀬淡窓の精神を継承していた廣瀬宗家第九世貞治宅に寄寓し指導を受け宜園調なるものの継承を得、その本質と詩に対する律の通などを記述しことによると伝えられている。漢詩は本格的なものではなく吟詠用の詩であるが人口に膾炙した作品も多い。戦前に皇道詩吟会を創立し会長となり、詩吟の普及に尽くした。戦後は淡窓流の吟詠指導普及に努め、吟詠界にも知友が多くその美声は人を酔わせるものがあった。東京板橋区吟詠連盟理事長、全国朗吟文化協会会長も務めた。昭和41年没。

【著作】『音譜入正しい詩の吟じ方』『吟詠規範』『名作詩吟教範』『形態学的漢詩作法要義』など。

加倉井秋を（かくらいあきを）

建築家・俳人【生没】明治42年（1909）8月26日～昭和63年（1988）6月2日

【評伝】本名、昭夫。茨城県に生まれた。東京美術学校を卒業。俳句は昭和11年より「あきを」の号で「馬酔木」に投句。昭和13年、富安風生の門に入り、「若葉」に投句していた。後に同人となる。戦後、一時、安住敦らと俳句作家懇話会を結成、「諷詠派」の発行に携わり、また「風」にも同人として参加した。34年より「冬草」を主宰した。昭和63年、没。享年78。

【著作】句集に『胡桃』『午後の窓』『真名井』など。

郭麟孫（かくりんそん）

【生没】元、1279年頃在世

【評伝】呉郡（江蘇省）の人。博学を持って知られており、特に詩に巧みであったという。

何景明（かけいめい）

【生没】明、１４８３〜１５２１

【評伝】明代の詩人。字は仲默。号は大復山人。河南省新陽の人。弘治15年、進士に及第し、陝西省提学福使をつとめた。李夢陽《りぼうよう》とならび「前七子」と称されるとともに、十才子のひとりでもある。

【著作】『大復集』。

家鉉翁（かげんおう）

【生没】南宋、１２７０年頃在世

【評伝】号は則堂。眉州《びしゅう》（四川省）の人。博学にして特に「春秋」に造詣が深く、端明殿学士、簽書《せんしょ》枢密院事となる。元軍が宋の都の近郊に駐軍し、丞相の呉堅《ごけん》らが降伏勧告の文書に署名した時、彼は拒絶して署名しなかったため、命を奉じて元に使いして北上し、燕京《えんけい》（北京）に拘留された。宋が亡んでも元朝で役人となることを拒否し、「春秋」を講じて一生を終えた。成宗《せいそう》が即位すると、ようやく解放されて故郷に帰ることが叶い、そこで没した。成宗より居士号を賜った。

【著作】『則堂集』。

笠郎女（かさのいらつめ）

歌人【生没】生没年未詳

【評伝】笠金村の娘、笠御室の女など出自に諸説がある。大伴家持と関わりのあった女性のひとり。同時代では大伴坂上郎女と並び称される。『万葉集』に29首が入集。全てが家持に贈った歌である。

花山院（かざんいん／かざんのいん）

皇族【生没】安和元年（９６８）10月26日〜寛弘５年（１００８）２月８日

【評伝】花山天皇、花山院師貞とも。冷泉天皇の第一皇子。永観2年、17歳にして即位。寛和2年、退位して出家した。在位中から歌合を主催。退位後もたびたび歌合を催し、自らも詠出した。寛弘2年頃、『拾遺抄』を増補し、『拾遺和歌集』を宣下、自らも撰にあたったとされている。寛弘5年、病没。享年41。

花山院長親（かざんいんながちか）

僧侶【生没】生年未詳～正長2年（1429）7月10日

【評伝】号、耕雲。出家後は明魏とも。長男ではなかったが、兄の早世によって家督を継いだ。長慶、後亀山両天皇に仕え、宗良親王の『新葉和歌集』編纂を助けた。南北朝合一の頃には既に出家しており、南朝時代の官職などは不明な部分が多い。南朝に仕えていた当時から宮廷歌人として名高く、宗良親王に師事して『新葉集』に25首採録されているほか、天授2年／永和2年に宮中で行われていた千首和歌会に参加し、後にその記録を編纂して『耕雲千首』とした。応永年間には足利義満の歌道師範として信任を得る。正長2年に80余歳で病没したとされている。

【著作】家集に『耕雲千首』『耕雲百首』。歌論書に『耕雲口伝』など。

花山院師賢（かざんいんもろかた）

公家【生没】正安3年（1301）～正慶元年／元弘2年（1332）10月

【評伝】持明院統の花園天皇に仕え、参議、左大弁、権中納言に至り、後醍醐天皇の代には中宮権大夫、左衛門督を歴任して正二位大納言に至った。元弘元年、天皇の笠置遷幸の際、延暦寺の衆徒を味方につけるため天皇の替え玉をして比叡山に入るが失敗する。敗走中に捕えられて出家、法名を素貞と称した。正慶元／元弘2年、下総国に流罪となりその地で病没。享年32。二条派歌人であり、自邸で歌会を催す。「正中百首」作者。『新葉集』に49首が収められている。『続千載集』を初めとし、勅撰入集は14首。

賈　至（かし）

【生没】盛唐、718～772

【評伝】盛唐の詩人。字は幼鄰《ようりん》、洛陽（河南省）の生まれ。玄宗《げんそう》のときに起居舎人《ききょしゃじん》知制誥《ちせいこう》を拝命した。安禄山の乱には、蜀への行幸に供奉《ぐぶ》したという。のち、粛宗《しゅくそう》に仕え、右散《うさん》騎常侍《きじょうじ》をもって亡くなり、礼部尚書を贈られた。

柏木如亭（かしわぎじょてい）

文人【生没】宝暦13年（1763）～文政2年（1819）7月10日

【評伝】名は昶《ちょう》、字は永日《えいじつ》。通称は門弥《もんや》。如亭・柏山人《はくさんじん》・痩竹《そうちく》などと号した。江戸・神田の、代々幕府御用達の大工棟梁の家に生まれたが、書画や詩作に熱中、また遊侠《ゆうきょう》の徒と交わった。やがて江戸を去って信州で晩晴《ばんせい》詩社《ししゃ》を開いた。その後、各地を遊歴、職業詩人として活動し、詩だけでなく服飾や料理にも造詣の深い趣味人としても名をはせた。詩を市河寛齋《いちかわかんさい》に学び、江湖詩社の中心的存在として、大窪詩佛《おおくぼしぶつ》・菊池五山《きくちござん》と並び称された。
【著作】『詩本草《しほんぞう》』『如亭山人遺稿』『宋詩清絶』『海内《かいだい》才子詩』。

春日井建（かすがいけん）

歌人**【生没】**昭和13年（1938）12月20日～平成16年（2004）5月22日
【評伝】愛知県江南市に生まれる。南山大学文学部仏文科中退。昭和33年、「未成年」50首を発表。中井英夫に認められ、昭和35年、第一歌集『未青年』でデビュー。三島由紀夫に「現代の定家」と称される。同年、塚本邦雄、岡井隆、寺山修司らと「極」創刊。平成10年、第34回短歌研究賞受賞。平成12年、第27回日本歌人クラブ賞受賞、第34回迢空賞受賞。平成13年、愛知県教育表彰文化功労賞受賞。平成16年、第57回中日文化賞受賞。同年、中咽頭癌にて没。享年65。門下に水原紫苑、黒瀬珂瀾、都築直子ら多くの歌人がいる。
【著作】歌集『未青年』『行け帰ることなく』『井泉』。エッセイ集『未青年の背景』など。

荷田春満（かだのあずままろ）

国学者**【生没】**寛文9年（1669）1月3日～元文元年（1736）7月2日
【評伝】京都で神官の子として生まれる。幼少より神道、国史、律令、歌学などを修める。契沖の万葉学にも接して影響を受けたとされる。元禄13年、江戸へ出て武士たちに歌学や神道の教授を行うようになった。しばしば京都と江戸を往来するが、享保8年に徳川吉宗に招かれて仕官する。享保12年まで仕えたが、病気のため、翌年、養子の荷田在満に家督を譲る。元文元年、病没。弟子に賀茂真淵がいる。復古神道を提唱。『万葉集』『古事記』『日本書紀』や大嘗会の研究の基礎を築き、国学の四大人のひとりに数えられる。
【著作】家集に『春葉集』。注釈研究書に『万葉童子問』『万葉僻案抄』『伊勢物語童子問』など。

荷田蒼生子（かだのたみこ）

歌人**【生没】**享保7年（1722）～天明6年（1786）2月2日
【評伝】民子とも記す。別名、楓里《ふり》。荷田春満の弟、高惟の娘。荷田在満の妹。京に生まれたが兄に従って早くから江戸に出る。夫と死別後は兄に和歌、国学を学びつつ、独身で通した。紀州徳川家に仕え、奥方や姫君に和歌を指導する。49歳で職を退いたあとも、諸侯に請われ夫人や息女に歌を指導した。天明6年、没。享年65。

【著作】家集に『杉のしづ枝』。

賀知章（がちしょう）

【生没】初唐、659～744
【評伝】字は季真《きしん》。越州永興《えっしゅうえいこう》（浙江省蕭山県《しょうざんけん》）の生まれ。李白を見いだした人として知られる。天宝の初めごろ、長安に上った李白が、推挙を頼みに賀知章を訪れたところ、李白の文章を見て「君は天上からこの世に流された仙人（謫仙人《たくせんにん》）だな」と感嘆し、玄宗に言上《ごんじょう》したという。天宝の初めごろというのは、八十幾つになった賀知章が道士になりたいと言って、官を辞め、故郷へ帰ったころでもある。故郷へ帰るに際し、玄宗から「長年ご苦労だった。褒美に何がよいか」と望みを問われて、「私の故郷にいい湖がありますからそれをください。他のものはいりません。」と答えて、湖を一つもらった。この湖が李白が「子夜呉歌《しやごか》」その二　夏の歌」で詠じている鏡湖《きょうこ》である。いかにも賀知章の磊落な性格を感じさせる話だが、杜甫の「飲中八仙歌《いんちゅうはっせんか》」で筆頭に数えられるほどの大酒飲みで、故郷にある四明山《しめいざん》に由来をとる「四明狂客《きょうかく》」と自ら号し、酒を飲んで詩を書けば、たちどころに巻をなすといった調子であった。李白とうまがあったのも、なるほどとうなずかされる。

勝海舟（かつかいしゅう）

官僚【生没】文政6年（1823）1月30日～明治32年（1899）1月19日
【評伝】通称および幼名は麟太郎。諱《いみな》は義邦、明治維新後に改名して安芳とした。これは幕末に武家の官位である「安房守」を名乗ったことから勝安房《あわ》として知られていたため、維新後は「安房」を避けて同音の「安芳」に変えたものである。号は海舟。本姓男谷。7歳のとき、幕府の普請組、勝元良の養子となる。剣技を島田虎之助《とらのすけ》（号見山）に、書法を男谷燕斎に、作詩を杉浦梅潭《ばいたん》に学んだ。天保12年、高島秋帆《しゅうはん》が板橋区徳丸ヶ原で洋式調練並びに大砲の試射を演じたのを見て感激し、永井星崖《せいがい》について西洋の兵学・砲術・航海・測量の法を学んだ。15年、佐久間象山に会い、ともに語ってすぐに友好を深めた。嘉永3年、私塾を開いて蘭書を講じた。6年、ペリーの来航、続く安政元年、親和条約の締結があり、大久保一翁のすすめで海防意見書を奉った。これより、長崎海軍伝習所の伝習生となり、また多くの伝習生の指導にもあたった。6年には新見豊前守の米国差遣に従って、咸臨丸《かんりんまる》艦長として、日本人としてはじめて太平洋を横断した。文久元年、神戸海軍操練所を創設し、日本海軍の基礎を築いた。元治元年、軍艦奉行となる。慶応2年、長州再征の時は全権使節として広沢兵助と会見、休戦講和を約し、3年、将軍慶喜の大政奉還の後、明治元年には海軍奉行となる。続いて陸軍総裁となり、江戸城明け渡しには西郷隆盛と折衝して、無血開城、江戸の市民を兵火から救った。維新後、5年海軍大輔、6年参議兼海軍卿に進み、8年、その職を辞した。20年、伯爵を授けられ、翌年、枢密顧問官となり、32年、病没した。

【著作】『海舟座談』『永川清話』。

勝見二柳（かつみじりゅう）

俳人**【生没】**享保8年（1723）～享和3年（1803）

【評伝】名は、充茂。別号、三四坊・不二庵《ふじあん》二柳《じりゅう》など。加賀の国山中に生まれた。初めは蕉門の泉屋桃妖に俳諧を学び、師より、桃左の号を与えられる。この俳号は桃青（芭蕉の旧号）―桃妖（芭蕉から与えられた俳号）―桃左と続く蕉風の正統派を受け継ぐ俳号ともいえる。さらに中川乙由・和田希因に師事した。諸国を遍歴し、各地の蕉門と交流をしたあと、明和8年に大坂に住み、与謝蕪村・堀牧水・高桑蘭更らと交わって、俳諧の中心的存在となった。生涯を芭蕉の顕彰と蕉風の発展に生き、二条家からは中興宗匠の称号をあたえられた。享和3年、没。享年81。

【著作】句集に『二柳庵発句集』。編著に『俳諧直指伝』『松かざり』『俳諧氷餅集』など。

桂信子（かつらのぶこ）

俳人**【生没】**大正3年（1914）11月1日～平成16年（2004）12月16日

【評伝】本名、丹羽信子。大阪市に生まれた。大阪府立大手前高女を卒業。昭和13年、日野草城に師事する。「旗艦」「琥珀」同人。戦後は「まるめろ」「アカシア」「太陽系」「青玄《せいげん》」と、草城に従って、移った。昭和29年、細見綾子、加藤知世子らと「女性俳句会」を創設、編集同人となった。45年、「草苑《そうえん》」を創刊して主宰した。平成4年、『樹影』で第26回蛇笏賞、第11回現代俳句協会大賞を受賞。平成16年、没。享年90。没後、「草苑」終刊。宇多喜代子を中心に、「草樹」が創刊された。平成22年、財団法人柿衞文庫によって桂信子賞が創設される。

【著作】句集に『月光抄』『女身』『晩春』『緑夜』『草樹』『樹影』など。

桂山彩巌（かつらやまさいがん）

儒学者【生没】延宝7年（1679）～寛延2年（1749）3月23日

【評伝】江戸時代、江戸の生まれ。名は義樹。字は君華。通称は三郎左衛門・三郎兵衛。彩巌・霍汀・天水漁者などと号した。林鳳岡《ほうこう》に師事して、経学は程朱を宗とした。元禄7年、幕府に仕えて講官となり、秘書監（御書物奉行）となった。詞章に長じて、律詩を善くしたが、楽詩に通じ、草隷にも長じた。寛永2年、72歳で没した。

【著作】『彩巌詩集』『学問大旨』『寓意録』『居官拾筆』『天水筆記』。

賈島（かとう）

【生没】中唐、789～843

【評伝】字は浪《ろう》（閬《ろう》）仙。范陽《はんよう》（河北省）の生まれ。毎年科挙に落第、出家して無本《むほん》と号したが、元和《げんな》年間（806～820）の元稹《げんしん》・白居易らの平易・通俗的な詩風の流行に反発して、奇僻《きへき》の句を求めて苦吟し続けた。ある時、「鳥は宿る池中《ちちゅう》の樹、僧は推す月下の門」がよいか、「敲《たた》く」がよいかと思いあぐね、推したり敲いたりするしぐさをして歩くうちに京兆尹《けいちょういん》（都の長官）韓愈の行列にぶつかったが、非礼を許され、「敲の字がよい」と評された。この逸話は、「推敲」の故事として有名である。毎年晦日には神前に一年分の自作をささげ、「これが私の終年の苦心であります」と祀り祈ったと言われている。韓愈に認められて還俗《げんぞく》し、進士にも及第したが、官途には恵まれずに地方の小官で終わった。死後には病気の驢馬《ろば》と古い琴を残すのみであったという。寒々とした詩風により、友人孟郊《もうこう》と併称され、「郊寒《こうかん》・島痩《とうそう》」と評されている。

【著作】『賈浪仙長江集《かろうせんちょうこうしゅう》』。

加藤郁乎（かとういくや）

俳人・詩人【生没】昭和4年（1929）1月3日～

【評伝】加藤紫舟の子として東京に生まれる。号、四雨。昭和26年、早稲田大学文学部演劇科卒。初め詩人として出発し、「黎明」に新芸術俳句を発表。私生活では商事会社を経営し、また放送局に勤務するなど二足のわらじを履く。昭和47年に文筆家として独立。澁澤龍彦との交友でも知られる。回想記『後方見聞録』の文庫版増訂時に、当時澁澤の妻だった矢川澄子との不倫を告白して物議をかもした。「俳句評論」同人。

【著作】句集に『牧歌メロン』『えくとぷらすま』『粋座』

『晩節』。詩集に『終末領』『ニルヴァギナ』『姦吟集』。評論に『眺望論』など。

加藤宇万伎（かとううまき）

国学者【生没】享保6年（1721）～安永6年（1777）6月10日

【評伝】氏は藤原。宇万伎を美樹とも記す。美濃国大垣の藩主戸田家の家臣であったが、同家の奥医師河津家の入婿となり、河津姓を名乗る。妻の死後に幕臣加藤家の養子となり、幕府の大番与力となる。延享3年、賀茂真淵の門下に入る。京坂の武士に国学、和歌を教え真淵の学問を伝えた。上田秋成もその時入門した弟子のひとりである。安永6年6月10日、没。享年57。

【著作】家集に『静廼舎歌集』（『しづのや歌集』）。注釈研究書に『雨夜物語だみことば』『土佐日記解』など。

加藤克巳（かとうかつみ）

歌人【生没】大正4年（1915）6月30日～平成22年（2010）5月16日

【評伝】京都府綾部市に生まれる。國學院大学卒業。中学時代より歌作を始める。昭和10年、新芸術派短歌運動に加わり「短歌精神」創刊。昭和12年、処女歌集『螺旋階段』を刊行。大学時代に折口信夫、武田祐吉らに師事。召集され敗戦まで軍隊生活を経験する。昭和21年、常見千香夫、大野誠夫らと「鶏苑」を創刊。昭和23年、近藤芳美、宮柊二らと「新歌人集団」を結成。昭和28年、自ら「近代」（後に「個性」と改める）を創刊。発起人として現代歌人協会を創立、理事を務める。日本現代詩歌文学館振興会常任理事、埼玉県歌人会顧問、埼玉県文化団体連合会顧問など多くの委員を歴任。平成22年、心不全で病没。享年94。シュルレアリスムの影響を受けた作風が特徴。門下には筒井富栄、光栄尭夫、沖ななもなどがいる。

【著作】歌集に『螺旋階段』『エスプリの花』『朝茜』。評論に『意志と美』『邂逅の美学』『熟成と展開』『新歌人集団』。

加藤暁臺（かとうきょうたい）

俳人【生没】享保17年（1732）9月1日～寛政4年（1792）1月20日

【評伝】久村《くむら》暁臺とも。本名、周挙《かねたか》。通称、平兵衛。初号、他朗。別号、買夜・暮雨巷など。名古屋に生まれた。尾張徳川家に仕えたが、後に職を辞した。俳諧ははじめ武藤巴《は》雀《じゃく》に、後にその子白尼《はくに》に学んだ。明和9年『秋の日』を出版。『秋の日』は蕉風復興を唱えて、中興俳諧における指導的な役割を果たした。また、暁台の蕉門復興の思いは、明和7年の『おくのほそ道』のあとを辿った『しをり萩』の旅に顕著である。寛政4年、没。享年61。

【著作】句集に『暁臺句集』『暁台七部集初篇』。編著に『蛙啼《あてい》集』『秋の日』『姑射《こや》文庫』『風羅念仏』『花のしるべ』。

加藤楸邨（かとうしゅうそん）

俳人**【生没】**明治38年（1905）5月26日～平成5年（1993）7月3日

【評伝】本名、健雄。別号、達谷《たっこく》山房。山梨県に生まれた。鉄道勤務の父に伴い、各地を転々とする。金沢第一中学校卒業。小学校の代用教員となる。大正14年、父の死に伴い上京。東京高等師範学校第一教員養成所国語漢文科に入学。卒業後は埼玉県粕壁中学校教員となる。昭和5、6年頃の教員時代に短歌から俳句に移り、「馬酔木」に投句、水原秋桜子に師事した。「馬酔木」発行所に勤めつつ東京文理大学を卒業。昭和15年に「寒雷」を創刊して独立した。「寒雷」からは金子兜太、森澄雄、藤村多加夫、古沢太穂、田川飛旅子、石寒太、今井聖など多様な俳人が育った。その多さと多様さとから、これを「楸邨山脈」と呼ぶ。真摯な内面的句風を開き、人間探求派と呼ばれた。松尾芭蕉に傾倒し、その研究書が多い。昭和43年、『まぼろしの鹿』で第2回蛇笏賞受賞。昭和61年、松尾芭蕉の研究などの功績により紫綬褒章、勲三等瑞宝章を叙勲。平成5年、没。享年88。楸邨死後の「寒雷」の後継者は、次男の嫁の加藤瑠璃子だが、運営は同人組織の暖響会によって行われている。

【著作】句集に『寒雷』『野哭』『まぼろしの鹿』『吹越』。随筆集に『隠岐』『達谷《たっこく》往来』など。

加藤治郎（かとうじろう）

歌人**【生没】**昭和34年（1959）11月15日～

【評伝】愛知県名古屋市に生まれる。早稲田大学教育学部卒業。昭和58年、未来短歌会に入会し、岡井隆に師事。昭和61年、「スモール・トーク」で第29回短歌研究新人賞。昭和63年、『サニー・サイド・アップ』で第32回現代歌人協会賞。平成10年、荻原裕幸・穂村弘とSS-PROJECT（エスツー・プロジェクト）を結成。翌年、『昏睡のパラダイス』で第4回寺山修司短歌賞。平成13年、オンデマンド歌集出版サイト「歌葉《うたのは》」創設。また、「短歌研究」にて「うたう☆クラブ」（応募から選ばれた作品を、選者と詠者がメールのやりとりの中で添削、推敲をし作品を磨いていくという試みのコーナー）担当。平成15年、「未来」で選歌欄を担当。同年、前川佐美雄賞選考委員就任。平成17年より、毎日歌壇選者。

平成21年よりNHK短歌選者就任。短歌研究新人賞選者就任。アララギから前衛短歌への流れを消化したうえで、「口語は前衛短歌の最後のプログラム」と宣言。口語短歌の改革者として意欲的な試みに取り組み、「ニューウェーブ」の旗手と称せられるようになる。若手歌人のプロデューサー的役割を担うことも多く、現代短歌における最重要人物のひとりといえる。

【著作】歌集に『サニー・サイド・アップ』『マイ・ロマンサー』『ハレアカラ』『雨の日の回顧展』など。歌書に『TKO　現代短歌の試み』『うたう☆クラブ・セレクション』『短歌レトリック入門』。

加藤雍軒（かとうようけん）

儒者**【生没】**天保12年（1841）～明治31年（1898）9月22日

【評伝】雍軒は高島藩（現・諏訪市。高島城は観光名所として有名）藩学長善館教授。加藤鉛山の養嗣子で天保12年（1841）生まれ。名は準蔵。年少くして大槻磐溪（仙台藩の儒者）の門に入り、経学・文章を学び、のち長善館の教授となる。諄諄教えて倦むことなく育英を以って楽しみとしたが明治31年9月22日、病を得て没した。世に「鉛山先生文章を以って勝る。雍軒先生詩を以って勝る」と称されたが雍軒は手づから旧稿を焼却したという。嗣子（清）残余の簡篇を蒐め一巻を成す。『弾鋏集』という。明治32年3月8日発行の諏訪青年会誌第49号に雍軒先生長逝の報道があり、雍軒を知るに重要な資料である。そこには、「加藤準蔵翁逝く、我郷漢学の大家加藤雍軒翁は、昨年4月頃より胃癌症に罹り療養を加へられしが、9月中旬に至りて衰弱に陥り、自ら死期を知りて入浴をなし、極めて安静に死の至るを待ち22日終に溘焉として永逝せられたり。翁は少壮の時、大槻磐溪の門に入りて経学・文章を受け、爾来育英の任に当りて、諄諄教へて倦むことなく、幾多の英才を薫陶せり。翁が我郷の文学に寄与する所頗る大なりというべし。今一朝翁を失うこと洵に悼惜に堪へず。翁が絶命の際賦したる詩は左の如し。以て翁の襟懐を察するに足れり。」とある。

㈠

文園倏忽トシテ歳華移ル　五十八年嘆ク二鬢絲ヲ一

学術不レ為サ経世ノ用　彫蟲ノ事業了ル二生涯ヲ一

㈡

高二臥シテ湖山ニ一身自ラ閑ナリ　優遊養ヒレ老ヲ日ニ開顔

天風一夕吹イテレ吾ヲ去ル　夢ハ逐フ白雲縹緲ノ間

角川源義（かどかわげんぎ）

俳人【生没】大正6年（1917）10月9日〜昭和50年（1975）10月27日

【評伝】本名は源義《げんよし》。富山県中新川郡東水橋町（現・富山県富山市）に生まれた。中学時代から折口信夫に傾倒し、国学院大学に入学、折口信夫の短歌結社「鳥船」に入会した。昭和16年、臨時徴兵制度によって大学を繰り上げ卒業。昭和20年、角川書店を設立。中学時代より句作を始め、「草上」に投句した。戦後「古志」創刊に同人として参加した。昭和33年「河」を創刊して主宰した。角川書店より総合誌の「俳句」を創刊。角川俳句賞、蛇笏賞を設定し、俳句文学館の設立への努力など、俳壇へ多大な貢献をした。昭和50年、没。享年58。忌日は角川源義忌、秋燕忌と呼ばれる。源義没後の「河」は、妻の角川照子が主宰を努め、平成18年より息子の角川春樹が継承。

【著作】句集に『ロダンの首』『西行の日』。評論・研究書に『語り物文芸の発生』『角川源義俳句批評』『飯田蛇笏』『源義経』など。

楫取魚彦（かとりなびこ）

国学者【生没】享保8年（1723）3月2日〜天明2年（1782）3月23日

【評伝】本名、伊能景良《かげよし》。下総国香取郡佐原（現・千葉県香取市）に生まれる。通称、茂左衛門。号は青藍《せいらん》、茅生庵《ちぶあん》。絵や俳諧も嗜んだ。宝暦9年、賀茂真淵に師事。明和元年、仮名遣語学書『古言梯《こげんてい》』を編集・出版。明和2年、江戸に移住。賀茂真淵門下の四天王のひとりと称される。天明2年、没。享年60。

【著作】歌集に『楫取魚彦家集』。仮名遣語学書に『古言梯』。万葉秀歌選集に『万葉集千歌』など。

兼明親王（かねあきらしんのう）

皇族【生没】延喜14年（914）〜永延元年（987）9月26日

【評伝】醍醐天皇の第十六皇子。朱雀天皇、村上天皇、源高明の異母兄弟。一時期、源兼明とも名乗る。博学多才で前中書王と呼ばれる。藤原佐理、藤原行成と共に三蹟のひとりとして数える場合もある。晩年は嵯峨に隠棲。『江談抄』『本朝文粋』に詩文を残す。勅撰集入集は『後拾遺集』

の1首。『古今和歌六帖』の撰者ではないかとされている。

金子薫園（かねこくんえん）

歌人【生没】明治9年（1876）11月30日～昭和26年（1951）3月30日

【評伝】東京都神田に生まれる。旧名、武山雄太郎。外祖父の養子となり金子姓になる。明治26年、落合直文のあさ香社に入門、和歌革新運動に加わる。自由律短歌も試み、明治30年、「新声」の和歌選者となる。明治36年、「白菊会」を結成、昭和23年、日本芸術院会員。昭和26年、没。享年74。

【著作】歌集に『かたわれ月』『伶人』など。

金子兜太（かねことうた）

俳人【生没】大正8年（1919）9月23日～

【評伝】本名も兜太。埼玉県に生まれた。父は「馬酔木」同人の金子伊昔紅。熊谷中学から水戸高等学校に進む。水戸高校時代の昭和12年に吉田両耳（良治）、長谷川朝暮（四郎）両教授の句会に出席。初めて句作をする。翌13年に学生俳誌「成層圏」に参加。昭和16年、東京帝国大学入学。昭和18年、東京帝国大学を繰り上げ卒業後、日本銀行に就職するが3日で退職。海軍に入隊。サイパン島やトラック島で従軍。昭和21年復員帰国。翌年から日銀に復職し昭和49年まで勤務。昭和24年からは日銀従業員組合事務局長となり、組合運動に専心。俳句は「土上」を経て「寒雷」に拠って、加藤楸邨に師事した。昭和21年、「風」創刊に参加。前衛俳句の旗手として活躍し、社会性・造形の重要性を説いた。昭和31年、第5回現代俳句協会賞受賞。昭和37年には「海程」を創刊した。平成13年、第1回現代俳句大賞受賞。

【著作】句集に『少年』『蜿蜒』『暗緑地誌』『旅次抄録』『遊牧抄』『猪羊集』。評論に『定住漂泊』など。

金子みすゞ（かねこみすず）

詩人【生没】明治36年（1903）4月11日～昭和5年（1930）3月10日

【評伝】本名、金子テル。山口県大津郡仙崎村（現・山口県長門市仙崎）に生まれる。郡立大津高等女学校卒業。大正12年、叔父の経営する書店、上山文英堂の支店で働き始める。仕事のかたわら投稿を続け、大正12年に「童話」「婦人倶楽部」「婦人画報」「金の星」の4誌に一斉に詩が掲載され、西條八十からは「若き童謡詩人の中の巨星」と賞賛された。大正15年、同じ書店に勤める男性と結婚し、娘を

1人儲ける。しかし、女性関係などにより夫は上山文英堂を退職させられる。みすゞは夫に従ったものの、夫の放蕩は収まらず、みすゞに詩の投稿、詩人仲間との文通を禁じた。昭和5年に正式な離婚が決まった。娘の親権問題がこじれ、夫への抵抗心から同年に服毒自殺。26年の短い生涯を閉じた。みすゞは、娘を自分の母に託すことを懇願する遺書を遺していた。金子みすゞの詩は長らく忘れられていたが、児童文学者の矢崎節夫らの努力で遺稿集が発掘され、昭和59年に出版に至り瞬く間に有名になった。現在では代表作「わたしと小鳥とすずと」が小学校の国語教科書に採用されている。みすゞの作品の一つ「こだまでしょうか」を取り上げたACジャパンのCMが、東日本大震災に伴うCM差し替えにより多く露出したことにより「金子みすゞ全集」の売り上げが伸び、地震の影響で重版が困難だったことから『金子みすゞ童謡集「こだまでしょうか」』として急遽電子書籍化されるなど新たな広まりが見られる。

金子光晴（かねこみつはる）

詩人【生没】明治28年（1895）12月25日〜昭和50年（1975）6月30日

【評伝】愛知県海東郡越治村（現・愛知県津島市）の酒商の家に生まれる。本名は安和、後に保和を名乗る。明治30年、父の事業の失敗により、名古屋市に転居。金子荘太郎の養子となる。大正7年、自費で詩集『赤土の家』の出版を企画。この詩集は、翌年、金子保和名義で刊行された。養父の友人とともにヨーロッパ遊学に旅立つ。大正10年、2年余のヨーロッパ旅行から帰国。大正11年、詩誌「楽園」の編集に携わる。ヨーロッパで書きためた詩の推敲に着手。これが『こがね虫』の原型となる。同人誌「人間」「嵐」に詩を発表。大正12年、詩集『こがね虫』を出版。大正13年、東京に戻る。森三千代と知り合い、室生犀星の仲人により結婚する。翻訳で生計を立てるが、困窮した生活が続く。昭和3年、アジア・ヨーロッパの旅に出発。昭和7年、帰国。日本の社会体制への批判を込めた詩を次第に発表するようになる。昭和19年末、一家で山梨県の山中湖畔に疎開。昭和21年、疎開先より東京都に戻る。昭和28年、『人間の悲劇』で第5回読売文学賞を受賞。昭和44年、軽い脳溢血により片腕が利かなくなり、入院。以来、身体に自信をなくす。昭和47年、『風流尸解記』で芸術選奨文部大臣賞を受賞する。昭和50年、気管支喘息による急性心不全により自宅で死去。享年81。反骨の文化人として知られ、作品内でも国家への不服従を貫く物が多い。

【著作】詩集に『落下傘』『こがね虫』『鮫』『蛾』。自伝に『マレー蘭印紀行』『どくろ杯』『ねむれ巴里』など。

兼覧王（かねみおう）

皇族【生没】生年未詳～承平2年（832）

【評伝】文徳天皇の孫にして、惟喬親王の子。仁和2年、従四位下。河内権守、中務大輔、民部大輔、山城守、侍従、神祇伯などを歴任。延長2年、正四位下。翌年、宮内卿。紀貫之、凡河内躬恒ら歌人との交流が『古今集』から窺える。中古三十六歌仙のひとり。勅撰入集は『古今集』に5首、『後撰集』に4首。

加納諸平（かのうもろひら）

国学者【生没】文化3年（1806）～安政4年（1857）6月24日

【評伝】遠江国浜名郡白須賀（現・静岡県湖西市）の酒造業を営む家に生まれる。通称は小太郎、春太、臼太、兵部。名は初め諸平、のち長樹、兄瓶《えかめ》と変わり、安政元年以後は諸平に戻した。医師名は杏仙。文政6年、和歌山の医師加納家の養子となる。医学を学ぶかたわら、本居大平に師事して国学、和歌を学んだ。紀州藩に出仕し、天保2年、『紀伊国続風土記』の編纂員となる。同6年には『紀伊国名所図会』の編纂を命ぜられる。安政3年、紀州藩に開設された国学所の総裁となる。安政4年、急死。享年52。

【著作】家集に『柿園詠草』『柿園詠草拾遺』など。

亀井南冥（かめいなんめい）

儒者・医師【生没】寛保3年（1743）8月25日～文化11年（1814）3月2日

【評伝】名は魯《ろ》、字は道載《どうさい》（道哉）。通称は主水《もんど》。南冥・信天翁《しんてんおう》と号した。筑前（現・福岡県）早良郡の生まれ。荻生徂徠《おぎゅうそらい》に師事した医師、亀井聴因《ちょういん》の長男。14歳で大潮《だいちょう》に詩文を、20歳で永富独嘯庵《どくしょうあん》に医学を学んだ。翌年、朝鮮通信使への対応に活躍して名声を高め、私塾蜚英館《ひえいかん》を開設。また福岡藩の儒員兼医師として徂徠学を講じた。門下より広瀬《ひろせ》淡窓《たんそう》ら多くの逸材が出ている。しかし直言を潔しとする押しの強い性格が災いしたのか、しばしば朱子学派の妨害を受け、寛政異学の禁の発布後、50歳のとき免職となった。晩年はこれを苦にして精神に変調をきたしたともいう。

【著作】『我昔詩集《がせきししゅう》』『南冥先生詩文集』『南冥問答《なんめいもんどう》』『弁惑論』。

亀谷省軒（かめたにせいけん）

役人【生没】天保9年（1838）～大正2年（1913）1月21日

【評伝】名は行、字は子省、省軒はその号。対馬厳原の人。本姓藤原。祖父種徳は事業家で富豪として知られ、上士に列して浦奉行に累進した。龍井善六の次子、種栄を養子にし、その娘に配し、省軒が生まれた。種栄は別に禄を賜って一家をなしたので、省軒が嫡孫を以て祖父の後をうけた。はじめ大阪に遊び、廣瀬旭荘の門に入りその才学を称せられた。その間、勤王の志士に交わり、松林飯山・廣瀬林外・河野鐵兜とは特に親しくした。明治元年、岩倉具視《いわくらともみ》に知られ、王政復古の制度を議するにあたり、ついで居を東京に移し安井息軒に学んだ。息軒は多くの弟子や後進を統率する目立つ存在であった。2年、大学教官に補せられたが、翌年、皇漢二学の論紛を起こしたため、官を辞し、さらに太政官記録局長となり、また6年に至ってこれを辞した。その後、詩文を子弟に授け、多くの著書を刊行した。岩倉はこれを選抜するつもりであったが堅くこれを辞し、大正2年、76歳で病没した。

【著作】『省軒詩稿』『省軒文稿』。

亀田鵬齋（かめだぼうさい）

儒学者【生没】宝暦2年（1752）9月15日〜文政9年（1826）3月9日

【評伝】名は翼《よく》、のち長興《ちょうこう》、字は図南《となん》・公龍《こうりょう》・穉龍《ちりょう》。通称は文左衛門。鵬齋はその号。江戸の生まれ。折衷《せっちゅう》学の井上金峨《いのうえきんが》に学び、同門の山本北山《やまもとほくざん》と意気投合して古文辞学派を排撃することにより、時の詩壇が唐詩尊重から宋詩尊重に転ずる機運を促進した。江戸駿河台に塾を開いたが、寛政異学の禁に反抗して閑居し、研究に専心した。その後、各地を旅して文化活動を行い、佐羽淡齋《さばたんさい》や良寛とも親交をもった。晩年には書画にも進境いちじるしく文壇の重鎮となった。折衷学派の儒者、亀田綾瀬《かめだりょうらい》は子である。

【著作】『鵬齋先生詩抄』『論語撮解《さっかい》』『大学私衡《しこう》』『侯鯖一《こうせいいち》臠《らん》』『善身堂一家言』。

蒲生君平（がもうくんぺい）

詩人【生没】明和5年（1768）〜文化10年（1813）7月5日

【評伝】江戸時代、下野（現・栃木県）の人。名は秀実・夷吾。字は君平・君蔵。通称は伊三郎。修静庵・静脩斎と号した。本姓は福田氏。のちに蒲生氏郷の裔であることを知って氏を蒲生と改めた。初め鈴木石橋《せっきょう》に学び、のち山本北山《ほくざん》に学んだ。幼いころより気概があり、経世の志を抱いて天下を周遊し、権貴に屈せず、当世の要務を論じた。勤王家で、皇室の衰微を嘆き、歴代天皇陵の荒廃を嘆き『山陵志』を作った。高山彦九郎・林子平と並び「寛政の三奇人」の称がある。

【著作】『山陵志』『職官志』『不恤緯《ふじゅつい》』。

鴨長明（かものちょうめい）

歌人・随筆家【生没】久寿2年（1155）～建保4年（1216）閏6月10日

【評伝】賀茂御祖神社の神事を統率する鴨長継の次男として京都に生まれる。承安2年頃から本格的に歌作に打ち込む。寿永2年、俊恵の門下に入る。文治2年頃、伊勢、熊野などを旅し『伊勢記』を記したとされる。神職としての出世の道を閉ざされ、出家して蓮胤を名乗り京都各所を転々とする。承元2年、54歳の頃、山科の日野山（現・京都市伏見区日野町）に落ち着く。建暦2年、『方丈記』を著す。『千載集』を初出とし、勅撰入集は25首。

【著作】家集に『鴨長明集』。随筆に『方丈記』。歌論書に『無名抄』。説話集に『発心集』。

賀茂真淵（かものまぶち）

国学者【生没】元禄10年（1697）3月4日～明和6年（1769）10月30日

【評伝】遠江国敷智郡浜松庄（現・静岡県浜松市）の賀茂明神神職の家系に生まれる。宝永4年、杉浦国頭に師事する。享保18年、京都に移り荷田春満に師事する。元文元年に春満が死去すると浜松へ戻ったが、元文3年に江戸に移り、私塾を開き国学を講じた。延享3年、御三卿田安徳川家の和学御用掛となって徳川宗武に仕える傍ら古典研究に専念した。宝暦13年、本居宣長は真淵を訪れ入門し、その夜、生涯一度限りの教えを受けた。明和6年病没。享年73。

【著作】家集に『賀茂翁家集』。注釈研究書に『万葉解通釈』『冠辞考』『万葉考』など。

加舎白雄（かやしらお）

俳人【生没】元文3年（1738）8月20日～寛政3年（1791）9月13日

【評伝】名は吉春。通称、五郎吉。別号、舎来・昨烏・しら尾・白尾坊・春秋庵など。信州上田藩士加舎吉亨の次男として江戸に生まれた。宝暦年間の末には舎来と号して青《せい》蛾門《がもん》に入り、明和2年には松露庵烏明《うめい》の門に入った。後に烏明の師鳥酔《ちょうすい》の直門となった。明和6年、鳥酔の死後、各地を遊歴。安永5年、松露庵一門と不和になり、烏明より破門される。安永9年江戸に春秋庵を開き、『春秋稿』を年次刊行して、関東一帯に独自の地歩を築いた。能筆家としても知られる。寛政三年、病没。享年54。

【著作】句集に『白雄句集』（碩布編）。編著に『田毎の春』『文車』。俳論に『寂栞《さびしおり》』『春秋夜話』など。

烏丸光栄（からすまるみつひで）

公家・歌人【生没】元禄2年（1689）8月3日～延享5年（1748）3月14日

【評伝】烏丸宣定《のぶさだ》の子。正二位内大臣にまで至る。烏丸家で内大臣にまで至ったのは、光栄だけである。号は、不昧《ふまい》真院《しんいん》。延享5年、没。享年60。法名は、海院浄春。霊元天皇、中院通躬《なかのいんみちみ》、武者小路実陰に師事する。門下には有栖《ありす》川宮職仁《がわのみやよりひと》親王、桜町天皇、遠藤胤忠がいる。

【著作】歌論に『聴玉集』。

河合曾良（かわいそら）

俳人【生没】慶安2年（1649）～宝永7年（1710）

【評伝】通称、惣五郎。幼名、与左衛門。岩波氏を継いで岩波庄右衛門正字と名乗った。河合姓は雅号。信濃の国上諏訪に生まれた。伊勢の国長島藩に仕えていたが、のち致仕して江戸に出て、貞享2年末頃までに松尾芭蕉に入門した。篤実な人柄で芭蕉によく仕え、『鹿島紀行』『奥の細道』の旅に随伴した。幕府の巡国使に随行して壱岐勝本で病死した。享年62。

【著作】遺稿集に『雪満呂気』。

川崎展宏（かわさきてんこう）

俳人【生没】昭和2年（1927）1月16日～平成21年（2009）11月29日

【評伝】本名、展宏《のぶひろ》。広島県呉市に生まれた。東京大学を卒業した。大学卒業の年に加藤楸邨の門に入った。「寒雷」同人。昭和45年から「杉」同人。昭和55年には「貂」を創刊した。平成3年、句集『夏』で読売文学賞を、『秋』で詩歌文学館賞を受賞。平成10年、評論『俳句初心』で俳句協会評論賞を受賞している。明治大学教授をつとめ、高浜虚子の研究でも知られる。平成6年から13年間「朝日俳壇」選者。平成21年、没。享年82。

【著作】句集に『葛の葉』『義仲』『観音』『夏』『秋』。評論に『高浜虚子』『俳句初心』など。

川崎洋（かわさきひろし）

詩人【生没】昭和5年（1930）1月26日～平成16年（2004）10月21日

【評伝】東京都に生まれる。昭和19年、福岡県に疎開。八《や》女《め》高校卒業後、西南学院専門学校英文科に進学するが中退。上京後、横須賀の米軍キャンプなどに勤務。昭和23年頃より詩作を始め、「母音」「詩学」に投稿。昭和28年、茨木のり子と詩誌「櫂」を創刊。谷川俊太郎らを同人に加え、活発な詩作を展開した。昭和30年、詩集『はくちょう』を刊行。昭和32年から文筆生活に入る。詩作の傍ら、昭和46年には文化放送のラジオドラマ「ジャンボ・アフリカ」の脚本で、放送作家として初めて芸術選奨文部大臣賞を受けた。昭和62年、詩集『ビスケットの空カン』で第17回高見順賞。平成10年、第36回藤村記念歴程賞を受賞した。日本語の美しさを表現することをライフワークとし、全国各地の方言採集にも力を注いだ。また昭和57年からは読売新聞紙上で「こどもの詩」の選者を努め、寄せられた詩にユーモラスであたたかな選評を加え人気を博した。平成16年、没。享年74。

【著作】 詩集に『はくちょう』『祝婚歌』『海を思わないとき』『言葉遊びうた』『埴輪たち』など。

川田甕江（かわたおうこう）

役人 **【生没】** 天保元年（1830）6月13日～明治29年（1895）2月2日

【評伝】 名は剛、字は毅卿、幼名は竹次郎、のち剛介と改めた。甕江はその号。備中（現・岡山県）の人。幼い時に父母を失い、母の兄である惟徳《これのり》に養われた。郷師鎌田玄渓《げんけい》に学び、同輩を抜きんでた。ついで江戸に遊び、古賀茶渓・大橋訥庵《とつあん》に師事し、また文を藤森弘庵《こうあん》に問い、安井息軒《そくけん》・塩谷宕陰《とういん》とも交わっては、才学を賞賛された。山田方谷《ほうこく》の推薦により藩主板倉氏（のちに老中）に仕え、江戸の督学となった。維新の際、藩主のために奔走した。明治3年、大学少博士に任じ、6年、修史局一等修撰となり、それより大学教授、貴族院議員、東宮侍読を経て、29年病没した。

川田瑞穂（かわたみずほ）

教育家 **【生没】** 明治12年（1879）5月24日～昭和26年（1951）1月27日

【評伝】 高知県の人。号は雪山。年少のとき大阪に出て山本楳崖に経史・詩文を学び、さらに東遊して根本通明に経学を、清王漆園に詩法を学んだ。大正12年、大東文化学院の創立に尽力して、大東文化学院教授となり、早稲田大学教授となった。その間、また国分青厓に詩を学び、松平天行・牧野藻洲には文を学んだ。詩文に長じ、内閣・司法省の文書の起草などをした。昭和26年没、享年71。

【著作】『雪山存稿』『毛常遊記』。

河野裕子（かわのゆうこ）

歌人【生没】昭和21年（1946）7月24日～平成22年（2010）8月12日

【評伝】熊本県に生まれる。京都女子高校時代より作歌を始める。昭和39年、「コスモス」入会、のち「幻想派」に参加。京都女子大学文学部国文科在学中の昭和44年「桜花の記憶」で第15回角川短歌賞受賞。昭和47年、第一歌集『森のやうに獣のやうに』を刊行。昭和52年、『ひるがほ』で現代歌人協会賞受賞。昭和56年『桜森』で現代短歌女流賞受賞。昭和61年「塔」入会。2001年、第19回京都府文化賞・功労賞受賞。毎日新聞歌壇、NHK短歌の選者や織田作之助賞の選考委員を務めた。晩年は乳がんと闘病し、その境涯を歌に詠み、エッセイに記した。夫は歌人の永田和宏。長男の永田淳、娘の永田紅も歌人。

【著作】歌集に『森のやうに獣のやうに』『桜森』『体力』『母系』。エッセイに『みどりの家の窓から』。評論に『体あたり現代短歌』。

川端茅舎（かわばたぼうしゃ）

俳人【生没】明治30年（1897）8月17日～昭和16年（1941）7月17日。

【評伝】本名、信一《のぶかず》。東京日本橋に生まれた。戸籍上は明治33年生まれになっている。異母兄に日本画家の川端龍《りゅう》子《し》がいる。父は和歌山県出身の多才な趣味人であった。大正3年、父が、生家の芸妓置屋の一部屋を茅庵と名づける。そこから茅舎と号し、父から俳句の手ほどきを受け親子で句作をはじめる。翌年、「ホトトギス」初入選。また、「渋柿」「キララ」（後の「雲母」）にも度々投句する。この時期、上川井梨葉に私淑。一時は画家を志していたこともあり、大正10年に岸田劉生に師事している。京都の東福寺の正覚庵に籠もり、絵や句の制作に勤しみ、同時に仏道に参じる。仏道に心ひかれたこともあったが、やがて高浜虚子について、発表の場を「ホトトギス」に移し、俳句に専念した。しかしその俳風には大きな特色として仏教的な求道精神による透徹した自己観照がある。その俳風は「茅舎浄土」と呼ばれ、師の虚子をして「花鳥諷詠真骨頂漢」と言わしめた。昭和6年には、「ホトトギス」内の「最新俳壇漫評」で「四S以降は（松本）たかし、茅舎の時代」と称揚される。同年、脊椎カリエスを発症。翌年退院するも、晩年まで約10年間、病臥の生活を送る。昭和16年、肺疾患の悪化で病没。享年43。昭和23年に茅舎賞が設立。昭和29年からは現代俳句協会賞と名を改め、現在も続いている。

【著作】句集に『川端茅舎句集』『華厳』など。

河東碧梧桐（かわひがしへきごとう）

俳人【生没】明治6年（１８７３）2月26日〜昭和12年（１９３７）2月1日

【評伝】本名、秉《へい》五郎。伊予松山に生まれた。正岡子規を通じて俳句に親しむ。高浜虚子と共に正岡子規門下の双璧と称され、早くから才能を示した。虚子とは同郷で少年時代から親友であったが、子規の没後は二人の行き方は大きく分かれた。明治35年から「日本」俳句欄を継承し、子規の写生を推し進めた。門下に大須賀乙字・荻原井泉水らの新人を集め、俳三昧と称する連日連夜の修行的句会を開いたり、明治39年から44年にかけては2度の全国行脚によって新傾向俳句の運動を進めた。その俳風は、清新な写生句を多く残した定型期、社会的・個性発揮を唱えた新傾向期、人間味の充実・直接表現を志向した自由律期、晩年の短詩・ルビ俳句期と、大きな変化を見せた。大正4年「海紅」を創刊したが、11年に同誌を離れる。翌年、個人誌「碧」を創刊。大正14年、「三昧」を創刊するが、昭和5年に主宰を風間直得に譲る。昭和8年の還暦祝賀会で、俳壇引退を表明した。昭和12年、腸チフスで病没。享年65。晩年は恵まれなかったが、近代俳句史上に残した功績は大きい。

【著作】句集に『碧梧桐』4種。俳論集に『新傾向俳句の研究』。紀行文集に『三千里』正続。

顔延之（がんえんし）

【生没】南北朝、３８４〜４５６

【評伝】字は延年。臨沂《りんき》（山東省）の人。曾祖父に東晋の右光禄大夫顔含《がんかん》を持つなど、門閥貴族の家柄に生まれたものの、幼少期に父親が亡くなったために家は没落し、貧しかったという。顔延之は読書を好み、読まない書物はないと言われるほどで、詩文の美しさは他を圧倒していたが、酒に酔っては無礼な行動をするなど、品行の修まらなかったことから30歳になっても独身であった。顔延之の妹は劉《りゅう》裕《ゆう》（のちの宋の武帝）の腹心である劉穆之の息子の妻であったことから、劉穆之《りゅうぼくし》も顔家と代々のよしみで、その関係から将軍劉柳《りゅうりゅう》の行参軍となる。義熙11（４１５）年、劉柳が江州刺史となると、その功曹として尋陽《じんよう》（江西省九江市）に赴任することとなった。その地で隠棲していた陶淵明と知り合い、年齢を超えて親しく交際した。後年陶淵明が死去すると、顔延之は「陶徴士誄」を著しその死を悼んでいる。永初元（４２０）年、宋が建国されると、顔延之は太子舎人に任じられた。宋の文帝や孝武帝の宮廷文人として活躍し、その練り上げられた詩は、謝靈運・鮑照と並んで

「元嘉三大家」と称された。また謝靈運と併称され「顔謝」とも呼ばれることもある。性格は偏狭で感情こそ激しかったものの、一方で身の処し方は慎ましく、財産に興味を持たず、つねに粗末な衣食で間に合わせていたという。

菅茶山（かんさざん）

詩人【生没】延享5年（1748）2月2日〜文政10年（1827）8月13日

【評伝】本姓は菅波《すがなみ》、名は晋帥《ろきのり》、字は礼卿《れいけい》、通称は太中《たいちゅう》。号は茶山。備後《びんご》（現・広島県）神辺《かんなべ》の人。19歳のとき京都へ出て朱子学・医学を学び、名士と交遊、頼春水《らいしゅんすい》と知遇を得た。帰郷後、黄葉夕陽村社《こうようせきようそんしゃ》（のち郷校となり、神辺学問所、もしくは廉塾《れんじゅく》と称した）を開き、教育に尽力した。諸藩の学者・文人がこぞって来訪し、とりわけ頼山陽《らいさんよう》もまた茶山の弟子になっている。詩は宋詩を範とし、特に七絶にすぐれ、身辺のものごとを的確な観察眼と警抜な着想で詠じて〝東の市河寛斎《いちかわかんさい》、西の菅茶山〟と称せられた。

【著作】『黄葉夕陽村舎詩』『菅茶山翁筆のすさび』。

寒山（かんざん）

【生没】生没年未詳

【評伝】森鷗外の小説『寒山拾得《かんざんじっとく》』や多くの図像によって親しまれている人物。彼の作といわれる三百余編の詩が今に残されているが、伝説上の人物にすぎない。詩も、特定個人としての寒山の作品とは考えにくい。専制社会に背を向け、自然と一体となって暮らす隠者。彼らのなかには、仏教や道教の影響を受けたものも少なくない。八〜九世紀ごろの唐朝は天台山《てんだいさん》（浙江省）は道教・仏教の聖地であった。この国清寺《こくせいじ》に寄寓し、近在の寒山に住んでいた奇人とされる。寒山伝説は当時勃興しかけていた南宗禅《なんしゅうぜん》の思想の影響下に形成された隠者の像であり、寒山詩はその像に託して作られた。その内容その他から、中唐の年代とみなされる。

【著作】『寒山子《かんざんし》詩《し》集』。

神波即山（かんなみそくざん）

官僚【生没】天保3年（1832）〜明治24年（1891）

【評伝】名は桓、字は龍朔・猛卿。号、即山。尾張（愛知県）の人。儒学を沢田眉山に学び、詩を森春濤に学んだ。尾張の甚目寺一乗院の住職であったが、維新後に還俗して司法省に出仕した。明治11年本郷竜ヶ丘の自宅に龍邱吟社を起こし、詩・書を教えた。額田正の編んだ『明治三十八家絶句』に名前を見ることができる。

漢武帝（かんのぶてい）

前漢、第7代皇帝【生没】前漢、前156～前87

【評伝】姓は劉《りゅう》、名は徹。景帝の子である。景帝の後元3（前141）年に即位した。前漢の黄金期を築いた名君で、在位すること55年。文帝・景帝の治世（約60年間）に蓄えられた財力を基盤として、数々の積極政策を敢行し、その一環としての、文化政策の推進に伴い、この時期、文学は一層の発展を遂げた。散文では司馬遷の『史記』が著《あらわ》され、司馬相如《しばしょうじょ》によって〈賦〉が確立されている。韻文では、音楽をつかさどる官署〈楽府《がふ》〉が設置され、五言詩の成立の基盤が作られた。

蒲原有明（かんばらありあけ）

詩人【生没】明治8年（1875）3月15日～昭和27年（1952）2月3日

【評伝】東京麹町隼町に生まれる。本名は地名に因み、隼雄。平河小学校、東京府尋常中学校を卒業し、第一高等中学校を受験したが失敗。国民英学会で学び、卒業後、小林存や山岸荷葉らと同人誌「落穂双紙」を発刊し、ここに初めて詩を載せた。読売新聞の懸賞小説に応募し「大慈悲」が当選し、この時期小説を書いたが、すぐに詩作に専念する。巌谷小波の木曜会に顔を出すようになり、D・G・ロセッティの訳詩や、新体詩集『草わかば』を出版した。さらに上田敏の訳詩に強く影響を受け、『独絃哀歌』『春鳥集』を刊行し象徴主義を謳歌。北原白秋、三木露風らに影響を与えた。明治41年に刊行した『有明集』で象徴詩手法を確立。薄田泣菫と併称された。だが、時代は自然主義の流れに向かっており、文壇からは孤立した存在となる。大正以後は文壇を離れた。大正8年に鎌倉に移り、関東大震災後は静岡へ移転。この際改修した自宅は貸家とし、昭和20年から1年間川端康成が住んでいた。敗戦後は鎌倉に戻る。昭和23年、日本芸術院会員。昭和27年、急性肺炎のため病没。享年77。

【著作】詩集に『草わかば』『独絃哀歌』『春鳥集』『有明集』など。

韓　愈（かんゆ）

【生没】中唐、768～824

【評伝】字は退之《たいし》。先祖の出身地を移して昌黎《しょうれい》（河北省）の人とするが、南陽《なんよう》（河南省）の生まれである。白居易と対抗した中唐詩壇の一方の雄であり、散文作家としては、柳宗元《りゅうそうげん》と並んで韓・柳と併称される。古文復興の運動を推し進め、また儒学の振興にも力を尽くした。幼いころより苦労し、父の死後世話になった長男韓会《かんかい》が左遷されると、この兄に従って嶺南韶州《れいなんしょうしゅう》（広東省）に下っている。25歳で進士に及第したが、博学宏詞科《はくがくこうしか》や詮試《せんし》には落第、一時は節度使《せつどし》の幕下を転々とするという不遇な暮らしが続いた。35歳で四門博士《しもんはかせ》、ついで監察御史《かんさつぎょし》となり柳宗元と机を並べたが失脚し、陽山《ようざん》（関東省）に流されてしまった。のち中央政界に復帰した彼は、河南軍閥呉元済《ごげんさい》の討伐に功績を残し刑部侍郎《けいぶじろう》に進んだ。そのとき、皇帝憲宗《けんそう》が宮中において仏舎利供養を営んだのに反対し、「仏骨を論ずる表」をささげために帝の激怒を買い、潮州《ちょうしゅう》（広東省）刺史として左遷された。元和14（819）年52歳のときのことである。のち中央政界に復帰、京兆尹《けいちょういん》・兵部侍郎《へいぶじろう》・吏部侍郎《りぶじろう》を歴任。57歳で引退して亡くなり、礼部尚書《れいぶしょうしょ》（大臣）を贈られた。

【著作】『韓昌黎集《かんしょうれいしゅう》』『外集』。

妓王（ぎおう）

歌人・白拍子 **【生没】** 生年不詳～承安2年（1172）8月15日

【評伝】 祇王とも。平安時代末期の白拍子。平家の家人・江部九郎時久の娘。近江国祇王村（現・滋賀県野洲市）に生まれる。その生誕の地には妓王の菩提を弔うために建てられた妓王寺が現存する。母の刀自、妹の妓女とともに、京都で有名な白拍子となり、平清盛に寵愛され、平家物語に登場する。干ばつで苦しむ故郷の村人を救うために、生まれ故郷の野洲に水路を作るよう清盛に頼んだ。そして、その川は妓王井川と呼ばれ現存する。やがて清盛の寵愛は仏御前に移り、母、妹とともに嵯峨往生院（現・妓王寺）で仏門に入る。当時21歳だったとされる。妓王寺にある碑には「性如禅尼承安二年壬辰八月十五日寂」とあるが、その「性如禅尼」は妓王の事を指すとされており、承安2年8月15日に亡くなったとされている。「祇王忌」は旧暦2月14日とされ、春の季語になっている。

祇園南海（ぎおんなんかい）

儒者 **【生没】** 延宝4年（1677）～寛延4年（1751）9月8日

【評伝】 初めの名は正卿《せいけい》、のち瑜《ゆ》と改めた。字は伯玉。ほかに昌斌・汝眠などがある。通称は与一郎、号は南海。別号は蓬萊・鉄冠道人。紀州の人である。父順庵は藩医。14歳の頃、木下順庵に師事。かつて新井白石・南部南山・松浦霞沼《かしょう》・榊原篁洲《こうしゅう》らと雨森芳洲《あめのもりほうしゅう》の宅に会して、「辺馬有帰心」の詩を賦して才名をはせ、また一夜百首を賦して人々を驚嘆させたことがあるという。元禄10年、紀州家の儒官となったが、罪を得て配流された。禄を奪われること数年ののち、許されて旧職に復帰し、学政を掌った。宝暦元年9月、75歳で病没した。詩は風韻に富み、新井白石・梁田蛻巖《やなだぜいがん》とともに正徳の三大家と称された。また書画をよくし、柳里恭・池大雅も画法を問うた事があるという。典型的な東洋的文人であった。

【著作】『南海先生集』『詩学逢原』。

菊池溪琴（きくちけいきん）

詩人**【生没】**寛政11年（1799）9月25日～明治14年（1881）1月16日

【評伝】名は保定、字は士固、通称は孫左衛門。溪琴と号し、晩年に海荘と改めた。虁州有田の人。本姓は垣内《かいとう》、その先祖が南朝の忠臣菊池武光であったので、のちに菊池氏を称した。家は代々の豪農である。溪琴、蚤歳、江戸に出て大窪詩佛《おおくぼしぶつ》に従遊し、詩を善くした。さらに佐藤一斎・頼山陽・安積艮齋《あさかごんさい》・梁川星巖《やながわせいがん》・藤田東湖《とうこ》・佐久間象山らと交わり、その識見を高めた。最も名節を尊び、思いを海防にひそめ、ペリー来航後は、農兵隊を組織して堡塁《ほうるい》を築き、大砲を配置して貯蓄を消費したが少しも顧みなかった。慶応年間、京都に出て大原重徳《しげとみ》を通じて国政に関する意見書を奉呈した。明治以降は隠居して山中に住み自給自足の生活をして、江雲浦月の間に逍遥し、作詩に励んだ。12年東京に移り、14年浅草の寓居にて没した。

【著作】『秀餐楼詩集』『溪琴山房詩』『海荘集』。

菊池三溪（きくちさんけい）

儒者**【生没】**文政2年（1819）～明治24年（1891）10月17日

【評伝】名は純《じゅん》、字は子溪《しけい》、通称は純太郎。三渓と号し、別に晴雪楼主人と号した。紀州の生まれ。溪琴の同族。幼くして作文に秀で、林檉宇《ていう》に学び、業成って、和歌山藩儒だったのを幕府の儒官に抜擢され、維新後、明治7年頃から京都に移居し「西京日々新聞」の編集に加わる。10年代に再び上京して警視庁御用係となり、その傍ら『大日本野史』校訂を助ける。16年再度京都に移住し文筆に専念。晩年は福井小浜に住み、明治24年、73歳で没した。

【著作】『本朝虞書新誌』『訳準綺語』『東京写真鏡』『西京伝信記』。

岸上大作（きしがみだいさく）

歌人**【生没】**昭和14年（1939）10月21日～昭和35年（1960）12月5日

【評伝】兵庫県福崎町に生まれる。父は戦病死、貧困な母子家庭に育つ。中学時代に社会主義に興味を持つ。高校時代は文芸部に入部し、詩、俳句、小説、ドラマなどを書くが、「まひる野」に入会して短歌のみを志すこととなる。國學院大学文学部に入学、安保闘争に身を投じて負傷。昭和35年、安保闘争のデモの渦中に身を投じた経験と恋とを詠った「意思表示」で短歌研究新人賞推薦次席。昭和35年、杉並区久我山のアパートにて首吊り自殺。享年21歳。死の寸前まで書かれた絶筆「ぼくのためのノート」がある。恋と革命、そして時代に翻弄された薄命の歌人であった。

【著作】歌集に『意志表示』、日記『もうひとつの意志表示』など。

岸田衿子（きしだえりこ）

詩人・絵本作家【生没】昭和4年（1929）1月5日～平成23（2011）4月7日

【評伝】劇作家、岸田国士の長女として東京都に生まれる。立教女学院小学校、立教女学院女学校を経て、東京芸術大学油絵科卒業。昭和29年に幼なじみの谷川俊太郎と結婚。昭和31年に離婚。また、田村隆一とも婚姻歴がある。画家を志すも結核を患い、療養中に詩作活動を始める。詩誌「櫂」に参加。昭和30年、詩集『忘れた秋』が評価される。群馬県浅間山麓に居を構えた。大人向けの文章を書くことはほとんどなく、20代から一貫して幼児向けの絵本、またその翻訳や詩作等を中心とした活動を行った。『かばくん』など、同級生で親友である中谷千代子が挿絵を担当した絵本が多い。またテレビアニメーション「アルプスの少女ハイジ」「フランダースの犬」等の作品の主題歌の作詞も手掛けた。平成23年、髄膜腫のため病没。享年82。妹は女優の岸田今日子。

【著作】詩集に『忘れた秋』『らいおん物語』など。

北原白秋（きたはらはくしゅう）

歌人・詩人・童謡作家【生没】明治18年（1885）1月25日～昭和17年（1942）11月2日

【評伝】福岡県の商家に生まれる。本名、隆吉《りゅうきち》。県立伝習館中学に進むも、成績下落のため落第。このころより詩歌に熱中し、特に明星派に傾倒したとされている。明治37年、無断で中学を退学し、早稲田大学英文科予科に入学。上京後、若山牧水、与謝野鉄幹、与謝野晶子、木下杢太郎、石川啄木らと知りあう。また「明星」誌上への投稿も、上田敏、蒲原有明、薄田泣菫らの賞賛するところとなる。明治42年、処女詩集『邪宗門』を上梓。雑誌の創刊や相次ぐ詩集の刊行など旺盛な活動を見せる。大正7年、小田原に転居。鈴木三重吉の勧めにより「赤い鳥」の童謡、児童詩欄を担当。このことが契機で童謡作家としても才を見せ、以後の作風にも大きな影響を見せる。昭和17年、病没。享年57。けして長いとは言えない生涯だが、作品は多岐にわたり、かつ愛唱され続ける作品の多い詩人である。
【著作】詩集に『邪宗門』『思ひ出』。歌集に『桐の花』『雲母集《きらら》』。作詞は「ゆりかごのうた」「まちぼうけ」「ちゃっきり節」など。

北村季吟（きたむらきぎん）

歌人・俳人**【生没】**寛永元年（1624）12月11日～宝永2年（1705）6月15日
【評伝】本名、静厚《しずあつ》。通称、久助。別号、拾穂軒《しゅうすいけん》・湖月亭など。近江の国に生まれた。京都新玉津島神社の社司だったが、飛鳥井雅章、清水谷実業に和歌、歌学を学んだことで、『土佐日記抄』、『伊勢物語拾穂抄』、『源氏物語湖月抄』などの注釈書を著わし歌学者としても活躍した。江戸に出て幕府歌学方役人となる。これより北村家が、幕府歌学方を世襲した。俳諧は、はじめ安原貞室、後に松永貞徳に従った。貞門派の域を出なかったが、『新続犬筑波集』、『続連珠』、『季吟十会集』の撰集、式目書「埋木」などに功績を残す。松尾芭蕉の師でもあり、門下には山岡元隣、山口素堂などを輩出している。
【著作】著書に『山の井』『六百番俳諧発句合』。注釈書に『源氏物語湖月抄』『枕草子春曙抄』など。

北村透谷（きたむらとうこく）

詩人**【生没】**明治元年（1868）11月16日～明治27年（1894）5月16日
【評伝】相模国足柄下郡（現・神奈川県小田原市）に生まれる。本名、門太郎。両親とともに上京し、東京の数寄屋橋近くの泰明小学校に通った。筆名の透谷は「数寄屋橋」の「すきや」をもじったものと言われている。明治16年、東京専門学校に入学。明治19年頃まで籍を置いていたとされるが、卒業はしていない。明治21年、数寄屋橋教会で洗礼を受け、同年、結婚する。恋愛と神の力を頼りに精神的自立を目指した。明治22年、『楚囚の詩』を自費出版したが、出版直後に自ら回収。明治24年、『蓬莱曲』を自費出版。翌年に評論「厭世詩家と女性」を発表し、近代的な恋愛観を表明した。「恋愛は人世の秘鑰《ひやく》なり」という冒頭の一文は島崎藤村や木下尚江に衝撃を与えたという。明治26年に創刊された「文学界」誌上に「人生に相渉るとは何の謂ぞ」「内部生命論」など多くの文芸評論を執筆。また、イギリスから来日したクエーカー教徒のジョージ・ブレイスウェイトと親交を深め、その影響もあって絶対平和主義の思想に共鳴し、日本平和会の結成にも参画、機関誌「平和」にも寄稿した。しかし、日清戦争前夜の国粋主義に流れる時勢の影響もあってか、次第に精神に不調をきたす。評論「エマーソン」を最後に明治27年、自殺。25歳5ヵ月の若さだった。透谷の作品群は近代的な恋愛観を中心に、ジョージ・ゴードン・バイロンやラルフ・ワルド・エマーソンの影響下にロマン主義的な「人間性の自由」という地平を開き、以降の文学に対し、人間の心理、内面性を開拓する方向を示唆しているとされる。

【著作】詩集に『楚囚の詩』『蓬萊曲』。評論に『内部生命論』など。

吉川五明（きっかわごめい）

俳人**【生没】**享保16年（1731）～享和3年（1803）10月26日

【評伝】幼名、伊五郎。通称、宗七郎。本名は兄之《しげゆき》改め祐之。字は了阿。初号、鼠河。別号、小夜庵、了閑亭、虫二房など。秋田の豪商の五男として生まれ、同地の富商、吉川惣右衛門吉品の養子となる。父の影響で幼いころより俳諧に親しみ、美濃派にひかれたが23歳のころからは蕉風を志した。明和年間ごろから俳名があがる。天明2年、52歳で家督を譲り、俳事に専心した。岩間乙二《おつに》、常世田長翠、小野素郷と共に奥羽四天王と称せられ、秋田蕉風の祖と仰がれ、一門は五百余名をかぞえたという。享和3年、没。享年73。

【著作】句集に『小夜庵発句集』『塵壷』『霜の声』など。紀行文に『雄鹿紀行』。

義堂周信（ぎどうしゅうしん）

僧侶**【生没】**正中2年（1325）閏1月16日～嘉慶2年（1388）4月4日

【評伝】姓は平氏。名は周信。義堂は道号。号は空華山人《くうげさんじん》。土佐（現・高知県）高岡郡の人。はじめ比叡山に学び、17歳のとき夢窓国師《むそうこくし》の門をたたき、のち鎌倉の円覚寺に住して足利基氏《あしかがもとうじ》に尊崇された。天授5年、足利義満の命で京都にのぼり、建仁寺、南禅寺に住し、同地で退休に至った。終生、中国に渡る機会を持つことはできなかったが、その分読書・研鑽に邁進し、経史・詩文に広く通じて、絶海《ぜっかい》中津《ちゅうしん》とともに五山の最高峰とされている。

【著作】『空華集《くうげしゅう》』『空華日工集』。

木戸孝允（きどたかよし）

官僚【生没】天保4年（1833）6月26日～明治10年（1877）5月26日

【評伝】木戸松菊、名は孝允、通称小五郎、のち貫治と改め、また準一郎といった。松菊はその号。父は藩医和田昌景。幼いころ同藩桂九郎兵衛の養子となった。少年時代は奢りたかぶっていて乱暴、手に負えない存在だった。嘉永2年、吉田松陰のもとで兵学を修め、これが転機になり、意を国事に留めるようになった。5年、江戸に出て齋藤弥九郎の練兵館に学んで剣術を修め、諸藩志士と交わり、次いで藩主に認められ機密に参与し、二度の長州征伐で活躍した。その後、薩長同盟を図って幕軍を撃破し、続いて明治元年には幕府を倒した。次いで太政官に出資して総裁局顧問となり、2年、版籍奉還を献議。3年、参議となり、翌年岩倉具視に従って欧米を視察し、2年の後帰国した。たまたま征韓論がおこり、これに反対し、7年、文部卿を兼任、征台の議が起こるとまたこれを非として容れられず辞し、8年、勅使を派遣せらるるに及んで、再び出仕し参議となった。西南の役が起こると、自ら戦地に赴きこれを鎮めようと請うたが、天皇が「卿一日も朕が側を離るべからず」と仰せられたので、感涙命を奉じた。しかし、精を出して励む中、病を得て急没した。

木梨軽太子（きなしのかるのたいし／きなしのかるのみこ）

皇族【生没】生没年未詳

【評伝】第19代天皇であった允恭天皇の第一皇子。母は皇后の忍坂大中津比売命。『古事記』によれば、同母妹である軽大娘《かるのおおいらつめ》皇女と恋におちてしまい、それが原因となって允恭天皇の崩御後に失脚、伊予の国へ流される。その後、あとを追ってきた軽大娘皇女と共に自害したと言われている。これが『古事記』にいう「衣通姫《そとおりひめ》伝説」である。『日本書紀』では、軽大娘皇女が伊予へ流刑となり穴穂皇子によって討たれたとある。『古事記』に9首、『日本書紀』に3首の歌を伝える。

木下犀潭（きのしたさいたん）

教育者【生没】文化2年（1805）8月5日～慶応3年（1867）5月6日

【評伝】江戸時代、肥後（現・熊本県）菊池郡の人。名は業《なり》広《ひろ》。字は子勤。通称は真太郎。号は犀潭・韡村《いそん》。藩校時習館に学んだ。天保6年、32歳のとき、抜擢されて藩主侍読となり、嘉永2年、時習館助教（訓導）となって学徒に教え、安政元年、公子の侍読を兼任した。安井息軒・塩谷宕陰などと親交を持った。その学は朱子学を宗とし、詩文を善くした。63歳で没した。

【著作】『韡村遺稿』『韡村拾遺』『韡村附録』。

木下幸文（きのしたたかふみ）

歌人【生没】安永8年（1779）〜文政4年（1821）11月2日
【評伝】備中国長尾（現・岡山県倉敷市）に生まれる。通称、民蔵。号は朝三亭、亮々舎《さやさやのや》、蓼園、風漪亭、風漪温者、渚の笹屋など。16歳の時、小野猶吉に伴われて上洛し、澄月、慈延に師事して和歌を学んだ。その後桂園派の香川景樹に入門して、桂門下の俊秀として活躍した。文政2年、景樹のもとを離れて難波に移住、和歌の師匠として生計を立てた。文政4年、没。享年43。
【著作】家集に『亮々遺稿』。随筆に『亮々草紙』。

木下長嘯子（きのしたちょうしょうし）

武将【生没】永禄12年（1569）〜慶安2年（1649）6月15日
【評伝】足守藩2代藩主、木下勝俊としても知られる。一時期、キリスト教信者でもあって洗礼名はペテロ。幼少より秀吉に仕えるが、徳川家康に封地を没収され、剃髪して京都東山に隠居した。寛永16年頃には洛西小塩山の勝持寺の傍に移る。慶安2年、81歳で没。歌は細川幽齋を師としたが、冷泉流を学び、京極為兼、正徹などに師事した。松尾芭蕉ら俳諧師に与えた影響も大きいと言われる。
【著作】家集に『挙白集』。

木下利玄（きのしたりげん）

歌人【生没】明治19年（1886）1月1日〜大正14年（1925）2月15日
【評伝】本名、利玄《としはる》。岡山県賀陽郡足守村（現・岡山市北区足守）にて生まれる。5歳の時、宗家の木下子爵家の養嗣子となり家督を継ぐため上京。明治25年、学習院初等科に入学。同級生に武者小路実篤がいた。明治39年、東京帝国大学文科に入学。在学中は佐佐木信綱に師事し短歌を学び、竹柏会門下の逸材と呼ばれる。明治43年、志賀直哉らと共に文芸雑誌「白樺」を創刊し、散文や短歌を発表。白樺派の代表的歌人のひとりとなる。官能的、感傷的な作風を経て、窪田空穂や島木赤彦の影響で口語や俗語を使用した。平易で写実的なその短歌は利玄調と呼ばれるようになった。大正14年、肺結核にて病没。享年40。

【著作】歌集に『銀』『紅玉』『一路』など。

紀貫之（きのつらゆき）

歌人【生没】貞観10年（868）～天慶9年（945）5月18日

【評伝】紀望行の子。生年に関しては貞観8年説と貞観14年説がある。幼くして父を失うも、若くして歌才をあらわし、宮廷歌壇で活躍した。延喜5年、醍醐天皇の命により初の勅撰集である『古今集』を紀友則・壬生忠岑・凡河内躬恒と共に編纂し、仮名による序文である仮名序を執筆した。勅撰集には『古今集』以下の勅撰集に435首の和歌が入集している。『古今集』『後撰集』『拾遺集』で最多入集歌人。また「小倉百人一首」35番にも和歌が収録されている。散文としては『土佐日記』がある。日本の日記文学で完本として伝存するものとしては最古のものである。

【著作】家集に『貫之集』。日記文学に『土佐日記』。

紀友則（きのとものり）

歌人【生没】承和12年（845）頃～延喜5～7年（907）

【評伝】宮内少輔紀有朋の子。紀貫之のいとこ。40代半ばまで無官のまま過ごし、寛平9年、ようやく土佐掾の官職を得る。紀貫之、壬生忠岑とともに『古今集』の撰者となったが、完成を見ずに没。『古今集』に貫之、忠岑が友則を詠んだ挽歌が収められている。三十六歌仙のひとり。『古今集』の47首をはじめ、勅撰入集は計70首。「小倉百人一首」33番に入集。

【著作】家集に『友則集』。

紀野恵（きのめぐみ）

歌人【生没】昭和40年（1965）3月17日～

【評伝】徳島県麻植郡に生まれる。昭和54年、14歳の若さにて『さやと戦げる玉の緒の』で歌壇デビュー。昭和57年、徳島市立高等学校在学中に「異郷にて」で角川短歌賞次席。翌年、「荷風氏のくしゃみ」で第26回短歌研究新人賞次席。早稲田大学に進学し、卒業後は郷里の徳島で教員を勤める。「徳島新聞」歌壇の選者。水原紫苑とともに「新古典派」と称された。「七曜」「未来」所属。

【著作】歌集に『さやと戦げる玉の緒の』『閑閑集』『午後の音楽』など。

木俣修（きまたおさむ）

国文学者【生没】明治39（1906）年7月28日～昭和58

年（1983）4月4日

【評伝】本名は修二。滋賀県彦根市に生まれる。東京高等師範学校文科卒。歌誌「多磨」に入会し北原白秋に師事。白秋の死後「多磨」の編集にあたる。昭和28年「形成」創刊。大学の講師、教授を続けながら、歌人、国文学者として活動。昭和48年、『木俣修歌集』で第24回芸術選奨文部大臣賞受賞および紫綬褒章受章。昭和56年、『雪前雪後』で第5回現代短歌大賞受賞。宮内庁御用掛として昭和天皇の和歌指導も行った。昭和女子大学には木俣が収集した膨大な近代短歌の資料が残されている。高等学校校歌の作詞も手がけている。実生活に題材を求めた今日的な歌が多い。昭和58年、没。享年76。

【著作】歌集に『尚志』『みちのく』『昏々明々』。評論に『白秋研究』『昭和短歌史』など。

木村岳風（きむらがくふう）

吟詠家【生没】明治32年（1899）9月20日～昭和27年（1952）7月1日

【評伝】長野県諏訪郡上諏訪町北沢（現・諏訪市岡村）に生まれる。父百造、母かや、の長男。名は利次《としつぐ》、岳風は号。近代吟詠の祖。日本詩吟学院創立者。詩吟は小学校に入る頃から円滑な発音が困難になりがちであった利次に、熊本の片倉組に働きに出ていた姉が嫁ぐ日を前に帰郷していた時、肥後調の詩吟を教え治そうとしたことに始まる。長じて上諏訪町役場に勤務、上司上原栄に朗吟を習う。岳風は「私の師は上原栄です」と終生言っていた。のち上京し事業を起こすも尽く失敗、堀内文治郎軍中将のすすめもあって、詩吟普及に乗り出す決心を固めた。大正14年である。昭和2年「国楽振興会」を正式に発足させ、会長に堀内文治郎、顧問に頭山満、中野正剛、小川平吉、伊藤長七、増田一悦、片倉武雄など名士を戴き、活動の拠点を芝二本榎に移し全国行脚に出た。11年3月東京九段一口坂に日本詩吟学院を創立、自ら院長となり、前記の他に林銑十郎、荒木貞夫、安達謙蔵、本宮三香など名士の支援を受けて、吟道普及奨励活動の先頭に立ち国内はもとより、朝鮮から中国大陸にまで足を伸ばし普及させた。終戦後は体調を崩し入退院、療養を繰り返す中、詩歌の創作に念いを馳せた。漢詩は本格的に修めていないが「春日村行」などの佳品もある。ほとんど朗吟詩と称して発表「歌謡異国の丘に和す」「歌謡曲西比利亜悲歌《シベリヤエレジー》に和す」「細川玉子」「結婚祝詩」などは大いに吟詠された。作者名は教育的な詩は「源一岳」その他を「源八岳」とした。何れも岳風の作である。昭和の初頭、その頃吟詠の節調は各地方、各流派それぞれであったが岳風は全国各地に伝わる節調や、各流派の名吟家を尋ね教えを乞い、研究し、次第に自らの節調を整えて近代吟詠の礎を築き、天性の美声と相俟って一世を風靡した。27年7月1日、夫人や門弟に見守られながら永眠す。享年53。世に「近代吟詠の祖」と称えられている。詳しくは伝記『木村岳風』『岳風会七十年史』（何れも日本詩吟学院発行）を参照するとよい。

帰有光（きゆうこう）

【生没】明、１５０６～１５７１

【評伝】字は熙甫《きほ》、号は震川。崑山（江蘇省）の人。身辺の雑事を繊細かつ叙情的に描いた散文は高く評価されており、王世貞とともに明代散文作家の代表者とされる。

【著作】『評林文章指南』。

行基（ぎょうき）

僧侶**【生没】**生年未詳～天平21年（７４９）2月2日

【評伝】仏教の一般民衆への布教を禁じた時代に、禁を破り畿内を中心に民衆や豪族層を問わず広く仏法の教えを説いてまわった。また、溜池や溝、堀、架橋などの社会事業を各地で行った。朝廷からは弾圧されたが、民衆の圧倒的な支持を背景に、聖武天皇により奈良の大仏（東大寺ほか）建立の際には、実質の責任者として招聘された。歌は『万葉集』をはじめとし、勅撰集入集は17首。『今昔物語』『十訓抄』『古事談』などが、逸話と共に行基作の歌を伝えている。

京極為兼（きょうごくためかね）

歌人**【生没】**建長6年（１２５４）～元徳4年／元弘2年（１３３２）3月21日

【評伝】冷泉為兼、入江為兼とも呼ばれる。幼少時から祖父の藤原為家、阿仏尼に和歌を学ぶ。弘安3年、東宮熙仁親王（後の伏見天皇）に出仕し、東宮及びその側近らに和歌を指導して京極派と称された。勅撰集の撰者をめぐって二条為世と激しく論争するが、正和元年、『玉葉集』を撰集している。正和2年、伏見上皇とともに出家し、法号を蓮覚のちに静覚と称した。正和4年、失脚し土佐に配流された。のち和泉河内に移され没した。勅撰入集は計１５４首にのぼる。

行尊（ぎょうそん）

僧侶**【生没】**天喜3年（１０５５）～長承4年（１１３５）2月5日

【評伝】園城寺の明尊の下で出家、頼豪から密教を学んだ。

延久2年頃より大峰山、葛城山、熊野などで修行し、修験者として知られた。諸寺の統括、管理の職を歴任する一方、衰退した園城寺を復興した。歌人としては『金葉集』以下の勅撰集に48首が入首。「小倉百人一首」66番に入集。

【著作】家集に『行尊大僧正集』。

清浦奎吾（きようらけいご）

政治家【生没】嘉永3年（1850）2月14日～昭和17年（1942）11月5日
【評伝】名は奎吾。号は奎堂。肥後（熊本県）の人。廣瀬淡窓が主宰する咸宜園で学んだ。明治5年、日田で、当時埼玉県令であった野村盛秀と知り合い、彼を頼りに上京し、埼玉県に勤めた。明治9年、司法省に配属されてからは、法務、警備などに奔走した。明治24年、貴族院議員に勅選され、司法大臣、内務大臣、枢密院議長などを歴任し、大正13年には、内閣総理大臣に就任したが、5カ月で総辞職した。政界を引退してからは、熱海伊豆山の山荘で悠々自適に暮らした。また、咸宜園で学んだ吟詠の素朴で淡淡とした調子は有名で現在も当時の録音が残っている。吟詠大会にもよく出席し吟詠を奨励した。

清岡卓行（きよおかたかゆき）

詩人・小説家・評論家【生没】大正11年（1922）6月29日～平成18年（2006）6月3日
【評伝】中国遼寧省南部の大連で生まれる。両親は高知県出身。昭和4年、大連朝日小学校に入学。中学3年生ごろからボードレールやランボーの訳詩を読み関心を示す。東京に出て下宿し、城北予備校に数ヵ月通う。昭和16年、第一高等学校文科丙類に入学。昭和18年、一高を休学して大連に戻る。昭和19年、東京大学仏文科に入学。昭和20年、大学を休学し、再び満州・大連に渡る。昭和22年、結婚。翌年、帰国。昭和26年、大学を卒業。「世代」同人となる。昭和34年、第一詩集『氷った焰』を刊行。昭和44年、小説にも取り組み、「朝の悲しみ」を発表。昭和45年、「アカシヤの大連」で第62回芥川賞受賞。昭和54年、『藝術的な握手』で第30回読売文学賞受賞。昭和60年、『初冬の中国で』で第3回現代詩人賞を受賞。平成元年、『円き広場』で第39回芸術選奨文部大臣賞受賞。平成4年、『パリの五月に』で第7回詩歌文学館賞受賞。平成10年、勲三等瑞宝章。平成11年、『マロニエの花が言った』で第52回野間文芸賞受賞。中国や大連の生活をモチーフにした作風で知られる。
【著作】詩集に『氷った焰』『日常』『ひさしぶりのバッ

ハ』。小説に『アカシヤの大連』『フルートとオーボエ』『詩禮伝家』『マロニエの花が言った』など。

魚玄機（ぎょげんき）

【生没】 晩唐、843~868?

【評伝】 字は幼微《ようび》。一説では惠蘭《けいらん》。長安（陝西省西安市）の生まれ。都にある北里《ほくり》（色街）の芸妓屋《げいぎや》の娘として生まれた。幼少のころから読書や詩文を作ることを好み、とりわけ詩を詠むことに熱中した。成長して弘文館《こうぶんかん》学士の李億《りおく》と知り合い、その妾となった。のちに李億の愛が衰えると、長安東城にあった咸宜館《かんぎかん》（道教の寺院）に入り女道士となった。当時、温庭筠《おんていいん》を始め都の名士たちと交遊し、作品をやり取りしていた。最後は、恋人である李近仁《りきんじん》をめぐって、侍女の緑翹《りょくぎょう》を鞭で打ち殺してしまったため、捕えられて処刑された。ときに、わずか26歳であった（他に25、28歳説もある）。蔡琰《さいえん》（字は文姫《ぶんき》・漢代の詩人）、薛濤《せっとう》、李清照《りせいしょう》（易安《えきあん》居士《こじ》・北宋の詞人）などと並んで、中国詩史でユニークな位置を占める女流詩人である。森鷗外の作品に、彼女をモチーフにした「魚玄機」がある。

許渾（きょこん）

【生没】 中唐、791~854?

【評伝】 字は用晦《ようかい》、一節に仲晦《ちゅうかい》。潤州丹陽《じゅんしゅうたんよう》（江蘇省丹陽県）の人。初唐の宰相だった許圉師《きょぎょし》の子孫である。太和6（832）年、進士に及第した。当塗《とうと》（安徽省当塗県）、太平（同太平県）の県令となったが、若い頃から重ねてきた苦労によって病気となり罷免された。のちに潤州司馬を経て、大中3（849）年、監察御史《かんさつぎょし》に命ぜられ、虞部員外郎《ぐぶいんがいろう》、睦州《ぼくしゅう》（浙江省建徳県）、郢州《えいしゅう》（湖北省鐘祥県）の刺史《しし》（長官）となる。再び病を得て潤州の丁卯澗《ていぼうかん》付近の別荘に隠居した。大中4（850）年、自作の新旧五百篇の詩を選び、その地にちなんで『丁卯集《ていぼうしゅう》』と名付けた。この集は全て近体詩からなり、杜牧《とぼく》や韋荘《いそう》の最も尊び重んじるところとなった。南宋の陸游《りくゆう》は、晩唐の傑作として高く評価している。許渾の詩の大きな特徴は、「水」の字を多く使うことで、そのために後世の人々から「許渾　千首湿れり」と評価されている。

【著作】『丁卯集《ていぼうしゅう》』。

清原深養父（きよはらのふかやぶ）

歌人【生没】生没年未詳

【評伝】孫に清原元輔、曾孫に清少納言がいる。「寛平御時中宮歌合」「宇多院歌合」などに出詠。藤原兼輔、紀貫之、凡河内躬恒などの歌人と交流があった。琴の名手としても知られる。中古三十六歌仙のひとり。『古今集』の17首入集をはじめとして、勅撰入集42首。「小倉百人一首」36番に入集。

【著作】家集に『深養父集』。

清原元輔（きよはらのもとすけ）

歌人【生没】延喜8年（908）～永祚2年（990）6月

【評伝】清原深養父の孫で、清原春光の子。娘に清少納言がいる。三十六歌仙のひとり。天暦5年、河内権少掾に任ぜられ、官位を重ねる。寛和2年、肥後守の職につき、永祚2年、任地で没した。享年83。「梨壺の五人」の一員として、『万葉集』の訓読や『後撰集』の編纂に当たった。元輔が歌人として高名だったことは『枕草子』に見え、女房勤めした折に清少納言が「父の名を辱めたくないので歌は詠まない」といって許されたという逸話がある。『拾遺集』を初めとし、勅撰入集は108首。「小倉百人一首」42番に入集。

【著作】家集に『元輔集』。

空　海（くうかい）

僧侶【生没】宝亀5年（774）～承和2年（835）3月21日

【評伝】空海は真言宗の開祖、弘法大師。讃岐の人。父は佐伯真氏、母は阿刀氏。名は真魚。幼いときより神童と呼ばれ、18歳で大学に入り経史を修めたが意に満たず、出家して仏門に帰し、空海と称した。延暦23年、選ばれて唐に留学し、真言・秘密両部の法を修め、大同元年帰国した。ついに勅許を得て真言宗の開祖となり、弘仁7年、紀州高野山を開いて弘法の大道場とした。仁明天皇の承和2年示寂。多才多芸、学問の中で究めないものはなく、特に書においては嵯峨天皇・橘逸勢と併せて三筆と称せられる。綜芸種智院を創立し、道俗貴賤を問わず入学を認め教育するほか、土木・灌漑など、数多くの事業を遂行し、徳化は後世に及んでいる。

【著作】仏教書に『即身成仏義』。

久貝正典（くがいまさのり）

役人【生没】文化３年（１８０６）～慶応元年（１８６５）6月14日

【評伝】旗本久貝正満の子に生まれる。通称は甚三郎。号は養翠、諏養堂。石高は５５００石の幕臣として大目付を務める。安政の大獄では、五手掛として処断に関与する。安政７年、御側御用取次に転じ、同年起こった桜田門外の変では吟味役を務めた。しかし吟味に不手際があったとされ、文久２年に２０００石減封の上、免職隠居となった。元治元年に講武所奉行に復職し、慶応元年には没収所領のうち１０００石を回復するも、同年没した。享年60。小林歌城に和歌を学び、村田春海系の江戸派に属した。

久坂玄瑞（くさかげんずい）

役人【生没】天保11年（１８４０）～元治元年（１８６４）7月19日

【評伝】江戸時代、長門（現・山口県）の人。名は通武・誠。字は実甫。通称は玄瑞・義助。江月齋・秋湖と号した。家は代々医を業としたが、医を好まず、兵学を吉田松陰に受け、のち芳野金陵に漢学を学び、詩文に長じた。山口藩に仕えたものの、尊王攘夷の志厚く、やがて討幕を謀って蛤御門の変で没した。時に元治元年7月19日、享年26。その学は陽明学を主とする。

【著作】『江月齋遺集』『廻瀾條議』『解腕痴言』『興風集』『江月齋日乗』。

日柳燕石（くさなぎえんせき）

勤王家【生没】文化14年（１８１７）～明治元年（１８６８）8月25日

【評伝】江戸時代、讃岐（現・香川県）の生まれ。名は政章。字は士煥。通称は長次郎・耕吉。燕石・柳東《りゅうとう》・春園・白堂・呑象楼《どんぞうろう》などと号した。14歳で、琴平の医、三井雪航《せっこう》に学び、史学に注力した。詩文に長じ、また書画を善くした。勤王の志が厚く、吉田松陰・久坂玄瑞・森田拙齋・木戸孝允・西郷隆盛らと交わり、維新の際には仁和寺宮を奉じて従軍した。52歳で没した。

【著作】『柳東軒詩話』『柳東軒略稿』『柳東軒雑話』『呑象楼詩鈔』。

草野心平（くさのしんぺい）

詩人【生没】明治36年（１９０３）5月12日～昭和63年（１

988）11月12日
【評伝】福島県上小川村（現・福島県いわき市小川町）に五人兄弟の次男として生まれる。家庭の事情により、祖父母に預けられて育つ。13歳の頃、兄、母、姉を相次いで亡くす。地元の小学校から県立磐城中学校へ進学。大正8年、磐城中学校を中退し、上京。翌年、慶応義塾普通部へ編入。大正10年には中国の嶺南大学に留学する。大正14年、排日運動により、帰国。夭折した兄が詩作をしており、残したノートに書いてあった詩に触発され、詩を書き始める。亡兄との共著になる詩集『廃園の喇叭《らっぱ》』を謄写版で刊行。帰国後は、放浪と貧困、職を転々とする。昭和3年、初の活版印刷での詩集『第百階級』を刊行。各行末に句点を打つスタイルが確立された。晩年の宮澤賢治と文通をし、高村光太郎や萩原朔太郎などとの親交があった。昭和10年、詩誌「歴程」が創刊。昭和8年に亡くなった宮澤賢治の遺稿も掲載され、心平は、賢治の没後、その作品の紹介に力を尽くした。昭和13年から2ヵ月、「帝都日日新聞」の記者として満州・中国に渡る。その後も中華民国国民政府宣伝部顧問として、終戦までを南京に暮らす。中国から引き上げ後は、郷里の上小川村で2年あまりを過ごす。「歴程」が復刊を遂げると、詩作の他に講演会や朗読会も多く行う。昭和25年、『蛙の詩』によって、第1回読売文学賞を受賞。その後、多数の詩集を刊行する。60歳ごろから身体の不調が始まる。入退院を繰り返すが、旺盛な執筆を見せる。昭和58年、文化功労者、昭和59年、いわき市名誉市民のほか、昭和62年には文化勲章受賞。昭和63年、病没。享年85。

【著作】詩集に『第百階級』『母岩』『蛙』『絶景』『富士山』『大白道』『第四の蛙』『マンモスの牙』など。

草場船山（くさばせんざん）

教育者【生没】文政2年（1819）7月9日～明治20年（1887）1月16日
【評伝】名は廉、字は立大、通称は立太郎、号は船山。肥前多久の生まれ。草場佩川の子である。初め江戸に出て古賀侗庵に学び、のち京阪にあって、篠崎小竹・梁川星巖に従い詩文を修めた。19歳で帰国して郷校で教え、さらに厳原藩の招きによって学政を司り、明治の初めには、三度上洛して学徒に授けた。
【著作】『船山詩集』『船山遺稿』。

草場佩川（くさばはいせん）

儒学者【生没】天明7年（1787）1月7日～慶応3年（1867）10月29日
【評伝】名は韡《い》、字は棣芳《ていほう》、通称は瑳助《さすけ》。号は佩川・宜《ぎ》齋《さい》・玉女山蕉《ぎょくじょさんしょう》・濯纓堂《たくえいどう》主人など。多久《たく》（現・佐賀県多久市）の人。佐賀藩校弘道館《こうどうかん》に学び、長崎に出て中国語を学び、ついで23歳のとき江戸に上って古賀精里《こがせいり》について学んだ。帰藩後は、弘道館で教鞭をとり、また墨竹画や和歌に秀でていた。詩は生涯に2万余首作り、〝詩歴〟と称せられた。頼山陽《らいさんよう》や篠崎小竹《しょうちく》と交友している。

【著作】『佩川詩鈔』『毛儒之囀里《もずのさえづり》』『草場佩川日記』。

草間時彦（くさまときひこ）

俳人 **【生没】** 大正9年（1920）5月1日〜平成15年（2003）5月26日

【評伝】 東京に生まれて、鎌倉に育った。旧制武蔵高等学校中退。幼時から俳句的雰囲気の中で育ち、水原秋桜子、石田波郷に俳句を学び、一時「馬酔木」「鶴」の同人になっていたが、その後、昭和51年より無所属。日本三大俳諧道場として知られる鴫立庵の第21世庵主。昭和53年から平成5年まで俳人協会理事長をつとめた。平成11年、句集『盆手前』で詩歌文学賞を受賞、平成14年には『瀧の音』にて第37回蛇笏賞を受賞している。平成15年、没。享年83。

【著作】 句集に『中年』『淡酒』『櫻山』『朝粥』『夜咄』『盆手前』など。

九条良経（くじょうよしつね）

官人・歌人 **【生没】** 嘉応元年（1169）〜元久3年（1206）3月7日

【評伝】 藤原良経とも。藤原忠通の孫にして、九条家の祖、九条兼実の次男に生まれる。文治2年、兄、良通が死去し、九条家の跡取りとなる。順調に官位を重ね、建仁4年、従一位摂政太政大臣にまで上り詰めるも、元久2年、大臣を辞す。同3年自宅にて急逝。享年38。あまりにも急な死に、後世には他殺説も流れた。和歌は藤原俊成に師事し、藤原定家からも大きな影響を受ける。叔父、慈円の後援のもと、建久初年頃から歌壇を統率する。やがて歌壇の中心は後鳥羽院に移るが、良経はそこでも御子左家の歌人らと共に中核的な位置を占めた。『新古今集』撰進に深く関与、仮名序を執筆するなどした。また多くの歌合や歌会に出詠。判者を務めることも多かった。後京極摂政、中御門殿と称される。書にも優れ、後京極流の祖とされる。『千載集』を初めとし、勅撰入集は320首。

【著作】 家集に『式部史生秋篠月清集』。漢詩集に『詩十体』。日記に『殿記』など。

楠木正行（くすのきまさつら／くすのきまさゆき）

武将【生没】生年未詳～正平3年／貞和4年（1348）1月5日

【評伝】楠木正成の嫡男として河内国に生まれる。幼名、多聞丸。左衛門尉、帯刀とも称する。「大楠公」と尊称された正成に対して「小楠公」と呼ばれる。幼少の時、河内往生院などで学び武芸を身に付けた。かねてより死を意識しており、合戦の前にはたびたび辞世の歌を残している。

葛原妙子（くずはらたえこ）

歌人【生没】明治40年（1907）2月5日～昭和60年（1985）9月2日

【評伝】旧姓、山村。東京市本郷（現・東京都文京区）に生まれる。明治43年、父母兄妹と別れ他家に預けられる。大正13年、東京府立第一高等女学校卒業。大正15年、東京府立第一高等女学校高等科国文科卒業。昭和2年、外科医の葛原輝と結婚。昭和14年、「潮音社」に入り、太田水穂、四賀光子に師事。昭和19年、三人の子供と共に長野県浅間山のふもとに疎開。翌年帰京。昭和23年、「女人短歌会」を創立、会員となる。森岡貞香の知遇を得る。昭和25年、第一歌集『橙黄』を刊行。昭和39年、日本歌人クラブ賞受賞。昭和46年、第7歌集『朱霊』で迢空賞受賞。昭和56年、雑誌「をがたま」を創刊、編集発行人となる。昭和58年、「をがたま」を終刊し作家活動から引退。昭和60年、没。享年78。戦後歌壇に、新写実の世界を切り開いた歌人として評価が高い。その歌風は中井英夫に「現代の魔女」「球体の幻視者」、また塚本邦雄からは「幻視の女王」と称される。

【著作】歌集に『橙黄』『飛行』『朱霊』など。

屈原（くつげん）

【生没】東周、前343?～前277?

【評伝】楚の王族の出身で、本名は平《へい》、靈均《れいきん》という呼び名もある。楚の外交官として、当時の外交官の必須の教養となっていた『詩経』に習熟していた。はじめ、王に信任されたが、才をねたむ大臣に讒言《ざんげん》され、漢水のほとりに流された。その後は、もう一度洞庭《どうてい》湖の南へ流され、最後は汨《べき》羅《ら》の淵に身を投げて死んだ。不遇な一生だったが、その間に悲しみや強い憤りを、詩に託することとなった。楚にうたい継がれてきた歌謡の形を元に370語句に及ぶ長編の自伝的叙事詩「離騒《りそう》」（憂いにあう、の意）を作った。また、楚の地の伝説を歌い込んだ、壮大な神々の歌劇「九歌《きゅうか》」

や、土俗信仰から出たと思われる天への問いかけの歌「天問《てんもん》」など、数々の作品を残している。これらは「楚辞」と呼ばれ、宋玉《そうぎょく》・景差《けいさ》などの後継者に伝えられていくこととなった。

屈　復（くっぷく）

【生没】清、1668?〜?

【評伝】蒲城（陝西省）の人。字は見心、号は悔翁。19歳で童子第一に試せらる。乾隆の初め、吏部尚書楊超会に鴻博科（博学多識）に挙げられた。したがって詩を学ぶ者が多かったともいわれている。妻が亡くなっても再び娶らず、時人は北宋の林和靖（逋）と並べたという。

【著作】『楚辞新注』『弱水集』。

宮内卿（くないきょう）

歌人【生没】生没年未詳

【評伝】後鳥羽院宮内卿とも。一般には宮内卿とされることが多いが、同名の女房歌人と区別するために、特に後鳥羽院と冠することもある。20歳あまりで夭折したとする説が一般的である。歌才によって後鳥羽院のもとに女房として出仕し、数々の歌合に出詠した。新三十六歌仙、女房三十六歌仙のひとり。『新古今集』を初めとし、勅撰入集は43首。

窪田空穂（くぼたうつぼ）

国学者【生没】明治10年（1877）6月8日〜昭和42年（1967）4月12日

【評伝】本名、通治。長野県東筑摩郡和田村（現・長野県松本市和田）に生まれる。旧制松本中学から東京専門学校文学科に進学するも一度中退。代用教員として働いていたときに太田水穂に刺激を受け作歌を始める。与謝野鉄幹選歌の「文庫」に投稿をし、鉄幹から勧誘され「明星」にも参加する。ただし一年後に退会している。また、国木田独歩主催の独歩社にも一時在籍したことがある。その後、東京専門大学に復学、卒業。雑誌記者などを経て文学雑誌の編集者となる。大正3年に「国民文学」を創刊。大正9年、早稲田大学国文科講師に着任。後に教授を務める。昭和元年には「槻の木」を創刊。昭和18年、日本芸術院会員。昭和31年、文化功労賞受賞。昭和42年、病没。享年89。息子の窪田章一郎も歌人。

【著作】歌集に『まひる野』『土を眺めて』。評論に『新古今和歌集評釈』など。

久保田万太郎（くぼたまんたろう）

小説家・戯曲家・俳人【生没】明治22年（1889）11月7日～昭和38年（1963）5月6日

【評伝】本名も万太郎。別号、暮雨・傘雨。東京生まれ、慶応大学卒業。在学中の明治43年に「三田文学」が創刊され、作家への道が開けた。年少にして俳句を始め、岡本松浜、のち松根東洋城に師事、「国民俳壇」に投句した。文壇に出た明治44年から大正5年にかけて中絶していたが、その後、昭和9年からいとう句会の事実上の指導者となった。昭和21年に安住敦企画により「春燈」を創刊、主宰した。昭和22年より芸術院会員。昭和32年、文化勲章を受章している。昭和38年、誤嚥性の窒息で没。享年74。

【著作】句集に『道芝』『も、ちどり』『わかれじも』『春燈抄』『冬三日月』『草の丈《たけ》』『流寓抄』『流寓抄以降』。小説に『末枯《うらがれ》』『春泥』『花冷え』『市井人』『うしろかげ』。戯曲に『プロロオグ』『雨空』『大寺学校』『心ごころ』など。

久保天随（くぼてんずい）

教育者【生没】明治8年（1875）7月23日～昭和9年（1934）6月1日

【評伝】名は得二、初め春琴と号し、のち天随と改めた。信州高遠（現・上伊那高遠町）生まれ。内藤氏の家臣。幼いころより俊敏で、明治32年、東京帝国大学漢学科を卒業、評論・随筆等、名文の誉れ高く、また漢籍の注釈等にも健筆をふるった。大正9年、宮内省図書編修官となり、12年、大東文化学院教授となった。その後昭和4年、台北帝国大学の開設とともに教授となり、東洋文学の講座を担当したが、9年、60歳を以て同地に没した。

【著作】『秋碧吟盧詩鈔』。

熊谷直好（くまがいなおよし）

歌人【生没】天明2年（1782）2月8日～文久2年（1862）8月8日

【評伝】周防国岩国（現・山口県岩国市）に生まれる。通称は八十八、助左衛門。号は長春亭、軽舟亭、桃屋。19歳の時上洛して香川景樹に師事、桂門千人中の筆頭と称された。香川景樹の桂園十哲のひとりにも数えられる。その後大坂へ移り歌道に専念した。文久2年、大坂北浜の自宅にて没。享年81。

【著作】歌集に『浦のしお貝』『浦のしほ貝拾遺』。注釈研究書に『梁塵後抄』、歌論書に『古今和歌集正義序註追考』。

久米正雄（くめまさお）

小説家・戯曲家・俳人【生没】明治24年（1891）11月23日～昭和27年（1952）3月1日

【評伝】本名も正雄。俳号、三汀。別号、篁亭《さんてい》。長野県上田市に生まれる。明治31年、父が自殺したため、母の故郷である福島県で育った。東京帝国大学文学部英文科を卒業。漱石門下の小説家として芥川龍之介・菊池寛らと「新思潮」に拠って活躍した。漱石の長女、筆子に恋をしていたが、筆子は別の人を恋うていたため三角関係のもつれや怪文書騒動などが起こる。失恋した久米は一旦故郷へ帰るも、大正7年に再上京し、この失恋や騒動をモチーフにした「受験生の手記」や「蛍草」「破船」を発表。通俗小説の大家として名を成す。俳句は旧制福島県立安積中学時代に始め、新傾向派の新人として注目された。大正3年に句集『牧唄』を刊行したが、その後俳句から遠ざかり、昭和10年代に復帰した。久保田万太郎のいとう句会などの文壇人句会に出席し、伝統的な句を作った。昭和27年、没。享年60。

【著作】句集に『牧唄』『返り花』。小説に『手品師』『学生時代』『月よりの使者』『白蘭の歌』など。

雲井龍雄（くもいたつお）

勤王家【生没】弘化元年（1844）3月25日～明治3年（1871）2月28日

【評伝】本名、中島守善、字は居貞、号は枕月。明治元年頃より雲井龍雄と称した。米沢藩士中島摠右衛門の次男。幼いころから大志を持ち、はじめ山田蠖堂《かくどう》に学び、同藩士、小島居敬の養子となった。元治2年、22歳、江戸に出て安井息軒の門に遊んだ。この年、改元して慶応元年となり、幕府は長州再征の命を下した。龍雄は塾中にあって諸藩の志士と交わり、やがて帰藩ののち、時事を論じて米沢藩の取るべき姿勢を述べた。3年、幕府は大政を奉還したが、薩長の連合計画により、倒幕の密勅が下り、4年正月には鳥羽伏見の戦い、4月には江戸城明け渡しがなされるに及んで徳川幕府はついに崩壊した。龍雄は「このままでは幕府に代わって薩長が専断の政治をすることになる。第一恭順の意を表している慶喜に対し朝敵の悪名を着せるとは、これまぎれもなく陰謀である。口に勤王を唱えるのも畢竟彼らが権柄を得んがための陰謀にすぎない」と考え、6月には「討薩檄」を草して奥州連藩抗戦の態勢を取ろうとしたが、時勢はそれより早く進展し、9月には明治元年となり、22日に会津も落ち、米沢も降伏した。龍雄はいったん、集議院の貢士に挙げられたが、奥州連合の首謀者とみなされ、退院を命ぜられた。鵜飼大俊を知ったのもそのころである。3年、薩長政府の打倒を画策し、ついに反乱の汚名を着せられて捕えられ、12月小塚原の刑場で梟首《きょうしゅ》（さらし首）にされた。

【著作】『雲井龍雄詩伝』。

栗木京子（くりききょうこ）

歌人【生没】昭和29年（1954）10月23日～

【評伝】本名、中原京子。栗木は母方の姓。愛知県名古屋市に生まれる。京都大学理学部卒業。昭和50年、京都大学在学中に「コスモス」に入会し、また京大短歌会顧問であった高安国世の指導を受ける。昭和56年に「塔」入会。昭和59年、第一歌集『水惑星』刊行。平成7年『綺羅』で第5回河野愛子賞受賞。平成14年「北限」30首により第38回短歌研究賞受賞。平成16年、『夏のうしろ』により第55回読売文学賞詩歌俳句賞、第8回若山牧水賞受賞。平成19年『けむり水晶』で第7回山本健吉文学賞、第57回芸術選奨文部科学大臣賞、第41回迢空賞受賞。

【著作】歌集に『水惑星』『中庭《パティオ》』『しらまゆみ』など。

栗林一石路（くりばやしいっせきろ）

俳人【生没】明治27年（1894）10月14日～昭和36年（1961）5月25日
【評伝】長野県小県郡青木村に生まれる。本名、農夫《たみお》。俳諧の宗匠でもあった実父、上野久五郎の影響もあって、幼い頃から俳句に親しむ。父、久五郎は明治32年に急死。明治38年に母が栗林徳十と再婚したため、栗林姓となる。明治44年、河東碧梧桐らの自由律俳句誌「層雲」を読み、共感して同人に加入する。大正12年に上京し、改造社に勤務しながら句作に励む。「改造」記者、同盟通信社会部長、東京民報編集局長、論説委員等を歴任。昭和4年、第一句集『シャツと雑草』を刊行。このころよりプロレタリア俳句運動への傾斜をはじめ、「層雲」の中心的存在であった荻原井泉水と路線が別れる。昭和6年「層雲」を脱退。幾つかの雑誌を創刊し、昭和9年、橋本夢道たちとともに「俳句生活」を創刊し、生活俳句を訴えた。昭和16年に新興俳句弾圧事件により2年間下獄する。敗戦後の昭和20年、「民報社」を設立し、新聞「民報」を発刊。編集局長に就任するも、昭和23年、GHQの用紙統制により廃刊となる。昭和21年には石橋辰之助、東京三（秋元不死男）、富澤赤黄男、湊楊一郎らと新俳句人連盟を設立、初代幹事長に就任。

昭和29年までの5期を務める。昭和23年には、『俳句芸術論』を刊行し、桑原武夫の「第二芸術論」の批判をした。その後も俳句運動の中心的存在として活躍した。昭和36年、世田谷区の自宅で肺結核のため死去。享年66。栗林農夫名義の著作もあり、小林一茶の研究家としても知られる。

【著作】 句集に『シャツと雑草』『行路』『栗林一石路句集』。評論に『生活俳句論』『俳句芸術論』『俳句と生活その歴史と伝統』『時代のままっ子小林一茶』など。

栗本鋤雲（くりもとじょうん）

医師 **【生没】** 文政5年（1822）3月10日〜明治30年（1897）3月6日

【評伝】 名は鯤《こん》、字は化鵬、初名は喜多村哲三。通称は端見・瀬兵衛。号は鋤雲・匏庵《ほうあん》。江戸の生まれ。父は幕府の医官槐園《かいえん》の三男、出でて栗本氏の養子となった。初め安積《あさか》艮齋《ごんさい》に学び、のち昌平坂学問所に入った。また医を曲直瀬養安院に学び、幕府に仕えて侍医となった。幕末の際、軍政・外交方面に活躍し、慶応3年、外国奉行となり、函館奉行を兼ねた。維新の後は隠退し、悠々自適に暮らし、30年、76歳で病没した。

【著作】『匏庵遺稿』。

黒澤忠三郎（くろさわちゅうざぶろう）

志士 **【生没】** 天保元年（1830）〜文久元年（1861）7月11日

【評伝】 黒澤勝算。通称は忠三郎。水戸藩士、黒澤林蔵勝正の子。齋藤文里と同じく桜田門外の変に参加し、奮闘の末、身に傷を被ったが、老中脇坂氏邸に自首し、文久元年（一説では万延元年）死去。記録では病死だが、桜田門外の変の際に負った傷のためとも言われている。享年22。

黒田三郎（くろださぶろう）

詩人 **【生没】** 大正8年（1919）2月26日〜昭和55年（1980）1月8日

【評伝】 広島県呉市に生まれる。呉海兵団の副団長であった父の退役に伴い、3歳から父の故郷の鹿児島で育つ。東京大学経済学部卒業。戦時中、会社からの派遣や、現地召集で南洋の島々で過ごした。戦後はNHKに入局。昭和22年、鮎川信夫、田村隆一らと詩誌「荒地」創刊に参加し、詩や評論を発表する。結核の闘病を続けながら、市民の生活に根ざした感情を平明な言葉で描いた。昭和30年には第一詩集『ひとりの女に』でH氏賞を受賞。昭和44年にNH

Kを退職。文筆活動に専念する。昭和50年から詩人会議運営委員長を務めた。昭和55年、没。享年60歳。詩作品は、しばしば楽曲化されることが多い。後藤悦治郎「紙風船」、高田渡「夕暮れ」、小室等「苦業」などがその例で、CD化もされている。

【著作】 詩集に『ひとりの女に』『小さなユリと』『失はれた墓碑銘』『もっと高く』など。

黒田杏子（くろだももこ）

俳人 **【生没】** 昭和13年（1938）8月10日～

【評伝】 東京都本郷に、五人兄弟の真ん中に生まれる。父は開業医。昭和19年、栃木県黒羽に疎開、以後高校卒業まで栃木県で過ごす。東京女子大学入学と同時に俳句研究会「白塔会」に入り山口青邨の指導を受け、俳誌「夏草」に入会。同大学文理学部心理学科卒業後、広告代理店に入社。この間、10年ほど作句を中断する。昭和45年、山口青邨に再入門。昭和50年、夏草新人賞受賞。昭和57年、『木の椅子』で現代俳句女流賞及び俳人協会新人賞を受賞。昭和61年、夏草賞受賞。青邨の没後、平成2年に藍生《あおい》俳句会を結成。俳誌「藍生」を創刊、主宰。平成7年、『一木一草』で俳人協会賞を受賞。平成23年、句集『日光月光』で第45回蛇笏賞を受賞。

【著作】 句集に『木の椅子』『水の扉』『一木一草』『花下草上』。俳句入門書に『俳句と出会う』『はじめての俳句づくり―五・七・五のたのしみ』など。

黒柳召波（くろやなぎしょうは）

俳人 **【生没】** 享保12年（1729）～明和8年（1771）12月7日

【評伝】 通称、清兵衛。別号、春泥舎。京都に生まれた富商。江戸の服部南郭、京都の龍草廬に漢詩を学び、柳宏の名で漢詩を発表。宝暦のころ、与謝蕪村から俳諧を学び俳諧に転じた。三菓社に加盟して、蕪村の信頼を得た。没後に子の維駒が『春泥句集』を編んでいるが、それに寄せた蕪村の序文は「離俗論」として名高い。13回忌にも維駒の手で追悼集の『五車反故』が出された。明和8年、没。享年45。

【著作】 句集に『春泥句集』『五車反故』。

慶運（けいうん）

僧侶 **【生没】** 永仁年間（1293～1299）～正平24年／応安2年（1369）頃

【評伝】 父、浄弁とともに、南北朝時代の和歌四天王のひとりに数えられる。京都青蓮院との関係が深く祇園別当目代を3度務めている。二条家流の歌人であるが異質な存在であった。晩年は頓阿と不和で、冷泉為秀と親しくし冷泉派に近づいたといわれている。叙景歌に優れた才を見せる。『風雅集』を初めとし勅撰入集は18首。

【著作】家集に『慶運法印集』『慶運百首』。

掲傒斯（けいけいし）

【生没】元、1274～1344

【評伝】字は曼碩。富州《ふしゅう》（江西省）の人。家が貧しかったため、初め父来成に学んだが、早くから文名があり、大徳中・程鉅夫・盧摯に薦められて三度翰林に入る。天暦の初め奎章閣が開かれると授経郎に擢んでられ、天子の親戚で勲功のある大臣の子弟を教えた。元統の初め（1333）侍講学士となり、経世大典、遼・金・宋三史の編纂に与る。百家にも通じて、虞集《ぐしゅう》・楊載《ようさい》・范梈《えんかく》と共に元代四大家と称された。没後に予章郡公を贈られ、文安と諡《おくりな》された。

【著作】『文安集』。

嵆康（けいこう）

【生没】三国、223～262

【評伝】字は叔夜《しゅくや》。山陽譙郡銍《しょうぐんちつ》（安徽《あんき》省宿県）の人。幼いころに父を失い、兄の嵆喜に養育された。ものにこだわらない性格で、老荘の言を好んだ。神仙思想への関心からときに養生術なども実践している。その詩は哲学的・思索的で、礼教が支配の手段と化して人間を圧殺した時代への批判が込められている。そのような詩作活動と、また彼は魏王室と姻戚関係にあったことから、時の権力者司馬氏に疎《うと》まれ、とうとう処刑されてしまった。嵆康は、所謂《いわゆる》「竹林の七賢」のひとりで、同じ七賢の仲間である阮籍《げんせき》とともに、四言詩にすぐれた作品を残している。

【著作】『嵆中散集』。

契沖（けいちゅう）

僧侶・国学者**【生没】**寛永17年（1640）～元禄14年（1701）1月25日

【評伝】摂津国尼崎（現・兵庫県尼崎市）に生まれる。釈契沖とも。幼くして大坂今里の妙法寺に学んだ後、高野山で阿闍梨の位を得る。伏屋重賢のもとで、日本の古典を数多く学んだ。妙法寺住持分を経て、晩年は摂津国高津の円珠庵で過ごした。学績は実証的古典研究を確立して国学の発展に寄与し、後世の歴史的仮名遣いの成立にも大きな影響を与えた。

【著作】歌集に『漫吟集』。研究書に『万葉代匠記』『古今余材抄』『源註拾遺』『百人一首改観抄』『和字正濫抄』など。

月　性（げっしょう）

僧侶【生没】文化14年（1817）9月27日～安政5年（1858）5月11日

【評伝】字は知円、号は清狂。周防（山口県）の生まれ。13歳にして得度し、ついで豊前の恒藤醒窓《つねとうせいそう》に学んだ。醒窓は廣瀬淡窓の門人で、詩を善くした。その後、坂井虎山、草場佩川《くさばはいせん》に従遊し、天保14年、大阪に出て篠崎小竹に学び、都講に任命された。その間、梁川星巌・梅田雲濱・頼鴨厓ら尊攘の志士とも交わって国事に奔走し、僧黙霖・吉田松陰とも意気投合し、海防の急務を遊説した。しばらく幕府から忌視されていたが、安政5年、42歳で病没した。

【著作】『清狂吟稿』。

阮　瑀（げんう）

【生没】後漢、生年不詳～212

【評伝】字は元瑜《げんゆ》。陳留郡尉氏の人。蔡邕《さいよう》に学んだ。ある時、曹洪が書記として登用しようとしたが従わず、鞭で打たれたと言われている。建安初年、曹操によって司空軍謀祭酒・記室に抜擢された。陳琳とともに章表の書記に秀で、檄文の起草に当たった。のち倉曹掾属となった。若くして没したが、その才能は曹丕に惜しまれた。建安七子のひとり。

【著作】『阮元瑜集』。

元好問（げんこうもん）

【生没】南宋、1190～1257

【評伝】字は裕之《ゆうし》、号は遺山《いざん》。太原の忻州《きんしゅう》秀容《しゅうよう》（山西省）の生まれ。祖先は拓跋魏《たくばつぎ》の出身で、家は金王朝に使える士大夫であった。若いころから詩名が高く、元才子《げんさいし》と称された。金は貞祐《ていゆう》2（1214）年、蒙古に攻められ燕京《えんけい》（今の北京）から汴京《べんけい》（開封《かいほう》）に遷都した。この時、蒙古は山西にも侵入し、それにより多数の人が殺され、兄の元好古《げんこうこ》もこの時に死んだ。後にも攻められ、彼は母とともに河南に戦禍を避けている。31歳で進士に及第。37歳から42歳に、鎮《ちん》平《ぺい》、内郷《ないきょう》、南陽の知事を歴任したが、軍備増強のための徴税に苦しんだ。42歳で尚書省掾《しょうしょしょうえん》となった時汴京は陥落し、城内の病弊や略奪の惨状をその目で見た。彼自身も捕虜となり、家族とともに聊城（山東省）に3年間の拘禁生活を送る。都を出る前に、蒙古の相、耶律楚材に手紙を出し、金の文人の保護を求めたとされる。金滅亡の後、彼の文名は高かったが、元には仕えず、とくに努めて金の事績を記録し、『野史《やし》』と名付けた。また、金代諸家の詩文を集め、『中州集』とした。

【著作】『野史』『中州集』『元遺山《げんいざん》先生集』『続夷堅志《いけんし》』。

元稹（げんしん）

【生没】中唐、779～831

【評伝】字は微之《びし》。河南（河南省洛陽県）の生まれ。9歳で巧みに詩文を作り、15歳で明経科《めいけいか》に及第した俊才。しかし軽率な性格が災いし、その官途は多難であった。左拾遺《さしゅうい》となっては鋭い時局批判を行い、河南の尉に左遷され、監察《かんさつ》御史《ぎょし》となっては宦官の仇士良《きゅうしりょう》と喧嘩をして、顔を傷つけられたうえ、江陵《こうりょう》（湖北省）に放逐され、また通州《つうしゅう》（四川省）に左遷されている。のち宰相職の同中書門下平章事《どうちゅうしょもんかへいしょうじ》にまで栄進したが、人々の嘲笑と反発を買い失脚、最終的には、武昌《ぶしょう》（湖北省）の節度使《せつどし》として亡くなった。元稹は白居易とともに通俗的で分かりやすい新詩風を開いたが、「元軽《げんけい》・白俗《はくぞく》（元稹は軽々しく、白居易は俗っぽい）」と酷評された。一時はともに詩で社会救済をしようと、諷諭詩《ふうゆし》の確立に力を合わせた。その一方で、感傷的な詩にも傑作を多数残している。元・白ふたりの交情は細やかで唱和の詩が多い。

【著作】『元氏長慶集《げんしちょうけいしゅう》』『会真記《かいしんき》』（別名『鶯々伝《おうおうでん》』）。

元政（げんせい）

僧侶**【生没】**元和9年（1623）～寛文8年（1668）

【評伝】日政《にっせい》、元政上人とも。俗名は石井元政《もとまさ》。幼名、源八郎。号は日峰。元和9年、京都に生まれる。9歳の時に建仁寺大統院に入る。後に近江彦根に移り、13歳から城主の井伊直孝に仕える。慶安2年に出家して、日蓮宗妙顕寺の日豊について僧となる。明暦元年、洛南深草に称心庵という庵を結ぶ。のちの瑞光寺である。熊沢蕃山、北村季吟、望月長孝、加藤磐齋ら多くの歌人と交流し、博覧強記で、詞章を善くし、徳川初期の代表的詩人となった。仏典の校訂にも多くの業績を残している。深草の瑞光寺にいたので、深草の上人と呼ばれた。孝行の念深く、母の没後27日で、そのあとを追うように病没した。享年46。

【著作】家集に『草山和歌集』。漢詩集に『草山集』『谷口山詩集』。

阮籍（げんせき）

【生没】三国、210～263

【評伝】姓は阮《げん》、名は籍《せき》、字は嗣宗《しそう》。陳留《ちんりゅう》（河南省）尉氏《いし》県《けん》の生まれ。父は「建安七子《けんあんしちし》」のひとりとして名高い阮瑀《げんう》である。籍は、竹林の中で清談を交わしたとされる、いわゆる「竹林の七賢」（他に山濤《さんとう》・嵆康《けいこう》・尚秀《しょうしゅう》・劉伶《りゅうれい》・阮咸《げんかん》・王《おう》戎《じゅう》）の領袖《りょうしゅう》である。しかし礼を失した振る舞いが多く、人におもねらず、世を超越した趣があった。大酒飲みであったという。俗物には白眼、同志には青眼（普通の目）をして対したという話は有名である。老荘を好み、琴をよくし、本を読みだすと、戸を閉じて何ヵ月も出てこなかったり、山野を歩きまわると、また何日も帰ってこなかったという。こうした奇行は、もちろん籍自身の気質にもよるが、そこに時代の影を見ることも可能である。魏《ぎ》が晋《しん》にとって代わられる時代は、名士が次々と権謀術策《けんぼうじゅっさく》に落ちて命を失う時でもあった。そんな中にあって籍は、奇行と放逸との中に生きる道を求めたのである。やみくもに車を走らせ、行き止まりにぶつかると慟哭して帰ったという話に、籍の内面が窺える。

玄宗皇帝（げんそうこうてい）

唐、第6代皇帝**【生没】**盛唐、685~762

【評伝】姓は李。名は隆基。廟号は玄宗。諡は至道大聖大明孝皇帝。睿宗の第3子である。母は昭成順皇后竇氏。革新政治を断行し、その治世の繁栄ぶりは「開元の治」と呼ばれて、後世まで賞賛されている。

嚴　武（げんぶ）

【生没】盛唐、726~765

【評伝】字は李鷹《きよう》。華陰《かいん》（陝西省）の生まれ。血気にはやる性格で、そのために父の挺《てい》は息子が剣術を学ぶのを禁じたという。殿中侍御史、諫議大夫を経て剣南節度使、成都尹《いん》（長官）となり、軍功によって検校吏部尚書に進んで、鄭国公に封ぜられた。杜甫と交遊し、しばしば詩の応酬をして、その生活を保護までしたことはつとに有名。詩6首が現存する。

建礼門院右京大夫（けんれいもんいんうきょうのだいぶ）

歌人**【生没】**生没年未詳

【評伝】承安3年、高倉天皇の中宮建礼門院平徳子に右京大夫として出仕。藤原隆信、平資盛と恋愛関係にあり、資盛の死後、供養の旅に出たという。建久6年頃、後鳥羽天皇に再び出仕した。源氏物語の後日談のひとつ、『山路の露』の作者ではないかとされている。『新勅撰集』を初めとし、勅撰入集は21首。

【著作】家集に『建礼門院右京大夫集』。

小池光（こいけひかる）

歌人【生没】昭和22年（1947）6月28日～

【評伝】本名、比加児《ひかる》。宮城県柴田郡船岡町（現・宮城県柴田町）に作家、大池唯雄（小池忠雄）の長男として生まれる。東北大学理学部大学院修了。昭和47年、「短歌人」に入会。高瀬一誌に師事。昭和50年から埼玉県の私立高校で理科教師を勤める。昭和53年、第一歌集『バルサの翼』を刊行、翌年、第23回現代歌人協会賞。昭和55年より「短歌人」の編集人に就任。平成7年、『草の庭』により第1回寺山修司短歌賞。平成17年、『滴滴集』で第16回齋藤茂吉短歌文学賞。同年、『時のめぐりに』で第39回迢空賞。平成18年、31年間勤めた教職を退き、翌年より、仙台文学館二代目館長。現在は作歌、結社誌編集のほか評論、執筆活動、講演会講師、パネラー、短歌大会選者、新聞選歌などの活動をしている。

【著作】歌集に『バルサの翼』『草の庭』『滴滴集』。評論に『茂吉を読む—五十代五歌集』など。

古泉千樫（こいずみちかし）

歌人【生没】明治19年（1886）9月26日～昭和2年（1927）8月11日
【評伝】本名、幾太郎。千葉県安房郡吉尾村（現・千葉県鴨川市）に生まれる。14歳より歌作を始め、明治37年に「馬酔木」への投稿歌が伊藤左千夫に激賞されて左千夫門に入門した。教員をしながら「萬朝報」「心の花」などに作品を投稿。のち上京して伊藤左千夫に師事する。齋藤茂吉、島木赤彦、中村憲吉と共に大歌誌「アララギ」を支える。大正2年、「アララギ」の編集を担当する。千樫はアララギ派の中心的歌人として多くの秀歌を残した。晩年にはアララギとは疎遠になり、北原白秋、土岐善麿、折口信夫、木下利玄らとともに歌誌「日光」の主要同人となった。大正15年「青垣会」を結成するも、機関誌の創刊を見ずに、昭和2年没。享年42。
【著作】歌集に『川のほとり』『屋上の土』『青牛集』など。

呉均（ごいん）

【生没】南北朝、469～520
【評伝】字は叔庠《しゅくしょう》。呉興《ごこう》（浙江省安吉県）の生まれ。沈約《しんやく》にその文才を賞賛され、天監《てんかん》（502～519）初年、柳惲《りゅううん》に招かれて呉興の主簿となった。その後もお互いに詩のやり取りをしたという。のち中央の官にもついた。『後漢書《ごかんじょ》』に注をほどこし、また説話集『続斉諧記《ぞくせいかいき》』の著者ともされている。

【著作】『続斉諧記《ぞくせいかいき》』。

耿湋（こうい）

【生没】中唐、７３４～？

【評伝】字は洪源。河東（山西省永済県）の人。宝応２年の進士。官は初め大理司法（司法官）を務め、江淮地方に使いした際は山水の景勝地を残さず巡ったという。左拾遺（天子の過失をいさめる官）に終わった。銭起、盧綸、司空曙らと共に大暦十才子と呼ばれている。盧綸は詩の中で耿湋を評して「耿拾遺は侔《ひと》しくし難く、逸調曠《いっちょうこう》として程なし（耿拾遺の詩興は並ぶのが難しく、優れた調子は広々としてかぎりがない）」といった。

【著作】『耿拾遺集』。

項羽（こうう）

【生没】秦、前２３２～前２０２

【評伝】姓は項《こう》、字は羽《う》。下相《かそう》（江蘇省宿遷県《しゅくせんけん》）の人。項羽の家は代々楚の将軍を務めていた。やがて項羽自身も季《お》父《じ》の項梁《こうりょう》と共に兵を起こし、項梁の死後は、討秦軍《とうしんぐん》の総帥として活躍する。秦を倒してからは、弱冠27歳にして「西楚の覇王」と称して諸侯を牛耳《ぎゅうじ》った。次いで、劉邦《りゅうほう》（高祖）と天下をかけた熾烈な戦いを繰り広げる。軍事的な優位、幾度かの圧倒的な勝利にもかかわらず、劉邦の巧みな計略に落ちて壮烈な最期を遂げる。31歳であった。少年の頃の項羽は「書は以《もっ》て名姓《めいせい》を記するに足るのみ」として学問もせず、ただ兵法にのみ興味を示したという。しかし、兵法もおおよその要領をのみ込むと、それ以上学ぼうとしなかった。「長八尺余《たけはっしゃくよ》、力能《よ》く鼎《かなえ》を扛《あ》げ、才気《さいき》、人に過《す》ぐ」という恵まれた素質を、十分に鍛えて生かしきれなかったところに、項羽の悲劇がある。

康海（こうかい）

【生没】明、１４７５～１５４０

【評伝】字は徳涵、号は対山。陝西省武功の人。弘治15年、進士に及第した。正徳初年、李夢陽を獄中から救うために、劉瑾に面会して説いた。しかし劉瑾が処刑されると、劉瑾の党与とみなされて罷免されてしまう。以後、郷里に隠居して著述に専念した。詩文に秀で、弾弦唱歌を好んだ。

【著作】『中山狼』『王蘭卿貞烈伝』『康対山集』『武功志』。

高　啓（こうけい）

【生没】明、1336〜1374
【評伝】字は李廸《きてき》、長州（江蘇省蘇州）の人。書物というもので読んでいないものはない、というほどの博学で、史書を好んだ。詩は漢魏《かんぎ》から唐宋まで、広い範囲から学び取っていた。元の末に張士誠《ちょうしせい》の治下にいて、その重臣饒介《じょうかい》のサロンに招かれた際、諸先輩大家の前で、真っ先に佳詩を作ったことで詩名をあげた。松江《しょうこう》の青邱《せいきゅう》に住んだので、青邱と号した。妻はこの地方の豪家周子達《しゅうしたつ》の娘である。彼が18歳のときに恋愛し、その詩才によって結婚を許された。周の一族は文学に理解があり、良き援助者でもあった。このころの作「青邱子歌《せいきゅうしか》」は、自己の文学論を述べていてユニークである。森鷗外に文語調の訳詞がある。明の洪《こう》武帝《ぶてい》の初期、『元史』の編纂員のひとりとして、南京に招かれた。3年ののち、戸部右侍郎《こぶうじろう》（財務次官）の高官に抜擢されたが、辞退して青邱に帰った。洪武7（1374）年、この地方に長官魏観《ぎかん》が、府庁舎を改修し、謀叛と密告され死刑となる事件が起こった。高啓は以前から魏観と親交があり、府庁の上梁文《むねあげぶん》を書いていたため、これに連座して腰斬《ようざん》の刑に処せられた。かつて彼の詩「宮女図」が帝を風刺していたので、帝はこれを根に持っていたのではないかともいう。明代初期、呉の地方には詩人が多く、楊基《ようき》、張羽《ちょうう》、徐賁《じょひ》とともに呉中の四傑と称せられた。
【著作】『高青邱全集《こうせいきゅうぜんしゅう》』『鳧藻集《ふそうしゅう》』。

光厳院（こうごんいん）

皇族【生没】正和2年（1313）7月9日〜正平19年／貞治3年（1364）7月7日
【評伝】後伏見院の第一皇子。光厳天皇。南北朝時代の北朝初代天皇とされている。嘉暦元年、春宮邦良親王が夭折した後をうけ、後醍醐天皇の皇太子となる。晩年は常照皇寺で禅僧としての務めに精進し、正平19年／貞治3年、この地で没した。享年52。歌道にも優れ、後期京極派の重要な一員である。花園院の指導のもと『風雅集』を選歌した。『風雅集』を初めとし、勅撰入集は計79首である。
【著作】『光厳院御集』（「花園院御集」の名で誤伝）がある。

香西照雄（こうざいてるお）

俳人【生没】大正6年（1917）10月30日〜昭和62年（1987）6月25日
【評伝】本名も照雄。旧号、照波。香川県に生まれた。東京帝国大学文学部国文科を卒業。応召されラバウルに出征した。復員後に上京し教職に就いた。俳句は旧姓高校時代竹下しづの女が主宰した「成層圏」に参加し、大学時代には中村草田男に指導を受け、生涯の師とした。戦後は「万緑」に参加し、後に編集を担当した。昭和34年、第8回現代俳句協会賞を受賞している。昭和62年、没。享年69。

【著作】句集に『対話』『素志』。評論に『人と作品・中村草田男』など。

孔子（こうし）

【生没】前551年～前479年

【評伝】諱《いみな》は丘《きゅう》、字は仲尼《ちゅうじ》。孔子の「子」とは「先生」を意味する言葉である。生年は552年とする説もある。魯《ろ》国昌平郷陬《すう》邑《ゆう》の人。現在の曲阜《きょくふ》市にあたる。陬邑大夫の次男として生まれた。幼いころから聡明であったが、早くに両親を失ったために苦学したとされる。壮年になってからは魯国に仕えたが、のち職を辞してから諸国を遍歴した。この間各地の王侯に仁の大切さを説いたとされる。晩年になって再び魯の国に戻ると教育にあたった。後年、儒教の始祖として尊敬を集め、日本にも多大な影響をもたらした。弟子によって孔子の言行がまとめられた『論語』は今もなお読み継がれている。

【著作】『論語』。

黄遵憲（こうじゅんけん）

【生没】清、1848～1905

【評伝】清末の外交官、詩人。広東省嘉応県（梅県）の人。字は公度、東海公などと号した。サンフランシスコ総領事となり、中国人排斥問題の解決に尽力した。『日本国志』を中国に紹介した。

高適（こうせき）

【生没】盛唐、707～765

【評伝】滄州渤海《そうしゅうぼっかい》（山東省浜州《ひんしゅう》）の人。字は達夫《たっぷ》。または字、仲武《ちゅうぶ》と伝えられているのは、唐代の人で『中興間気《ちゅうこうかんき》集《しゅう》』を編纂した高仲武《こうちゅうぶ》と混同されている可能性もある。生年は、696年とする説、707年とする説などがあって一定しない。若い時は正業につかず、任侠をこととして博徒などと交わっていた。『唐才子伝《とうさいしでん》』に「年五十にして始めて詩を作ることを学びたちまち名声を揚げた、」と書かれている。もっとも実際には五十歳以前の作品が相当数残っており、官吏登用試験のために誰もが勉学に没頭して詩作に励んだ当時にあって、高適が若い時代には政界での出世を気にかけず、自由な生活を好んで晩学であったところから、生まれた伝説である。天宝3（744）年には、李白、杜甫とともに梁・宋（河南省）地方を遊歴し、酒と詩作にふけった。天宝8（749）年頃、有道科に及第。封丘《ほうきゅう》（河南省封丘県）の尉（属官）に任命されたが気に入らず、間もなく辞した。河南省淇水《きすい》のほとりに遊び、甘粛《かんしゅく》省《しょう》を遊歴していたが天宝11（752）年頃、河西節度使哥《か》舒翰《じょかん》に認められて掌書記《しょうしょき》となった。安禄山《あんろくざん》の乱が起こった際は哥舒翰を助けて潼関《とうかん》を守り、その時の功績によって侍御史《じぎょし》から諫議大夫《かんぎたいふ》にまで出世した。しかし高適は気位が高く、ずけずけものを言うところがあり、そのために権力者に嫌われ、乾元元（758）年、太子詹事《せんじ》に左遷されてしまった。2年後、蜀の乱のとき、蜀州（四川省崇寧県《すうねいけん》）刺《し》史《し》に、さらに彭州《ほうしゅう》（四川省彭県）刺史となり、その翌年は成都（四川省成都市）の尹（長官）、西川節度使となった。広徳2（764）年都にもどり、刑部侍郎《けいぶじろう》（法務次官）となり、銀青光禄大夫《ぎんせいこうろくたいふ》の称号を加えられ、渤海県侯に封ぜられて、翌永泰元（765）年に没した。盛唐時代には、官吏登用試験を通っても、詩人たちはなかなか政界で高い地位を得られなかった。そこで『旧唐書《くとうじょ》』本伝は「有唐已来《いらい》、詩人の達するもの、唯《ただ》適《せき》のみ（唐王朝が起こって以来、詩人として出世したものは高適だけである）」と結んでいる。

【著作】『高常侍集《こうじょうじしゅう》』。

高　祖（こうそ）

漢の始祖**【生没】**漢、前256?～前195

【評伝】姓は劉《りゅう》、名は邦《ほう》、字は李《き》。死後、諡《おくりな》して高祖と称される。生年には、ほかに前257年と前247年説がある。沛《はい》の豊邑《ほうゆう》（江蘇省豊県）に農民の子として生まれ、ついには天下を取り漢帝国の始祖となった人である。若いころは無頼《ぶらい》な生活を送る遊侠《ゆうきょう》の徒であったが、のち泗水《しすい》（江蘇省沛県付近）の亭長《ていちょう》（県の下級役人）となり、秦末の陳勝《ちんしょう》・呉広《ごこう》の乱に乗じて挙兵する。これは48歳のときといわれている。以後楚の名族項梁《こうりょう》の軍と連合し、秦軍と戦い、いち早く関中《かんちゅう》（秦都咸陽《かんよう》にある所）に入って有利な位置を占める。秦滅亡後は、項梁の甥項羽《こうう》と激しく戦い、幾度も壊滅的な打撃を受けるが、配下の機転に助けられてついに項羽を破り天下を取った。人を使うのがうまく、酒色を好む豪傑肌であったという。鼻が高く面長で、竜のような顔、美しい髭《ひげ》を持ち、左股に72個の黒子《ほくろ》があったという。世に有名な「鴻門《こうもん》の会《かい》」は、項羽との初めての対決のときであった。他に「鴻鵠歌《こうこくのうた》」の一編が残る。

後宇多院（ごうだいん）

歌人・皇族【生没】文永4年（1267）12月1日〜元亨4年（1324）6月25日

【評伝】後宇多天皇、後宇多上皇。文永5年、生後8か月にして立太子。文永11年、亀山天皇から譲位を受けて8歳で践祚。亀山上皇による院政が行われた。建治元年、鎌倉幕府の意向により、後深草上皇の皇子熙仁親王（のちの伏見天皇）を皇太子とする。弘安10年、皇太子に譲位。正安3年、邦治親王（のちの後二条天皇）が践祚するとともに院政を敷く。徳治2年、皇后の遊義門院が崩じたのを機に仁和寺で出家。文保2年、尊治親王（のちの後醍醐天皇）が践祚し、以後3年ほど、再び院政を行なう。元亨4年、大覚寺殿にて没。享年58。死後に後宇多院と追号された。和歌に熱心で、二条為世に命じて『新後撰集』『続千載集』の2つの勅撰集を撰進させている。自らも詠作し、『続千載集』で最多入集歌人。『新後撰集』を初めとし、勅撰入集146首。

【著作】日記に『後宇多天皇宸記』。仏教書に『伝法灌頂注』。

黄庭堅（こうていけん）

【生没】北宋、1045〜1105

【評伝】字は魯直《ろちょく》。山谷道人《さんこくどうじん》と号した。33歳のときに舒《じょ》州《しゅう》（今の安徽省）にある山谷寺を訪れ、その地が気に入り、つけた号である。のちに涪翁《ふおう》とも号した。江西省の人。この江西省からは、北宋詩に限ってみても、欧陽脩《おうようしゅう》、曾鞏《そうきょう》、王安石《おうあんせき》など多くの人材が輩出されており、文化水準の高いところであった。幼い時は恵まれた環境に育たなかったが、母方の叔父のもとで勉学に励み、23歳で科挙に及第した。官吏としての履歴には特に目立ったものはなく、大方は地方の小官吏か、中央の政界に戻った場合でも、歴史編纂や官吏登用試験の委員などの職を務めた。それにもかかわらず、生涯に二度も左遷の憂き目にあっている。彼は蘇軾《そしょく》の門下生であったということのために、世間からは旧法党人と扱われ、政界が新旧交代する度にあおりをくらったのである。蘇軾と黄庭堅の付き合いは、彼が34歳のとき、蘇軾に詩を送ってそれを絶賛されたことから始まる。黄庭堅・張耒《ちょうらい》・晁補《ちょうほ》之《し》・秦観《しんかん》の四人は合わせて蘇門《そもん》四学士と呼ばれている。また、それまであまり高い評価を受けていなかった杜甫に対する評価を確定したのもこの詩人の功績の一つである。

河野愛子（こうのあいこ）

歌人【生没】大正11年（1922）10月8日～平成元年（1989）8月9日

【評伝】栃木県宇都宮市に生まれる。昭和17年頃、齋藤茂吉の影響により作歌を始める。昭和21年「アララギ」に入会。土屋文明に師事し、作歌を学ぶ。同じ頃、結核のため療養生活を送る。昭和26年、近藤芳美に師事し、「未来」創刊に携わる。昭和30年、第一歌集『木の間の道』を刊行。昭和57年「リリヤンの笠飾」で短歌研究賞。翌年「黒羅」で現代短歌女流賞。平成元年、没。享年67歳。平成3年、その業績を記念して中堅女性歌人の優れた歌集および河野愛子をテーマにした評論集を対象にした「河野愛子賞」が創設される。2004年の14回で一旦終了するも、名を「葛原妙子賞」と改め現在に至る。

【著作】歌集に『木の間の道』『魚文光』。

河野鐵兜（こうのてっとう）

儒学者【生没】文政8年（1825）～慶応3年（1867）2月6日

【評伝】名は羆《ひぐま》、字は夢吉《むきつ》、通称は綾夫《あやお》・俊蔵《としぞう》。号は鐵兜・秀野《しゅうや》。播磨（現・兵庫県）の人。林田藩の藩校や江戸の致道館《ちどうかん》の教授を経て、31歳で帰郷し、家塾秀野草堂《しゅうやそうどう》を開き、子弟の教育に尽力した。詩は梁川星巖《やながわせいがん》に師事し、草《くさ》場佩川《ばはいせん》や廣瀬淡窓《ひろせたんそう》と交遊した。本草学《ほんぞうがく》や禅学にも造詣が深かった。

【著作】『鐵兜遺稿』『覆醤《ふくしょう》詩談』。

河野天籟（こうのてんらい）

教育者【生没】生年未詳～昭和16年（1941）5月3日

【評伝】熊本県玉名郡長州町出身。名は通雄。天籟は号。熊本師範学校卒業。阿蘇郡中道小学校、球磨郡多良木小学校などの校長を歴任した。漢詩を善くし、作風は平明を旨とし「祝賀詞」「大楠公」などが最も膾炙している。昭和16年5月3日、天籟の子息が前住職であった長州町法華寺にて没した。81歳。一説には23年病没という。

高駢（こうべん）

【生没】晩唐、821～887

【評伝】字は千里《せんり》。幽州《ゆうしゅう》（河北省涿県《たくけん》）の生まれ。学問に秀で、多くの学者と交際したばかりでなく、先祖代々武門の家柄であったので、武芸にも優れていた。刺史《しし》（州の長官）であった朱叔明《しゅしゅくめい》に仕えてその司馬（幕僚）となった。侍御史《じぎょし》（秘書官）だった時、二羽の雕《ちょう》（おおわし）が人々の眼前をよぎると、それをただ一本の矢で射ぬいて見せたので、「落雕侍御《らくちょうじぎょ》」と称賛された。のちに安南《あんなん》（ベトナム）攻伐に手柄を立て、渤海郡王《ぼっかいぐんおう》となる。天平・剣南・鎮海・淮《わい》南《なん》節度使となり黄巣《こうそう》の乱で功をあげるも、出兵しなかったことがあったために失脚。志を得ない毎日を過ごすうち、神仙《しんせん》思想に凝ったりもした。最後は謀反を起こすのではないかと疑われ、部下に謀《はか》られて殺された。光啓《こうけい》３（８８７）年であった。

皎然（こうねん）

【生没】中唐、７３０～７９９。

【評伝】湖州（浙江省）の人。俗姓は謝、字は清昼。南朝宋の謝霊運十世の孫といわれる。出家して湖州の杼山で修行、霊徹、陸羽と共に妙喜寺にいた。初め律を修め、後、禅に帰す。顔真卿が湖州刺史のとき、郡齋に文士を集め『韻海敬源』を撰した。皎然もその論著に預かった。この時、顔真卿や茶道の元祖でもある陸羽や張志和などと詩の唱酬をした。後、廬山の西林寺に住し、『詩式』五巻を著わした。貞元年間に宮中で高僧の文集を集めたとき『杼山集』十巻、『詩式』五巻など宮中に納められた。禅月、斉己と共に唐の三高僧と称えられた。「塞下曲」七絶は唐詩選に載せられている。

【著作】前記の他に『皎然集』10巻。

孔融（こうゆう）

【生没】後漢、１５３～２０８

【評伝】後漢の学者。魯《ろ》（山東省）の人。字は文挙。孔子20世の孫。出身地も孔子と同じく青州魯国の曲阜県である。父は孔宙、兄は孔褒。子の名は明らかではない。幼いころから才子の誉れが高く、学問好きで博識、あらゆる書物を読みあさった。献帝に仕え、将作大匠、少府、太中大夫を歴任。朝議（皇帝に謁見する儀式）の質疑応答では、いつも中心となって発言したという。孔子の子孫という立場と、その恵まれた才能によって、文人サロンの中心的存在となり学問の振興に寄与した。このため後に「建安の七子」のひとりに数えられている。しかし一方でその直言居士な性格のため、時の権力者曹操と、何かにつけて対立した。曹操の施政で納得のいかない事があると、前例を踏まえながら厳しく批判したという。これが祟って曹操に憎まれ、孔融は処刑されてしまった。しかしこうして聖人孔子の子孫を殺害したことは、後々まで曹操が非難される理由の一つとなった。

【著作】『孔北海集』。

呉永和（ごえいか）

【生没】清、生没年未詳
【評伝】武進（江蘇省）の人。字は文璧・董玉蒼室。

小大君（こおおきみ／こだいのきみ）

歌人【生没】生没年未詳
【評伝】出自、経歴は未詳。円融天皇の中宮藤原媓子《こうし》に女房として仕え、のち三条天皇（居貞親王）の皇太子時代に下級の女房である女蔵人《にょくろうど》として仕えた。通称は左近、東宮左近、三条院女蔵人左近。藤原朝光、馬内侍らの歌人と親しく、朝光とは恋愛関係にあった。平兼盛、藤原実方、藤原公任などとの歌の贈答がある。三十六歌仙、女房三十六歌仙のひとり。『拾遺集』を初めとして、勅撰入集は21首。
【著作】家集に『小大君集』。

国分青厓（こくぶせいがい）

教育者【生没】安政4年（1857）5月5日〜昭和19年（1944）3月5日
【評伝】青崖とも。名は高胤、字は子美、青厓または太白山人と号した。宮城県遠田郡小塩村（今の田尻町小塩）の人。父は仙台藩士盛久。幼名、横沢千賀之介、のち遠祖国分胤通の旧に復し国分姓に改めた。初め藩学、養賢堂教授国分松嶼（平蔵）に漢籍を、落合直亮には国学を学んだ。ついで上京し、明治9年、司法省法学校第一期生となり、原《はら》敬《たかし》・陸羯南《くがかつなん》・福本日南《ふくもとにちなん》・加藤拓川《たくせん》らが同期生であった。荘年、日本新聞記者となり、時事諷刺の評林詩を創《はじ》め、ついで本田種竹《しゅちく》・大江敬香《けいこう》と、森槐南《かいなん》を加えて星社を興したが、その後槐南と意見が合わず、一時詩壇からは遠ざかっていた。種竹・槐南らが相次いで没し、ついに推されて牛耳を取り、大正12年、大東文化学院の創立とともに、招せられて教授となり、育英に従事する傍ら、雅文会をはじめ詠社・興社・蘭社・樸社・龍社などの各詩社の主盟となった。また雑誌『昭和詩文』を主宰し、随鷗吟社名誉会員・芸文社顧問を兼ねて風雅の鼓吹に努め、昭和12年、芸術院会員に推された。19年3月、病没した。人となりは、気骨に富み、詩才は群を抜いて素晴らしく、詩風は思いが湧き出ている作品に富めることも、我が国古今第一であろう。
【著作】『青厓詩存』。

小式部内侍（こしきぶのないし）

歌人【生没】生没年未詳

【評伝】父は橘道貞、母は和泉式部。母の和泉式部と共に一条天皇の中宮彰子に出仕した。母と区別するために「小式部」という女房名で呼ばれるようになった。母同様恋多き女流歌人として、藤原教通、藤原定頼、藤原範永など多くの高貴な男性との交際で知られる。万寿2年、藤原公成の子を出産した際に20代で死去したとされる。『後拾遺集』を初めとし、勅撰入集は8首。女房三十六歌仙。「小倉百人一首」60番に入集。

児島葦原（こじまいげん）

志士【生没】天保8年（1837）～文久2年（1862）6月25日

【評伝】本名、児島強介。名は強助とも書く。号は草臣、葦原処士など。下野宇都宮の人。手塚氏の養子となり、大橋訥庵らに学ぶ。文久2年の老中安藤信正襲撃事件（坂下門外の変）に関与して捕らえられる。実際は病床にあって行動を共にすることはできなかったが、家産を傾けて資金を用立てていたため、共犯と見なされた。同年6月25日獄中で病死。享年26。

【著作】『孤囚日記』。

後白河天皇（ごしらかわてんのう）

第77代天皇【生没】大治2年（1127）9月11日～建久3年（1192）3月13日

【評伝】鳥羽天皇の第四皇子として生まれる。皇位継承とは無縁と目され、帝王教育を受けることもなかったが、異母弟、近衛天皇の急死により皇位を継ぐ。譲位後は34年に渡り院政を行った。嘉応元年、出家して法皇となる。和歌は不得手とされているが、今様を愛好して『梁塵秘抄』を撰するなど文化的に大きな足跡を残した。しかし『平治物語』には「文にあらず、武にもあらず、能もなく、芸もなし」と酷評されている。

巨勢識人（こせのしきひと）

詩人【生没】延暦14年（795）?～没年未詳

【評伝】嵯峨天皇のころの詩人。官途には恵まれなかったが、若いころより詩名は高く、弘仁詩壇で重要な地位を占めた。『凌雲集《りょううんしゅう》』に1首、『文《ぶん》華秀麗集《かしゅうれいしゅう》』に20首、『経国《けいこく》集《しゅう》』に4首を収める。彼の詩風は、その名声に恥じない幅の広さを有するものである。

胡　曽（こそう）

【生没】生没年未詳

【評伝】字不詳。長沙《ちょうさ》（湖南省長沙市）または邵陽《しょうよう》（湖南省衡陽《こうよう》市）の生まれ。咸通《かんつう》年間（８６０〜８７４）の進士。漢南節度使に従い、また高駢《こうべん》のもとで書記を務めた。各地の旧跡を訪れて作ったとされる七絶をまとめた『詠史詩』は、宋以降、中国だけでなく、日本でも五山から江戸にかけて広く読まれた。ほかに『安定集』がある。『詠史詩』は七絶１５０首からなり、神話時代から隋代に至る人物・事件が取り上げられている。詠史・懐古は唐詩の重要なテーマであり、一般的に前者は史実に借りて自己の主張や理想を述べるものが多く、後者は人の行為のはかなさや無常観を嘆くものが多いが、胡曽の作品の場合は、そのような伝統を少し離れ、歴史書のとりわけ劇的な部分や逸話的な要素に注目する傾向が強い。彼の興味は、古人や古事を論評したり、人間存在について詠嘆したりすることよりも、心を歴史物語の舞台に遊ばせ、ロマンの世界に浸ることに重点があった。

【著作】『詠史詩』『安定集』。

後醍醐天皇（ごだいごてんのう）

第96代天皇【生没】正応元年（１２８８）11月2日〜延元4年／暦応2年（１３３９）8月16日

【評伝】後宇多天皇の第二皇子。建武の新政の中心人物。正中・元弘の変を経て鎌倉幕府を倒し、天皇親政を理想としたが失敗。吉野に皇居を移し南北朝時代を招くが、南朝不振の中で病没。享年52。正中2年、二条為定に『続後拾遺集』を撰進させる。『新後撰集』を初めとし、勅撰入集は83首。また準勅撰の『新葉集』には46首が入集している。

【著作】有職故実書に『建武年中行事』。

五島美代子（ごとうみよこ）

歌人【生没】明治31年（１８９８）7月12日〜昭和53年（１９７８）4月15日

【評伝】本名、美代。東京都出身。動物学者、五島清太郎の長女に生まれる。大正4年、佐佐木信綱の「心の花」に入会。大正14年、東京大学文学部聴講生。同年、石榑千亦の3男であった五島茂と結婚。昭和4年には五島茂、前川佐美雄、栗原潔子らと「新興歌人連盟」を結成、短歌雑誌「尖端」を創刊。解散後、昭和13年に茂とともに歌誌「立春」を創刊、主宰した。昭和15年、合同歌集「新風十人」に参加。昭和24年「女人短歌」創刊に参加。昭和33年、第9回読売文学賞を『新輯母の歌集』で受賞。昭和34年より皇太子妃（現・皇后美智子妃）の御歌指南。昭和46年、紫綬褒章。昭和53年、没。享年79。成長する我が子に対する愛情、喜びなどを歌にし、「母の歌人」と呼ばれる。急逝した長女を歌った、哀惜の情あふれる歌も多い。

【著作】歌集に『暖流』『新輯母の歌集』『そらなり』。エッセイに『花時計』など。

後藤夜半（ごとうやはん）

俳人【生没】明治28年（1895）1月30日～昭和51年（1976）8月29日
【評伝】本名、潤。大阪市に生まれた。父の影響で、俳句を始める。泊園書院を卒業後、証券会社に約30年間勤務した。実弟の得三、実は能楽の喜多流宗家を継いでいる。大正12年より「ホトトギス」に入り、高浜虚子に師事した。昭和7年に同人となる。昭和6年には「蘆火」を創刊して主宰していたが、病を得たことで廃刊した。昭和23年には「花鳥集」を創刊して主宰した。28年より「諷詠」と改題して主宰した。昭和51年、没。享年81。息子の後藤比奈夫が「諷詠」の主宰を継承している。
【著作】句集に『翠黛《すいたい》』『青き獅子』『彩色』『底紅』など。

後鳥羽院（ごとばいん）

皇族【生没】治承4年（1180）7月14日～延応元年（1239）2月22日
【評伝】後鳥羽天皇、後鳥羽上皇。高倉天皇の第四皇子。九条兼実ら親幕派を退け、幕府に対抗。承久の乱に敗れ隠岐に流される。いつごろから歌作に興味を持ちはじめたかは明らかではないが、通説では建久9年1月の譲位、ならびに同8月の熊野御幸以降急速に和歌を志すようになり、正治元年以降盛んに歌会・歌合などを行うようになった。新たな歌人を発掘しては周囲に仕えさせており、これが後の九条家歌壇、御子左家の歌人らとともに代表的な新古今歌人として成長する院近臣一派の基盤となる。建仁元年には和歌所を設ける。同年には『新古今集』撰進がはじまった。同集の編集にあたっては、院自身が撰歌、配列などに深く関与し、実質的に撰者のひとりであったことも明らかになっている。
【著作】歌論書に『後鳥羽院御口伝』。

小西来山（こにしらいざん）

俳人【生没】承応3年（１６５４）～享保元年（１７１６）10月3日

【評伝】通称、伊右衛門。初号、満平《みつひら》。別号、十万堂・湛翁など。大坂に生まれた。家業は薬種商を営んでいた。7歳で西山宗因門下の前川由平に書学と俳諧を学び、のちに西山宗因についた。家業を弟に譲り、18歳で談林派の俳諧選者となった。晩年は雑俳の点者としても活躍した。のち上島鬼貫らと親交して伊丹派を樹立した。享保元年、没。享年62。豪放磊落さと繊細な感受性とを合わせ持ち、句風には談林を超えるものがあった。

【著作】編著に『大坂八五十韻』『今宮草』など。

小林一茶（こばやしいっさ）

俳諧師【生没】宝暦13年（１７６３）5月5日～文政10年（１８２７）11月19日

【評伝】本名、信之。通称、弥太郎。別号、亜堂・雲外・俳諧寺など。北信濃の柏原に農民の子として生まれた。3歳で生母に死別し、継母と不和のため、15歳で江戸に出て、苦しい奉公生活を送った。20歳ごろ葛飾派に入門した。6年間に亘る西国の旅から帰り、師の竹阿の二六庵を継いだものの、宗匠として一家を成すにはいたらなかった。知友を頼って転々と流寓生活を送った。夏目成美らの庇護を受けた。亡父の遺産をめぐる継母や義弟との長い抗争の果てに、51歳で郷里に帰住した。結婚して3男1女を儲けたが、子どもは次々に夭折し、火災によって家まで喪失し、焼け残りの土蔵の中で65歳の生涯を終えるという、恵まれたとは言えない人生であった。その句には、一茶の人間と生活が赤裸々に投影されており、化政期の俳壇で、野性的な生活派俳人として異彩を放った。伝統的な風雅観に囚われることなく、俗語や方言などを大胆に駆使した俳風は一茶調と呼ばれている。

【著作】俳文集に『父の終焉日記』『おらが春』。句日記に『七番日記』など。

後水尾天皇（ごみずのおてんのう）

第１０８代天皇【生没】慶長元年（１５９６）6月4日～延宝8年（１６８０）8月19日

【評伝】後陽成天皇の第三皇子。将軍、秀忠の娘、和子を中宮とした。幕府との反発から明正天皇（興子内親王）に譲位したあと院政を行う。勅撰集である『類題和歌集』の編纂を臣下に命じた。学問、詩歌に優れ洛北に修学院離宮を建築した。歌学を智仁親王、三条西実条《さねえだ》などに師事。寛永2年、智仁親王から古今伝授を受けた。のちに宮廷歌壇の最高指導者として稽古会や古典講釈を催し、宮廷歌壇を確立。女性関係は派手であり、禁中法度を無視し宮中に遊女を招き入れたり、遊郭にまでお忍びで出かけた。退位後にも中宮以外の女性に30余人の子を産ませ、56歳で出家した後も58歳で後の霊元天皇を産ませた。延宝8年に85歳で没した。当時としては相当な長寿であった。

【著作】歌集に『鴎巣集』。

後村上天皇（ごむらかみてんのう）

第97代天皇【生没】嘉暦3年（1328）～正平23年／応安元年（1368）3月11日

【評伝】義良《のりよし》親王とも。後醍醐天皇の第七皇子。北畠顕家とともに奥羽の計略に参加。父の死後に南朝を継ぐも、人生の大半を動乱の中に過ごした。正平23年／応安元年、病没。享年41。和歌を二条為定に師事。『源氏物語』にも関心を寄せた。また、琵琶や箏などの音楽や大覚寺統の唐様を受け継いだ書道にも長けていたと言われる。勅撰入集はないが『新葉集』には最多の100首が入集している。

近藤芳美（こんどうよしみ）

歌人【生没】大正2年（1913）5月5日～平成18年（2006）6月21日

【評伝】本名、芽美《よしみ》。父の赴任先であった旧朝鮮（現・韓国）慶尚南道で生まれる。12歳で帰国し、広島市鉄砲町（現・広島市中区鉄砲町）で育つ。旧制広島高校在学中に、「アララギ」に入会、中村憲吉、土屋文明に師事した。東京工業大学卒業後、建設会社に入社。設計技師として勤務する傍ら、アララギ同人としての活動を継続した。戦時中は中国戦線に召集された。昭和22年、加藤克巳、宮柊二ら当時の若手歌人と「新歌人集団」を結成。同年、「関東アララギ会」を結成している。昭和26年、岡井隆らと共にアララギ系短歌結社「未来短歌会」を結成、歌誌「未来」を創刊、主宰。李正子、道浦母都子など多くの歌人を育成した。平成18年、病没。享年93。朝日新聞をはじめ、中国新聞、信濃毎日新聞などの短歌欄の選者として、市井の人々による短歌に対し積極的な評価を行った。

【著作】歌集に『早春歌』『埃吹く街』『黒豹』『祈念に』『営為』『岐路』。評論に『新しき短歌の規定』『石川啄木における文学と生』『土屋文明論』など。

さ　しすせそ

崔　琰（さいえん）

【生没】後漢、生年未詳～216

【評伝】剣術を好み、23歳のときに兵士として出仕したが、その後は一転して学問に励み『論語』『韓詩』を読んだ。29歳のときに公孫方らとともに鄭玄に学んだ。のち将軍袁紹の招聘を受けその家臣となった。曹操が袁紹を破り、冀州の牧になると、崔琰を招聘し、曹丕の補佐に任命した。曹操が丞相となると、崔琰は東曹・西曹の属官、徴事になった。また曹操が魏公となった際は、尚書に任命された。毛玠と共に長年にわたって人事で辣腕を振るったという。曹操が曹丕の弟の曹植を寵愛し、太子をどちらにするか悩んでいたとき、崔琰は自身の姪が曹植に嫁いでいたにも関わらず、長子である曹丕を後継にすべきと強く主張した。しかし曹操が魏王になったとき、讒言されたことが曹操の不興を買い、投獄された。さらに囚人になっても堂々としていたため、不快に思った曹操に自害を命じられてしまった。

西園寺公経（さいおんじきんつね）

皇族【生没】承安元年（1171）～寛元2年（1244）8月29日

【評伝】藤原公経とも。内大臣藤原実宗の子。西園寺家の実質的な祖である。承久の乱で、後鳥羽上皇の倒幕の企てを幕府に通報した。貞応元年に太政大臣、貞応2年には従一位に昇進し、婿の九条道家とともに朝廷の実権を握った。藤原頼経、二条良実、後嵯峨天皇の中宮姞子の祖父、四条天皇、後深草天皇、亀山天皇、藤原頼嗣の曾祖父となった人物である。姉は藤原定家の後妻であり、定家の義弟でもある。晩年は朝廷の人事を思いのままに操り、処世術と奸智に長けた人物として評される。琵琶や書にも秀で、多芸多才で知られた。歌人としては正治2年の「石清水若宮歌合」、建仁元年の「新宮撰歌合」などに出詠。「西園寺」の家名は公経が現在の鹿苑寺（金閣寺）の辺りに西園寺を建立したことによる。勅撰入集は『新古今集』を初めとして114首入集。「小倉百人一首」96番に入集。

西行（さいぎょう）

僧侶・歌人【生没】元永元年（1118）〜文治6年（1190）2月16日

【評伝】秀郷流武家藤原氏の出自で、藤原秀郷の9代目の子孫。本名、佐藤義清《のりきよ》。保延元年、18歳で左兵衛尉に任ぜられ、鳥羽院の北面武士としても奉仕していたことが記録に残る。和歌と故実に通じた人物として知られていたが、保延6年、23歳で出家して円位と名のり、後に西行とも称した。出家後は各地に庵を結び、漂泊の旅に出た。このことは、宗祇や松尾芭蕉にも影響をもたらしているとも言われる。建久元年、没。享年73。生涯を通じて歌壇とは距離を置き、当時流行した歌合に参席した記録は皆無である。勅撰集では『詞花集』を初めとし267首が入集している。『新古今集』での最多入集歌人。

【著作】家集『山家集』『山家心中集』、『聞書集』など。

齋宮女御（さいぐうのにょうご）

皇族・歌人【生没】延長7年（929）〜寛和元年（985）

【評伝】徽子《きし》女王、承香殿女御《じょうきょうでんのにょうご》、式部卿の女御とも。式部卿宮、重明親王の第一王女（醍醐天皇の皇孫）。齋宮を退下の後に女御に召されたことから齋宮女御と称される。三十六歌仙および女房三十六歌仙のひとり。寛和元年、没。享年57。天暦10年の「齋宮女御徽子女王歌合」、天徳3年の「齋宮女御徽子女王前栽合」を主催。源順、大中臣能宣、源為憲、橘正通らと交流があった。『拾遺集』を初めとし、勅撰集には45首が入集している。

【著作】家集に『齋宮女御集』。（『齋宮集』）

三枝昂之（さいぐさたかゆき）

歌人【生没】昭和19年（1944）1月3日〜

【評伝】山梨県甲府市に生まれる。父、清浩は窪田空穂門下の歌人。妻は歌人の今野寿美、同じく歌人の三枝浩樹は弟。早稲田大学政治経済学部卒業。早稲田大学入学と同時に「早稲田短歌会」に入会。昭和44年、福島泰樹、伊藤一彦、三枝浩樹らと共に同人誌「反措定」を創刊。昭和48年、第一歌集『やさしき志士達の世界へ』を刊行。昭和53年、「かりん」に入会。同年、『水の覇権』により第22回現代歌人協会賞受賞。平成4年、三枝浩樹、今野寿美と共に歌誌「りとむ」を創刊。平成17年、10年越しの労作『昭和短歌の精神史』を刊行。第14回やまなし文学賞、第17回齋藤茂吉短歌文学賞、第56回芸術選奨文部科学大臣賞（評論その他部門）、第4回日本歌人クラブ評論賞を受賞している。

【著作】歌集に『やさしき志士達の世界へ』『水の覇権』『甲州百目』『農鳥』。評論に『うたの水脈』『正岡子規からの手紙』『啄木―ふるさとの空遠みかも』など。

崔　顥（さいこう）

【生没】盛唐、704～754
【評伝】字は不詳。汴州《べんしゅう》（河南省開封《かいほう》市）の生まれ。開元11（723）年、進士に及第。才能はあったものの人物は軽薄で、賭博と酒を好み、妻も美人を選び、かつ飽きると捨て、これを何度も繰り返したという。若い頃はなまめかしい詩を作ったが、晩年は風格の高い詩境に達した。

西郷隆盛（さいごうたかもり）

官僚【生没】文政10年（1828）12月7日～明治10年（1877）9月24日
【評伝】幼名は小吉《こきち》。のち吉之介・隆盛と改名。南洲《なんしゅう》と号した。薩摩の人。幼少より読書を好み、特に陽明学を修めた。薩摩藩主島津《しまづ》齊彬《なりあきら》に認められ、将軍後継問題や条約勅許問題に反井伊派として活躍した後、薩長同盟・王政復古・戊辰戦争などで中心的役割を果たす。その間、幕臣勝海舟《かつかいしゅう》と会見して江戸城の無血開城を実現した。維新後、陸軍大将兼参議となるが、征韓論の主張が容れられず、鹿児島に帰って私学校を設立し、教育活動にたずさわった。郷里の不平士族らに推されて西南戦争を起こしたが、戦況不利のうちに城山で自刃した。〝維新の三傑〟のひとりに数えられ、東京の上野公園にある彼の銅像（高村光雲《たかむらこううん》の作）は、今も名物として親しまれている。

西條八十（さいじょうやそ）

詩人・作詞家・仏文学者【生没】明治25年（1892）1月15日～昭和45年（1970）8月12日
【評伝】東京都に生まれる。本名、同じ。「苦（九）がないように」と、「八」と「十」を用いて命名された。生家は質屋だったが、八十が生まれた頃は石鹸問屋を営んでいた。輸入されてきた外国の石鹸やそのラベルなどを見て、海外へのあこがれを募らせたという。明治31年、桜井尋常小学校に入学。旧制早稲田中学在学中に吉江喬松と出会い生涯の師と仰ぐ。早稲田大学文学部英文科卒業。早稲田大学在学中に日夏耿之介らと同人誌「聖盃」を刊行。また「赤い鳥」に「金糸鳥《かなりや》」「肩たたき」など多くの童謡を発表、北原白秋と並び注目を集めた。金子みすゞを最初に見出した人でもある。三木露風の「未来」にも同人として参加し、大正8年に自費出版した第一詩集『砂金』で象徴詩人としての地位を確立した。後にフランスへ留学しソルボンヌ大学でポール・ヴァレリーらと交遊、帰国後、早稲田大学仏文学科教授。戦後は日本音楽著作権協会会長を務めた。昭和37年、日本芸術院会員。昭和45年、没。享年78。象徴詩の詩人としてだけではなく、歌謡曲の作詞家としても活躍し、「東京行進曲」「青い山脈」「蘇州夜曲」「誰か故郷を想わざる」「ゲイシャ・ワルツ」「お富さん」「王将」など無数のヒットを放った。森村誠一の小説『人間の証明』の中で、「ぼくの帽子」が引用された。昭和52年の映画化の際、引用された詩がキャッチコピーとして使われ、有名となった。

【著作】詩集に『砂金』『見知らぬ愛人』『美しき喪失』『一握の玻璃』。訳詞集に『白孔雀』など。

齋藤監物（さいとうけんもつ）

神官・勤皇志士**【生没】**文政5年（1822）～万延元年（1850）

【評伝】諱は一徳、号は文里、変名は佐々木馬之助。父は齋藤文静であり、家は代々、常陸国那珂郡静村（現・茨城県瓜連町）静神社の神職を務めていた。藤田東湖に学び、藩主徳川齊昭が設置した弘道館内の鹿島神社の神官となった。弘化元年、齊昭が隠居謹慎していた際、領内の神職を糾合して処罰解除運動に参加し、謹慎を命じられた。嘉永2年11月に処分は解除された。安政5年、戊午の密勅の遂行と安政の大獄の阻止を求めて活動し、6年5月神職61人を率いて出府、連名で建議した。その一方では、他藩との連携、幕府への謀略を企図して桜田門外の変に参加、そこで負傷し、没した。辞世の句として「国の為め積る思ひも天津日に融て嬉しき今朝の淡雪」が残されている。

西東三鬼（さいとうさんき）

俳人**【生没】**明治33年（1900）5月15日～昭和37年（1962）4月1日

【評伝】本名、斎藤敬直《けいちょく》。岡山県津山市に生まれた。大正14年、日本歯科医専を卒業。長兄が日本郵船のシンガポール支店長であったため、同地で歯科医を開業。昭和3年、日貨排斥のため休院。翌年帰国し、東京都大森に開業。昭和8年、患者の俳句会に誘われたことをきっかけに句作を始める。「走馬燈」の日野草城選に初投句した9年より「走馬燈」に加入。「馬酔木」「天の川」「旗艦」にも拠り、新興俳句運動を強力に推進し、昭和15年、「天香」の創刊に加わる。戦後は現代俳句協会の創立に参与した。「天狼」

の編集長をつとめ、「雷光」「激浪」「断崖」を主宰した。昭和31年からは神奈川県葉山に移住し、俳句に専念。昭和37年、胃癌で病没。享年62。

【著作】 句集『旗』『夜の桃』『変身』『西東三鬼全句集』など。

齋藤拙堂（さいとうせつどう）

文人 **【生没】** 寛政9年（1797）～慶応元年（1865）7月15日

【評伝】 名は正謙、字は有終。通称は徳蔵、拙堂と号した。伊勢津の人。幼いころから聡明であったと言われる。成長した後は昌平坂学問所に入り、古賀精里に学問を授けられた。文章を草すことに力を用いたことが実って一家をなすに至った。24歳の時、藩学有造館の創建に当たって学職に就くこととなった。たまたま京都に遊んで、友人野田笛浦《てきほ》の案内で頼山陽を訪ねた際、山陽は、初め拙堂を単なる書生だと思っていたが、その文章を見て大いに驚き、それから尊敬しあう友人となったという。文政7年、藩主が代替わりするときに侍読に任ぜられ、弘化元年には藩の督学となった。その後は、人材を抜擢し、文庫を増築し、『資治通鑑』を刊行し、さらに演武場を作るなど、めざましい功績を上げ、安政2年6月には将軍に謁見した。ついで幕府の儒官に任ぜられるところだったが、藩主の知遇を思い、病と称して辞退した。慶応元年7月病没した。享年69。

【著作】『拙堂文話』『拙堂文集』『拙堂紀文詩』。

齋藤竹堂（さいとうちくどう）

文人 **【生没】** 文化12年（1815）10月11日～嘉永5年（1852）閏2月11日

【評伝】 江戸時代、仙台の生まれ。名は馨。字は子徳。通称は順治。号は竹堂。16歳、藩学に入って大槻清準に学び、天保6年、江戸に出て増島蘭園の門に学ぶ。ついで昌平坂学問所に入り古賀侗庵に師事した。下谷相生町に塾を開いて講説し、仙台藩に招かれたが、病没した。時に嘉永5年、享年38。文章を善くした。体躯短小で、高論放言することはなかった。

【著作】『読史贅議』『読史贅議逸篇』『報桑録』。

齋藤史（さいとうふみ）

歌人 **【生没】** 明治42年（1909）2月14日～平成14年（2002）

【評伝】 東京市四谷区（現・東京都新宿区）生まれ。父は歌人、軍人の齋藤瀏《りゅう》。父の転属により、旭川、津、小倉等に住む。17歳のとき若山牧水に勧められて作歌をはじめ、

18歳から「心の花」に作品を発表するようになる。昭和6年、前川佐美雄、石川信雄らと「短歌作品」を創刊。昭和15年、第一歌集『魚歌』を刊行して注目される。昭和20年、長野県に疎開し、以後長野市に定住。昭和28年、「短歌人」初代編集委員となる。昭和37年、「短歌人」を退会し歌誌「原型」を創刊する。平成14年、没。享年94。

【著作】歌集『魚歌』『うたのゆくへ』『ひたくれなゐ』など。

齋藤茂吉（さいとうもきち）

医師・歌人**【生没】**明治15年（1882）5月14日（戸籍では7月27日）～昭和28年（1953）2月25日

【評伝】山形県南村山郡金瓶村（現・上山市金瓶）に生まれる。長男に齋藤茂太、次男に北杜夫、孫に齋藤由香がいる。明治29年、上京し親戚の医師、齋藤紀一の元に身を寄せる。後に齋藤家の養子となる。開成中学校に入学。同級生に刺激され、佐々木信綱の『歌の栞』を読んで短歌の世界に入り創作を開始する。明治38年、東京帝国大学医科大学に入学し翌年、伊藤左千夫門下に入る。明治43年、東京帝国大学医科大学を卒業し、東大医科大学副手の傍ら病院勤務。大正3年、養家の長女、輝子と結婚。以後医業と歌人活動を並行させる。晩年は歌作に専念するも、精神科医を本来の生業とする姿勢は崩さず「歌は業余のすさび」と称していた。昭和28年、病没。享年70。

【著作】歌集に『赤光』『あらたま』『白き山』。歌論に『童摩漫語』など。

崔敏童（さいびんどう）

【生没】生没年未詳

【評伝】初唐の詩人。河南博州《はくしゅう》（山東省東昌《とうしょう》府）の生まれ。経歴などは未詳の部分が大きいが、酒を題材にしたこの作で広く知られている。崔敏童の義弟（従兄弟とも）である、崔景童の玉山草堂（長安の東に立てたので城東荘とも呼ばれる）に友人と集まり、詩を作ったり酒宴を催していたとされる。

坂井虎山（さかいこざん）

儒学者**【生没】**寛政10年（1798）～嘉永3年（1850）9月8日

【評伝】江戸時代、安芸（現・広島県）の生まれ。名は公実。字は華（一説には名は華、字は公実）。通称は百太郎。号は虎山・臥虎。広島藩儒坂井東派の子。父に実学を受け、のち広島藩校学問所に入って頼春水らに学び、文政8年、広島藩に仕えて学問所教授方となった。程朱の学を遵法して詩文に長じ、篠崎松竹・古賀侗庵・松崎慊堂・佐藤一斎などと親交を持った。嘉永3年没、享年53。

【著作】『論語講義』『杞憂策』『亦佳楼日記』『虎山文集』。

阪谷朗盧（さかたにろうろ）

教育者【生没】文政5年（1822）11月17日～明治14年（1881）1月15日

【評伝】江戸末・明治時代、備中（岡山県）川上郡九名村の生まれ。名は素。字は子絢。通称は素三郎・希八郎。号は朗盧。はじめ大阪の奥野小山の門に入り、ついで大塩中斎には陽明学を学んだ。江戸に出て昌谷《さかや》精渓・古賀侗庵に学び、ついに一家をなした。嘉永中、帰国して備中後月《しづき》郡西江原村寺戸の郷校興譲館で諸生に教授し、のち興譲館主となった。明治元年、広島藩に招かれて賓師となり、明治3年、藩主に従って東京に赴いたが、廃藩後は陸軍省・文部省・司法省などに出仕した。その学は程朱を主とし、また詩文に長じた。文政5年生まれ、明治14年没。享年60。

【著作】『左伝私鈔』『田舎話』『評註東萊博議』『日本地理書』『朗盧全集』。

阪田寛夫（さかたひろお）

詩人・童謡作家【生没】大正14年（1925）10月18日～平成17年（2005）3月22日

【評伝】大阪府大阪市に生まれる。熱心なキリスト教徒の家庭に育つ。小学生時代、親族や周囲に宝塚ファンが多かったため自身も幼いころより晩年まで宝塚歌劇に親しむ。女優で宝塚歌劇団の元花組男役トップスター、大浦みずきは次女。帝塚山学院小学校、大阪府立住吉中学校から旧制高知高等学校を経て東京帝国大学文学部に入学、在学中に三浦朱門らとともに同人誌を創刊。卒業後、朝日放送に入社し、庄野潤三と知り合う。主にラジオ番組のプロデューサーとして制作に携わった後、編成局ラジオ制作部長、東京支社勤務を経て朝日放送を退社。童謡詩人、作詞家としても知られ、昭和47年、曲集『うたえバンバン』で第4回日本童謡賞受賞。昭和50年、詩集『サッちゃん』で第6回日本童謡賞受賞、赤い鳥文学賞特別賞受賞。童謡「サッちゃん」「おなかのへるうた」「ともだち讃歌」「誰かが口笛ふいた」「朝いちばん早いのは」などの作詞のほか、NHK合唱コンクールのためにも作詞した。「音楽入門」で小説家としてデビューし、昭和49年に小説『土の器』で芥川賞受賞。昭和59年、評伝『わが小林一三―清く正しく美しく』で毎日出版文化賞受賞。平成2年、日本芸術院会員。平成17年、肺炎のため病没。享年79。子供向けの平易な文体のほかにも、大阪弁を用いた詩風で知られる。

【著作】詩集に『サッちゃん』『わたしの動物園』『ぽんこ

つマーチ』など。小説に『土の器』『海道東征』など。

坂上是則（さかのうえのこれのり）

歌人**【生没】**生年不詳～延長8年（930）

【評伝】延喜8年、大和権少掾、のち少監物、中監物、少内記を経て、延喜21年、大内記。延長2年、従五位下加賀介に至る。「寛平后宮歌合」や「大井川行幸和歌」など、宇多朝から醍醐朝にかけての和歌行事に度々出詠した。三十六歌仙のひとり。また、蹴鞠にも秀でていたともいう。『古今集』を初めとし、勅撰入集は43首。「小倉百人一首」31番に入集している。

【著作】家集に『是則集』。

相模（さがみ）

歌人**【生没】**生没年未詳。

【評伝】初名は乙侍従。寛仁4年より以前に相模守、大江公資に娶られ、相模の女房名で呼ばれるようになる。結婚生活が破綻し、帰京してまもなく公資と離別した。その後、藤原定頼からたびたびの求愛を受けた。一条天皇の第一皇女、一品宮脩子内親王に出仕。永承4年に脩子内親王が亡くなった後は、後朱雀天皇の皇女祐子内親王に仕えた。数々の歌合に名をつらね、後朱雀、後冷泉朝の歌壇で活躍した。中古三十六歌仙のひとり。『物思ふ女の集』と名付けられた自撰家集があったことが知られているが、現在残る家集『相模集』（『玉藻集』『思女集』などの異称がある）との関係は明らかになっていない。

【著作】家集に『相模集』。

佐久間象山（さくまぞうざん）

藩士**【生没】**文化8年（1811）2月28日～元治元年（1864）7月11日

【評伝】名は啓《ひらき》・大星《たいせい》。字は子廸《してき》・子明《しめい》、通称は啓之助・修理《しゅり》。信州松代藩士。佐藤一斎《さとういっさい》の門に入って朱子学を学び、蘭学・砲術を修めた。早くから開国論を唱え、西洋の科学技術の導入を主張した。私塾象山書院や江戸深川の松代藩邸で教え、門下から勝海舟・吉田松陰・橋本左内・坂本龍馬らを輩出した。彼自身、地震計や電気医療器を作製して、洋服も着用したと伝えられるが、幕府・朝廷に再三開国策を説いたため攘夷派に憎まれ、京都で暗殺された。

【著作】『象山詩抄』『荷蘭語彙』『礮卦』『省諐録《せいけんろく》』。

櫻井梅室（さくらいばいしつ）

俳人【生没】明和6年（1769）～嘉永5年（1852）
【評伝】本名、能充。別号、雪雄など。金沢に生まれた。16歳で俳諧に志し、高桑蘭更らに学んだ。文化元年、36歳で家業の刀研ぎ師の職を弟に譲って隠遁した。文化4年に上京後は、京都俳壇で確固たる地位を築いた。文政から天保にかけては江戸に居住したが、帰京後、名声はますます上がった。田川鳳朗、成田蒼虬《そうきゅう》とともに、「天保の三大家」と称された。しかし、その俳諧は月並調の典型であった。嘉永5年、没。享年84。京都北本禅寺に葬られたが、生まれ故郷の金沢に分骨され、慶覚寺に墓が建立された。慶覚寺では「梅室忌」が営まれている。
【著作】句集に『梅室家集』。

佐佐木岳甫（ささきがくほ）

実業家【生没】明治40年11月（1907）～昭和55年（1980）
【評伝】名は貴士児、ペンネーム二木貴史。岳甫は日本詩吟学院総伝位の号。吟詠詩歌の作品には岳甫を使用。札幌市白石区に生まれる。昭和2年、東京帝美校洋画部デッサン科中退。6年、北海道広告美術作家協会を組織し副委員長となり商業美術運動を全道に起こす。16年、日本詩吟学院北海道本部に入会。のち北海道本部専任理事を務める。36年、北海道本部創設20年大会を済ませた後、退会し吟詠評論家を志す。作詩は昭和26年頃より始め自由で平易な作風で知られる。52年、岳甫書詩洞を主宰。
【著作】『岳甫詩集』『岳甫詩哥聚』。

佐佐木信綱（ささきのぶつな）

国文学者・歌人【生没】明治5年（1872）6月3日～昭和38年（1963）12月2日
【評伝】三重県鈴鹿郡石薬師村（現・三重県鈴鹿市石薬師町）にて歌人、佐々木弘綱の長男として生まれる。父の教えを受け5歳にして作歌。明治17年、東京大学文学部古典講習科入学。明治23年、父と共編で『日本歌学全書』全12冊の刊行を開始。明治29年、歌誌「いささ川」を創刊。また、落合直文、与謝野鉄幹らと「新詩会」をおこし、新体詩集『この花』を刊行。その後、歌誌「こゝろの華」（のち「心の花」）を発行する短歌結社「竹柏会」を主宰し、木下利玄、川田順、前川佐美雄、九条武子、柳原白蓮など多くの歌人を育成。国文学者としても『日本歌学史』『和歌史の研究』などを残す。昭和38年、没。享年91。

【著作】歌集に『思草』（『おもひ草』）『新月』など。

佐佐木幸綱（ささきゆきつな）

歌人【生没】昭和13年（１９３８）10月8日〜

【評伝】東京都に佐佐木治綱の長男として生まれる。20歳の誕生日に父を喪い短歌を始める。昭和34年、早稲田大学第一文学部国文学科入学と同時に早稲田大学短歌会に入部、小野茂樹や寺山修司らを知る。卒業後は河出書房（現・河出書房新社）に入社し、「文藝」編集長を務め三島由紀夫等を担当した。昭和44年に退社後、昭和49年より「心の花」編集長。昭和62年には早稲田大学教授に就任し、平成21年に定年退任。太ぶととした生彩ある発想で、人間の復権をもとめ、現実のダイナミズムに挑戦する作風は「男歌」と称される。

【著作】歌集に『群黎』『金色の獅子』『瀧の時間』『直立せよ一行の詩』など。

左思（さし）

【生没】西晋、２５０?〜３０５?

【評伝】字は太沖《たいちゅう》。臨淄《りんし》（山東省）の人。容貌が醜く、吃音のため交遊を好まなかったが、その文章の美しさで知られている。晋に秘書郎《ひしょろう》として仕えた。また「三都賦《さんとふ》」という歌を作った際、そのすばらしさに人々が争ってこれを筆写しようとしたため、洛陽《らくよう》の紙の値段が高騰したという逸話が残っており、これはのちに「洛陽の紙価を高からしむ」という故事となった。同時代の文学者である陸機もまた同題の「三都賦」を構想していたが、左思の歌を見るに及んで脱帽し、自身での制作を断念したといわれる。のち都が乱れるに及んで冀州《きしゅう》（河北省）に移り、数年にして没した。

査慎行（さしんこう）

【生没】清、１６５０〜１７２７

【評伝】清の詩人。浙江海寧《せっこうかいねい》の人。名ははじめ嗣璉《しれん》、字は夏重《かちょう》と言ったが、康熙28年に不敬罪に連座して改名し、名を慎行、字を悔余《かいよ》、号を初白とした。進士に及第してから後は、翰林院侍講をつとめた。引退してからはほぼ故郷で過ごしたものの、最晩年に弟の嗣庭《してい》が文字の獄で罪を得たことに連座して、ふたたび不敬罪で捕らえられ、出獄後はまもなく没した。紀行の詩が多い。

【著作】『敬業堂詩集』。

佐佐友房（さっさともふさ）

政治家【生没】安政元年（1854）～明治39年（1906）

【評伝】幼名寅雄、坤次。号は克堂、鵬洲など。肥後（現・熊本県）藩士佐佐陸助・綾の次男。藩校時習館に学ぶ。肥後勤王党の叔父、佐佐（高原）淳次郎の教育を受けた。明治8年水戸に遊学し、山田信道のもとに寄寓した。西南戦争の際には熊本隊1番小隊長として薩軍に与して挙兵したが負傷し投獄された。12年、同心学舎を熊本に創立し、15年には、同心学舎を発展させた私立中学済々黌《せいせいこう》を設立した。22年、帝国議会開設に備え熊本国権党を設立し、翌年副総理に就任した。帝国議会が開会されると、熊本県第1区選出衆院議員となり、没年まで連続して当選した。この間、国民協会、帝国党、国民同盟会、対露同志会、大同倶楽部などの中心人物として活躍した。袁世凱、李鴻章、張之洞、大院君など、要人と広く交流し、大陸通として知られた。また、東亜同文会とも関係が深かった。

【著作】『戦袍日記』。

佐藤一齋（さとういっさい）

教育者【生没】安永元年（1772）10月20日～安政6年（1859）9月24日

【評伝】名は坦《たん》、字は大道《たいどう》、通称は捨蔵《すてぞう》。一齋と号した。家は曽祖父以来、美濃（現・岐阜県）岩村藩の家老であるが、彼自身は江戸の藩邸に生まれた。関西で中井竹山《なかいちくざん》・皆川淇《みながわき》園《えん》に学び、江戸に帰って林大学頭簡順《はやしだいがくのかみかんじゅん》の門に入り、さらに林家の塾頭となる。朱子学を基本としつつも陽明学を取り入れた独自の学風を形成した。また教育にも心を砕き、門下に佐久間象山・安積艮齋《あさかごんさい》・横井小楠《しょうなん》・山田方谷《ほうこく》・渡辺崋山・中村正直らがある。各地の大名の尊敬を集め、70歳にして昌平坂学問所の儒官となり、官学の精神的支柱となった。

【著作】言志四録《げんししろく》（『言志録』、『言志後録《こうろく》』、『言志晩録』、『言志《げんし》耋録《てつろく》』）。

佐藤佐太郎（さとうさたろう）

歌人【生没】明治42年（1909）11月13日～昭和62年（1987）8月8日

【評伝】宮城県柴田郡大河原町に生まれる。幼少期に茨城県多賀郡平潟町（現・茨城県北茨城市）に移る。平潟尋常高等小学校卒業後、兄を頼って上京、大正14年、岩波書店に入社。翌年、「アララギ」に入会し、昭和2年より齋藤茂吉に師事。昭和20年に「歩道」を創刊し主宰する。アララギ派の写実主義を受け継ぎながらも、叙情ある歌風を切り拓いた。昭和62年、没。享年76。作家活動のかたわら後進の育成にも力を注ぎ、門弟には長澤一作、由谷一郎、川島喜代詩、尾崎左永子などがいる。

【著作】歌集に『歩道』『帰潮』『開冬』『星宿』。歌論に『純粋短歌』など。

佐藤春夫（さとうはるお）

詩人・小説家【生没】明治25年（1892）4月9日～昭和39年（1964）5月6日
【評伝】和歌山県東牟婁郡新宮町（現・和歌山県新宮市）に生まれる。和歌山県立新宮中学校卒業後、上京して生田長江に師事、与謝野寛の新詩社に入る。旧制第一高等学校の入試に臨んだが試験を中途で放棄し、慶應義塾大学文学部予科に進むがのちに中退。慶應義塾大学では当時教授だった永井荷風に学ぶ。明治42年から「スバル」「三田文学」に叙情詩、傾向詩を発表し、識者の注目を集める。大正6年に神奈川県都筑郡（現・神奈川県横浜市）に移り、「病める薔薇」の執筆を始め、翌年「黒潮」に発表。大正8年にこの後半を書き足した『田園の憂鬱』を完成させて「中外」に発表。大正10年に『殉情詩集』を発表し、小説家、詩人として広く認められる。また「新青年」などで多くの推理小説を発表。昭和23年から日本芸術院会員。昭和35年、文化勲章受章。昭和39年、ラジオ番組の出演部分を自宅の書斎で録音中、心筋梗塞で急逝。享年72。明治期には大逆事件の影響を受けて、思想的な傾向を示す「傾向詩」を多く手がけるが、大正に入って、もっぱら小説家として生きることを目指す。また俗に門弟三千人といわれ、その門人もまた井伏鱒二、太宰治、檀一雄、吉行淳之介、稲垣足穂、龍胆寺雄、柴田錬三郎、中村真一郎、五味康祐、遠藤周作、安岡章太郎、古山高麗雄など、一流の作家になった者が多かった。
【著作】詩集に『殉情詩集』『佐久の草笛』『東天紅』。小説に『病める薔薇』『田園の憂鬱』。訳詞集に『車塵集』。

佐野竹之助（さのたけのすけ）

勤皇志士【生没】天保10年（1839）～安政7年（1860）3月3日
【評伝】名は光明。変名は海野慎八、佐藤武兵衛。通称は竹之介とも書く。常陸《ひたち》水戸藩士で、居合と砲術に秀でていた。安政7年3月3日に発生した桜田門外の変で大老井伊直弼《なおすけ》を齋藤監物《けんもつ》らとおそった際、致命傷を受け、老中脇坂安宅《やすおり》邸に自首したのち、同日中に没した。享年22。

狭野茅上娘子（さののちがみのおとめこ）

歌人【生没】生没年未詳

【評伝】狭野《さの》弟上娘子《おとがみのおとめこ》とも。天平11年頃、流罪に処せられた夫、中臣宅守との贈答の歌が『万葉集』に全23首収められている。その激しい恋歌は、夫への深い思慕を伺わせる。

佐原盛純（さはらもりずみ）

教育者【生没】天保6年（1835）〜明治41年（1908）12月4日

【評伝】佐原豊山。字は業夫、号は豊山。会津若松の人。18歳の時、江戸に出て桜田《さくらだ》虎門《こもん》に学び、文久の末、外国奉行である池田筑後守長顕につき従って、欧州各国に赴き、海外の実情を視察して帰った。維新後は若松に戻って、会津中学などで教鞭をとる。師弟前後千余人に及んだという。明治17年、私立日新館館長中条辰頼の依頼により、白虎隊詩を創作し、また白虎隊剣舞を教え子達と生み出した。明治41年病没。

サミュエル・ウルマン（Samuel・Ullman）

実業家【生没】1840〜1924

【評伝】ドイツ生まれのユダヤ系アメリカ人。米アラバマ州バーミンガム市で事業家として成功した。金物屋を開業、後には銀行の取締役、寺院の会長、教育委員会委員長なども務めた。80歳の誕生祝いに『八十歳の年月の高みにて』（From the Summit of Years, Four Score）という詩集を出版、その冒頭に「青春」（Youth）というタイトルの詩が載っている。84歳で没した。

猿丸大夫（さるまるのたいふ／さるまるだゆう）

歌人【生没】生没年不詳

【評伝】三十六歌仙のひとり。元明天皇の時代、または元慶年間頃の人物とも言われ、実在した人物かどうかすら疑う向きもある。出自も、その名が『六国史』をはじめとする公的史料に登場しないことから、これは本名ではなかろうとする考えが古くからある。正体にも諸説ある謎の人物である。『古今集』の真名序には名前が登場することから、もし架空の人物であったとしてもひとりの歌人として認知されていたことが分かる。「小倉百人一首」5番に入集。

『古今集』にもこの歌が入集しているが「よみ人しらず」となっている。家集に『猿丸大夫集』があるが、『万葉集』の歌と『古今集』のよみ人知らずの歌から成るもので、本人の作かどうかは疑わしい。

沢木欣一（さわききんいち）

俳人【生没】大正8年（1919）10月6日～平成13年（2001）11月5日

【評伝】本名も欣一。富山市に生まれた。父の茂正は歌人で、「水甕」同人。東京帝国大学文学部国文科卒業。俳句は金沢第四校入学の年に始め、四高俳句会を復活。「馬酔木」「鶴」「寒雷」などに投句した。昭和17年、東大国文科に入学し、加藤楸邨に師事、「寒雷」の編集に携わった。「成層圏」句会で中村草田男を知る。原子公平、金子兜太、安東次男らと交友。翌年、学徒出陣。昭和20年10月に復員。昭和21年に「風」を創刊し、後に主宰となる。22年には細見綾子と結婚。昭和28年、綾子と共に「天狼」同人。「風」に社会性俳句の議論が盛んとなる。昭和31年、金沢より東京都武蔵野市に転居。昭和41年より東京芸大教授。平成8年、『白鳥』で第30回蛇笏賞。平成13年、没。享年82。

【著作】句集に『雪白』『塩田』『地声』『赤富士』『沖縄吟遊集』『二上挽歌』『遍歴』『往還』『眼前』『白鳥』『交響』。

三条天皇（さんじょうてんのう）

第67代天皇【生没】天延4年（976）1月3日～寛仁元年（1017）5月9日

【評伝】冷泉天皇の第二皇子。花山天皇の異母弟。寛和2年、従弟の一条天皇が即位した時、皇太子に立てられる。寛弘8年、一条天皇の譲位を受けて36歳で即位。長和5年、退位し翌年に没している。退位の際に詠んだとされる歌が「小倉百人一首」68番に採られている。

三条西実隆（さんじょうにしさねたか）

公家【生没】享徳4年（1455）4月25日～天文6年（1537）10月3日

【評伝】京都武者小路の邸で生まれる。初名は公世、のち公延。聴雪・逃隠子と号す。長禄2年、兄と父を相次いで亡くしたため、母方の叔父である甘露寺親長の後見を受けて家督を相続する。永正3年に内大臣となるが、この年に辞任し盧山寺において出家。法名は尭空。後花園天皇、後土御門天皇、後柏原天皇、後奈良天皇の四代に仕えた。足利義政や足利義澄などと親交があったほか、飛鳥井雅親に和歌を学び、宗祇から古今伝授、一条兼良から古典学を受ける。その他にも、武野紹鷗に茶道、十市遠忠に和歌を教えている。禁中、仙洞の歌会、連歌会に出席し、歌才も豊かであった。古今の公事・有職故実にも造詣が深かったが、中でも「源氏物語」の講釈は名高く、聴聞者も多かった。また、周防の大内義隆とも親交が深かった。このように貴族文化の信仰と発展に尽くした文化人としての側面もある。なお、実隆には当時としては珍しく側室がいなかった。天文6年、没。享年83。

【著作】歌集に『雪玉集』『聞雪集』。漢文日記に『実隆公記』など。

椎本才麿（しいのもとさいまろ　しいがもとさいまろ　しいもとさいまろ）

俳人**【生没】**明暦2年（1656）～元文3年（1738）1月2日

【評伝】大和国宇陀郡に生まれた。本姓は谷氏。通称、八郎右衛門。別号、西丸、才丸、則武など。初め山本西武門、のちに井原西鶴に学びのち西山宗因の直弟子となる。延宝5年頃京へ出て、同7年『坂東太郎』を上梓。松尾芭蕉らと共に新風を推進した。元禄2年、大坂に移住し、小西来山の後ろ楯で大坂俳壇に地歩を固める。やがて同俳壇の中心人物となり吉田了雨ら多くの門人を輩出。その勢力は近世後期にまでおよんでいる。元文3年、没。享年83。

【著作】句文集に『椎の葉』。編著に『坂東太郎』『千葉集』。

慈円（じえん）

僧侶・歌人**【生没】**久寿2年（1155）4月15日～嘉禄元年（1225）9月25日

【評伝】吉水僧正とも。藤原忠通と加賀局の子。九条兼実の弟。仁安2年、得度。養和元年、名を慈円と改める。建久2年、天台座主になる。その後4度、座主に就任する。文治5年頃から歌壇での活躍も目立ち、九条家歌壇の中心的歌人として多くの歌会や歌合に参加した。嘉禄元年、没。享年71歳。『千載集』を初めとして、勅撰歌集には269首が入集している。「小倉百人一首」95番に入集。

【著作】家集に『拾玉集』。歴史書に『愚管抄』など。

慈延（じえん）

僧侶・歌人**【生没】**寛延元年（1748）～文化2年（1805）7月8日

【評伝】信濃国（現・長野県）に儒医、塚田旭嶺の子に生まれる。儒学者、塚田大峯は弟。比叡山で出家して天台教学を学び、円教院に住した。のち隠遁して洛東岡崎に住む。歌学を冷泉為村、冷泉為恭に学び、小沢蘆庵、澄月、伴蒿蹊とともに平安和歌四天王のひとりに数えられた。

塩谷青山（しおのやせいざん）

教育者【生没】安政2年（1855）1月27日～大正14年（1925）2月2日

【評伝】名は時敏。字は修卿。塩谷簣山《きざん》の子。江戸（東京都）の人。昌平坂学問所に学び、中村正直《まさなお》、芳野金陵《きんりょう》らに師事した。父が没してからは、東京の下谷《したや》に塾を開き、子弟に教授した。明治8年、太政官修史局に勤め、22年、第一高等中学教授となった。大正14年に没した。享年71。

【著作】『青山文鈔』。

塩谷節山（しおのやせつざん）

教育者【生没】明治11年（1878）7月6日～昭和37年（1962）6月3日

【評伝】名は温。節山と号した。東京の人。塩谷宕陰は大伯父であり、父は漢学者であった塩谷青山である。明治35年に東京帝国大学漢学科を卒業したのち、同大で助教授として勤務した。ドイツのライプツィヒ大学や北京、長沙などで研究に励み帰国。大正9年には元曲に関する研究で文学博士号を授与された。その後も東京帝大で教授し続けた。中国近世の小説や戯曲作品の研究や紹介に大きな業績を残した。昭和37年に没した。享年83。

【著作】『元曲　漢文講座』『詩経講話』『孔子の人格と教訓』。

塩谷宕陰（しおのやとういん）

儒学者【生没】文化6年（1809）4月17日～慶応3年（1867）8月28日

【評伝】名は世弘《せいこう》、字は毅侯《きこう》。通称は甲蔵、宕陰は号。父親は、浜松藩（現・静岡県）藩主水野忠邦に仕えた医師の桃蹊。江戸愛宕山下に生まれ、文政7年に昌平坂学問所に入門した。同学の安井息軒は終生の友となった。文政11年には松崎慊堂《こうどう》に入門した。翌年、翌翌年、関西に遊び頼山陽と親しく交わった。天保2年に父が亡くなった後、儒者として登用された。藩主水野忠邦が老中として天保改革を進めるに当たってその顧問となった。忠邦の退隠後は世子の輔導に当たった。弘化年間には海防問題に強い関心を持ち、『籌海《ちゅうかい》私《し》議《ぎ》』を著したり、清国の阿片戦争を聞いての強い危機感から『阿芙蓉彙聞』を編集したりした。ペリー来航に際しては「防禦策」などを草し建言した。徳川齊昭は藤田東湖を宕陰に派遣し諮問している。文久元年徳川家茂将軍に拝謁し、2年昌平坂学問所の儒官となった。幕府の歴史編纂中に病没した。谷中の天王寺に墓がある。

【著作】『籌海私議』『阿芙蓉彙聞』。

志貴皇子（しきのみこ）

歌人【生没】生年未詳～霊亀2年（716）8月11日

【評伝】芝基皇子、施基皇子、施基親王、志紀皇子とも。御陵所の「田原西陵」（現・奈良市矢田原町）にちなんで田原天皇とも称される。壬申の乱により皇位継承とは無縁になったため、政治よりも和歌など文化方面に生きた人物である。『万葉集』に6首の歌を残し、『古今集』以後の勅撰集には5首が入集している。数は少ないが、自然観照に優れた歌い手としてどの歌も秀歌として名高い。

司空曙（しくうしょ）

【生没】中唐、生年未詳～790?

【評伝】字は文明（または文初とも）。広平《こうへい》（河北省永年県）の出身。諸官を歴任したのち左拾遺となり、水部郎中から虞部郎中に進んだ。正義を重んじて権勢におもねらず、長沙《ちょうさ》（湖南省）を放浪していた時期もあったという。〝大暦の十才子〟のひとりとして数えられ、叙景と旅愁の表現に秀でた。

【著作】『司空文明詩集』。

司空圖（しくうと）

【生没】晩唐、837～908

【評伝】字は表聖《ひょうせい》。河中（山西省永済県）の生まれ。咸通《かんつう》10（869）年の進士で、殿中侍御史、礼部員外郎から中書舎人、知《ち》制誥に進んだ。のち郷里の中条山に隠居し、非人《ひし》・耐辱居士《たいじょくこじ》と号して詩作を主とする自適な生活に入った。唐朝を簒奪した朱全忠《しゅぜんちゅう》に礼部尚書として招かれたがこれを辞し、やがて哀帝が殺されたことを聞くと、食を絶って没した。

【著作】『司空表聖文集』。

重野安繹（しげのやすつぐ）

教育者【生没】文政10年（1827）10月6日～明治43年（1910）12月6日

【評伝】字は士徳、通称は厚之丞、号は成齋。薩摩の生まれ。学問を志し、藩学造士館に学び、ついで昌平坂学問所に入り、詩文で名を馳せた。安政元年、造士館訓導となり、その間、諸藩の名士と交わり、元治元年、助教となり、修史の事を掌った。明治元年、藩命により京阪の間に出仕し、4年、文部省に出仕した。10年、修史館一等編修となり、

20年、東京帝国大学文科大学教授となって編修委員長を兼ねた。23年、貴族院議員・錦雞間祗候・東京学士会員・史学会長を歴任し、43年、病没した。

【著作】『成齋文集』。

静御前（しずかごぜん）

白拍子【生没】生没年未詳
【評伝】白拍子（歌舞を演ずる芸人）であり、源義経の愛妾。讃岐生まれとされている。治承・寿永の乱後、兄の源頼朝と対立した義経が京を落ちて九州へ向かう際に同行する。吉野で義経と別れ京へ戻る途中に捕らえられる。京の北条時政に引き渡されたのち、母とともに鎌倉に送られる。その後、京に戻されるが消息は不明。自殺説、客死説など多数あり、墓所や伝説が各所に点在する。しかし、若年のうちに没したとする説が多い。

志太野坡（しだやば）

俳人【生没】寛文2年（1662）1月3日～元文5年（1740）1月3日
【評伝】姓は志田、志多とも。越前国福井生まれ。幼名、武田庄一郎。通称、弥助、半次郎。別号に野馬、樗木社。両替商の三井越後屋に奉公し、番頭にまで登りつめた。宝井其角に俳諧を学んだが、貞享4年頃には松尾芭蕉に入門していたとされる。元禄7年、小泉孤屋らと『炭俵』を編集した。蕉門十哲のひとりとされ、「軽み」の俳風では随一ともいわれた。芭蕉の遺書を代筆。芭蕉没後、大坂に移り、俳諧に専念した。享保9年、大火で無一文になり、高津に庵を結び、生涯をここで過ごした。門人は西国四国中国に千人を越えるほどだったという。元文5年、没。享年77。
【著作】句集に『野坡吟艸』。編著に『炭俵』『放生日』『許野消息』など。

持統天皇（じとうてんのう）

第41代天皇【生没】大化元年（645）～大宝2年（702）12月22日
【評伝】天智天皇（中大兄皇子）の第二皇女。母は遠智娘《おつのいらつめ》。叔父の大海人皇子に嫁ぎ、草壁皇子を生む。父帝崩御の後、夫に従って吉野へ逃れ、壬申の乱に勝利した夫が即位した後は、皇后として政治を補佐した。天武天皇崩後、皇位を継承し、引き続き律令政治の確立に努める。持統天皇8年、藤原京遷都。同10年、孫の文武天皇に譲位し、史上最初の太上天皇となる。持統天皇の治世は、天武天皇の政策を引き継ぎ完成させるもので、飛鳥浄御原令の制定と藤原京の造営が大きな二本柱である。律令国家建設、整備政策と同時に持統天皇が腐心したのは、天武天皇の権威を自らに移し借りることであったようである。天武天皇がカリスマ的権威を一身に体現し、個々の皇族・臣下の懐柔や支持を必要としなかったのとは異なっている。大宝2年、没。享年58歳。1年間のもがり（古代の葬送儀礼。死者を本葬するまでの長い期間、棺に遺体を仮安置し、死者の復活を願いつつも遺体の腐敗・白骨化などの物理的変化を確認することにより、死者の最終的な「死」を確認すること）の後、火葬されて天武天皇の墓に合葬された。天皇の火葬はこれが初の例であった。万葉集に歌を残す。確実に持統天皇作と言えるのは、4首である。持統天皇は、柿本人麻呂に天皇を賛仰する歌を作らせた。人麻呂は官位こそ低かったものの、持統天皇から個人的庇護を受けたらしく、彼女が死ぬまで「宮廷詩人」として天皇とその力を讃える歌を作り続け、その後は地方官僚に転じた。「小倉百人一首」2番に入集。

篠崎小竹（しのざきしょうちく）

教育者【生没】天明元年（1781）4月14日～嘉永4年（1851）

【評伝】名は弼《たすく》、字は承弼《しょうひつ》、通称は長左衛門。小竹・畏《い》堂《どう》・南豊《なんぽう》などと号した。豊後（現・大分県）の生まれ。本姓は加藤氏。幼時より篠崎三島《さんとう》に学びその養子となった。十代の終わりに江戸に出て、尾藤《びとう》二洲《じしゅう》や古賀精里《せいり》の教えを受けたが、やがて家に帰って教育に専念した。はじめは徂徠学を、のち朱子学を修めた。仕官を好まなかったものの人々からは尊敬され、特に頼山陽と親しかった。書にも秀でていた。

【著作】『小竹詩集』『小竹齋詩鈔』『唐詩遺』『四書松陽講義』。

篠田悌二郎（しのだていじろう）

俳人【生没】明治32年（1899）7月27日～昭和61年（1986）4月21日

【評伝】旧号、春蟬《しゅんせん》、ていじろ、桔梗《ききょう》亭。東京小石川に生まれた。私立京北中学を卒業。三越本店に入社して、貴金属部勤務。大正13年から俳句を始めて、「国民俳句」「ホトトギス」「山茶花」に投句。大正15年水原秋桜子の門に入り、「馬酔木」の前身「破魔弓」に投句。秋桜子が「馬酔木」に拠って「ホトトギス」を離れるのに従って行動を共にし、「馬酔木」の主要作家として活躍した。句風は甘美流麗、繊細で抒情的で、後まで「馬酔木」に影響を残した。昭和7年に第1回馬酔木賞を受賞している。昭和11年、福島県会津馬酔木会より「初鴨」を創刊して、その主宰となった。戦時中廃刊になった「初鴨」の同人会員を中心にして、昭和21年に「野火」を創刊し主宰した。また馬酔木新人会の指導を秋桜子より託され、馬酔木戦後作家の育成に功があった。昭和61年、没。享年86。

【著作】 句集に『四季薔薇』『青霧』『風雪前』『霜天』『深海魚』『玄鳥』など。

篠原梵（しのはらぼん）

俳人 **【生没】** 明治43年（1910）4月15日〜昭和50年（1975）10月17日

【評伝】 本名、敏之。愛媛県松山市に生まれた。旧制松山高校卒業後、東京帝国大学文学部国文科卒。昭和13年、中央公論社に入社したが19年には退社して郷里に帰り、愛媛青年師範学校教授となった。昭和23年には中央公論社に復帰して、「中央公論」編集長、出版部長等を歴任し、昭和48年には社長となった。俳句は中学時代より始めた。旧制松山高校で河本臥風の指導を受け、東大入学後は臼田亜浪に入門した。鋭敏な感覚と知的かつ抒情味豊かな作風を特徴としており、それが彼を「石楠」の花形作家とした。評論でも活躍している。昭和24年よりしばらく俳句を絶っていた。その後、復帰した昭和45年頃からは主として口語俳句に傾いていた。昭和50年、没。享年65。

【著作】 句集に『皿』『雨』『花序』『年々去来の花』（全句集）。

信夫恕軒（しのぶじょけん）

教育者 **【生没】** 天保6年（1835）5月5日〜明治43年（1910）12月11日

【評伝】 鳥取の生まれ。名は粲。字は文則。恕軒・天倪と号した。海保漁村に学び、芳野金陵・大槻磐渓に師事して経史を講究し、易に通じた。また詩文に長じて、その文は奔放で広々したところがあり、想像力の及ばない変わった趣向に溢れているものがあった。性格は傲岸で世に容れられないところがあったが、かつて茨城県豊田郡水海道村にいたころは医を業としていた。三重県中学教諭となり、また東京帝国大学講師などになった。明治43年没、享年76。

【著作】 『恕軒漫筆』『恕軒文鈔』『恕軒詩鈔』『恕軒遺稿』。

司馬光（しばこう）

政治家 **【生没】** 北宋、1019〜1086

【評伝】 字は君美《くんじつ》。陝州《せんしゅう》（山西省夏県《かけん》）の人。曾鞏《そうきょう》と同年に生まれ、政策上の対立者であった王安石《おうあんせき》と同年に亡くなっている。幼いときから神童と称せられた。7歳のときすでに成人のように聡明で、『春秋左《しゅんじゅうさ》氏伝《しでん》』の講義を喜んで聞き、帰ってから家人に講義の要旨を話したといわれている。また、同年の子どもたちと庭で遊んでいた折、一人が水がめに落ちてしまい、ほかの子供たちはなす術もなかったのを、冷静に水がめに石で穴をあけて救いだしたという。この光景は後世、絵にもよく描かれ、「小児撃翁《しょうにげきおう》」図として知られる。詩人としてよりはむしろ、歴史家として有名。編年体の史書『資治通鑑《しじつがん》』294巻は畢生《ひっせい》の大著である。司馬光は20歳で進士に及第し、御史中丞《ぎょしちゅうじょう》にまで累進していたが、王安石が登用され、新法が実施されるのに反対して官界を辞し、洛陽に引きこもった。この書はその15年間の産物である。洛陽に隠居している間にも名声は高く、世間では彼を本当の宰相とみなし、人々は司馬相公《しばしょうこう》（大臣の司馬さま）と呼んでいたという。哲宗《てっそう》の即位により再び官界に戻り宰相となったが、就任後わずか8ヵ月の、68歳で亡くなった。太子温国公《たいしおんこくこう》の称号をおくられた。

【著作】『資治通鑑《しじつがん》』。

柴秋村（しばしゅうそん）

役人**【生没】**天保元年（1830）～明治4年（1871）3月18日

【評伝】江戸時代、阿波（徳島県）の人。名は莘。字は緑野。通称は六郎。号は秋村。徳島県儒新居水竹について経史を修め、ついで江戸に出て大沼枕山に師事した。また廣瀬淡窓の学風を慕って、大坂に出て淡窓の弟、旭荘の塾に入って学んだ。のち大阪で講説したが、文久元年、徳島藩招きで藩儒となった。詩を善くし、古体に長じた。庚午事変に関わったことにより処分を受け、明治4年没、享年42。

【著作】『秋村遺稿』。

斯波園女（しばそのめ）

俳人**【生没】**寛文4年（1664）～享保11年（1726）4月20日

【評伝】旧姓は秦、または度会。伊勢国山田の神官の家に生まれる。同地の眼科医で俳人、斯波渭川《いせん》（一有《いちゆう》）と結婚。このことから「一有妻」と記されることもある。元禄3年、松尾芭蕉に師事。蕉門の女性俳人として著名。同5年、夫と大坂へ移住。同16年、夫と死別。宝永2年、宝井其角を頼って江戸へ出て、眼科医をしながら江戸座の俳人とまじわった。大坂時代が俳人としての活躍期であり、雑俳点者としても有力であった。享保3年、剃髪し智鏡尼と号した。享保11年、没。享年63。

【著作】編著に『菊の塵』『鶴の杖』。

柴野栗山（しばのりつざん）

教育者【生没】元文元年（1736）～文化4年（1807）12月1日

【評伝】名は邦彦《くにひこ》。字は彦輔《げんぽ》。通称は彦輔《ひこすけ》。号は栗山・古《こ》愚軒《ぐけん》。讃岐《さぬき》（現・香川県）高松の生まれ。18歳のとき江戸に出て昌平坂学問所に学び、阿波《あわ》藩（現・徳島県）に仕えた。天明8年幕府に招かれて昌平坂学問所の教授となる。そして老中松平定信による、〝寛政異学の禁〟の推進役となる。尾《び》藤《とう》二洲《じしゅう》・古賀精里《こがせいり》と並んで〝寛政三博士〟と称せられている。

【著作】『栗山堂文集』『栗山堂詩集』『雑字類編』『東奥紀行』。

芝不器男（しばふきお）

俳人【生没】明治36年（1903）4月18日～昭和5年（1930）2月24日

【評伝】本姓、太宰。旧号は芙樹雄、不狂、芝来三郎。愛媛県北宇和郡明治村（現・愛媛県松野町）に生まれた。旧制松山高校卒業。東京帝国大学林学科から東北大学機械工学科に転じたが、大正12年中退。同年、東北大学工学部に入学するが、昭和2年、除籍。俳句は大正12年、姉に「枯野」句会に誘われて始め、14年から「天の川」に投句。翌年巻頭になり、以後、日野草城や内田慕情らと競い巻頭になることが多く、同誌に不器男時代を現出した。15年から「ホトトギス」「東京日日新聞」にも投句を始め、高浜虚子や水原秋桜子に激賞された。昭和5年、睾丸炎肉腫で病没。享年28。家郷の山峡の空気に満ちた清冽な作品でありながらも、近代的な倦怠感が漂うところに特徴がある。作品の数は少ないが完璧な表現で個性的な青春の抒情俳句を残している。生地の松野町では、「不器男忌俳句大会」が開催されている。改装した生家は、「芝不器男記念館」として解放されている。また、平成14年の生誕100年を記念して「芝不器男俳句新人賞」が設けられた。

【著作】句集に『不器男句集』（横山白虹編）『定本芝不器男句集』（船山実編）。

島木赤彦（しまぎあかひこ）

歌人【生没】明治9年（1876）12月17日～大正15年（1926）3月27日

【評伝】本名、久保田俊彦。別号、柿乃村人。長野県諏訪郡上諏訪村角間（現・長野県諏訪市元町）に生まれる。長野県尋常師範学校を卒業し、教職の傍ら歌作を始め、正岡子規の歌集に魅せられる。明治36年、「氷むろ」（後に「比牟呂」）創刊。明治37年には伊藤左千夫門に入った。大正4

年、齋藤茂吉に代わって短歌雑誌「アララギ」の編集兼発行人となる。大正15年、胃癌のため病没。享年51。写生短歌を追求し赤彦独特の歌風を確立。アララギ派の歌壇での主流的基盤構築に貢献した。

【著作】歌集に『馬鈴薯の花』『切火』『氷魚』など。

島崎藤村（しまざきとうそん）

詩人・小説家**【生没】**明治5年（1872）2月17日～昭和18年（1943）8月22日

【評伝】筑摩県馬籠村に生まれる。出身地は現在、岐阜県中津市だが、平成17年2月12日までは、長野県木曽郡山口村神坂馬籠であり、越境合併により岐阜県中津川市馬籠となった。藤村の出身県を従来どおり長野県と表記するか、新たに岐阜県と表記するか、もしくは両方併記するか混乱が生じている。本名、島崎春樹。生家は江戸時代、本陣、庄屋、問屋をかねた旧家。明治14年、9歳で学問のため上京、日本橋の泰明小学校に通う。共立学校など当時の進学予備校で学び、明治学院普通部本科に入学。在学中に共立学校時代の恩師の影響もありキリスト教の洗礼を受ける。明治学院卒業後、「女学雑誌」に翻訳・エッセイを寄稿しはじめ、明治25年、北村透谷の評論「厭世詩家と女性」に感動し、翌年1月、雑誌「文学界」の創刊に参加。明治女学校、東北学院で教鞭をとるかたわら「文学界」で北村透谷らとともに浪漫派詩人として活躍。一方、教え子に恋をしたため、明治女学校を辞め、キリスト教を棄教している。明治30年には第一詩集『若菜集』を刊行し、近代日本浪漫主義の代表詩人としてその文学的第一歩を踏み出した。明治32年、結婚。長野県小諸義塾に赴任。以後6年を過ごす。この頃から現実問題に対する関心が高まったため、散文へと創作法を転回する。小諸を中心とした千曲川一帯を描写した写生文「千曲川のスケッチ」を書き、詩との決別を図った。明治38年に上京、翌年『破戒』を自費出版、小説家に転身した。続けて『春』『家』などを出版、日本の自然主義文学を代表する作家となる。明治43年、妻を亡くす。このため、姪が家事の手伝いに来ていたが、事実上の恋人関係になり、やがて彼女は妊娠する。大正2年に渡仏、第一次世界大戦に遭遇し帰国。帰国後、姪との関係が再燃してしまう。大正7年、『新生』を発表し、この関係を清算しようとしたため、姪は日本にいられなくなり、台湾に渡った。昭和3年より10年まで「中央公論」に「夜明け前」を連載、高い評価を受ける。昭和10年、初代日本ペンクラブ会長に就任。昭和18年、自宅で、「東方の門」執筆中に倒れ、71歳で病没。

【著作】詩集に『若菜集』『一葉舟』『夏草』『落梅集』。小説に『破戒』『春』『家』『夜明け前』など。

嶋田青峰（しまだせいほう）

俳人【生没】明治15年（1882）3月8日～昭和19年（1944）5月31日

【評伝】本名、賢平。三重県に生まれた。早稲田大学英文科卒業。明治41年国民新聞社に入社して、高浜虚子主任の文芸欄を担当し、虚子退社後の学芸部長を継いだ。明治44年には虚子の「ホトトギス」の編集事務を助けたが、後に編集を委任された。大正11年篠原温亭らと「土上」を創刊し、温亭没後は主宰した。同時に国民新聞俳句欄の選者も引き継いだ。昭和7年、早稲田大学に講師として勤め「俳諧講座」を担当した。昭和9年頃、革新的な新興俳句運動が起きた時には「土上」もその一翼を担った。そのため俳句弾圧の中で昭和16年に検挙され、留置場で喀血し、それがもとで釈放後に死去した。享年63。戦後になって弟子たちによって青峰を偲ぶ青土会が作られた。

【著作】句集に『青峰集』『海光』。評論に『芭蕉名句評釈』『子規・紅葉・緑雨』『俳句の作り方』など。

清水浜臣（しみずはまおみ）

国学者【生没】安永5年（1776）～文政7年（1824）閏8月17日

【評伝】通称は玄長《はるなが》。月齋、泊洦舎《ささなみのや》と号した。江戸の医家に生まれる。早くに父を亡くす。17歳で村田春海の門下生となる。狩谷棭齋《えきさい》らと古典の考証にあたる。賀茂真淵一門の著作『県門遺稿』を編集。春海没後、江戸歌壇の重鎮となった。文政7年、没。享年49。森田豊香・豊文親子、岡本保孝、前田夏蔭をはじめ多くの門人を持ち、本居春庭や千種有功幅と交流があった。

【著作】家集に『泊洦舎集』。随筆集に『遊京漫録』。問答集に『清石問答』。

下河辺長流（しもこうべちょうりゅう しもこうべながる）

国学者【生没】生年未詳～貞享3年（1686）6月3日

【評伝】姓は小崎であるが、母方の姓である下河辺を名乗る。名は共平《ともひら》。通称は彦六。長龍、吟叟《ぎんそう》居とも号した。木下長嘯子に和歌、西山宗因に連歌を学ぶ。三条西家に青侍として仕え、『万葉集』の書写や研究に努めた。寛文10年に『林葉累塵集』を編修、刊行。一般庶民の歌人による初の撰集である。その後、徳川光圀から『万葉集』の注釈を依頼されたが、病没したため、その仕事は契沖に引き継がれ『万葉代匠記』として完成した。

【著作】歌集に『晩花和歌集』。注釈研究書に『百人一首三奥抄』『万葉集名寄』など。

寂室元光（じゃくしつげんこう）

僧侶【生没】正応3年（1290）5月15日～貞治6年（1367）9月1日

【評伝】南北朝時代の禅僧（臨済宗）。俗姓藤原氏、小野宮実頼の後裔と伝えられている。諱は元光、寂室はその道号。諡号円応禅師。13歳で山城国三聖寺の無為昭元について出家。のち鎌倉禅興寺の約翁徳倹に師事し、建仁寺などに暮らした。元応2年、入元し、天目山の中峰明本に参じて寂室の道号を授けられた。嘉暦元年帰国、備後国永徳寺、摂津国福巌寺などの住持を経て近江国佐々木氏の帰依を受けて永源寺を開いた。天龍寺や建長寺から招待を受けたが、辞して同寺に隠棲した。

【著作】『永源寂室和尚語録』。

寂　然（じゃくぜん／じゃくせん）

僧侶【生没】生没年未詳

【評伝】藤原為忠の子。俗名、藤原頼業。元永年間の生まれとされる。近衛天皇のもとで六位蔵人を務めたあと、康治2年、壱岐守に任じられたが辞退。遅くても久寿年間に出家し、大原に隠棲する。同じく出家した兄弟の寂念、寂超とともに大原三寂または常盤三寂と呼ばれた。西行とは親友の間柄であったと言われている。『千載集』を初めとし、勅撰入集は49首。

【著作】家集に「寂然集」など。

釈迢空（しゃくちょうくう）

民俗学者・歌人【生没】明治20年（1887）2月11日～昭和28年（1953）9月3日

【評伝】本名、折口信夫《しのぶ》。本名では民俗学、国文学を著した。大阪府西成郡木津村（現・大阪市浪速区鷗町）に生まれる。大阪府第五中学校在学中から歌作を始める。医学を目指させようとする家族の反対を押し切り、國學院大学予科に入学。卒業後は大阪府立今宮中学校の嘱託教員となる。明治40年頃から、正岡子規の「根岸短歌会」に参加。大正6年、「アララギ」同人となるが後に退会。大正13年、北原白秋、古泉千樫らと反アララギ派を結成して「日光」を創刊した。大正14年、國學院大学の学生たちと「鳥船社」を結成。岡野弘彦やのちに養子となる藤井春洋などが集まった。昭和28年、胃癌のため病没。享年67。歌、詩、小説など創作は釈迢空、民俗学の論文は本名の折口と、名前をはっきり使い分けていた。

【著作】歌集に『海やまのあひだ』『春のことぶれ』『倭をぐな』『遠やまびこ』『山の端』。折口信夫の名で『死者の書』『古代研究』『日本芸能史六講』『かぶき讃』など。

寂　蓮（じゃくれん）

僧侶【生没】生年未詳～建仁2年（1202）7月20日

【評伝】俗名、藤原定長。僧俊海の子として生まれ、久安6年頃、叔父である藤原俊成の養子となり、長じて従五位下中務少輔となる。しかし、俊成に実子定家が生まれたことから、それを機に30歳代で出家。出家以前から歌人の活動があったが、ますます活発となる。建久4年頃、六条家の顕昭と激しい論戦を展開するなど、御子左家の一員として九条家歌壇を中心に活躍する。建仁元年、和歌所寄人となり、『新古今集』の選者となるが、完成を待たず没した。『千載集』を初めとし、勅撰入集は計116首。

【著作】家集に『寂蓮法師集』がある。

謝　榛（しゃしん）

【生没】明、1495～1575

【評伝】字は茂秦。号は四溟山人・脱屣《だっし》山人。臨清（山東省）の人。王世貞らと詩の結社を作った。漫遊して、彰徳（河南省）の穆王の客となったとき、穆王の愛姫が琵琶を弾じて彼の竹枝詞を歌ったので、穆王はこの愛姫を謝に与えたという。

謝　朓（しゃちょう）

【生没】南北朝、464～499

【評伝】姓は謝《しゃ》、名は朓《ちょう》、字は玄暉《げんき》。宣城《せんじょう》（安徽省宣城県）の太守《たいしゅ》であったため「謝宣城」とも呼ばれる。陳郡陽夏《ちんぐんようか》（河南省太康《たいこう》付近）の出身。謝霊運《しゃれいうん》と同族で80年の後輩にあたり、霊運の「大謝」に対して「小謝」と言われている。武帝のとき中書郎《ちゅうしょろう》、明帝のとき尚書吏部郎《しょうしょりぶろう》など中央の高官を務めたが、始安王遥光《しあんおうようこう》を即位させようとする江祏《こうゆう》などの誘いに乗らなかったため、遥光の怒りを買い、捕らえられて獄中で没した。竟陵王《ついりょうおう》（蕭子良《しょうしりょう》）のサロンに出入りし、「竟陵王の八友」のひとりに数えらた。詩は、同じサロンのメンバー沈約《しんやく》が「二百年来此《こ》の詩無し」と述べたほど秀句に富み、特にセンスの良さには目を瞠らせる。詩風は、謝霊運の山水詩の流れをくんでおり、清新、秀麗であるが、前時代に流行した哲学詩（玄言詩《げんげんし》）の影響も認められる。また、南宋の厳羽《げんう》が「謝朓の詩、已《すで》に前篇唐人に似るもの有り」（『滄浪詩話《そうろうしわ》』）と述べたように、音律に対してもまた鋭い感覚を持ち、時代を先取りしている。

【著作】『謝宣城集』。

謝枋得（しゃぼうとく）

【生没】南宋、1226～1289

【評伝】字は君直《くんちょく》。号は畳山《じょうざん》。信州弋陽《よくよう》（江西省）の出身。宝祐《ほうゆう》4（1256）年、文天祥《ぶんてんしょう》とともに進士に及第、各地の官を歴任した。元軍が首都臨安を落すと義勇軍を率いて抵抗、しかし戦いに破れて建陽（福建省）に逃れた。元朝への出仕を再三迫られたが屈せず、食を絶って没した。門人により私謚《しし》「文節」を贈られている。古今の名作を選んだ『文章軌範』の編者として有名。

【著作】『畳上集』。

謝靈運（しゃれいうん）

【生没】南北朝、385～433

【評伝】南朝宋《そう》、陳郡陽夏《ちんぐんようか》の出身。晋《しん》の将軍謝玄《しゃげん》の孫である。六朝《りくちょう》を代表する一流の大貴族である謝氏の家系に生まれた靈運は、政治権力に大きな志をもったが、王朝交代期に憂き目に遭い、果たせなかった。その不満から、誤解と誣告《ぶこく》とを受け、最後は死刑に処せられた。靈運は不本意にも山水の間に遊んだが、その様子はけた外れに豪勢なものであった。祖父の代からの資産にあかして、従者数百人を連れ景色のよいところにいくつもの別荘を建てては、湖を深くしたり、険しい峰を作ったりと大規模なことをした。とにかく奇抜な生活であり、始寧《しねい》の南山に道を開いていた時、山賊に間違えられたという逸話も残っている。山に登るときは、前歯と後歯のとりはずし自由な下駄をはいたという話もある。

朱彝尊（しゅいそん）

【生没】清、1629～1709

【評伝】清代の学者。字は錫鬯《せきちょう》、号は竹垞《ちくだ》。秀水（浙江省嘉興）の人。16歳で明滅亡にあい、その後は清朝に仕えず在野で活躍をした。康熙帝が知識人懐柔策として博学鴻詞《こうし》科を設けた際、51歳で求めに応じて翰林院の編纂官となったことはよく知られている。官を辞してからは故郷で著述に専念した。古文、詩詞にもすぐれ、王士禎《おうしてい》と並んで「南朱北王」と称されている。

【著作】『曝書亭集』。

秋色（しゅうしき）

俳人【生没】寛文9年（1669）～享保10年（1725）

4月19日

【評伝】秋色女、大自秋色とも。別号、菊后《きくご》亭。江戸の菓子の老舗である大坂屋の娘として生まれる。夫の寒玉《かんぎょく》と共に榎本其角の門に入る。基角の没後は、古着・古物商や一膳飯屋を営む。晩年は俳諧の点者として生活した。享保10年、没。享年57。当時は珍しい女流の俳人として有名。俳風は平俗な俳風であった。

【著作】共編著に『類柑子』(其角遺稿集)、『石などり』(其角追善集)。

朱熹(しゅき)

【生没】南宋、1130～1200

【評伝】字は元晦《げんかい》。また別に仲晦《ちゅうかい》とも号した。他にも種々の号があるが、よく知られたものでは晦菴《かいあん》、晦翁《かいおう》がある。普通、人を尊称するときは、字か号で呼ぶものであるが、朱熹の場合はそのどちらでも呼ばず、朱子と呼びならわしている。〝子〟とは男子のすべてを指すことになるのだが、朱子の場合は朱熹しか指さない。これは儒教の始祖である孔丘《こうきゅう》を孔子と呼ぶのと同じ扱いであり、これにより彼が後世、どれほど高い尊敬を受けていたかを知ることができる。徽州婺源《きしゅうぶげん》(現在の江西省婺源県)の人。紹興18(1148)年、官吏登用試験に及第してから、4代の皇帝に仕えた。しかし寧宗《ねいそう》の時、実権を握っていた韓侂冑《かんたくちゅう》の憎しみを買い、職を免ぜられた上、朱熹の学問は偽書と認定され、その著作物は発禁処分を受けるなどの迫害を受けた。朱熹は、今日では、詩人としてよりはむしろ哲学者として名を知られている。先輩の程顥《ていこう》・程頤《ていい》の学問を継承し、漢・唐代に盛んであった訓詁の学風を離れて新しい哲学体系を作り上げた、朱子学とか宋学と呼ばれているものである。これが江戸末期まで日本の思想界に与えた影響は、計り知れない。詩風は、邵雍《しょうよう》に始まる道学派の流れの上にはあるが、必ずしもそればかりというのでもなかった。

徐渭(じょい)

【生没】明、1521～1593

【評伝】字は文長(もとは文清)。山陰(浙江《せっこう》省紹興)の人。科挙に失敗し続けたが、浙江省総督胡宗憲の幕客に招かれ、倭寇《わこう》討伐の計画推進に参与した。しかし、胡宗憲の失脚後は、政治的圧迫にさらされ自殺未遂をし、さらに精神を病んで妻を殺害、入獄した。獄中生活は7年にも及び、晩年を孤独と放浪の中に送った。思想の遍歴は複雑であるが、陽明学の影響が強いといわれている。古文辞派の復古主義に反対し、個性を重んじたことは、公安派のさきがけと見なすことができる。詩文書画をよくし、『四声猿』を書いた劇作家でもあるが、小説も書いている。

【著作】『徐文長文集』『四声猿』。

正墻適處（しょうがきてきしょ）

勤皇志士・教育者 **【生没】** 文政元年（1818）1月1日～明治8年（1875）3月9日

【評伝】 医者正墻泰庵の長子として鳥取江崎町に生まれる。幼名は新蔵、字は醇夫、のち朝華と改む。槍術を幾田右門に学び、学問を藩儒建部撲齋に学んだ。天保11年23歳、大阪の藤澤東畡の門に学び、のち江戸に出て佐藤一齋に陽明学を学んだ。弘化2年より数年間昌平黌で学んだ後に、東北地方を歴遊し大阪に下る。一齋の紹介状を持参し篠崎小竹の門を訪うた時偶然詩会が催されていて、後藤松陰、草場佩川ら名士が会同していた。適處も末座に着く、分韻詩を賦するに及び数首を作る。列座の名士が転覧し感嘆、小竹は末座から上座に招いて応待した。入門後数日経って塾頭に抜擢され塾生の教授を託された。嘉永2年32歳、姫路藩校仁寿山校の教務を総括することになった。これは意気相投じた河野鉄兜の推挙によるものである。6年4月28日36歳の時、師佐藤一齋が四国松山候に推薦、出仕の為に松山へ赴いた。此の事を聞いた鳥取藩では適處の他藩に用いらるるを惜しみ、父泰庵危篤と偽わり呼び戻し、8月召出されて五人扶持を給せられた。鳥取藩に用いられた始めである。自邸内に塾舎を建て研志塾と名付け子弟の教育にあたり、閉塾までの約6年間に塾生100名に達した。藩主池田慶徳（水戸齊昭5男）は藩校尚徳館の改革拡張を志していたので適處に学館勤務を命じた。適處は改革の意見などを上申し実績を上げた。文久元年43歳、藩主の命を受け、商人に扮し九州諸藩の動静を探ったがこの間に平野国臣より密書を託された。伏見事件、禁門の変などこの時期には勤皇志士として活躍をしたが、幕府の征長命令が下り藩の情勢は紛糾し勤王派の士は次々と退けられ、元治元年9月12日適處も謹慎を命ぜられた。明治元年3月、王政復古となって再び召出され学校奉行兼目付。のち産物会所吟味役に転じ、蠟燭の原料確保の為ハゼの木を植え、宇治から茶の種を取りよせ育て、桑苗を取りよせ育て、製茶養蚕業の基を礎いた。融通会所吟味役に転じると千石積の大型船を建造「利渉丸」と命名、産業振興に努めた。4年10月54歳、一切の官職を退き、6年、松神村に移り隆光寺の本堂を塾舎に充て「研志塾」を再開、子弟の教育を楽しみとしていたが、8年3月9日病没。享年58。

【著作】『研志堂詩鈔』など。

常建（じょうけん）

【生没】盛唐、708～没年未詳

【評伝】字不詳。長安（陝西省西安市）の出身。開元15（727）年に王昌齢《おうしょうれい》らとともに進士に及第した。しかし官途には難が多く、大暦《たいれき》年間（766～779）にようやく盱《く》眙《い》（江蘇省盱眙県）の尉になったということだけが伝えられている。昇進が遅いのに不満を抱いた常建は、琴や酒に気をまぎらわせ、太白《たいはく》、紫閣《しかく》といった名山を訪ね歩いていた。あるとき、とある谷の中に薬草を取りに入ると、体中緑色の毛に覆われている女性に出会った。彼女は「私は秦の時代の宮女ですが、山に逃げ込んで松葉を食べているうちに、とうとう飢えや寒さを感じなくなりました」といって、常建にその奥義を授けてくれた。実行してみると常ならぬ効き目があらわれたという。晩年は鄂渚《がくしょ》（湖北省武昌の西）に隠棲し、王昌齢、張僨《ちょうふん》といった人々を招いては自由に暮らし、ともに名声を挙げた。常建は、孟浩然や王維と同様に、山水の美をうたうことにすぐれていた。また思いをつづることに精密であるが言葉は奇抜であり、「一度歌うと三度慨嘆する」ような詩だと言われた。詩集4巻が残っており、58首の詩が伝わっている。

正広（しょうこう）

僧侶【生没】応永19年（1412）～没年未詳

【評伝】初め飛鳥井家のもとで歌道を学んだが、13歳頃、正徹の門弟になる。正徹がなくなるまで仕え、正徹の没後は招月庵を継いだ。応仁の乱のため都を離れ、各地を放浪したが、その間も歌会や歌合に招かれ、指導や判者を務めるなどした。代表作にちなみ「日比の正広」とも呼ばれた。

【著作】家集『松下集』『正広詠歌』。紀行文『正広日記』。

蔣士銓（しょうしせん）

【生没】清、1725～1785

【評伝】字は心絵《しんかい》、または菖生《しょうせい》。号は清容。蔵園居士、離垢《りこう》居士などとも称した。袁枚・趙翼と並んで「乾隆三大家」と称されるが、その一方で戯曲作家でもある。23歳で挙人となり、そして33歳のときに進士となった。のち翰林院編修となり、8年間在職した。官を退いてからは、紹興の厳山書院、杭州の崇文書院、揚州の安定書院の院長を務め、子弟に教育した。晩年は再び都に住み、国史館の纂修官として活躍した。蔣士銓は袁枚の誘いに乗って、しばらくの間金陵に住み、詩を唱酬し合ったという。また袁枚と旅行をした記録も残る。そのような蔣士銓と袁枚の二人の親密さは広く知られ、蔣士銓が晩年、袁枚に『蔵園詩鈔』の序文を依頼し、また蔣士銓がこの世を去った時に、袁枚が彼のために墓誌銘を選定していることからも窺われる。

【著作】『忠雅堂詩集』『忠雅堂文集』『蔵園九種曲』。

正徹（しょうてつ）

僧侶**【生没】**永徳元年／弘和元年（１３８１）〜長禄3年（１４５９）5月9日

【評伝】備中国小田郡小田庄（現・岡山県矢掛町）に生まれたと伝わる。幼名は尊明、尊明丸。長じて正清、信清とも名のる。和歌を冷泉為尹と今川了俊に学ぶ。応永21年に出家、東福寺に入り正徹と号した。寺の一角に庵を結び松月庵（のち招月庵）と名付けた。その傑出した才能のせいか足利義教の怒りを買い、そのため『新続古今集』はじめ勅撰集には入集していない。義教没後に歌壇に復帰し活躍。2万首近くの歌が現存しているが、永享4年に今熊野の草庵が火災に遭い、2万首以上の歌が焼失したと言われる。歌風も特色があり二条派からは異端視されたが、時に前衛的、象徴的な独自の幽玄を開拓した。門下には正広、心敬らがいる。

【著作】家集に『草根集』。歌論書に『正徹物語』。紀行文に『なぐさめ草』。

上東門院中将（じょうとうもんいんのちゅうじょう）

歌人**【生没】**生没年未詳

【評伝】父は左京大夫藤原道雅、母は山城守藤原宣孝の娘という。上東門院藤原彰子の女房。『栄花物語』に見える「少将の尼君」と同一人物とみる説がある。また永承6年頃の『六条斎院歌合』に見える道雅三位女とも同一人物とする説がある。中古三十六歌仙のひとり。勅撰集では、『後拾遺集』にのみ5首入集。そのうち4首までが長楽寺で詠まれた歌で「長楽寺中将」とも呼ばれた。

聖徳太子（しょうとくたいし）

皇族**【生没】**敏達天皇3年（５７４）1月1日〜推古天皇30年（６２２）2月22日

【評伝】厩戸皇子、厩戸王、上宮王《じょうぐうおう》とも。用明天皇の第二皇子。母は欽明天皇の皇女、穴穂部間人皇女《あなほべのはしひとのひめみこ》。推古天皇の摂政として、蘇我馬子と共同で政治を掌握し、冠位十二階の制、憲法十七条などの政治を行った。遣隋使を派遣し大陸の文化や制度を取り入れ、天皇を中心とした中央集権国家体制の確立を図った。また、仏教を厚く信仰し興隆に務めた。また、国史の編纂も試みた。斑鳩宮に住む前に太子が住んでいた上宮《かみつみや》跡とされているのが、奈良県桜井市の上之宮《うえのみや》遺跡ではないかとされている。『日本書紀』『万葉集』などに、聖徳太子が行き倒れの旅人を見た悲しみを詠んだとされる歌が伝わる。

浄弁（じょうべん）

歌人・僧侶**【生没】**生没年未詳

【評伝】出自については不詳。慶運の父。尊円法親王の庇護を受け青蓮院別当となった。二条派歌人として活動。慶運、頓阿、吉田兼好とともに為世門の和歌四天王と称された。赤橋英時、大友貞宗らに家説を伝授相伝するなど、二条流歌学の保持に尽くした。歌合に出詠するほかに自邸でも歌会を催した。晩年は九州に下向し、北条英時、大友貞宗らに三代集を伝授した。『続千載集』を初めとして勅撰入集は21首。

【著作】家集に『浄弁集』。

邵雍（しょうよう）

【生没】北宋、１０１１〜１０７７

【評伝】字は尭夫《ぎょうふ》。道学者として著名で、後世からも高い尊敬を受けた。諡《おくりな》は康節《こうせつ》。30代に洛陽に居を定めてからは、官位への抜擢を断わり続け、終生、在野の学者として過ごした。自分の住居を「安楽窩《あんらくか》」（のんびりと生を楽しむ穴ぐら）と名付け、自らを安楽先生と号し、またその詩集は、天下が大いに治まった尭帝の御代に、一老人が壌（土くれ）を撃ちながら歌った撃壌歌《げきじょうか》にちなんで、『伊川撃壌集《いせんげきじょうしゅう》』と呼ばれるなどの点に、邵雍の処世態度を窺うことができる。その詩風は、あくまでも道学を中心としていたために、詩の情趣は乏しく、声律をおろそかにしていると非難されるが、その一方で宋代初期に道学を詩に持ち込んだ詩人として評価される。父母が山中を旅していた時、雲と霧の立ちこめる間に一匹の黒ざるを見て、母が邵雍を孕んだという話もあるほど、はなはだ奇怪な逸話に富んでいる。

【著作】『伊川撃壌集《いせんげきじょうしゅう》』。

昭和天皇（しょうわてんのう）

第１２４代天皇**【生没】**明治34年（１９０１）4月29日〜昭和64年（１９８９）1月7日

【評伝】神話上の天皇を除くと、歴代天皇の中で在位期間は約63年間と最も長く、87歳と最も長寿であった。明治34年、明治天皇の皇太子、嘉仁親王と節子妃の第一男子として誕生。名は裕仁親王。大正15年12月25日、大正天皇の崩御を受け第124代天皇となる。昭和と改元。昭和16年12月8日に「米国及英国ニ対スル宣戦ノ布告」を出した。そして昭和20年8月14日に終戦の詔書を出した。同日に音読して録音し、翌15日にラジオ放送により国民に終戦を伝えた。これが玉音放送である。昭和21年1月1日の年頭詔書は、いわゆる「人間宣言」と言われ、天皇の神格性などを否定し、新たな日本の創造への希望を述べた。生涯に約1万首の短歌を詠んだといわれているが、公表されているのは869首である。御歌所派の影響は残るものの、戦後は木俣修、岡野弘彦ら現代歌人の影響も受けている。公表された作品の約4割は字余りであり、この歌風をおおらかと賞賛するか否かは意見が分かれる。皇太子時代には乃木希典の殉死、宮中某重大事件、関東大震災が起こり、在位中には、二・二六事件、日中戦争、太平洋戦争、終戦、高度経済成長があり、激動の時代を生きたひとりであった。

【著作】歌集に『みやまきりしま』『おほうなばら』。香淳皇后との共著に『あけぼの集』など。

諸葛孔明（しょかつこうめい）

【生没】三国、181～234

【評伝】三国時代蜀漢の政治家、戦略家。字は孔明。諡は忠武。琅邪陽都（山東省沂南県）の人。劉備から「三顧の礼」でもって迎えられ、これに仕えた。蜀の経営に力を尽くしたが、魏との国力差はいかんともできず、魏の将軍司馬懿と五丈原（陝西省）の戦いで対陣中病没した。

【著作】『出師表』。

徐　幹（じょかん）

【生没】後漢、170～217

【評伝】字は偉長。山東省青州府東の人。建安七子の一人に数えられる。聡明かつ博識で、金銭には無欲であった。武帝の軍謀司空祭酒掾属、五官将文学を歴任し、建安23年に没した。享年48。「文章は漢の張衡、蔡中郎も過ぐる能わず」と文帝に言わせるほどの才能を示した。「玄猿」「漏巵」「貝扇」「橘賦」などの傑作がある。

式子内親王（しきしないしんのう／しょくしないしんのう）

歌人**【生没】**久安5年（1149）～建仁元年（1201）1月25日

【評伝】後白河天皇の第三皇女。「のりこ」と読むが、有《ゆう》職《そく》読み（古人の名を音読みにして敬意を表すこと。）で「しきし」「しょくし」と読む。母は藤原成子で、守覚法親王、亮子内親王（殷富門院）、高倉天皇は同母兄弟。高倉天皇は異母弟にあたる。萱齋院《かやのさいいん》、大炊御門齋院《おおいのみかどさいいん》などと号された。嘉応元年に病で退任するまで長らく賀茂神社に奉仕した。建仁元年、病没。享年53。藤原俊成に師事し、藤原定家とも親しい。『新古今集』の代表的女流歌人として知られる。四季の歌と特に恋歌に秀作が多いが、歌作のほとんどが題詠である。新三十六歌仙のひとり。『千載集』を初めとし、勅撰入集は157首。「小倉百人一首」89番に入集。

【著作】家集に『式子内親王集』。

徐禎卿（じょていけい）

【生没】明、1479～1511

【評伝】字は、昌谷《しょうこく》または昌国《しょうこく》。常熟梅李鎮の人で、後に呉県（江蘇省蘇州市）に移った。若い頃は貧しかったため、独学で学問を習得した。唐寅《とういん》と交友を持ち、唐寅が彼を沈周や楊循吉に紹介したことから名をはせた。のち進士となり、大理左寺副となった。また李夢陽や何景明と交友を持った。唐寅、祝允明、文徴明と合わせて「江南四大才子」（または呉中四大才子）と、またそれとは別に、劉麟、顧璘と合わせて「江東三才子」と呼ばれる。文学流派としては李夢陽、何景明、康海、王九思、邊貢、王廷相らと共に「前七子」と呼ばれた。徐禎卿は文章は秦漢、古詩は漢魏、近体宗法は盛唐に学ぶよう主張した。たぐいまれな才能を発揮するも、わずか23歳で没した。

【著作】『迪功集』『迪功外集』『談藝録』『異林』。

舒明天皇（じょめいてんのう）

第34代天皇**【生没】**推古天皇元年（593）～舒明天皇13年（641）10月9日

【評伝】推古天皇の死後、山背大兄皇子を抑えて即位。古人大兄皇子、中大兄皇子（天智天皇）、大海人皇子（天武天皇）の父。在位中に最初の遣唐使を送った。唐には使者の他にも学問僧や学生が渡り大陸の文化を持ち帰った。唐から帰国した南淵請安や高向玄理らを重用し、官制などを整備させた。百済と新羅からの使節も訪れた。『万葉集』に2首の歌を残すが、うち1首の作者は斉明天皇（後岡本天皇）の可能性もあるとされる。

白女（しろめ）

歌人**【生没】**生没年未詳

【評伝】『勅撰作者部類』によれば、父は少納言、大江玉淵（大江音人の子）で摂津国江口の遊女。または源告《つぐる》の娘とも。宇多上皇が淀の川尻に行幸したとき、歌舞を奏上した話が『大鏡』などに見える。勅撰入集は『古今集』に一首ある。

新川和江（しんかわかずえ）

詩人【生没】昭和４年（１９２９）４月22日～

【評伝】茨城県結城市出身。県立結城高等女学校卒業。小学校のころより野口雨情などの童謡に親しみ、定型詩などを作る文学少女だった。女学校在学中、近くに疎開してきた詩人の西條八十に詩の手ほどきを受けた。昭和28年、最初の詩集『睡り椅子』を刊行。昭和35年、『季節の花詩集』で第９回小学館児童出版文化賞を受賞。昭和40年、『ローマの秋・その他』で第５回室生犀星詩人賞受賞。昭和58年、吉原幸子と共に女性のための詩誌「現代詩 ラ・メール」を創刊。昭和62年、『ひきわり麦抄』で第５回現代詩人賞受賞。平成10年『けさの陽に』で第13回詩歌文学館賞受賞。平成11年、『はたはたと頁がめくれ…』をはじめとする全業績に対して第37回藤村記念歴程賞受賞。平成19年、『記憶する水』で第25回現代詩花椿賞受賞。平成20年、『記憶する水』で第15回丸山薫賞受賞。産経新聞の『朝の詩』の選者としても知られている。

【著作】詩集に『睡り椅子』『絵本「永遠」』『この星で生れた』『わたしを束ねないで』など。

進鴻溪（しんこうけい）

教育者【生没】文政４年（１８２１）～明治17年（１８８４）11月21日

【評伝】備中（現・岡山県）の人。字は漸《すすむ》・于逵《うつじ》。通称は昌一郎。号は鴻溪・鼓山・祥山・帰雲。新見藩儒丸山鹿門に学び、ついで天保９年頃、備中松山藩儒山田方谷の門に入った。江戸に出てからは佐藤一齋に師事し、昌平坂学問所に入って留学すること４年に及んだ。業成って帰り、家塾川面塾を開いて講説したが、弘化３年、松山藩に仕えて儒臣となり、安政３年、藩校有終館学頭に進んだ。また町奉行となり藩政に参画した。明治３年、権大参事となり、中学校教諭を歴任。詩文を善くした。明治17年没。享年64。

【著作】『春窓私録』『冬夜漫筆』『鴻溪遺稿』。

眞山民（しんさんみん）

【生没】生没年未詳

【評伝】姓名、出身地ともに定かではない。宋末の遺民で世を逃れ、人に知られることを求めず、自分を「山民《さんみん》」と呼んだ。『四庫全集総目録提要《しこぜんしゅうそうもくろくていよう》』では、李生喬《りせいきょう》が「乃《なんじ》の祖《そ》文忠《ぶんちゅう》西山《せいざん》（眞徳秀《しんとくしゅう》と考えられる）に愧《は》じず」と嘆息していたということから、その姓を「眞」と推定している。また、『四庫全書簡明目録』には、「その人迹《あと》を匿《かく》し声《こえ》を銷《け》し、実にその氏名を得ず。その源は晩唐に出ず。而《しこう》して命に安んじ時に委《ゆだ》ね、一も怨尤《えんゆう》の語なし。志操識量《しそうしきりょう》みな及ぶべからず。宋代遺民の第一流か」と書かれている。一説に、本名は桂芳《けいほう》、括蒼《かっそう》（浙江省麗水《れいすい》県の東南8里）の生まれ。宋末に進士に及第した、というものがある。

【著作】『眞山民集』。

岑　参（しんじん）

【生没】盛唐、715?～770

【評伝】字は不詳。荊州江陵《けいしゅうこうりょう》（湖北省江陵県）の出身。曾祖父、祖父、伯父の三人が宰相となった名門の出身。幼くして父を亡くしたために貧しく、苦学して、天保3（744）年30歳の頃、進士に2位で及第した。天宝8（749）年、安西節度使《あんせいせつどし》の掌書記《しょうしょき》となり、また、天保13（754）年には安西都護府《あんせいとごふ》の節度判官《はんがん》となって従軍し、新《しん》疆《きょう》方面を見聞した。この体験にもとづいた詩は、塞外《さいがい》のすさまじい風景に思う存分詩想をめぐらせており、七言歌《しちごんか》行《こう》にもユニークな作品がある。高適《こうせき》、王昌齢《おうしょうれい》、王之渙《おうしかん》などとともに、辺塞《へんさい》詩人として知られている。至徳2（757）年、杜甫などの推薦によって右補闕《うほけつ》（天子を諫《いさ》める官）となる。永泰《えいたい》元（765）年、嘉州《かしゅう》（四川省楽山《らくざん》県）刺史《しし》の命を受けたが、蜀が混乱していたため、2年後にようやく赴任することができた。翌年その任期を終えて長安に帰ろうとしたが、群盗にはばまれて成都（四川省成都市）に止まっているうちに、旅館で病没した。

【著作】『岑《しん》嘉州《かしゅう》集《しゅう》』。

沈佺期（しんせんき）

【生没】初唐、656?～714

【評伝】字は雲卿《うんけい》。相州内黄《しょうしゅうないこう》（河南省内黄県）の出身。高宗の上元《じょうげん》2（675）年進士に及第。同期には劉希夷《りゅうきい》、宋《そう》之問《しもん》がいる。官は、協律郎《きょうりつろう》（音律の技術官）から考功員外郎《こうこういんがいろう》（百官の勤務評定をする）、給事中《きゅうじちゅう》（起草された政令や命令書を直接審議する）へと昇進するが、賄賂をとったため訴えられた。折しも、後ろ盾の張易之《ちょうえきし》が失脚したときであったため、神竜《しんりょう》元（705）年驩州《かんしゅう》（ベトナム北部）に流された。翌年8月に赦免されると、台州《たいしゅう》（浙江省臨海県）の録事参軍事《ろくじさんぐんじ》（総務部長格）となった。帳簿を中央政府に届けるために上京し、中宗に召され、起居郎《ききょろう》（天子の行動を記録する）を与えられ、これと修文館直学士《しゅうぶんかんちょくがくし》（宮中の学問所の教師）を兼任した。やがて、中書舎人《ちゅうしょしゃじん》（天子の詔勅を執筆する）を経て、太子少詹事《たいししょうせんじ》（東宮府の高官）に至った。詩風は、初唐の則天武后朝の宮廷詩人として、前代からの斉梁体《せいりょうたい》を色濃く残し、美しい詩が多い。宋之問と並び称されて、「沈《しん》・宋」と言われるが、彼らの最も大きな功績は、律詩の形式を確立したことであり、後世「律詩の祖」と言われる。現在に至るまで、150余首の詩が残されている。

沈徳潜（しんとくせん）

【生没】 清、1673～1769

【評伝】 字は確士。号は帰愚。謚は文愨《ぶんこく》。江蘇長州（江蘇省蘇州）の人。乾隆《けんりゅう》4（1738）年の進士であるが、そのときすでに66歳を迎えていた。翰林《かんりん》院編修から内閣学士・礼部侍郎を歴任した。死後、太子太師を贈られた。唐詩を宗とする復古的な詩論を持ち、形式面では、格律を重んじる「格調説」を重要視し、王士禛《おうししん》の「神韻説」を批判した。また内容面では、儒教的文学観によって、袁枚《えんばい》の「性霊説」と対立した。

【著作】『沈帰愚先生文集』。

神武天皇（じんむてんのう）

初代天皇 **【生没】** 生没年未詳

【評伝】 日本神話に登場する人物だが、実在性は疑問視されることが多い。神武天皇という呼称は、淡海三船が歴代天皇の漢風謚号（王などの貴人の死後に奉る名）を一括撰進したときに付いたとされる。それまでは「記紀」に、神倭《かむやまと》伊波礼琵古命《いわれひこのみこと》、神日本磐余彦《かむやまといわれひこのみこと》 尊と記されている。天照大御神の子孫だとされる。紀元前660年に橿原宮で即位。始馭天下之天《はつくにしらすめらみこと》 皇と称し、初代天皇となる。

沈約（しんやく）

【生没】 南北朝、441～513

【評伝】 字は休文《きゅうぶん》。呉興武康《ごこうぶこう》（浙江省呉興県）の出身。宋・斉・梁の三代に仕え、梁の武帝（蕭衍《しょうえん》）のとき尚書令《しょうしょれい》に至った。〝竟陵《きょうりょう》の八友〟の中心的存在であり、『晋書《しんじょ》』、『宋書《そうじょ》』の編纂にも携わった。隠公《いんこう》と謚《おくりな》されている。詩史上の功績としては、中国語の四声《しせい》を明示し、詩作上避けるべき8つの病を提唱したことが特筆される。これは唐に入って確立する近体詩の平仄の基盤となった。沈約は幼い時から、昼夜を問わず読書をしたので、母は約の健康を案じ、灯《ともしび》を少なくしてすぐに消えるようにしたという逸話が残っている。約180首の詩が現存。

【著作】『沈約詩集』。

末松謙澄（すえまつけんちょう）

政治家【生没】安政2年（1855）～大正9年（1920）10月5日

【評伝】福岡県の人。名は謙澄。幼名は謙一郎。号は青萍。10歳のとき村上仏山に漢学・漢詩を学んで文才を称せられた。明治4年、上京して福地桜痴に知られて日報社に入り、伊藤博文の知遇を得て太政官権少書記官に登用された。11年、公使館一等書記生として英国に渡り、ケンブリッジ大学で文学・語学および法学を学んだ。19年、帰国後は演劇改良会を起こし、演劇改良を主唱した。20年、伊藤博文の娘婿となり政界に入って、23年福岡県から選ばれて代議士となり、法政局長官・逓信大臣・枢密顧問官を歴任した。その一方、評論家・翻訳家・歌人としても活躍し、また漢学にも通じた。

【著作】『支那古文学略史』『明治鉄壁集』『青萍集』『青萍雑詩』『青萍詩存』『日本文章論』。

菅原輔昭（すがわらのすけあき）

歌人【生没】生没年未詳

【評伝】式部大輔、菅原文時の次男。従五位下大内記。天元5年、出家。天延3年の「一条大納言為光歌合」、貞元2年の「三条左大臣頼忠前栽歌合」に参加。漢詩文にすぐれ、『本朝文粋』『和漢朗詠集』などに作を残す。『拾遺集』を初めとして勅撰入集は4首。中古三十六歌仙のひとり。

菅原孝標女（すがわらのたかすえのむすめ）

歌人・物語作者【生没】寛弘5年（1008）～没年未詳

【評伝】父は菅原道真の子孫で上総常陸の受領、菅原孝標。母は藤原倫寧の娘。寛仁4年、上総国での父の任期が終了し、一家で帰京する。このころ13歳で、彼女の作である回想録『更級日記』は上総国にいる頃から始まっている。京では、後朱雀天皇第三皇女、祐子内親王に仕える。長久元年頃、橘俊通と結婚、1男2女を儲けたが、康平元年、俊通が死去。子供達も独立し、康平2年、52歳の頃から『更級日記』執筆をはじめたとされ、翌年頃に成立したと思われる。『源氏物語』を耽読した乙女時代から、宮仕え、結婚、出産などを経て現実的な心境に目覚め、老後は信仰に傾倒するという一連の人生が『更級日記』には記されている。『夜半の寝覚』『浜松中納言物語』の作者とする説も有力である。和歌は『新古今集』を初めとし、勅撰入集は15首。

【著作】日記に『更級日記』。

菅原道真（すがわらのみちざね）

漢学者【生没】承和12年（845）6月25日～延喜3年（903）2月25日

【評伝】菅原是善《これよし》の第三子。母は伴《とも》氏。菅原家（菅家）は代々学問に従事し、曽祖父古人《ふるひと》、祖父清公《きよとも》、父是善、ともに大学頭《だいがくのかみ》・文章博士《もんじょうはかせ》であった。道真もまた幼時より学業に精進した。是善の門人島田忠臣《しまだのただおみ》に詩作の指導を受け（のちに忠臣の娘宣来子を正室とした）、23歳で文章得業生《とくごうせい》、33歳で文章博士となった。宇多天皇の信任は厚く、蔵人頭《くろうどのかみ》から参議、中納言と昇進、寛平《かんぴょう》6年には中国の戦乱を理由に遣唐使の廃止を建議した。次の醍醐天皇にも重用され、藤原氏以外の者として初めて右大臣となり、左大臣藤原《ふじわらの》時平《ときひら》とともに政界の中心となった。しかし彼の異例の昇進は藤原氏や一部の皇族・文人の反感を呼び、延喜《えんぎ》元年、時平らの策謀により、九州の太宰府（現・福岡県中西部）に大宰府権帥《ごんのそつ》として左遷され、2年後に大宰府で没した。ところがその後、時平をはじめ道真左遷の関係者が相次いで変死を遂げ、また疾病・旱魃《かんばつ》・落雷など、天変地異が20年以上にわたって続いた。それらは道真の怨霊の祟りとして畏れられ、延長元年には道真の罪は取り消されたが、祟りはやまず、延長8年、醍醐天皇が心労のために崩ずるに至っている。これらのことから、道真は天満宮天神としてまつられ、天神信仰・雷神信仰と習合して多くの縁起説話を生むこととなった。今日でも全国に祭られ、学問の神、書道の神として信仰を集めている。

【著作】『菅家文草《かんけぶんそう》』『菅家後集《かんけこうしゅう》』。

杉浦重剛（すぎうらじゅうごう）

政治家・教育者【生没】安政2年（1855）3月3日～大正13年（1924）2月13日

【評伝】名は重剛《しげたけ》、幼名謙次郎、梅窓・天台道士と号した。近江膳所藩儒、杉浦重文の二男。初め経史を高橋坦堂《たんどう》に、洋学を黒田麹盧《きくろ》に受け、のち京都に出て岩垣月洲《いわがきげっしゅう》の門に学んだ。16歳、大学南校（東京大学の前身）に入り、22歳、化学修業のため英国に留学した。帰朝の後は東京大学予備門の校長、文部省専門学務局次長に就任。いったん辞職し、明治22年、滋賀県より衆議院に当選したが、政界の内情を知って翌年辞職。25年、日本中学を創立し、別に称好《しょうこう》塾を開いて子弟を教育した。大正3年、東宮御学問所御用係を拝命、10年、東宮御学問所廃止御用済みとなり、13年、70歳で没した。

【著作】『天台道士著作集』。

杉浦梅潭（すぎうらばいたん）

役人【生没】文政9年（1826）～明治33年（1900）

【評伝】本名は誠。通称は正一郎、後に兵庫頭。字は求之、求卿。号は梅潭。浜松（静岡県）の人。幕臣久須美三郎の子として生まれたが、杉浦家の養子となって8代目の家督を継いだ。大橋訥庵に学ぶかたわら、詩を小野湖山、大沼枕山に学んだ。幕府に出仕し、洋書取調所頭取、目付、長崎奉行を務め、維新の際は箱館奉行として、五稜郭の新政府への引き渡しに従事した。一旦は江戸に帰ったが、徳川家に従い静岡に赴いた。しかし明治2年、新政府から出仕を命じられ、開拓使権判官として、再び函館に赴任した。明治10年に退職してからは、向山黄村と晩翠吟社を設立するなど、吟詠に没頭した。

杉田久女（すぎたひさじょ）

俳人【生没】明治23年（1890）5月30日～昭和21年（1946）1月21日

【評伝】本名、久子。鹿児島市平ノ馬場に生まれた。父の任地である琉球・台湾で幼年時を過ごしたが、その後東京上野桜木町に住んだ。東京女子高等師範附属御茶の水高女を卒業した。後に作家となった三宅やす子が同級生であった。明治42年杉田宇内と結婚し、夫の任地の福岡県小倉に移住した。はじめ短歌や俳句を作ったが、作家として立つことを志していた。大阪朝日新聞の短編小説募集に応募した「河畔に棲みて」が、選に漏れたものの長谷川零余子の計らいで他誌に掲載され、一時その名が世に広まったが、その一編のみで文壇の評判を得ることは難く、小説を断念し、兄の指導のもとに一筋に「ホトトギス」雑詠に打ち込んだ。大正7年、「ホトトギス」雑詠に初入選。この後、病気と家庭不和により句作から遠ざかるが、昭和2年ころより復帰。昭和7年より「ホトトギス」同人。多情多感な人となりを反映した、古代浪漫派・万葉的恋愛至上主義と呼ばれるような奔放にして流麗な作風が、読者への強い訴求力を持ち、「或る時代のホトトギスの雑詠では特別に光り輝いてゐた」（虚子）と評されるような時代を築いた。昭和7年には全国の女流俳人に呼びかけて、女流だけの俳誌「花衣」を創刊した。その後昭和11年には虚子の忌諱に触れて「ホトトギス」を除籍されたが、除籍後も「ホトトギス」への投句を続けた。昭和21年、食糧事情の悪化による栄養障害に起因した腎臓病の悪化で病没。享年57。松本清張の『菊枕』、吉屋信子の『底のぬけた柄杓―私のみなかった人「杉田久女」』、田辺聖子『花ごろもぬぐやまつわる…わが愛の杉田久女』など、小説、芝居、ドラマの題材としても多く採られた人物である。

【著作】 句集に『杉田久女句集』。他に『久女文集』。

杉聴雨（すぎちょうう）

役人**【生没】** 天保6年（1835）1月～大正9年（1920）5月3日

【評伝】 名は重華、通称は初め少輔九郎、のち徳輔、孫七郎に改めた。吉田松陰に学び、26歳のとき藩命によりイギリス、フランスの両国に留学した。明治維新の際に功績を残したため、諸官を経てのち、宮内省御用掛・枢密顧問官・議定官などを歴任した。詩を善くし、書画に秀でていた。大正9年に没した。享年86。

杉山杉風（すぎやまさんぷう）

俳人**【生没】** 正保4年（1647）～享保17年（1732）6月13日

【評伝】 通称、鯉屋藤左衛門、鯉屋市兵衛。別号に採茶庵、茶舎、蓑翁、蓑杖、一元など。江戸日本橋本小田原町に住んで、「鯉屋」という幕府御用の魚問屋を営んだ。俳諧は父の仙風と共に松尾芭蕉門。延宝6年頃には入門していたとされる。東下後の芭蕉に親しみ、延宝期には江戸蕉門の中心人物となる。『桃青門弟独吟二十歌仙』の巻頭を務め、その実績をもとに『常盤屋句合』を刊行。元禄6年頃になると、芭蕉の「軽み」によく従い『別座鋪』の編集に関与。晩年には『冬かつら』『木曾の谷』を刊行。享保17年、没。享年86。芭蕉のパトロン的存在であり、その真摯な性格により信頼を得た。

【著作】 句集に『杉風句集』。編著に『桃青門弟独吟二十歌仙』『常盤屋句合』『冬かつら』『木曾の谷』『角田川紀行』。

素戔嗚尊（すさのおのみこと）

【生没】 生没年未詳

【評伝】 日本神話における神のひとり。『日本書紀』では前掲のように記されているが、『古事記』では建速《たけはや》須佐之男命、須佐乃袁尊、『出雲国風土記』では神須佐能袁命《かむすさのおのみこと》、須佐能乎命などと表記されている。自らの暴挙により、高天原を闇に陥れた（いわゆる「岩戸隠れ」である）罰で、高天原を追放されたとされる。また、奇稲田《くしいなだ》姫を食べようとした八岐大蛇《やまたのおろち》を退治、天叢雲剣《あめのむらくものつるぎ》を得たという伝説も有名である。主祭神としている神社は、八坂神社（現・京都市）、須佐神社（現・出雲市）など多数ある。

鱸松塘（すずきしょうとう）

教育者【生没】文政6年（1823）12月15日～明治31年（1898）12月24日

【評伝】元邦、字は彦之、号は松塘。本姓鈴木、修して鱸といった。安房（現・千葉県）の生まれ。父道順は医者。幼いころから聡明で、やや長じては詩才を称せられた。天保10年、江戸に出て梁川星巌《やながわせいがん》に学び、大沼枕山《ちんざん》・小野湖山とともに星巌門下の三高足と称せられた。遊歴を好み、その足跡は天下に遍く、明治元年、居を浅草向柳原に構えて、七曲《ななまがり》吟社と称して子弟に教えた。名声はいよいよ高く、31年、71歳で病没した。

【著作】『松塘詩鈔』。

薄田泣菫（すすきだきゅうきん）

詩人【生没】明治10年（1877）5月19日～昭和20年（1945）10月9日

【評伝】本名、淳介。岡山県浅口郡大江連島村《つらじま》（現・岡山県倉敷市連島町）に生まれた。父は村役場の書記で、俳諧を嗜んでいた。玉島高等小学校を経て、岡山県尋常中学校を中退。明治27年、上京し、上野書籍館に通いながら塾で独学する。明治30年、帰郷すると、いくつか詩を作り「新著月刊」に投稿、後藤宙外、島村抱月らに絶賛され掲載された。翌年、第一詩集『暮笛集』を刊行、「小天地」を編集しながら「明星」などに詩を載せ、『ゆく春』『白羊宮』など、古語や漢語を多用した詩風で、蒲原有明とともに泣菫・有明時代を築き、島崎藤村、土井晩翠後の明治後期の詩壇を背負って立った。明治の終わりごろから一時小説に興味を移したが、結局随筆に転じ、詩作を離れた。国民新聞社、帝国新聞社に勤めた後、大阪毎日新聞社に勤め、大正4年、「茶話」の連載開始。これは「茶を飲みながら喋る気楽な世間話」と言う意味で、古今東西の噂話、失敗談、面白おかしい話を幅広く紹介している。大正6年、パーキンソン病に罹患。大正8年、大阪毎日新聞社学芸部部長に就任し西宮市に住み、自邸を「雑草園」と名づけた。芥川龍之介を社員として招聘して多くの文章の発表場所を与えたが、大正12年、病気が悪化したため、休職。昭和20年、意識不明となり疎開先から連島に戻ったが、尿毒症で死去した。享年68。

【著作】詩集に『暮笛集』『ゆく春』『白羊宮』。エッセイに『茶話』『艸木虫魚』など。

鈴木岳楠（すずきがくなん）

銀行員・吟道範士【生没】明治32年（1899）5月21日～昭和42年（1967）12月19日

【評伝】名は敏也。岳楠は号。福島県伊達郡に生まれる。長じて上京、北里柴三郎の書生となり、学業に励んだ。社会人となり銀行勤務の傍ら、昭和6年芝二本榎に木村岳風を訪ね即入門、この時の念いが、吟道報国となり終生消えることはなかった。11年日本詩吟学院創立に当たっては発起人の中心となり、以後よく岳風を輔翼した。岳風亡き後は渡邊岳神を補佐し、門弟、同門の士の散逸を防ぎ、常に運営の中軸にあり、日本詩吟学院副理事長として吟詠界の発展に尽くしたが、その業績は陰徳の中にある。その間、頭山満、中野正剛、荒木貞夫、新田興等の門に遊び自ら磨いた。漢詩は学ぶも「詩作は詩吟修業の妨げになる、岳風先生に任された研究、修業の為には一分一秒たりとも無駄に出来ない」と常に言っていたが、晩年になって二本松少年隊が白虎隊の影に隠れているのを嘆じやむにやまれず筆を執ったのが「嗚呼二本松少年隊」である。他に「箱根権現二千四百年祭参拝所感」など至誠溢るる心の叫びといった詩がほとんどであるがその数は少ない。42年12月19日病没。享年68。

鈴木豹軒（すずきひょうけん）

教育者【生没】明治11年（1878）～昭和38年（1963）

【評伝】名は虎雄、豹軒と号した。新潟県の人。鈴木文台《ぶんだい》の孫。父惕軒《けんてき》も学者として知られた。幼いころより家学を受け、詩文を作った。明治23年、東京帝国大学文科大学漢籍科を卒業し、日本新聞社に入り、陸羯南《くがかつなん》に認めらた。36年、台湾日日新聞社に移り、のち、京都帝国大学助教授を経て、大正8年、同大学教授となり、昭和13年、退官した。爾来、詩を作り著述に従事し、38年病没した。享年86。

【著作】『支那文学研究』『賦史大要』。

鈴木真砂女（すずきまさじょ）

俳人【生没】明治39年（1906）11月24日～平成15年（2003）3月14日

【評伝】本名、まさ。千葉県鴨川市に生まれた。旅館吉田屋（現・鴨川グランドホテル）の三女。日本女子商業（現・嘉悦学園）卒業。日本橋の雑貨問屋に嫁ぎ、一女を得たが離婚。昭和10年、天野雨山門であった姉、梨雨女の急逝により、その夫と結婚し、吉田屋を継いだ。姉が「俳諧雑誌」に投句していたため、その遺志を継いで句作を始めた。大場白水郎に師事し、「春蘭」に拠った。22年から「春燈」に所属し久保田万太郎の薫陶を受けた。万太郎死後は安住敦に師事した。32年、30歳の時、客として出会った年下の妻子がある海軍士官と恋に落ち、その士官と出奔。後に家に戻るが、夫婦関係の悪化は修復不可能であった。50歳で離婚。生家を去り、東京銀座に小料理屋「卯浪」を開いた。昭和51年、『夕螢』で第16回俳人協会賞を受賞している。平成11年には、「紫木蓮」で蛇笏賞受賞。平成15年、没。享年96。丹羽文雄に真砂女をモデルにした小説『天衣無縫』が、瀬戸内晴美には『いよよ華やぐ』がある。

【著作】 句集に『生簀籠』『卯浪』『夏帯』『夕螢』『鈴木真砂女集』など。

鈴木道彦（すずきみちひこ）

俳人 **【生没】** 宝暦7年（1757）〜文政2年（1819）9月6日

【評伝】 名は由之。別号、三千彦、金令舎、十時庵ほか。仙台に生まれた。代々医者の家に生まれる。少年時代から俳諧に親しみ、加舎白雄が奥羽を行脚した際に門人となる。白雄の没後は江戸に出て医を業とするかたわら、建部巣兆、夏目成美、井上士朗らと親交し、成美、士朗とは「寛政三大家」と呼ばれた。化政期の江戸俳壇において最大の勢力を誇った。『むくてき』で与謝蕪村ら天明七名家を酷評する自信を見せたがこうした姿勢が後に非難されることとなる。晩年はその勢力も衰え、白川芝山の『高館俳軍記』で論難された。文政2年、没。享年63。

【著作】 句集に『蔦本集』。選集に『道彦七部集』など。

住宅顕信（すみたくけんしん）

僧侶 **【生没】** 昭和36年（1961）年3月21日〜昭和62年（1987）2月7日

【評伝】 本名、春美。岡山県岡山市に生まれる。岡山市立石井中学校卒業後、下田学園調理師学校に入学。同時に就職し、昼は勤務し夜は通学という生活に入る。この頃より詩、宗教書、哲学書に親しむ。昭和53年3月、下田学園調理師学校卒業。昭和55年、岡山市役所に臨時職員で採用され、清掃の仕事に従事。仏教に傾倒し、昭和57年、中央仏教学院の通信教育を受講。翌年、教育課程修了。西本願寺にて得度。浄土真宗本願寺派の僧侶となり、法名を釈顕信と名乗る。この年、結婚。自宅の一部を改造して仏間をつくり、浄土教の根本経典「無量寿経」に因み、無量寿庵と名付ける。昭和59年、急性骨髄性白血病を発病し入院。長男が誕生するが、病気を理由として妻と離婚。長男は顕信が引き取り、病室にて育てる。自由律俳句雑誌「層雲」の誌友となり、層雲社事務室の池田実吉に師事。この頃より自由律俳句に傾倒し、句作に励むようになる。特に尾崎放哉に心酔。昭和60年、句集『試作帳』を自費出版。「層雲」に権威主義的な疑念を感じ、「層雲」の元編集者である藤本一幸が主宰する自由律俳句誌「海市」に参加する。翌年、「海市」編集同人となる。病状が悪化し、この年の12月からは代筆によらなければ投句できなくなる。昭和62年、病没。享年25。俳人としての創作期間はわずか3年で、生涯に残した俳句は281句だった。

【著作】 句集に『未完成』。

住谷天來（すみやてんらい）

牧師 **【生没】** 明治2年（1869）2月16日～昭和19年（1944）1月27日

【評伝】 群馬県群馬郡国府村生まれ。名は弥朔のち天来と改名。前橋の幽谷義塾で学び、前橋教会でキリスト教に入信。上毛青年会員となり廃娼運動に奔走、また前橋英学校の創立に参画。明治23年に上京、内村鑑三らと親交を結び、30年内村の斡旋で「万朝報」の記者となる。のち内村とともに退社、平民新聞の創刊に関わる。ここで幸徳秋水と交わったことから「要観察人」となった為帰郷し、伊勢崎教会、甘楽教会の牧師となり雑誌「神の国」「聖化」を発行、非戦論を展開した。また難解であるといわれた、カーライル『英雄崇拝論』をはじめて翻訳した。軍国主義的時代背景のもと刊行物はたびたび発行禁止となった。群馬では柏木義円と併称されたキリスト教平和主義者。「わが霊は天に帰るが、わが骨は利根川に投げよ」の遺言にしたがい天来の屍灰は利根川の流れに投下された。漢詩を善くし黙庵と号する。昭和56年には顕彰会によって利根川河畔（現・群馬大橋西詰）に「非戦愛国の先覚者住谷天来」の碑が建てられた。

【著作】『黙庵詩鈔』『孔子と孔子教』など。

清少納言（せいしょうなごん）

歌人・作家 **【生没】** 生没年未詳

【評伝】 歌人、清原元輔の娘とされる。曽祖父は清原深養父。『枕草子』の作者として人口に膾炙している。「清」は清原姓に、「少納言」は親族の役職名に由来するとされているが、清少納言の親族で少納言の職に就いた人が誰であるかは明らかでない。天元4年頃、橘則光と結婚するも離縁。のち、摂津守藤原棟世と再婚する。正暦4年冬頃から、中宮定子《ていし》（藤原道隆の長女）に仕え恩寵を賜る。また藤原実方、藤原斉信、藤原行成、源宣方、源経房との親交がうかがえる。特に、実方との歌の贈答が数多く知られ、恋愛関係にあったのではないかと推測される。紫式部とのライバル関係を喧伝されることもあるが、紫式部の宮仕えが始まったのが清少納言の退任後であるので、面識があったとは考えにくい。『後拾遺集』を初めとし、勅撰入集は14首。「小倉百人一首」62番に入集。

【著作】家集に『清少納言集』。随筆に『枕草子』。

瀬川雅亮（せがわまさすけ）

社司**【生没】**安政2年（1855）5月6日～昭和4年（1929）5月27日

【評伝】号は東台山樵。蜺道人。通称は独活《どくかつ》大王。しかし友人間では名は、もとすけ。通称は、うど大王と呼ばれていた。宮城彦助の次男として萩八丁に生まれる。父は勤皇志士で高杉晋作のいとこ、勤皇の志士として活躍。文久3年、雅亮9歳の時、下関で王事に斃れた。雅亮10歳の時、吉田松陰の門人馬島春海の晩成堂に入門し漢学を学ぶ。明治3年、16歳で上京、兄彦八が学んでいた陸軍教導隊に入り学んだが、6年肺患に罹り中途退学した。この頃、伯父杉孫七郎子爵邸に寄宿していたこともあった。14年5月、東京下谷区五条町に鎮座する五条天神社（現在は上野公園内）社家瀬川氏の養子となり、次いで社司となった。趣味教養として、詩・書・画を得意としたが特に画は独特な風韻を備え高く評価され、ある時、三越本店の懇請に依って数点を展覧会に出品したが、当時財界の重鎮安田善次郎は数百金を投じて、持ち帰ったという。又、奇言奇行も多く、かつて重患に罹ったことがあったが、友人の三浦梧楼将軍が見舞うと「おい梧楼、香典は死んでから貰ったところで折角の好意も俺の心に届かぬと無駄だ、同じ呉れるなら生きているうちに呉れ」といった。将軍はすぐに会葬者名簿を作り知友同志に賛意を求めたところ八百名の多きに及んだ。しかし雅亮は不思議にも快復したのだが、死ぬと約束した以上は葬式だけはやろうということになり生前葬を行った。祭文は大槻如電が読み上げた。その後も生前三年祭を行って会葬者を招いた（新田雲処談）。昭和4年5月27日、旧知に別るる詞「独活大王俗名瀬川雅亮いよ〳〵時機到来し茲に現世を逝る。生前は多大なる御援助を得て、生涯を面白く送りました、御礼申します。さようなら。七十五翁　独活大王」と書き、以後合掌したままで、29日大往生を遂げた。

闕湘雲（せきしょううん）

役人**【生没】**天保10年（1839）4月10日～大正7年（1918）3月30日

【評伝】名は義臣、字は李確、湘雲と号した。越前武生《たけふ》（現・福井県武生市）の人。福井藩士。本姓は山本。はじめ藩学明道館に学び、のち江戸に出てからは昌平坂学問所に入り舎長となった。また塩谷宕陰《とういん》・安井息軒・藤森天山・中村敬宇《けいう》らに学び、同時に英文を修めた。人となりは勇猛果敢で気概があり、孝行心が厚く、憂国の念を強く感じていた。時は幕府の末期であったので、外夷を見極める目的で、北は樺太・北海道、南は九州・琉球に至るまで、実地探索し、ついに中国にわたりシンガポールに至った。しかしそこで台風に遭い、英国船に助けられて帰国した。それからは京摂の間に居を定め、国事に奔走し、維新ののちは、大阪府権判事兼諸局長となった。福井藩はこれを見て、人を派遣して湘雲を福井に帰らせ、朝廷に要請し、辞職させて幽閉した。それだけでなく武生の邑主本多を廃して士族とし、福井藩に隷属させた。これに対して武生の多くの士民が福井藩に訴えたので、藩は士族らを獄に下し、彼らを扇動した疑いで湘雲の士籍を削り、殺そうとした。しかしのち、その冤罪が明らかとなったので赦され、本多氏は華族に列し、湘雲は諸県参事・指令・知事大蔵権大丞判事・検事長・評定官を歴任、男爵を授けられ、大正7年4月、80歳で病没した。

【著作】『経史論存』『秋声窓詩鈔』。

絶海中津（ぜっかいちゅうしん）

僧侶 **【生没】** 建武3年（1336）11月13日～応永12年（1405）4月5日

【評伝】 姓は藤原・津脳《つの》氏。名は中津、字は絶海。号は蕉《しょう》堅道人《けんどうじん》。土佐（現・高知県）津野の人。13歳で京都にのぼり、夢窓国師《むそうこくし》に師事し、ついで義堂周信《ぎどうしゅうしん》に兄事した。その後、鎌倉の建長寺に移り、応安元年、33歳で明に渡った。在明中は季潭宗泐《きたんそうろく》の教えを受け、各地の名士と交流し、太祖洪武帝にも謁見した。その際、洪武帝の求めに応じて直ちに詩を作ったという逸話がある。9年後に帰国、足利義満《あしかがよしみつ》や細川頼之《ほそかわよりゆき》の知遇を得て、幕政にも関与した。仏智《ぶっち》応照国師《おうしょうこくし》と諡《おくりな》されている。

【著作】『蕉堅稿《しょうけんこう》』『絶海和尚語録』。

雪村友梅（せっそんゆうばい）

僧侶 **【生没】** 正応3年（1290）～天平元年（1346）12月2日

【評伝】 自ら幻空と号した。鎌倉末から南北朝にかけて活躍した臨済宗の僧。越後の人。一山一寧《いっさんいちねい》に師事し、詩偈に秀でた。徳治2年、18歳で元（中国）に渡り、各地の仏閣を巡拝するとともに、禅僧だけではなく、朝廷の士大夫らとも活発に交流した。元で栄えた金剛幢下という流派にも早くから関心を示し、竜山徳見と共に五山文学の発生に大きく寄与した。元では一時拘束されることもあったが、のち長安の翠微寺の住持となって、元の朝廷から宝覚真空禅師の号を特別に与えられた。康永2年には、日本の朝廷および足利尊氏、直義らの招きに応じて京都五山の万寿寺に入る。次いで貞和元年に建仁寺の第30世となる。天平元年に没した。享年57。語録二巻のほか、『岷峨集《びんがしゅう》』がある。

【著作】『岷峨集』。

薛濤（せっとう）

【生没】中唐、768～831?

【評伝】字は洪度《こうど》（宏度）。長安（陝西省）の官僚の家の娘だったといわれるが、蜀（四川省）に赴任した父が任地で死ぬと母とその地に止まり、寄る辺なき貧家の美女の常で妓女《ぎじょ》となり、詩の才によって一世を風靡《ふうび》した。今なお四川省の名産となっている薛濤箋《せっとうせん》という紙の考案者でもあり、書家としても傑出した才女であった。彼女を最初にひきたてたのは、風流人の節度使《せつどし》韋皐《いこう》である。昔の中国では芸者を「女校書《ニュウジャオシュ》」といったが、それは、彼が薛濤の詩才を愛するあまり、校書郎《こうしょろう》という役職を彼女に与えようとして一騒ぎ起こしたことがきっかけとなっている。その後、十代の節度使に仕えて社交界を取り持ち、元稹《げんしん》をはじめ、白居易・張籍《ちょうせき》・杜牧《とぼく》・劉禹錫《りゅううしゃく》らとともに詩作を通して交わった。冗談・洒落の名手としても評判が高く、数々の伝説を残している。七言絶句を得意とし、即興の才や機知を衒《てら》った詩が多い。

【著作】『錦江集《きんこうしゅう》』。

蟬丸（せみまる／せみまろ／せびまろ）

歌人**【生没】**生没年未詳

【評伝】小倉百人一首10番にその歌が収録されているので知られているが、その人物像は不詳。宇多天皇の皇子、敦実親王の雑色、あるいは醍醐天皇の第四皇子などと諸伝があり、後に皇室の御物となった琵琶の名器・無名を愛用していたと伝えられる。また、仁明天皇の時代の人という説もある。盲目の琵琶法師だったという説がある一方で、盲人ではなく単に放浪の人であるとする伝承もある。生没年は不詳であるが、旧暦5月24日およびグレゴリオ暦の6月24日（月遅れ）が「蟬丸忌」とされている。逢坂の関に庵を結んだ。このため、逢坂の関では関の明神として祭られる。和歌は上記のものが『後撰集』を初めとし、『新古今集』『続古今集』の3首を含め勅撰和歌集に計4首が採録されている。滋賀県大津市には関蟬丸神社があり、蟬丸を祀っている。また、福井県越前町には蟬丸の墓と伝えられる石塔がある。

銭起（せんき）

【生没】中唐、722〜780?

【評伝】字は仲文《ちゅうぶん》。呉興《ごこう》（浙江省）の出身。天宝10（751）年の進士。藍田《らんでん》（陝西省）の尉となり、ここに輞川荘《もうせんそう》を有していた王維のもとに出入りして影響を受けた。校書郎から考功郎中となり、大暦《たいれき》年間（766〜779）に翰林学《かんりんがく》士《し》に進んだ。〝大暦の十才子〟を代表する存在である。

【著作】『銭考功集』。

宗祇（そうぎ）

連歌師【生没】応永28年（1421）〜文亀2年（1502）7月30日

【評伝】姓は一般的に飯尾と言われているが、定かではない。別号、自然斎、種玉庵、見外斎。生まれは、紀伊とも近江とも言われている。若いころ京都相国寺に入り、30歳のころ連歌を志したという。宗砌、専順、心敬に連歌を学び、東常縁に古今伝授を授けられた。文明5年以後、公家や将軍、管領の居住する上京《かみきょう》に種玉庵を結び、三条西実隆他の公家や細川政元他の室町幕府の上級武士と交わった。また、畿内の有力国人衆や周防の大内氏、若狭の武田氏、能登の畠山氏、越後の上杉氏ら各地の大名を訪ねている。長享2年に北野連歌所宗匠となり、名実ともに連歌界の第一人者となった。この職はまもなく猪苗代兼載に譲り、明応4年に兼載らと『新撰菟玖波集』を撰集した。生涯を通じ、たびたび各地を旅したが、文亀2年、弟子の宗長、宗碩らに伴われて越後から美濃に向かう途中、箱根湯本の旅館で没した。享年82。駿河桃園（現・静岡県裾野市）の定輪寺に葬られた。応仁の乱以後、古典復興の気運が高まり、地方豪族、特に国人領主層に京都文化への関心と連歌の大流行が見られた。宗祇は、連歌本来の伝統である技巧的な句風に『新古今和歌集』以来の中世の美意識である「長《たけ》高く幽玄にして有心なる心」を表現した。全国的な連歌の流行とともに、宗祇やその一門の活動もあり、この時代は連歌の黄金期であった。

【著作】連歌集に『新撰菟玖波集』『竹林抄』『水無瀬三吟百韻』、『湯山三吟百韻』、『葉守千句』。句集に『萱草《わすれぐさ》』『老葉《わくらば》』『下草』。紀行文に『白河紀行』、『筑紫道記《みちのき》』。連歌論に『吾妻問答』、『浅茅』。古典注釈書に『種玉編次抄』。

増基法師（ぞうきほうし）

僧侶・歌人【生没】生没年未詳
【評伝】号は庵主《いおぬし》、廬主。活躍時期に関しては、9世紀前半、10世紀後半、11世紀前半の諸説があるがはっきりしていない。中古三十六歌仙のひとりであるが、『中古歌仙三十六人伝』には「後拾遺集目録云、号廬主云云」としか記されておらず、詳細は未詳である。家集『増基法師集』には、歌の他にも熊野参詣や遠江下向の旅日記としての側面があり、当時の風俗を知る貴重な資料である。『後拾遺集』を初めとし、勅撰入集は28首。
【著作】家集に『増基法師集』。（別名『いほぬし』『庵主日記』）

曾鞏（そうきょう）

【生没】南宋、1019～1083
【評伝】字は子固《しこ》。建昌南豊《なんぽう》（江西省南豊県）の出身。若くして文名が高く、欧陽脩《おうようしゅう》に賞賛された。嘉祐《かゆう》2（1057）年の進士で、永く地方官を勧めた後、史館修撰から中書舎人に進んだ。その散文は司馬遷・韓愈の文体を学んで当時第一と言われ、〝唐宋八大家〟のひとりに数えられる。文《ぶん》定《てい》と謚《おくりな》された。
【著作】『元豊類稿』。

宋之問（そうしもん）

【生没】初唐、656?～712?

【評伝】字は延清《えんせい》。虢州《かくしゅう》弘農（河南省霊宝）の人。一説では汾《ふん》州（山西省汾陽）の人であるという。上元2（675）年の進士。則天武后の時代に、彼女の愛人であった張易《ちょうえき》子《し》にへつらい沈佺期《しんせんき》とともに宮廷詩人として活躍した。そのため張易子らが誅されて中宗が即位すると、瀧《そう》州（広東省羅定）に左遷されてしまう。宋之問はひそかに洛陽に逃げ帰って身を隠していたが、その後武三思《ぶさんし》が権力を握ると、自分をかくまってくれていた張仲之《ちょうちゅうし》に武三思暗殺の計画があると密告して鴻臚丞《こうろじょう》に抜擢され、考巧員外郎にまで至った。その後も太平公主、安楽公主とその時々の権力に取り入ったが、そのことが仇となり越州（浙江省紹興）の長史に左遷され、睿宗《えいそう》が即位するとさらに欽《きん》州（広東省欽県）に流され、そこで死を命ぜられた。律詩の完成に貢献し、沈佺期とともに「沈宋」と称される。

【著作】『宋之問集』。

曹松（そうしょう）

【生没】晩唐、８３０?～９０１

【評伝】字は夢徴《むちょう》。舒州（安徽省潜山《せんざん》県付近）の出身。若い頃は、洪都《こうと》（江西省南昌《なんしょう》市）の西山《せいざん》に隠棲していたが、のちに建州刺《けんしゅうし》史《し》（州の長官）の李頻《りひん》のもとへ移った。ただ、詩を作る以外はまるで無能で、とくに実務能力を著しく欠いていた。李頻が亡くなると、再び流浪の身となり、各地をさまよい、生活に長く苦しんだ。天復《てんぷく》元（９０１）年、70余歳で初めて進士に及第。他にも、70過ぎの合格者が4人いたので、「五老傍《ごろうぼう》（傍は、進士試験及第者の名前を書いて立てる札の意）」と呼ばれた。詩を賈島《かとう》に学び、一字一句に苦心し、同じ頃の詩人である釈 斉己《しゃくせいき》・方干《ほうかん》たちと交わった。世間のしきたりやなりふりを全く構わなかった。

曹植（そうち）

【生没】三国、１９２～２３２

【評伝】姓は曹《そう》、名は植《ち》（植はショクともいう）、字は子建《しけん》。魏の太祖曹操《そうそう》の第三子。父が植を寵愛し、彼を太子に、と考えたことから跡目をめぐって兄曹丕《そうひ》と対立した。丕が文帝になると、封地《ほうち》を転々と変えられ、不遇な生活を送る。文帝の死後は、甥の明帝（曹叡《そうえい》）にしきりに上表して重用してくれるよう要請するが容《い》れられず、絶望のうちに没した。最後に陳王《ちんおう》に封ぜられ、死後思《し》と諡されたことから陳《ちん》思王《しおう》ともいわれる。劉宋《りゅうそう》の謝靈運《しゃれいうん》が、「天下の才をみんなで一石《いっこく》とすれば、曹子建《そうしけん》はひとりで八斗をしめる」と称賛するように、六朝《りくちょう》第一の詩人の評を得ている。詩は、内容・形式ともに多彩で、スケールも大きく、新しい詩の境地を開いた。

曹丕（そうひ）

魏、初代皇帝【生没】三国、１８７～２２６

【評伝】字は子桓《しかん》。諡号《しごう》は文帝。廟号は世祖である。三国時代、魏の初代皇帝として２２０年から２２６年まで在位した。曹操と卞氏（武宣皇后）との長子として生まれ、8歳ですでに巧みに文章を書いたといわれ、騎射や剣術を得意とした。曹操の下で五官中郎将として副丞相となり、曹操の不在を守るようになった。父が逝去すると丞相職の地位を受け継ぐとともに、さらに後漢の献帝に禅譲を迫って皇帝の座に就いた。洛陽を都と定め、国号を魏と定めた。内政では九品中正法を施行するなど、国家を安定に導いた。２２６年、曹丕は風邪をこじらせて肺炎に陥り、そのまま逝去した。詩文を好み、楽府にすぐれた。

【著作】『典論』。

相馬御風（そうまぎょふう）

詩人・歌人【生没】明治16年（1883）7月10日～昭和25年（1950）5月8日

【評伝】本名は昌治《しょうじ》、昌治《まさはる》とも。新潟県西頸城郡糸魚川町大町（現・新潟県糸魚川市）に生まれる。糸魚川高等小学校時代には「窓竹」、中頸城尋常中学からは「御風」と号して、すでに短歌を詠んでいた。早稲田大学に進学する少し前に、与謝野鉄幹の新詩社に入会し、「明星」の同人となる。高田中学を経て早稲田大学に進む。在学中の明治36年に岩野泡鳴らと雑誌「白百合」を創刊。明治39年に早稲田大学を卒業した後、当時復刊された雑誌「早稲田文学」の編集に参加。明治40年には早稲田大学創立25周年に際し、大学や恩師の坪内逍遥、島村抱月に委嘱されて校歌「都の西北」を作詞。また野口雨情、三木露風らとともに「早稲田詩社」を設立し、口語自由詩運動を進めた。明治44年には早稲田大学講師となる。その後、大正5年に内面を告白した『還元録』を刊行し、故郷の糸魚川に隠棲する。帰郷後は主として良寛の研究に携わったほか、童話、童謡も発表した。自らの作歌活動のほか、短歌結社「木蔭会」を結成して郷土の歌人の育成にも努めたほか、文芸雑誌「野を歩む者」を通じて、ふるさとの自然を讃え愛しんだ。昭和25年、脳溢血で没。享年68。

【著作】詩集に『御風詩集』。歌集に『御風歌集』。自伝に『還元録』。評論に『黎明期の文学』『大愚良寛』。

副島種臣（そえじまたねおみ）

政治家【生没】文政11年（1828）9月9日～明治38年（1905）1月31日

【評伝】通称は二郎。蒼海《そうかい》・一一《いちいち》学人《がくじん》と号した。肥前（現・佐賀県）の人。家は佐賀藩士。幕末には尊王運動に力をつくしたが、洋学も学んだ。維新後は新政府の参与となり、外務省に入って、樺太《からふと》（サハリン）境界問題でロシアと折衝をするなど、しばしば外交問題に優れた手腕をふるった。征韓論を主張して下野、民選議院設立の建白運動に参加したが、自由民権運動には加わらなかった。のち宮中顧問官、枢密《すうみつ》院顧問官や、松方《まつかた》内閣の内務大臣などを務めている。不平等条約下の日本のために心を砕き、つねに国力の増強を念じていた人だけに、その詩にも憂国の気概が表れたものが多い。

【著作】『蒼海全集』。

祖　元（そげん）

僧侶【生没】宝慶2年（1226）~弘安9年（1286）9月3日

【評伝】祖元は帰化僧。鎌倉円覚寺の開山。姓は許、名は祖元、字は子元、業を無学という。宋の明州慶元府の生まれ。早くから出家して諸山に寄錫し、徳祐元年、元兵が中国を攻めるに及んで、温州の能仁寺に難を避けたが、翌年元兵が至り、自刃を求めた。しかしその際、神色自若、この偈を唱えたので、元兵はかえって拝礼して去ったという。弘安2年、北条時宗の招きに応じて来日し、始め鎌倉の建長寺に居り、5年、時宗が円覚寺を創建するや、請うて開山とした。9年示寂。仏光禅師と勅諡せられた。

蘇舜欽（そしゅんきん）

【生没】北宋、1008~1048

【評伝】字は子美《しび》。錦州塩泉（四川省錦陽県）の出身。景祐《けいゆう》元（1034）年の進士。范仲淹《はんちゅうえん》の推薦で集賢校理、監進奏院となり、革新派の若手官僚として活躍したが、豪快な気性と直言癖が災いして間もなく失脚し、蘇州の滄浪亭《そうろうてい》に閑居した。詩の方面では梅堯臣《ばいぎょうしん》と並んで、〃蘇梅〃と称せられ、欧陽脩からも高く評価された。宋詩がこれから進むべき方向を定めたひとりであるとされる。

【著作】『蘇学士文集』。

蘇　軾（そしょく）

文人【生没】北宋、1036~1101

【評伝】字は子瞻《しせん》。眉州眉山《びしゅうびざん》（四川省眉山県）の出身。蘇東坡《そとうば》とも。父の蘇洵《そじゅん》（1009~1066）、弟の蘇轍《そてつ》（1039~1112）、と共に散文の大家として知られ、三人とも、唐宋八大家《とうそうはちだいか》に数えられている。だが、詩においては、蘇軾が北宋を代表する詩人であるとして最も優れている。また、新しい文学である詞や、書・画などにおいても大家であり、総じて、宋代第一級の才人であった。家柄は低く、商人の出ともいわれる。少年のころは、士人の子としてより、むしろ町の子のひとりとして育ったらしい。蘇軾の生き方や文学の中に、庶民性や生活力を感じさせるものがあるのは、こうした出身にもよるものである。21歳の時に、父、弟とともに都へ上り、翌年欧陽脩《おうようしゅう》が試験委員長を務めた進士の試験で、弟と共に及第した。さらに28歳の時、官吏任用特別試験に、これも弟と共に及第し、鳳翔府《ほうしょうふ》（陝西省鳳翔県）の高等事務員となった。神宗が即位し、王安石《おうあんせき》の下で新法が施行されると、朝廷は新法党、旧法党に分かれての勢力争いの場になり、蘇軾も新法に批判的意見を示したことから、地方官の任が続いた。そして、44歳、湖州《こしゅう》（浙江省呉興県《ごこう》）の知事の時、彼の詩に朝廷の政治を誹謗したものがあるとして捕らえられ、死刑をも覚悟するほど厳しい審問の末、黄州《こうしゅう》（湖北省黄岡県《こうこう》）への流罪となった。この黄州での流《る》謫《たく》生活は、蘇軾の人生と文学における転換期となった。「赤壁《せきへき》の賦《ふ》」が作られたのがこの時期で、自ら耕作に従事した耕地にちなんで、東坡居士《とうばこじ》と号したのもこの時期である。50歳の時、神宗が崩じて、旧法党が政権を取ると、都へ召しかえされ、翰林学士や礼部尚書《れいぶしょうしょ》などの要職を歴任した。しかし、59歳の時、哲宗の親政によって新法党が復活すると、再び追放されて恵州《けいしゅう》（広東省恵陽県《けいよう》）へ流罪となり、さらに62歳のときには、海を渡った海南島《かいなんとう》の儋州《たんしゅう》へ追いやられた。儋州は異民族の黎族《れいぞく》が住む、熱帯の非文明地であったが、蘇軾はこの逆境にめげず創作に励んだ。「東坡海外の文章」と呼ばれるこの時期の詩文は、澄明な心情を伝えて彼の文学の完成だと評される。3年後、哲宗が崩じると、三度政局が変化し、蘇軾もその年の暮れには自由の身となった。翌、建中靖国《けんちゅうせいこく》元（1101）年6月、都へ向かう途中病にかかって職を辞し、7月に66歳で没した。南宋の孝宗《こうそう》の時、文忠という諡《おくりな》を賜り、それゆえ、蘇文忠公と呼ばれる。蘇軾の詩は、幾度の危難に遭いながらも、自然と人間に対する信頼を失わなかった彼の人間性を反映し、一般に明朗闊達《かったつ》である。また、談話の名手でもあり、ユーモアや警句にも富んでいる。さらに表現技術の上では、擬人法と比喩に優れるという特徴がある。宋の詩の一特徴でもあるが、蘇軾はまた、日常の平凡な事柄をも詩の題材として選んだ。日々の小さな喜びに、人生の意味を認めて歌うという、新しい詩境を開いた。蘇軾の詩集は、生前すでに印刷、刊行され、多くの読者をもった。また、黄庭堅《こうていけん》、秦観《しんかん》、張耒《ちょうらい》、晁補之《ちょうほし》のいわゆる蘇門四学士《そもんしがくし》や陳《ちん》師道《しどう》などの文学者が、その門下に集い、彼は文壇の中心的位置を占めた。こうした門弟たちを通じて、後世の詩文、詞に与えた影響は大きいが、一方、その人柄から、民衆にも大変人気があり、明の小説のなかには、蘇軾にまつわる話が数多く見られる。我が国においても、黄庭堅とともに、その詩が、鎌倉から室町へかけての五山《ござん》の詩僧たちに、大きな影響を及ぼした。

素性法師（そせいほうし）

僧侶【生没】生没年未詳

【評伝】桓武天皇の曾孫にして遍照（良岑宗貞）の子。遍照が在俗の際の子供で、兄の由性と共に出家させられたとされる。父、遍照と共に宮廷に近い僧侶として活躍した。仁明天皇の皇子、常康親王が出家して雲林院を御所とした際、遍照、素性親子は出入りを許可されていた。親王が亡くなった後は、遍照が雲林院の管理を任され、遍照が亡くなったあとも素性は雲林院に住み、そこは和歌、漢詩の会の催しの場として知られた。後に、大和の良因院に移った。宇多天皇の歌合にしばしば招かれ歌を詠んでいる。醍醐天皇からも寵遇を受けたようで、延喜9年、御前に召されて屏風歌を書くなどしている。常康親王や藤原高子などとの交流もあり、また死去の際には紀貫之、凡河内躬恒が挽歌を詠むなど、生前から歌人としての名声の高かったことが察せられる。『古今集』を初めとし、勅撰入集は61首。三十六歌仙のひとり。「小倉百人一首」21番に入集。

【著作】家集に『素性集』。

曾禰好忠（そねのよしただ）

歌人**【生没】**生没年未詳

【評伝】曾根とも記す。長く丹後掾を勤めたことから曾丹《そたん》後《ご》または曾丹と称された。出生、出自は未詳。当時としては新しい形式である「百首歌」を創始し、これは以後の勅撰集の撰出の資料となった。個人による百首詠は、寺社への奉納や歌作の練習として行われた。源順、大中臣能宣、源重之らと交流があったが、なかなか社交界には受け入れられず孤立した存在であった。新奇な題材や古語を用いた斬新な和歌を詠み、平安時代後期の革新歌人から再評価された。中古三十六歌仙のひとり。『拾遺集』を初めとし、勅撰入集計92首。『詞花集』では最多入集歌人。小倉百人一首46番に入集。

【著作】家集に『曾丹集』（『好忠集』）。

蘇　武（そぶ）

【生没】前漢、前１４０?～前６０

【評伝】字は子卿、京兆の人。匈奴遠征に功績を残した父、蘇建の保任（父の官職により子や弟が官につくこと）により官職を得た。武帝の御世の天漢元年、中郎将であったときに使者として匈奴に赴いた。単于《せんう》（匈奴の君主）の母を脅迫することなどを画策していたが、そのことが匈奴側に知られ、匈奴は逆に彼を寝返らせようとした。しかし蘇武は頑《かたく》なにそれを拒んだため、穴倉に幽閉されてしまった。飲食も断たれ、飢えと寒さの中をしのいで生き延び、さらに北海の地に雄羊放牧のために移された時などは、野ネズミを食べる生活を強いられた。あるとき戦いに敗れ匈奴に寝返った李陵がやってきた際、彼は蘇武に降伏するように勧めるも、その志は変わらなかった。そして昭帝の時、両国和親によりやっと帰国が実現した。拘束されてから19年目の開放であった。帰国後は典属国を拝命し、関内侯の位を賜った。死後、麒麟閣《きりんかく》にその像が描かれ、彼の意志を貫き通した行動が後世の模範とされた。宣帝の神爵2年、80余歳で没した。

蘇味道（そみどう）

【生没】 初唐、648?〜727?

【評伝】 趙州欒城（河北省）の人。若いころから文名が高く、李嶠《りきょう》とともに「蘇李」と称された。そのきっかけとなったのが、突厥《とっけつ》征伐の軍に書記として参加したことである。蘇味道はそこで才能を認められ、則天武后の延載元（694）年には宰相となった。しかし明確な政策を持たず、「みずから宰相は決断してはならぬ、ただ摸稜《もりょう》（ごまかし）していればよいのだ」と言っていたため、摸稜宰相と呼ばれたという。また親の墓を作ろうとして他人の墓地をこわしたりするなど、宰相らしからぬ行為が多かったため罷免され、武后の政権が倒れるとともに眉州（四川省眉山）刺史に流され、さらに益州（成都）長史に左遷される途上で死亡した。

た　ちつてと

戴叔倫（たいしゅくりん）

【生没】盛唐、７３２～７８９

【評伝】字は幼公（また次公とも）。金壇《きんだん》（江蘇省金壇県）の出身。撫州刺史、容管経略使を勤め、善政を敷き、晩年は願い出て道士となった。詩３００余首が残されている。

【著作】『戴叔倫集』。

大正天皇（たいしょうてんのう）

第１２３代天皇【生没】明治12年（１８７９）８月31日～大正15年（１９２６）12月25日

【評伝】明治天皇の第三皇子として生まれる。生母は典侍（事実上の側室）、柳原愛子《なるこ》。名は嘉仁親王。生来病弱であったが、皇后との間には皇子女がおらず、柳原との間に生まれた子供もみな早くに亡くなっており、第三皇子であるが皇太子となった。明治45年７月30日、明治天皇崩御を受け第１２３代天皇となり、大正に改元。多忙な公務や政治的対立などに巻き込まれ、元から丈夫ではなかった体はますます病に蝕まれた。文化面では特に漢詩を能くした。漢詩は、明治29年、満17歳、皇太子のときに、三島中洲が東宮侍講となってから作り始め、大正６年までの約20年間に１３６７首の漢詩を作った。この作数は歴代天皇のなかでも飛びぬけている。また、和歌は４５６首が確認されている。

【著作】家集に『おほみやびうた』（『おほみやびうた』編者でもある岡野弘彦調べ）など。

大弐三位（だいにのさんみ）

歌人【生没】生没年未詳

【評伝】藤原宣孝の女、母は紫式部。本名は藤原賢子《かたいこ》。長和６年、18歳ごろ、母の後を継ぎ一条院の女院、彰子に出仕。藤原頼宗、藤原定頼、源朝任らと交際があった。その後、藤原兼隆と結婚、一女を儲けた。長暦元年までの間に高階成章と再婚、為家を生む。天喜2年、従三位に昇進。夫も大宰大弐に就任した。大弐三位はこの官位と夫の官名に由来する女房名である。『後拾遺集』を初めとし、勅撰入集は37首。「小倉百人一首」58番に入集。
【著作】 家集に『大弐三位集』。

戴復古（たいふくこ）

【生没】 南宋、1167~1248?
【評伝】 字は式之《しょくし》。号は石屏《せきへい》。台洲黄巌《こうがん》（浙江省黄岩県）の出身である。一生仕えず、各地を旅し、有力者のもとで詩を作り、報酬を得て生活した。陸游に詩を学び、陳子昂《ちんすごう》・杜甫を尊重し、〝永嘉《えいか》の四霊《しれい》〟と交流があったという。江湖派の、重要なひとりと目されている。80数歳の長寿を保った。
【著作】 『石屏詩集』、『石屏詞』。

平兼盛（たいらのかねもり）

歌人 **【生没】** 生年不詳~正暦元年（991）12月28日
【評伝】 父は光孝天皇の曾孫にあたる大宰大弐篤行王。臣籍降下前は兼盛王と名乗っていたが天暦4年、平姓を賜わる。数々の歌合や屏風歌の作者として活躍し、とりわけ天徳4年の「天徳内裏歌合」では、壬生忠見の歌と競って勝った。その歌が「小倉百人一首」40番に入集している。三十六歌仙のひとり。『後撰集』を初めとし、勅撰入集は90首。
【著作】 家集に『兼盛集』。

平貞文（たいらのさだふみ／たいらのさだふん）

歌人 **【生没】** 生年未詳~延長元年（923）
【評伝】 平中《へいちゅう》とも。平好風の息子。貞観16年、父とともに平姓を賜る。歌合を少なくとも3回開催し、紀貫之、壬生忠岑、凡河内躬恒、在原元方らと交流があった。貞文は色好みとしても有名で歌物語『平中物語』は貞文を主人公としたものである。後世の『今昔物語』では、貞文を「品も賤しからず、形有様も美しかりけり」「かかる者なれば、人の妻、娘、いかに況や宮仕人は、此の平中に物言はれぬはなくぞありける」と絶賛している。中古三十六歌仙のひとり。『古今集』を初めとし、勅撰入集は26首。

平忠度（たいらのただのり）

武将・歌人 **【生没】** 天養元年（1144）~寿永3年（1184）2月7日
【評伝】 平忠盛の6男。和歌を藤原俊成に師事。寿永2年、平氏一門の都落ちの際、わざわざ都へ引き返して藤原俊成に自詠の巻物を託した。一ノ谷の戦いに出陣し亡くなったとされている。享年41。『千載集』では撰者の俊成は朝敵となった忠度を気遣い、一首のみ「よみ人知らず」として入集させている。なお、『新勅撰集』以後は薩摩守忠度として掲載されている。勅撰入集は11首（よみ人知らずの歌を含む）。

【著作】 家集に『忠度集』。

平忠盛（たいらのただもり）

武将・歌人 **【生没】** 永長元年（1096）～仁平3年（1153）1月15日

【評伝】 平清盛、教盛、頼盛、忠度らの父。北面武士や追討使として白河、鳥羽院政の武力的支柱の役割を果たした。また諸国の受領を歴任し、日宋貿易にも従事して富を蓄えた。この富が引き継がれ、後の平氏政権の基礎となった。和歌を好み、多くの歌会、歌合に参加。「久安百首」の作者に加わる。『詞花集』を初めとし、勅撰入集17首。

【著作】 家集に『平忠盛集』。

高井几董（たかいきとう）

俳人 **【生没】** 寛保元年（1741）～寛政元年（1789）10月23日

【評伝】 京都の俳諧師・高井几圭《きけい》の次男として生まれる。幼名は小八郎。別号に晋明、高子舎、春夜楼、塩山亭。父に師事し俳諧を学び、初号を雷夫と称した。宝井其角には特に厚く私淑していた。明和7年、与謝蕪村に入門した。入門当初より頭角を現し、蕪村を補佐して一門を束ねるまでに至った。安永7年には蕪村と二人で大坂・摂津・播磨・瀬戸内方面に吟行の旅に出た。温厚な性格で蕪村の門人全てと分け隔て無く親交を持った。門人以外では松岡青蘿、大島蓼太、加藤暁臺らと親交を持った。天明3年に蕪村が没すると、翌年に追悼集『から檜葉』を手向け『蕪村句集』を編んだ。京都を活動の中心に据えていたが、天明5年、蕪村が師である早野巴人《はじん》の『一夜松』に倣い『続一夜松』を比野聖廟に奉納しようとしたが叶わなかったので、その遺志を継いで関東に赴いた。この際に出家し僧号を詐善居士と名乗った。天明6年に夜半亭を継承。夜半亭三世となる。この年に『続一夜松』を刊行した。寛政元年、没。享年49。

【著作】 句集に『井華集』。編著に『あけ烏』『続明烏』。

記録書に『几董句稿』など。

高桑闌更（たかくわらんこう）

俳人【生没】享保11年（1726）～寛政10年（1798）5月3日

【評伝】名は正保、忠保。通称は長次郎。別号は蘭皐《らんこう》、二夜庵、半化房（坊）、芭蕉堂など。金沢の商家に生まれ、俳諧を加賀蕉門の重鎮であった希因《きいん》に学ぶ。30代のなかばごろから俳諧活動が活発になり、蕉風復古を志して芭蕉の資料を世に紹介するとともに、独自の蕉風論を唱える。江戸を経て京都に移り、医業をしながら俳諧を嗜んだ。宝暦13年、『花の故事』、明和8年、『落葉考』を刊行。天明3年、洛東に芭蕉堂を営んで毎年3月に芭蕉会を催し『花供養』を刊行した。芭蕉復帰を唱え、蕉風の隆盛に努めた。寛政10年、没。享年73。温厚な性格が慕われ、多くの門人を擁して京都俳壇の中心人物となった。

【著作】編著『俳諧続七部集』『落葉考』『俳諧世説』など。

高杉晉作（たかすぎしんさく）

藩士【生没】天保10年（1839）8月20日～慶応3年（1867）4月14日

【評伝】江戸時代の人。名は春風。字は暢夫。通称は晉作。東行《とうぎょう》と号した。長州藩士、高杉春樹の子。初め藩校明倫館に学び、のち吉田松陰の松下村塾に学んで、久坂玄瑞とともに双璧と称せられた。万延元年、明倫館の舎長となり、翌年文久元年世子の近侍となった。翌年3月、桂小五郎の勧めにより上海に渡り、8月帰藩したが、早くから勤皇の大義を唱え、藩論を統一して尊王攘夷に誘導すべく奇兵隊を組織して征長軍にあたり、戦功を残した。その後、討幕運動を進めたが、病のため辞任して慶応3年没した。享年29。その学は陽明学を主とし、士道の実践を己の任とし、また詩を善くした。

【著作】『投獄集』『東行詩文集』『東行先生遺文』『獄中手記』。

高田陶軒（たかだとうけん）

教育者【生没】明治26年（1893）8月6日～昭和50年（1975）11月24日

【評伝】名は眞治。楷菴とも号す。大分県宇佐郡宇佐町の人。第一高等学校を経て、大正6年東京帝国大学文科大学支那哲学科卒業。水戸高等学校教授、京城帝国大学予科教授、京城帝国大学助教授、昭和3年東京帝国大学助教授、次いで教授となる。ドイツ、米国、中華民国に留学。また漢学会を設立『漢学会雑誌』を創刊、斯文興隆に尽した。

22年に退官、その後は大東文化大学教授、国士館大学教授となる。文学博士。吟詠を奨励し、吟詠界とも交流があった。50年、83歳で没した。

【著作】『支那哲学概説』『易経訳注』『詩経訳注』『日本儒学史』『陶軒詩鈔』『陶軒詩集』など。

高田敏子（たかだとしこ）

詩人【生没】大正3年（1914）9月16日～平成元年（1989）5月28日

【評伝】東京都に生まれる。旧制跡見女学校卒業。結婚して満州に渡り、昭和21年に帰国。昭和24年、「若草」に投稿した「夜のフラスコの底に」で注目を浴び、「現代詩研究」「日本未来派」同人となる。昭和35年から「朝日新聞」家庭欄に短詩を連載し『月曜日の詩集』にまとめて刊行。初期はモダニズムを追求したが、この『月曜日の詩集』以降は女性の日常生活に根ざした平易な作風に変わり、「台所詩人」「お母さん詩人」と称された。昭和40年より詩誌「野火」を主宰。昭和42年、『藤』にて第7回室生犀星詩人賞受賞。平成元年、没。享年74。

【著作】詩集に『雪花石膏《アラバスタ》』『人体聖堂』『月曜日の詩集』『月曜日の詩集　続』『にちよう日―母と子の詩集』『愛のバラード』など。

高野公彦（たかのきみひこ）

歌人【生没】昭和16年（1941）12月10日～

【評伝】本名、日賀《ひが》志《し》康彦。愛媛県喜多郡長浜町（現・愛媛県大洲市）に生まれる。愛媛県立松山工業高等学校機械科卒業後、自動車生産会社に入社。横浜国立大学工学部機械工学科の夜間部に入学するも、退社し大学も中退。昭和39年、宮柊二を訪ね、コスモス短歌会に入会。昭和42年に東京教育大学文学部国文科を卒業し、河出書房新社の編集者となる。昭和57年、「ぎんやんま」で第18回短歌研究賞受賞。昭和60年、同人誌「桟橋」を創刊。平成9年、『天泣』で第1回若山牧水賞受賞。平成13年、『水苑』で第16回詩歌文学館賞、第35回迢空賞受賞。平成16年、紫綬褒章受章。平成6年より平成22年まで青山学院女子短期大学国文学科教授。

【著作】歌集に『汽水の光』『淡青』『天平の水煙』。エッセイに『地球時計の瞑想』『うたの前線』『ことばの森林浴』など。

高野素十（たかのすじゅう）

俳人【生没】明治26年（1893）3月3日～昭和51年（1

976）10月4日
【評伝】本名、与巳。茨城県北相馬郡山王村（現・茨城県取手市）に生まれた。新潟県長岡市の叔父高野毅方に寄宿し県立長岡中学校を卒業。旧制一校を経て東京帝国大学医学部を卒業した。卒業後同大学医学教室に入局。同教室の水原秋桜子らの勧めで俳句を始めた。大正12年「ホトトギス」雑詠に初投句して入選。昭和2年から4年まで連続3年間巻頭3回という稀に見る成績を残した。素十は俳壇的野心を持たず、ひたすら虚子の教える写生を信奉した。昭和7年、新潟医科大学医学部助教授になり、ドイツのハイデルベルク大学に留学。帰国後、教授になり、24年には新潟大学医学部長兼新潟医科大学学長となった。29年からは奈良医科大学教授となった。「桐の葉」雑詠の選者、大阪毎日俳壇選者などをつとめる。32年には「桐の葉」を辞して「芹」を創刊して主宰した。昭和35年、奈良医大を退職し、俳句に専念。昭和45年、軽度の脳出血を起こす。昭和51年、再度発症した脳出血により病没。享年83。山口誓子、阿波野青畝、水原秋桜子とともに「ホトトギス」の四Sのひとりである。

【著作】句集に『初鴉』『雪片』『野花集』『素十全集』『高野素十自選句集』『素十全句集』など。

高野蘭亭（たかのらんてい）

文人【生没】宝永元年（1704）～宝暦7年（1757）7月6日
【評伝】江戸時代、江戸の生まれ。名は惟馨《これよし》、字は子式《しげのり》。蘭亭・東里などと号した。父勝春は百里居士と号した俳諧の大家であった。荻生徂徠に学んだが、17歳で失明した。これ以後は詩に専心して、詩経以下唐明大家の作に至るまでを暗誦し、その詩は服部南郭と比せられるものがあった。宝暦7年没、享年54。
【著作】『蘭亭遺稿』『蘭亭先生詩集』。

高橋新吉（たかはししんきち）

詩人【生没】明治34年（1901）1月28日～昭和62年（1987）6月5日
【評伝】愛媛県伊方町に生まれる。大正2年、八幡浜商業学校入学。無断で家出をし、上京したが家に戻る。大正7年、卒業間近で退学。大正9年、「萬朝報」の懸賞短編小説に「焰をかゝぐ」が入選。同年、同紙でダダイズムの記事を読み、ダダに「感染」する。再び上京し、自費出版の『まくはうり詩集』を作り、それを持ち辻潤を訪ねる。大正12年、辻が無断で詩集を編集して『ダダイスト新吉の詩』を刊行。新吉は小説『ダダ』を刊行。大正15年、詩集『祇園祭り』を刊行。翌年に『高橋新吉新詩集』を刊行するが、心身の不調より郷里で静養をする。郷里で禅僧の話を聞いてから禅に傾倒し、それは以後、独特な詩世界にも反映されることとなる。禅との出会いにより不調を克服し、旺盛な執筆活動を晩年まで続け、長寿を保った。昭和26年には結婚して子供もでき、生活も安定し、「超越の詩人」と呼ばれる。禅の研究も進め、昭和46年に禅に関する詩が英訳され、「禅ポエムの詩人」として欧米でも高い評価を受けた。昭和48年、『定本高橋新吉詩集』で芸術選奨文部大臣賞受賞。昭和57年、『空洞』で第15回日本詩人クラブ賞受賞。昭和62年、前立腺癌により病没。享年86。若い頃のダダへの「感染」から、次第に、仏教・禅に興味を向け、独自の詩的境地を開いた詩人である。

【著作】 詩集に『ダダイスト新吉の詩』『高橋新吉新詩集』『海原』など。

高橋泥舟（たかはしでいしゅう）

幕臣 **【生没】** 天保6年（1835）2月17日～明治36年（1903）2月13日

【評伝】 幕末・維新期の幕臣。名は政晃、幼名は謙三郎、字は寛猛、通称は精一。高橋家を継ぎ、25歳で講武所師範となり、伊勢守に任じた。文久3年、新徴《しんちょう》組を率いて上洛したものの、時勢を察し、鳥羽伏見の戦いの後には将軍徳川慶喜に恭順を説き、そして終始慶喜を警護した。勝海舟・山岡鉄舟とともに、「幕末の三舟」と称された。

【著作】『泥舟遺稿』。

高橋虫麻呂（たかはしのむしまろ）

歌人 **【生没】** 生没年未詳

【評伝】 養老3年頃、藤原宇合が常陸守であった頃に宇合の下僚となり、以後庇護を受けたという。下総国真間（現・千葉県市川市）の手児奈《てこな》や、摂津国葦屋（現・兵庫県芦屋市）の菟原処女《うないおとめ》など、地方の伝説や人事を詠んだ歌が多い。また旅先で詠んだ歌も多い。『万葉集』に34首の作品が入集するが、虫麻呂の作と題するものは1首のみ。ほかに「高橋連虫麻呂の歌集中（歌中）に出づ」とされる年代不明の歌群がありこれも虫麻呂の作品として認められている。レトリックや表現も異色であり、宮廷歌人とは一線を画する存在である。

高橋睦郎（たかはしむつお）

詩人・俳人【生没】昭和12年（1937）12月15日〜

【評伝】福岡県北九州市生まれ。福岡教育大学教育学部国語科卒業。大学在学中の昭和34年、21歳で処女詩集『ミノ・あたしの雄牛』を発表。昭和37年に上京し、詩のみならず、俳句、短歌、オペラ、新作能などの分野で精力的に芸術活動を続ける。昭和39年に『薔薇の木・にせの恋人たち』、昭和40年に三島由紀夫の跋文をもつ『眠りと犯しと落下と』を刊行し、詩壇に登場。ブッキッシュな認識を土台に、現代の神話、エロスの形而上学を形成する詩風。昭和57年、詩集『王国の構造』で藤村記念歴程賞受賞。昭和63年、句集『稽古飲食《おんじき》』で読売文学賞、詩集『兎の庭』で高見順賞受賞。平成5年、詩集『旅の絵』で現代詩花椿賞受賞。平成8年、詩集『姉の島』で詩歌文学館賞受賞。平成12年、紫綬褒章受章。平成19年、織部賞を受賞。平成22年、詩集『永遠まで』で現代詩人賞受賞。詩の朗読で知られる。また古典文学に関心が深く、ギリシャ悲劇「王女メディア」「オイディプス王」の蜷川幸雄による上演の台本を作成した。

【著作】句集に『稽古飲食』『花行』。詩集に『この世あるいは箱の人』『動詞』『王国の構造』『聖三角形』『暦の王』『鍵束』『分光器』。評論に『青春を読む』『恋のヒント』『百人一句』『私自身のための俳句入門』『読みなおし日本文学史』『詩人の血』。エッセイに『球体の神話学』。小説に『十二の遠景』など。

高橋藍川（たかはしらんせん）

僧侶【生没】明治39年（1906）9月19日〜昭和61年（1986）

【評伝】名は宗雄、藍川は号、別に夢笛山人とも称した。道号は泰道。書斎を撃竹山房という。和歌山上富田町の臨済宗成道寺に生まれる。幼時より先師芸霊和尚に詩を学び、のち上村売剣に師事す。漢詩誌「春秋」「内観」「東華」などに投稿。昭和15年「黒潮吟社」を創立、月刊誌「黒潮集」を発行し普及指導した。次の七絶は吟詠界への警鐘である。

吟道盛時詩道沈　　吟道盛んなる時詩道は沈む
紛紛巴調耐傷心　　紛紛たる巴調傷心に耐えたり
口中有舌眼無字　　口中舌有るも眼に字なし
唯是苦辛諳譜音　　唯是れ苦辛して譜音を諳んず

南海の詩僧の一喝か。作品の数は万余、多作で知られた。昭和61年没。享年81。

【著作】『藍川詩集』『漢詩講座』『藍川百絶』『藍川百律』など。

鷹羽狩行（たかはしゅぎょう）

俳人【生没】昭和5年（1930）10月5日～

【評伝】本姓、高橋。本名、行雄。山形県鶴岡市に生まれた。中央大学法学部を卒業。プレス工業に勤務。尾道商業高校に在学中に俳句を学び始め、「青潮」に投句。昭和23年より山口誓子に師事し、昭和35年、第11回天狼賞を受賞し「天狼」同人となる。39年より秋元不死男に師事。「氷海」に参加した。昭和53年には、終刊した「氷海」を継承して「狩」を創刊して主宰した。昭和40年、『誕生』で俳人協会賞、昭和50年、句集『平遠』で文部大臣芸術選奨新人賞を受賞している。平成12年、海外吟『翼灯集』と句集『十三星』で毎日芸術賞を受賞。

【著作】句集に『誕生』『遠岸』『平遠』『定本・誕生』『鷹羽狩行集』『月歩集』『五行』『六花』『七草』『十友』『十二紅』など。評論集に『古典と現代』『俳句の魔力』『俳句のたのしさ』など。

高畠式部（たかばたけしきぶ）

歌人【生没】天明5年（1785）～明治14年（1881）5月28日

【評伝】名は刀美。登美子とも。式部は号であり、明治維新後、志貴婦とも記した。別号に麦の舎。伊勢国松坂（現・三重県松坂市）の商家に生まれる。最初の夫と死別後、千種家出入りの鍼医で歌人の高畠清音と再婚する。香川景樹から桂園流の歌を学び、景樹の没後は千種有功《ありこと》に師事。和歌以外に書画、彫刻、琵琶、笙、茶道等も能くした。明治14年、没。享年97。

【著作】歌集に『麦の舎集』、『式部蓮月二女和歌集』（大田垣蓮月との共著）など。

高浜虚子（たかはまきょし）

俳人【生没】明治7年（1874）2月22日～昭和34年（1959）4月8日

【評伝】本名、清。愛媛県松山市に生まれた。池内庄四郎政忠の末子（4男）として生まれた。母は山川柳《りゅう》。9歳の時に祖母の家系を継いで高浜姓となった。明治24年に伊予尋常中学校に在学中に、級友の河東碧梧桐を介して正岡子規と文通をし、それが俳句の機縁となった。子規の命名により虚子と号した。明治25年京都第三高等中学校に入学。27年に仙台第二高等学校に転校したが、碧梧桐と共に退校して上京した。当時子規は大学を中退して日本新聞に入社して既に文学活動を始めていたのに刺激されたためである。

明治31年「ホトトギス」を東京に移して発行する。子規の没後、一時小説に没頭し「俳諧師」等の作品を書く。明治45年碧梧桐の新傾向俳句に対抗して守旧派を以て任じ、「ホトトギス」に雑詠欄を復活させた。ここから村上鬼城・渡辺水巴・飯田蛇笏ら多くの俳人を輩出した。昭和2年には花鳥諷詠、客観写生を提唱した。昭和19年より22年まで長野県小諸に疎開。昭和26年より雑詠選を長男の年尾に譲る。29年には文化勲章を受章している。昭和34年、脳出血で病没。享年85。忌日は、虚子忌、椿寿忌という。

【著作】句集に『五百句』『五百五十句』『六百句』『六百五十句』『年代順俳句全集』『贈答句集』『小諸百句』『高浜虚子全集』。自伝に『俳句の五十年』。小説に『鶏頭』『風流懺法』『斑鳩物語』『俳諧師』『続俳諧師』『朝鮮』。評論に『蕪村句集講義』『俳句とはどんなものか』『月並研究』『進むべき俳句の道』『どんな俳句を作ったらいいか』など。

高浜年尾（たかはまとしお）

俳人**【生没】**明治33年（1900）12月16日〜昭和54年（1979）10月26日

【評伝】本名も年尾。別号、としを。東京神田猿楽町に生まれた。高浜虚子の長男。開成中学時代、ホトトギス発行所から通学していたこともあって自然俳句に親しみ例会に投句したりもしていたが、文学方面への進学を父に反対され、小樽高商に進学。卒業後旭シルクに勤務。退職後に句作に復帰。関西のホトトギス俳人の中心となって活躍する一方、芭蕉輪講から連句にも興味を持ち、実作も試み、昭和13年「俳諧」を発行し主宰した。縦横自在な編集で、その内容は俳句・俳文・俳諧詩・連句・俳論など多岐に亘った。毎月定期的に上京し、「ホトトギス」の経営にも携わっていたが、虚子病後の昭和26年からは雑詠選を担当し、名実ともにその主宰となった。句風は、初期の才気横溢した時代を経て、老来平明な写実を基礎として、円熟の境地に至った。昭和54年、没。享年78。

【著作】句集に『年尾句集』。著書に『俳諧手引』『句日記』2巻『父虚子とともに』など。

高村光太郎（たかむらこうたろう）

詩人・彫刻家・画家**【生没】**明治16年（1883）3月13日〜昭和31年（1956）4月2日

【評伝】彫刻家・画家であるが、今日では教科書にも多く作品が掲載されているため、詩人として知られている。本名、光太郎《みつたろう》。東京府下谷区（現・東京都台東区）に彫刻家、高村光雲の長男として生まれる。東京美術学校彫刻科に入学。文学にも関心を寄せ、在学中に与謝野鉄幹の新詩社の同人となり「明星」に寄稿。明治35年、彫刻科を卒業し研究科に進むが明治38年に西洋画科に移った。翌年より留学。明治42年に帰国。パンの会に参加し、「スバル」などに美術批評を寄せた。明治45年、駒込にアトリエを建てた。この年、岸田劉生らと結成した第一回ヒュウザン会展に油絵を出品。大正3年に詩集『道程』を出版。同年、長沼智恵子と結婚。昭和4年頃から智恵子の健康状態が悪くなり、昭和13年、智恵子と死別。昭和16年、詩集『智恵子抄』を出版。智恵子の死後、戦意高揚のための戦争協力詩を多く発表した。昭和20年、空襲によりアトリエとともに多くの彫刻やデッサンが焼失。岩手県花巻町（現・岩手県花巻市）の宮澤清六（宮澤賢治の実弟）方に疎開。終戦後、花巻郊外の稗貫郡太田村山口（現・岩手県花巻市）に小屋を建てて移り住み、ここで7年間独居自炊の生活を送る。これは戦争中に多くの戦争協力詩を作ったことへの自省の念から出た行動だった。この小屋は現在も「高村山荘」の名前で保存されている。昭和25年、戦後に書かれた詩を収録した詩集『典型』を出版。第2回読売文学賞を受賞。昭和27年、小屋を出て東京中野区のアトリエに転居。昭和31年、自宅アトリエにて肺結核のため死去。享年73。

【著作】詩集に『道程』『智恵子抄』『典型』。美術評論に『印象主義の思想と芸術』『美について』など。

高安國世（たかやすくによ）

歌人・独文学者**【生没】**大正2年（1913）8月11日～昭和59年（1984）7月30日

【評伝】大阪府に生まれる。母は「アララギ」歌人の高安やす子。母の影響を受けて短歌を志す。昭和9年、京都帝国大学文学部独文科入学と同時に「アララギ」に入会。土屋文明に師事する。昭和21年、関西アララギ地方誌「高槻」創刊に参加。京都大学教養学部助教授就任。昭和24年、歌集『真実』を刊行。昭和29年「塔」を創刊、主宰。昭和38年、京都大学教養学部教授就任。昭和45年「現代歌人集会」を結成、初代理事長に就任。昭和51年、京都大学を定年退官、関西学院大学教授。昭和59年、没。享年70。「京都大学短歌会」の顧問も長く務め、永田和宏や栗木京子を育てた。リアリズムに基礎を置きながらも、現実には存在しないものを表現の対象に求めるなど、常に新しい表現を求め続けた。また、独文学者、リルケ研究家としても知られる。

【著作】歌集に『真実』『虚像の鳩』『光の春』。エッセイに『カスタニエンの木陰』『わがリルケ』。訳書に『若き詩人への手紙』『ロダン』『マルテの手記』など。

高屋窓秋（たかやそうしゅう）

俳人【生没】明治43年（1910）2月14日〜平成11年（1999）1月1日

【評伝】本名、正国。名古屋市に生まれた。幼少の頃東京に引っ越す。その後父の転勤で熊本に転居。法政大学文学部を卒業した。昭和13年満州電信電話会社に入社し、終戦まで放送事業に携わった。戦後引き揚げて東京放送に入社。最後にはTBSブリタニカの役員となった。九州学院中学時代の大正15年、誘われて、俳句を始める。「破魔弓」に投句、「ホトトギス」にも入選した。昭和5年にも水原秋桜子の門下となり、「馬酔木」の編集を手伝った。石橋竹秋子・石田波郷と共に「馬酔木」の若き三羽烏として活躍し、秋桜子の唱える連作俳句の実践に新しい境地を開いた。昭和10年に山口誓子が「馬酔木」に加盟したのを契機に同誌を去って、句作も絶った。12年、2年間の沈黙の後、書き下ろし句集『河』を出して、新興俳句作家として立場を鮮明にした。13年には「京大俳句」に加盟したが、15年の俳句弾圧事件当時は満州にいて難を免れた。戦後23年には山口誓子主宰の「天狼」創刊に同人として参加。後に「俳句評論」の同人にもなった。平成3年、第3回現代俳句協会大賞受賞。平成11年、没。享年88。

【著作】句集『白い夏野』『河』『石の門』『高屋窓秋全句集』。

高柳重信（たかやなぎじゅうしん）

俳人【生没】大正12年（1923）1月9日〜昭和58年（1983）7月8日

【評伝】本名、重信《しげのぶ》。旧号、恵幻子。東京小石川に生まれた。早稲田大学専門部法科卒業。府立九中時代に父黄卯木の影響で「春蘭」に投句。次いで同誌を改題した「縷紅」で大場白水郎に学んだ。15年には早大俳句研究会に参加し、翌年「群」（第一次）、翌々年「早大俳句」を創刊した。弾圧後残存した新興俳句に接近し、「旗艦」を改題した「琥珀」に18年から参加した。おなじ頃第二次の「群」も創刊した。20年になって敗戦後、疎開先の群馬で第三次の「群」を創刊。22年「弔旗」を創刊。同じ年、富沢赤黄男に師事、以後「太陽系」「火山系」「七面鳥」「薔薇」と、行動を共にした。その前後を通じて多行表記様式を開拓、実践し金子兜太とともに「前衛俳句」の旗手となった。同時に旺盛な評論活動を行なった。後年、山川蟬夫という別人格を登場させ発想と同時に書ききるという、一行の俳句形式も行った。33年には「俳句評論」を創刊し、編集に従事した。42年からは総合誌「俳句研究」の編集を担当した。昭和58年、没。享年60。

【著作】句集に『蕗子』『伯爵領』『高柳重信全句集』『青弥撒』『山海集』『山川蝉夫句抄』『日本海軍』。評論集に『バベルの塔』『現代俳句の軌跡』など。

宝井其角（たからいきかく）

俳人【生没】寛文元年（1661）7月17日～宝永4年（1707）2月30日

【評伝】本名は竹下侃憲《ただのり》。別号は螺舎《らしゃ》、狂雷堂、晋子、宝普齋など。江戸堀江町で、近江国膳所藩御殿医・竹下東順の長男として生まれた。延宝年間の初めの頃、父親の紹介で松尾芭蕉の門に入り俳諧を学ぶ。はじめ、母方の榎本姓を名乗っていたが、のち自ら宝井と改める。蕉門十哲の第一の門弟と言われている。芭蕉の没後は日本橋茅場町に江戸座を開き、江戸俳諧では一番の勢力となる。なお、隣接して、荻生徂徠が起居、私塾蘐園《けんえん》塾を開いており、「梅が香や隣は荻生惣右衛門」の句がある。宝永4年、永年の飲酒が祟ってか47歳の若さで亡くなっている。

【著作】句集に『花摘集』『其角十七條』『枯尾花』『五元集』。

田川鳳朗（たがわほうろう）

俳人【生没】宝暦12年（1762）～弘化2年（1845）

【評伝】熊本に生まれた。名は東源、義長。別号に対竹、自然堂、芭蕉楼、鶯笠、芭蕉林など。寛政10年、肥後熊本藩士を辞し、諸国を遊歴。江戸で俳諧師になり、真正芭蕉風をとなえる。成田蒼虬、櫻井梅室とともに天保三大家と称された。弘化2年、没。享年84。

【著作】編著に『芭蕉葉ふね』『蕉門俳諧師説録』など。

瀧井孝作（たきいこうさく）

俳人・小説家【生没】明治27年（1894）4月4日～昭和59年（1984）11月21日

【評伝】岐阜県大野郡高山町馬場通（現・高山市大門町）に生まれた。明治33年、高山尋常小学校へ入学。明治39年、母ゆき没。町の魚問屋に丁稚奉公し、昭和41年、店の隣の青年に俳句を教わった。翌年、全国俳句行脚で来た河東碧梧桐に認められ、句誌への投稿を始めた。以来俳句は碧梧桐に師事する。号は折柴《おりしば》であったが、碧梧桐の勧めで折柴《せっさい》と改めた。明治45年、碧梧桐と相談の上大阪へ出奔し、特許事務所へ勤めながら、俳句の活動を続けた。大正2年、小説の第1作「息」が、投稿先の荻原井泉水に認められた。大正3年、東京市神田区（現在の千代田区内）の特許事務所へ転じ、碧梧桐、中塚一碧楼、大須賀乙字らと句作し、小説「夜の鳥」を新聞連載した。大正4年、碧梧桐が創めた句誌「海紅」の編集を手伝い、早稲田大学の聴講生となった。大正８年、時事新報の文芸部記者として芥川龍之介を知り、翌年、「改造」の文芸欄担当記者として志賀直哉を知り、「暗夜行路」を「改造」に貰った。このふたりには終生師事した。大正10年、退職。大正12年、京都へ移った。大正14年、志賀直哉を追って、奈良へ移った。昭和10年、創設された芥川賞の選考委員となった。戦後の昭和25年、文壇俳句会が復活し、毎月出席した。昭和34年、日本芸術院会員となった。昭和43年、短篇集『野趣』が、読売文学賞を受けた。昭和44年、勲三等瑞宝章を受けた。昭和59年、急性腎不全により没。享年90。

【著作】 句集に『折柴句集』『浮寝鳥』『山桜』など。

卓文君（たくぶんくん）

【生没】 前漢、前179？～前117？

【評伝】 前漢の司馬相如《しばしょうじょ》の妻。臨邛《りんきょう》（四川省邛崍《きょうらい》県）の富豪卓王孫《たくおうそん》の娘。はじめの夫と死別して実家に戻っていたが、あるとき卓家の宴会に相如が訪れた。相如は文君を見そめ、思いを込めて琴をかなでた。それに文君も心を動かされ、直ちに出奔して生活を共にしたという。二人で酒場を開くような辛苦の末、相如は文才を認められて朝廷に仕えるようになる。ところが、やがて相如は茂陵《もりょう》（陝西省興平県）に住む娘を愛人にしようとしたので、卓文君は「白頭《はくとう》の吟《ぎん》」を作って抗議の意を表した。そのために相如は思いとどまったという。

竹下しづの女（たけしたしづのじょ）

俳人 **【生没】** 明治20年（1887）3月19日～昭和26年（1951）8月3日

【評伝】 本名、静廼《しずの》。福岡県行橋市の庄屋のひとり娘に生まれた。福岡女子師範を卒業した。小学校訓導を経て小倉師範学校教諭。大正元年水口伴蔵と結婚し、２男２女を儲ける。大正８年、吉岡禅寺洞に就いて句作を始めた。大正９年より「ホトトギス」に投句。高浜虚子に師事し、昭和３年に同人となった。昭和８年、夫と死別したあとは、福岡県立図書館に勤務しながら子育てをした。昭和12年より16年まで、学生俳句連名の機関誌「成層圏」を中村草田男と共に指導した。終戦の昭和20年の秋から郷里に帰り、田地に仮小屋を建てて住み、食糧を確保するため田畑を耕した。また昭和24年より没年まで九大俳句会も指導した。福岡に戻って実母の介護に務め、その死を見届けて後を追うように昭和26年に没した。享年64。

【著作】 句集に『颯』。

竹添井井（たけぞえせいせい）

官人・教育者【生没】天保13年（1842）3月27日～大正6年（1917）3月31日

【評伝】名は光鴻《こうこう》、字は漸卿《ぜんけい》、通称は進一郎。井井と号した。肥後（現・熊本県）天草の人。熊本県に仕え、維新後は清国天津領事、清国公使館書記官、朝鮮公使などを歴任。のち学究生活に入り、東京帝国大学文科大学教授となった。晩年は小田原で読書と著述に専念した。明治9年の中国在任中に三峡旅行での見聞をまとめた『桟雲峡雨《さんうんきょうう》日記《にっき》並《ならびに》詩《し》草《そう》』は内外の賞賛を博した。

【著作】『桟雲峡雨日記並詩草』『左氏会箋《さしかいせん》』『毛詩会箋』『独抱楼《どくほうろう》遺稿』。

武田信玄（たけだしんげん）

武将【生没】大永元年（1521）11月3日～天正元年（1573）4月12日

【評伝】戦国時代の大名。武田信虎の長男。名は晴信、号は徳栄軒。将軍足利義晴の偏諱《へんき》を受け従五位下、大膳大夫。天文10年、父信虎を追放して自立し、翌年には信濃国諏訪を、天文14年には伊那をとり、筑摩郡の小笠原長時、埴科郡の村上義清を圧迫する。天文18年、義清に上田原の戦いで敗れたが、同年塩尻峠で長時を破り、天文20年、長時を越後に追い、天文22年に義清を越後に走らせる。同年以後弘治元年・3年・永禄4年、7年の5回、川中島で上杉謙信と戦い北信を制圧する。天文23年、駿河善徳寺で北条氏康・今川義元と会盟し、弘治4年、以後氏康を助けてしばしば関東に出兵し謙信と対抗する。義元敗死後は今川氏との和親を説く嫡子義信と対立し、永禄10年、自殺させ、翌年から2年続けて駿河に進出する。その間、後北条氏と抗争し、駿河及び小田原で戦い、西上野を版図に収めることとなる。元亀2年、北条氏政と和し、将軍足利義昭、本願寺の顕如、朝倉氏・浅井氏らの反織田信長勢力と結んで、元亀3年、西上の大軍をおこす。遠江国三方ヶ原で徳川家康を破るものの、三河国野田城攻囲中に発病。翌年、帰国の途中信濃国伊那の駒場で倒れた。

高市黒人（たけちのくろひと）

歌人【生没】生没年未詳

【評伝】持統、文武朝頃の人物とされる。高市氏は県主《あがたぬし》氏族の一つで、大和国高市県（現・奈良県高市郡、橿原市の一部）を管理した。下級の地方官人であったとみる説が有力である。大宝元年、太上天皇吉野宮行幸、同2年の参河国行幸に随行して歌を詠む。『万葉集』に18首入集。すべての歌が旅先での作と思われる。

武林唯七（たけばやしただしち）

武士【生没】寛文12年（1672）～元禄16年（1703）
【評伝】名は隆重。先祖は中国、武林の人で、豊臣秀吉の朝鮮出兵の際、明の援軍として従軍するも、そこで捕らえられて日本に来たという逸話が残っている。播磨国（現・兵庫県）赤穂浅野家の長矩に仕えて中小姓、近習を勤め、長矩の刃傷沙汰で浅野家が断絶した際は、母のたっての希望もあって大石良雄らと盟約を結び、渡辺七郎右衛門と名を変えて仇敵吉良義央の動静を窺っていた。のち吉良邸討ち入りとなった際には、義央を討ち取った。しかしその後毛利綱元邸にお預けの身となり、切腹した。赤穂四十七士の一人として知られる。

建部巣兆（たけべそうちょう／たてべそうちょう）

俳人【生没】宝暦11年（1761）～文化11年（1814）
【評伝】本名、山本英親。別号、秋香庵・菜翁。江戸本石町の名主の家に生まれる。加舎白雄の門下。夏目成美・鈴木道彦と共に江戸三大家と呼ばれる。土佐風・蕪村風の画にもすぐれ、書もよくした。洒脱な中に気品の高さの伺われる俳風である。文化11年、没。享年54。
【著作】句集に『曾波可理《そばかり》』。編著に『一鐘集』『徳万歳』『仙都紀行』など。

武元登登庵（たけもととうとうあん）

詩人【生没】明和4年（1767）2月15日～文政元年（1818）2月23日
【評伝】江戸時代、備前（現・岡山県）和気郡北方村の生まれ。名は正質。字は景文。通称は孫兵衛。登登庵・行庵・泛庵などと号した。閑谷学校に学び、柴野栗山に師事した。詩を善くした。文政元年没、享年52。
【著作】『古詩韻範』『行庵詩草』『柴溟弔古集』『赤馬観濤集』。

太宰春臺（だざいしゅんだい）

儒学者【生没】延宝8年（1680）9月14日～延享4年（1747）5月30日
【評伝】名は純《じゅん》、字は徳夫《とくふ》。通称は弥右衛門《やえもん》。号は春臺・紫芝園《ししえん》。信州飯田の人。15歳で出石藩（現・兵庫県）に仕え、かたわら朱子学を学んだが4年後に退職。10年間関西を放浪したのち江戸にもどり、荻生徂徠の門に入り古学を学んだ。生実《おいみ》藩（現・茨城県）の儒官を5年間務めた後は出仕せず、学問・教育に専念した。とりわけ経学・経済学に秀でた。徂徠門下としては服部南郭《はっとりなんかく》と並び称されたが、晩年には徂徠の説にやや批判的で、徂徠が尊重した古文辞派の詩文を退けている。

【著作】『春台先生紫芝園稿《ししえんこう》』『論語古訓』『経済録』『新選唐詩六体集』。

但馬皇女（たじまのひめみこ）

皇族**【生没】**生年不詳～和銅元年（708）6月25日

【評伝】天武天皇の皇女。母は氷上大刀自《ひかみのおおとじ》。（氷上娘）『万葉集』に4首、『歌経標式』に1首が残されている。異母兄、高市皇子の宮にいたことが『万葉集』の題詞にみえるが、事実上の妻であったのか、ただ同居していただけなのかは詳しく分かっていない。『万葉集』には、穂積皇子を偲んだ歌が残されており、その内容から恋愛関係にあったとも言われるが、推測の域を出ない。また、史書には誰とも婚姻の記録はない。

橘曙覧（たちばなのあけみ）

国学者・歌人**【生没】**文化9年（1812）～慶応4年（1868）8月28日

【評伝】越前国石場町（現・福井県福井市）の商家に長男として生まれる。名は五三郎茂時。28歳で家督を弟に譲り隠遁。児玉三郎の家塾に学ぶ。その後、田中大秀に入門し、国学と歌作を学ぶようになる。師である田中から号として橘の名を与えられ、橘曙覧と称した。半農生活を送り、筆耕で僅かな収入を得つつ、妻、男児3人と共につましい暮らしを送った。このような暮らしぶりを、子規は「清貧の歌人」と呼んだ。福井藩主松平春嶽や大田垣蓮月尼らとの交流が知られる。慶応4年、没。享年57。死後、明治11年に長男の今滋が『志濃夫廼舎《しのぶのや》歌集』を編纂した。これが正岡子規に絶賛され、彼の名が文学史に残ることとなった。「たのしみは」ではじまる52首連作「独楽吟」が有名。平成6年、天皇皇后両陛下の訪米時の歓迎スピーチにおいて、ビル・クリントン米合衆国大統領（当時）が「独楽吟」の中の一首を引用した。

【著作】家集に『志濃夫廼舎歌集』『藁屋詠草』『藁屋文集』『沽哉《うらんかな》集』など。

橘千蔭（たちばなのちかげ）

国学者・歌人・書家**【生没】**享保20年（1735）3月9日～文化5年（1808）9月2日

【評伝】加藤千蔭とも。父は幕府の与力で歌人の加藤枝直。幼い時から父について和歌を学ぶとともに、枝直の地所の一角に家を構えていた賀茂真淵に入門する。父の跡をついで吟味役となり、田沼意次の側用人まで務めるが、天明8年、職を辞し筆耕に専念した。師である真淵の業を受け継ぎ、同じく真淵の弟子であった本居宣長の協力を得て『万葉集略解』を著した。千蔭の歌風は、真淵門下ではあるがその万葉調にはなじまず、伝統的な歌風に江戸の華美な風俗を織り込んだ独自の作風であった。こういった都会派の和歌は大いにもてはやされ、村田春海と並び彼らおよびその門下を「江戸派」と呼ぶほどの勢力を持った。また書にも秀で、仮名書の法帖を数多く出版した。橘八衢《やちまた》の名で狂歌も作った。

【著作】家集に『うけらが花』。注釈研究書に『万葉集略解』。歌論に『答小野勝義書』など。

橘直幹（たちばなのなおもと）

官吏【生没】生没年未詳

【評伝】平安時代中期の官吏、詩人。長門守長守の子である。村上天皇の天暦2年、文章博士となり、大学頭に進んだ。天徳の初め、式部大輔となり、冷泉天皇の侍読となった。

立花北枝（たちばなほくし）

俳人【生没】生年不詳～享保3年（1718）5月12日

【評伝】通称は研屋源四郎。一時、土井姓を名乗る。別号、鳥翠台・寿夭軒。金沢に住み、刀の研師を業とするかたわら俳諧に親しむ。元禄2年、松尾芭蕉が『おくのほそ道』の旅の途中で金沢を訪れた際に入門し、越前丸岡まで行動をともにした。以後、加賀蕉門の中心人物として活躍したが、無欲な性格で俳壇的な野心はなかった。自分の家が火事で丸焼けになったとき作品の「焼けにけりされども花はちりすまし」と詠み、芭蕉の称賛を得たエピソードは有名で、世俗を離れて風雅に遊ぼうとする姿勢がうかがえる。芭蕉の教えを書き留めた『山中問答』を著した。蕉門十哲のひとり。

【著作】編著に『卯辰集』『喪の名残』など。

立原道造（たちはらみちぞう）

詩人・建築家【生没】大正3年（1914）7月30日～昭和14年（1939）3月29日

【評伝】東京都日本橋に生まれる。昭和2年、13歳で北原白秋を訪問するなど、既に詩作への志向を持っていた。同年、口語自由律短歌を「学友会誌」に発表、自選の歌集である『葛飾集』『両国閑吟集』、詩集『水晶簾』をまとめるなど13歳にして歌集を作り才能を発揮していた。東京府立第三中学から第一高等学校に進学し、「詩歌」に投稿するなど高校時代を通じて詩作を続け、「校友会雑誌」に物語「あひみてののちの」を掲載した。昭和7年、同人誌「こかげ」を刊行する一方、四行詩集『さふらん』編纂も手がけた。昭和8年、詩集『日曜日』『散歩詩集』を製作、翌年には東京帝国大学工学部建築学科に入学した。第2次「四季」の創刊に加わり、編集同人となる。2号に組詩「村ぐらし」「詩は」を発表し、詩壇に初登場する。帝大在学中には建築の奨励賞である辰野賞を3度受賞した。昭和11年、テオドール・シュトルム短篇集『林檎みのる頃』を訳出した。大学卒業後の昭和12年、石本建築事務所に入所。「豊田氏山荘」を設計。詩作の方面では物語「鮎の歌」を「文芸」に掲載し、詩集『ゆふすげびとの歌』『萱草に寄す』『暁と夕の詩』と立て続けに刊行し、建築と詩作の双方で才能を見せた。昭和13年、肺尖カタルのため休職。昭和14年、第1回中原中也賞（現在の同名の賞とは異なる）を受賞したが、同年、結核のため24歳で没した。詩以外に短歌・俳句・物語・パステル画・スケッチ・建築設計図などを残した。

【著作】詩集に『萱草《わすれぐさ》に寄す』『暁と夕の詩』『優しき歌』。

館柳灣（たちりゅうわん）

官吏**【生没】**宝暦12年（1762）3月11日～弘化元年（1844）4月13日

【評伝】名は機《き》、字は枢卿《すうけい》、通称は雄二郎。号は柳灣・賞雨老人《しょううろうじん》など。越後（現・新潟県）大川端の人。13歳で江戸に出て亀田鵬斎《かめだぼうさい》に学び、やがて幕府に仕え、飛騨（現・岐阜県）の高山、羽前《うぜん》（現・山形県）の金山などに赴任した。文政10年に退官したのちは江戸の目白台に閑居し、詩作・著述や書・篆刻《てんこく》を友とした。その詩は中晩唐を範とする小《こ》味《あじ》なもので、永井荷風が愛好したという。

【著作】『柳灣漁唱』『林園月令』『中東十家絶句』『晩唐詩選』『金詩選』。

龍草廬（たつのそうろ）

教育者**【生没】**正徳4年（1714）1月19日～寛政4年（1792）2月2日

【評伝】江戸時代、山城（現・京都府）伏見の生まれ。名は公美《きみよし》。字は君玉（一時、名を元亮、字を子明と改めた。）通称は彦二郎・衛門。号は草廬・竹穏・松菊・呉竹翁・緑羅洞・鳳鳴。本姓は武田氏。11歳のとき父を亡くし、貧窮しつつも学に励んだ。初め荻生徂徠・太宰春臺の学を学んだが、のち宇野明霞に師事した。学成って京都烏丸小路に塾を開き教えた。詩書に長じ、和歌を善くし、国学にも通じたので、従学するものも多かった。身を持することが高く、諸葛孔明・陶淵明の人となりを慕った。寛延3年、38歳のとき彦根藩の儒臣となり、彦根にあること18年。安永4年、到仕して京都に帰り、その詩社を幽蘭社といった。寛政4年没、享年79。

【著作】『草廬詩集』『草廬文集初編』『草廬和歌集』。

伊達政宗（だてまさむね）

大名【生没】永禄10年（1567）8月3日～寛永13年（1636）5月24日

【評伝】戦国時代・江戸前期の大名。出羽国米沢の城主伊達左京大夫輝宗の子。名は幼名の梵天丸・藤次郎・越前守・陸奥守・少将、法名は瑞巖寺貞山禅利。天正3年、父が二本松の城主畠山義継に討たれると、政宗は盧名・佐竹らを攻め、天正13年二本松を討つ。天正17年、盧名を滅ぼし越後・三春・出羽・白河に版図を拡大。しかし翌年小田原出兵に際して豊臣秀吉に屈服し、所領を没収される。その代償として新たに米沢を与えられるも、のち米沢を蒲生氏郷に譲る。天正19年大崎・葛西の一揆を討ち、奥州岩出山丞に移封。文禄元年、文禄の役には朝鮮へ出兵した。慶長5年、関ヶ原の戦いには徳川家康について上杉景勝と戦い、白石城を攻撃。翌年には仙台城を築いて移住、江戸幕府成立後は、仙台藩62万石の大名として活躍。海外交易に力を注ぎ、幕府の協力を仰いで家臣支倉常長《はせくらつねなが》を遣欧使節としてローマ法王のもとに派遣したり、イスパニアとの貿易などを行った。大阪の役では夏の陣で天王寺に奮戦した。和歌・茶道にも通じた。

田邊碧堂（たなべへきどう）

政治家【生没】元治元年（1865）12月13日～昭和6年（1931）4月18日

【評伝】名は華、字は秋穀、通称は為三郎、碧堂と号した。備中長尾（現・倉敷市玉島）の生まれ。家は代々名望家として知られたが、少年のころより多病のため、塾師に学んだものの、ついに学を廃し、悠々自適、詩画を楽しみ、後年の素地をなした。壮年となって、身を政界に投じ、衆議院に当選すること2回、その間中国に遊んだ。それからは中国との因縁深く、大東汽船株式会社取締役社長・日新汽船株式会社監査役などを歴任、晩年は東洋文化の振興に志し、大東文化学院・二松学舎教授・芸文社顧問を兼ね、昭和6年、68歳で病没した。

【著作】『碧堂絶句』。

谷川俊太郎（たにかわしゅんたろう）

詩人・翻訳家【生没】昭和6年（1931）12月15日～

【評伝】哲学者の谷川徹三を父として、東京都杉並区に生まれ育つ。東京都立豊多摩高等学校卒業。昭和23年から詩作および発表を始める。昭和25年には、父の知人であった三好達治の紹介によって「文学界」に「ネロ他五編」が掲載される。昭和27年には第一詩集『二十億光年の孤独』を刊行する。まもなく、詩作と並行して歌の作詞、脚本やエッセイの執筆、評論活動などを行うようになる。昭和37年に「月火水木金土日のうた」で第4回日本レコード大賞作詞賞を受賞した。昭和39年からは映画製作に、昭和40年からは絵本の世界に進出した。昭和42年には初の訳書となる『あしながおじさん』（ジーン・ウェブスター）を出版。翻訳の分野では『スイミー』（レオ・レオニ）、『ピーナッツ』（チャールズ・M・シュルツ）、『マザー・グースのうた』などおよそ50種類あまりを手がけている。昭和50年には『マザー・グースのうた』で日本翻訳文化賞を受賞した。昭和58年に『日々の地図』で読売文学賞、昭和60年に『よしなしうた』で現代詩花椿賞、平成5年に『世間知ラズ』で萩原朔太郎賞、平成20年に『私』で詩歌文学館賞、平成22年に『トロムソコラージュ』で鮎川信夫賞を受賞した。子どもが読んで楽しめるようなものから、実験的なものまで幅広い作風を特徴としている。谷川の詩は英語、フランス語、ドイツ語などに訳されており、世界中に読者を持っている。TVや歌謡曲の作詞も数多くこなし、代表的なものは「鉄腕アトム」「火の鳥」などである。また、シンガーソングライターの中島みゆきは大学の卒業論文で谷川について執筆するなど、影響を受けている。

【著作】詩集に『二十億光年の孤独』『六十二のソネット』『愛について』『夜のミッキー・マウス』『トロムソコラージュ』など。

谷干城（たにかんじょう）

政治家【生没】天保8年（1837）3月18日～明治44年（1911）5月13日

【評伝】名は干城、通称は守部、号は隈山。土佐高岡郡の人。安政3年、江戸に出て、軍学を若山勿堂《ふつどう》に、儒学を安積艮斎《あさかごんさい》・塩谷宕陰《とういん》に学んだ。その後、さらに安井息軒《そくけん》の門に入った。文久元年、武市瑞山《たけちずいざん》の説を聞いたことがきっかけとなり国事を志し、文久慶応の間に、京摂の間に居を定め奔走した。明治元年、新編軍を率いて東征に従い、会津若松城の攻撃に参戦し、米沢・庄内を攻めて凱旋した。

4年、兵部権大丞、陸軍少佐に、6年、熊本鎮台司令長官となる。7年、台湾蕃地事務参事を経て、9年11月、再び熊本県鎮台司令長官となった。10年の西南の役の際は、薩軍に包囲されながらも奮闘して、体勢を制した。11年、陸軍中将、東部監軍部長となり、それからは軍部の首脳として活躍した。陸軍士官学校長・陸軍戸山学校長・中部監軍部長を歴任し、14年に退職した。17年、学習院院長となり、子爵の位を授けられた。18年、農商務大臣、23年、貴族院議員となり、44年5月、75歳で病没した。20年前後、欧化主義の風靡していたころには、日本主義を唱え、国粋派の頭領として重きをなしていた。

谷口藍田（たにぐちらんでん）

教育者【生没】文政5年（1822）8月15日～明治35年（1902）11月14日

【評伝】名は中秋。字は大明、藍田また介石と号した。肥前有田の人。学問を廣瀬淡窓に受け、のち羽倉簡堂《かんどう》に学んだ。詩を善くし、肥前鹿島藩校、弘道館教授となり、維新後は、大参事を兼任した。東京に私学藍田書院を建てて弟子に学問を授け、明治34年11月、病没した。享年81。

【著作】『藍田先生全集』。

種田山頭火（たねださんとうか）

俳人【生没】明治15年（1882）12月3日～昭和15年（1940）10月11日

【評伝】本名、種田正一。別号、田螺《でんじ》公。山口県防府町に生まれた。大地主種田竹次郎の長男。母フサは明治25年に井戸に投身自殺した。以後主として祖母ツルに育てられる。29年、見田尻周陽学舎入学、県立山口中学を経て東京専門学校高等予科に進む。早稲田大学文学科に入学するも病気のために中退して帰郷。破産後の父と共に酒造業を営む。明治42年、佐藤サキノと結婚、翌年、長男健が生まれる。44年より定型俳句を始め、郷土雑誌「青年」に投句。大正3年より荻原井泉水に師事し、「層雲」に山頭火という号で投句した。大正5年、種田家が再破産して一家が離散した。山頭火は妻子と共に熊本に行き額縁屋を開業。8年には上京し、東京市役所、一ツ橋図書館に勤めたが大震災で熊本に帰った。大正9年、離婚。妻子を捨てて再び東京へ出奔した。その後、弟と父親は自殺した。13年には自殺未遂。木庭徳治居士に導かれ、熊本市内報恩寺の望月義庵和尚の内弟子になって修行、14年に出家得度した。法名、耕畝。鹿本郡植木町味取観音堂（曹洞宗瑞泉寺）の堂守となったが、翌年堂を捨てて行乞流転の旅に出た。一笠一杖で九州・四国・中国地方を漂泊しつつ句作を行なった。荻原井泉水と出会い俳禅一味の道を生きる決意を固める。熊本に寓居し個人雑誌「三八九」を発行したが安住することを得ず、再び漂泊し句作と酒を楽しむ。昭和7年、郷里山口の小郡町（現・山口市小郡）に「其中庵」を結庵したが、再び漂泊の旅に出る。昭和14年、松山市御幸町御幸寺山内一草庵に定住。終の栖となした。翌年、没。享年57。
【著作】句集に『草木塔』『山頭火全集』など。

田能村竹田（たのむらちくでん）

画家・文人**【生没】**安永6年（1777）6月10日～天保6年（1835）6月29日
【評伝】名は孝憲《たかのり》、字は君彝《くんい》。竹田・藍水《らんすい》・九畳仙史《くじょうせんし》などと号した。豊後（現・大分県）直入《なおいり》郡竹田《たけだ》村生まれ。家は代々豊後岡藩の侍医であった。幼いころより学を好んで経学詩文を修め、藩校由学館《ゆがくかん》の総裁となった。しかし文化8～9年の百姓一揆を機に提出した藩政改革の建白書が容れられず、隠居して、以後は詩作と画業に専念し、関西の名士たちと交流した。上田秋成・中島棕隠《そういん》・頼山陽らと交遊した。その絵は元・明の南宋画を学び、また谷文晁や岡田米山人《べいさんじん》の教えを受け、とりわけ着色の花鳥山水画に秀でた。江戸文人画の代表的存在である。また、詞を研究して『塡《てん》詞《し》図《ず》譜《ふ》』を著している。
【著作】『竹田詩集』『竹田荘詩話』『山中人《さんちゅうじん》饒舌』『塡詞図譜』。

旅人傔従（たびとのけんじゅう）

【生没】生没年未詳
【評伝】大伴旅人の従者であった人々の総称。万葉集巻17巻の冒頭に、天平2年冬、大宰帥だった大伴旅人が大納言を拝命して筑紫から帰京する際、帥とは別に海路をとって京へ向かった傔従たちの残した歌群が採録されている。

玉城徹（たまきとおる）

歌人**【生没】**大正13年（1924）5月26日～平成22年（2010）7月13日。
【評伝】宮城県仙台市生まれ。東京大学卒業。北原白秋の「多磨」に入る。戦後「新樹」同人などをへて、昭和53年「うた」を創刊、主宰。東京都の高校教諭を長く務める傍ら、正岡子規や北原白秋の研究にも業績を残した。昭和59年から平成20年まで毎日歌壇の選者を務め、市井の人々の短歌にもあたたかい目を向けた。平成22年、肺炎で病没。享年86。歌人の花山多佳子は長女、花山周子は孫である。

【著作】歌集に『樛木《きゅうぼく》』『われら地上に』。評論に『近代短歌の様式』『素描・二十世紀短歌』など。

玉乃九華（たまのきゅうか）

医師・儒者**【生没】**寛政9年（1797）～嘉永4年（1851）12月6日

【評伝】江戸時代、周防（現・山口県）の生まれ。名は惇成。字は成裕・裕甫。通称は小太郎。九華・松雪洞と号した。岩国藩の侍医森脇玄令の長男である。家は代々医を業とした。亀井塾に入って亀井昭陽に徂徠学を学んだ。天保5年、岩国藩の医員となり、学識を兼ねたが、天保12年、儒官の専任となった。弘化3年、藩校養老館の学頭となるに及んでは、徂徠学をすてて朱子学を講じた。嘉永4年没、享年55。

【著作】『風雅』『松雪洞遺稿』。

田村隆一（たむらりゅういち）

詩人**【生没】**大正12年（1923）3月18日～平成10年（1998）8月26日

【評伝】東京都豊島区に生まれる。生家は祖父の代から料理店を経営していた。東京府立第三商業学校卒業後、東京瓦斯に入社するも1日も出社せず退職した。研数学館での浪人生活を経て、明治大学文芸科を卒業する。昭和14年、中桐雅夫編集「LE BAL」に参加する。昭和22年、鮎川信夫らと「荒地」を創刊する。昭和25年より翻訳を開始する。処女訳書はアガサ・クリスティの『三幕の殺人』。その版元であった早川書房に昭和28年より勤務し、編集と翻訳にあたる。昭和31年、第一詩集『四千の日と夜』を刊行した。昭和32年、早川書房を退社。退社後は多くの推理小説や絵本を紹介した。昭和38年、『言葉のない世界』で高村光太郎賞を受賞する。昭和53年、最初の全詩集である『詩集1946～76』によって第5回無限賞を受賞する。昭和60年、『奴隷の歓び』で読売文学賞を受賞する。平成5年、『ハミングバード』で現代詩人賞を受賞する。軽妙なエッセイも得意とし、多くの著書がある。晩年は萩原朔太郎賞の選考委員を務め、テレビ番組への出演も行うなど、旺盛な活動ぶりを見せた。平成10年、食道癌のため病没。享年75。

【著作】詩集に『四千の日と夜』『言葉のない世界』『田村隆一詩集』『狐の手袋』『帰ってきた旅人』など。

田安宗武（たやすむねたけ）

歌人**【生没】**正徳5年（1716）12月27日～明和8年（1771）6月4日

【評伝】八代将軍徳川吉宗の次男に生まれる。徳川御三卿、田安家の祖。松平定信の父。幼名、小次郎。享保14年、元服して宗武を名乗った。兄の家重が健康に恵まれず、次期将軍の資格に疑問を持たれる一方で、宗武は大いに期待される存在になったが、吉宗は将軍職を家重に継がせ、宗武には江戸城内に田安家を創設させた。以後田安宗武とした。お家争いから逃れた自由な境遇が、宗武の才能を開花させたとも言える。少年期より和歌に親しみ、享保13年、荷田在満に国学、和歌を学ぶ。寛保2年、在満は『国歌八論』を著したが、宗武は内容に反発し『国歌八論余言』を著す。これにはのちに賀茂真淵らも参加し、3年にも及ぶ長い論争となった。在満の別の著作が幕府の逆鱗に触れたこともあり、在満は田安家の仕官を辞し、代りに賀茂真淵を推薦した。以後、宗武は真淵を師とした。しかし父の吉宗が冷泉家の歌学を重視したこともあって、堂上風の歌風が色濃く残っていることも指摘されている。

【著作】家集に『天降言《あもりごと》』『悠然院様御詠草』。歌論に『歌体約言』。有職故実書に『玉函叢説』など。

俵万智（たわらまち）

歌人【生没】昭和37年（１９６２）12月31日～

【評伝】大阪府に生まれる。早稲田大学第一文学部在学中に佐佐木幸綱の影響を受けて歌を作り始める。昭和58年、「心の花」入会。早稲田大学卒業後、神奈川県立橋本高等学校教諭となる。「野球ゲーム」で角川短歌賞次席となり、歌壇の注目を集める。昭和61年、「八月の朝」で第32回角川短歌賞受賞。昭和62年、第一歌集『サラダ記念日』が刊行され、２６０万部以上の売行きとなり、歌壇を越えた注目を集める。平易な現代語や口語、固有名詞を多用した詠み口はライトヴァースとも呼ばれ、以後の口語短歌に大きな影響を与えた。『みだれ髪』や『伊勢物語』の現代語（短歌）訳も手がける。エッセイ、戯曲、小説、翻訳など多方面で旺盛な執筆活動を行う。

【著作】歌集に『サラダ記念日』『かぜのてのひら』『チョコレート革命』『プーさんの鼻』。随筆に『四つ葉のエッセイ』『りんごの涙』『三十一文字のパレット』など。

炭太祇（たんたいぎ）

俳人【生没】宝永6年（１７０９）～明和8年（１７７１）8月9日

【評伝】姓は炭《すみ》とも。初号は水語《すいご》、のち母徳、三停、不夜庵、宮商洞。法号は道源。江戸の有名な俳匠、水国に師事して、初め水語と号した。26歳の時、水国が没した後は慶《けい》紀逸《きいつ》に学び、寛延元年に太祇と号した。宝暦元年、京都に上り、大徳寺真珠庵で僧籍に入って道源と名乗った。しかし間もなく還俗して、京島原の妓楼桔梗屋主人呑獅《どんし》の後援で、遊郭内に不夜庵を結んで活躍を始めた。当時、京都の大家で7歳年下の蕪村とも親交が厚く、明和俳壇の中心人物として知られている。多くの門人の中には芸人や遊女、富商などが多い。酒と俳諧を生涯の楽しみとした。明和8年、脳溢血で病没。享年63。

【著作】句集に『太祇句選』『太祇句選後篇』など。

茅野蕭々（ちのしょうしょう）

歌人・評論家【生没】明治16年（1883）3月18日～昭和21年（1946）8月29日

【評伝】本名、儀太郎。長野県諏訪市に生まれる。長野県立諏訪中学校、東京帝国大学独文科卒業。第三高等学校教授、慶應義塾大学教授、日本女子大学教授を歴任した。与謝野鉄幹が主宰する新詩社の「明星」同人として短歌、詩、評論等を寄せ、歌人の妻、雅子（旧姓、増田）とともに活躍した。雅子は、与謝野晶子、山川登美子と共に編んだ共同歌集『恋衣』の執筆者のひとりである。明星廃刊後は、森鷗外、与謝野鉄幹らの「スバル」で活躍した。リルケ、ゲーテその他の翻訳書が多数ある。茅野は当時、与謝野晶子、山川登美子とともに「明星」に短歌を寄せ活躍していた3歳年上の増田雅子に熱烈な求婚をし、親の反対を受けた雅子の日本女子大の卒業を待って、絶縁覚悟で大学生の蕭々と結婚したことは、よく知られている。昭和20年の東京大空襲で被災し、顔面に火傷を負い、翌年、失意のうちに脳溢血で急死。享年64。妻の雅子も後を追うごとく4日ののちに病逝したことも知られている。

【著作】訳詞集に『リルケ詩抄』など。

茅野雅子（ちのまさこ）

歌人【生没】明治13年（1880）5月6日～昭和21年（1946）9月2日

【評伝】大阪府大阪市道修《どしょう》町で薬種商を営む増田家の次女に生まれる。本名まさ。号はしら梅。相愛女学校に入学するが退学。明治33年、与謝野鉄幹が主宰する「新詩社」に加入、「明星」へ投稿。明治37年、上京して日本女子大学に入学。翌年、与謝野晶子、山川登美子と3人で歌集『恋衣』を刊行。この時は増田雅子の名前であった。明治40年、茅野蕭々の熱烈な求婚を受け、大学卒業後に結婚。「明星」廃刊の後、北原白秋、吉井勇、石川啄木らと「スバル」に参加。「青鞜」「婦人の友」等にも短歌、随筆等を発表するなど意欲的に活動した。大正10年、日本女子大学の教授となり晩年まで勤めた。昭和21年、没。享年67。

【著作】歌集に『恋衣』（与謝野晶子、山川登美子と共著）『金沙集』。随筆集に『朝の果実』（茅野蕭々と共著）。

中巌円月（ちゅうがんえんげつ）

僧侶【生没】正安2年（1300）1月6日～応安8年（1375）1月8日

【評伝】姓は平・土屋氏。名は円月。中巌は道号。号は中《ちゅう》正子《せいし》・東海一漚子《とうかいいちおうし》。東明禅師《とうめいぜんし》、虎関師錬《こかんしれん》に学び、正中2年、26歳で元にわたり、多くの名刹《めいさつ》を訪ね、文士たちと交遊した。元弘3年に帰国、このときは後醍醐天皇の新政開始（「建武《けんむ》の中興」）にあたり、円月は同天皇に政治上・宗教上の主張を進言している。以後、しばしば非妥協的な言動をなしたため迫害され、各地を転々としたという。程朱の学に通暁して朱子を尊び、詩は李白・杜甫や宋詩の風を学んだ。義堂周信《ぎどうしゅうしん》が円月に師事した。仏種慧済《ぶっしゅえさい》禅師と諡《おくりな》されている。

【著作】『東海一漚集』。

張　謂（ちょうい）

【生没】盛唐、721～780？

【評伝】字は正言《せいげん》。河内《かだい》（河南省沁陽《しんよう》）の出身。若い頃は嵩《すう》山《ざん》にこもって勉学に励んだ。権威にこびることを潔しとせず、自ら気骨のあることを誇っていたという。天宝2（743）年、進士に及第し、節度使《せつどし》の幕僚となって北方に従軍した。10年の間に多少の手柄も立てたが、しかしあるとき罪に問われ、薊門《けいもん》（北京付近の土城関）のあたりを放浪することとなった。そうしているうちに無実を証明する者が現れて疑いが晴れ、再び官職に就いた。いくつかの官を経て大暦《たいれき》年間（766～779）に礼部侍郎《れいぶじろう》となり、大暦7～9（772～774）年の3年間は知貢挙《ちこうきょ》（科挙の試験の総裁）になった。しかしほどなくまた左遷され、潭州《たんしゅう》（湖南省長沙）の刺史となったという。酒の好きな淡白な性格の人で、湖や山を訪ねるのを楽しみにしていた。詩を作ることに巧みで、「格律《かくりつ》が厳格で言葉遣いが精《くわ》しく深い」と評価されている。

張　説（ちょうえつ）

【生没】初唐、667～730

【評伝】字は道済《どうさい》、または説之《えつし》ともいう。洛陽（河南省洛陽市）の出身。微賤《びせん》の出身であるが、23歳の時進士に及第し、則天武后《そくてんぶこう》の人材登用政策によって昇進し鳳閣舎人《ほうかくしゃじん》（中書舎人《ちゅうしょしゃじん》のこと）となる。長安3（703）年、権臣張易《ちょうえき》之《し》・張昌宗《ちょうしょうそう》兄弟の反感を買って欽州《きんしゅう》（広西荘《チワン》族自治区欽州県）に流され、1年余りをその地で送る。張易之・張昌宗兄弟が殺されて中宗が即位すると、兵部員外郎《へいぶいんがいろう》として都に召還され、工部侍郎《こうぶじろう》・兵部侍郎《へいぶじろう》（兼弘文館《こうぶんかん》学士）を歴任し、睿宗《えいそう》の時には同中書門下平章事《どうちゅうしょもんかべんしょうじ》（宰相）となった。やがて玄宗が即位し太平公主《たいへいこうしゅ》が誅されると、中書令《ちゅうしょれい》（上位の宰相）に任ぜられるが、今度は姚崇《ようすう》の企みによって相州《しょうしゅう》（河南省安陽《あんよう》県）刺史《しし》、さらに岳州《がくしゅう》（湖南省岳陽県）刺史、幽州《ゆうしゅう》（河北省北京市）都督《ととく》に左遷された。以後、北方民族の慰撫《いぶ》に功があり、姚崇死後は再び中央にも召され、開元11（723）年には中書令に戻っている。のちに宇文融《うぶんゆう》・李林甫《りりんぽ》などに弾劾され、官を失い隠居するが、玄宗の信任は厚く、尚書左丞 相《しょうしょさじょうしょう》に復帰することができた。開元18（730）年、没した。諡《おくりな》は文憲《ぶんけん》。張説は、このように起伏の多い一生を送ったが、それは、門閥をもたず科挙官僚として位人臣を極めた者の運命とも見ることができる。また、彼は宮廷詩壇の大立役者でもあったが、度重なる左遷をすぐれた抒情詩に結実させて、盛唐詩の先駆者となった。

【著作】『張説之文集《ちょうえつしぶんじゅう》』。

張　華（ちょうか）

【生没】西晋、232～300

【評伝】字は茂先《もせん》。范陽方城（河北省固安県）の人。妻は劉放の娘で、父は漁陽の郡司である。幼い頃に孤児となったため、羊飼いとして暮らしていたが、同郷の名士である盧欽や劉放に認められたため抜擢され、魏、晋朝に仕えた。恵帝が即位すると、太子少博に就任した。賈后に信任されて数々の進言を行ったものの、元康9（299）年、賈后が太子の殺害を謀った際、これを諫めたことがきっかけで免職となった。永康元（300）年、趙王司馬倫のクーデターで賈后が殺害されると、かつて司馬倫の不興を買っていたことから張華も捕らえられ、三族皆殺しとされてしまった。死後、その名誉は回復された。学問の才能に恵まれ、聡明で性格も善良であった。呉の名将であった陸抗の遺児である陸機や陸雲を、敵将であるにもかかわらず見事な才能を持つ人物として武帝に推薦をした。

【著作】『博物誌』。

趙　嘏（ちょうか）

【生没】晩唐、810?～856?

【評伝】晩唐の詩人。字は承祐《しょうゆう》、山陽（江蘇省）の人。武宗の会昌4年の進士。大中年間に渭南（陝西省）の尉に就任して文名は高まったものの、官位は昇らなかった。最終的に職位は渭南尉《いなんい》で終わっている。宣宗は彼の文名を聞き、抜擢しようとしたが、詩集の中の句が気に入らず、取り止めたといわれている。また杜牧《とぼく》にも詩才を認められ、特に「長笛一声人　楼に椅《よ》る」の句が激賞されたため、趙椅楼とも呼ばれている。

【著作】『渭尉集』。

張九齢（ちょうきゅうれい）

【生没】 盛唐、678?〜740

【評伝】 字は子寿《しじゅ》、韶州曲江《じょうしゅうきょくこう》（広東省曲江県）の出身。幼いころから文才を現わし、広州（広東省）刺史《しし》の王方慶《おうほうけい》に「こいつはきっと出世するぞ」と言われるほどであった。長安2（702）年進士に及第し、門下省の校書郎《こうしょろう》（宮中の蔵書整理を担当）から左拾遺《さしゅうい》・左補闕《さほけつ》（天子の過失を指摘し諌める）に進み、司勲員外郎《しくんいんがいろう》（武官の勲等に関する事務）を経て中書舎人《ちゅうしょしゃじん》（直接詔勅や法令の起草にあたり、皇帝の侍従も務める）となる。当時宰相であった張説《ちょうえつ》の腹心として活躍するが、張説の失脚とともに一時地方に左遷されるも、のちに玄宗に抜擢されて秘書少監《ひしょしょうかん》（宮中の書庫の管理）になり、やがて中書侍郎同中書門下平章事《ちゅうしょじろうどうちゅうしょもんかへいしょうじ》（宰相）、ついで中書令（上位の宰相）となるに至る。しかし、牛仙客《ぎゅうせんかく》の宰相就任をめぐって玄宗と意見を異にし、それに乗じた李林甫《りりんぽ》に陥れられ失脚する。晩年は荊州《けいしゅう》（湖北省江陵県）長史であったが、過去のいきさつを恨んだり悲しんだりすることはなく、むしろ文学と歴史を楽しんだという。開元28（740）年に亡くなり、文献と謚された。張九齢は宰相になるとたとえ天子に対してでもはばかることなく、善悪をずばりと指摘する人間であった。ここには、科挙官僚として自らの力によって出世して来た者としての、政治に対する厳しさが窺える。

張衡（ちょうこう）

【生没】 後漢、79〜139

【評伝】 字は平子《へいし》。南陽（河南省）の人。没落した官僚の家庭に生まれた。祖父の張堪は地方官吏であった。青年時代洛陽と長安に遊学し、太学で学んだ。永元十四（102）年、張衡24歳で、南陽郡守の幕僚（南陽郡主簿）となった。永初元（107）年には、彼の代表作である、洛陽を描いた「東京賦」と長安を描いた「西京賦」を著した（これらを総称して「二京賦」という）。永初5（111）年、都で郎中として出仕した。のち暦法機構の最高官職の太史令となり、建光2（122）年、公車馬令に出任した。再び太史令を勤めた後、尚書となった。科学者として、渾天儀《こんてんぎ》（天球儀）・候風地動儀（地震感知装置）を作ったことでも知られている。

張　繼（ちょうけい）

【生没】中唐、生没年未詳

【評伝】字は懿孫《いそん》という。襄州《じょうしゅう》（湖北省襄陽）の出身。天宝12（753）年に進士に及第。初め節度使《せつどし》の幕僚となり、また塩鉄判官となった。大暦《たいれき》年間（766～779）になって朝廷に入り、検校祠部郎中《けんこうしぶろうちゅう》となった。博識で議論好きな性格で、政治に明るく都を治めたときには立派な政治家だという声が上がった。清らかな風采で道者の風があったという。同時代の詩人、皇甫冉《こうほぜん》とは幼友達で、その詩は若い頃から評判が高かった。特別に彫琢《ちょうたく》を施して飾らなくても、詩に自然な美しさが備わっていたと言われている。

【著作】『張祠部詩集《ちょうしぶししゅう》』。

張敬忠（ちょうけいちゅう）

【生没】初唐、生没年未詳

【評伝】出身地は未詳。監察御史《かんさつぎょし》（地方を巡回し、地方官の非法の摘発や裁判・刑罰の監督をする）の時、大将軍張仁愿《ちょうじんげん》に抜擢され、北辺で突厥《とっけつ》との戦いに従軍している。張仁愿の相手は黙啜《もくせつ》であった。黙啜は、天授《てんじゅ》2（691）年カパガン可汗《かかん》（君主）となり中国に侵入してきた突厥《とっけつ》の長で、開元4（716）年に没している。また、張仁愿は則天武后によって重んじられて、武将としてだけでなく中央の高官をも歴任した人物で、開元2（714）年に没している。これらのことから張仁愿の活躍した時期が察せられる。敬忠は、のちに吏部郎中《りぶろうちゅう》（人事を扱う）に進み、開元7（719）年には平盧節度使《へいろせつどし》（現在の遼寧《りょうねい》省朝陽《ちょうよう》県に本拠を置く藩鎮《はんちん》の長）となり室韋《しつい》と靺鞨《まっかつ》（いずれもツングース系民族）の鎮撫《ちんぶ》を担当した。敬忠は、生涯の大部分を辺境での戦いに投じた詩人であるといえる。現在2首の詩が残っている。

長慶天皇（ちょうけいてんのう）

第98代天皇【生没】興国4年／康永2年（1343）～応永元年（1394）8月1日

【評伝】南朝第3代天皇。名は寛成《ゆたなり》。後村上天皇の第一皇子で、母は嘉喜門院。長い間その実在性に疑問が持たれていたが、大正15年に在位が確認された。南朝は、軍事的には劣勢であったが、文化的には天授元年／永和元年に五十番歌合や五百番歌合御会を開いたのをはじめとし、和歌御会などを多く催すなど積極的であった。弘和元／永徳元年には宗良親王選の『新葉集』が南朝の勅撰集に準ぜられた。同年、『源氏物語』の注釈書である『仙源抄』を著している。その歌風は大覚寺統伝統の二条派に属し、『新葉集』

には53首が入集している。
【著作】注釈研究書に『仙源抄』。

澄月（ちょうげつ）

歌人・僧侶【生没】正徳4年（1714）～寛政10年（1798）5月2日
【評伝】備中国玉島（現・岡山県倉敷市）に生まれる。出家して智脱と称した。13歳で京に上り、当初、天台教を修めたが、その後浄土教に転宗した。武者小路実岳、有賀長川に和歌を学び、歌人として身を立てた。藤原定家、頓阿に私淑し、頓阿の『草庵集』を規範とした二条家の伝統的歌風を継承した。弟子に木下幸文、桃沢夢宅らがいる。小澤蘆庵、伴蒿蹊、慈延とともに平安和歌四天王といわれた。
【著作】家集『垂雲和歌集』。歌論書『和歌為隣抄』など。

長三洲（ちょうさんしゅう）

官僚・書家【生没】天保4年（1833）9月22日～明治28年（1895）3月13日
【評伝】江戸末・明治時代、豊後（現・大分県）日田の生まれ。名は炗《ひかる》。字は世章・秋史。通称は富太郎・光太郎。三洲と号した。廣瀬淡窓の門に入り、業成って万延元年、長門藩に赴いて明倫館講師となった。維新後は木戸孝允に仕えて、のち文部大丞兼教部大丞となり、一等編修官となって、明治28年、東宮侍書を拝した。その学は程朱を奉じて実践を主とし、また詩文・書画に長じた。63歳で没した。
【著作】『三洲遺稿』『三体千字文』『新撰手紙』。

趙師秀（ちょうししゅう）

【生没】南宋、生没年未詳
【評伝】字は紫芝、号は霊秀。永嘉（浙江省温州）の人。永嘉四霊のひとり。1190年進士に及第、地方官を歴任して高安（高安県）の推官に終わった。
【著作】『清苑齋集』。

張若虚（ちょうじゃくきょ）

【生没】盛唐、生没年未詳
【評伝】揚州《ようしゅう》（江蘇省揚州市）の出身。詳しくは不明だが、神龍《しんりょう》年間（713～741）はじめには、賀《が》知章《ちしょう》・張旭《ちょうきょく》・包融《ほうゆう》とともに、〝呉中《ごちゅう》の四傑《しけつ》〟と称せられた。兗州《えんしゅう》（江蘇省か）の兵曹をつとめたという。詩は現在2首のみ伝わる。

張籍（ちょうせき）

【生没】中唐、768〜830?

【評伝】字は文昌《ぶんしょう》、和州烏江（安徽省）の人とも蘇州呉《そしゅうご》（江蘇省蘇州市）の人ともいわれる。汴州《べんしゅう》（河南省）における進士の予備試験で、試験委員であった韓愈《かんゆ》に才能を認められて主席に選ばれ、翌貞元《ていげん》15（799）年31歳のとき本試験にも一度で及第。以後、国子博士《こくしはかせ》・国子司業《こくししぎょう》・水部員外郎《すいぶいんがいろう》などを歴任している。韓愈門下の詩人だが、詩風は白居易・元稹《げんしん》に近く、元和体《げんなたい》という社会派の詩風を確立して、同じ韓愈の党人王建《おうけん》と楽府《がふ》に新機軸を出し、世に「張・王の楽府」と併称された。白居易からは「尤《もっと》も楽府の詩を工《たくみ》にす、代《よ》を挙げて其《そ》の倫《ともがら》少なり」とたたえられている。王建の他、孟郊《もうこう》・賈島《かとう》ら韓愈門下の詩人とも交遊し、彼らとの贈答の詩が多い。

【著作】『張司業集《ちょうしぎょうしゅう》』『張王楽府』（徐澄宇《じょちょうう》撰《せん》）。

蝶夢（ちょうむ）

俳人【生没】享保17年（1732）〜寛政7年（1795）12月24日

【評伝】京都に生まれた。名は久蔵。別号は洛東、五升庵、泊庵。時宗の京都法国寺に入り、其阿《ごあ》に師事して9歳で得度。13歳で俳諧を志し、望月宋屋の門下に入る。宝暦9年、敦賀に赴いたのをきっかけに、地方俳諧に接し、都市風の俳諧から地方風の俳諧（美濃派・伊勢派）に転じた。俳人で行脚僧の既白、二柳や麦水などと交流し、蕉風俳諧の復興を志した。芭蕉70回忌法要に大津馬場の芭蕉墓所である義仲寺を訪れ、その荒廃を嘆き再興を誓った。35歳のとき、洛東岡崎に五升庵を結ぶ。そして義仲寺翁堂などを再建し、寛政5年に芭蕉100回忌を盛大に成し遂げた。寛政7年、没。享年64。芭蕉研究と顕彰に尽くし、芭蕉に関する書籍も多い。『芭蕉翁発句集』をはじめとする3部作は、はじめて芭蕉の著作を集成したものである。俳書を収めるために義仲寺に設けた粟津文庫も功績の一つである。

【著作】句集に『蝶夢和尚文集』。研究書に『芭蕉翁発句集』『芭蕉翁文集』『芭蕉翁俳諧集』など。

趙孟頫（ちょうもうふ）

【生没】元、1254〜1322

【評伝】字は子昂《すごう》。松雪道人《しょうせつどうじん》・水晶宮道人などと号した。湖州呉江《ごこう》（浙江省湖州市）の出身。宋王室の親族にあたるが、至元23（1286）年からは元に仕えた。その後しばしば願い出て地方に転出、官は翰林学士《かんりんがくし》に至った。書画では中国史上有数の大家で、書は行書と小楷《しょうかい》に、画は山水・人馬・花卉《かき》に巧みであった。没後、魏《ぎ》国公《こくこう》を授けられ、また文敏《ぶんびん》と諡《おくりな》されている。

【著作】『松雪齋文集』。

趙　翼（ちょうよく）

【生没】清、1727～1814

【評伝】字は雲松《うんしょう》（また耘松《うんしょう》）。号は甌北《おうほく》。江蘇陽湖（江蘇省武進県）の出身。乾隆《けんりゅう》26（1761）年、35歳で進士となり、地方官を歴任、貴西兵備道となった。しかし職を辞し、安定書院の主講となり、講義と著述とに専念した。史学・考証学に秀でた。詩では袁枚《えんばい》、蔣士銓《しょうしせん》とともに〝江右三大家〟と称せられ、その詩論は袁枚の性霊説《せいれいせつ》に近いともいわれている。

【著作】『甌北詩集』『廿二史箚記《さっき》』『陔余叢考《がいよそうこう》』『甌北詩話』『唐宋十家詩話』。

儲光義（ちょこうぎ）

【生没】盛唐、706?～763?

【評伝】字不詳。兗州《えんしゅう》（山東省兗州県）の出身。一説に潤州《じゅんしゅう》（江蘇省鎮江市）の出身とも。開元14（726）年の進士。監察御史となったが、安禄山が長安を陥れたとき強要されて官職についたため、乱の平定後、嶺南《れいなん》（広東省）に左遷され、そしてその地で没した。詩は特に五言古詩に秀で、淡白な境地の中に田園生活や閑適の情を詠じた作風は、王維・孟浩然《もうこうねん》・韋《い》應物《おうぶつ》・柳宗元《りゅうそうげん》らと並び称されている。現在210首余りの詩が残っている。

【著作】『儲光義詩集』。

千代女（ちよじょ）

俳人　**【生没】**元禄16年（1703）～安永4年（1775）9月8日

【評伝】加賀千代女《かがのちよじょ》、千代、千代尼とも。加賀の国松任に生まれた。号、草風、素園。父は表具師。俳諧は、12歳の頃、奉公先の主人であった岸弥左衛門（岸大睡）に学ぶ。17歳の頃、近くに各務支考が諸国行脚しているというのを聞き、各務支考がいる宿を訪ね指導を受けた。以降、各務支考門下。支考亡き後は蘆元坊に学んだ。享保5年、18歳で神奈川大衆免大組足軽福岡弥八に嫁ぐ。20歳で死別し松任の実家に帰った。30歳の時、京都で中川乙由に会う。画を五十嵐浚明に学んだ。50歳の宝暦4年に剃髪して素園と号した。安永4年、没。享年73。俳風は時折り鋭いものもありつつ、おおむね通俗的で人情味の濃いものであり、そうしたものこそ俳句だとした大衆によって名声が与えられ、誤伝の句が多く生みだされ、ある種伝説的な虚像が作り上げられている。

【著作】編著『千代尼句集』。

陳子龍（ちんしりょう）

【生没】明、1608～1647

【評伝】字は臥子《がし》、また人中《じんちゅう》。号は大樽《たいそん》、軼符《いっぷ》など。華亭（上海市）の出身。崇禎《すうてい》10（1637）年の進士で官についたが、朝廷の腐敗に失望し、帰郷した。のち反清の軍を起こそうとして捕らえられ、入水自殺を遂げた。清になって忠裕《ちゅうゆう》と追謚《ついし》されている。明末文壇の指導者のひとりで、詩人としては〝後七子《こうしちし》〟の伝統を重んじて公安・竟陵派に反対した。幾社《きしゃ》を設立、〝明詩の殿軍（しんがり）〟と称せられる。詞にも巧みで、とりわけ清軍の南下以降の作は深みを加えており、李煜《りいく》の後継者と評せられる。

【著作】『陳忠裕公全集』。

陳子昂（ちんすごう）

【生没】初唐、661～702？

【評伝】字は伯玉《はくぎょく》。梓州《ししゅう》射洪県《しゃこうけん》（四川省射洪県）の出身。家は代々の豪族であった。子昂は背が高くがっしりした体躯で、血気にまかせた生活を送り、17、8歳になっても書物には縁がなかった。郷学《きょうがく》（村の学校）に入って初めて自分の無学を骨身に感じ、志を新たにして猛勉強を始めたという。21歳のときに上京し、やがて進士に及第する。上奏文が則天武后に認められて麟台正字《りんだいせいじ》（文書係）に抜擢され、右拾遺《うしゅうい》となったが、歯に衣着せない子昂の論が取り上げられることはなかった。武后の万歳通天《ばんざいつうてん》元（696）年、契《きっ》丹《たん》が攻めてくると、武攸宜《ぶゆうぎ》将軍の参謀となった。しかし、ここでも率直な言動が仇となって、かえって参謀から属官に下ろされている。戦後、故郷に帰るが、県令に財産をねらわれ、ついには捕らえられて獄中で死んだ。子昂の詩は、力強い風格を持ち、斉梁《せいりょう》のなごりをとどめない革新的なものであった。また、文章においても漢魏の古文に帰れと叫び、韓愈《かんゆ》、柳宗元の古文復興の先駆けをなしている。

【著作】『陳伯玉集《ちんはくぎょくしゅう》』。

陳琳（ちんりん）

【生没】後漢、生年不詳～217

【評伝】三国時代の文学者。字は孔璋《こうしょう》。広陵（江蘇省江都）の人。はじめ大将軍の何進《かしん》に仕え、主簿を勤めている。曹操を中心とした文学者・詩人「建安七子」の内のひとり。

初め何進、ついで袁紹《えんしょう》に従ったが、曹操は特にこれをとがめず引き続き重んじた。彼の文章を読み、頭痛が治ったからだともいう。建安22年に病死した。曹丕は彼のことを「文章は雄健だが、やや繁雑である」と評している。

塚本邦雄（つかもとくにお）

歌人・小説家・評論家【生没】大正9年（1920）8月7日～平成17年（2005）6月9日

【評伝】滋賀県神崎郡（現・滋賀県東近江市）に生まれる。神崎商業学校卒業後、商社勤務をしながら、兄、春雄の影響で作歌を始める。昭和16年には呉海軍工廠に徴用される。戦後大阪へ移り、前川佐美雄に師事。「日本歌人」に入会。昭和24年、転勤先の松江にて杉原一司とともに同人誌「メトード」を創刊するも、翌年、杉原が他界。杉原への追悼として書かれた『水葬物語』によりデビュー。歌壇からは黙殺されたが、中井英夫や三島由紀夫に激奨される。その方法意識の鮮明さにおいて現代短歌史上類を見ないものであった。昭和30年代に入って前衛短歌運動が盛んになり、塚本は、岡井隆、寺山修司らと中心的な存在となり、作歌、評論に指導的役割を果たした。作品は一貫して旧字旧仮名遣いである。「日本歌人」離脱後は長らく無所属でったが、昭和60年、「玲瓏」を設立。以後、そして没後も同社主宰の座にある。長男は作家の塚本青史。

【著作】歌集に『水葬物語』『装飾樂句《カデンツァ》』『日本人靈歌』。小説に『紺青のわかれ』『獅子流離譚』。評論に『夕暮れの諧調』『定型幻視論』など。

月田蒙齋（つきだもうさい）

教育者・文人【生没】文化4年（1807）3月9日～慶応2（1866）年7月29日

【評伝】名は強。字は伯恕。通称は右門。家は代々肥後（現・熊本県）野原八幡宮の宮司を務めていた。辛島塩井《えんせい》に学び、また京都では千手旭山《せんじゅきょくざん》に闇齋学を学んだ。安政4年、藩校時習館の助教となり子弟に教授した。その門人に楠本端山・碩水《せきすい》兄弟がいる。慶応2年に没した。享年60。

【著作】『女子日用訓』『梨花小窓集』。

土屋竹雨（つちやちくう）

教育者【生没】明治20年（1887）4月10日～昭和33年（1958）11月5日

【評伝】名は久泰《きゅうたい》、字は子健《しけん》。竹雨と号した。鶴岡（現・山形県）の人。東京帝国大学法学部政治科を卒業した後、実業界に入るが、大正12年には大東文化協会幹事、次いで大東文化学院教授となり、作詩法の教授や漢詩文雑誌の刊行・運営に尽力した。書画にも長じ、昭和24年、芸術院会員となって、同年に大東文化大学総長となった。

【著作】『猗廬詩稿』。

土屋文明（つちやぶんめい）

歌人**【生没】**明治23年（1890）9月18日～平成2年（1990）12月8日

【評伝】群馬県西群馬郡上郊村（現・群馬県高崎市）に生まれる。伯父に俳句を教わり、旧制高崎中学在学中から俳句や短歌を「ホトトギス」に投稿。卒業後に伊藤左千夫を頼って上京し、「アララギ」に参加する。東京帝国大学に進学し、在学中には芥川龍之介、久米正雄らと第三次「新思潮」の同人となる。大正14年に第一歌集『ふゆくさ』を出版。卒業後は、数々の教職を歴任しながら、昭和5年から齋藤茂吉より「アララギ」の編集発行人を引き継ぐ。その後長きにわたってアララギ派の指導的存在となる。昭和19年から約5か月中国大陸を視察し、その体験を基にした歌集『韮菁集《かいせい》』を出版。昭和20年5月には、東京青山の自宅が空襲で焼失。群馬県吾妻郡原町（現・群馬県吾妻町）に疎開し、6年半をこの地で暮らした。戦後は昭和27年より明治大学文学部教授を勤め、翌年には日本芸術院会員、宮中歌会選者。昭和61年に文化勲章を受章。平成2年、肺炎及び心不全で病没。享年100。晩年まで作品を作り続け、没後、従三位に叙された。

【著作】歌集に『ふゆくさ』『往還集』『山谷集』『韮菁集』。研究書に『万葉集年表』『万葉集私注』。

土屋鳳洲（つちやほうしゅう）

教育者**【生没】**天保12年（1841）12月13日～大正15年（1926）

【評伝】名は弘、字は伯毅、鳳洲はその号。和泉岸和田藩士。はじめ藩学に入り、相馬九方に徂徠学を学び、さらに但馬《たじま》の池田草庵に陽明学と劉念台の学を学んだ後、さらに諸方に歴遊し、阪谷朗廬《さかたにろうろ》・森田拙齋《せっさい》に作文の法をたずねた。明治元年、藩学教授となり、4年、廃藩置県で致仕し、5年、改めて境県学教師となり、師範学校校長となった。吉野・兵庫・奈良に転じ、26年、華族女学校教授となり、39年に職を辞した。また32年からは東洋大学・二松学舎の講師となり、大正15年、86歳で病没した。

【著作】『晩晴楼初編』『晩晴楼之鈔』。

坪井杜國（つぼいとこく）

俳人【生没】生年未詳～元禄3年（1690）3月20日【評伝】名古屋に生まれた。通称は庄兵衛。別号、野人、野仁。御園町の町代を務めた富裕な米穀商。貞享元年、松尾芭蕉に入門するが、翌年空米売買の罪に問われ、名古屋を追放されて保美村（現・愛知県渥美町）に住んだ。『笈の小文』の旅では芭蕉と行動をともにしている。30歳くらいで病没したとされている。

坪内稔典（つぼうちねんてん）

俳人・評論家【生没】昭和19年（1944）4月22日～【評伝】愛媛県西宇和郡伊方町に生まれる。本名は稔典《としのり》。愛媛県立川之石高等学校から立命館大学文学部日本文学科に進学。同大学院文学研究科修士課程修了。正岡子規、高浜虚子、中村草田男、石田波郷ら同郷の俳人の影響を受け、高校時代から句作を始める。「青玄」にて伊丹三樹彦に師事。大学時代は日本近代文学、特に詩歌を専攻。在学中から学生俳句連盟を組織し、中心人物となる。学生俳句会の仲間であった摂津幸彦らとともに同人誌「日時計」「黄金海岸」を創刊。大学時代に学生結婚をする。大学時代はパチンコにいそしみその間に読書するという生活を送っていたという。結婚を機にまじめに働かなくてはいけない、という思いから正岡子規の研究を始める。するとそれが高く評価される。好きなことをしながら、それが仕事に繋がったというラッキーな人間だと自分のことを評している。園田学園女子大学助教授、京都教育大学教授、京都教育大学附属京都中学校校長などを歴任。現在は佛教大学教授で京都教育大学名誉教授。正岡子規や夏目漱石の研究で知られるが、俳人、歌人としても活躍。俳句グループ「船団の会」代表を務める。平成13年、『月光の音』で第7回中新田俳句大賞スウェーデン賞を受賞。平成22年、『モーロク俳句ますます盛ん　俳句百年の遊び』で第13回桑原武夫学芸賞を受賞。日本文学にみる河川委員、愛媛県文化振興財団主宰芝不器男俳句新人賞の選考委員や俳句インターハイ講評・審査員などを務める。口語的でキャッチコピーのような俳風で、現代俳句の代表作家のひとりである。作品の一部は国語教科書にも採用されている。

【著作】句集『春の家』『わが町』『落下落日』『百年の家』『月光の音』。研究書『正岡子規　俳句の出立』『正岡子規　創造の共同性』『俳人漱石』『正岡子規　言葉と生きる』。エッセイ『女うた男うた』（道浦母都子との共著）など。

津守国基（つもりのくにもと）

歌人【生没】治安3年（1023）～康和4年（1102）7月17日

【評伝】歌道家、津守家の祖。津守氏は古来住吉神社の神主を世襲した氏族である。康平3年、神主となり、神社経営に成果を挙げた。広く京の歌人たちと交流し、歌合にも盛んに参加した。『万葉集』を重んじるなど当時としては新しい試みを行っている。『後拾遺集』の撰者に小鰺を送って3首の入集を得たという逸話が残されている。自ら催した歌会で詠んだ「薄墨に」で始まる歌は評判になり、「薄墨の神主」とも呼ばれるようになった。また箏にも優れていたという。『後拾遺集』を初めとし、勅撰入集は20首。

【著作】家集に『津守国基集』。（『国基集』とも。）

程明道（ていめいどう）

【生没】北宋、1032～1085

【評伝】北宋の大学者。字は泊淳《はくじゅん》、河南省洛陽の出身。進士の試験に及第し、神宗のときに監察御史となったが、王安石《おうあんせき》の過激な革新政策に反対して辞した。弟の程頤《ていい》（伊《い》川《せん》）とともに周敦《しゅうとん》頤《い》に学び、広く諸家の学や老仏の考えを参酌して『定性書』を著したが、この書は宋学において非常に重要なものである。その人柄は温厚で知られ、門人が数十年間に一度も怒ったところを見たことがないという風であった。54歳で没した。

【著作】『明道文集』『二程遺書』『二書外書』『定性書』。

狄仁傑（てきじんけつ）

【生没】唐、630～700

【評伝】幷州（山西省太原）の人。字は懐英。明経に挙げられ、高宗の時に幷州法曹参軍、大理丞、侍御史、寧州刺史などを歴任した。大理丞在任中には未処理の案件1万7千余を一年で処理し、則天武后の時に文昌右丞に転じ、他人の罪に連坐せられ死罪を宣告されていた200有余人を救い、公平で慈悲深い役人と称えられた。天授2年、地官侍郎、同鳳閣鸞台平章事として大臣に列す。のち来俊臣に誣告され獄に繋がれ流刑に処せられたが、神功元年大臣の位に復した。則天武后に大仏像造営をやめるよう諫めたり、中宗を呼び戻すよう勧めた。また人を観る明があり、張柬之らの人材を推挙し、武后の信任もあって、国老と尊ばれた。中宗のとき梁国公に封ぜられる。諡は文恵。生年は607年ともいわれている。

寺門静軒（てらかどせいけん）

儒者・文人【生没】寛政8年（1796）〜明治元年（1868）

【評伝】名は良、字は子温、弥五左衛門。水戸藩大吟味方勤寺門弥八郎勝春の次男で、母は江戸における勝春の妾であった。文化4年、12歳で同居していた母を失い、翌年には水戸の実父が亡くなったため、母方の祖父母に育てられた。山本北山の子緑陰に儒学を学び、上野寛永寺の勧学寮に入って、学頭の霊如仏隴に、仏典と性霊派風の漢詩を学んだ。その後、駒込吉祥寺門前町で私塾を開いて子弟に教授した。天保元年、徳川齊昭が水戸藩主になるや仕官を求めたが成らず、以後は官途を断念した。詩文では「無用之人」を標榜した。経世の学について独自の説を確立しえたとはいいがたいが、江戸市中では文人として名声を獲得した。江戸の文壇と多くの接点を持ち、代表作『江戸繁昌記』で揶揄している俗物な儒者たちとも昼夜を問わず交わる時期もあったという。同書は広く読まれ、明治まで続く漢文体「繁昌記」ものの大流行を生み出したが、天保改革の際に筆禍を起こしたため、武家奉公御構の処分となった。以後は関東や越後地方を転々とし、青山の門人根岸友山の邸宅で没した。

【著作】『江戸繁昌記』『太平志』『静軒詩鈔』『江頭百詠』。

寺山修司（てらやましゅうじ）

俳人・詩人・歌人【生没】昭和10年（1935）12月10日〜昭和58年（1983）5月4日

【評伝】青森県三沢市に生まれる。中学2年の時、三沢の米軍基地で働いていた母が福岡基地に異動。叔父に引き取られ青森市内に転居。中学1年の秋に青森市立野脇中学校に転校。昭和24年、中学2年生で京武久美と友人になる。京武は句作をしており、その影響から俳句へのめり込んでいく。文芸部に入り、俳句や詩や童話を学校新聞に書き続ける。昭和26年、青森県立青森高等学校進学。文学部に所属。「山彦俳句会」を結成し、高校1年生の終わり頃「校内俳句大会」を主催。全国学生俳句会議結成。俳句改革運動を全国に呼びかける。京武久美と俳句雑誌「牧羊神」を創刊、高校卒業まで編集、発行を続ける。寺山の表現の出発点は俳句であった。寺山は「中学から高校へかけて、私の自己形成にもっとも大きい比重を占めていたのは、俳句であった。」と記している。早稲田大学進学後、中城ふみ子に刺激され、短歌を始めたとされる。18歳で第2回短歌研究新人賞を受賞。腎臓炎を患い入院。翌年にはネフローゼを患い、早稲田大学を退学に至る。21歳にして中井英夫の後援で処女詩集『われに五月を』を上梓。その後、興味は徐々に演劇へと傾き、昭和42年に劇団「演劇実験室天井桟敷」を結成。実験的で斬新、スキャンダラスな作品を数多く発表。昭和46年には劇映画にも進出。上記以外にもエッセイや小説、作詞と幅広く活躍した稀代のマルチアーティスト。昭和58年、肝硬変で入院中、腹膜炎を併発、敗血症で病没。享年47。彼が生前用いていた肩書きは「職業、寺山修司」である。

【著作】歌集に『空には本』『血と麦』『月蝕書簡』。句集に『わが金枝篇』『花粉航海』『わが高校時代の犯罪』『寺山修司俳句全集』。詩集に『われに五月を』『はだしの恋唄』。小説に『あ、荒野』。戯曲集に『血は立ったまま眠っている』。映画監督作に『田園に死す』『さらば箱舟』など。

伝教大師（でんきょうだいし）

僧侶**【生没】**天平神護2年（766）～弘仁13年（822）

【評伝】伝教大師とは、最澄《さいちょう》の諡号である。近江国滋賀郡古市郷（現・滋賀県大津市）に生まれる。俗名、三津首広《みつのおびのひろ》野《の》。15歳で得度。延暦4年、19歳で比叡山に入山。延暦23年に唐に渡り、天台宗、密教、禅を学んだ。翌年帰国すると、宮廷に迎えられ、宮中での修法を行なうと共に、日本仏教の改革に着手した。法華経の絶対平等思想を中核に、禅、密教を総合した日本天台教学を確立した。伝教大師の号は、貞観8年に清和天皇より贈られたものである。『新古今集』を初めとし、勅撰入集は5首。

【著作】仏教書に『顕戒論』『守護国界章』『法華秀句』など。

天智天皇（てんじてんのう）

第38代天皇**【生没】**推古天皇34年（626）～天智天皇10年（672）12月3日

【評伝】舒明天皇の第二皇子。母は皇極天皇（重祚して斉明天皇）。皇后は異母兄・古人大兄皇子の娘・倭姫王《やまとひめのおおきみ》。皇極天皇4年、中大兄皇子は中臣鎌足らと謀り、皇極天皇の御前で蘇我入鹿を暗殺するクーデターを起こす。入鹿の父・蘇我蝦夷は翌日自害した。更にその翌日、皇極天皇の同母弟である孝徳天皇を即位させ、自分は皇太子となり中心人物として様々な改革（大化の改新）を行なった。また有間皇子など、有力な勢力に対しては種々の手段を用いて一掃した。中大兄皇子は長い間皇位に即かず称制したが、天智天皇2年に白村江の戦いで大敗を喫した後、同6年に近江大津宮（現・大津市）へ遷都し、翌年の天智天皇7年、漸く即位した。同母弟・大海人皇子（のち天武天皇）を皇太弟とした。しかし、同9年11月16日に第一皇子・大友皇子（のち弘文天皇）を史上初の太政大臣としたのち、同10年10

月17日に大海人皇子が皇太弟を辞退したので代わりに大友皇子を皇太子とした。この年に没。享年46。『日本書紀』と『万葉集』に歌を残す。御製と伝わるのは4首。勅撰集では『後撰集』『新古今集』『玉葉集』『新千載集』に一首ずつ採られている。「小倉百人一首」1番に入集。

田捨女（でんすてじょ／でんすてめ）

俳人【生没】寛永11年（1634）～元禄11年（1698）8月10日

【評伝】ステ女とも記す。諱は貞閑。別号は嶺雲。丹波の国柏原《かいばら》の豪族季繁《すえしげ》を父として生まれた。3歳で母を亡くす。後に父が再婚、再婚相手の連れ子であった又左衛門季成《すえなり》と18歳で結婚。夫と共に北村季吟に和歌・俳諧を学ぶ。41歳の時に夫と死別。後に剃髪して妙融尼と号し、盤珪《ばんけい》禅師に帰依する。播磨の国網干《あぼし》に不徹庵を結び、貞閑と改名。その地で後進の指導に当たった。尼僧は常に30名を下らなかったという。元禄11年、没。享年66。貞門の女六俳仙の随一と称され、元禄四俳女のひとり。捨女が6歳の時に句を作って人々を驚かせたという話が『続近世畸人伝』にある。

天武天皇（てんむてんのう）

第40代天皇【生没】生年未詳～朱鳥元年（686）9月9日

【評伝】舒明天皇3年頃、生誕したと考えられている。舒明天皇の子、天智天皇の弟。即位前の名は大海人皇子。壬申の乱の後、飛鳥清御原宮で即位。皇族を重用して天皇政治を強化、八色の姓や冠位四十八階を制定して朝廷の身分秩序を確立した。また、豪族の弱体化策として豪族に与えられていた部曲《かきべ》を廃止し、食封制度も改革した。仏教の振興や国史編纂にも意を注ぐなど、文化面にも功績を残した。『万葉集』に4首の歌が残されている。

土井晩翠（どいばんすい／つちいばんすい）

詩人・英文学者【生没】明治4年（1871）10月23日～昭和27年（1952）10月19日

【評伝】本名、林吉《りんきち》。仙台県仙台市（現・宮城県仙台市）に生まれる。8歳で培根小学校に入学。立町小学校在学時に『新体詩抄』や『十八史略』を愛読。第二高等中学校に入学し、吉野作造と交友を結ぶ。明治27年、東京帝国大学英文科に入学。「帝国文学」を編集し、詩を発表する。男性的な漢詩調の詩風であった。明治31年にはカーライルの

『英雄論』を翻訳出版する。明治32年、第一詩集『天地有情』を刊行。この詩集で島崎藤村と並び称される代表的詩人となった。二高教授として赴任後は、滝廉太郎の作曲で有名な「荒城の月」が発表され、さらに深く国民に認知された。明治34年に詩集『暁鐘』、明治39年に詩集『東海遊子吟』などを刊行。大正期は英文学者としての活躍がみられる。昭和7年、生前から姓の「つちい」を、誤って「どい」と多く読まれたことを受け改姓。晩年には両姓の読みの誤りを訂正することを止めたため両方の表記が多く残っている。昭和9年、二高を定年退職し名誉教授となる。太平洋戦争では空襲に遭い、3万冊に及ぶ蔵書を失う。敗戦後は漢詩調詩が廃れたために、以前から行っていた校歌の作詞に専念する。昭和42年、晩翠が作詞した校歌を集めた歌集『晩翠先生校歌集』が作られたが、遺漏が多いとされており、いかに多くの校歌を作ったか推測できる。昭和25年に、詩人としては初めて文化勲章を受章。文化功労者、仙台市名誉市民。昭和27年、急性肺炎で病没。享年80。

【著作】 詩集に『天地有情』『暁鐘《ぎょうしょう》』『東海遊子吟』『アジアに叫ぶ』『神風』など。

土井有恪（どいゆうかく）

文人 **【生没】** 文化14年（1818）～明治13年（1880）

【評伝】 名は有恪、字は士恭、通称は幾之助。聱牙と号し、また渫庵といった。伊賀上野の生まれ。父の橘窓は藩校有造館教授であった。4歳の時、父に従って『論語』を読んだが、10歳にして父を失った。川村竹坡《ちくは》に学び、早く才能を明らかにし、将来を嘱望された。さらに石川竹厓、齋藤拙堂《せつどう》に学んだが、後にはいずれもその埒外に跳出し、傑出した一家をなすに至った。嘉永元年侍読となり、明治2年には督学となった。何ものにも束縛されず、勝手気ままに振る舞い、博覧多読の人であった。荻生徂徠に類し、文は明治初年の第一人者と目されている。

【著作】『聱牙齋存稿』。

道　元（どうげん）

僧侶 **【生没】** 正治2年（1200）～建長5年（1253）

【評伝】 曹洞宗の開祖。字は希元。内大臣久我通親《みちたか》の子である。幼くして父母を失い、出家して比叡山にのぼって天台の学を修めたが意に満たず、建仁寺の明菴栄西禅師に臨済の禅を学び、そして栄西の死後は、その弟子明全禅師に師事した。貞応2年、入宋し、天童山の如浄和尚に曹洞の法を受けて帰国した。寛元元年、波多野義重の招きにより、越前永平寺の開山となり、後深草天皇の建長5年示寂した。享年54。明治天皇から承陽大師の徽号を贈られた。道元の特徴は思想深遠、人格高潔な点にあるが、書もまた高雅修潔、その人格に接する想いがある。

【著作】『正法眼蔵《しょうぼうげんぞう》』『永平廣録《えいへいこうろく》』『典座教訓《てんぞきょうくん》、赴粥飯法《ふしゅくはんぽう》』。

唐順之（とうじゅんし）

【生没】明、１５０７～１５６０
【評伝】字は応徳。江蘇省武進の人。会試ののち、朗中の身分であったが浙江省で軍隊を率いて戦い、胡宗憲と共に倭寇と抗戦し、その功績によって右僉都御使・代鳳陽巡撫に抜擢された。彼は聡明かつ博識で、書物も広く読み、特に天文・地理・音楽・数学を好んだ。散文に秀で、著作も多数持ち、荊川先生と称された。嘉靖39（１５６０）年に没した。彼が編纂した兵書『武編』も残っている。
【著作】『荊川先生文集』『広右戦功録』『武編』。

陶　潜（淵明）（とうせん）

【生没】東晋、３６５～４２７
【評伝】字は淵明《えんめい》。一説には淵明を諱《いみな》（本名）とし、字を元亮《げんりょう》とする。潯陽《じんよう》（江西省九江《きゅうこう》）の出身。字と諱について二説あるのは、確実な伝記を残されるような家柄ではなかったためと考えられている。陶潜の曾祖父は晋の名将陶侃《とうかん》であり、母方の祖父は風流人の呼び名の高い孟嘉《もうか》であるが、いわば成り上り者で、当時の北人中心に考えられた貴族社会ではあまり尊敬されなかったからであろう。だが、陶潜は陶侃の功績を誇りに思い、自分も何とか活躍の場を得たいと願っていた。29歳になって、ようやく江州祭酒《こうしゅうさいしゅ》（県の教育長）に仕官し、以後13年間、断続的にではあるが役人生活を続けることになる。その間、長江上流の荊州《けいしゅう》へ使いに赴いたり、都（健康）にのぼったり、戦争に従軍したりしている。しかしこのころは、東晋王朝末期にあたり不安定な社会情勢であったので、その官位昇進もはかばかしくなかった。しだいに役人生活に希望を失っていった陶潜は田舎に帰ろうと考えるようになり、隠退の費用を得るため41歳のとき、格は低いが身入りの良い県令（彭沢県《ほうたくけん》）になった。しかしある日、役人生活に決別を告げる決定的な出来事が起こった。県の上級にあたる郡から査察官が来るので、衣冠束帯で出迎えよ、というのである。しかも、その査察官が郷里の若僧であったため陶潜の屈辱感は頂点に達した。「われ、五斗米《ごとべい》（県の俸給）の為に膝を屈して郷里の小人に向かう能《あた》わず」と、即刻辞職して田舎に帰った。80日余りの勤めであった。この時の心境を述べたのが「帰《き》去来《きょらい》の辞《じ》」である。その後死ぬまでの20年余りは、州の都潯陽を中心に隠逸詩人として活躍する。州や郡の役人と交際したり、田園に遊んだりしながら、静かな隠者暮らしを素朴なタッチで、そして深い趣をもってうたい続けた。隠者の詩人として評判は次第に高まり、54歳のころ朝廷にも聞こえて、高名な隠者に与えられる著作《ちょさく》佐郎《さろう》の官が授けられた。これは名目的なもので、むろん就職はしない。こうして陶潜は江州という地方ではあるが、隠逸詩人としての名を残したのである。その詩は地味なもので、貴族社会では高い評価を受けなかったが、唐代になって真価が見直されることとなった。

東常縁（とうのつねより）

歌人【生没】生没年未詳

【評伝】室町幕府奉公衆として京都にいたころ、冷泉派の清巌正徹に和歌を学ぶが、宝徳2年、正式に二条派の尭《ぎょう》孝《こう》の門下となる。文明3年、飯尾宗祇に古今伝授を行っている。そして後年、『拾遺愚草』の注釈を宗祇に送っている。このことから、古今伝授の祖ともされている。ほかにも『新古今集』『百人一首』『伊勢物語』など古典を講釈し、多くの歌書を書写した。また、二条派歌学の正説を伝えた学者としての功績も大きい。

【著作】家集に『常縁集』。歌学書に『東野州聞書』。

道命阿闍梨（どうみょうあじゃり）

歌人【生没】天延2年（974）～寛仁4年（1020）7月4日

【評伝】藤原兼家の孫にして、父は藤原道綱。母は源近広娘。永延元年、比叡山延暦寺に入山し、天台座主、良源の弟子となった。永祚2年、妙香院七禅師、この時、伝灯大法師位道命を称す。長保3年、延暦寺総持寺阿闍梨となる。長和5年、天王寺別当。花山上皇（花山院）と親しく、上皇の死を悼む歌が残されている。和泉式部との親交をはじめ、色好みの説話が『栄花物語』『古事談』『宇治拾遺物語』『古今著聞集』などに伝わる。寛仁4年、没。享年47。中古三十六歌仙のひとり。『後拾遺集』を初めとし、勅撰入集は57首。

【著作】家集に『道命阿闍梨集』。

十市遠忠（とおちとおただ）

武将・歌人【生没】明応6年（1497）～天文14年（1545）

【評伝】十市遠治の子。天文2年頃に家督を継ぐと、竜王山城を拠点に一大勢力を築いた。三条西実隆、公条《きんえだ》父子に師事し、堂上派の和歌を学んだ。詠草、自歌合、定数歌などが多く伝存している。書家としても知られ、藤原定家撰の『拾遺百番歌合』『別本八代集秀逸』など多くの歌書を世に伝えた。家集は伝存していないが、『群書類従』内に「十市遠忠百首」「十市遠忠百番自歌合」「十市遠忠三十六番自歌合」などが見られる。天文14年没。享年49。

土岐善麿（ときぜんまろ）

国語学者・歌人【生没】明治18年（1885）6月8日～昭和55年（1980）4月15日

【評伝】東京浅草の真宗大谷派の等光寺に生まれる。東京府立第一中学校を経て早稲田大学英文科に進み、島村抱月に師事。窪田空穂に感銘をうけ、同級生の若山牧水とともに作歌に励んだ。卒業の後、読売新聞記者となった明治43年に第一歌集『NAKIWARAI』を哀果の号で出版。ローマ字綴りの一首三行書きという異色のものであり、当時東京朝日新聞にいた石川啄木が批評を書いている。同年啄木も『一握の砂』を刊行し、深い親交で結ばれる。啄木没後も遺稿集の出版などに尽力した。大正2年、「生活と芸術」を創刊、主宰。生活をリアルに抒情化することで、短歌の近代化に務めた。大正7年から朝日新聞の記者になったあと、昭和15年に退社。戦時下は田安宗武の研究に取り組む。昭和22年、「田安宗武」によって学士院賞を受賞。同年より早稲田大学教授。第一歌集の縁で、ローマ字運動やエスペラントの普及にも深く関わった。また国語審議会会長を歴任し、現代国語、国字の基礎の確立に尽くした。戦後の新字や新仮名導入にも大きな役割を果たした。その他、古典研究、新作能、唐詩鑑賞、随筆などの著作も多い。読売新聞社会部時代の大正6年に、東京遷都50年の記念事業として東京～京都間のリレー競走を企画し大成功を収めた。今日の「駅伝」の発祥である。昭和55年、没。享年94。

【著作】家集に『NAKIWARAI』『黄昏に』『雑音の中』。評論に『田安宗武』。新作能に「鶴」「実朝」など。

土岐筑波子（ときつくばこ）

歌人【生没】生没年未詳

【評伝】本名、茂子。進藤正幹の養女。土岐頼房の妻。生まれは享保年間の初めのころとされる。賀茂真淵の門に入り、鵜殿余野子、油谷倭文子と共に県門の三才女と謳われた。始めは本名の茂子と名乗ったが、「筑波山は山しげ山」という古歌にちなんで、真淵が「筑波子」と名づけたという。

【著作】家集に『筑波子家集』。

徳川齊昭（とくがわなりあき）

藩主【生没】寛政元年（1800）3月11日～万延元年（1860）8月15日

【評伝】字は子信《ししん》。号は景山《けいざん》。9代目の水戸藩主。7代藩主治紀《はるのり》の3男で、慶喜《よしのぶ》の父にあたる。江戸小石川の藩邸に生まれた。藤田東湖《ふじたとうこ》らを登用し、弘道館《こうどうかん》を設立。海防強化、殖産興業などの藩政改革を行ったが、尊王攘夷的言動が幕府ににらまれ、隠居謹慎を命ぜられた。ペリー来航に際して幕府に参与し、以後、外交問題や将軍家定《いえさだ》の後継問題をめぐって雄藩連合を結成。井伊直弼の一派と鋭く対立して、安政の大獄に連座して国許永蟄居《くにもとえいちっきょ》の処分を受けた。烈公《れっこう》と諡《おくりな》されている。

【著作】『景山詩集』『大日本史補修』『倭言集成《わげんしゅうせい》』。

徳富蘇峰（とくとみそほう）

言論人・作家【生没】文久3年（1863）1月25日～昭和32年（1957）11月2日

【評伝】名は正敬、通称は猪一郎、蘇峰はその号。肥後上益城郡の人。父は一敬（号、淇水）。家は代々の庄屋である。8歳のとき、元田東野《もとだとうや》の塾に学び、のち京都の同志社に入って新島襄の薫陶を受けた。明治20年、民友社を創設し、雑誌『国民の友』を発行。23年には『国民新聞』を発行し、29年、松方内閣の内務省参事官となった。しかし大正2年、政界との縁を絶った。昭和4年、大阪毎日・東京日日新聞の社賓となって『近世日本国民史』を書き続け、18年、第一回の文化勲章を授けられた。20年、敗戦とともに一切の職を退き、32年、95歳で病没した。著述は非常に多く、三百余冊に及ぶ。

【著作】『近世日本国民史』。

杜秋娘（としゅうじょう）

【生没】唐、生没年不詳。

【評伝】名は秋。娘は女性につける呼称。金陵（江蘇省南京市）の妓女。杜牧の「杜秋娘詩并序」の序によれば、15歳で鎮海軍節度使、李錡の妾となる。後に錡が叛乱を起こしたため、憲宗によって誅され、秋娘は宮中に入り憲宗の寵愛を受けた。穆宗が即位すると、皇子の傅母となったが、皇子が漳王に封ぜられ、太和3年（829）讒言にあって廃せられたため、秋娘も暇を賜って故郷に帰った。

杜荀鶴（とじゅんかく）

【生没】晩唐、８４６〜９０４?

【評伝】字は彦之。号は九華山人。池州（安徽省貴池県）の人。または石埭の人とも。杜牧の微子であるという伝説もある。若くして詩名があり、大順2年（８９１）46歳で進士となったが、世の混乱を避けて故郷に帰った。のちに唐の天下を奪った後梁の朱全忠に重んぜられ、翰林学士となり、主客外郎に遷ったが、勢力を恃んで貴族たちを侮り、憎まれて殺されそうになったという。天祐元年（９０４）に没す。一説には天祐4年（９０７）没とも。作品は社会の現実にふれて、平易なことばで人民に訴え注目された。「夏日悟空上人の院に題す」七言絶句の第三句・四句目の「安禅は必ずしも山水を須いず、心中を滅し得ば火も自ずから涼し」は、織田信長が甲州の恵林寺を焼いた時に、快川和尚は楼門に上り、この句を誦して焼死したと伝えられている。

杜審言（としんげん）

【生没】初唐、６４８?〜７０８

【評伝】字は必簡《ひっかん》。襄陽《じょうよう》（湖北省襄樊《じょうはん》市）の出身。晋の杜《ど》預《よ》の子孫で、杜甫《とほ》の祖父である。23歳で進士に及第し、要職についたが、才を誇って人の恨みを買うこともあったという。則天武后《そくてんぶこう》朝に宮廷詩人として活躍するものの、のち失脚して峰州《ほうしゅう》（今のベトナム）に流された。その後赦されて修文館直学士となっている。李嶠《りきょう》・崔融《さいゆう》・蘇味道《そみどう》とともに〃文章の四友〃と称される。詩40余首が現存し、そのほとんど全てが五言律詩である。

【著作】『杜審言集』。

杜秉（とへい）

【生没】南宋、生没年未詳

【評伝】小山《しょうざん》と号した。南宋時代（１１２７〜１２７９）の人物と思われるが、詳細は明らかではない。飲酒の場面のことばかり詠むのが慣例になっていて、茶が出てくる詩は少ない詩壇にあって、茶の場面を詠んでいるのが非常にめずらしい。

杜甫（とほ）

【生没】盛唐、７１２〜７７０

【評伝】字は子美《しび》。襄州《じょうしゅう》襄陽《じょうよう》（湖北省襄陽県）の人。少《しょう》陵《りょう》と号し、のちにはその役名から杜工部《とこうぶ》とも呼ばれた。東都洛陽に近い鞏県《きょうけん》（河南省）で生まれた。杜甫の家は代々の官吏であり、遠い祖先には晋の名将杜預《どよ》がある。杜預は『春秋左氏伝《さしでん》』に注釈を加えた学者としても名高い。祖父は初唐の優れた詩人である杜審言《としんげん》である。父は杜閑《とかん》といい、長く地方官を勤めた。このような家系が、杜甫に早くから政治と文学への希望を抱かせた。30歳ごろまでの杜甫については不明な点が多い。幼くして文才があり、7歳のころから詩作を始めた。その後、だいたい20歳から35歳頃までの間、呉（江蘇省）・越（浙江省）・斉《せい》（山東省）・趙《ちょう》（河北省）を遊歴していた。この間に、李白や高適《こうせき》らと交遊し、詩を賦《ふ》したりしている。また官吏登用試験である科挙を何度か受験し、及第せずに「落第の高才長安に苦しむ」と評されながら、張安で困窮生活を送っていた。天宝6（747）年、玄宗皇帝は一芸に秀でたものを広く天下に募った。杜甫もこれに応募したが、宰相李林甫《りりんぽ》はこの時、一人の合格者も出さなかった。天宝10（751）年に、「三大礼の賦」三編を奏上し中書省集賢院《ちゅうしょしょうしゅうけんいん》の待制《たいせい》（命令を待つ）となったが、官位が与えられることはなかった。天宝14（755）年、杜甫44歳の時、ようやく太子右衛率府冑曹参軍《たいしうえいそつぶちゅうそうさんぐん》に任ぜられる。この間は武器の管理と門の出入りを取り締まるという格の低いものであった。しかし杜甫はこの仕官を喜び、さっそくこれを家族に知らせるべく、その疎開地である奉先県《ほうせん》（陝西省蒲城《ほじょう》県）に赴いた。そこで安禄山《あんろくざん》の乱に遭い、家族をさらに鄜州《ふしゅう》（陝西省鄜県）の羌村《きょうそん》へ避難させた。翌至徳《しとく》元（756）年、霊武《れいぶ》（寧夏省《ねいかしょう》寧夏県）で、玄宗の皇子であった粛宗《しゅくそう》が即位した。そこに仮の朝廷を設けたことを知った杜甫は、さっそく霊武へ参じようとしたが、その途中賊軍にとらえられ、長安に軟禁されることとなる。軟禁されること9ヵ月、至徳2（757）年かろうじて賊軍の手中から脱出した杜甫は、鳳翔《ほうしょう》（陝西省鳳翔県）の行《あん》在所《ざいしょ》で粛宗に拝謁《はいえつ》し、左拾遺《さしゅうい》を授けられる。この官は天子の落ち度などを諫《いさ》めることを仕事とする、位は高くはないが気のきいたものであった。やっと46歳で宿願を果たし、この後、官軍によって回復された長安で、中央の廷臣として官吏生活を送ることとなった。しかし、この生活は長続きせず、乾元《けんげん》元（758）年、張り切り過ぎて、職を越え、宰相房琯《ぼうかん》の罪を弁護したことから、天子の不興《ふきょう》を買い、華《か》州《しゅう》（陝西省華県）の司功参軍《しこうさんぐん》に左遷される。翌年には華州地方が大飢饉に遭い、食料もなく、その官を捨て、妻子を連れて流浪の旅に出る。上元《じょうげん》元（769）年、成都《せいと》尹剣南《いんけんなん》節度使《せつどし》の厳武《げんぶ》の招きにより、成都（四川省成都市）へ赴き、厳武の推薦により工部員外郎《こうぶいんがいろう》となり、成都郊外にある浣花《かんか》渓《けい》に草堂を立てて住んだ。浣花草堂《かんかそうどう》がこれである。家の周囲には竹や桃、その他の果樹を植え、畑を耕しもした。また、農民達とも往来し、酒を飲み、詩をうたうといった生活を送った。この成都での生活が、杜甫の一生のうちでもっとも平穏な日々であった。しかしこの生活も長くは続かず、永泰元《えいたい》（765）年、杜甫に保護を与えていた嚴武の死と、その後の蜀地方の乱れのため成都を離れ、家族とともに船で長江を下ることとした。忠州《ちゅうしゅう》（四川省忠県）を経て夔州《きしゅう》（四川省奉節《ほうせつ》県）に着き、ここで2年間生活した。その後貧困と病苦に悩まされながら江陵《こうりょう》（湖北省江陵県）、公安（湖北省公安県）、岳州《がくしゅう》（湖南省岳陽県）と流れた。大暦5（770）年、衡州《こうしゅう》（湖南省衡陽市）から郴州《ちんしゅう》（湖南省郴県）へと向かう途中、耒陽《らいよう》（湖南省耒陽県）で59歳の生涯を終えた。杜甫の詩は「杜甫一生憂う」と評されるように沈痛・憂愁を基調とし、雄渾《ゆうこん》・忠厚の意に満ちている。詠ずる内容は多種多様だが、ヒューマンな正義感、人間愛に基づいて暗黒な現実社会を直視し、それを客観的に描写したことから「詩史」と評され、のちの白居易・元稹《げんしん》など、社会派詩人に多大な影響を与えた。また、音調は非常に鍛錬されている。杜甫はあらゆる詩形に通じ、中でも古詩と律詩とを得意とした。特に、対句を重んずる律詩には定評があり、「李絶杜律《りぜつとりつ》（李白は絶句に、杜甫は律詩に優れている）」と称される。また、李白の「詩仙」に対し、「詩聖」と称され、杜牧《とぼく》と区別して、杜甫を「老杜」、杜牧を「小杜」と呼ぶ。

杜牧（とぼく）

【生没】晩唐、803～852

【評伝】字は牧之《ぼくし》。号は樊川《はんせん》。京兆万年《けいちょうばんねん》（陝西省西安市）の出身。憲宗《けんそう》朝の宰相で『通典《つてん》』の著者として有名な杜佑《とゆう》の孫である。太和2（828）年、進士に及第、さらに上級試験である賢良方正科《けんりょうほうせいか》にも及第してエリート官僚としての第一歩を踏み出した。弘文館校書郎《こうしょろう》、左武衛兵曹参軍《さぶえいへいそうさんぐん》を経て、江西監察使であった沈伝師《しんでんし》に招かれ、その部下として洪州《こうしゅう》（江西省南昌《なんしょう》市）へ赴く。太和4（830）年、沈伝師の転任に従って宣州《せんしゅう》（安徽省宣城《せんじょう》県）へ移り、その地で3年間を過ごす。太和7（833）年、淮南《わいなん》節度使の牛《ぎゅう》僧孺《そうじゅ》の招きにより、節度推官《すいかん》・監察御史裏行《りこう》（見習い）として揚州（江蘇省揚州市）に赴く。当時、揚州は有数の大都会で、繁華を誇っていた。美男子で遊び好きで30歳を過ぎたばかりの杜牧は、夜ごとに酒に女にと酔いしれていたという。これを心配した牛僧孺が、ひそかに30人の見張り兼ガードマンをつけたほどであったという。太和9（835）年、33歳の若さで監察御史に抜擢され、洛陽でその任に着く。開成2（837）年、4歳年下の弟・杜顗《とぎ》が眼病にかかり退官しているのを見舞い、その際休暇の期間を越えたために免職となる。まもなく宣歙監察《せんきゅうかんさつ》史《し》崔鄲《さいたん》に招かれ、その幕僚である団練判官《だんれんはんがん》・殿中侍御史内供奉《でんちゅうじぎょしないぐぶ》として、再び宣州に赴く。その際、弟一家も引き連れていく。開成4（839）年、左補闕《さほけつ》・史館修撰《しかんしゅうせん》に転任し、都長安にもどる。会昌2（842）年から会昌6（846）年にわたり、黄州《こうしゅう》（湖北省黄岡県）、池州《ちしゅう》（安徽省貴池県）、睦州《ぼくしゅう》（浙江省建徳県）と、それぞれ2年ずつ刺史《しし》（長官）を務め、この間、外交軍事を始め長安の密貿易の取り締まりに至るまで、内外の政策について意見を上奏し、大いに採択された。大中2（848）年、都にもどり、司勲員外郎《しくんいんがいろう》、史館修撰となったが、弟一家を抱えた大世帯で生活が苦しいため、収入の多い刺史として地方に転出することを願いでた。許可を得て、大中4（850）年、湖州《こしゅう》（浙江省呉興県）の刺史となるが、約1年ののち、考功郎中《こうこうろうちゅう》、知制誥《ちせいこう》に任命され、長安に戻った。この年、弟が死ぬ。大中6（852）年、中書舎人に進み、11月に没した。50歳であった。死ぬまぎわになって、それまでに作った詩文の大半を焼き捨て、自分自身の墓碑銘を作ったという。杜牧の詩は、軽妙洒脱が持ち味で、センスが良いが、七言絶句に特にその才が遺憾なく発揮されている。盛唐から中唐へと洗練されてきた詩の、美しさ・うまさの感覚が、風流な貴公子杜牧の才を待って花開いた、晩唐第一の詩人である。

【著作】『樊川詩集《はんせんししゅう》』『外集』『孫子《そんし》』。

富沢赤黄男（とみざわかきお）

俳人 **【生没】** 明治35年（1902）7月14日～昭和37年（1962）3月7日

【評伝】 愛媛県に生まれた。本名、正三。旧号、蕉左右。早稲田大学卒業。大学在学中に「渋柿」に投句を始める。郷里の先輩俳人の松根東洋城の門を叩くが、俳句観の違いから、俳句へ距離を置く。昭和5年、大学卒業後、父の事業を手伝うために郷里に戻り、結婚したころから、周囲の誘いで郷土の俳句同好会「美名瀬吟社」に入り再び俳句を始める。山本梅史の「泉」を経て「青嶺」で日野草城に師事する。昭和10年、「旗艦」の創刊に参加。反伝統・反ホトトギスの新興俳句運動に関わる。戦中は中国大陸を転戦し、異色の前線俳句で注目されて、新興俳句の最後の華となった『天の狼』を刊行した。戦後になって「太陽系」「詩歌殿」「薔薇」に拠った。昭和37年、没。享年60。

【著作】 句集に『天の狼』『蛇の笛』『黙示』など。

富田木歩（とみたもっぽ）

俳人 **【生没】** 明治30年（1897）4月14日～大正12年（1923）9月1日

【評伝】本名、一《はじめ》。旧号、吟波。号は、螻鳴書屋・平和堂。東京本所向島に生まれた。元来、富田家は豪農だったが木歩の父親の放蕩で家が傾いたところに、明治22年の大火で資産の大方が灰に帰った。木歩が生まれた頃には、「大和田」という鰻屋をやっと開いているだけであった。2歳の時に病のために下肢の自由を失い、貧窮のうちに育った。そのため義務教育を受けることも叶わず、いろはかるたなどで仮名文字を覚え、振り仮名をたよりに新聞雑誌などを読み耽った。俳句は大正2年頃、少年雑誌の中にあった巌谷小波の俳句のページに惹かれ、俳句を作るようになったという。「やまと新聞」俳壇に投句し入選をつづけ、大正3年「ホトトギス」の初学欄で原石鼎の指導を受けた。次いで臼田亞浪に師事し、「石楠」に加盟した。大正6年には新井声風と出会い、生涯の友となる。声風主宰の「茜」同人となり号を木歩と改めた。大正7年ころから肺を病み病苦と闘いながら句作に励んだ。大正12年、関東大震災の火災に追われて横死した。享年26。

【著作】句集に『木歩句集』『決定版富田木歩全集』。

富永太郎（とみながたろう）

詩人・画家【生没】明治34年（1901）5月4日～大正14年（1925）11月12日

【評伝】東京市本郷区湯島新花町（現・東京都文京区）に生まれる。誠之小学校を経て、大正3年、東京府立第一中学校に入学。1級下に小林秀雄と正岡忠三郎がいた。大正8年、府立一中を卒業。同年、第二高等学校理科乙類（理系ドイツ語クラス）に入学。ニーチェやショーペンハウアーを耽読し、文科への転向を望むようになる。大正10年、数学と化学で落第点を取って留年。科学への情熱を失い、授業にほとんど出席せずフランス語を習い、ボードレールに熱中。「射的場と墓地」「道化とヴィーナス」などを訳出。8歳年上の人妻との恋愛問題で二高を中退。中退後も正岡との友情は続き、死ぬまで、じつに多くの手紙を書き送っている。上京して大正11年に第一高等学校仏法科を受験するも不合格。東京外国語学校仏語科に入学し、ボードレール「港」「酔へ！」「Anywhere out of the world」「計画」を訳出。しかし不眠症や頭痛が烈しく、出席日数不足で大正12年に留年。休学して川端龍子の画塾に通い、詩作のほか、油彩、水彩画を描く。大正13年、喀血。肺病を宣告される。闘病生活の傍ら、同人誌「山繭」に詩を発表。大正14年、無名時代の宮澤賢治の『春と修羅』を読んで感銘を受ける。同年、闘病中に酸素吸入器のゴム管を「きたない」といって自ら取り去り逝去。享年24。

【著作】詩集に村井康夫編『富永太郎詩集』小林秀雄ら編『富永太郎詩集』大岡昇平編『富永太郎詩集』。詩画集に大岡昇平編『富永太郎詩画集』など。

富安風生（とみやすふうせい）

俳人【生没】明治18年（1885）4月16日〜昭和54年（1979）2月22日

【評伝】本名、謙次。愛知県に生まれた。東京帝国大学法学部卒業。大学在学中に水原秋桜子らと東大俳句会を興す。逓信省に入省。明治44年、肺病を発病、湘南各地に転地療養を重ねたのち、帰郷。その後逓信省に復帰。大正7年に福岡貯金支局長時代に吉岡禅寺洞らと俳句を連衆として勉強を始めた。翌年、高浜虚子に出会う。以後、親しく教えを受けるようになる。大正9年「ホトトギス」に投句。昭和3年には貯金局有志の手になる「若葉」の雑詠選を担当、のちにこれを自身の主宰誌とした。昭和4年「ホトトギス」同人。8年の処女句集『草の花』以来、多数の句集を刊行。昭和12年に退官。46年には日本芸術院賞を受賞。49年には日本芸術院会員。各地に建立された句碑は60基を超える。昭和54年、没。享年95。

【著作】句集に『草の花』『十三夜』『松籟』『冬霞』『紫陽花』『春時雨』『村住』『母子草』『艸魚洞句集』『朴若葉』『晩涼』『古稀春風』『愛日抄』『定本富安風生句集』『喜寿以降』『傘寿以降』『米寿前』『年の花』『季題別富安風生全句集』『齢愛し』。随筆集に『艸魚集』『淡水魚』など。

豊臣秀吉（とよとみひでよし）

武将・大名【生没】天文6年（1537）〜慶長3年（1598）

【評伝】尾張国愛知郡（現・名古屋市）で下層階級の子として生まれる。幼名、日吉丸。はじめ、木下藤吉郎と名乗り、今川氏の武将、松下之綱（松下嘉兵衛）に出仕。ここで武芸、学問、兵法などを教えられたとされる。後に織田信長に仕え羽柴秀吉を名乗る。本能寺の変の後、全国を平定し、時の後陽成天皇より豊臣姓を賜る。太閤検地、刀狩りなどを行う。朝鮮出兵（文禄・慶長の役）を行うも失敗に終わる。慶長3年、伏見城で没。享年62。古典文学を細川幽齋、茶道を千利休、有識故実を菊亭晴季、能楽を金春太夫安照などに学んだとされる。ほかにも連歌、禅、儒学などにも関心があった。特に能楽を好み、自分の武勇を演目にさせ、演ずることもあった。

頓阿（とんあ）

僧侶【生没】正応2年（1289）〜文中元年／応安5年（1372）

【評伝】俗名、二階堂貞宗。20歳頃出家し、比叡山、高野山で修行を重ね、20代後半に金蓮寺の真観に師事し時衆となった。西行を慕って諸国を行脚ののち、西行の旧跡に草庵を構え隠遁生活を送った。歌人としては、応長年間に百首歌を詠んで本格的な活動を始める。二条為世に師事し、二条派再興の祖とされた。慶運、浄弁、吉田兼好とともに和歌四天王のひとりとされた。長い間在野の歌人であり、歌壇での活躍は晩年であった。足利尊氏、二条良基らの信頼も厚く、歌壇の重鎮として二条家を守った。『新拾遺集』撰集の際は、撰者、二条為明の没後を引き継いで貞治3年に完成させた。

【著作】家集に『草庵集』『続草庵集』など。

な　にぬねの

内藤湖南（ないとうこなん）

教育者【生没】慶応2年（1866）7月18日～昭和9年（1934）6月26日

【評伝】名は虎次郎、字は炳卿、湖南はその号。羽後鹿角《かづの》毛《け》馬《ま》内《ない》の生まれ（現・秋田県鹿角市十和田）。父の調一は南部藩儒であった。明治18年、県立秋田師範学校を卒業し、一時、小学校訓導を務めたが、20年、上京し雑誌の編集に従事した。22年、大阪毎日新聞記者に転じ、31年、万朝報社の主筆となった。翌年、中国に漫遊し、これを機に力を中国研究に注ぎ、38年、外務省嘱託、40年、京都帝国大学講師となり、42年、教授に進んで、大正15年、退職。その後は名誉教授となり、昭和9年、病没した。享年69。人となり寛厚、気宇闊大、博識にして詩文を善くし、東洋史学の泰斗として尊敬された。

【著作】『内藤湖南全集』。

内藤丈草（ないとうじょうそう）

俳人【生没】寛文2年（1662）～元禄17年（1704）2月24日

【評伝】本名、本常。通称は林右衛門、別号、仏幻庵・懶《らん》窩《か》など。尾張犬山藩士内藤源左衛門の長子として生まれる。生母とは死別し、継母に育てられる。漢学を穂積武平、禅を玉堂和尚に学ぶ。尾張国犬山藩士であったが元禄元年、病弱の為に職を退く。異母弟に家督を譲り、翌年芭蕉に入門。元禄6年、近江国松本に移り義仲寺無名庵に住す。元禄9年、近くの竜が岡（現・滋賀県大津市竜が丘）に仏幻庵を結ぶ。師の没後、追善に日を費やす。芭蕉の死後3年間は喪に服し、その後再び3年間庵に籠って、追善のために1千部の法華経を読誦した。蕉門十哲のひとり。

【著作】句集に『ねころび草』『丈草発句集』など。

内藤鳴雪（ないとうめいせつ）

俳人【生没】弘化4年（1847）4月15日～大正15年（1926）2月20日

【評伝】本名、師克、のち素行《もとゆき》。幼名、助之進。別号、破蕉・南塘《なんとう》・老梅居。江戸の松山藩邸に生まれた。8歳のときから父に漢籍を教わる。11歳で松山に帰り、藩校明教館で漢学、剣術を学ぶ。明治元年京都に遊学し、翌年上京した。明治13年には文部省参事官に抜擢された。24年官を辞して翌年旧藩青年育成の常盤会寄宿舎の舎監となり、そこで舎生であった正岡子規と出会い、俳句仲間に加わった。和漢の学識と明治の情調にあふれた俳風、またその飄々として円満洒脱な人柄は、多くの人に愛された。日本派の長老と尊敬され、子規の没後も虚子・碧梧桐の援助をして一門の統領格としての地位を占めたのみならず、多くの新聞雑誌の選者に推され、新旧各派の俳人と広く交友し、俳諧の耆宿と仰がれた。大正14年、肋膜炎を病んでから、軽い脳溢血で臥床し、翌年、麻布の自宅で没した。俳号の「鳴雪」は、「何事も成行きに任す」の「成行き」の当て字だと言われている。

【著作】句集に『鳴雪俳句鈔』『鳴雪俳句集』。他に『鳴雪俳話』『俳句作法』『老梅居俳句問答』『老梅居雑著』『鳴雪自叙伝』『哲理的文芸論』など。

中井櫻洲（なかいおうしゅう）

政治家【生没】天保9年（1838）11月29日～明治27年（1894）10月10日

【評伝】名は弘、幼名は休之進、号は櫻洲。本姓は横山。鹿児島の生まれ。幼いころから聡く、藩校造士館に学んだ。幕末に外国の船舶が頻繁に来航し海内が騒然としたことに深く時事を感じ、脱藩して江戸に走ったが捕えられて鹿児島に艦送された。しかし憂国の志は少しもくじけず、再び脱藩して京都に走り、さらに土佐に逃れて後藤象二郎に倚《よ》った。後藤は彼の才能を奇とし、慶応2年、吉田元吉・坂本龍馬らと謀り、費用を給して英国に留学させた。しかし期間は短く翌年帰朝し、宇和島藩主、伊達宗城《だてむねなり》に招かれて周旋方となり、中井弘三と称し、京都では諸藩の志士と交わり、桐野利秋《きりのとしあき》と最も親しくし、画策するところが多かった。維新以後は明治政府に出仕し、5年、左院の四等議官となり、米国に渡って公使館書記生に転じ、英国公使館にあること3年、ついに仏・独・伊・露各国を巡視して帰国した。詩を善くし、その間各地で詩を作った。17年、滋賀県知事、22年、元老院議官錦雞間祗候を経て、26年、京都府知事となり、翌年京都荒神の邸で病没した。

【著作】『合衆国憲法略記』『西洋紀行航海新説』。

永井荷風（ながいかふう）

作家・詩人【生没】明治12年（1879）12月3日～昭和34年（1959）4月30日

【評伝】名は壮吉《そうきち》。断腸亭《だんちょうてい》主人・石南居士《せきなんこじ》などと号した。東京小石川の生まれ。父の久一郎（名は温。禾原《かげん》と号した。久一郎は通称）は尾張藩の生まれ。藩儒鷲津毅堂《わしづきどう》に学び、その娘婿となった。はじめゾラの影響を受けて『地獄の花』など自然主義的作品を発表し、ついでアメリカ・フランスに留学した。ところが帰国後は、日本の皮相な近代化に反発して江戸文化への傾倒を強め、『腕くらべ』、『おかめ笹』など耽美《たんび》的・戯作《げさく》的な作品を発表した。それからは世相の観察者ともいうべき位置に身を置き、ときに反俗的文明批評家としての姿勢を見せた。荷風の文学の集大成が『濹東《ぼくとう》綺譚《きたん》』であり、また大正6年から没年まで42年間にわたって書き続けられた『断腸亭日乗《だんちょうていにちじょう》』は、日記文学の最高峰といわれている。

【著作】『濹東綺譚』『断腸亭日乗』『珊瑚集《さんごしゅう》』。

永井龍男（ながいたつお）

小説家・俳人【生没】明治37年（1904）5月20日～平成2年（1990）10月12日

【評伝】東京に生まれた。本名も同じ。俳号は、東門居。別号は、二階堂。大正末ごろから小説を発表して一部に認められる。昭和2年に文芸春秋社に入社し、文芸誌編集者として才能を発揮した。戦後になって文筆活動に専念したが、とりわけ短編小説で高く評価されている。横光利一賞、野間文芸賞、芸術院賞などを受賞。芥川賞の選考委員も長く務めた。芸術院会員。俳句は、横光利一の十日会、文芸春秋主宰の文壇句会、久米正雄の三汀居句会、久保田万太郎のいとう句会などに出席して、実作に励んだ。平成2年、心筋梗塞により没。享年86。

【著作】句集に『永井龍男句集』『文壇句会今昔・東門居句手帖』。小説に『朝霧』『一個 その他』『コチャバンバ行き』。

中江藤樹（なかえとうじゅ）

教育者【生没】慶長13年（1608）3月7日～慶安元年（1648）8月25日

【評伝】江戸時代、近江（現・滋賀県）高島郡小川村の生ま

れ。名は原。字は惟命《これなか》。通称は与右衛門。藤樹・西江・頤軒・黙軒などと号した。幼い時は祖父の吉長に養われた。吉長は伯耆国米子藩主加藤貞泰に仕えていたが、元和3年、貞泰が封を伊予国大洲に移されたので、吉長とともに大洲へ移った。11歳、大学を読んで深く感じ、聖賢の学に志した。寛永2年、父吉次が没するに及び、後を継いで加藤氏に仕えた。その後、致仕を乞うたが許されず、寛永11年、27歳のときとうとう母を思って近江に逃げ帰り、従を集めて学を講じた。その学ははじめ朱子学を修めたが、37歳、陽明全書を読むに及んで、朱子学の非を悟り、陽明良知の説を信奉するに至った。人となりは温厚で、実践を重んじて文詞を後にし、孝経を標旨となして、愛敬の二字を掲げて人々を教えた。広く尊敬され近江聖人の称があり、かつて書を藤の樹のもとで講じたので、藤樹先生とも称せられた。41歳で没した。

【著作】『易卦図』『翁問答』『敬経考』。

長尾雨山（ながおうざん）

教育者**【生没】**元治元年（1864）9月18日～昭和18年（1943）4月1日

【評伝】名は甲、字は子生、通称槇太郎、号は雨山。讃岐、高松藩士、勝貞の長子。明治21年、東京帝国大学古典講習科を卒業した後、学習院講師、文部省専門学務局勤務、東京美術大学教授を経て、31年、熊本第五高等学校教授となった。36年、上海に移住し、大正3年、帰国の後は著作揮《き》毫《ごう》に励み、また詩文会偶社を主宰し、その傍ら芸文社顧問、泰東書道院・日本美術協会・大東文化協会参与として活躍した。昭和18年、79歳で病没した。

【著作】『何遠楼詩文集』（未刊）。

長尾秋水（ながおしゅうすい）

海防論者**【生没】**安永8年（1779）～文久3年（1863）3月18日

【評伝】江戸時代、越後（現・新潟県）村上の生まれ。名は景翰。字は文卿。通称は真次郎。秋水・臥牛山樵・青樵老人・王暮秋などと号した。幼い時から英気があり、水戸での勉学研鑽は十余年に及んだ。尊王攘夷の志士と交遊して、ロシア人の南下の際には、文政2年、松前に赴いて形勢を察し、諸州を歴遊して国事を論じたが、厚く遇するものがなく、天保の末に郷里に退いて子弟の教育にあたった。村上藩に抜擢されたが辞して仕えず、その後、再び遠遊して九州に至り、熊本に留まったが、年老いて郷里に帰った。文久3年没、享年85。

【著作】『山樵詩草』『梅花百律』『秋水遺稿』。

中川乙由（なかがわおつゆう）

俳人【生没】延宝3年（1675）～元文4年（1739）8月18日

【評伝】伊勢の川崎に生まれた。本名、宗勝。通称、利右衛門。別号、麦林舎、梅我。初め材木商を営む富商だったが、一代で産を傾け、後に伊勢神宮の御師となり慶徳図書《けいとくずしょ》と称した。元禄3年に蕉門に入り、岩田涼菟《りょうと》に師事し、各務支考に親炙した。元禄11年、『伊勢新百韻』を刊行して、涼菟没後の伊勢俳壇の中心となって、伊勢派の勢力を地方に扶植した。元文4年、没。享年65。

【著作】句集に『伊勢新百韻』『麦林集』『麦林集後編』。

永坂周二（ながさかしゅうじ）

医師【生没】弘化2年（1845）～大正13年（1924）

【評伝】愛知県の生まれ。名は徳彰。字は周二。石埭・一桂堂などと号した。家業を継いで医者となり、東京大学医学部教授となった。漢詩を好んで森春濤に学び、また書を善くした。晩年は郷里に戻って文墨に親しんだ。大正13年没。享年80。

【著作】『横浜竹枝詞』。

長澤一作（ながさわいっさく）

歌人【生没】大正15年（1926）3月1日～

【評伝】静岡県有度村（現・静岡県静岡市清水区）に生まれる。本名は賀寿作《かずさく》。慶応義塾商業中退。昭和18年、17歳で「アララギ」に入会。佐藤佐太郎に師事し、「歩道」創刊に参加する。昭和35年『松心火』で現代歌人協会賞、昭和45年『首夏』で短歌研究賞。昭和58年、川島喜代詩らと「運河」を創刊、主宰。独自の即物的な作風で知られる。

【著作】歌集に『冬の暁』『松心火』。評論に『斎藤茂吉の秀歌』など。

中島斌雄（なかじまたけお）

俳人【生没】明治41年（1908）10月4日～昭和63年（1988）3月4日

【評伝】本名、武雄。旧号、月士。東京市に生まれた。東京帝国大学文学部国文科を卒業して、日本女子大学の教授（俳諧史）を勤めた。中学時代から、小野蕪子につき「鶏頭陣」に拠って俳諧の道に入った。東京帝大在学中は東大俳句会に出席し、高浜虚子の直接指導を受けた。初期の作品は客観写生による自然観照から出発したが、漸次その中に瑞々しい少女の香気、青年の持つ内面的な怒りの萌しをみせてきた。昭和11年「季節風」に加わり、現実主義への徹底から俳句形式への懐疑や結社主義への批判を強め、「ホトトギス」「鶏頭陣」から去って、数年の空白を持った。後に昭和14年頃から楸邨・草田男・波郷の人間探求派の主張に共鳴して作句を復活した。昭和21年「麦」を創刊し主宰した。作風は現代に生きる人間の内面性に根を下ろしつつ、外に向かって社会性を持った新しい素材の象徴的圧縮表現を行なうというものだった。暗喩を多用したやや晦渋な独特の俳句文体を特徴とする。昭和63年、没。享年79。

【著作】 句集に『樹氷群』『光炎』『火口壁』『わが噴煙』。他に『現代俳句全講』。

中島米華（なかじまべいか）

儒学者 **【生没】** 享和元年（1801）〜天保5年（1834）3月15日

【評伝】 江戸時代、豊後（現・大分県）の人。名は大賚。字は子玉・如玉。通称は増太。号は米華・海棠窠。佐伯藩家臣中島幹右衛門季親の長男として生まれる。文化12年、15歳のとき日田の廣瀬淡窓の咸宜園に入って学び、ついで文政5年、江戸に出て昌平坂学問所に入って古賀侗庵に学んだ。その学才を認められて昌平坂学問所の斎長に任命され、詩文を善くした。文政10年、帰藩して儒員となり、藩校四教堂の教授となった。天保5年没、享年34。

【著作】『日本詠史新楽府』『愛琴堂詩醇』『愛琴堂集』『米華遺稿』。

中城ふみ子（なかじょうふみこ）

歌人 **【生没】** 大正11年（1922）11月25日〜昭和29年（1954）8月3日

【評伝】 北海道帯広市生まれ。本名、野江富美子。中城は離婚した夫の姓である。東京家政学院在学中に池田亀鑑に師事し短歌を始める。帰郷し、昭和17年に結婚。「新墾」「潮音」等の同人になる。3男1女（次男は幼くして病死）を儲けるが、昭和26年に協議離婚。この頃左乳房の異常を自覚。翌年4月、乳癌で左乳房の手術を受ける。昭和28年、乳癌再発。右乳房の手術を受ける。昭和29年「乳房喪失」が、中井英夫に見出され第1回短歌研究新人賞に入選する。同年7月、第一歌集『乳房喪失』が出版される。同年8月、病没。享年32。作品の大きな主題は恋愛と闘病であるが、特にその恋愛の大胆な表現は物議をかもした。川端康成は、「眠れる美女」内にふみ子の歌を登場させている。また、渡辺淳一にはふみ子を主人公にした小説『冬の花火』がある。また昭和30年、評伝『乳房よ永遠なれ』が刊行、映画化もされふみ子の名は一躍知られることとなった。

【著作】歌集に『乳房喪失』『花の原型』。

永瀬清子（ながせきよこ）

詩人【生没】明治39年（1906）2月17日〜平成7年（1995）2月17日

【評伝】岡山県赤磐郡豊田村（現・岡山県赤磐市）に生まれる。父の仕事の関係で、2歳で金沢へ転居、16歳で名古屋に転居する。大正13年、『上田敏詩集』を読み、詩の道を志す。愛知県立第一高等女学校高等科英語部に入学。佐藤惣之助に師事し、「詩之家」同人となる。昭和3年、結婚し大阪に居住。昭和5年、第一詩集『グランデルの母親』を刊行。昭和6年、夫の転任で東京に転居する。北川冬彦主宰の「時間」同人となる。昭和15年、詩集『諸国の天女』を刊行。昭和20年、夫の転勤と疎開で郷里の岡山県に戻り、農業に従事しながら詩をつくる。翌年、「日本未来派」同人になる。昭和24年、第1回岡山県文化賞を受賞する。昭和27年、「黄薔薇」を創刊、主宰。昭和44年、「女人随筆」を主宰する。昭和50年、赤松常子賞を受賞する。昭和62年、『あけがたにくる人よ』で地球賞、現代詩女流賞を受賞。平成7年、没。享年89。

【著作】詩集に『グレンデルの母親』『諸国の天女』『星座の娘』など。

永田和宏（ながたかずひろ）

歌人【生没】昭和22年（1947）5月12日〜

【評伝】滋賀県に生まれる。昭和41年、京都大学理学部物理学科に入学し京大短歌会に入会。高安国世に師事する。翌年、「塔」に入会、同人誌「幻想派」創刊に参加。昭和46年、京都大学を卒業し、食品会社の研究員として勤務。昭和50年、第一歌集『メビウスの地平』刊行。翌年、食品会社を退社。京都大学再生医科学研究所研修員となり、再生医科学の細胞機能調節部門の研究をする。平成21年、紫綬褒章受章。現在は京都大学名誉教授、京都産業大学教授でありつつ、高安国世の後を引き継ぎ「塔」を主宰する。夫人は歌人の河野裕子。長男の永田淳、娘の永田紅も歌人。

【著作】歌集に『メビウスの地平』『華氏』『後の日々』。評論に『表現の吃水―定型短歌論』『喩と読者』など。

永田耕衣（ながたこうい）

俳人【生没】明治33年（1900）2月21日〜平成9年（1997）8月25日

【評伝】本名、軍二。兵庫県加古郡尾上村今福（現・兵庫

県加古川市）に生まれた。兵庫県立工業学校機械科卒業。在学中、下宿先の親戚に当たる中村鷺江より俳句の話をしばしば聞くことにより、俳句に少し関心を持つ。卒業後、三菱製紙高砂工場に勤務。俳句は、毎日新聞兵庫版俳句欄への投句が始まり。選者は岩木躑躅。岩谷孔雀にも師事した。のちに野村泊月「山茶花」に暫く投句。次いで原石鼎の「鹿火屋」、小野蕪子の「鶏頭陣」に投句し、のち同人となった。昭和2年には、相生垣秋津、宮富岳坊と共に俳誌「桃源」（岩木躑躅主選）を創刊するが、6号で休刊している。昭和10年には「蓑虫」を創刊し主宰したが、16号で休刊する。和歌山の「串柿」、秋田の「蠍座」にも関わり選者もつとめた。石田波郷の「鶴」、「風」への同人参加を経て、22年現代俳句協会創設会員となった。23年には「天狼」同人。24年には「琴座《リラざ》」を創刊し主宰して、「天狼」を脱退し「鶴」に戻った。その間東洋的無を根源に置く根源俳句論を展開した。33年「俳句評論」創刊に同人参加。34年「鶴」を脱退。以後「琴座」を主拠点にして一段と法悦的な独自の作風を進展させつつ、年来の書画制作に親しむ。平成2年、第2回現代俳句協会大賞受賞。平成7年、阪神大震災で被災。奇跡的に救出されるも車椅子の生活となり、大阪市内の特別養護老人ホームに入所。平成8年、腕の骨折をきっかけに事実上の俳壇引退。翌年、「琴座」は終刊し、その終刊を見守ったあと、没した。享年97。

【著作】 句集に『加古』『傲霜』『驢鳴集』『吹毛集』『非仏』『冷位』『殺仏』『梅華』。俳論集に『山林的人間』。俳句的自叙伝に『陸沈条条』など。

中塚一碧楼（なかつかいっぺきろう）

俳人 **【生没】** 明治20年（1887）9月24日〜昭和21年（1946）12月31日

【評伝】 本名、直三。旧号、一碧。岡山県玉島（現・倉敷市）に生まれた。製塩業中塚銀太・さかゑの四男。早稲田大学商科に入学して下宿した霞北館の同宿に飯田蛇笏らがいた。運座に明け暮れ、早稲田吟社にも加わった。大学は中退で終わった。岡山の「中国民報俳壇」、虚子の「国民俳壇」、碧梧桐の「日本俳句」に投句していたが、「日本俳句」に絞り、一題百句吟を月2回送稿し、毎月巻頭になるなど、新傾向作家の尖鋭作家として注目された。「自選俳句」の母胎をなす俳人集団である木曜会を明治43年に結成。明治44年には上京して早稲田大学文科に入学。「試作」「朱鞘」を創刊。大正4年に碧梧桐主宰、一碧楼雑詠選・編集担当の「海紅」創刊。「試作」で端緒を得た一碧楼自由律の革新俳句陣営として、虚子の主宰する保守集団ホトトギスと対立した。大正11年からは一碧楼が主宰となり、「層雲」と雁行して自由律俳句の中心誌として発展した。第二次大戦の終戦間もない昭和21年、没。享年59。

【著作】句集に『はかぐら』『一碧楼句集』『一碧楼第二句集』『朝』『多摩川』『芝生』『一碧楼一千句』『一碧楼句抄』など。選句集に『海紅句集』～『海紅第七句集』。

中務（なかつかさ）

歌人【生没】延喜12年（912）頃～正暦2年（991）頃
【評伝】父は、宇多天皇の皇子敦慶親王。母は伊勢。憲親王が中務卿であったことからこの名がついた。藤原実頼、藤原師輔、元長親王、常明親王ほかとの恋を経て、源信《さね》明《あきら》と結婚したとされる。歌人としての名声は高く、歌合や屏風歌に多く作品を残した。80歳超の長寿だったとされるが、晩年は娘と孫に先立たれる不幸に見舞われた。晩年の紀貫之や、源順、恵慶法師、清原元輔ら歌人との交流が知られる。三十六歌仙、女房三十六歌仙のひとり。『後撰集』を初めとして、勅撰入集は66首。
【著作】家集に『中務集』。

長塚節（ながつかたかし）

歌人・小説家【生没】明治12年（1879）4月3日～大正4年（1915）2月8日
【評伝】茨城県岡田郡国生村（現・茨城県常総市国生）に豪農の長男として生まれる。水戸中学に進むも病気退学。文学に興味を持つ。19歳の時に正岡子規の写生説に共感を抱き、23歳の時、直接に正岡子規を訪ねて入門。「アララギ」創刊にも関わる。子規の没後、伊藤左千夫らと「馬酔木」を創刊、ついで「アララギ」の編集を担当。子規の写生主義を継承した作風を発展させ、「アララギ」を大歌誌へと押し上げる基礎を築いた。また散文も手掛け、写生文を筆頭に数々の小説を「ホトトギス」に発表した。また明治43年、長編小説「土」を東京朝日新聞に連載、代表作となった。農民小説のさきがけのひとつとして知られ、当時の農村を写実的に描写している。翌年、喉頭結核の診断を受け、短歌創作に戻る。そして２３１首連作の短歌「鍼《はり》の如く」を著す。大正4年、病気治療のため入院していた九州帝大で没。享年35。文学活動のほか、子規の勧めもあって郷里で炭焼きや肥料改良などの農事研究にも従事。また旅行好きで、全国を旅している。
【著作】歌集に『長塚節歌集』。小説に『土』『炭焼の娘』。

中皇命（なかつすめらみこと）

皇族【生没】生没年未詳
【評伝】出自、経歴ともに未詳。『万葉集』に5首を残す。

「中皇命」の名称は『万葉集』に2ヵ所、舒明朝と斉明朝に見られる以外一切散見できない。そのため誰を指すどういった異称なのか定説を見ない。間人皇女《はしひこのひめみこ》（孝徳天皇の皇后）説、斉明天皇説、倭姫女王《やまとのひめおおきみ》説などがある。

中院通村（なかのいんみちむら）

歌人【生没】天正16年（1588）1月26日～承応2年（1653）2月29日

【評伝】父は権中納言中院通勝。母は一色義次の娘で、細川幽斎の養女。後水尾天皇の第一の側近で反幕府派の公卿。後水尾天皇の信任が厚く、たびたび江戸に下っては朝幕間の斡旋に努めたが、寛永6年、天皇が突如興子内親王に譲位すると、この謀議を関知しながら幕府に報告しなかったとの理由で罷免された。幽閉の後に赦免され、内大臣に就任。古今伝授を受けた歌人として評価が高く、天皇の御製の添削を命じられたほどであった。父、通勝の源氏学を継承し、後水尾天皇、徳川家康、中和門院などに『源氏物語』の進講を行っている。書や絵画にも長けていた。承応2年、没。享年66。

【著作】家集に『後十輪院内府詠藻』（『後十輪院内大臣詠草』『内府詠藻』）。日記に『中院通村日記』。

長意吉麻呂（ながのおきまろ）

歌人【生没】生没年未詳

【評伝】出自、経歴ともに未詳。名は意寸麻呂とも書く。柿本人麻呂や高市黒人などと同じ頃、宮廷に仕えた下級官吏であったとされている。行幸の際の応詔歌、羇旅歌、宴席で物名を詠み込んだ即興歌などを残している。羇旅歌は叙情性が高く、また即興歌にはユーモアが過分に織り込まれており、頭の回転が早く機転のきく人物であったことが伺われる。『万葉集』に14首が残されている。

中野重治（なかのしげはる）

詩人・小説家・評論家【生没】明治35年（1902）1月25日～昭和54年（1979）8月24日

【評伝】福井県坂井郡高椋村（現・福井県坂井市）に生まれた。明治41年に第三高椋小学校に入学。大正3年、福井県立福井中学校に入学。大正8年に卒業。金沢市の第四高等学校文科乙類に入学。大正12年、関東大震災で被災し、金沢で避難生活を送っていた室生犀星を初めて訪ね、以後師事する。翌年、東京帝国大学独逸文学科に入学。大正14年、同人誌「裸像」を創刊。また、東京大学新人会に入った。

「社会文芸研究会」を立ち上げ、大正15年、には「マルクス主義芸術研究会」（マル芸）を設置。さらに堀辰雄らと共に、同人誌「驢馬」を創刊。プロレタリア文学運動に参加し、抒情性と戦闘性を併せ持った作品で有名になった。昭和7年にコップへの弾圧が強くなり検挙されたが、昭和9年に転向を条件に出獄した。以後も文学者として抵抗を継続し、時流批判を続けたため、昭和12年には執筆禁止の処分を受けている。終戦直後の昭和20年11月、日本共産党に再入党。「新日本文学会」を創立し、民主主義文学の発展のために精力的に活動。『批評の人間性』を発表し、「政治と文学論争」を引き起こした。昭和22年から3年間参議院議員（全国区選出）を務めた。昭和39年の部分核停条約の批准をめぐる意見の相違のなかで、党の決定にそむいて「日本のこえ」派を旗揚げした。その結果、日本共産党を除名。昭和42年に「日本のこえ」を離脱したが、最後まで日本の左翼運動・文学運動で活動。昭和53年に、小説、詩、評論など多年にわたる文学上の業績により、朝日賞を受賞した。昭和54年、胆のう癌で病没。享年77。

【著作】詩集に『中野重治詩集』『夜明け前のさよなら』。小説に『梨の花』『歌のわかれ』『むらぎも』など。

中野逍遥（なかのしょうよう）

儒者【生没】明治元年（1868）～明治27年（1894）

【評伝】明治時代、愛媛県の生まれ。名は重太郎、字は威卿、別号に澹艶堂・狂骨子・南海未覚情仙。明治23年、東京帝国大学漢学科に入った。卒業後は研究科に進み、在学中病死した。明治28年、友人の手によって300余首の漢詩を含む「逍遥遺稿」全2巻が刊行された。恋愛を主題とし、自由に恋愛を詠ったもので、日本の漢詩史上独自の境地を拓いた。

【著作】『逍遥遺稿』。

中原中也（なかはらちゅうや）

詩人【生没】明治40年（1907）4月29日～昭和12年（1937）10月22日

【評伝】山口県吉敷郡山口町大字下宇野令村（現・山口県山口市）に生まれる。大正4年、弟の亜郎が病没。この亡弟を歌ったのが詩作の始まり。大正9年、「防長新聞」に投稿した短歌が入選。以後投稿を続ける。県立山口中学に入学するが文学に耽り、次第に学業を怠るようになる。大正12年、山口中学、落第。京都の立命館中学第3学年に編入学。高橋新吉『ダダイスト新吉の詩』を読み、ダダイズムの詩を書き始める。昭和6年、東京外国語学校専修科仏語部に入学。弟、恰三病没。のちに追悼詩および小説「亡弟」を書く。昭和7年、詩集『山羊の歌』の編集に着手。昭和8年、東京外国語学校専修科修了。遠縁の女性と結婚。訳詩集『ランボオ詩集（学校時代の詩）』を刊行。昭和9年、長男が誕生。『山羊の歌』を刊行。昭和10年、小林秀雄が「文学界」の編集責任者となり、中也も発表の場を得る。「歴程」「四季」の同人となる。昭和11年、訳詩集『ランボオ詩抄』を刊行。同年、長男が病没。次男が誕生。長男の死により精神が不安定になる。昭和12年、千葉市の中村古峡療養所に入院。退院後は鎌倉に転居するが帰郷を決意する。訳詩集『ランボオ詩集』を刊行。詩集『在りし日の歌』を編集、清書して、小林秀雄に託す。結核性脳膜炎を発病し、鎌倉の病院に入院し、そこで病没。享年31。

【著作】 詩集に『山羊の歌』『在りし日の歌』。翻訳に『ランボオ詩集《学校時代の詩》』『ランボオ詩抄』『ランボオ詩集』など。

中村草田男（なかむらくさたお）

俳人 **【生没】** 明治34年（1901）7月24日～昭和58年（1983）8月5日

【評伝】 本名、清一郎。愛媛県人であるが、外交官であった父の任地中国の厦門《アモイ》領事館で生まれた。4歳で帰国。松山中学旧制松山高校を経て東京帝国大学文学部独文科に入学。昭和4年に虚子に入門、「ホトトギス」に投句を始め、国文科に転科。卒業後成蹊学園に就職、高校・政経学部教授を勤めた。昭和9年には「ホトトギス」の同人となる。昭和14年、「俳句研究」の座談会を機縁として、伝統俳句と新興俳句との欠点を否定し止揚した第三の立場である人間探求派のリーダーとして俳諧的地位を確立した。昭和21年「万緑」を創刊し主宰。内外一致、主客一如の「象徴」の自在境に到達して、思想詩としての俳句を結晶させたと評価されている。現代俳句協会幹事長、俳人協会初代会長、東京新聞俳壇選者、朝日新聞俳壇選者を務めた。昭和47年には紫綬褒章を受章。昭和58年、急性肺炎で没。享年82。死の前日、洗礼を受け洗礼名をヨハネ・マリア・ヴィアンネ・中村清一郎という。

【著作】 句集に『長子』『火の鳥』『万緑』『来し方行方』『銀河依然』『母郷行』『美田』。他に『蕪村集』『俳句入門』『風船の使者』『魚食ふ・飯食ふ』など。

中村敬宇（なかむらけいう）

教育者 **【生没】** 天保3年（1832）～明治24年（1891）

6月

【評伝】 名は正直《まさなお》。幼名釧《せん》太郎、敬輔と称し、敬宇と号した。江戸の人。初めは塾師について句読を修め、成長してからは昌平坂学問所に入り佐藤一斎に学びつつ、その傍らでは桂川甫周のもとで蘭学を修めた。ついで幕府の儒官として抜擢され、慶応2年、英国に留学した。帰朝後は大蔵省翻訳御用に登用され、さらに東京女子師範学校長摂理、東京大学文学科教授となり、文学博士、女子高等師範学校長を歴任した。傍ら江戸川橋に同人社を設け、子弟に学問を授けた。明治24年6月没。享年60。人となりは円満高潔であり、またの名を、江戸川聖人といった。博学でありその文章は理が深く、語は精緻である。松平天行は「明治の作家にして後世必伝の文学をいはば、必ず当に敬宇を推すべし」と評しており、その才学に驚嘆しないものはいない。

【著作】『西国立志編』『敬宇文集』『敬宇詩集』『自叙千文字』。

中村汀女（なかむらていじょ）

俳人 **【生没】** 明治33年（1900）4月11日～昭和63年（1988）9月20日

【評伝】 本名、破魔子。熊本市に生まれた。熊本県立高等女学校を卒業した。大正7年、18歳の冬に、拭き掃除をしながらふと思い浮かんだ文句がそのまま俳句だった、という作句の開始をめぐる有名なエピソードがある。九州日日新聞俳句欄に投句、選者の三浦十八公に激賞された。大正8年、十八公を介して「ホトトギス」に初投句。入選4句を果たし、以降投句を続け、大正9年杉田久女を知る。同9年、中村重喜と結婚。淀橋税務署長であった夫とともに翌10年に上京、長谷川かな女邸の婦人句会に参加もしたが、いつしか作句を中絶していた。昭和7年になって軽い気管支炎で休養することで句作の心が起こったことと、杉田久女が創刊した俳誌「花衣」に作品を寄せることを勧められたことで、女流俳人として復活した。同7年、高浜虚子を訪ね直接に師事することとなった。星野立子にも会い、玉藻句会にも参加した。当時住んでいた横浜の新風景を捉えたこともあり、清新な香気・明朗な色彩が評価を得た。昭和9年に「ホトトギス」同人となった。豊かな感性と的確な写生表現で平明愛唱される句を生み、家庭生活の日常の哀歓に芸術的表現を与えることで、家庭婦人に俳句に親しむ道を開いた。昭和23年には「風花」を創刊して主宰した。昭和55年、文化功労者。昭和59年、日本芸術院賞受賞。熊本県近代文化功労者。日本放送協会放送文化賞を受賞している。

【著作】 句集に『春雪』『汀女句集』『春暁』『中村汀女・星野立子互選句集』『花影』『都鳥』『紅白梅』『薔薇粧ふ』『中村汀女俳句集成』。他に『ふるさとの菓子』『をんなの四季』『婦人歳時記』『母のこころ』『汀女自画像』『その日の風』。

長屋王（ながやのおおきみ）

皇族【生没】生年未詳～神亀6年（729）

【評伝】生年は天武5年とも天武13年とも伝わる。天武天皇の孫。高市皇子の子。皇族を代表して権威を振るい藤原不比等の死後、左大臣に就任。神亀6年、謀反の疑いをかけられ、一族と共に自害（長屋王の変）。昭和60年から始まった奈良県奈良市二条大路南の発掘により、昭和63年にここが長屋王の邸跡と断定された。大量の木簡が発見され当時を知る貴重な資料となった。ただし跡地は、地元住民や研究者の反対があったにもかかわらず、現在は商業施設になり、一角に記念碑を残すのみである。『万葉集』に5首の歌が残されている。

夏目成美（なつめせいび）

俳人【生没】寛延2年（1749）1月10日～文化13年（1817）11月19日

【評伝】名は包嘉。幼名、伊藤泉太郎。通称、井筒屋八郎右衛門（五代目）。隠居して儀右衛門と改称。初号、八良治。別号、随齋、不随齋など。伯父の祇明は、点取俳諧の弊風を離れて蕉風を志向した四時観連のひとり。成美は、この祇明の生まれ変わりということで3歳になるまで父の実家伊藤家に預けられた。16歳で、江戸蔵前の札差井筒屋の家督を継ぐ。18歳で痛風を病み、その時以来右足の自由を失う。父、母、弟、父の弟など一族挙げて俳諧を能くし、成美も早くから俳諧に親しんだ。自ら「俳諧独行の旅人」と称し、一定の流派に属さないまま、大島蓼太、加舎白雄、加藤暁臺、高井几董らと交わり、小林一茶に対してはパトロン的立場にあった。家業の余技として俳諧を楽しんだ。都会的で清雅な句を詠み、与謝蕪村と同じく去俗の俳論を提唱した。同時に、松尾芭蕉の追悼や顕彰に協力、寄与している。売名虚名にも迷わなかった彼は、人格円満で多くの人に慕われおびただしい数の序跋を与えている。文化13年、没。享年68。

【著作】句集に『成美家集』。文集に『四山藁《しざんこう》』など。

夏目漱石（なつめそうせき）

小説家・俳人【生没】慶応3年（1869）1月5日～大正5年（1916）12月9日

【評伝】東京牛込区喜久井町（現・東京都新宿区）に生まれる。本名、金之助。幼い時から唐・宋の詩文を好み、二《に》松学舎《しょうがくしゃ》に学んだ。明治23年、東京大学英文科に入学。このころ正岡子規と知り合い、共に漢詩や俳句をつくる。明治28年より愛媛県松山中学に赴任。翌年より熊本の第五高等学校教授を経て、明治33年、イギリスに留学。36年、帰国して一高および東大講師を務める。松山中学在任中の明治28年、記者として日清戦争に従軍中に病を得て帰国した子規が、漱石のもとに立ち寄り2ヵ月ほど同居した。これを機に句作に熱心になり、熊本滞在中の2年間に最も句作に力が注がれた。明治38年、「ホトトギス」に連載した「吾輩は猫である」により文名が高まり、以後、41年、教職を辞して朝日新聞社の専属となり、以後続々と作品を発表した。明治43年、「門」を執筆途中に胃潰瘍で入院。以後、晩年まで胃潰瘍、神経衰弱などの病に悩まされる。大正4年ころからリューマチ、最晩年は糖尿病にも悩む。「明暗《めいあん》」連載中の大正5年、胃潰瘍で没し、「明暗」は未完の作となった。享年50。近代文学者として森鷗外《もりおうがい》と並称される。

【著作】句集に『漱石俳句集』。小説に『吾輩は猫である』『坊っちゃん』『草枕』『こゝろ』など。

成田蒼虬（なりたそうきゅう）

俳人**【生没】**宝暦11年（1761）～天保13年（1842）3月13日

【評伝】加賀に生まれた。本名、利定。通称、彦助、久左衛門。別号に槐庵、南無庵、対塔庵、芭蕉堂二世、南無庵二世。元は金沢藩士であったが、高桑闌更門の上田馬来《まらい》に学ぶ。のち京都に行き闌更に師事し、芭蕉堂後継者となる。全国を巡り歩き、天保俳壇の重鎮として活躍。京都八坂に対塔庵を結んだ。櫻井梅室、田川鳳朗と共に、天保三大家のひとり。天保13年、没。享年82。

【著作】句集に『蒼虬翁句集』『蒼虬翁俳諧集』など。

成島柳北（なるしまりゅうほく）

言論人**【生没】**天保8年（1837）2月16日～明治17年（1884）11月30日

【評伝】名は惟弘《これひろ》、字は保氏、通称は甲子太郎《きねたろう》。号は柳北・確堂・漫上漁史《まんじょうぎょし》。江戸の浅草に生まれた。家は代々将軍家の侍講《じこう》を務め、彼自身も幕府の儒官として経学《けいがく》を講じた。頻繁に柳橋の歓楽街に出入りしたという。その後、時世に感じて洋学を研究、歩兵頭並《ほへいのかみなみ》・騎兵頭に任命されてフランス式の練兵を実施した。維新後は仕えず、明治5年から翌年にかけて欧米を遊歴、帰国後は朝野《ちょうや》新聞の社主となり、自ら執筆し時事の風刺や歓楽街の見聞記で文名を高め、東京日々新聞の福地楼痴《ふくちおうち》と並称された。また『花月新誌』の主幹として漢詩文や和歌和文の振興に尽力した。

【著作】『柳北詩鈔』『柳北奇文』『航西日乗』。

新島襄（にいじまじょう）

教育者【生没】天保14年（1843）1月14日～明治23年（1890）1月23日

【評伝】明治時代のキリスト教の代表的教育者。安中（現・群馬県）藩士の子。同志社の設立者。元治元年、密出国し、アメリカに渡って10年間滞在。その時洗礼を受けてキリスト教徒となる。明治4年にアメリカに来た岩倉具視大使一行の計らいで、欧米諸国の教育事情を見学・調査し、報告書「理事功程」の作成にも参画する。国を興すのは教育と知識と国民の立派な品行の力にあるという信念のもとに、帰国後は米国の組合派ミッションの資金援助を受けて、明治8年、京都に同志社英学校、2年後に同志社女学校を設立した。明治12年、神学校第1回卒業生として小崎弘道・横井時雄・海老名弾正らを輩出した。明治17年、同志社大学設立計画を発表して、大隈重信・井上馨・渋沢栄一・原六郎・岩崎弥之助らの募金を得る。生涯キリスト教精神に基づく教育に専心し、同志社の発展のために心血を注ぎ、そしてその途上で倒れた。

【著作】『新島襄書簡集』『新島襄全集』。

新納忠元（にいろただもと）

武将【生没】大永6年（1526）～慶長15年（1611）12月3日

【評伝】新納武蔵守忠元とも。初名は安万丸、次郎四郎と称した。入道して拙齋といい、為舟と号した。島津氏の庶流新納氏の新納祐久の子に生まれる。天文7年、13歳で父に連れられ島津忠良に出仕。以降、生涯を島津家に捧げ、島津貴久、義久、義弘、家久の4代に仕え、豪勇無双と評された。永禄12年、島津氏の大口城を攻めた際、また功績を残し、武蔵守と命名された。秀吉の島津征伐にも大口城を守って屈せず、和議成って剃髪し拙齋と称し、義久はその忠を賞して為舟と号せしめた。関ヶ原の戦いでは西軍に属し、鹿児島を守っていたが、肥後の加藤清正来攻の噂を聞き、俗謡を作って士民に歌わせた。曰く、「肥後の加藤が来るならば、煙硝肴《えんしょうさかな》にだご（団子）会釈、だごは何だご、船だご、それでもきかずに来るならば、首と刀の引き出物」と。その驍勇ぶりが想像される。慶長15年、領地であった大口城（現・鹿児島県伊佐市）にて没した。享年85。数々の武勲やその豪胆な性格から「鬼武蔵」、また島津家臣として最初に指折り数えられるところから「大指武蔵」「親指武蔵」と称された。その一方で漢詩、和歌、連歌、茶道にも通じた教養人であったとされる。陣中、火縄の明かりで『古今和歌集』を読んでいたとも伝えられる。和歌は、細川幽齋に師事したとされる。

仁賀保香城（にかおこうじょう）

旗本【生没】明治10年（1877）〜昭和20年（1945）

【評伝】名は成人、羽前平沢（現・山形県八幡町）の生まれ。父は誠成（号、香陰）といい、幕府の旗本に属し禄三千石を食んだ。戊辰《ぼしん》戦争の際、勤王の兵を起こしたが、維新以降は出仕せず、大正8年、維新の功を以て従四位を贈られた。香城はその二男として、東京に生まれた。幼いころより詩を善くし、森槐南《かいなん》に知られ、一時に名を知られた。その経歴を精査するを得ないが、久しく文筆を生業としており、中年以後、随鷗《ずいおう》吟社主事として詩文の評正に任じ、晩年は国分青厓《こくぶせいがい》に推挙され、土屋竹雨《つちやちくう》と親しく、芸文社顧問・大東美術振興会幹事等をつとめた。昭和20年没。享年69。資性閑雅、詩のほか、書画を能くし、品致はなはだ高いと言われている。

【著作】『帯星草堂詩』。

西垣脩（にしがきしゅう）

俳人・詩人・評論家【生没】大正8年（1919）5月19日〜昭和53年（1978）8月1日

【評伝】大阪市東区住吉町に生まれた。本名、脩《おさむ》。東京帝国大学文学部国文科卒業。明治大学教授。俳句は松山高校時代より教授の川本臥風の指導を受け、松山高校俳句会で活躍。「石楠」に拠った。「石楠」廃刊後は、「風」に同人として参加した。昭和32年、俳句雑誌「皿」を創刊。一方、旧制住吉中学校時代の教師であった伊藤静雄に詩を学び、H氏賞選考委員も務めた。昭和53年、心筋梗塞により急逝。享年59。

【著作】俳句作品は『現代俳句全集』第6巻に収録されている。詩集『一角獣』、編著『現代俳人』ほか。

西川徹郎（にしかわてつろう）

現代俳句作家・歌人・真宗学者【生没】昭和22年（1947）9月29日〜

【評伝】本名西川徹真。幼名・筆名徹郎。少年時代の筆名は西川翠雨。北海道芦別市新城町248番地に、浄土真宗本願寺派法性山正信寺の副住職（後に第2世住職）西川證

教・貞子の2男として誕生。兄徹磨、姉暢子、弟徹博がいる。芦別中学校時代から俳句を始め、昭和38年、芦別高校入学と同時に俳句の世界に専心し、「北海道新聞」俳壇欄に投稿。細谷源二の勧めで俳誌「氷原帯」に入会。同誌で知り合った星野一郎より俳句の指導を書簡で受ける。昭和40年、細谷と星野の推奨により、「氷原帯」新人賞を受賞し、細谷らから天才詩人と称される。高校生俳人西川徹郎のデビューである。昭和41年、芦別高校を卒業し、龍谷大学文学部入学。「渦」「海程」の大阪の句会に出席。昭和43年、龍谷大学を希望退学し、正信寺に帰る。昭和45年頃から僧侶の資格を持たぬまま、病床の住職に代わり、寺の法要や門徒の家々を読経して廻る。昭和49年、第一句集『無灯艦隊』（粒発行所）刊。この句集の刊行は死を目前にした父の息子に対する激励の気持ちが込められていた。昭和50年、父證教死去。西本願寺で得度。法名釈徹真を授かり、以後、徹真を戸籍上の本名とし、幼名徹郎を筆名とする。昭和54年、本願寺派安居専修科（4年制）入学。翌年、安居専修科を繰上げ卒業し、10月、得業本試合格。昭和56年、「北海道文学全集」に句集『瞳孔祭』が収録。昭和59年、個人誌「銀河系つうしん」創刊。平成元年、斎藤裕美子（筆名・斎藤冬海）と結婚。平成5年、本願寺派学階「輔教」位授与。平成11年、母貞子死去。平成23年、西川徹郎作家生活50年・西川徹郎文學館開館5周年記念祝賀会開催。

西川の俳句は人生の一角を鋭く抉る世界を示す。夜の闇に輝く一閃の光芒を見る思いがする。表現手法は思い浮かぶ言葉と観念を切り捨て切り捨て、その果てに十七音に仕立て上げる。また、仏教の投影、特に長年研究してきた『教行信証』の存在を看過できない。吉本隆明は西川俳句を内面の楽音との「格闘ではないか」と述べ、森村誠一は「凄句」と称した。「空の裂け目に母棲む赤い着物着て」「群れを離れた鶴の泪が雪となる」。色彩鮮やかな句である。

【著作】『西川徹郎句集』（ふらんす堂、平成4年）、句集『天女と修羅』（沖積舎、平成9年）、俳句&エッセイ『無灯艦隊ノート』（蝸牛社、平成10年）、句集『わが植物領』（沖積舎、平成11年）、『西川徹郎全句集』（沖積舎、平成12年）、句集『月夜の遠足』（書肆茜屋、平成12年）、『西川徹郎自撰自筆句集』（沖積舎、平成14年）、句集『銀河小學校』（沖積舎、平成15年）、『西川徹郎青春歌集　十代作品集』（平成22年、西川徹郎文學館）など。北海道旭川市に、西川徹郎文學館がある。

西島蘭溪（にしじまらんけい）

儒学者 **【生没】** 安年9年（1781）12月28日〜嘉永5年（1853）12月15日

【評伝】 江戸時代、江戸の生まれ。名は長孫。字は元齢。通称は良佐。蘭溪・神齋・孜孜齋などと号した。本姓は下条氏。昌平坂学問所教官西島柳谷のあとを継いだ。程朱の学を主としたが、彼独自の見識で古今を折衷した。詩学に通暁し、書を善くした。嘉永5年没。享年73。諡を勤憲という。

【著作】『孜子家語考』『晏子春秋考』『清暑閒語続編』。

西道仙（にしどうせん）

医師・教育者 **【生没】** 天保7年（1836）～大正2年（1913）7月10日

【評伝】 明治時代の社会教育家・医者。肥後（現・熊本県）天草の人。名は喜大、別号を琴石。文久3年、長崎で医者を開業したが、同地に、明治5年、瓊林《けいりん》学館を創立し、「長崎新聞」と、ついで「長崎自由新聞」とを発刊した。明治25年には長崎文庫を創立し、古文書を収集・刊行した。また市会議員、医師会会長など地方自治にも貢献した。

【著作】『近時筆陣』。

仁科白谷（にしなはっこく）

儒者 **【生没】** 寛政3年（1791）～弘化2年（1845）5月29日

【評伝】 江戸時代、備前（現・岡山県）の生まれ。名は幹。字は礼宗。通称は源蔵。号は白谷。仁科琴浦の子。亀田鵬齋に師事し、その後は江戸で講説することを業とした。詩書を善くした。弘化2年没、享年55。

【著作】『老子解』『荘子解』『三備詩選』。

西山拙齋（にしやませっさい）

儒者 **【生没】** 享保20年（1735）8月17日～寛政10年（1798）11月5日

【評伝】 名は正、字は士雅、号は拙齋。備中の人。父は蘭《らん》皐《こう》、医を業とした。幼いころより学問を好み、16歳の時、大阪に出て岡白駒（龍洲）に学び、白駒の没後は那波魯堂に学んだ。はじめは徂徠の学を修め、のち朱子学を奉じた。学成って郷里に帰ってからは子弟を教え、寛政10年、64歳で病没した。

【著作】『拙齋詩鈔』『拙齋詩文集』。

西山宗因（にしやまそういん）

連歌師・俳人 **【生没】** 慶長10年（1605）～天和2年（1682）3月28日

【評伝】 本名は西山豊一。父は加藤清正の家臣西山次郎左衛門。通称、次郎作。俳号は一幽、西翁、梅翁。宗因は連歌名。肥後国熊本に生まれた。15歳頃から肥後国八代城代加藤正方に仕えた。正方の影響で連歌を知り京都へ遊学、正方の配慮で里村昌琢に師事。宗因の正方に対する尊崇の念は生涯続いた。寛永9年、加藤家の改易で浪人となる。京に出て、里村昌琢の庇護を受けて連歌会に出席、また江戸の武家連歌壇とも接触を持って次第に重きを成すに至る。正保4年、大坂天満宮連歌所の宗匠となり、全国に多くの門人を持つようになった。一方では、俳諧に関する活動も行い、延宝年間頃に談林派俳諧の第一人者とされた。俳諧連歌は、はじめ関西を中心に流行し、次第に全国へ波及し、松尾芭蕉の蕉風俳諧の基礎を築いたが、宗因は晩年連歌に戻った。談林派は、言語遊戯を主とする貞門の古風を嫌い、式目の簡略化をはかり、奇抜な着想や見立て、軽妙な言い回しを特色としたが、蕉風の発生とともに衰退した。門下に井原西鶴などを輩出。著作は連歌、俳諧、紀行などにわたる。

【著作】連歌集に『伏見千句』。句集に『蚊柱百句』。編著に『宗因連歌千句』など。

二条為明（にじょうためあき）

歌人**【生没】**永仁3年（1295）～正平19年／貞治3年（1364）10月27日

【評伝】藤原為明とも。藤原北家の御子左家の分家の二条氏の系譜。二条為藤の子。後醍醐天皇に仕え、北条氏討伐の企てに参加した。観応2年、南朝が京都を一時的に支配した際には南朝の参議となったが、その後は北朝に仕え、延文元年に北朝の参議となった。和歌は従兄である藤原為定に長く師事したが、その後関係が悪化し、為定の子、為遠とも対立して二条家は分裂に至った。足利義詮の歌の師匠となり、義詮、後光厳天皇に『古今集』を相伝した。また、後光厳天皇から『新拾遺集』の撰を命じられたが、貞治3年／正平19年に撰の途中で没した。享年70。『続千載集』を初めとして勅撰入集は45首。

二条為氏（にじょうためうじ）

歌人**【生没】**貞応元年（1222）～弘安9年（1286）9月14日

【評伝】藤原為氏とも。藤原為家の長男に生まれる。二条家の祖。祖父の藤原定家や父の藤原為家に和歌の薫陶を受け、歌壇で大きな力を持った。しかし父が没した後の相続に関連して、弟の為教、為相や継母である阿仏尼と不仲になったため、御子左家のそれぞれが二条家、京極家、冷泉家に分裂する事態を招いた。多くの歌合に出詠し、また「宝治御百首」「弘長百首」などを詠進する。亀山上皇の信任が篤く、その勅を受けて弘安元年に『続拾遺集』を奏覧した。弘安8年に出家し、法名を覚阿と称した。弘安9年、相続問題の解決のため、下向していた鎌倉で没。享年65。『続後撰集』を初めとして勅撰入集は232首。『続後拾遺集』で最多入集歌人。このほか、私撰集にも多数入集している。

【著作】家集に『大納言為氏卿集』。

二条為藤（にじょうためふじ）

歌人【生没】建治元年（1275）～正中元年（1324）7月17日

【評伝】藤原為藤とも。権大納言二条為世の次男。弘安9年、初叙。左少将、右中将、右兵衛督、蔵人頭などを経て、延慶元年、従三位参議。元亨4年、正二位中納言。「嘉元百首」「亀山殿七百首」などに出詠。父、為世の『続千載集』選進に協力。その後、父の推挙によって『続後拾遺集』の選者となったが、元亨4年にその撰の半ばで没した。享年50。『新後撰集』を初めとし、勅撰入集116首。『新拾遺集』で最多入集歌人。

二条為世（にじょうためよ）

歌人【生没】建長2年（1250）～延元3年／暦応元年（1338）8月5日

【評伝】藤原為世とも。二条家の祖、二条為氏の長男。弘安6年に参議、その後正二位権大納言に至る。大覚寺統（後の南朝）の天皇に近い態度を取り、持明院統（後の北朝）の伏見天皇に近かった京極為兼と対立した。嘉元元年、後宇多上皇の命を受け『新後撰集』を撰進。延慶2年頃、為兼とともに『玉葉集』の選者に選ばれるが、積年の確執のため撰者を退任、『玉葉集』は為兼が単独で撰をしている。次の勅撰集である『続千載集』では為世が撰をしている。元亨3年には同集の選外佳作集と言われる『続現葉集』を編纂した。元徳元年に病気のため出家し、法名を明融とした。延元3年／暦応元年、没。享年89。門弟には浄弁、頓阿、吉田兼好、慶運などがいる。『続拾遺集』を初めとし、勅撰入集は計177首。『新千載集』で最多入集歌人。

【著作】家集に『為世集』。歌学書に『和歌庭訓』など。

二条后高子（にじょうのきさきたかいこ）

皇族・歌人【生没】承和9年（842）～延喜10年（91

0）3月24日

【評伝】二条后、藤原高子《こうし》とも。清和天皇の女御ののち、皇太后となる。父は藤原長良。母は藤原乙春。清和天皇が東宮であったころ、藤原順子の邸にて出仕したとされている。貞観8年に入内、女御となり貞明親王（後の陽成天皇）を産む。貞観18年の陽成天皇の即位にともない、翌年、皇太夫人となり、さらに元慶6年には皇太后の尊称を受けた。陽成天皇が東宮であった頃、在原業平、文屋康秀、素性法師などを召して歌を詠ませている。入内前の出来事と思しき在原業平との恋物語は、『伊勢物語』によって流布された。勅撰入集は『古今集』に1首のみ。

西脇順三郎（にしわきじゅんざぶろう）

詩人・英文学者【生没】明治27年（1894）1月20日〜昭和57年（1982）6月5日

【評伝】新潟県北魚沼郡小千谷町（現・新潟県小千谷市）に生まれる。西脇家は代々縮問屋を営んでいた。大正3年、慶應義塾大学理財科に入学。大正6年、卒業。小泉信三に師事し、卒業論文は全文ラテン語で執筆した。ジャパンタイムズ社に入社するが、経営陣交替にともない退社。大正9年、慶應義塾大学予科教員。以降、「三田文学」を通じて批評活動を展開する。大正11年、オックスフォード大学に留学。大正14年に帰国。翌年、慶應義塾大学文学部教授に就任、英文学史などを担当。昭和2年、瀧口修造らと日本初のシュルレアリスム詩誌「馥郁タル火夫ヨ」を発刊。『超現実主義詩論』を、翌年『シュルレアリスム文学論』を刊行。「詩と詩論」誌上で新詩運動の指導的推進者として活動した。萩原朔太郎の詩集『月に吠える』の口語体自由詩に影響を受け、昭和8年に『Ambarvalia《アムバルワリア》』を発表。昭和22年に第二詩集『旅人かへらず』を刊行。昭和32年、『第三の神話』により読売文学賞受賞。昭和36年に芸術院会員。昭和37年、日本現代詩人会会長となる。昭和38年、慶應義塾大学を定年退任。昭和39年、小千谷市名誉市民となる。昭和46年に文化功労者。昭和57年、小千谷市総合病院にて死去。享年88。平成21年、朝日新聞がノーベル財団に50年以上経過した過去の情報公開を請求した結果、昭和33年に谷崎潤一郎とともに西脇が41人いたノーベル文学賞の候補者になっていたことが判明した。

【著作】詩集に『Ambarvalia』『旅人かへらず』『あむばるわりあ』『近代の寓話』『第三の神話』など。

新田興（にったこう）

漢学者【生没】明治24年（1891）2月25日〜昭和52年（1977）5月17日

【評伝】鳥取の人。研志堂四世。『雲處遺稿』事略によれば「新田興、字ハ士美、幼名美喜男、雲處ト號ス。伯州東伯中北條村長ノ嫡子。童年私立研志塾ニ入リ、漢學を修メ、最モ詩及ビ古文ヲ好ム。後東京ニ來リ、犬養木堂、杉浦天台、田中舎身、結城蓄堂、桂湖邨ノ門ニ遊ビ、常ニ王道ノ根基タル漢學新興ヲ以テ自任ス。國學院大學、國士館大學ニ教授タリ。晩年詩畫ニ由リ、餘生ヲ送ル。著ニ周易講義、教育勅語ト聖帝ノ左右、精解漢和字典、雲處雜談、雲處詩文、其他數種アリ。」とある。昭和4年秋、上海の巨豪といわれ仏教好きの親日家王一亭（白龍山人と号す）が来日、仏教家田中舎身居士は歓迎会を発起し、犬養木堂、頭山立雲（満）新田雲處その他の諸名士が出席した。その席上、舎身は雲處を王氏に紹介して「この男は、頭山満、三浦梧楼（観樹将軍）、杉浦重剛、犬養毅、拙者らで組織している浪人会の最年少者であるが若輩のくせに頗る奇怪な人物で、犬養の弟子であるにもかかわらず政治には無関心、卓抜せる学者であっても、これを吹聴せず、詩文に長じていても、詩人の会合などには顔も出さぬ偏屈な横著物である。しかし生意気に仏書なども読んでいるから、阿羅漢として先生の話相手に今日ここに連れて来た」と極めて無作法な紹介ぶりであったが、これは舎身一流のほめ口である。雲處は木堂にその才学を愛せられ、その門に出入していた人で、漢学を本旨とし、和歌にも通じ、書・画・篆刻など極めて多才多芸の学者で、江木冷灰博士も才学を認め、同家の文学上の相談相手となっていた。吟詠界との付合いも古くからあり、渡邊緑村、木村岳風、鈴木岳楠、坂本坦堂ら多数その門を訪うている。4年秋、山田濟齋、渡邊緑村、相伴って雲處宅を訪い、学生吟詠の事を相談し、濟齋が先ず二松学舍歌、次いで雲處が國學院大学歌を作り、檄を飛ばして同志に呼びかけた。松平天行（早稲田大学歌）、西沢道寛（大正大学歌）、国分青厓（大東文化学院校歌）、川田雪山（修養団歌）らがそれに応じている。51年、日本詩吟学院の新教本発行の折りには、その序文と「朗詠」詩二首を作詩し祝意と吟道隆盛への期待を表わしている。「著述なるものは前人未到の境を闢きて方に可と為す」とは常に言う言葉であった。木部岳圭は最後の弟子。昭和52年5月17日没。

新田大作（にったださく）

教育者【生没】大正13年（1924）4月17日～昭和61年（1986）8月17日

【評伝】東京の人。父は漢学者、新田興。名は勤、字は大作、号は梅處。研志堂五世。東京府立第五中学校。第一高等学校、東京大学文学部中国哲学文学科を経て、東京大学文学部中国哲学文学科大学院入学、昭和27年同大学院中退、都立広尾高校、都立両国高校、都立戸山高校教諭、44年4

月、実践女子大学助教授。50年4月、実践女子大学教授となる。その間、東大陵禅会、国語問題協議会、斯文会、東方学会、日本道教学会、東大中文哲学会などで活動。53年7月、朝日カルチャーセンター講師。56年4月、NHKラジオ通信高校講座漢文担当講師などを務める。また趣味教養は、茶道、能笛などを善くした。吟詠との付合は、少年の頃より自ら吟詠していたが、51年10月発行の日本詩吟学院岳風会教本漢詩篇の監修を担当してからであり、他に岳風会上級師範研修講座の漢文講義、機関誌「吟道」に「漢詩作法講座」を64回連載、「作詩閑話」を21回連載、中国旅行の同行講師などを務めたりして精力的に吟詠普及向上に尽力した功績は大きい。また53年1月より私塾研志堂五世を嗣ぎ、漢学講座を開き、第一期終了の61年1月迄漢学振興に務めた。この講座には多くの吟詠愛好者が受講した。漢詩の作品は毎年御題を発表、年賀状には必ず書かれていたのが印象、「凱旋門」「Mont Blanc《モンブラン》」「寒夜」「秋夜読書」中国洞庭詩社代表方授楚との唱酬など心に残る作品が多い。61年8月、国際アジア・北アフリカ人文科学会議に出席研究発表の為ハンブルグへ出発直前の17日急逝。享年62。

【著作】『資治通鑑選』（共著）『漢詩の作り方』『大載礼』『墨子』下（全釈漢文大系）『中朝事実』など。

丹羽花南（にわかなん）

政治家 **【生没】** 弘化3年（1846）～明治11年（1878）

【評伝】 名は賢、字は大受、号は花南。尾張の生まれ。はじめの藩儒、奥田鶯谷《おくだおうこく》に学び、のち森春濤《もりしゅんとう》の門に入った。詩を善くし、永坂石埭・奥田香雨・橋本蓉塘と並んで春濤門下の四天王と称せられた。廃藩置県ののちは、三重県令に任ぜられたが、明治11年病没した。

【著作】『花南小稿』。

仁徳天皇（にんとくてんのう）

第16代天皇 **【生没】** 生没年未詳

【評伝】 5世紀初めの頃の人物とされる。大鷦鷯尊《おおさざきのみこと》、大《おお》鷦鷯天皇《さざきのすめらみこと》とも。「倭の五王」の讃または珍とする説があるが確定していない。その陵墓と伝えられる大仙陵古墳（仁徳天皇陵）は、面積が世界最大である。勅撰入集は『新古今集』に1首だが、『紀記』にも仁徳天皇作とされる御製が残されている。

額田王（ぬかたのおおきみ）

歌人【生没】生没年未詳

【評伝】『日本書紀』には天武天皇の妃で十市皇女《とおちのひめみこ》の母とある。十市皇女の出生後、天武天皇の兄である中大兄皇子（天智天皇）に寵愛されたという話は根強いが、『万葉集』に残された歌からの推測である。斉明朝から持統朝に活躍した代表的な万葉歌人。小説などでは額田王が絶世の美人であったというのは通説となっているが、額田王自身に関する資料がとても限られている中、容姿に関する資料はない。『万葉集』に12首を残す。

能因法師（のういんほうし）

歌人・僧侶【生没】永延2年（988）～没年未詳

【評伝】俗名、橘永愷《ながやす》。文章生《もんじょうしょう》で肥後進士と号したが、長和2年に出家。法名は初め融因、のち能因に改称。藤原長能に師事し、歌道師承の初例となる。和歌六人党を指導する一方、源道済、藤原公任、大江嘉言、相模など多くの歌人と交流があった。甲斐国や陸奥国などを旅し、多くの和歌作品を残した。中古三十六歌仙のひとり。『後拾遺集』以下の勅撰和歌集に65首が入集している。「小倉百人一首」69番に入集。

【著作】歌集に『能因集』『玄々集』。歌学書に『能因歌枕』。

乃木希典（のぎまれすけ）

軍人【生没】嘉永2年（1849）11月11日～大正元年（1912）9月13日

【評伝】号は石樵《せきしょう》・静堂《せいどう》・石林子《せきりんし》。江戸（東京）六本木の人。家は長州藩士。文武両道にすぐれ、戊辰戦争に従軍、のち新政府の陸軍に入って、西南戦争にも従軍した。ドイツ留学を経たのち、日清戦争では歩兵第一旅団長として善戦、陸軍中将となり、つづく日露戦争では第三軍司令官として出征し、大陸上陸直後に陸軍大将に任命された。しかし旅順《りょじゅん》の攻略に大変な苦戦を強いられ、多大の犠牲を払ってこれを陥落させたが、彼自身、長男と次男を203高地の激戦で失ってしまった。降伏した将軍ステッセルと水《すい》師営《しえい》で会見した際、ステッセルが悔やみの言葉を述べると、希典は「これぞ武門の面目」と力強く答えたという。のち宮内省御用掛《ごようがかり》、学習院院長に就任した。明治天皇大葬の夜、夫人とともに殉死《じゅんし》した。彼の事跡は唱歌や講談で伝えられ、国民的英雄として尊敬された。約240首の漢詩が残されている。

野口寧齋（のぐちねいさい）

教育者【生没】慶応3年（1867）3月25日～明治38年（1905）5月12日

【評伝】名は弌《かつ》、字は貫卿《かんけい》、通称は一太郎。号は寧齋・嘯楼《しょうろう》・謫天情仙《たくてんじょうせん》。諫早《いさはや》（現・長崎県）の生まれ。父松陽《しょうよう》の指導を受けたのち、森春濤《もりしゅんとう》・槐南《かいなん》父子に学んだ。漢詩雑誌「百花欄《ひゃっからん》」を発刊したが、39歳という若さでハンセン病で世を去った。疾病に苦しみながらも「諫早文庫」の必要性を郷土の有志に説き、諫早の文化振興と青少年の健全育成を願って多くの図書を寄贈した。この努力が礎となり、「諫早文庫」が明治37年に創立された。

【著作】『出門小草』『三体詩評釈』『寧齋詩話』。

野澤節子（のざわせつこ）

俳人【生没】大正9年（1920）3月23日～平成7年（1995）4月9日

【評伝】本名も節子。横浜市に生まれた。フェリス女学院在学中に脊椎カリエスを病んで2年で中退。闘病生活を送る中で、『芭蕉七部集』によって俳句に興味を抱き、大野林火の『現代の秀句』に感動して現代俳句の魅力を知ることになった。昭和17年に林火の所属する「石楠」に入会した。昭和21年「浜」創刊とともにこれに参加した。第1回「浜」賞受賞。昭和30年、『未明音』で第4回現代俳句協会賞。昭和32年、脊椎カリエス完全治癒。昭和46年には「藺」を創刊し主宰している。同年『鳳蝶』で読売文学賞受賞。その純粋・清冽な抒情は忽ち衆目を集め、多くの共鳴者を得た。平成7年、没。享年75。

【著作】句集に『暖冬』（合同句集）、『未明音』『雪しろ』『花季』『定本未明音』『鳳蝶』『飛泉』『野澤節子集』。随筆集に『耐えひらく心』など。

野澤凡兆（のざわぼんちょう）

俳人【生没】生年不詳～寛永17年（1640）

【評伝】加賀国金沢の出身と言われる。姓は宮城、宮部などの諸説がある。名は允昌。別号に加生、阿圭。京都に出て医者になり、そのときに松尾芭蕉と出会い、師事。『猿蓑』を向井去来と編集した。同集には凡兆の句が最も多く入集し、印象鮮明な叙景句に本領を発揮した。しかし後に蕉門を離れた。元禄6年、知人の罪に連座して入獄、同12年出獄以後は零落したという。妻の野澤とめ（羽紅）も俳諧師。

【著作】編著に『猿蓑』。

野田笛浦（のだてきほ）

儒者【生没】寛政11年（1799）6月21日～安政6年（1859）7月21日

【評伝】名は逸、字は子明、通称は希一。号は笛浦。丹後の人。幼い時より父母に仕えて、13歳にして、江戸に下って古賀精里に学び、刻苦精励した。藩主は特別に学資を与えてその志を成就させ、ついでその知遇を得て藩の執政となり、文教治績に大いに貢献した。晩年はしばしば閑を請うたが許されず、安政6年病没した。享年61。

【著作】『笛浦詩文集』（未刊）、『海紅園小稿』。

野中川原史満（のなかのかわらのふひとまろ）

氏族【生没】生没年未詳

【評伝】野中川原満《のなかのかわらまろ》とも。出自、経歴は未詳。大化5年、造媛《みやつこひめ》の死を悲しむ中大兄皇子に挽歌を献上し、褒美を賜わった。その2首は『日本書紀』に伝わる。造媛は遠智娘《おちのいらつめ》とも呼ばれ、天智天皇の嬪となり、太田皇女（天武天皇妃）、鸕野讃良皇女（天武天皇皇后で後の持統天皇）らの母である。なお野中氏は河内居住の氏族で、丹比郡野中郷を本拠としていた。この地は百済系の渡来氏族の船氏の本貫地であり、一帯は渡来氏族の集住地であることから、野中氏も渡来系である可能性が高いと言われている。

野々口立圃（ののぐちりゅうほ）

俳人【生没】文禄4年（1595）～寛文9年（1669）9月30日

【評伝】京都に生まれた。名は親重。庄右衛門、宗左衛門、市兵衛、次郎左衛門とも。初号、親重。のち立圃、立甫。別号、松翁、如入斎など。雛人形の細工や紅粉染めの家業の傍ら、連歌を猪苗代兼与、和歌を烏丸光広、書を尊朝法親王に習った。俳諧は松永貞徳に学び、寛永8年、近世初の俳諧選集『犬子集』の編集を同門の松江重頼と共に任された。しかし、編集上のことで重頼と争い、貞門を離れて独立した。俳風は優美、温和と評される。寛永13年、最初の俳諧作法書『はなひ草』を刊行。多くの門人を擁し、寛文5年には門下を結集し、一大選集『小町踊』を刊行した。画技は中年からのものだが狩野探幽に学び、多くの俳画が残っている。

【著作】編著に『はなひくさ』『空つぶて』『追善九百韻』。

野見山朱鳥（のみやまあすか）

俳人【生没】大正6年（1917）4月30日～昭和45年（1970）2月26日

【評伝】本名、正男。福岡県直方市に生まれた。鞍手中学を卒業すると同時に胸を病んで、3年間の療養生活を送った。健康を回復した昭和13年に上京し、東京精機に勤務しながら夜間は鈴木千久間絵画研究所に通うが、2年後には病気が再発して帰郷し、終戦まで療養生活を送る。この間、兄の勧めで「ホトトギス」に投句を始めた。高浜虚子に師事。21年には一躍戦後のスターとなった。同じ年、末崎ひふみと結婚。病弱ゆえに画家になる夢は断念し、俳句を生業とする傍ら版画にも専心した。昭和23年、古賀晨生の後を受けて、田原千暉編集の「飛蝗」の選者に迎えられる。翌年、「飛蝗」を「菜殻火《ながらび》」と改め主宰する。この年より、「ホトトギス」同人となる。昭和27年、「菜殻火」を一時解散するも、同年には福岡で新生「菜殻火」を創刊し主宰した。生命諷詠を旗印にし、徹底写生から始まり、心象俳句の独自の俳風を確立した。版画院展会員。昭和45年、没。享年52。「菜殻火」は夫人の野見山ひふみによって継承されている。

【著作】句集に『曼珠沙華』『天馬』『荊冠』『運命』。俳論集に『純粋俳句』『川端茅舎』など。

野村篁園（のむらこうえん）

幕臣【生没】安永4年（1775）～天保14年（1843）6月29日

【評伝】名は直温、字は君玉。通称は兵蔵。篁園または静宜僴と号す。浪華（現・大阪府）の人。古賀精里に学んで、昌平坂学問所では教授として子弟の教育にあたった。天保3年、幕府儒官となる。江戸時代の最高の填詞《てんし》作家（填詞とは中国で宋代に広まった歌曲をもとに作られた詩形のこと）といわれる。古賀侗庵《どうあん》、小島蕉園《しょうえん》らと詩社をむすんだ。天保14年に没した。享年69。

【著作】『篁園全集』『静宜僴稿』。

能村登四郎（のむらとしろう）

俳人【生没】明治44年（1911）1月5日～平成13年（2001）5月24日

【評伝】東京に生まれる。本名も登四郎。國學院大学卒業。千葉県市川市に居住。永年教職にあった。16歳で伯父の手ほどきにより俳句を始め、昭和14年に水原秋桜子の「馬酔木」に投句。戦後になって同人となった。昭和23年、馬酔木新人賞を受賞。昭和45年「沖」を創刊主宰した。昭和60年に『天上華』で第19回蛇笏賞を受賞。平成5年、『長嘯』で詩歌文学館賞。他に現代俳句協会会員。平成13年、没。享年90。現在、「沖」は三男の能村研三が継承。

【著作】 句集に『咀嚼音』『合掌部落』『枯野の沖』『民話』『幻山木』『有為の山』など。

野村望東尼（のむらぼうとうに／のむらもとに）

歌人・僧侶・勤王家 **【生没】** 文化3年（1806）9月6日～慶応3年（1867）11月6日

【評伝】 福岡藩士浦野勝幸の娘として生まれる。本名、モト。17歳で一度結婚するも程なく離婚。24歳で野村貞貫と結婚。野村も再婚であった。4人の子を儲けるが、みな幼くして亡くし、先妻の子3人を養育する。27歳の頃、夫と共に大隈言道に入門。弘化2年、長男が家督を継ぎ、夫が退職したのを機に、夫婦で城南平尾村（現・福岡市中央区平尾）の山荘（平尾山荘）に隠棲。安政6年、夫が亡くなり出家。その後、平尾山荘は勤皇の志士の隠れ家や、密会の場所として提供された。ここを訪れた者の中には高杉晋作などがいる。慶応元年、孫の野村助作と共に自宅に幽閉され、姫島（現・福岡県糸島市志摩姫島）へ流された。翌2年、晋作の指揮により脱出し、下関に匿われた。慶応3年、三田尻（現・山口県防府市）で死去。享年62。

【著作】 家集に『向陵集』。日記に『上京日記』『比売島日記』『防州日記』など。

は
ひふへほ

梅堯臣（ばいぎょうしん）

【生没】南宋、１００２〜１０６０

【評伝】字は聖兪《せいゆ》。出身地の宣州宛陵《せんしゅうえんりょう》（安徽省）にちなんで、その詩集は『宛陵先生集』とよばれる。当時の知識人階級の常として、官僚生活を送った。11世紀前半の、科挙に合格して官僚になるルートが定着した時代の中にあって、彼は叔父が高官であったため縁故採用（蔭補《いんぽ》という）によって官僚コースを踏み出した。そのためか一生うだつが上がらず、したがって官僚として特記すべき活躍も無い。しかし56歳の時、知貢挙《ちこうきょ》（試験委員長）欧陽脩の推薦で科挙試験官を勤めた。この時合格したのが蘇軾《そしょく》や曾鞏《そうきょう》であり、中国では試験官と受験生は子弟となるので、つまり梅堯臣は蘇軾の師になったわけである。官界でうだつが上がらなかったため、自然、情熱のすべては詩作に注がれることになった。「貧しくてこその詩上手」とは、同時期の蘇舜欽《そしゅんきん》と並べて彼の詩を称賛した欧陽修の言葉である。日常生活の種々をうたいあげ、詩の分野を唐詩に比べて一段と拡大し、また、平淡な表現をしたところなど、彼によって宋詩の特色が築かれたといっても過言ではない。

【著作】『宛陵先生集』。

裴迪（はいてき）

【生没】生没年未詳

【評伝】字不詳。関中（陝西省長安県）の出身。若いころより王維と親しく、ともに終南山に滞在して詩の唱和をしている。王維は輞川荘《もうせんそう》に20の名勝を設け、それぞれについて五絶を詩作、そのすべてに裴迪が唱和して、『輞川集』という詩集になった。裴迪は王維の没後、蜀州《しょくしゅう》（四川省成都市）刺史、尚書郎を務めた。蜀州在任中には、杜甫と詩のやりとりをした。

【著作】『輞川集』。

萩原朔太郎（はぎわらさくたろう）

詩人【生没】明治19年（1886）11月1日～昭和17年（1942）5月11日

【評伝】群馬県東群馬郡北曲輪町（現・群馬県前橋市）に生まれる。父は開業医。名前の朔太郎は、長男で朔日《ついたち》生まれであることから命名された。旧制県立前橋中学校の在学中に「野守」という回覧雑誌を編集して短歌を発表し、石川啄木らとともに早くからその才能を発揮し始める。明治40年、第五高等学校に入学し、翌年第六高等学校に転校するが、中退。続いて明治43年、44年と二度、慶應義塾大学予科に進学するが、音楽に没頭してどちらも短期間で中退した。大正2年、北原白秋編集の「朱欒」に五編の詩を発表、詩人として出発し、そこで室生犀星と知り合い、山村暮鳥と三人で「人魚詩社」を設立した。大正4年には詩誌「卓上噴水」を創刊。大正6年、第一詩集『月に吠える』を刊行。口語象徴詩・叙情詩の新領域を開拓し、詩壇に確固たる地位を確立。大正8年に結婚、二女を儲ける。大正12年には第二詩集『青猫』を刊行して口語自由詩のリズムを完成させ、倦怠、憂鬱を繊細に表現した。大正14年、上京。昭和14年に妻と離婚に至り、家庭内の不幸と二・二六事件等による昭和初期時代の違和感も重なり、詩集『氷島』を発表。昭和12年に透谷会を設立。昭和13年、再婚するが、1年余りで離婚した。昭和15年に「帰郷者」で透谷賞受賞。晩年には評論集『日本への回帰』を表明して古典回帰への姿勢をも示した。昭和17年に急性肺炎で死去。享年55。日本近代詩の頂点に立つ詩人として「日本近代詩の父」と称される。

【著作】詩集に『月に吠える』『青猫』『蝶を夢む』。評論に『詩の原理』『郷愁の詩人与謝蕪村』など。

白居易（はくきょい）

【生没】中唐、772～846

【評伝】字は楽天《らくてん》。下邽《かけい》（陝西省渭南《いなん》）の出身。自らは、先祖の出身地を称して太原《たいげん》（山西省太原）の出身であるという。家は代々役人を出してはいるが、名望ある家柄ではなかった。父の白季庚《はくきこう》は地方役人で生涯を終わり、白居易が生まれたころは経済的にも恵まれない状態であった。15歳のころから科挙の受験勉強に励み、そのために目を悪くし、頭に白髪が混じるほどであった。努力の末、29歳、最初の受験で進士科に及第したが、17人の及第者中最年少であった。ついで32歳のとき、試判抜萃科《しはんばっすいか》に及第した。この時の及第者8人のなかには元稹《げんしん》がおり、ともに校書郎《こうしょろう》を授けられ、終生の友情を交わすきっかけとなった。さらに35歳のとき、才識兼茂明於体用科《さいしきけんもめいおたいようか》に及第し、盩厔《ちゅうしつ》県の尉に任ぜられ、官吏の道を歩みだした。その後、翰林学士《かんりんがくし》、左拾遺《さしゅうい》等の官を歴任したが、このころすでに詩人としての名声が高かった。40歳のとき、母の喪に服すために辞職し、43歳のとき、喪があけて太子左賛善大夫《たいしささんぜんたいふ》となった。しかし翌年、宰相武《ぶ》元衡《げんこう》の暗殺事件が起きた際に、犯人を捕らえるよう上奏したことが越権行為として咎められ、江州（江西省九江）の司《し》馬《ば》に左遷された。左遷の背景には、宦官《かんがん》、貴族出身の旧官僚、科挙出身の新官僚の三つ巴の勢力争いという、当時の朝廷内部の事情がからんでもいたが、同時に、左拾遺在職中の38、9歳のころから作り始められていた、「新楽府《しんがふ》」、「秦中吟《しんちゅうぎん》」などの多くの諷諭詩《ふうゆし》が、その直截的《ちょくせつてき》な批判精神のゆえに、権力者たちの憎しみを買ったことも理由の一つであった。江州司馬以後、この時の反省からか、努めて政争に巻き込まれることを避け、詩も諷諭詩から閑適・感傷の詩へと、その主流を移した。49歳のとき、都へ召還されたが、2年後には自ら外任を求めて、抗州《こうしゅう》（浙江省抗州）、蘇州《そしゅう》（江蘇省呉県）の知事となり、56歳のとき、再び都に呼び戻されて、2年ほど朝廷の官に就いた後、副都洛陽での職を希望して洛陽に移り住んだ。朝廷という権力争いの場から退避しようとしたのである。洛陽では、太子賓客《たいしひんかく》、太子少傅《たいししょうふ》など、皇太子つきの閑職を主に歴任し、一方仏教への帰依を深めて郊外の香山寺の僧らと親交を結び、香山《こうざん》居士《こじ》と称した。71歳のとき、法務大臣にあたる刑部尚書《けいぶしょうしょ》の肩書で官を引退し、75歳の8月に没して、尚書右僕射《しょうしょうぼくや》（宰相の官）を追贈された。白居易の生涯は、一度の左遷をはさみながらも、唐代の詩人のなかでは、珍しく安定した、恵まれたものであった。それは、安禄山《あんろくざん》の乱を契機に、低い層からも高位高官に登れる体制が開けてきたという、時代の状況にもよっているが、白居易自身の政治能力、努力、楽天という字のように「足るを知り分に安んず」を旨とした処世などがあって、初めて獲得されたものであろう。白居易は自分の詩を諷諭・閑適《かんてき》・感傷・雑律の4種に分類し、儒教的な文学観から、政治社会的意義を持つ諷諭詩に最も重きを置いた。白居易の詩は、文字の分からぬ老婆に読んで聞かせて、分からないところは分かるまで書きなおしたという伝説が残っている通り、時に散文的とも思えるほどの平易流暢《りゅうちょう》さを特徴としている。そのため王公から馬子、船頭までの広い読者を持ち、全国至るところの役所、寺院、宿屋の壁に彼の詞句が書きつけられるという流行ぶりを見せた。しかし、もてはやされた詩は、諷諭詩ではなく、主に「長恨歌《ちょうごんか》」や「琵琶行《びわこう》」などの感傷詩で白居易自身は不本意に思ったという。一方、白居易の詩の流行は国外にも及び、とくにわが国の平安朝文学に大きな影響を与えた。わが国には彼の生前すでに詩文集が伝えられており、それが貴族の間で読まれるようになるに従い、爆発的な流行となった。白居易の詩を知らなければともに文学を語れないという風潮まで生じた。このように愛読された白居易の詩文を十分に吸収、活用して、独自の文学を作り上げたものに、菅原道真《すがわらのみちざね》の漢詩文や紫式部の『源氏物語』等がある。また藤原公任《ふじわらのきんとう》の『和漢朗詠集《わかんろうえいしゅう》』は白居易の秀句を大量に取り入れ、朗詠の風習の浸透と相まって、白居易の詩句を更に一般に広める働きをした。しかし、我が国においても、白居易が最も価値あるものとした諷諭詩は、本質的には受け入れられなかった。白居易の詩は、友人元稹の詩と合わせて「元和体《げんなたい》」と呼ばれることがあるが、これは、一部の艶情的な詩や風流な詩にみられる作風、およびその模倣作に対する呼称である。元和は、2人の詩がもてはやされた頃の年号である。また、後世「元軽白俗《げんけいはくぞく》」（元稹の詩は軽々しく白居易の詩は俗っぽい）と批評を受けてもいるが、対照的な詩風の韓愈《かんゆ》と並べ「韓白《かんぱく》」と称されるように、中唐期を代表する詩人と目するのがふつうである。

【著作】『白氏文集《はくしもんじゅう》』。

橋本關雪（はしもとかんせつ）

画人**【生没】**明治16年（1883）11月10日～昭和20年（1945）2月26日

【評伝】大正・昭和期の日本画家。旧明石藩（兵庫県）の儒者橋本海関の子。幼名は成常、のち関一。幼年時代から苦難の生活を送り、小学校卒業間際になって学業を放棄した。片岡公曠に四条派を学んだが、放浪し、明治36年、竹内栖鳳の門に入った。第2回文展からたびたび入選を重ね、第7回文展では「遅日」が2等賞を受け、続けて入賞、作風は四条派や西欧の絵画を吸収し、卓抜した技法を用いて厳しい個性を示したもので、新南画と呼ばれた。詩文にも長じ、生涯に30数回中国に旅行をした。洛東銀閣寺近くの白沙村荘《はくさそんそう》は彼の邸宅で、公開されている。

【著作】『南画への道程』。

橋本鶏二（はしもとけいじ）

俳人**【生没】**明治40年（1907）11月25日～平成2年（1990）10月2日

【評伝】本名、英生《ひでお》。三重県に生まれた。上野中学校を卒業。十代のはじめより文学に親しみ、若くして両親をうしなったことで、ますます俳句に傾倒した。昭和17年高浜虚子に師事し「ホトトギス」の同人となる。昭和19年長谷川素逝と知り合い、昭和21年には素逝が死去。素逝主宰の「桐の葉」を復刊し継承した。のちに「鷹」と改題。昭和24年には加藤霞村没後の「牡丹」と合併して「雪」を主宰した。昭和32年には「年輪」を創刊し主宰する。後に

「青」「菜殻火」「山火」と共に四誌連合会を結成して、伝統俳句に新風を起こした。作風は、虚子の花鳥諷詠に、素逝の真実追究の精神を加味する形で、独自の象徴世界を展開した。昭和59年、句集「鷹の胸」で俳人協会賞受賞。平成2年、没。享年82。

【著作】句集に『年輪』『松囃子』『山旅波旅』『朱』『花袱紗』『鳥襷』『汝鷹』『二つを一つのごとく』など。

橋本左内（はしもとさない）

志士【生没】天保6年（1835）3月11日～安政6年（1859）10月7日

【評伝】名は綱紀、字は伯綱、通称は左内、黎園また景岳と号した。景岳の号は、敬愛している宋の大忠臣岳飛《がくひ》から採られた。越前、福井藩医、橋本彦也（長綱）の長男。幼い時から成人のように聡明で、14歳で『啓発録』を著して人々を驚かせた。嘉永2年16歳、大阪の緒方洪庵《こうあん》の塾に入り蘭学を修め、安政元年21歳、江戸の杉田玄白につき従って蘭学及び医学を修めた。藩主、松平春岳は彼の才能を愛し、藩学明道館幹事となし、しだいに抜擢して藩政の改革に当たらせた。たまたま将軍継嗣問題が起こり、主命を以て一橋慶喜《よしのぶ》の擁立運動に従事した。時を同じくしてアメリカとの仮条約締結の問題は勢いこれに反対するものと一橋派の合流となり、春岳も幽閉されることになった。左内は責任を感じて自殺も考えたが、かえって春岳に慰諭されて思い留まった。しかし続いて江戸に送られ、6年、伝馬町の獄で斬られた。享年26。

【著作】『藜園《れいえん》遺草《いそう》』『橋本景岳全集』。

橋本多佳子（はしもとたかこ）

俳人【生没】明治32年（1899）1月15日～昭和38年（1963）5月29日

【評伝】本名、多満《たま》。旧姓、山谷。東京に生まれた。大正6年、橋本豊次郎と結婚し、九州小倉に住む。自家を櫓山荘と命名。そこを高浜虚子歓迎俳句会会場にした折り、虚子の句に接して俳句に心惹かれ、同席していた杉田久女を知って、以降久女から俳句の手ほどきを受けることになる。14年に「ホトトギス」「破魔弓」「天の川」の雑詠に投句。昭和10年、山口誓子に師事し、誓子に従って、「ホトトギス」を去り「馬酔木」同人となる。昭和21年、西東三鬼、平畑静塔と奈良俳句会を始める。昭和23年、榎本冬一郎と「七曜」を発行し、25年から主宰する。はじめは女誓子と呼ばれるほどに誓子の影響が大きかったが、次第に独自の境地を開いた。奈良県文化賞を受賞している。昭和38年、没。享年64。星野立子・中村汀子・三橋鷹子と並び、四T

と呼ばれたひとり。住居であった櫓山荘跡地は、「櫓山荘公園」として整備され、庭園の遺構などが残されている。また忌日は多佳子忌と呼ばれる。

【著作】句集に『海燕《うみつばめ》』『信濃』『紅絲《こうし》』『海彦』『命終《みょうじゅう》』『橋本多佳子句集』『橋本多佳子全句集』。随筆集に『菅原抄』。

橋本夢道（はしもとむどう）

俳人**【生没】**明治36年（1903）4月11日〜昭和49年（1974）10月9日

【評伝】徳島県に生まれた。本名、淳一。小作農の子に生まれ、高等小学校卒業後、15歳で上京し、肥料問屋に就職。仕事の傍ら俳句をはじめ、大正12年、荻原井泉水に師事し、自由律俳句誌「層雲」に参加した。昭和5年、栗林一石路らとプロレタリア俳句を目指し、「層雲」を離れて「旗」を創刊した。昭和16年、「俳句生活」同人として俳句弾圧事件に連座した。戦後になって、新俳句人連盟の結成に参加し、昭和32年には石原沙人らと「秋刀魚」を創刊した。昭和49年、没。享年71。

【著作】句集に『無礼なる妻』『橋本夢道全句集』など。

橋本蓉塘（はしもとようとう）

官僚**【生没】**弘化2年（1845）〜明治17年（1884）

【評伝】江戸・明治時代、京都の生まれ。名は寧、字は静甫。蓉塘・慎齋などと号した。立命黌に学んだが、明治初年に東京に出て官途についた。森春濤の茉莉吟社に学んで、詩人として活躍した。明治17年没。享年41。即日三等掌典補兼式部三等属が贈られた。

【著作】『瓊予余滴』『蓉塘詩鈔』。

長谷川櫂（はせがわかい）

俳人**【生没】**昭和24年（1954）2月20日〜

【評伝】熊本県に生まれる。熊本県立熊本高等学校、東京大学法学部卒業。読売新聞編成部次長を経て、東海大学文学部文芸創作学科特任教授。中学時代より句作を行ない、平井照敏、飴山實に師事。一時、藤田湘子の選を仰いでいた事もある。平成2年、『俳句の宇宙』でサントリー学芸賞受賞。平成3年、俳誌「古志」を創刊、主宰。「古志」は「古典によく学び、時代の空気をたっぷり吸って、俳句の大道をゆくこと」をモットーとした俳句結社。平成14年、『虚空』で第一回中村草田男賞、翌年、第54回読売文学賞を受賞。平成16年より読売新聞に詩歌コラム「四季」を連載。平成21年、「古志」主宰の定年制を表明し、平成22年限りで主宰を退いた。後継の主宰には若手俳人、大谷弘至を指名した。朝日俳壇選者。「切れ」と「季語」を重んじた、端正で折目正しい有季定型句を詠む、伝統派の俳人とされている。特定非営利活動法人（NPO法人）「季語と歳時記の会」の代表であり、機関誌「歳時記学」の発行や桜の植樹、雑誌連載「季語検定」などの活動を行っている。

【著作】 句集に『古志』『天球』『虚空』『富士』。歌集に『震災歌集』。評論に『俳句の宇宙』『「奥の細道」をよむ』『古池に蛙は飛びこんだか』。随筆に『一度は使ってみたい季節の言葉』『四季のうた』『和の思想　異質のものを共存させる力』。俳句入門書に『一億人の俳句入門』『一億人の季語入門』『句会入門』など。

長谷川かな女（はせがわかなじょ）

俳人 **【生没】** 明治20年（1887）10月22日～昭和44年（1969）9月22日

【評伝】 本名、かな。東京日本橋に生まれた。私立小松原小学校高等科を卒業。小松原塾において家事修業。明治43年、富田諧三（長谷川零余子《れいよし》）と結婚。俳句は明治42年、石島雉子郎に勧められ毎日俳壇に初入選。これがきっかけで「ホトトギス」に投句するようになった。高浜虚子の勧める「婦人十句集」の回覧を始め、その幹事となる。作風は、台所俳句と称されたように、女性の身辺の生活を写生するものが多かったが、女性らしい繊細な抒情句であり、女流俳句隆盛の先駆をなし、その後長く女性俳句の第一人者であった。大正10年に夫零余子が「枯野」を創刊主宰してからは、それを扶けながら、零余子の唱える立体俳句を独自に展開させた。それと共に自然と生活に密着した、自由な詩境を開き、柔軟で天衣無縫な句風を確立した。昭和3年、零余子死去。昭和5年、「水明」を創刊。昭和41年、紫綬褒章受章。昭和44年、老衰による肺炎で病没。享年81。

【著作】 句集に『龍胆』『雨月』『胡笛』『川の灯』『定本かな女句集』『牟良佐伎』。随筆集に『ゆきき』『加賀の千代』『雨月抄』『子雪』『続子雪』など。

長谷川素逝（はせがわそせい）

俳人 **【生没】** 明治40年（1907）2月2日～昭和21年（1946）10月10日

【評伝】 本名、直次郎。別号、七葉樹生。大阪府に生まれた。京都帝国大学文学部を卒業した。三重県津中学教諭を経て甲南大学教授を勤めた。三高在学中から句作をはじめた。鈴鹿野風呂の「京鹿子」を経て「ホトトギス」の同人となる。高浜虚子に師事した。昭和8年平畑静塔・藤後左右等と「京大俳句」を創刊したが、11年にはわかれた。昭和12年の日支事変で砲兵将校として応召。大陸で戦ううち翌13年病を得て内地に送還され、14年、津市に帰郷した。その間の戦場での作品は「ホトトギス」雑詠の巻頭や上位を占めることが多く、世の注目を集めた。昭和21年には「桐の葉」を復刊させ、主宰したが、同年のうちに病没した。享年40。

【著作】句集に『砲車』『幾山河』（共著）、『ふるさと』『村』『暦日』『定本長谷川素逝句集』。評論集に『俳句誕生』。

丈部稲麻呂（はせつかべのいなまろ）

防人**【生没】**生没年未詳

【評伝】出自は未詳。駿河国の人とされる。天平勝宝7年、防人として筑紫に派遣される。天平勝宝7年、筑紫に赴く途中に詠んだ歌1首が「万葉集」に採録されている。

八田知紀（はったとものり）

歌人**【生没】**寛政11年（1799）9月15日～明治6年（1873）9月2日

【評伝】薩摩国鹿児島郡西田村（現・鹿児島県鹿児島市西田町）に生まれる。父は薩摩藩士八田善助。初名、彦太郎。通称、喜左衛門。桃岡《とうこう》と号した。文政8年、薩摩藩邸蔵役となり京に上る。翌年、香川景樹を訪問し、天保元年に入門を果たして景樹晩年の弟子となる。木下幸文や熊谷直好のあとに桂園派を代表する歌人として知られる。京と薩摩を往復しながら、幕末の動乱に身を投じつつ歌作や著述に励む。維新後は東京に出て宮内省に仕え、明治5年、歌道御用掛に任ぜられる。明治6年、東京で没。享年75。門人に高崎正風、黒田清綱などがいる。

【著作】家集に『しのぶぐさ』。歌論書に『調の直路』『調の説』など。

服部空谷（はっとりくうこく）

儒者**【生没】**明治11年（1878）～昭和20年（1945）

【評伝】名は荘夫、字は子敬。空谷と号し、別号を閑々老人・滄浪儒子・九松盧主人といった。明治11年、愛媛県今治市に生まれた。東京に移住し、杉浦重剛《すぎうらしげたけ》の日本中学に学び、その感化を受け、32年、22歳にして出家し、越前の孝顕寺に入った。しかし43年、33歳、感ずるところあって還俗した。詩を善くし、つとに石田東陵《とうりょう》に知られ、50歳の頃、土屋竹雨と親交を結び、竹雨の雑誌「東華」が発刊されると、同人としてその評正を自任し、ときには自身の作を発表して、名をはせた。人となり寡黙孤高、広く浅い交友を喜ばず、仁賀保香城・土屋竹雨と特に親しく親交した。晩に国分青厓《せいがい》・岩溪裳川《しょうせん》にも教えを請い願ったが、詩は専ら副島蒼海《そうかい》・石田東陵の詩風に忠実で漢魏盛唐を標榜し、気韻修潔として称せられた。昭和20年、病没。享年68。

【著作】『空谷詩』。

服部承風（はっとりしょうふう）

教育者**【生没】**昭和5年（1930）7月19日～

【評伝】本名、靖。別名、怡龕、酔禅。愛知県海部郡弥富に生まれる。幼少より祖父服部擔風に漢詩の手ほどきを受ける。長じて富長蝶如、土屋竹雨に学ぶ。大東文化大学卒、漢詩文研修センター心聲社主宰兼理事長、日中自詠詩書交流会名誉顧問、中華学術詩学研究所研究員、書画篆刻日本書画振興会名誉顧問、愛知大学教授、二松学舎大学講師、全日本漢詩連盟副会長。

【著書】「藍亭詩意」（服部擔風先生九十寿祝賀会、1956年）、「破禪集」（撃竹山房叢書第3巻、黒潮吟社、1958年）、「邯鄲學歩」（書藝界（大阪）1980年）、「詩窓十話」（書藝界（大阪）1985年）、「初学詩偈法」（大本山永平寺祖山傘松会、1987年）。

【編著】「遊華詩記」（書藝界（大阪）1985年）、「漢詩習作ノート」（丸善名古屋出版サービスセンター、1990年）、「韻別詩礎集成」（書藝界（京都）1992年）、「心聲詩匯」（心聲社、1996年）、「豊州遊草」（心聲社、2003年）、「作詩助言ノート」（心聲社、2005年）など。

服部擔風（はっとりたんぷう）

漢学者**【生没】**慶応3年（1867）11月16日～昭和39年（1964）5月27日

【評伝】名は轍、号は擔風。慶応3年、愛知県弥富《やとみ》町に生まれた。その経歴はよくわかっていない。幼いころから兄と共に漢学を森村大朴に学ぶ。後に村田梅邨に漢学、詩を学ぶ。森春濤《しゅんとう》・槐南《かいなん》父子の影響を受け、大家を以て称せられた。詩を善くした。昭和39年病没した。

【著作】『擔風詩集』。

服部土芳（はっとりどほう）

俳人**【生没】**明暦3年（1657）～享保15年（1730）1月18日

【評伝】伊賀上野に生まれた。本姓は木津。名は保英。通称、半左衛門。幼少時より芭蕉と親交があり、貞享2年、『野ざらし紀行』の旅中の芭蕉と水口（現・滋賀県）で再会。

これを機に、30歳で藤堂藩を致仕し俳諧に専念。芭蕉をひたすら慕い、元禄元年3月には、伊賀上野の南郊に草庵「蓑虫庵」をひらいた。伊賀蕉門の中心的人物。芭蕉の偉業を後世に伝えるために、土芳が整理編集した『三冊子』などは、後世の芭蕉研究においてとても貴重な資料になっている。

【著作】芭蕉俳論、作品の編著に『三冊子』『蕉翁句集』『蕉翁文集』。日記に『庵日記』『横日記』『蓑虫庵集』など。

服部南郭（はっとりなんかく）

文人**【生没】**天和3年（1683）9月24日～宝暦9年（1759）6月21日

【評伝】名は元喬《げんきょう》。字は子遷《しせん》。通称は小右衛門《こえもん》。南郭・芙蕖館《ふきょかん》などと号した。京都の生まれ。父は北村季吟《きたむらきぎん》の門下で和歌・連歌をよくし、母は山本氏で、その父春正《はるまさ》は蒔絵《まきえ》師《し》として関西歌壇の中心的存在であった。南郭は幼少より和歌を学んでいたが、13歳で父を失い、その後江戸に赴いた。18歳ごろから柳沢吉保《よしやす》に仕え、29歳ごろには荻生徂徠《おぎゅうそらい》の門に入って古文辞を学ぶ。吉保没後まもなく、36歳の春に柳沢家を辞去し、以後は江戸に私塾芙蕖館を開いて、教育と詩文制作に注力した。晩年には肥後（現・熊本県）の細川重賢ほか諸大名に厚遇された。和歌・絵画にも長じていた。『唐詩選』を尊重し、同書を校訂・出版、その後の『唐詩選』大流行のきっかけを作った。また『唐詩選国字解』は彼の著作物とされているが、偽作の可能性もあるという。実作面では古文辞派の詩人として盛唐詩を模範としたが、漢・魏詩や、梁の江淹《こうえん》の「維体詩」の模範作も残されており、偏狭ではなかった。また晩年には淡白で透明な詩境を切り開いた。

【著作】『南郭先生文集』。

服部嵐雪（はっとりらんせつ）

俳人**【生没】**承応3年（1654）～宝永4年（1707）10月13日

【評伝】幼名は久馬之助、久米之助。通称は孫之丞、彦兵衛など。別号は嵐亭治助、雪中庵、不白軒、寒蓼齋、寒蓼庵、玄峯堂、黄落庵など。淡路国三原郡小榎並村（現・兵庫県南あわじ市）に生まれた。父の服部喜太夫高治は常陸麻生藩主・新庄直時などに仕えた下級武士で、長男である嵐雪も一時、常陸笠間藩主の井上正利に仕えたことがある。延宝元年、松尾芭蕉に入門、蕉門で最古参のひとりとなる。元禄元年には『若水』を刊行し、同年立机して宗匠となり、同3年には『其帒』を刊行して俳名を高めた。元禄7年、『露払』の出版にからんで深川蕉門との対立を生じ、代えて『或時集』を刊行。同年、江戸で芭蕉の訃報を聞く。その日のうちに一門を参集して芭蕉追悼句会を開いた。また翌年には芭蕉の一周忌追善集『若菜集』を刊行した。其角と実力は拮抗し、芭蕉没後は江戸俳壇を其角と二分した。宝永4年、没。享年54。

【著作】句集に『若水』『其俤』『或時集』『杜撰集』など。

花園院（はなぞのいん）

皇族**【生没】**永仁5年（1297）7月25日～貞和4年／正平3年（1348）11月11日

【評伝】花園天皇。伏見天皇の第四皇子。母は左大臣洞院実雄の娘、洞院季子《とういんすえこ》（顕親門院）。延慶元年、後二条天皇の崩御に伴い12歳で即位。文保2年、尊治親王（後醍醐天皇）に譲位。退位後は光厳天皇の養育を行った。また、禅宗の信仰に傾倒し、建武2年、円観のもとで出家、法名を遍行という。和歌は京極為兼、永福門院に師事し、京極派の重要な一員として『風雅集』の監修を行った。学問に熱心で、絵画も能くしたという。「貞和百首」の作者。『玉葉集』を初めとし、勅撰入集は118首。

【著作】日記『花園天皇宸記《しんき》』。仏教書『法華品釈』など。

馬場あき子（ばばあきこ）

歌人**【生没】**昭和3年（1928）1月28日～

【評伝】東京都に生まれる。日本女子専門学校国文科卒業。昭和22年「まひる野」に入会し、窪田章一郎に師事。昭和23年から東京都の中学や高校で教師を務める。昭和30年、処女歌集『早笛』を刊行。古典、とりわけ能への造詣が深く独特な歌風を拓く。昭和34年より翌年にかけて、教職員組合の婦人部長として、安保闘争のデモ等に参加。岸上大作らと関わりを持つ。昭和52年、教員を退職。「まひる野」を退会。翌年、夫の岩田正らと「かりん」創刊。朝日新聞歌壇選者、NHK市民大学、NHKラジオやテレビの趣味講座などでも活躍。平成12年、長年にわたる作歌、著述活動、そして伝承文化継承にかかわる業績により朝日賞を受賞している。

【著作】歌集に『早笛』『地下にともる灯』『桜花伝承』。評論に『鬼の研究』『修羅と艶』『花と余情』『古典への漂遊』など。

濱田洒堂（はまだしゃどう）

俳人**【生没】**生年未詳～元文2年（1737）9月13日

【評伝】江州、膳所《ぜぜ》に生まれた。通称、高宮治助。初号、珍夕《ちんせき》（珍碩・珍磧）。元禄2年の末、来遊した松尾芭蕉に入門し、翌年『ひさご』を選ぶ。元禄6年、立机して大坂で開業、7年に『市の庵』を刊行したが俳壇経営には失敗。槐本之道と悶着を起こし、芭蕉はその仲介のために大坂に赴いたところで客死した。元禄12年頃に膳所に帰る。享年はおおよそ70。晩年は俳諧からも遠ざかり、不遇であった。

【著作】編著に『深川』『市の庵』『白馬』。

林子平（はやししへい）

経世家【生没】元文3年（1738）6月21日～寛政5年（1793）6月21日

【評伝】江戸後期の経世家。幕臣岡村良通の次男。名は友直、六無齋と号した。元文5年、父が罪によって士籍を削られたため、叔父の林従吾に育てられた。宝暦6年、兄友諒が仙台藩に召し抱えられたので、翌年ともに仙台に移る。しかし子平は終生無縁厄介の境遇にあった。そのためか子平の著述の背景には仕官への期待がうかがえる。明和4年以来、江戸に遊学、藩には経済・教育政策などを上書した。安永4年、長崎に遊学、甲比丹（オランダ商館長）フェイトよりロシアの南下侵略の意図を聞きつけ、海防の必要から『海国兵談』を著した。江戸では大槻玄沢・宇田川玄随・桂川甫周らと交遊した。文明5年、『三国通覧図解』をものし、朝鮮・琉球（現・沖縄）・蝦夷（現・北海道）三隣国の地理を述べ、特に蝦夷地の開拓を力説。天明8年、天覧に供され、御書物所に上納した。天明6年には『海国兵談』を脱稿し、対外軍備の急務を論じて世人に警告した。寛政3年、同書を仙台で自費刊行、翌年幕府はこの二つの書物が「奇怪異説、政治私議」であるとの理由により、子平を仙台に蟄居させ板木を没収した。和歌「親も無し妻無し子無し板木無し金も無けれど死にたくも無し」と詠み、不遇のうちに没した。戒名は六無齋友直居士。

【著作】『林子平全集』。

林述齋（はやしじゅっさい）

儒学者【生没】明和5年（1768）6月23日～天保12年（1841）7月14日

【評伝】江戸時代の人。名は衡《たいら》。字は叔紞・徳詮・公鑑。通称は大学頭・大内記。述齋・蕉軒などと号した。美濃（現・岐阜県）岩村藩主松平乗蘊の第三子。大塩鼇渚と服部仲山に、ついで林門の高足渋井太室に師事して、経史・和漢の学を修めた。林家七世大学頭錦峰が没して後継ぎの無きに際し、寛政5年、林家を継ぐにいたった。時に26歳、人となり豪邁で49年間学政を総督していたが、その間、よく林家を中興し、昌平坂学問所を確立して、官学の権威を復興した。天保12年没、享年74。

【著作】『佚存叢書』『経義叢説』『蕉窓文草』『述齋雑稿』。

林羅山（はやしらざん）

儒学者**【生没】**天正11年8月（1583）～明暦3年（1657）1月23日

【評伝】名は忠、字は子信、出家後に道春という。諱は信勝。号は羅山の他に羅浮子、夕顔巷、胡蝶洞、梅花村など多数ある。京都の人。幼いころから聡明で知られ、13歳で建仁寺大統庵の古澗慈稽《こかんじけい》に、14歳で同じく建仁寺十如院の英甫永雄《えいほえいゆう》について、内典（仏書）だけでなく外典も修得した。のち藤原惺窩《せいか》の弟子となるが、羅山はその中でも特に秀でていたという。そのため慶長10年、二条城で徳川家康に謁見することとなるが、翌年、家康の命により剃髪して道春と改称することを余儀なくされた。このことは羅山の思想的純粋性を欠いた矛盾ある行動として後年批判を受けることになる。江戸幕府の立ち上げに際し、家康の顧問となって政務に当たった。羅山は上野忍岡の地に孔子廟を営んだが、これが湯島聖堂の起源である。四書、五経に関するものをはじめ、著書も非常に多い。明暦3年に没した。享年75。

【著作】『儒仏問答』『理気弁』『聯珠詩格抄』『羅山詩集』『羅山文集』。

原子公平（はらここうへい）

俳人**【生没】**大正8年（1919）9月14日～平成16年（2004）7月18日

【評伝】小樽市に生まれた。本名も公平。東京帝国大学文学部仏文科卒業。出版業界に勤務。三高時代に「馬酔木」に投句を始めた。後に、加藤楸邨に師事し、「寒雷」同人となる。戦後になって、「風」の創刊に参加した。「成層圏」句会にも出席した。昭和27年より現代俳句協会幹事を務める。昭和28年から、中村草田男の「万緑」同人ともなった。昭和37年、「万緑」を退会し、「海程」同人。昭和47年「風濤」を創刊し主宰した。平成12年、第12回現代俳句協会大賞受賞。平成16年、胃癌のため病没。享年84。

【著作】句集に『浚渫船』『酔歌』『良酔』。俳論集に『俳句変革の視点』。

原石鼎（はらせきてい）

俳人**【生没】**明治19年（1886）3月19日～昭和26年（1951）12月20日

【評伝】本名、鼎。別号、鉄鼎・ひぐらし。島根県簸川郡塩冶村（現・島根県出雲市）で生まれた。県立簸川中学校に入学。5年生の時、新任教員であった俳人の竹村秋竹の影響を受け俳句、短歌を初めとする文学活動に熱中したが、耽溺しすぎて学業が疎かになり、京都医専に入学するが中退して放浪の身になる。奥吉野から投じた句が高浜虚子によって「ホトトギス」に紹介され、深吉野の石鼎、の名をほしいままにした。大正4年上京。ホトトギス社に入り虚子の口述筆記等を手伝う。大正7年、志賀コウと結婚し、放浪生活に終止符を打つに至る。大正10年、小野蕪子発行の「草汁」を譲り受け、「鹿火屋《かびや》」と改題して発行し、主宰する。吉野に2基、大社・出雲・二宮・須賀川に各1基の句碑が建っている。昭和26年、没。享年65。

【著作】句集に『花影』『石鼎句集』『註記深吉野』『定本石鼎句集』。俳論に『俳句の考へ方』『言語学への出発』など。

原民喜（はらたみき）

詩人・小説家【生没】明治38年（1905）11月15日〜昭和26年（1951）3月13日

【評伝】広島県広島市に生まれる。生家は縫製業。11歳で父を亡くしたショックから極端な無口となり、兄と家庭内同人誌「ポギー」を発刊して詩作を始めた。またその頃、死の床にあった姉から聖書の話を聞き、衝撃を受けた。大正12年、広島高等師範学校付属中学四年を修了し、大学予科の受験資格が与えられた為に一年間登校せず、ロシア文学を愛読し、宇野浩二に傾倒。室生犀星、ヴェルレーヌの詩を耽読。同人雑誌「少年詩人」に参加する。大正13年、慶應義塾大学文学部予科に進学。昭和8年に慶應義塾大学英文科を卒業。卒論はワーズワース。昭和10年、小品集『焰』を自費出版。句誌「草茎」へ俳句を発表。俳号は「杞憂」。昭和11年から昭和16年にかけて「三田文学」などに短編小説を多数発表するが、昭和14年の妻の病気により次第に作品発表数は減少した。昭和19年、妻が糖尿病と肺結核の為死去。昭和20年の年頭、郷里の広島に疎開。8月6日に広島市に原爆が投下され、生家で被爆する。一命はとりとめるが家は倒壊し、二晩野宿する。それ以後、体調がおもわしくない状態が続く。広島の惨状を綴った「夏の花」をこの年のうちに書き上げる。昭和21年に上京。慶應義塾商業学校・工業学校の夜間部の嘱託英語講師をしながら、「三田文学」の編集に携わり、その間、遠藤周作を初め多くの後進を育てた。昭和22年、英語講師を辞す。昭和23年、「三田文学」の編集室のあった能楽書林に転居し、雑誌編集と執筆活動に専念。この年、「夏の花」で、第一回水上滝太郎賞を受賞する。徹底して人間の苦しみに連帯し、死者の嘆きに貫かれて祈り描いた作品を残した。昭和

26年、慢性的な体調不良や厭世観を苦に、国鉄中央線で鉄道自殺する。享年45。
【著作】詩集に『原民喜詩集』。翻訳に『ガリバー旅行記』。

原　裕（はらゆたか）

俳人**【生没】**昭和5年（1930）～平成11年（1999）
【評伝】茨城県下館市に生まれた。旧姓、堀込。本名、昇。埼玉大学文理学部文学科を卒業した。昭和22年、高校在学中に「鹿火屋《かびや》」に所属し、24年には上京し、同誌の編集部に入った。昭和26年、原石鼎の没後、原家と養子縁組をし、未亡人コウ子を援けて「鹿火屋」の経営につとめた。47年より雑詠選を担当し、49年600号記念大会を期に主宰を継承した。青春抒情から重厚思念の作を経て、命の優しさ懐かしさを平明に詠う句風に移った。
【著作】句集に『葦牙』『青垣』『父の日』『新治《にいはる》』『出雲』『真午』『平成句調』。他に『原石鼎ノオト』『実作の周辺』。

春道列樹（はるみちのつらき）

歌人**【生没】**生没年未詳
【評伝】春道新名の子。春道氏は物部氏の末流にあたる。延喜10年、文章生となる。大宰大典を経て延喜20年、壱岐守となるが赴任する以前に没したとされる。『古今集』に3首、『後撰集』に2首が入集。「小倉百人一首」32番にも入集している。

范　雲（はんうん）

【生没】南北朝、451～503
【評伝】字は彦龍《げんりょう》。南郷舞隠《なんきょうぶいん》（河南省沁陽《しんよう》県西北）の出身。幼い時より文才をもって知られ、永明期（483～493）、竟陵《きょうりょう》王子良《しりょう》の門下に加わり、〝竟陵の八友〟のひとりとなった。散騎侍朗《さんきじろう》から広州刺史《こうしゅうしし》を経て国子博士《こくしはくし》となり、さらに八友のひとり蕭衍《しょうえん》が帝位につく（武帝）と、吏部尚《りぶしょう》書《しょ》から尚書右僕射《うぼくや》に進んだ。文と謚《おくりな》されている。約40首の詩が残されている。

潘　岳（はんがく）

【生没】西晋、247～300
【評伝】字は安仁《あんじん》。滎陽《けいよう》（河南省）の人。祖父は潘勖であり、彼は後漢の献帝が魏の曹操（太祖武帝）に魏公《ぎこう》（称号）と九錫《きゅうしゃく》（最高の恩賞）を与えたときに、「冊魏公九錫文」を草した人物として知られている。父は琅邪太守となった潘芘である。潘岳は、美男として有名で、その容貌は友人の夏侯湛と「連璧」と称されるほどで、『世説新語』によると、彼が弾き弓を持って洛陽の道を歩くと、道行く女性はみな手を取り合って彼を取り囲んだという。12歳の時に西晋の外戚である楊氏出身の楊肇に才能を認められ、後年には楊氏の女を妻に娶ることとなった。楊氏没落後は楊氏のライバルであった賈氏が新たに後ろ盾となって彼を支援したが、司馬倫のクーデターの際に一族皆殺しにされてしまった。潘岳の作る文は修辞を凝らした繊細かつ美しいもので、特に死を悼む哀傷の詩文を得意とした。愛妻の死を嘆く名作「悼亡」の詩は以降の詩人に大きな影響を与えた。

伴蒿蹊（ばんこうけい）

歌人【生没】享保18年（１７３３）10月1日～文化3年（１８０６）7月25日

【評伝】本名、資芳《すけよし》。京都の商家、伴資武の子に生まれる。8歳で本家である近江八幡の豪商、伴庄右衛門資之の養子となった。18歳で家督を継ぎ家業に従事するが、実父母を相次いで亡くし、妻に先立たれるなど家庭的には恵まれなかった。36歳で隠居、剃髪して蒿蹊と号し、京に出て文耕を専らにした。和歌は北村季吟に師事、のち有賀長伯に入門。長伯の没後は武者小路実岳に師事した。『古今集』を手本とし、晩年は荷田春満に師事。また、小沢蘆庵、上田秋成と親しかった。歌人として名を残す一方、晩年は文筆家として著名であった。文化3年、没。享年74。

【著作】家集に『閑田百首』『閑田詠草』。伝記に『近世畸人伝』。随筆に『閑田耕筆』。

范成大（はんせいだい）

【生没】南宋、１１２６～１１９３

【評伝】字は至能《しのう》、石湖居士《せきこじ》と号した。故郷の呉県（江蘇省蘇州市）付近にある湖、石湖にちなんでの号である。29歳で進士に及第、官吏としての道を歩みだした。地方の太官を勤めることが多かったが、政治上の活躍としては、金国へ使いをしたことが挙げられる。北宋を滅ぼした金は南宋に対して臣下《しんか》の礼《れい》をとらせていた。これを対等の立場に戻すことを要求するのが范成大の任務であった。交渉は失敗に終わったものの、金国皇帝・世宗の面前で、死を賭《と》して堂々とふるまった范成大の豪胆さは称賛の的となった。この時の、金支配下の中国旧領土の見聞を、彼は詩と紀行文とに残している。ほかにも『呉船録《ごせんろく》』と名付けられた紀行文がある。宋代の文学者たちが、作り出した新しい文学ジャンルとして、紀行や詩話というジャンルがあるが、旅行遊覧記は宋以降、続々と生み出されることになる。『呉船録』は、范成大が四川で軍指揮官を勤め、任を終えて蜀から故郷の蘇州まで帰る途中の紀行文である。四川の彼のもとで働いていた陸游《りくゆう》にも范成大の逆のルートを紀行した『入蜀記《にゅうしょくき》』の著がある。

【著作】『呉船録《ごせんろく》』。

半田良平（はんだりょうへい）

歌人【生没】明治20年（1887）9月10日～昭和20年（1945）5月19日

【評伝】栃木県上都賀郡北犬飼村（現・栃木県鹿沼市）の農家の長男に生まれる。幼い頃から本に親しみ、宇都宮中学時代に歌作を始める。東京帝大英文科卒業後、大学院に進学するが徴兵される。除隊後は東京中学の英語教師をしながら窪田空穂に師事。「十月会」をへて「国民文学」の創刊に参加。結婚後、5人の子を儲けるも、3人を病死や戦死で失う。芭蕉、一茶の俳句研究や、香川景樹をはじめとした江戸歌人の評釈の業績も大きい。また、アーサー・シモンズの翻訳なども手がけた。昭和20年、結核にて病没。享年59。

【著作】歌集に『幸木《こうぼく》』『野づかさ』。評論に『短歌新考』『短歌詞章』など。

伴林光平（ばんばやしみつひら／ともばやしみつひら）

国学者・歌人【生没】文化10年（1813）9月9日～文久4年（1864）2月16日

【評伝】文化10年、河内国志紀郡林村（現・大阪府藤井寺市）に浄土真宗尊光寺の次男として生まれる。父は出生前に他界しており、母も6歳の時に亡くなる。西本願寺、薬師寺、光慶寺等で仏道修行や朱子学、国学、和歌を学ぶ。朱子学は川上東山、国学は中村良臣、加納諸平、伴信友、和歌は飯田秀雄などに学んだ。弘化2年、八尾の教恩寺の住職となり国学や歌道の教育を門弟に行うが、万延2年に突如出奔し勤王の志士として活動。文久3年、天誅組の変に参加し投獄。翌、元治元年に斬首刑死。享年52。京都六角の監獄に移されたときは生野の変で囚われた平野國臣と牢が隣同士で和歌の贈答をしている。

【著作】和歌作法書に『稲木抄』。回想録に『南山踏雲録』。

東直子（ひがしなおこ）

歌人【生没】昭和38年（1963）12月23日～

【評伝】広島県阿佐町（現・広島県広島市安佐北区）に生まれる。神戸女学院大学家政学部食物学科卒業。平成2年より

「ＭＯＥ」に短歌、詩、童話の投稿を始める。翌年、加藤治郎の紹介で「未来短歌会」に入会し岡井隆に師事した後、平成5年より「かばん」同人。ひらがなを多用したやわらかな口語短歌が特徴。平成18年には『長崎くんの指』で小説家としてもデビューしたほか、エッセイや絵本などの執筆もある。ＮＨＫの「土曜の夜はケータイ短歌」「夜はぷちぷちケータイ短歌」「ＮＨＫ歌壇」選者でもある。

【著作】 歌集に『春原さんのリコーダー』『青卵』。小説に『長崎くんの指』『とりつくしま』『甘い水』。絵本に『あめぽぽぽ』『ほわほわさくら』『ゆき　ふふふ』など。

尾藤二洲（びとうじしゅう）

儒学者 **【生没】** 延享4年（１７４７）10月8日〜文化10年（１８１４）12月14日

【評伝】 名は孝肇《たかもと》、字は志尹《しいん》、通称は良佐《りょうすけ》。号は二洲・約山《やくざん》など。伊予《いよ》（現・愛媛県）川上の生まれ。幼い時は病弱だったが文を作ることを好み、24歳のとき大阪に出て、片《かた》山北海《やまほっかい》の詩社「混沌社」に入った。社友の頼春水《らいしゅんすい》と親交を結び、その勧めで朱子学の書を読んで心服し、以後は朱子学を学んだ。47歳のとき幕府の招きによって昌平坂学問所の教官となり、柴野栗山《しばのりつざん》・古賀精里《こがせいり》とともに〝寛政の三博士〟と並び称された。詩では特に陶淵明・柳宗元を尊んだという。

【著作】『静記寄軒文集』『約山詩集』『論孟衍旨《ろんもうえんし》』『学庸衍旨《がくようえんし》』。

日野草城（ひのそうじょう）

俳人 **【生没】** 明治34年（１９０１）7月18日〜昭和31年（１９５６）1月29日

【評伝】 本名、克信《よしのぶ》。東京市渋谷区に生まれた。京都帝国大学を卒業した。数え年17歳で「ホトトギス」に投句。旧制三高時代、神陵俳句会を興し、のち京大三高俳句会と改称。岩田紫雲郎・鈴鹿野風呂と「京鹿子」を創刊し、その編集と経営にあたった。大正10年「ホトトギス」雑詠の巻頭を占める。大正13年「ホトトギス」課題句の選者となる。昭和4年に「ホトトギス」の同人となる。しかし昭和6年には、新興俳句の狼煙をあげ、季語に重きを置くよりも詩性に重きを置くことを唱えた。昭和8年「青嶺《あおね》」を創刊し、昭和10年、「青嶺」「ひよどり」「走馬燈」を合併して「旗艦」を創刊した。昭和9年、新興俳句運動を推し進める中で「俳句研究」に新婚初夜をモチーフとした連作「ミヤコホテル」を発表。この「ミヤコホテル」はフィクションだったが、ここからいわゆる「ミヤコホテル論争」が起きた。中村草田男、久保田万太郎が非難し、東京三（秋元不死男）、西東三鬼、室生犀星が擁護にまわった。このミヤコホテル論争がもとで、昭和11年には「ホトトギス」を除名される。昭和15年の京大俳句事件以降、徐々に俳壇から離れていたが、戦後は「太陽系」を経て「青玄」を主宰した。昭和21年、肺結核を発症。以後は病床で過ごした。昭和30年には「ホトトギス」に復帰した。初期は清新で知性に富んだ句風であったが、晩年には才知を沈潜させ自在の句風に転換した。昭和31年、没。享年54。

【著作】 句集に『草城句集・花氷』『青芝』『昨日の花』『転轍手』『旦暮』『人生の午後』『草城三百六十句』『銀』『日野草城全句集』。

平池南桑（ひらいけなんそう）

教育者 **【生没】** 明治23年（1890）～昭和59年（1984）8月28日

【評伝】 大分県の人。南桑は号。県立宇佐中学卒業、大分師範学校（現・大分大学）に進み、自分をここまで育ててくれた両親、とり分け父親への感謝の念厚く学業に励み成績優秀で卒業、のち文部省専卒資格検定合格、九大総長大学卒単位認定、高等学校教員免許状などを独学で取得した。福岡女子学院勤続33年を以って退き、昭和30年菅公配所榎寺に居を移し文神の威霊を拝し作詩に専念した。漢詩は旧豊後森藩儒・園田天放（大正15年没）に師事。宇佐中学では文学博士高田陶軒が後輩におり共に学んだ。明治42年、七絶七首、五律一首を初めて雑誌に発表、以来新聞雑誌に掲載の詩は数多くある。朝日新聞「天声人語」欄にも何回か登場、時勢を諷刺した漢詩が紹介された「九州の詩人」とは南桑である。吟詠界にも交際広く、日本詩吟学院にも多くの知音あり、殊に元副理事長鈴木岳楠とは親交も深く、岳楠死去に当たっては詩歌数篇を詠み弔意を表した。また、現木部岳圭理事長とは忘年の交わりが続いた。作風は古風平明で菅公や歴史、時事を詠むなど多岐にわたる。また、学者独特の朗誦には深い味わいがあった。昭和59年8月28日没、94。

【著作】『南桑詩集』『南桑詩抄』など。

平賀元義（ひらがもとよし）

歌人 **【生没】** 寛政12年（1800）～慶応元年（1865）

【評伝】 備前岡山藩士、平尾新兵衛長春の長男に生まれる。賀茂真淵などの影響を受け、若くして古学を独習する。天保3年より平賀左衛門太郎源元義を名乗る。平賀氏は生家平尾氏の遠い祖先に当たる。同年脱藩し、備前、備中、美作などを放浪した。安政4年、美作勝田郡飯岡村（現・岡山県久米郡美咲町）に楯之舎《たてのや》塾を作り、古学を教え、また歌会を開くなどした。学才を認められて岡山藩主に出仕することが決まった矢先、慶応元年に備前上道郡（現・岡山県岡山市）の路上にて卒中で倒れ、没した。享年66。奇行や好色、飲酒の逸話も多い奔放な人生であり、生前は無名に等しかったが、明治時代に初めて世に紹介され、正岡子規に賞賛されて万葉調の歌人として広く知られるようになった。

【著作】家集に『平賀元義歌集』など。

平野金華（ひらのきんか）

儒者**【生没】**元禄元年（1688）～享保17年（1732）7月23日

【評伝】名は玄中、字は子和、通称は源右衛門、金華と号した。福島県三春の人。早くに両親を失ったが、医を学ぶために江戸に出た。しかし読書を好み文学を愛したため、間もなく志を変え荻生徂徠の門人となった。その学才は七才子の一に数えられるほどだった。人となり磊落、滑稽にして奇行に富んだ。常陸守山侯の儒官となり、享保17年、45歳を以て病没した。

【著作】『金華刪稿』『文荘先生遺集』。

平野國臣（ひらのくにおみ）

勤王家**【生没】**文政11年（1828）3月29日～元治元年（1864）7月20日

【評伝】通称は次郎、巳之吉。諱は種言、種徳。贈正四位。福岡藩足軽、平野吉郎右衛門の二男に生まれるが、足軽鉄砲頭、小金丸彦六の養子になる。弘化2年に江戸勤番を命じられ、江戸に上る。福岡へ帰国後、養家、小金丸の娘と結婚し、一男を儲ける。福岡では漢学を亀井暘春、国学を富永漸齋に学び、尚古《しょうこ》主義（日本本来の古制を尊ぶ思想）に傾倒する。嘉永6年に再び江戸勤番になり、江戸で剣術と学問に励んだ。この頃に國臣の尚古主義は本格的になっており、安政元年に帰国する際に古制の袴を着て、古風な太刀を差して出立した。当時の人々の目からはかなり異様な姿で、見送る人々は苦笑したが、本人は得意満面だったという。安政2年に長崎勤務となり、ここで有職故実家、坂田諸遠の門人となり、その影響で國臣の尚古主義はさらに激しいものとなった。福岡に戻ると仲間とともに烏帽子《えぼし》、直垂《ひたたれ》の異風な姿で出歩くようになった。これには養家も迷惑し、國臣を咎めるようになり、結局、離縁して平野家へ戻った。この時に藩務を辞職している。この頃に梅田雲濱と出会い、国事についての知識を得た。國臣は優れた学才と過激な言動、風体から、人望を集めるようになった。倒幕論を掲げて何度も投獄されるが意志を曲げず、公武合体論者で佐幕派の黒田藩を勤王倒幕に導こうとするが、逆に藩から追われる身となる。京に上って朝廷に仕えるが生野の乱で幕府側に捕らえられる。元治元年、禁門の変を端にして発生した火災は京都市中に広く延焼。獄舎に火が及び、囚人が脱走して治安を乱すことを恐れた京都所司代配下の役人が囚人の処刑を決断。処分は未決状態ではあったが、他の30名以上の囚人とともに斬首された。享年37。明治24年、正四位を贈られた。

平野紫陽（ひらのしよう）

教育者【生没】明治8年（1875）～昭和29年（1954）【評伝】名は彦次郎、号は紫陽。福岡県久留米の人。家は代々の儒医の名家。幼年時、熊本に学び、詩を善くするをもって知られた。明治32年、東京高等師範学校を卒業し、東京府立第一中学校（現・日比谷高校の前身）教諭となり、38年、仙台陸軍幼年学校教官を務めた。大正6年、東京中央幼年学校教官に転じたが、昭和7年、退職して、明治大学予科教授、8年、大東文化学院教授となった。17年、一切の職を辞め、29年に病没した。

【著作】『唐詩選研究』。

平畑静塔（ひらはたせいとう）

俳人【生没】明治38年（1905）7月5日～平成9年（1997）9月11日
【評伝】本名、富次郎。和歌山市に生まれた。京都帝国大学医学部を卒業。専攻は精神医学。大阪女子医専教授などを経て、宇都宮病院顧問を勤めた。大正末年、三高俳句会に入り、「ホトトギス」「京鹿子」「馬酔木」に投句。昭和8年「京大俳句」を創刊。俳壇自由主義を唱え、新興俳句の尖鋭的な評論活動を行ない、京大俳句事件によって懲役2年執行猶予3年の判決を受ける。戦後は「天狼」の編集者を務めた。昭和46年、句集『壺国』ほかで第5回蛇笏賞受賞。昭和61年、句集『矢素』で第1回詩歌文学館賞受賞。平成7年、第7回現代俳句協会大賞受賞。栃木県文化功労賞を受賞している。平成9年、没。享年92。
【著作】句集に『月下の俘虜』『旅鶴』『栃木集』『壺国』『漁歌』『矢素』『竹柏』『平畑静塔集』。評論に『俳人格』『平畑静塔俳論集』『誓子秀句鑑賞』『戦後秀句II』『山口誓子』『秋の俳句』『新撰俳句歳時記・秋』（編集）など。

廣瀬惟然（ひろせいぜん）

俳人【生没】生年不詳～正徳元年（1711）2月9日
【評伝】美濃国に生まれた。通称は源之丞。別号に素牛、鳥落人、湖南人など。生家は富裕な商家であったが、若くして財を失って諸国を放浪した。松尾芭蕉に入門したころは温雅な叙景句を作っていたが、元禄7年の芭蕉没後は極端な口語調の句を作るようになり、同門の森川許六から俳諧の賊と罵られている。芭蕉の句を和讃に仕立てて風羅念仏と称し、これを唱えながら諸国を行脚したとされる。晩年は郷里の弁慶庵に隠棲した。宝永8年、没。享年60くらいであったとされる。

【著作】句集に『二葉集』『藤の実』など。

廣瀬旭荘（ひろせきょくそう）

教育者**【生没】**文化4年（1807）5月17日～文久3年（1863）8月17日

【評伝】名は謙、字は吉甫《きっぽ》、通称は謙吉《けんきち》。秋村《しゅうそん》・旭荘・梅墩《ばいとん》などと号した。豊後（大分県）日田《ひた》の人。廣瀬淡窓《ひろせたんそう》を25歳年上の長男として持つ。亀井昭陽《かめいしょうよう》・菅茶山《かんさざん》に学び、淡窓の後を受けて家塾咸宜園《かんぎえん》を監督し、ついで大阪に塾を開いた。その後は大阪を根拠地にして全国を周遊し、名士たちと交流した。西洋の事情にも通じ、嘉永《かえい》6年、米使ペリーの浦賀来航の際には、幕府に海防策を上奏している。詩は多作で知られ、特に長編の古詩に秀でていた。清末の学者兪樾《ゆえつ》（字は曲園《きょくえん》）が編纂した日本人の漢詩集『東瀛詩《とうえいし》選《せん》』は、旭荘の詩を最も多く採り、「東国詩人の冠」と評している。

【著作】『梅墩詩選』『日間瑣事備忘《にっかんさじびぼう》』『追思記』『高青邱《こうせいきゅう》詩鈔《ししょう》』『病塌囈語《びょうとうげいご》』。

廣瀬武夫（ひろせたけお）

軍人**【生没】**明治元年（1868）5月27日～明治37年（1904）3月27日

【評伝】大分県竹田の人。父は岡藩士重武。明治22年、海軍兵学校を卒業し、30年、ロシアに留学した。ついで同国駐在武官となり、33年、少佐に進んだが、37年、日露戦争の際、旅順港口閉塞隊の指揮に当たった際、杉野兵曹長の行方が分からなくなり捜索中、散弾にあたって壮烈な戦死を遂げた。享年37。戦死とともに中佐に昇級したため、その英風は広く一般にも伝えられ、陸軍の橘周太中佐とならび軍神と称された。

廣瀬淡窓（ひろせたんそう）

教育者**【生没】**天明2年（1782）4月11日～安政3年（1856）11月1日

【評伝】名は簡《かん》、のち建《けん》。字は廉卿《れんけい》、のち子基《しき》。通称は玄簡《げんかん》、のち求馬《きゅうま》。号は淡窓・苓陽《れいよう》・青溪《せいけい》。豊後（現・大分県）日田《ひた》の人。古文辞派の亀井南冥《かめいなんめい》・昭陽《しょうよう》父子に学び、私塾咸《かん》宜園《ぎえん》を開いて子弟を教えた。門生は4000人を超え、高野長英《ちょうえい》・大村益次郎《おおむらますじろう》・長三洲《ちょうさんしゅう》ら、幕末から維新に活躍する逸材を輩出している。三浦梅園《みうらばいえん》・帆足万里《ほあしばんり》とともに〝豊後の三先生〟と称せられ、門生に文玄先生という私謚《しし》を贈られた。

【著作】『遠思楼《えんしろう》詩鈔』『淡窓詩話』。

福島泰樹（ふくしまやすき）

僧侶・歌人**【生没】**昭和18年（1943）〜

【評伝】東京都下谷に生まれる。早稲田大学文学部哲学科卒業。在学中に早稲田短歌会に入会。三枝昂之や伊藤一彦と親交を持ち、安保闘争をはじめとした学生運動にも関わる。昭和44年、歌集『バリケード・1966年2月』を刊行しデビュー。「歌謡の復権と肉声の回復」をスローガンに、昭和45年より短歌朗読のパフォーマンスを開始、「短歌絶叫コンサート」という新たなジャンルを創出。自作の短歌のほかに、中原中也、寺山修司、中上健次などの詩や小説などを30年以上にわたり絶叫。全国でのライブは千数百回を越える。このコンサートは月例化されており、毎月10日に都内で行われる。またコンサートの模様を収録したCDやDVDも発売されている。昭和63年、「月光の会」を創立、主宰。大学の講師や一般公募短歌賞の選者も多く務め、子どもや学生の作った秀歌の発掘にも力を注ぐ。平成11年、歌集『茫漠山日誌』により第4回若山牧水賞受賞。早稲田文学新人賞の選考委員を長く務め、立松和平とは長年の親友であり、立松の葬儀では導師をつとめた。下谷にある法昌寺の住職を務めている。ボクシングのセコンドライセンスを取得している。

【著作】歌集に『風に献ず』『抒情の光芒』『中也断唱』。評論に『孤立無援の思想を生きよ』『幻町より海辺の墓場を眺望せよ』『黄金の獅子 辰吉丈一郎へ』『寺山修司の墓』『荒野の歌―平成ボクサー列伝』など。

福田蓼汀（ふくだりょうてい）

俳人**【生没】**明治38年（1905）9月10日〜昭和63年（1988）1月18日

【評伝】本名、幹雄。山口県萩市に生まれた。東北帝国大学法文学部在学中、小宮豊隆の紹介で高浜虚子の門に入る。山口青邨の「夏草」などにも関係し、昭和15年には「ホトトギス」の同人となる。戦中には虚子指導の九羊会のメンバーとして川端茅舎・松本たかし・中村草田男らと交流を深めた。昭和23年、「山火」を創刊し主宰する。昭和33年、橋本鶏二・野見山朱鳥・波多野爽波と四誌連合会を結成した。八ヶ岳登山をきっかけに山岳に関心を深めて、北アルプスなど日本各地の山を踏破して、山岳と自然の純粋美を讃える多くの山岳俳句を詠んだ。次男の黒部での遭難死を詠んだ哀切な絶唱『秋風挽歌』によって昭和45年、第4回蛇笏賞を受賞した。昭和63年、没。享年82。

【著作】句集に『山火』『碧落』『暁光』『源流』『秋風挽歌』『霰』。随筆集に『黒部幻影』『四季讃歌』『銀箭金壺』など。

藤井竹外（ふじいちくがい）

儒学者**【生没】**文化4年（1807）4月20日～慶応2年（1866）7月21日

【評伝】名は啓《ひらき》、字は士開《しかい》。号は竹外・雨香外史《うこうがいし》。摂津（大阪府）高槻《たかつき》の藩儒。頼山陽《らいさんよう》・梁川星巌《やながわせいがん》に詩を学び、特に七言絶句に長じ、〝絶句竹外〟と呼ばれた。また、森田節斎《もりたせっさい》・山田方谷《やまだほうこく》とともに〝関西の三儒〟と並称されている。晩年は京都に居を移した。

【著作】『竹外二十八字詩』『竹外亭百絶』。

葛井諸会（ふじいのもろあい）

歌人**【生没】**生没年未詳

【評伝】葛井《かどい》諸会、葛井連《むらじ》諸会《もろあい》とも。『続紀』の津連真道らの上表によれば、百済貴須王の孫辰孫王の末裔という。養老4年5月に葛井連を賜姓され、延暦10年には葛井宿禰を賜わる。氏の名は河内国志紀郡藤井の地に由来するという。父母等は未詳。和銅年間のころ官吏登用試験に合格して官職につく。天平7年、阿倍帯麻呂らの殺人事件の処理の不手際で、右大弁大伴道足らと共に罪に坐したが、詔によって赦された。天平13～15年頃、山背介。天平17年、正六位上より外従五位下に昇叙。天平18年、元正太上天皇の御在所での宴に参席し、応詔歌を詠む。天平19年、相模守。天平勝宝9年、従五位下。『万葉集』に短歌1首がおさめられている。

藤田湘子（ふじたしょうし）

俳人**【生没】**大正15年（1926）1月11日～平成17年（2005）4月15日

【評伝】本名、良久。神奈川県小田原市に生まれる。国鉄本社勤務。昭和17年水原秋桜子の『現代俳句論』を読み、翌昭和18年から「馬酔木」に投句。水原秋桜子に師事した。昭和24年から同人となり、昭和32年には石田波郷を継いで「馬酔木」の編集長となり、昭和42年まで担当した。昭和39年傘下の俳誌「鷹」を創刊した。昭和43年には「馬酔木」の同人を辞退し、「鷹」を主宰した。昭和58年2月より61年まで「一日十句」という試みを行う。一日に必ず十句以上の俳句を詠み「鷹」誌上に発表。これは同じように多作を実践した高浜虚子の見直しであった。平成8年には第二次「鷹」を発足。「二物衝撃」を基本理念に掲げた。意味偏重による俳句の散文化傾向に対して、俳句の韻文性の回復を目指した。平成12年『神楽』で詩歌文学館賞受賞。平成17年、没。享年79。
【著作】 句集に『途上』『雲の流域』『藤田湘子句集』『白面』『狩人』。評論等に『俳句全景』『水原秋桜子』など。

藤田東湖（ふじたとうこ）

教育者 **【生没】** 文化3年（1806）3月16日～安政2年（1855）10月2日
【評伝】 名は彪《たけき》、字は斌卿《ひんけい》、通称は虎之助、のち誠之進《せいのしん》。水戸（現・茨城県）の人。父は彰考館《しょうこうかん》総裁の藤田幽谷《ゆうこく》で、東湖自身も家督を継いで彰考館編修となる。亀田鵬齋《かめだぼうさい》・太《おお》田《た》錦城《きんじょう》らに学び、後期水戸学の中心的存在として、尊王攘夷論を理論化した。徳川齊昭を擁立して藩政改革に携わり、また弘道館《こうどうかん》を設立した。齊昭の幕政参画に際しては江戸詰となり、人望を集めていたものの安政の大地震に際し、藩の江戸屋敷で老母を救おうとし、圧死した。
【著作】『東湖遺稿』『回天詩史』『常陸帯《ひたちおび》』『弘道館記述義』。

藤野君山（ふじのくんざん）

教育者 **【生没】** 文久3年（1863）～昭和18年（1943）11月
【評伝】 江戸の人。名は靜輝、君山は号。宮内省式部職に奉職中、東郷平八郎元帥に初めて見《まみ》え、話が書誌に及んだ時「閣下の口（くにがまえ）は綻びております、感心いたしません」と思うところを率直に申し上げたところ、元帥は大変に喜ばれ以後何かと目にかけていたという。退官後、大正天皇から賜った菊に因んで、賜菊園を創立し、子弟の教育にたずさわった。剣武、神道武正流宗家福住星龍はその門に学んだ人であり、君山より青龍の号を贈られている。また木村岳風も麹町道場に通い教えを受けたことがあり、その縁で君山は日本詩吟学院の顧問となった。漢詩は青年の頃より造詣深く平明で親しみやすい多くの作品を残している。昭和18年11月没す。享年81。
【著作】『皇国千字文』など。

伏見院（ふしみいん）

皇族 **【生没】** 文永2年（1265）4月23日～文保元年（1317）9月3日

【評伝】伏見天皇。後深草天皇の第二皇子。母は藤原（洞院）愔子《いんし》。少年の頃より和歌を好み、飛鳥井雅有、楊梅兼行、世尊寺定成ら有名歌人を側近とした。その後、京極為兼を師とする。正和元年、14番目の勅撰集『玉葉集』を撰進させた。京極為兼、永福門院と並ぶ京極派を代表する歌人。『玉葉集』『風雅集』のいずれも最多入集歌人である。和歌のほか琵琶、蹴鞠、書などにも秀でたと言われる。文保元年、没。享年53。

【著作】家集に『伏見院御集』。日記に『伏見院御記』。

藤森弘庵（ふじもりこうあん）

儒学者【生没】寛政11年（1799）3月11日～文久2年（1862）10月8日

【評伝】江戸時代、江戸の生まれ。名は大雅。字は淳風。通称は恭助。弘庵・天山などと号した。父の義正は播磨小野侯一柳氏に仕えた。若くして父の後を受けて右筆となり、世子の侍読を兼ねた。初め柴野碧海・長野豊山・古賀穀堂・古賀侗庵などに学び、詩を善くし、書に長じた。天保5年、土浦藩に仕えて藩校郁文館の教授となり、一藩の学政を委ねられたため、教学を興し、さらに郡務を兼ねて吏弊を改めた。弘化の初め、江戸に戻って帷を下して多くの子弟に教授した。嘉永6年、米艦の来航するに及んで、憤激して『海防備論』2巻を著し、また『芻言』6巻を著して水戸齊昭（烈公）に進上した。のち大老井伊直弼に憎まれ、追われて田野に隠居した。文久2年没。享年64。

【著作】『芻言』『牧民事宜』『勧農事宜』『海防備論』。

藤原惺窩（ふじわらせいか）

儒学者【生没】永禄4年（1561）～元和5年（1619）9月12日

【評伝】名は粛《しゅく》、字は斂夫《れんぷ》。号は惺窩。播磨（現・兵庫県）の人。下冷泉《しもれいぜい》家の系統で藤原定家《ふじわらのていか》13世の孫にあたる。幼い時に仏門に入り修行を積んでいたが、18歳のとき父と兄とが不慮の死を遂げたため、さらに京都の相国寺《しょうこくじ》で禅を修め、そのかたわら儒学と五山文学も学んだ。その学才により、豊臣秀吉・秀次《ひでつぐ》兄弟や徳川家康の知遇を得ている。文禄2年、渡明を計画したが成らず、朝鮮使節や捕虜文人たちから朱子学を学んだ。翌年に還俗《げんぞく》し、以後は民間の儒者として厚遇され、多くの門生を育成した。特に林羅山《はやしらざん》・松永昌三《まつながしょうざん》・那波活所《なばかっしょ》・堀杏庵《ほりきょうあん》は〝四天王〟と称される逸材である。惺窩自身は日本の朱子学派の祖とされるが、それだけにとどまらず、陽明学や仏教・神道・老荘をも包摂し、人論を正す思想を説いた。

【著作】『惺窩文集』『寸鉄録』。

藤原朝忠（ふじわらのあさただ）

歌人【生没】延喜10年（910）～康保3年（967）12月2日

【評伝】藤原定方の五男。延長4年に従五位下、同8年に蔵人となり、朱雀天皇に仕える。天暦6年、参議に就任し、応和3年には中納言に至り、土御門中納言と呼ばれた。醍醐、朱雀、村上の三代の天皇に出仕、厚い信任を得る。天徳内裏歌合では巻頭歌を出詠するなど、歌人としても非常に重んじられた。大輔、本院侍従や右近などといった宮廷の才女と恋歌の贈答をしている。笙の名手とも伝わる。『後撰集』を初めとし、勅撰入集は22首。三十六歌仙のひとり。「小倉百人一首」44番入集。

【著作】家集に『朝忠集』。

藤原敦忠（ふじわらのあつただ）

歌人【生没】延喜6年（906）～天慶6年（943）3月7日

【評伝】左大臣藤原時平の三男。延喜21年、従五位下をはじめとし、天慶5年、従三位任権中納言に至る。同6年、急逝。享年38。その急な死は、菅原道真の怨霊の仕業と噂されたという。比叡山麓の西坂本に数寄を凝らした山荘を構え、伊勢や中務を招いて歌を詠ませるなどしたという。美貌であり、管絃などにも秀でていたとされる。『後撰集』や『大和物語』などに、多くの女流歌人との贈答歌が残されている。中でも齋宮雅子内親王との恋は有名で、家集『敦忠集』の中核をなしている。枇杷中納言、本院中納言と呼ばれた。『後撰集』を初めとし、勅撰入集は30首。三十六歌仙のひとり。「小倉百人一首」43番入集。

【著作】家集に『敦忠集』。

藤原有家（ふじわらのありいえ）

歌人【生没】久寿2年（1155）～建保4年（1216）4月11日

【評伝】藤原北家末茂流六条家、藤原重家の子に生まれる。母は藤原家成の娘。幼名、仲家。順調に官位を重ね、建仁元年、和歌所寄人となり、『新古今集』撰者となる。従三位大蔵卿まで至るが、建保3年に出家。法名は寂印。建保4年、没。享年62。多くの歌合歌会に出詠した。六条家の人でありながら藤原俊成や藤原定家の御子左家に近い立場をとった。新三十六歌仙のひとり。『新古今集』の選者のひとり。『千載集』を初めとし、勅撰入集は計66首。

藤原家隆（ふじわらのいえたか）

歌人【生没】保元3年（1158）～嘉禎3年（1237）4月9日

【評伝】中納言藤原兼輔の末裔で、権中納言藤原光隆の次男に生まれる。のちの官位から壬生二品《みぶのにほん》、壬生二位と号した。元久3年、宮内卿に任ぜられ、嘉禎元年には従二位に至る。嘉禎2年、病により出家し摂津四天王寺に入った。翌年、同寺の別院で没した。享年80。和歌は藤原俊成に師事。俊成の指導のもとに、藤原定家らと「二見浦百首」などを詠み、「六百番歌合」に参加するなど多くの詠進、歌会、歌合で活躍。建仁元年に設置された和歌所の寄人となり、次いで『新古今集』の選者のひとりに選ばれた。『新古今集』以後も、定家と共に指導的な役割を果たした。承久の乱以降も、隠岐の後鳥羽上皇と誠実な交流を続けたという。歌集の『壬二集《みにしゅう》』は六家集の一つ。『千載集』を初めとし、勅撰入集は284首。『新勅撰集』で最多入集歌人。「小倉百人一首」98番に入集。

【著作】家集に『家隆卿百番自歌合』『壬二集』（『玉吟集』）。

藤原興風（ふじわらのおきかぜ）

歌人【生没】生没年未詳

【評伝】藤原京家藤原浜成の曾孫にして、相模掾藤原道成の子。昌泰3年、父と2代続けて相模掾に任ぜられる。上野権大掾、上総権大掾と地方官を歴任し、正六位上、治部少丞に至る。三十六歌仙のひとり。官位は高くなかったが歌合への参加も多く見られ、宇多天皇期の有力な歌人である。管弦にも秀でていたとされる。『古今集』を初めとし、勅撰入集は38首。「小倉百人一首」34番に入集。

【著作】家集に『興風集』。

藤原兼輔（ふじわらのかねすけ）

歌人【生没】元慶元年（877）～承平3年（933）2月18日

【評伝】右中将藤原利基の6男。孫に藤原為時、曾孫には紫式部がいる。近江介、内蔵頭などを歴任し、延喜17年、蔵人頭となる。延長5年、従三位権中納言となり、同8年、中納言兼右衛門督に就任。妻の父である藤原定方とともに、紀貫之や凡河内躬恒らと交流があり、醍醐朝の歌壇を支えた。鴨川堤に邸宅を構えたので、堤中納言と通称された。

承平3年、没。享年57。三十六歌仙のひとり。『古今集』を初めとし、勅撰入集は58首。「小倉百人一首」27番に入集。

【著作】 家集に『兼輔集』。

藤原兼房（ふじわらのかねふさ）

歌人 **【生没】** 長保3年（1001）～延久元年（1069）6月4日

【評伝】 藤原北家の中納言藤原兼隆の子。藤原道長の側近として一定の政治力を持つ父の後を継ぎ、讃岐守・備中守・右少将などを経て、中宮亮正四位下に至る。時として粗暴な振る舞いも多く、寛仁2年に藤原定頼を宮中で追いかけまわしたことや、治安元年に源経定と乱闘したこと、同3年に藤原明知に集団で暴行を加えたことなどが記録に残されている。こうしたことも影響してか、政治家として多くの人望を集めることはなく、公卿昇任は果たせずに終わっている。一方で、歌人としては名を著し、長元8年の関白左大臣家歌合、永承4年の内裏歌合、同5年の祐子内親王家歌合、左京大夫道雅障子絵合などに参席し、また天喜2年には自邸で歌合を主催した（播磨守兼房朝臣家歌合）。『後拾遺和歌集』を初めとし、勅撰和歌集に15首が入首している。柿本人麻呂を崇敬するあまり、夢にその姿を見て、それを絵に描かせて秘蔵していたという。能因や相模、出羽弁といった歌人達と交流があり、江侍従との間には1女（左大臣家少輔）を儲けている。

藤原鎌足（ふじわらのかまたり）

豪族 **【生没】** 推古天皇22年（614）～天智天皇8年（669）10月16日

【評伝】 中臣鎌足。中臣弥気《なかとみのみけ》の子。藤原家の祖、または中大兄皇子（天智天皇）と大化の改新を推進した人物として知られる。はじめ、中臣鎌子と称す。欽明朝で物部尾輿と共に排仏を行った中臣鎌子とは別人である。その後中臣鎌足に改名し、亡くなる直前に大織冠と藤原姓を授かる。『万葉集』に2首、『歌経標式』に1首が収められている。

藤原清正（ふじわらのきよただ）

歌人 **【生没】** 生年未詳～天徳2年（958）7月

【評伝】 藤原北家良門流、藤原兼輔の次男。延長8年、従五位下を経て、天暦10年、紀伊守となる。天暦3年の藤花宴で講師を務め、宮中の歌合や歌会に出詠。また天暦御時の屏風歌に詠進するなど、村上、朱雀天皇期の宮廷歌壇で活躍した。天徳2年、没。三十六歌仙のひとり。『後撰集』を初めとし、勅撰入集は31首。

【著作】家集に『清正集』。

藤原公任（ふじわらのきんとう）

歌人【生没】康保3年（966）～長久2年（1041）1月1日

【評伝】藤原北家小野宮流、関白太政大臣藤原頼忠の長男。天元3年、正五位下に叙せられる。官位を重ねるが、寛和2年、一条天皇が即位した以後は少し弱体化する。しかし、道長が勢力を得たのちは、また力を持つようになる。左兵衛督、皇后宮大夫、右衛門督、検非違使別当、勘解由長官、皇太后宮大夫、按察使などを歴任し、寛弘6年、権大納言。万寿3年、出家。山城国長谷に隠棲した。その山荘跡は今も「朗詠谷」と言われている。長久2年、没。享年78。漢詩、和歌、管弦の3つを能くし、三舟の才と謳われた。公任に歌を悪意なく揶揄されたため心痛のあまり病死したとされる藤原長能や、逆に褒められたことを記した詠草を錦の袋に入れて家宝としたという藤原範永など、和歌に関する逸話が『袋草紙』『古本説話集』に残っている。中古三十六歌仙のひとり。『拾遺集』を初めとし、勅撰集に88首が入集している。「小倉百人一首」55番に入集。『三十六人撰』や『和漢朗詠集』を編集している。

【著作】家集に『公任集』。（『四条大納言集』）私撰集に『金玉和歌集』『拾遺抄』『和漢朗詠集』。歌学書に『新撰髄脳』『和歌九品』。

藤原伊尹（ふじわらのこれただ／ふじわらのこれまさ）

官僚・歌人【生没】延長2年（924）～天禄3年（972）11月1日

【評伝】右大臣藤原師輔の長男。妹の安子が村上天皇の後宮に入り、憲平親王、為平親王、守平親王といった皇子を生んでいる。天慶4年、従五位下に叙せられるが、天徳4年、父の師輔が急死すると、家は急に弱体化する。しかし、安子の生んだ憲平親王を皇太子と定めた村上天皇の強い意向で、参議、従三位権中納言と官位を重ね、天皇家との関係を強化した。村上天皇の没後、憲平親王が冷泉天皇として即位し、伯父の藤原実頼が関白太政大臣となるが、伊尹は前天皇との関係や外戚関係を後楯に権大納言に任じられ、安和元年に正三位に昇る。天禄元年、実頼が亡くなると、伊尹は摂政・氏長者となる。翌年には太政大臣に任ぜられ、正二位に進む。名実ともに政権を掌握したが、それから程ない天禄3年、病より辞職、まもなく没した。享年49。豪奢で色好みの性格であったことが伝えられる。天暦5年、和歌所別当に任ぜられ、『後撰集』の編纂に深く関与した。『大鏡』にもこの家集の名が見え、歌才が賞讃されている。

また『大鏡』には早世に関する逸話も収められている。『後撰集』を初めとし、勅撰入集は37首。『小倉百人一首』45番に入集。

【著作】 家集に『一条摂政御集』。

藤原定家（ふじわらのさだいえ／ふじわらのていか）

歌人 **【生没】** 応保2年（1162）～仁治2年（1241）8月20日

【評伝】 藤原北家御子左流、藤原俊成の次男。14歳で侍従に任ぜられ官吏の道を歩み、順調に官位を重ねる。文治2年、家司として九条家に仕え、やがて良経や慈円ら九条家歌人と交流するようになる。良経が主催した「花月百首」「十題百首」「六百番歌合」などに出詠。建久7年、九条兼実が失脚すると、歌壇も停滞した。正治2年、後鳥羽院の「院初度百首」に詠進し、それから後鳥羽院の庇護を受けるようになる。後鳥羽院は活発に歌会や歌合を主催し、定家は歌壇の中核的な歌人として「老若五十首歌合」「千五百番歌合」「水無瀬恋十五首歌合」などに詠進する。建仁元年、後鳥羽院の宣により『新古今集』、貞永元年に後堀河天皇の宣で『新勅撰集』と、二つの勅撰集を撰進。『新勅撰集』に至っては、権中納言の職を辞して選歌に没頭した。天福元年、出家。嘉禎元年、宇都宮頼綱の求めにより嵯峨中院山荘の障子色紙形を書く。これが「小倉百人一首」の原形となったとされる。仁治2年、没。享年80。『千載集』を初めとし、勅撰入集は467首。『続後撰集』『新後撰集』で最多入集歌人。勅撰二十一代集を通じ、最も多くの歌が入集している歌人である。

【著作】 歌集に『拾遺愚草』。歌論書に『毎月抄』『近代秀歌』『詠歌大概』。日記に『明月記』『熊野御幸記』。

藤原定方（ふじわらのさだかた）

歌人 **【生没】** 貞観15年（873）～承平2年（932）8月4日

【評伝】 藤原高藤の次男。少将、左衛門督などを経て、延喜9年、参議。同13年、中納言。延長2年、52歳で右大臣にのぼる。最終官位は従二位。死後に従一位を贈られる。京三条に邸宅を構えたので三条右大臣と称された。和歌や管絃を能くし、紀貫之、凡河内躬恒の後援者であった。醍醐朝歌壇のパトロン的存在。『古今集』を初めとして、勅撰入集は17首。「小倉百人一首」25番に入集。

【著作】 家集に『三条右大臣集』。

藤原定頼（ふじわらのさだより）

歌人【生没】長徳元年（995）～寛徳2年（1045）1月19日

【評伝】権大納言藤原公任の長男。四条中納言と称される。寛弘4年、元服ののち従五位下。侍従、右少将、右中弁などを経て、寛仁元年に正四位下蔵人頭。長久3年、正二位まで官位を進めるが、寛徳元年、病のため出家。翌年、病没。享年51。中古三十六歌仙のひとり。『小右記』には怠け者や無頼との評もあるが、風流を解し容姿端麗だったという。大和宣旨、相模、公円法師母などと華やかな恋愛を繰り広げ、小式部内侍や大弐三位とも歌の贈答がある。『後拾遺集』を初めとし、勅撰入集は45首。「小倉百人一首」64番に入集。

【著作】家集に『定頼集』。

藤原実方（ふじわらのさねかた）

歌人【生没】生年不詳～長徳4年（999）12月12日

【評伝】藤原北家小一条流、左大臣藤原師尹の孫にして、侍従藤原定時の子。父の早逝により、伯父、藤原済時の養子となる。若くして歌才を顕し、花山、一条両天皇に仕える。『古事談』『十訓抄』によると、長徳元年に一条天皇の面前で藤原行成と口論になり、怒った実方が行成の冠を奪って投げ捨てるという事件がおこったとされる。これが原因で陸奥守に左遷されたと言われる。数年後、任地で没したが、これにも乗っていた馬の下敷きになり亡くなったなどの逸話が伝わっている。藤原公任、源重之、藤原道信などと親しかった上に多くの女性との恋愛の逸話が残り、清少納言や小大君らとの恋歌の贈答がある。歌会や歌合といった公式なものよりも、贈答歌で知られる歌人である。中古三十六歌仙のひとり。『拾遺集』を初めとし、勅撰入集67首。「小倉百人一首」51番に入集。

【著作】家集に『実方朝臣集』。

藤原実定（ふじわらのさねさだ）

歌人【生没】保延5年（1139）～建久2年（1192）閏12月16日

【評伝】徳大寺実定とも。藤原公能の長男。永治元年、3歳で従五位下に叙される。保元元年、18歳で従三位。同3年、正三位に叙され、権中納言となる。永暦元年、中納言。長寛2年に権大納言に昇ったが、翌年辞職。以後12年間零落した時期を過ごすが、安元3年、大納言として復帰。寿永3年に内大臣に昇り、文治2年には右大臣、同5年には左大臣に至る。九条兼実の補佐役として活躍したが、建久元年、左大臣を辞し、同2年に病により出家し、同年に病没。享年53。祖父の徳大寺実能を徳大寺左大臣と呼んだのに対し、後徳大寺左大臣と称された。西行、藤原俊成、源頼政ら多くの歌人との交友も広く、管弦や今様にもすぐれた。『千載集』を初めとして、勅撰集入集は79首。「小倉百人一首」81番に入集。

【著作】 家集に『林下集』。

藤原高遠（ふじわらのたかとお）

歌人 **【生没】** 天暦3年（949）～長和2年（1013）5月6日

【評伝】 藤原斉敏の子。中古三十六歌仙のひとり。永祚2年、非参議になり、その後、左兵衛督などを経て、寛弘元年、大宰大弐になり、長和元年、正三位に叙せられる。翌年、没。享年65。笛の名手でもあり『枕草子』などに一条天皇の笛の師であったと記されている。『拾遺集』を初めとし、勅撰入集は27首。家集の『大弐高遠集』は、花山法皇や公任、宮廷女房との贈答歌はじめ屏風歌、月次歌、「長恨歌」や「上陽白髪人」の詩句を題にした歌、大宰府往復の折の長歌など多種多様な歌が収められている。

【著作】 家集に『大弐高遠集』。

藤原高光（ふじわらのたかみつ）

歌人 **【生没】** 生年未詳～正暦5年（994）

【評伝】 藤原北家、右大臣藤原師輔の八男。天暦2年、10歳で昇殿し、侍従、左衛門佐、右少将を歴任。応和元年、父の死を契機に比叡山横川で出家。翌年、藤原氏の祖廟地多武峰《とうのみね》に移り住んだ。法名は如覚。将来を約束された貴族の子息が出家したことは大きな衝撃を与えたらしく、『多武峯少将物語』『栄花物語』『大鏡』に出家に関する逸話が記されている。没年の正暦5年（994）は『多武峰略記』によるが、康保4年（967）説や、寛和元年（985）以前説など諸説ある。三十六歌仙のひとり。『拾遺集』を初めとし、勅撰入集は24首。

【著作】 家集に『高光集』。

藤原忠平（ふじわらのただひら）

歌人 **【生没】** 元慶4年（880）～天暦3年（949）8月14日

【評伝】 貞信公とも。太政大臣藤原基経の四男。兄、時平の早世後に政治を司る。醍醐天皇期に「延喜格式」を完成させ、「延喜の治」と呼ばれる改革を行った。承平6年に摂政、次いで天慶4年に関白に任じられる。時平と対立した菅原道真とは親交を持っていたとされる。平将門が、忠平の家人として仕えていた時期もあった。天暦3年、没。享年70。死後に正一位を追贈される。藤原氏再隆のひとりとして、後世まで子孫に重んじられる。『後撰集』を初めとし、勅撰入集は13首。「小倉百人一首」26番に入集。
【著作】 日記に『貞信公記』。

藤原忠房（ふじわらのただふさ）

歌人 **【生没】** 生年未詳～延長6年（929）12月1日
【評伝】 藤原京家、藤原浜成の末裔で、右京大夫藤原興嗣の子。（興嗣の父である藤原広敏の子という説もある。）醍醐天皇期の歌壇で活躍し、延喜6年の「日本紀竟宴和歌」や、延喜21年の「宇多法皇春日行幸名所和歌」などに出詠している。また、延喜21年の「京極御息所歌合」では判者を務めた。雅楽に秀で、歌舞や管弦の分野においても活躍した。忠房が作曲し敦実親王が振付を施した胡蝶楽や延喜楽は、高麗楽《こまがく》の代表的な作品として知られる。中古三十六歌仙のひとり。また神楽や催馬楽の増補選定に携わった。勅撰入集は17首。

藤原忠通（ふじわらのただみち）

歌人 **【生没】** 承徳元年（1097）閏1月29日～長寛2年（1164）2月19日
【評伝】 摂政関白太政大臣藤原忠実の長男。康和5年、大江匡房の名付けにより忠通と称する。保安2年、父、忠実に代わって藤原氏長者となり鳥羽天皇の関白に就任。その後も崇徳、近衛、後白河の3代に亘って摂政、関白を務めることとなった。近衛天皇の後宮政策等において、忠通と忠実、頼長（異母弟）が対立し、久安6年、父から義絶されて頼長に氏長者職を譲らされる。しかし忠通も抵抗し復権、そうした一連の抗争が保元の乱の一つの原因となった。保元3年、関白を長男の基実に譲り、応保2年、出家。法名、円観。永久から保安年間、自邸で歌会や歌合を開催し、自らを中心とする歌壇を形成した。晩年は女房の五条を寵愛していたが、長寛元年頃、五条が兄弟の源経光と密通しており、これを目撃した忠通は直ちに経光を追い出したという逸話が『明月記』に残る。長寛2年、没。享年68。『金葉集』を初めとし、勅撰入集は59首。「小倉百人一首」76番に入集。和歌、漢詩のほかに、書にも長けており、その様は法性寺《ほっしょうじ》様と言われる。
【著作】 家集に『田多民治《ただみち》集』。漢詩集に『法性寺関白集』。

藤原忠良（ふじわらのただよし）

歌人【生没】長寛2年（1164）～嘉禄元年（1225）
【評伝】藤原忠通の孫にして六条摂政藤原基実の次男。寿永2年、従三位。のち正二位に進み、建仁2年、大納言となったが同4年に職を辞す。承久3年、出家。嘉禄元年、没。享年62。後鳥羽院主催の「新宮撰歌合」「千五百番歌合」などに出詠。「千五百番」では判者も務めた。また建仁元年に参加した「通親亭影供歌合」は、正治二年の「三百六十番歌合」に選ばれている。『千載集』を初めとして、勅撰入集は69首。

藤原為家（ふじわらのためいえ）

歌人【生没】建久9年（1198）～建治元年（1275）5月1日
【評伝】藤原定家の次男。御子左流の祖とされる。嫡流には二条家、冷泉家、京極家がある。10代半ばから順徳天皇の内裏歌壇で活動を始めるが、若い頃は蹴鞠に熱中していた。後嵯峨院期になり、歌壇の中心人物として活躍。建長3年には『続後撰集』を単独で撰出している。康元元年に出家し、法号を融覚、静真と称した。文永2年に藤原基家など4人で『続古今集』を撰進している。晩年は側室の阿仏尼を溺愛。その間にできた子の為相と、実子である為氏、為教らとの間に相続の問題を残して建治元年に没した。享年78。『新勅撰集』を初めとし、勅撰入集は333首。『続拾遺集』で最多入集歌人。
【著作】家集に『大納言為家集』『中院集』。歌論書に『詠歌一躰』。注釈書に『古今序抄』『後撰集正義』など。

藤原俊成（ふじわらのとしなり／ふじわらのしゅんぜい）

歌人【生没】永久2年（1114）～元久元年（1204）11月30日
【評伝】藤原北家御子左流、藤原俊忠の長男。保安4年、姉の夫に当たる葉室家に入り、葉室顕広と名乗ったが、仁安2年に実家の御子左家に戻り、俊成に改名した。長承2年頃から歌人としての活動を始め、藤原基俊に師事。『万葉集』や『古今集』を踏まえた歌風で、六条流の歌風と歌壇を二分した。和歌所寄人を務め、「中宮亮重家朝臣家歌合」など数多くの歌合の判者を務めて、歌壇の中心となった。そして九条兼実の歌道師範となり、後白河院の院宣で『千載集』を単独撰集。九条家の歌の指導を行うほかに、門下に息子の藤原定家をはじめとして、寂蓮、藤原家隆などを輩出した。安元2年、出家。法名を釈阿とした。元久元年、病没。享年91。勅撰集には『詞花集』に顕広の名で初めて採られたほか、422首が入集。

【著作】家集に『長秋詠藻』『長秋草』（『俊成家集』）『保延のころほひ』。歌論書に『古来風躰抄』『萬葉集時代考』『正治奏状』など。

藤原俊成女（ふじわらのとしなりのむすめ）

歌人【生没】生没年未詳
【評伝】実父は藤原盛頼、実母は俊成の娘八条院三条であるが、祖父、藤原俊成の養女となったためこう呼ばれる。建仁2年、後鳥羽院に出仕する。「水無瀬恋十五首歌合」「八幡宮撰歌合」などに出詠した。建保元年、出家。以後も旺盛な作歌活動を続け、建保3年の「内裏名所百首」を初め、順徳天皇期の歌壇で活躍した。安貞元年、夫の死後は嵯峨に隠棲。仁治2年、兄、藤原定家が没すると播磨国越部庄（現・兵庫県たつの市周辺）に下り、そこで余生を過ごした。住居に因み、佐賀禅尼、越部禅尼とも呼ばれた。新三十六歌仙のひとりであり、宮内卿とともに『新古今集』を代表する女流歌人。『新古今集』を初めとし、勅撰入集は116首。
【著作】家集に『俊成卿女集』。歌論書に『越部禅尼消息』。

藤原敏行（ふじわらのとしゆき）

歌人【生没】生没年未詳
【評伝】生年は未詳だが、没年は延喜1年説と7年説がある。藤原南家、藤原巨勢麻呂の後裔にして、陸奥出羽按察使藤原富士麿の子に生まれる。貞観8年、少内記。地方官や右近少将を経て、寛平7年、蔵人頭。同9年、従四位上右兵衛督。『古今集』や『伊勢物語』などに在原業平とかかわりがあることが知られる。『宇治拾遺物語』や『今昔物語集』には書を能くしたとされるが、現存するものは「三絶の鐘」と呼ばれる神護寺鐘銘のみである。三十六歌仙のひとり。『古今集』を初めとし、勅撰集入集は29首。「小倉百人一首」18番に入集。
【著作】家集に『敏行集』。

藤原長能（ふじわらのながとう／ふじわらのながよし）

歌人【生没】天暦3年（949）～没年未詳
【評伝】藤原北家長良流、藤原倫寧の子。天延3年、「一条中納言為光家歌合」に出詠。永観2年、蔵人。花山天皇の側近として、寛和元年の内裏歌合に出詠。花山天王出家後も、側近として仕え『拾遺集』の編集に関与したと考えられている。図書頭、上総介のあとは特に官位を持たなかったが、藤原道長の春日詣や賀茂詣などに付き従った。能因を門人とし、これが歌道の師資相承のはじめと言われている。寛弘6年、伊賀守に就任以後の消息は不明。花山院の歌会にて、藤原公任に歌を揶揄され、それを気に病んだまま亡くなってしまい、公任はそのことを非常に気にしていたという逸話が『袋草紙』『古本説話集』に残る。三十六歌仙のひとり。『拾遺集』を初めとし、勅撰入集は51首。

【著作】家集に『長能集』。

藤原仲文（ふじわらのなかふみ）

歌人**【生没】**延長元年（923）～正暦3年（992）

【評伝】藤原式家、藤原公葛の子。憲平親王（のち冷泉天皇）の蔵人となり、加賀守、伊賀守、上野介などを歴任し、貞元2年、正五位下。冷泉天皇に側近として仕える一方、藤原頼忠や藤原道兼にも出仕、清原元輔、藤原公任、大中臣能宣らの歌人と交流があった。正暦3年、没。享年70。（貞元3年没とする説もある。）三十六歌仙のひとり。『拾遺集』を初めとし、勅撰集に8首入集。

【著作】家集に『仲文集』など。

藤原範長（ふじわらののりなが）

歌人**【生没】**生没年未詳

【評伝】藤原北家長良流、藤原中清の子。長和5年、蔵人。以後、式部大丞、甲斐権守、春宮少進などを経て、万寿2年、伯耆守。その後も尾張守や但馬守を経て、康平7年、摂津守。晩年に藤原頼通の家司を務め、延久2年頃、出家。津入道と称した。和歌六人党と関わりがあり、後期の頼通歌壇の重鎮。多くの歌人と交流があったが、特に藤原家経とは親しかったとされる。歌合への出詠や判者も多く務め、題者となっている場合もある。『後拾遺集』を初めとし、勅撰入集は30首。

【著作】家集に『範長朝臣集』。

藤原秀能（ふじわらのひでよし／ふじわらのひでとう）

歌人**【生没】**元暦元年（1184）～延応2年（1240）5月21日

【評伝】藤原秀宗の子。はじめ源通親に仕えるが、その後に16歳で北面武士として朝廷に仕える。建仁元年、18歳の若さで和歌所寄人に任命。数々の歌合や歌会へ出詠、百首歌を詠んだりした。承久の乱後、熊野で出家、如願《にょがん》と号した。飛鳥井雅経、藤原家隆と親交があった。『新古今集』を初めとし、勅撰入集は79首。

【著作】家集に『如願法師集』。

藤原通俊（ふじわらのみちとし）

歌人【生没】永承2年（1047）～承徳3年（1099）8月16日

【評伝】父は藤原経平。母は高階成順の娘で、女流歌人の伊勢大輔は外祖母にあたる。妹の経子は白河天皇の内侍として寵愛され、覚行法親王を生んだ。康平2年、従五位下。その後、後三条朝に仕えたが、延久4年、白河天皇の即位とともに近臣として取り立てられ、蔵人、右中弁、蔵人頭などを歴任し、応徳元年には参議に就任。白河天皇譲位後の寛治2年、白河院別当となり、正三位。同8年8月、権中納言。同年12月治部卿を兼任し従二位に昇叙。承徳3年、没。享年53。白河天皇の側近として仕え、その歌壇で活躍し、「承暦内裏歌合」などにも参加している。さらに勅命により『後拾遺集』を撰集している。『後拾遺集』を初めとし、勅撰入集は27首。

藤原道長（ふじわらのみちなが）

歌人【生没】康保3年（966）～万寿4年（1028）12月4日

【評伝】摂政関白兼家の5男。母は藤原中正女。道隆、道兼の同母弟。冷泉女御超子、円融女御詮子の同母兄。源倫子を正室とし、頼通、教通、彰子、妍子、威子らを儲ける。天元3年、従五位下。侍従、右兵衛権佐を経て、寛和2年、蔵人、従五位上。以後、急速に昇進を重ね、永延2年、23歳にして、参議を経ず権中納言に就任。正暦元年、正三位。10月には中宮大夫となる。同2年、権大納言。翌年、従二位。長徳元年、左大将を兼ねる。同月から翌月にかけ、兄の関白道隆、右大臣道兼が相次いで死去したため、5月、内覧の宣旨を受け、6月、氏長者となる。同月、右大臣就任。同2年、さらに左大臣に転ずる。長保元年、長女の彰子を一条天皇の女御とする。長和元年、次女の妍子を三条天皇の女御とする。長和5年、眼病を患っていた三条天皇に圧力をかけ、彰子の子敦成親王を9歳で即位させ（のち一条天皇）、自らは摂政となる。寛仁元年、摂政を辞退し、長子の頼通に譲る。従一位。同年12月、太政大臣。同2年2月、太政大臣を辞退。同年10月、娘の威子を後一条天皇の中宮とする。寛仁3年、出家。法名は行観。のち行覚に改める。万寿4年、病没。享年62。『拾遺集』を初めとし、勅撰入集43首。3人の娘を入内させたことは、藤原実資の『小右記』に、「一家立三后、未曾有なり」と感嘆の言葉が記されている。

【著作】家集に『御堂関白集』。日記に『御堂関白記』。

藤原道信（ふじわらのみちのぶ）

歌人【生没】天禄3年（972）～正暦5年（994）7月11日
【評伝】藤原北家、太政大臣藤原為光の3男。伯父である藤原兼家の養子となり元服。正暦3年に父、為光が逝去し多くの哀傷歌を詠む。従四位上左近中将まで至ったが23歳の若さで急逝。一条朝の歌人として知られる。藤原公任、藤原実方、藤原信方などと親しく、歌の贈答をしている。『拾遺集』を初めとし、勅撰入集は48首。中古三十六歌仙のひとり。「小倉百人一首」52番に入集。
【著作】家集に『道信朝臣集』。

藤原道雅（ふじわらのみちまさ）

歌人【生没】正暦3年（992）～天喜2年（1054）7月20日
【評伝】中関白藤原道隆の孫にして、儀同三司藤原伊周の長男。祖父の道隆に溺愛されて育つが、長徳元年、道隆は死去。さらに翌年、父が花山法皇に対し弓を射掛ける不敬事件を起こし左遷。道雅が幼くして、家は没落をたどる。長保6年、従五位下に叙せられたのをきっかけに官位を進めるが、長和5年、当子内親王と密通しこれを知った三条院の怒りに触れて、寛仁元年に咎めを受ける。また、万寿元年に花山法皇の皇女である上東門院女房が、路上で殺される事件が起こる。容疑者として法師隆範が捕まるが、事件は道雅の命令によるもので首謀者は道雅だと自白する。結局、この件はうやむやにされるものの、万寿3年に道雅は罷免され、右京権大夫に左遷される。その後、寛徳2年に左京大夫に転じるも、官位には恵まれぬまま、天喜2年の出家直後に没した。晩年は西八条邸に閑居し、歌会を催すなどして、藤原範永、藤原経衡、藤原家経、藤原兼房らと交流した。『小右記』には前述の事件以外にも数々の悪行や乱行が連ねられており、「荒三位」「悪三位」と称されたとする。中古三十六歌仙のひとり。『後拾遺集』を初めとし、勅撰入集は6首。「小倉百人一首」63番に入集。

藤原元真（ふじわらのもとざね）

歌人【生没】生没年未詳

【評伝】藤原南家、藤原清邦の3男。加賀掾、元蕃允、修理少進などを歴任し、康保3年、丹波介。官位は低かったが、宮中の女房歌合、内裏歌合などの歌合に出詠。前十五番歌合に選抜されている。屏風歌や歌合の歌を依頼され、詠進することも多かった。三十六歌仙のひとり。早くから才能を顕したらしいが、勅撰集への入集は遅れ、『後拾遺集』を初めとし、勅撰入集は計29首。

【著作】家集に『元真集』。

藤原基俊（ふじわらのもととし）

歌人【生没】康平3年（1060）～永治2年（1142）1月16日
【評伝】藤原道長の曾孫にして藤原俊家の子。官位には恵まれなかった。保延4年に出家し、覚舜《かくしゅん》と称した。「堀河百首」「内大臣家歌合」などに出詠。この頃から藤原忠通と親しく、忠通主催の歌合に出詠したり判者を務めたりするようになり、源俊頼と共に院政期の歌壇の指導者的存在であった。晩年の弟子に藤原俊成がいる。私撰の漢詩集『新撰朗詠集』を編纂し、書にも優れていた。『金葉集』を初めとし、勅撰入集は105首。「小倉百人一首」75番に入集。
【著作】家集に「基俊集」。

藤原義孝（ふじわらのよしたか）

歌人【生没】天暦8年（954）～天延2年（974）9月16日
【評伝】摂政太政大臣、藤原伊尹の3男。（4男という説もある。）侍従、左兵衛佐、春宮亮などを歴任した後、天禄3年、正五位下に叙せられる。天延2年、当時流行した天然痘にかかり、兄と同日に病没。享年21。美貌で知られ、天然痘の跡を苦にして自殺したという説もある。仏教に篤かったことが、『大鏡』『栄花物語』などの逸話に見られる。その生涯は『今昔物語』などにも説話化された。死後、肉親や友人の夢に現れて歌を詠んだことなども説話にされている。清原元輔、源順、源延光ら歌人との交流が知られる。中古三十六歌仙のひとり。『拾遺集』を初めとし、勅撰入集は24首。「小倉百人一首」50番に入集。
【著作】家集に『義孝集』。

藤原良房（ふじわらのよしふさ）

歌人【生没】延暦23年（804）～貞観14年（872）9月2日
【評伝】白河大臣、染殿大臣とも。藤原冬嗣の次男。天長

3年、蔵人に任ぜられる。嵯峨天皇の寵を得て皇女の源潔姫を妻に迎える。仁明天皇即位後も順調に官位を進め、承和元年、31歳にして参議。同九年、大納言に昇進。同年、承和の変に際し伴健岑らを排除し、皇太子恒貞親王を廃して、甥にあたる道康親王の立太子に成功した。同十五年、右大臣。嘉祥3年に道康親王が即位し文徳天皇となると、良房は潔姫が生んだ明子《あきらけいこ》を女御に入れた。同年、明子は惟仁親王を生み、僅か生後8ヵ月で直ちに立太子させた。これは先例のないことだった。斉衡四年、太政大臣従一位。天安2年、文徳天皇が崩ずると、惟仁親王が即位し清和天皇となる。貞観8年、応天門の変に際しては大納言伴善男を排除して摂政となる。貞観14年、没。享年69。勅撰入集は『古今集』に1首。皇族以外の人臣として初めて摂政の座に就いた。また、藤原北家全盛の礎を築いた存在であり、良房の子孫達は相次いで摂関となった。

藤原因香（ふじわらのよるか）

歌人**【生没】**生没年未詳

【評伝】藤原高藤の娘。母は尼敬信。貞観13年、従五位下。元慶2年、権掌侍。寛平9年、従四位下掌侍。勅撰集では『古今集』に4首、『後撰集』に1首が入集。

古荘嘉門（ふるしょうかもん）

政治家**【生没】**天保11年（1840）～大正4年（1915）

【評伝】名は惟正、字は養節、通称は嘉門、号は火海。熊本の生まれ。父は医を業とした。幼いころから強い志を持ち、木下韡村《いそん》に学び、さらに長崎に遊学した。維新の際は諸藩の志士に交わり、明治2年、大楽源太郎が逮捕されると、大楽に内通したという嫌疑を受けたが、のがれて山岡鐵舟に身を寄せた。のち自首して処罰を受けた。しかし仕官して司法省判事となり、11年、大阪上等裁判所判事に進み、14年、国粋主義を唱えて紫溟会を組織した。森有礼《ありのり》が文部大臣のとき、選ばれて第一高等中学校校長となり、質実剛健の校風を養成した。23年、国権党総理となり、衆議院に当選すること3回、28年、3たび官界に入り、台南民政支部長となり、さらに群馬県知事・三重県知事を経て、38年、貴族院議員となり、大正4年、病死。享年76。

文天祥（ぶんてんしょう）

【生没】南宋、1236～1282

【評伝】字は宋瑞《そうずい》、また履善《りぜん》、号は文山《ぶんざん》という。江西の吉《きっ》水《すい》の出身。体格がよく、色白、切れ長の目で、玉のような美男子であったという。20歳の時、状元《じょうげん》（主席）で進士に及第。のち宰相になったので、「状元宰相」と称された、文字通り宋朝を代表する存在である。寧海節度判官《ねいかいせつどはんがん》、軍器監などを経て、贛州《かんしゅう》知事となった翌（1275）年、元の軍が侵入した。彼は勤王軍募集の詔に応じて、大軍を集めてはせ参じ、右丞相《うじょうしょう》（宰相）に任ぜられた。最後に臨安《りんあん》を守って利あらず、講和のため元の丞相、伯顔《バヤン》と会見したが、口論して捕らえられた。その直後、宋は降伏した。彼は護送される途中、脱走し、宋の回復を図った。福州で度《ど》宗《そう》皇帝の子福王《ふくおう》を奉じて、福建の汀州《ていしゅう》、漳州《しょうしゅう》、広東の梅《ばい》州《しゅう》と転戦し、激しく抵抗したが、やがて元軍に捕らえられ、大都《だいと》（北京）に護送、土牢に幽閉された。元の世祖《せいそ》は彼の才能を惜しんで、帰順させようとしたが、彼は応じなかったため、獄中3年の後、刑死した。宋朝随一の忠誠の士として、後世に尊敬を集めている。

文屋朝康（ふんやのあさやす）

歌人【生没】生没年未詳

【評伝】文屋康秀の子。駿河掾ののち、大舎人大允に任ぜられたことが知られるほかは、経歴については未詳。宇多、醍醐期に仕えた下級官吏、または歌人ではないかと推測される。六歌仙、中古三十六歌仙のひとり。「寛平御時后宮歌合」「是貞親王家歌合」の作者として出詠するなど、『古今集』成立直前の歌壇で活躍したが、勅撰和歌集には、『古今集』に1首と『後撰集』に2首、計3首が入集しているだけである。「小倉百人一首」37番に入集。

文屋有季（ふんやのありすえ）

歌人【生没】生没年未詳

【評伝】貞観年間頃の人とされる。文屋康秀と同族、ほぼ同時代に生きたが、関係などは不明。同様に出自、経歴も未詳。『万葉集』の異称である「奈良の古言《ふること》」は、清和天皇から『万葉集』の成立年代を問われた有季が「神無月時雨降りおける楢《なら》の葉の名におふ宮の古言ぞこれ」と答えたことから付いた。これは『古今集』の詞書に見られる。勅撰入集は『古今集』にこの1首のみ。

文屋康秀（ふんやのやすひで）

歌人【生没】生没年未詳

【評伝】縫殿助、文屋宗于の子。（大舎人頭、文屋真文の子とする説もある。）山城大掾などののち、縫殿助に任官したことが伝わるのみで、終生を下級官吏のままに過ごしたと推測される。古今集からは二条后（藤原高子）のもとに出入りしていたことがわかっている。また、小野小町と親密な仲であり、三河掾として下向する際、小町を誘ったとされる。一緒に下向したという記録はないが、小町の答えは「誘ふ水あらばいなむとぞ思ふ」であり、これが社交辞令であったとしても好意的であったとされる。六歌仙のひとり。勅撰入集は6首。「小倉百人一首」22番に入集。

平群郎女（へぐりのいらつめ）

歌人【生没】生没年未詳

【評伝】出自、経歴は未詳。平群氏の祖は武内宿禰の子、木菟宿禰と伝えられる。その名は大和国平群郡（現・奈良県生駒郡平群町）に由来する。郎女は大伴家持をめぐる愛妾または恋人たちのひとりであるとされる。越中守時代の家持に贈った歌12首が『万葉集』に収められている。

方　岳（ほうがく）

【生没】南宋、１１９９〜１２６２

【評伝】字は巨山《きょざん》、秋崖《しゅうがい》と号した。安徽省歙県《しょうけん》、祁門《きもん》の出身。紹定《しょうてい》５（１２３２）年、進士となった。淳祐《じゅんゆう》年間に趙葵という人物の参議官となり、また移って南康軍《なんこうぐん》（江西省星子県。軍は宋代の行政単位）の知事となったが、賈似道《かじどう》にさからい、官を退いた。のち袁州《えんしゅう》（江西省宜春）の知事となったが、また丁大全《ていたいぜん》にさからい、退いた。詩文に秀れて、名言佳句が飛び出すさまは、天性のものであった。方岳はもともと農家の出身で、そのために農村の景物をうたう詩が多い。特に駢体《べんたい》に巧みで、劉克荘《りゅうこくそう》（南宋後期に排出した江《こう》湖派《こは》といわれる一派の代表的詩人）と並び称されたという。

【著作】『秋崖集《しゅうがいしゅう》』。

鮑　照（ほうしょう）

【生没】南北朝、４１２?〜４６６

【評伝】字は明遠。東海（江蘇省漣水県の北）の人。臨川王劉義慶に見いだされて国侍郎となり、海虞令《かいぐれい》・太学博士・中書舎人・秩陵令・水嘉令などを歴任した。のち、臨海王劉子頊《りゅうしぎょく》の前軍行参軍となって荊州に赴き、次いで前軍刑獄参軍事となったが、子頊が起こした反乱に巻き込まれて殺された。寒門の出身であったため、当時の門閥貴族社会においては官位昇進を厳しく制限され、優秀であるにも関わらず下級官吏に甘んじなければならなかった。そうした彼の憤懣は、しばしば作品の中に吐露されている。雄勁な詩を作る一方、艶麗な詩も残すなど、多彩な詩風を示しているが、とりわけ楽府の多いことが注目される。『詩品』では中品に位置づけられ「善《よ》く形状写物の詩を製す。景陽

（張協）の諔詭《しゅくき》を得、茂先（張華）の靡嫚《びまん》を含み、骨節は謝混より強く、駆邁《くまい》は顔延よりも疾《はや》し。四家を総《す》べて美を擅《ほしいまま》にし、両代に誇りて孤出す。」と評されている。『隋書』には「宋征虜記室参軍鮑照集十巻」とあるが、現在伝わる『鮑照集』10巻は、よくその原型を伝えるとされる。

【著作】『鮑照集』。

星野立子（ほしのたつこ）

俳人**【生没】**明治36年（1903）11月15日～昭和59年（1984）3月3日

【評伝】本名も立子。高浜虚子の次女。東京に生まれた。東京女子大学高等部を卒業した。大正15年頃より句作を開始した。「ホトトギス」に投句し、昭和9年に同人となる。昭和5年、父の勧めによって、女流を主とした俳誌「玉藻」を創刊した。中村草田男・川端茅舎・松本たかし・中村汀女らと共に四Sを次ぐ世代の代表的俳人として注目された。中村汀女、橋本多佳子、三橋鷹女とともに四Tと称された。虚子亡き後はホトトギス派の支柱として活躍した。句風は明るく、自由な写生的方法の中に女性らしい繊細な感覚を湛えている。病弱だった幼少時の姿は虚子の「病児」「沢子の嘘」に描かれている。昭和34年、中村草田男、石田波郷とともに、「朝日俳壇」の選句者となる。昭和45年、脳血栓で倒れ、「玉藻」の主宰を妹の高木晴子に任せる。昭和59年、直腸がんで病没。享年80歳。

【著作】句集に『立子句集』『鎌倉』『続立子句集第一』『続立子句集第二』『中村汀女・星野立子互選句集』『笹目』『実生』『春雷』『立子四季集』。他に『玉藻俳話』『俳小屋』『虚子一日一句』『大和の石仏』『句日記Ⅰ』『句日記Ⅱ』『道』など。

細井平洲（ほそいへいしゅう）

儒学者**【生没】**享保13年（1728）6月28日～享和元年（1801）6月29日

【評伝】本姓は紀《き》氏。名は憲民《のりたみ》、字は世馨《せいけい》。通称は甚三郎《じんざぶろう》。号は平洲・如来山人《にょらいさんじん》。紀長谷雄《きのはせお》は遠祖であるといわれる。尾張知多郡甲洲村の生まれ。16歳のとき京都に遊学し、次いで長崎に遊んでは中国語を学んだ。20代半ばになると江戸に出て家塾嚶鳴館《おうめいかん》を開いた。その後、米沢藩主上杉鷹山《うえすぎようざん》に招かれて藩政改革に尽力、また尾張藩の侍読となって藩学の振興につとめた。学問上は折衷学派に属し、多くの子弟に教えた。広く民衆から慕われた。

【著作】『嚶鳴館特集』『詩経古伝』『平洲訓話』。

細川幽斎（ほそかわゆうさい）

歌人・武将【生没】天文3年（1534）4月22日～慶長15年（1610）8月20日

【評伝】細川藤孝、長岡藤孝とも。伊賀守三淵晴員《はるかず》の次男に生まれる。母は将軍足利義晴の側室、清原宣賢娘。（足利義晴の落胤という説も古くからある。）7歳の時、伯父細川常元の養子となり、足利家に出仕。永禄8年、奈良興福寺に幽閉されていた義輝の遺児、覚慶（のち足利義昭）を救出し、近江へ逃れた。その後、義昭を将軍に立てた織田信長のもとに入り、明智光秀とともに戦った。これらの武勲により、信長から丹後を与えられる。光秀とは親しく縁戚関係にあったが、天正10年、本能寺の変に関しては信長への追悼の意を表し剃髪。幽斎玄旨と号し、田辺城に隠居。家督は、長男忠興に譲った。その後、豊臣秀吉に迎えられ、千利休らとともに側近の文人として厚遇された。徳川家康のもとでも優遇され、亀山城に隠居。晩年は京都に閑居した。慶長15年、京都三条車屋町の自邸で没。享年77。熊本細川藩の祖である。歌道はもちろん、剣術や茶道、弓術、馬術ほかに広く精通した教養人。歌は三条西実枝に学び、二条派を継承した。実枝には古今伝授も受けている。関ケ原の戦では徳川家康方につき田辺城に籠城したが、幽斎が戦死して『古今集』の秘技が断絶するのを憂い、後陽成天皇が勅を遣わして命拾いをしている。門人には智仁親王、烏丸光広、中院通勝などがいる。また松永貞徳や木下長嘯子らも指導を受けた。

【著作】家集に『衆妙集』。歌論書に『詠歌大概抄』『古今和歌集聞書』『百人一首抄』など。

細川頼之（ほそかわよりゆき）

武将【生没】元徳元年（1329）～明徳3年（1392）3月2日

【評伝】幼名は弥九郎《やくろう》。道号は桂巌《けいがん》。三河《みかわ》（現・愛知県東部）の生まれ。足利氏に仕えた功臣。知謀にすぐれ、読書を好んだ。足利尊氏《あしかがたかうじ》・義詮《よしあきら》に厚く信頼され、義詮は臨終の際、頼之にわが子義満《よしみつ》の補佐を託した。ところが義満は次第に頼之の権勢を憎みはじめ、それだけでなく守護大名との対立や自臣の策謀にも悩まされたため、頼之は自ら職を辞して剃髪《ていはつ》し、名を常久と改めて讃岐《さぬき》（現・香川県）に帰った。しかし数年後、義満は考えを改めた。その後頼之はふたたび幕府に迎えられて国政に参与、明徳の乱を平定するなど功績を残した。

細見綾子（ほそみあやこ）

俳人【生没】明治40年（1907）3月31日〜平成9年（1997）9月6日

【評伝】本姓、沢木。兵庫県氷上郡芦田村（現・兵庫県丹波市）に生まれた。日本女子大学国文科を卒業した。東大医学部助手の太田庄一と結婚するも死別。同じ年母も病没。父は13歳の時に喪っている。孤独な療養中に医師の勧めで俳句を始め、昭和5年、松瀬青々の「倦鳥」に投句した。昭和21年、「風」の創刊に参加した。翌年、沢木欣一と結婚。昭和27年、茅舎賞受賞。昭和28年には「天狼」に同人として参加。昭和50年、『伎芸天』で芸術選奨文部大臣賞受賞。昭和54年、『曼陀羅』で第13回蛇笏賞を受賞している。またカナダの映画監督による日本を海外に紹介する映画「俳句の瞬間 Short Poetry of Japan」に、細見綾子の生活が収録されて世界に紹介された。平成9年、没。享年90。

【著作】句集に『桃は八重』『冬薔薇』『雉子』『伎芸天』『曼荼羅』『和語』『細見綾子集』『細見綾子全句集』。随筆に『私の歳時記』『花の色』。LPレコード『俳句の世界・細見綾子集』など。

穂村弘（ほむらひろし）

歌人【生没】昭和37年（1962）5月21日〜

【評伝】北海道札幌市に生まれる。小学生の頃は横浜、名古屋と転校を繰り返す。名古屋の中学校、高校を経て、昭和56年に北海道大学文Ⅰ系に入学。塚本邦雄の作品を読んだことから、短歌に興味を持ち始める。同年、同大を退学。昭和58年、上智大学文学部英文学科に入学。昭和60年、歌作を始める。翌年、「シンジケート」で角川短歌賞次席。この年の受賞者は俵万智。昭和62年、上智大学文学部英文学科を卒業。翌年、歌誌「かばん」に入会。平成10年、加藤治郎、荻原裕幸らとSS―PROJECT（エスツー・プロジェクト）を結成。インターネットを積極的に利用するなど、歌壇にとらわれない活動を展開。平成12年、短歌入門書『短歌という爆弾―今すぐ歌人になりたいあなたのために』を刊行。独特の短歌評論に賛否両論の声が沸く。平成13年、高校教科書に短歌が収録される。イメージや感性を短歌の口語体や会話体で表現した斬新な歌風は、従来の短歌表現とは大きく異なるため、意見が大きく割れることになった。エッセイもその独特な世界観から人気を博している。絵本や歌画集、絵本の翻訳も手がけている。

【著作】歌集に『シンジケート』『ドライドライアイス』。

詩集に『求愛瞳孔反射』。エッセイに『世界音痴』『現実入門　ほんとにみんなこんなことを?』『もしもし、運命の人ですか。』。評論に『短歌の友人』など。

堀口大學（ほりぐちだいがく）

歌人・評論家【生没】明治25年（1892）1月8日～昭和56年（1981）3月15日

【評伝】東京都本郷に生まれる。大學という名前は、出生当時に父が東大生だったことと、出生地が東大の近所であることに由来する。幼児期から少年期にかけては、父の故郷の新潟県長岡で過ごす。旧制長岡中学校を卒業し、上京。17歳のとき、吉井勇の短歌『夏のおもひで』に感動して新詩社に入門。歌人として出発する。明治43年、慶應義塾大学文学部予科に入学。この頃から、「スバル」「三田文学」などに詩歌の発表を始める。同門の佐藤春夫とは終生の友人であった。19歳の夏に、外交官となった父の任地メキシコに赴くため、慶應義塾大学を中退。以後も父の任地に従い、青春期を日本と海外の間を往復して過ごす。大正8年、処女詩集『月光とピエロ』、処女歌集『パンの笛』を刊行。以後も多数の出版を手がける。その仕事は作詩、作歌にとどまらず、評論、エッセイ、随筆、研究、翻訳と多方面に及び、生涯に刊行された著訳書は、300点を超える。彼の斬新な訳文は当時の文学青年に多大な影響を与えた。とりわけ訳詩集『月下の一群』は、上田敏『海潮音』や永井荷風『珊瑚集』と並ぶ名訳詩集とされる。甘美な作風は、中原中也や三好達治など当時の若い文学者たちに多大な影響を与え、日本現代詩の発展に貢献した。太平洋戦争末期から戦後しばらくにかけ、父の故郷、長岡に疎開した。昭和25年に、疎開から引き揚げて以降は、神奈川県湘南の葉山町に終生在住した。昭和32年に日本芸術院会員。昭和54年に文化勲章を受章。昭和56年、没。享年89。

【著作】詩集に『月光とピエロ』『水の面に書きて』『新しき小径』『消えがての虹』『富士山』など。

堀麦水（ほりばくすい）

俳人【生没】享保3年（1718）～天明3年（1783）10月14日

【評伝】加賀国に生まれる。名は長。字は子傾。通称、池田屋平三郎。別号、可遊、葭由、樗庵、四楽庵など。中川麦浪、和田希因らに学ぶ。伊勢、京都などへ引杖しつつ、俳諧師としての実力を養成した。貞享期の蕉風に傾倒。この期の蕉風俳諧を顕彰したところに特徴があり、中興期復古運動の中でも異彩を放った。天明3年、没。享年66。

【著作】編著に『新みなし栗』。俳論書に『蕉門一夜口授』。

実録物に『慶長中外伝』など。

本田種竹（ほんだしゅちく）

官僚【生没】文久2年（1862）6月21日～明治40年（1907）9月29日

【評伝】名は秀、字は実卿、通称は幸之助、号は種竹。阿波徳島の人。初め岡本午橋に学び、のち京都に出て谷太湖・江馬天江・頼支峰に学び詩でもって名をあげた。明治17年、逓信局御用係、25年、東京美術学校歴史教授、29年、文部大臣官房秘書、31年、内務大臣官房秘書を経て、37年、退職した。それからは専ら詩文に注力し、自然吟社を創立して、これを主宰した。森槐南《かいなん》・国分青厓《こくぶせいがい》とともに詩壇の雄となって活躍した。40年、病没した。

【著作】『懐古田舎詩存』。

ま

みむめも

前川佐美雄（まえかわさみお）

歌人【生没】明治36年（1903）2月5日～平成2年（1990）7月15日

【評伝】奈良県南葛城郡忍海村（現・奈良県葛城市）に生まれる。大正10年、下淵農林学校卒業。同年に「竹柏会」に入門し、佐佐木信綱に師事する。翌年、東洋大学専門部倫理学東洋文学科入学。昭和3年、プロレタリア歌人同盟の結成に加わり、「短歌前衛」等に出詠した。昭和5年、第一歌集『植物祭』刊行。ダダイズムや超現実主義的な歌が歌壇に衝撃を与え、モダニズム短歌の旗手と評される。この頃の作品には口語的表現も多数見受けられる。翌年、石川信夫、齋藤史らと「短歌作品」創刊。父の死を機に奈良に帰住。「カメレオン」同人から分派する形で昭和9年、歌誌「日本歌人」創刊。塚本邦雄、前登志夫などを輩出。保田與重郎らとの交流から日本浪漫派への傾倒を深め、自然詠を多く詠んだ。昭和15年、合同歌集「新風十人」に参加。戦争賛歌を発表していたことから戦後は戦争責任を糾弾されるが、前衛短歌運動の中で再評価が高まった。昭和45年、神奈川県茅ヶ崎市に転居。平成元年、日本芸術院会員。平成2年、没。享年87。

【著作】歌集に『植物祭』『大和』『白木黒木』。評論に『短歌随感』など。

前田透（まえだとおる）

歌人【生没】大正3年（1914）9月16日～昭和59年（1984）1月13日

【評伝】東京府豊多摩郡大久保町（現・東京都新宿区）に、歌人、前田夕暮の長男として生まれる。昭和10年、旧制成蹊高等学校文科乙類卒業。昭和13年、東京帝国大学経済学部卒業後、商社に入社。翌年、台湾歩兵第二聯隊補充隊に入隊。のちに経理部幹部候補生となり東京陸軍経理学校に入学。昭和15年、同校卒業。中国、フィリピン、ジャワ、ポルトガル領チモール島に派遣される。昭和21年、帰国。昭和26年、父の夕暮が没すると歌誌「詩歌」を継承する。昭和49年、成蹊大学文学部教授。昭和58年、同大学定年退職後、明星大学教授。昭和59年、交通事故に遭い、事故死。従軍中の南方での戦争体験や、戦後、文化大革命前後に7回訪中した体験を歌った作品などで知られた。透の死後、「詩歌」は解散したが、井辻朱美や林あまりの「かばん」、角宮悦子の「はな」などが後継誌として今も活動を続けている。

【著作】歌集『漂流の季節』『断章』『冬すでに過ぐ』など。

前田普羅（まえだふら）

俳人**【生没】**明治21年（1881）4月18日～昭和29年（1954）8月8日

【評伝】本名、忠吉。別号、清浄観子。東京に生まれた。早稲田大学英文科を中退。大正元年初めて「ホトトギス」に投句。村上鬼城・飯田蛇笏・原石鼎とならぶ虚子門四天王と言われた。高浜虚子に師事し、大正初期「ホトトギス」の新人として活躍した。大正10年には「加比丹」を創刊した。大正15年より「辛夷《こぶし》」の雑詠選を担当した。のちに主宰となり北越俳壇に重きをなした。昭和4年に報知新聞外山支局を辞した後も越中富山をめぐる飛騨・能登・佐渡の辺境を旅したのみならず、東北・北海道・朝鮮・台湾にも足をのばし、多くの紀行文をものした。昭和20年8月の富山空襲で一切を焼失。以降は定住地なく門下を頼って漂泊の人生を送る。昭和26年、東京に新居を得たが、昭和29年、没。享年70。8月8日の立秋の日に没したので、普羅忌は立秋忌ともいう。

【著作】句集に『普羅句集』『新訂普羅句集』『春寒浅間山』『飛騨紬』『能登蒼し』。

前田夕暮（まえだゆうぐれ）

歌人**【生没】**明治16年（1883）7月27日～昭和26年（1951）4月20日

【評伝】本名、洋造（洋三とも記す。）神奈川県大住郡南矢名村（現・秦野市）に生まれる。中郡共立学校に入学するも、父親との軋轢から自殺を図る。同年秋、中学を退学。近畿地方や東北地方を放浪。この頃より「夕暮」の号を名乗り、文学に目覚める。明治37年上京し、翌年尾上柴舟を中心とする車前草社に加わった。明治40年「向日葵」を創刊したが2号で廃刊。明治43年、歌集『収穫』を刊行し、自然主義的な作風を打ち立て、翌年、雑誌「詩歌」を創刊したが、まもなく印象派の影響を受けた感覚的な作風に転じた。大正7年、「詩歌」休刊。昭和3年に「詩歌」は復刊、夕暮は自由律口語短歌に転向したが、昭和18年には、再び定型文語歌に帰った。昭和26年、病没。享年69。長男の前田透も歌人で、夕暮亡き後の「詩歌」を引き継いだ。

【著作】歌集に『収穫』『陰影』『密林』など。

前登志夫（まえとしお）

歌人【生没】大正15年（1926）1月1日～平成20年（2008）4月5日
【評伝】本名、登志晃《としあき》。奈良県吉野郡下市町に生まれる。旧制奈良中学卒業後、同志社大学入学。昭和20年、在学中に応召。大学は中退することとなる。戦後まもなく詩作を始め、昭和26年に帰郷。その後の活動は郷里の吉野を中心に行う。林業を営むかたわら、自然を背景とした土俗的な歌を作り続けた。昭和27年「誌豹」を創刊。昭和31年、安騎野志郎の筆名で詩集『宇宙駅』を刊行したが、やがて短歌に転じ、前川佐美雄に師事。昭和39年、第一歌集『子午線の繭』出版。昭和42年、歌と民族の研究集団「ヤママユの会」を結成。昭和52年、『縄文記』で第12回迢空賞受賞。昭和55年、歌誌「ヤママユ」創刊。平成9年、『青童子』で第49回読売文学賞受賞。平成14年、『流轉』で第26回現代短歌大賞受賞。平成17年、全業績により、第61回日本芸術院賞文芸部門受賞、併せて恩賜賞受賞。同年、日本芸術院会員となる。平成20年、没。享年82。
【著作】歌集に『子午線の繭』『霊異記』『鳥獣蟲魚』。エッセイに『吉野紀行』『存在の秋』『樹下三界』。評論集に『山河慟哭』。小説に『森の時間』など。

前原一誠（まえばらいっせい）

勤王家【生没】天保5年（1834）3月24日～明治9年（1876）12月3日
【評伝】名は一誠、名は子明、通称八十郎、梅窓と号した。本姓佐世。長州藩士彦七の長男。7歳のころから塾師について学んだ。24歳のとき、松下村塾に入り吉田松陰の指導を受け、尊王攘夷の思想に目覚めた。松陰の刑死後は、師の志を継がねばならぬと奮起し、学問にも精進し、久坂玄《くさかげん》瑞《ずい》とともに討幕運動の推進役となった。第一次長州征伐の際には、高杉晋作らと恭順派を制して藩論を統一し、千城隊を組織してその頭取となった。第二次長州征伐には軍需輸送を担当し、小倉藩との折衝に当たるなど、目覚ましく活躍した。慶応3年12月海軍頭取、明治元年には千城隊を率いて北越に転戦し、7月には北越軍参謀となった。2年7月には参議、12月には兵部隊歩を務めたが、3年9月、職を辞して郷里に帰った。6年10月、征韓論に敗れた西郷隆盛・江藤新平・副島種臣《そえじまたねおみ》が相次いで下野した。7年2月、不平士族に推されて江藤新平が佐賀に反乱をおこすと、一誠は9年10月、萩の乱を起こした。これと前後して、熊本の神風連、福岡の秋月の乱がおこった。これらはすべて維新の理想を忘れた官吏の腐敗堕落を糾弾するのが目的であった。しかし事いずれも失敗し、一誠は11月6日、石見・出雲の国境付近でとらえられ、12月3日、反乱の名目で斬罪に処せられた。

正岡子規（まさおかしき）

俳人・歌人【生没】慶応3年（1867）9月17日～明治35年（1902）9月19日

【評伝】本名、常規《つねのり》。通称、升《のぼる》。別号、獺祭書屋主人、竹の里人。伊予国温泉郡（現・愛媛県松山市）に生まれる。松山中学校に入学、河東静渓の千舟学舎に学び漢詩作に熱中。香雲と号し、回覧雑誌「莫逆詩文」「五友雑誌」などを刊行した。松山中学を中退し上京。大学予備門に入学。予備門の同級生には夏目漱石、南方熊楠、山田美妙などがいた。東大哲学科に入学ののち国文科に転科するが中退。明治22年には夏目漱石と親交を結び、文学の在り方についての論議を重ねた。俳句・短歌は明治18、19年頃から実作を試みており、明治24年から「俳句分類」に着手することで俳句の実作も上達したが、短詩型の可能性への疑いもあって、この時点では小説家を志していた。日本新聞社に入り、記者として日清戦争に従軍したが、帰国途上の船中で喀血。松山で、当時松山中学に赴任していた夏目漱石の下宿に同宿して病を養いながら、松風会を育てた。この病の間も新聞「日本」に「俳諧大要」を連載し実作のための理論を展開し、紙上に投句欄を設けて新風を培う理論的支えとしつつ俳句の一般化に努めた。明治30年には俳句雑誌「ホトトギス」を創刊、俳句の革新運動を進める。明治31年、和歌の革新をめざし「歌よみに与ふる書」を新聞「日本」に発表。短歌の革新にも力を注ぎ始める。また同年「ほとゝぎす」が東京に移り、高浜虚子が経営して、俳諧趣味を他のジャンルに拡げていこうとする中で、写生文も提唱されていき、子規自身も「墨汁一滴」などで随筆文学の新たな世界を切り開いた。翌年、根岸短歌会を結成し、病床にあってその運動を推し進めた。その客観写生による詠風は、のち「アララギ」派によって新たな発展をみた。明治35年、結核で病没。享年34。生来病弱であったが、明治22年に結核の診断を受け、死を覚悟する。このときより血を吐くまで鳴くとするホトトギスから取り「子規」と号する。明治29年、結核が進行し脊椎カリエスを発症していると診断され、床に伏すようになる。明治32年の夏頃以降は座ることさえ困難になり、没するまでほぼ寝たきりの生活となる。そのなかで俳句、短歌、随筆を書き続け、書くことさえままならなければ口述も行った。また病床を訪れた高浜虚子や河東碧梧桐、伊藤左千夫、長塚節ら後進の指導にあたった。司馬遼太郎『坂の上の雲』では二人の軍人の生き方と対照される人物として主人公の一人として取り上げられている。

【著作】 日記に『墨汁一滴』『病床六尺』『仰臥漫録』。句集に『獺祭書屋俳句帖抄上巻』。他に『獺祭書屋俳話』『俳句二葉集』『俳諧大要』『俳人蕪村』『俳句界四年間』。他に『歌よみに与ふる書』。全集に『子規全集』3種など。

摩島松南（まじましょうなん）

文人 **【生没】** 寛政3年（1791）3月11日〜天保10年（1839）4月29日（5月18日とも）

【評伝】 名は長弘、字は子毅、通称は助太郎、号は松南。京都の生まれ。幼いころより読書を好み、中野龍田に学び詩文を善くした。学成ってのちは子弟を教え、名声四方に聞こえた。諸侯の礼を以て延見するものも少なくなかったが、阿順卑屈に陥ることなく、端重寡黙で、名利に恬淡、友子に厚く、日夜、こつこつ読書に努めたという。学は朱子を奉じていたが必ずしも拘泥せず、詩は意味深長で味わいがあり、必ずしも時流を追わず、筆を握ると一時も止まらせることがなかったという。天保10年、病没。享年69。

【著作】『晩翠堂集』。

松江重頼（まつえしげより）

俳人 **【生没】** 慶長7年（1602）〜延宝8年（1680）6月29日

【評伝】 出雲の国松江に生まれた。通称、大文字屋治右衛門。後号、維舟《いしゅう》。別号、江翁。京都に住んで、撰糸《せんじ》売りを業とした。松永貞徳に師事して古典の教養を身に付けたと思われるが、のちに離れる。連歌の師里村昌琢の下で俳諧を習った。このころ西山宗因と知り合った。新興の文芸である俳諧に早くから興味を持つ。『犬子集《えのこ》』の編集をめぐって野々口立圃と対立したことをはじめとして、生涯身辺に争いが絶えなかった。西山宗因を友とし、一風変わった俳風を示した。次々と俳書を出版し、そのためにかなりの財産を失ったといわれる。それと軌を一にして貞徳門の中から新しい俳人が次々と俳壇に進出し、重頼の勢力は次第に後退していった。門下に上島鬼貫、池西言水など。延宝8年、没。享年79。

【著作】 編著に『犬子集《えのこ》』『毛吹草』など。

松岡青蘿（まつおかせいら）

俳人【生没】元文5年（1740）～寛政3年（1791）6月17日

【評伝】通称、鍋五郎。別号、幽松庵・栗庵・栗の本・山李房など。姫路藩士として生まれ、江戸に育つ。23歳で藩を追われ、後に29歳の芭蕉忌に剃髪した。俳諧は玄武坊に学び、姫路退去後の諸国遍歴中に、和田希因・高桑蘭更の影響を受けて蕉風となった。以後、与謝蕪村・三浦樗良・加藤暁臺らと交わり、また蕉風を中国・四国地方に広めた。寛政2年には二条家に召され、二条家俳諧宗匠の職服を授けられた。また、明石に蛸壺塚、淡路に扇塚を建てるなど、芭蕉顕彰に尽力した。寛政3年、没。享年52。

【著作】編著に『蛸壺塚集《つぼづか》』『骨書』『都六歌仙』など、句集に『青蘿発句集』。

松尾芭蕉（まつおばしょう）

俳人【生没】正保元年（1644）～元禄7年（1694）10月12日

【評伝】伊賀上野の下級武士の家に生まれた。幼名は金作。通称は藤七郎、忠右衛門、甚七郎。名は宗房。別号、宗房、桃青。若き日は藤堂良忠に仕えて過ごした。良忠が北村季吟の教えを受ける俳人であったことから影響を受け、季吟やその門弟たちと交流が生まれ、次第に俳諧への興味を開いていった。寛文4年、23歳の時、忠良が死去したため、主家を去って京都に出る。寛文12年には、江戸へ出た。江戸へ出た頃は、宗因の流れを汲む談林風の句を詠んでいた。延宝3年、江戸を訪れた宗因を歓迎する「談林十百《とっぴゃく》韻」に参加、桃青と号した。延宝8年、深川の草庵に入る。門人の李下から贈られたバショウ（中国原産の大きな葉をつける植物。バナナに似た実をつけるが食用には適さない。ちなみに、バナナは実芭蕉と呼んで区別する。）の木を一株植え、大いに茂ったので「芭蕉庵」と名付けた。天和2年の末、大火に遭遇し庵が全焼。翌年の春まで甲斐に滞在したあと、再び江戸に戻る。漢詩文の趣向を取り入れた『虚栗』ののち、『野ざらし紀行』の旅に出て、俳諧七部集の第一集に当たる『冬の日』を刊行。ここに蕉風が確立した。その後は、旅から旅に明け暮れ、句境を深めた。元禄7年、九州を目指す旅の途中、大坂の門弟の濱田洒堂と槐本之道の仲裁に立ち寄り、そこで病を得る。そのまま大坂で病没。享年51。

【著作】句集に『冬の日』『春の日』『曠野』『猿蓑』。紀行文に『野ざらし紀行』『笈の小文』『奥の細道』など。

松木淡々（まつきたんたん）

俳人【生没】延宝2年（1674）～宝暦11年（1761）11月2日
【評伝】淡淡とも記す。幼名、熊之助。のちに伝七。別号、因角、渭北、半時庵。大坂西横堀阿波屋の子として生まれる。はじめ、椎本才麿の門に入る。元禄13年、江戸に出て立羽不角に師事し、やがて榎本其角を師とするに至る。宝永元年、奥州に行脚『安達太郎根』を編み同3年に万句興行をして判者となる。翌年に其角が没してすぐ淡々と改号。同5年『其角一周忌』を編み、秋に京都へ移住した。正徳5年『六芸』を編み、夏には東下、その折の俳筵の記録『十友館』を帰京後刊行し俳句活動は活発化する。享保元年、洛東鷲峰山の中腹に半時庵を営み、翌2年に『にはくなぶり』の恋百韻を独吟し京俳壇における地位を確立した。連句において付合を無視して一句のたくみをもっぱらにする「一句立」を導入、世に迎えられた。同11年の『春秋関』を始めとする高点付句集は、前句はすべて省略され付句のみを収めたものである。天明期に三宅嘯山の一派が批判するまで、淡々らの高点付句集は大衆の支持を得ることになる。同18年、江戸に下ったのち、翌年、故郷の大坂に門戸を張り、その門流は代々八千坊（房）を名乗り「浪花ぶり」と称された。伝授書を乱発し、高額の指導料をとり、豪華な生活を送ったという。そのさまは「句商人《あきんど》」と呼ばれた。宝暦11年、没。享年88。
【著作】句集に『淡々発句集』『淡々文集』など。

松口月城（まつぐちげつじょう）

開業医【生没】明治20年（1887）4月1日～昭和56年（1981）7月16日
【評伝】名は栄太。号は初め鼓春、後に月城と改めた。福岡県那珂川町今光に生まれる。少時より秀才の誉れ高く、独学で基礎医学を学び、熊本医学専門学校（現・熊本大学医学部）に進み18歳で卒業。19歳で開業医となる。漢学を辛島並樹に学び、詩は熊本の宮崎來城に学び、後に漢詩誌『東華』に作品を投稿、土屋竹雨の指導を受けた。この頃、住居一帯の丘に月城《つきしろ》という出城があったことから、号を月城と改めた。戦後は「月城吟社」を設立、新体古詩格を提唱し平易な作風で数多くの作品を残した。また書・画に巧みであった。那珂川町名誉町民。満94歳で没した。
【著作】『月城詩集』など。

松崎慊堂（まつざきこうどう）

儒学者【生没】明和8年（1771）9月27日～弘化元年（1844）4月21日

【評伝】近世無双の大儒。名は復、字は明復、通称は退蔵、号は慊堂。肥後益城郡木倉の生まれ。幼いころから聡明で、読書を好んだ。初め僧となったが志に沿わず、15歳にして、自ら還俗。江戸に出奔し、林簡順の門に入った。それからは昌平坂学問所に学び、佐藤一齋と相得て切磋勉励し、享和2年、遠州掛川藩儒となった。藩主を補佐し貢献することと大であったが、晩年は致仕し、江戸渋谷の羽沢に隠栖し、石経山房と名付けた。ここにあること23年、弘化元年、74歳で病没した。慊堂は郷里を出て以来、二度と肥後の地を踏むことはなかったが、友人に頼んで盆松一盂を取り寄せ、その臨終にあたって、門人に命じて鉢の土を足裏に塗らせ、「我、今、父母の国土をふみ得たり」といって冥目したという。

【著作】『慊堂全集』『慊堂日暦』『慊堂遺文』。

松瀬青々（まつせせいせい）

俳人【生没】明治2年（1869）4月4日～昭和12年（1937）1月9日

【評伝】本名、弥三郎。別号、無心・孤雲・老葉峰。大阪市に生まれた。明治30年に句作を始め、31年には既に子規に絶賛されることで俳壇の注目を一躍浴びることになった。32年には第一銀行大阪支店を辞して上京し、「ホトトギス」編集に携わった。33年には帰阪して大阪朝日新聞社に入社、会計部に勤務した。かたわら朝日俳壇の選を担当し晩年に及んだ。明治34年に「宝船」を創刊・主宰し、大正4年には「倦鳥」と改題し、終生主宰した。関西の虚子ともいえるほど関西俳壇で重きをなした。おおらかで明るい句風を特徴とした。大阪を愛し、良き大阪を具現した俳人であった。

【著作】句集に『妻木』『鳥の巣』『松苗』。他に『巻頭言集』『添削小論』『随感と随想』など。

松平春嶽（まつだいらしゅんがく）

藩主【生没】文政11年（1828）9月2日～明治23年（1890）6月2日

【評伝】号は春嶽、礫川、鸕渚などいくつかあるが、春嶽の号を最もよく使用した。諱は慶永《よしなが》。幕末から明治時代初期にかけて活躍した政治家。第16代越前福井藩の大名。田安徳川家第3代当主である徳川齊匡《なりまさ》の8男で、松平齊善《なりさわ》の養子である。将軍徳川家慶とは従弟の関係にある。幼いころに中根雪江に教育を受けた。勇猛果敢な性格で、幕末四賢侯のひとりに数えられる。嘉永6年、アメリカのペリー率いる艦隊が来航して通商を求めた際には、水戸徳川家の徳川齊昭《なりあき》や薩摩藩主の島津《しまづ》齊彬《なりあきら》とともに攘夷を主張するが、老中の阿部正弘らと交流していく中で開国派に転じた。明治23年、石川の自邸で没した。享年63。

【著作】『逸事史補』。

松平天行（まつだいらてんこう）

教育者**【生没】**文久3年（1863）～昭和21年（1946）

【評伝】名は康国、字は子寛、天行、また破天荒斎と号した。家は代々の幕臣であった。隄静斎《つつみせいさい》・三島中洲に学び、また東京大学予備門に入って、英語と普通学を修めた。明治19年、米国ミシガン大学に入り、政治・法律を修めた。帰朝の後は、読売新聞記者となり、主筆となった。36歳、清国直隷総督、袁世凱《えんせいがい》に招かれて中国に渡り、39年、湖広総督、張之洞《ちょうしどう》の政治顧問となった。41歳、帰国して早稲田大学教授となり、昭和21年、病没した。享年84。

【著作】『天行文鈔』。

松永貞徳（まつながていとく）

俳人**【生没】**天亀2年（1571）～承応2年（1653）11月15日

【評伝】名は勝熊、別号は長頭丸・逍遊軒・延陀丸・保童坊・松友など。ほかに五条の翁・花咲の翁とも。京都に生まれた。里村紹巴から連歌を、九条稙通、細川幽齋に和歌・歌学を学ぶ。20歳ごろ豊臣秀吉の右筆となったが、関ヶ原の戦い後は豊かな学殖で古典を講義、私塾を開き、また庶民の間に俳諧を広めた。俳諧は連歌・和歌への入門段階にあると考え、俗語・漢語などの俳言を用いるべきと主張した。貞徳の俳風は言語遊戯の域を脱しないが、貞門派俳諧の祖として一大流派をなし、多くの逸材を輩出した。門下から北村季吟、加藤盤齋、伊藤仁齋らを輩出。承応2年、没。享年83。

【著作】家集に『逍遊集』。編著に『俳諧御傘』『新増犬筑波集』『天水抄』など。

松根東洋城（まつねとうようじょう）

俳人**【生没】**明治11年（1878）2月25日～昭和39年（1964）10月28日

【評伝】本名、豊次郎。別号、秋谷立石山人。東京築地に生まれた。京都帝国大学法学部卒業。宮内省式部官・宮内書記官・帝室会計審査官を歴任して大正8年に退官。俳句は松山中学校時代に夏目漱石の授業を受け、その後東京帝国大学に入学してから漱石山房に出入りした。正岡子規にも就いた。京都帝国大学転学後は三高俳句会を作り、その中心となった。高浜虚子らとの月曜会の作品が「俳諧散心」として発表、国民俳壇の選者として『新春夏秋冬』を刊行した。河東碧梧桐の新傾向に対抗して、九段中坂の望遠館俳句会を中心に、定型俳句保持に努めた。大正4年「渋柿」を創刊。大正5年、小説から俳句に復帰した虚子が国民新聞の俳壇の選者を占めたことから、虚子およびホトトギスと絶縁した。昭和27年、隠居を表明し「渋柿」主宰を野村喜舟に譲る。昭和29年、日本芸術院会員。また連句にも関心を持ち、多くの歌仙を巻き、昭和の連句界に大きな足跡を残した。生涯娶らず、決まった家も持たず、芭蕉に倣い諸国を行脚した。栃木・塩原・宇和島・柳川などに句碑が建っている。昭和39年、没。享年86。

【著作】句集に『東洋城全句集』。他に『漱石俳句研究』『俳諧道』『黛』『薪水帖』など。

松村英一（まつむらえいいち）

歌人【生没】明治22年（1889）12月31日～昭和56年（1981）2月25日

【評伝】号、彩花。東京芝愛宕下（現・東京都港区）に生まれる。幼少期を尾張熱田（現・愛知県名古屋市熱田区）で過ごし、明治33年に上京し、親戚の錦絵商に見習奉公する。明治38年、「十月会」に参加。会員の合同歌集である『白露集』『黎明』に参加。窪田空穂に師事。大正2年、第一歌集『春かへる日に』を刊行。大正3年、空穂主宰の文芸雑誌「国民文学」を受け継ぎ主宰となり、翌年には短歌雑誌に刷新。大正6年、「短歌雑誌」刊行にも参加した。「愛国百人一首」の撰者のひとりでもある。昭和期に入り、旅行詠、山岳詠が中心となる。昭和48年に妻を亡くしてからは深い孤独や哀愁を含んだ歌を多く詠んだ。昭和56年、没。享年91。

【著作】歌集に『春かへる日に』『やますげ』『荒布』など。

松本たかし（まつもとたかし）

俳人【生没】明治39年（1906）1月5日～昭和31年（1956）5月11日

【評伝】本名、孝。東京神田に生まれた。父祖代々宝生流座付の能役者で、父、長は名人と謳われた人。6歳より家元宝生九郎の薫陶を受け、9歳で初舞台に立った。しかし15歳以降、病を得て能を断念した。大正13年、18歳の時より作句を始め高浜虚子に師事した。昭和4年には「ホトトギス」の同人となる。若くして老大家に伍して佳句を発表し続けた。昭和21年「笛」を創刊して主宰した。物心一如を説いて独自の世界を築き上げた。『石魂』で読売文学賞を受賞している。昭和31年、軽度の脳溢血を起こす。一度快方に向かうが、同年心臓麻痺で没。享年50。戦後は杉並久我山に移転したが、長く鎌倉浄明寺に住んだ。その風光を愛でた三浦三崎の本瑞寺に墓があり、吉野秀雄が墓碑銘を記している。

【著作】句集に『松本たかし句集』『鷹』『野守』『石魂』『火明』。随筆・評論に『えごの花』『俳能談』。他に『たかし全集』4巻など。

黛まどか（まゆずみまどか）

俳人【生没】昭和37年（1962）7月31日～

【評伝】神奈川県足柄下郡湯河原町に生まれる。本名、円。父は俳人で「春野」主宰の黛執《しゅう》。フェリス女学院短期大学卒業。銀行に勤めたあと、テレビレポーターなどの仕事をする。平成元年、俳人杉田久女の評伝小説『花衣ぬぐやまつわる……』（田辺聖子著）に感銘を受け、俳句に興味を持つようになる。同年、俳句結社「河」入会。吉田鴻司に師事。平成5年、「河」新人賞受賞。急性肝炎を発症し、半年間の療養生活の中で詠んだ俳句が「B面の夏」の軸となる。平成6年、「B面の夏」50句で第40回角川俳句賞奨励賞受賞。第一句集『B面の夏』を刊行し、句集としては異例のベストセラーとなる。句会「東京ヘップバーン」発足。平成8年、俳誌「月刊ヘップバーン」を創刊、代表となる。平成14年、『京都の恋』で第2回山本健吉文学賞を受賞する。平成18年、「月刊ヘップバーン」を通算100号で終刊。女性の視点から旅と俳句を愛するスタイルは、俳句の従来の印象を一新し、何より今まで俳句に馴染みの薄かった若い女性の興味を引いたことは大きな功績である。テレビレポーターの経歴を生かしたメディア露出も多く、また、様々な公募賞の選考委員、選者を務める。その縁を通して、若い俳人としては珍しく全国に4つもの句碑が建立されている。

【著作】句集に『B面の夏』『夏の恋』『花ごろも』『忘れ貝』。エッセイに『聖夜の朝』『恋する俳句』『ら・ら・ら「奥の細道」』『星の旅人―スペイン「奥の細道」』など。

三浦英蘭（みうらえいらん）

画家・文人【生没】明治13年（1880）9月3日〜昭和32年（1957）9月22日

【評伝】東京浅草区元鳥越町に父久保、母くらの長女として生まれる。名は久子、号は英蘭、永蘭、翠霞、小果等の別号がある。幼少より画を好み綿絵などを写して遊ぶ。7歳、向柳原の鱸松塘の交有塾に入る。教えたのは松塘の娘采蘭であった。22年采蘭急逝、陸軍教授渡東皐に就いて漢学を学び、浅草三社の宮司大畑弘国に和歌や国文学を学んだ。17歳の頃、書道を市河万庵に学ぶ、20歳の頃、文晁派の佐竹永湖の門に入り日本画を学んだ。その後書道を金井之恭に学び之恭病没の後、日下部鳴鶴に師事した。また、之恭の紹介で詩人結城蓄堂を知り、小川射山を知り、蓄堂夫人青鸞とも懇親になった。随鷗吟社の会合にも、槐南を初め諸詩宗に陪して出席、各地に吟遊、この頃永蘭から英蘭に号を改めている。澹泊会にも入会文墨風雅の会に出席するうち、対州侯宗星石伯爵などから南画を勧められ、自ら決意し、小川射山や高橋月山を介して信州渋温泉の児玉果亭の門に入る。修業中政友会所属の松田源治代議士の媒介により、弁護士會田範治と結婚した。法曹會の江木冷灰博士は一流文人、殊に漢詩人を招き団欒会の雅集を開いていた、中国の革命家孫文が来日の時自邸に招き盛大な雅筵を開いたが、冷灰夫人の欣欣女史、青鸞女史らと周旋し興を添えた。その後も中国の名家が来日する毎に雅筵が開かれ英蘭は詩を賦し画を描き雅興を助けた。昭和3年、この頃国分青厓の竜一吟社の同人となり青厓の指導を受ける。中国江南地方に遊び「南支遊草」五十余首を発表、9年『英蘭初稿』を出版。徳富蘇峰は東京日日新聞紙上で絶讃した。その後も各地を青厓に陪して遊び多くの詩を作った。19年3月5日、青厓不帰の客となるや東京の詩壇はほとんど壊滅した。24年、土屋竹雨その他同好の士と若水会を創設、また竹雨を首盟として藍社と称する詩会を創め、十数人の同人と毎月詩酒交歓、吟懐を開いた。32年1月、英蘭、主人の大患を看護、帰京後詩集の編集に取りかかったが果す暇もなく、9月22日急逝した。享年77。因みに未完の詩集の序文は新田興が書いていた。

【著作】『英蘭初稿』『英蘭遺稿』『英蘭余影』（和歌）『英蘭小影』など。

三浦樗良（みうらちょら）

俳人【生没】享保14年（1729）〜安永9年（1780）11月16日

【評伝】本名、元克。字は冬卿。通称は勘兵衛。別号に無為庵。志摩で生れ伊勢で育った。伊勢俳諧の伝統がある紀伊長島の貞門系の百雄に学び、南紀、江戸、北越、京都など各地を遍歴。次第に伊勢派に近づき「我庵」で自風を確立。一時江戸に出るが窮乏、帰郷して俳諧宗匠として安定した生活を送る。その後、京都木屋町に無為庵を結び、与謝蕪村周辺とも交流があった。中興期俳諧の一翼を担った。安永9年、没。享年52。
【著作】 編著に『我庵』『年の尾』など。

三木露風（みきろふう）

詩人・童謡作家**【生没】** 明治22年（1889）6月23日～昭和39年（1964）12月29日
【評伝】 本名、操。兵庫県揖西郡龍野町（現・兵庫県たつの市）に生まれる。5歳の時に両親が離婚し、祖父の元に引き取られた。幼い頃から詩や俳句、短歌を新聞や雑誌に投稿。龍野中学に入学する頃には、姫路の新聞や「少国民」の投稿の常連であった。露風という号は12、3歳ごろから使用していた。明治40年、早稲田大学入学。上田敏の主宰する「芸苑」に抒情詩を連載する一方で、相馬御風、野口雨情らと早稲田詩社を結成し、積極的に詩人としての活動を展開することで、詩壇から注目される。明治42年、処女詩集『廃園』を刊行。同じ頃、慶應義塾大学文学部に転入学するが、翌年退学。大正2年、『白き手の猟人』を刊行するに至って、北原白秋とともに詩壇を代表する存在となる。大正3年、結婚。西條八十、柳沢健をはじめとする若い詩人たちと「未来社」を興し、詩壇の第一人者として君臨するが、肉体と精神の衰弱から次第にキリスト教に傾倒していく。大正5年から大正13年まで北海道上磯町（現・北海道北斗市）のトラピスト修道院で文学講師を勤めた。大正11年にここで洗礼を受け、カソリックのクリスチャンになった。大正7年頃から鈴木三重吉の赤い鳥運動に参加し童謡を手掛ける。大正10年には、童謡集『真珠島』を出版した。この中の「赤とんぼ」は山田耕筰によって作曲され、広く知られている。昭和38年、紫綬褒章受章。昭和39年、タクシーにはねられる。病院に搬送されるが、脳内出血により没。享年75。没後、勲四等瑞宝章。
【著作】 詩集に『夏姫』『廃園』『寂しき曙』『信仰の曙』『神と人』など。

三島中洲（みしまちゅうしゅう）

教育者**【生没】** 天保元年（1830）12月9日～大正8年（1919）5月12日
【評伝】 名は毅、字は遠叔、通称は貞一郎、号は中洲。備中の生まれ。家は代々里正（里の長、庄屋）を務めた。初め山田方谷に学び、ついで伊勢に赴いて、文を齋藤拙堂《せつどう》に、経学を石川竹厓《ちくがい》に学んだ。さらに江戸に出て昌平坂学問所に入り、佐藤一齋・安積艮齋《あさかごんさい》に師事した。30歳、松山藩に仕え、有終館学頭となった。戊辰の際、藩主は朝譴《ちょうけん》を蒙ったが、よく老臣を輔《たす》けて周旋に努めた。明治5年、招かれて上京し、司法官となり、翌年には、新治裁判長となった。10年、退職し、麹町に二松学舎を設け子弟を教えた。次いで高等師範学校・東京帝国大学の教授となり、29年、東宮御用係から侍講となった。大正2年、病により職を辞し、のち病没した。

【著作】『中洲文稿』。

水野豊洲（みずのほうしゅう）

司法官**【生没】**明治22年（1889）2月12日～昭和33年（1958）

【評伝】名は嘉蔵、豊洲は号。水野家の長男として生まれる。修学の後、司法官僚とし活躍、最高裁判所に奉職。傍ら漢籍に親み、作詩を学び退官後は漢文・詩の翻訳・訳詩などに努め、のち作詩にふけり、平易な詩法をもって独自の風体をなした。自作を公表することを好まなかったが、吟詠振興には大きく貢献した。かすみ朗詠会会員でもあった。昭和33年に没す。伝えられている没年72歳とすると生没年が合わない。

水原紫苑（みずはらしおん）

歌人**【生没】**昭和34年（1959）2月10日～

【評伝】神奈川県横浜市に生まれる。本名、田辺房江。早稲田大学大学院文学研究科仏文学専攻修士課程修了。春日井建の『未青年』に影響を受け、仏文学研究者から転向し歌人としての道を志す。昭和61年「短歌」に入会し、春日井建に師事。翌年、「しろがね」で第30回短歌研究新人賞候補。平成元年に第一歌集『びあんか』を刊行し、翌年、現代歌人協会賞を受賞。平成9年、『客人《まらうど》』で第一回駿河梅花文学賞受賞。平成11年、『くわんおん』で第10回河野愛子賞受賞。平成16年、『あかるたへ』で第5回山本健吉文学賞、第10回若山牧水賞を受賞。世代的には穂村弘、加藤治郎ら「ニューウェーブ」と重なるが、作風は端正な古典文法を駆使した伝統的和歌を受け継ぐものであり、紀野恵らとともに「新古典派」と称された。歌舞伎好きでも知られる。

【著作】歌集に『びあんか』『さくらさねさし』『武悪のひとへ』。エッセイに『星の肉体』『うたものがたり』『京都うたものがたり』『歌舞伎ものがたり』など。

水原秋桜子（みずはらしゅうおうし）

俳人【生没】明治25年（1892）10月9日〜昭和56年（1981）7月17日

【評伝】本名、豊。別号、白鳳堂・喜雨亭。東京神田猿楽町に生まれた。産婦人科医水原実の夫婦養子となった両親の長男。高等師範附属小学、独協中学、旧制一高を経て、東京帝国大学医学部を卒業し、研究室勤務、昭和医専教授を経て、家業を継いだ。学生時代はむしろ短歌を志しており、俳句を志したのは大正8年、医学部出身者の「渋柿」派に属する「木の芽会」に出席して作句を始めた。後「ホトトギス」や、国民新聞社の国民俳壇に投句。大正10年、「ホトトギス」例会に出世して高浜虚子に会い、以降師事し、高野素十・阿波野青畝・山口誓子との四S時代を築いた。昭和6年、虚子の客観写生に対立、主観写生を唱えて「馬酔木」に拠り、石田波郷・加藤楸邨らを育てた。日本芸術院賞受賞。日本芸術院会員。昭和56年、急性心不全のため病没。享年88。

【著作】句集に『葛飾』『新樹』『秋苑』『岩礁』『芦刈』『古鏡』『磐梯』『重陽』『梅下抄』『霜林』『残鐘』『帰心』『玄魚』『蓬壺』『旅愁』『晩華』『殉教』『緑雲』『余生』『芦雁』。他に『現代俳句論』『三代俳句鑑賞』『高浜虚子』『喜雨亭談』『俳句の境界』『水原秋桜子俳句と随筆集』『水原秋桜子全集』21巻など。

三谷昭（みたにあきら）

俳人【生没】明治44年（1911）6月5日〜昭和53年（1978）12月24日

【評伝】本名も同じ。東京府巣鴨村に生まれた。東京府立五中を卒業。昭和5年素人《そじん》社に入社し、「俳句月刊」「俳句世界」を編集した。昭和8年「走馬燈」に同人として参加。新興俳句の隆盛期に当たり「扉」「京大俳句」同人として活躍した。新興俳句の総合誌を目指す「天香」の創刊に参画した。京大俳句事件に連座して検挙され、俳句を中絶、沈黙を余儀なくされていたが、戦後、「天狼」に創刊同人として加わった。「俳句評論」「三角点」「面」の創刊にも関わった。俳人協会設立にも尽力し、初代会長を務めた。一貫した批評精神が人と俳句の大きな特徴であり、資料に基づく俳論にも定評があった。昭和53年、没。享年67。

【著作】句集に『獣身』『三谷昭全句集』。他に『現代の秀句』『現代俳句用語表現辞典』『三谷昭俳句史論集』。

道浦母都子（みちうらもとこ）

歌人【生没】昭和22年（1947）9月9日～

【評伝】和歌山県和歌山市に生まれる。大阪府立北野高等学校の頃から歌作を始め、早稲田大学第一文学部演劇学科在学中の昭和46年、「未来」に入会する。近藤芳美に師事。昭和55年、全共闘運動に関わった学生時代を詠った『無援の抒情』を発表。第25回現代歌人協会賞を受賞する。平成2年より、「未来」編集委員。平成16年より「未来」選者。平成20年、和歌山県文化賞受賞。全共闘世代を代表する歌人のひとり。

【著作】歌集に『無援の抒情』『水憂』『ゆうすげ』『風の婚』。小説に『花降り』など。

陸奥国前采女（みちのくのくにのさきのうねめ）

歌人【生没】生没年未詳

【評伝】出自、経歴は未詳。橘諸兄（葛城王）が陸奥に赴任したとき宴に同席し、捧げた歌が万葉集に収録されている。「前采女」とは以前に采女であったことがある者を指す。律令制下の采女は基本的に終身制だが、地方の情勢不安などの場合、特例として兵衛や衛士などとともに采女の帰還も認めることがあった。このような場合に郷里に帰った采女が前采女を名乗ることがあったという。

三橋鷹女（みつはしたかじょ）

俳人【生没】明治32年（1899）12月24日～昭和47年（1972）4月7日

【評伝】本名、たか子。別名、東文恵、東鷹女。千葉県に生まれた。県立成田高女を卒業後上京し、兄・慶次郎のもとに寄寓。兄の師事していた若山牧水・与謝野晶子に私淑。大正11年、結婚してからは夫に勧められたこともあって、俳句に転じ、原石鼎の門に入る。「鹿火屋」に入会して才気を発揮したが、後に小野蕪子の「鶏頭陣」に移る。また、創刊された同人誌「紺」に参加して女流俳句欄を担当するなど目覚ましい活躍ぶりを見せた。口語を自在に駆使して、奔放なまでに俳句の新風を開拓して、星野立子・中村汀女・橋本多佳子と共に、四Tと呼ばれるに至る。昭和28年高柳重信らの「薔薇」に加わり、さらに「俳句評論」へと行を共にし、顧問として寄稿し続けた。昭和47年、没。享年72。

【著作】句集に『向日葵』『魚の鰭』『白骨』『羊歯地獄』『橅《ぶな》』『三橋鷹女全句集』。

三橋敏雄（みつはしとしお）

俳人【生没】大正9年（1920）11月8日～平成13年（2001）12月1日

【評伝】東京都八王子市に生まれた。実践商業学校の夜間部に通いながら書籍雑誌取次・東京堂に勤務。社内の「野茨」俳句会に参加。10代から新興俳句に共鳴して作句を始めた。渡辺白泉、西東三鬼に師事し、無季俳句の開発に務めた。戦後は「天狼」「面」「俳句評論」同人。61年から「壚坶《ローム》」監修。昭和42年、『まぼろしの鱶《ふか》』で第14回現代俳句協会賞を、平成元年、『畳の上』で第二十三回蛇笏賞を受賞している。平成13年、没。享年81。

【著作】句集に『まぼろしの鱶』『真神《まがみ》』『青の中』『弾道』『鷓鴣《しゃこ》』『畳の上』『長濤』『しだらでん』。

皆川淇園（みながわきえん）

教育者【生没】享保19年（1735）12月8日～文化4年（1807）5月16日

【評伝】名は愿、字は伯恭。号は淇園のほか、有斐齋・筇斎・呑海子などもある。京都の人。弟は富士谷成章《なりあきら》、子は皆川篁齋《こうさい》である。経書、史書をはじめ、百家の書などをよく読み、「易経」をもとに字義、音声、文脈の関連を研究する「開物《かいぶつ》学」を考案し、門人に教授した。晩年には京都に私学である弘道館を開設した。詩文や書画にも優れ、山水画は円山応挙も引けを取らないと評されたほどであった。そういった詩文に関するものだけでも多数の著書がある。文化4年に没した。享年74。

【著作】『淇園詩話』『淇園詩集』『淇園文集』『淇園文訣』『有斐斎文集』。

源公忠（みなもとのきんただ）

歌人【生没】寛平元年（889）～天暦2年（948）10月29日

【評伝】光孝天皇の孫にして、大蔵卿源国紀の子。延喜13年、掃部助。延喜18年、醍醐天皇の蔵人となる。醍醐天皇の崩御に伴い蔵人を辞任するが、朱雀天皇の即位後、再び蔵人に任ぜられる。承平7年、子の信明に蔵人の位を譲り退任。天慶4年からは近江守として任国へ下向した。天暦2年、没。享年60。宮廷歌人として、歌合や屏風歌で活躍し、香道や鷹狩にも優れていた。紀貫之とは度々歌を贈答しており、親交が伺える。『大和物語』『大鏡』『宇治拾遺物語』『江談抄』などに多くの逸話を残している。三十六歌仙のひとり。『後撰集』を初めとし、勅撰入集21首。

【著作】家集に『公忠集』。

源信明（みなもとのさねあきら）

歌人【生没】延喜10年（910）～天禄元年（970）

【評伝】光孝天皇の曾孫にして、右大弁源公忠の子。承平7年、父、公忠に代わり朱雀天皇の蔵人になる。天慶2年、若狭守に任ぜられ、各地の地方官を歴任した。安和元年、従四位下。天禄元年、没。享年61。宇多上皇が崩御したときの哀傷歌や、村上天皇期の屏風歌などが知られている。また中務との歌の贈答が多く、浅からぬ中であったとされている。中務との間には女児がいるともされている。三十六歌仙のひとり。『後撰集』を初めとして、勅撰入集は23首。

【著作】家集に『信明集』。

源実朝（みなもとのさねとも）

武将・歌人【生没】建久3年（1192）8月9日～建保7年（1219）1月27日

【評伝】源頼朝の次男として生まれる。母は北条政子。幼名は千幡《せんまん》。12歳で名を実朝とし、第三代室町幕府将軍に就く。武士として初めて右大臣に任ぜられるが、建保7年、鶴岡八幡宮で頼家の子で甥に当たる公暁に暗殺される。享年28。翌日、妻の坊門信子をはじめ、100名以上の御家人が出家した。和歌にも造形が深く、承元3年、藤原定家に自作の和歌三十首を贈って撰を請い、定家より「詠歌口伝」を贈られる。建暦元年、飛鳥井雅経と共に鎌倉に下向した鴨長明と会う。雅経とはその後も交流があり、「仙洞秋十首歌合」を贈られるなどしている。建保元年には、定家より御子左家相伝の万葉集を贈呈された。『金槐集』もこのころまとめられたと見られている。『新勅撰集』を初めとし、勅撰入集は92首。「小倉百人一首」91番に入集。

【著作】家集に『金槐和歌集』。

源重之（みなもとのしげゆき）

歌人【生没】生没年未詳

【評伝】貞元親王の孫にして従五位下源兼信の子。父が赴任先の陸奥国安達郡に定住したため、伯父の参議源兼忠の養子となる。皇太子憲平親王（のち冷泉天皇）の帯刀先生《たちはきせんじょう》を勤め、皇太子に百首歌を献上している。康保4年、右近将監のち左近将監となり、従五位下に叙せられる。その後は相模権介を経て、左馬助となり、貞元元年、相模権守に任ぜられる。以後、肥後や筑前の国司を歴任し、正暦2年以後は、大宰大弐として九州に赴任していた藤原佐理のもとに身を寄せた。長徳元年以後、陸奥守藤原実方とともに陸奥に下り、同地で没したとされる。平兼盛、源信明など歌人との交友が知られる。三十六歌仙のひとり。『拾遺集』を初めとし、勅撰入集は68首。

【著作】家集に『重之集』。

源　順（みなもとのしたごう）

歌人【生没】延喜11年（911）～永観元年（983）
【評伝】嵯峨源氏の一族で、大納言源定《さだむ》の孫にして源挙《こぞる》の次男。奨学院に学び、承平5年頃醍醐天皇第四皇女である勤子内親王の命により、日本最初の分類体辞典『和名類聚抄』を編纂した。天暦5年には清原元輔、大中臣能宣、紀時文、坂上望城らと和歌所の寄人となり、「梨壺の五人」のひとりとして『万葉集』の訓点作業と『後撰集』の撰集に加わった。歌合、歌会の出詠のほか、様々な歌合で判者を務めた。家集『源順集』には、言葉遊びや技巧を凝らした歌が多く見られる。和歌のみならず漢詩文にも才能を発揮した。官吏としては天暦10年、勘解由判官に任じられたのを始まりに、順調な昇進を遂げるが、源高明との交際が安和の変以後に影響を与え、天禄2年の和泉守退任後は散位。天元3年に能登守に補任され、在任中の永観元年に没。享年73。三十六歌仙のひとり。『宇津保物語』『落窪物語』の作者とする説もある。『拾遺集』を初めとし、勅撰入集は51首。
【著作】家集に『源順集』。

源経信（みなもとのつねのぶ）

歌人【生没】長和5年（1016）～永長2年（1097）閏1月6日
【評伝】宇多源氏、権中納言源道方の6男。号は桂大納言。康平3年、右中弁に任ぜられ、以後蔵人頭などを経て、治暦3年参議。以後も官位を重ねる。寛治8年、大宰権帥に任命され、承徳元年、現地で没。享年82。和歌のほか漢詩、琵琶にも優れ、有職故実にも通じ、博学多才で藤原公任と肩を並べた。多くの歌合に参加し、当代一の歌人とされたが、白河朝では冷遇され『後拾遺集』を藤原通俊が撰集した。これを批判して経信は『後拾遺問答』『難後拾遺』を著した。『後拾遺集』を初めとして、勅撰入集は86首。「小倉百人一首」71番に入集。
【著作】家集に『経宣集』。日記に『帥記』。

源　融（みなもとのとおる）

歌人【生没】弘仁13年（822）～寛平7年（895）8月25日

【評伝】嵯峨天皇の12男。別名、河原左大臣。侍従、右衛門督などを歴任後、貞観14年、左大臣に就任。貞観18年、下位である右大臣の藤原基経が陽成天皇の摂政に任じられたため、職を退き自宅に引籠ったとされる。元慶8年、政務に復帰。河原院と呼ばれた邸宅は、陸奥の名所、塩釜を擬すために塩水を引き入れるなど、暮らしは贅を極めた。また宇治の別荘は、その後現在の平等院となる。寛平7年、没。享年74。死後、正一位を贈られる。勅撰入集は『古今集』『後撰集』に2首ずつ、計4首。「小倉百人一首」14番に入集。

源俊頼（みなもとのとしより）

歌人【生没】天喜3年（1055）頃～大治4年（1129）1月1日

【評伝】宇多源氏、大納言源経信の3男。一時期、修理大夫橘俊綱の養子となる。篳篥《ひちりき》に優れ、はじめ堀河天皇の楽人として活動し、のちに歌才を顕す。堀河院歌壇の中心人物として活躍し、多くの歌合に出詠、または判者として参加した。天治元年、白河法皇の命により『金葉集』を撰集。また、藤原忠実の依頼により、高陽院のための和歌の参考書として歌論書『俊頼髄脳』を著した。『金葉集』を初めとし、勅撰入集は207首。『金葉集』『千載集』で最多入集歌人。晩年に出家し、大治4年、没。享年75ぐらいとされている。「小倉百人一首」74番に入集。

【著作】家集に『散木奇《さんぼくき》歌集《かしゅう》』。歌学書に『俊頼髄脳』。

源具親（みなもとのともちか）

歌人【生没】生没年未詳

【評伝】村上源氏俊房流、源師光の次男。宮内卿の同母兄。小野宮少将とも呼ばれた。建仁元年、左兵衛佐になり、同年、和歌所寄人になる。元久2年、従四位下左近少将に至る。承久の乱後はほとんど歌を残していないが、建長5年の藤原為家主催「二十八品並九品詩歌」に出家後の法名である如舜《にょしゅん》で出詠している。妹、宮内卿とともに歌才を認められ、後鳥羽天皇に仕えるが詠歌に熱意を示さず武芸を得意としていたため、寂蓮に叱責された逸話が『無名抄』にある。『新古今集』を初めとし、勅撰入集は21首。

源等（みなもとのひとし）

歌人【生没】元慶4年（880）～天暦5年（951）3月10日

【評伝】嵯峨源氏、中納言源希《みなもとのまれ》の次男。昌泰2年、近江権少掾を経て、主殿助、大蔵少輔、三河守、丹波守、内

匠頭、左中弁、主殿頭を歴任。さらに大宰大弐、山城守、勘解由長官などに就き、天暦元年、参議。天暦5年に正四位下に昇叙されるが、同時に官職を全て辞任。同年、没。享年72。『後撰集』のみに4首が入集。「小倉百人一首」39番に入集。

源当純（みなもとのまさずみ）

歌人【生没】生没年未詳

【評伝】近院右大臣源能有の5男。寛平6年、太皇太后宮少進ののち、大蔵少輔、縫殿頭、摂津守を経て、延喜3年、少納言。勅撰入集は『古今集』に1首。

源通光（みなもとのみちてる）

歌人【生没】文治3年（1187）～宝治2年（1248）

【評伝】内大臣土御門通親の3男。文治4年、叙爵。右少将、中将などを経て、建仁2年には正三位、従二位と累進。その後も順調に官位を重ね、建保7年、内大臣に至る。承久の乱後、幕府の要求により閑居に処せられるが、寛元4年、太政大臣。宝治2年、病により辞職し、その翌日、没。享年62。建仁元年、15歳の時に歌壇に登場した早熟であり、同年の「千五百番歌合」では参加歌人中最年少であった。自邸に定家、慈円、家隆らを招き、歌合を催したとされる。承久の乱後は、歌壇から遠ざかるも、後鳥羽院への忠義を失わず、嘉禎2年の「遠島歌合」に出詠した。琵琶の名手でもあったという。『新古今集』を初めとし、勅撰入集は49首。

源通具（みなもとのみちとも）

歌人【生没】承安元年（1171）～嘉禄3年（1227）

【評伝】内大臣源通親の次男。建仁元年、参議。のち正二位、大納言。堀川大納言と呼ばれる。藤原俊成女を妻とし、源具定と一女を儲けたが、正治元年頃、幼帝土御門の乳母按察局を妻に迎え、俊成女とは別居したらしい。安貞元年、没。享年57。父とともに後鳥羽院期の歌壇で活躍。和歌所寄人であり、『新古今集』撰者となった。以後も「千五百番歌合」「仙洞影供歌合」「春日社歌合」などの作者となる。順徳天皇の歌壇でも建保2年の内裏歌合に名を列ねている。家集があったらしいが現存しない。新三十六歌仙のひとり。『新古今集』を初めとし、勅撰入集は37首。

源道済（みなもとのみちなり）

歌人【生没】生年不詳～寛仁3年（1019）

【評伝】陸奥守源信明の孫にして、能登守源方国の子。文章生から長徳4年、宮内少丞に任ぜられる。長保3年、蔵人ののち、式部少丞、式部大丞を歴任。従五位下下総権守となり、長和4年、筑前守兼大宰少弐として任地に赴き、寛仁3年、赴任先の筑前国で没。一条天皇期の代表的歌人のひとりで、花山院のもと、藤原長能とともに『拾遺集』撰集に関わったとされている。建久9年に成立した、上覚著『和歌色葉』では、道済を撰者としている。赤染衛門、能因法師、藤原高遠、和泉式部などとの親交が見られる。詩文を大江以言に師事し、『本朝文粋』『本朝麗藻』『和漢兼作集』に作を残している。才能や知識を生かし、漢詩文の素材を取り込んだ和歌も詠んでいる。中古三十六歌仙のひとり。勅撰入集は56首。

【著作】家集に『道済集』。歌学書に『道済十体』。

源宗于（みなもとのむねゆき）

歌人【生没】生年不詳～天慶2年（940）11月22日

【評伝】光孝天皇の孫にして、是忠親王の子。寛平6年、源姓を賜り臣籍降下。各地の国司を歴任後、正四位下右京大夫に至る。「寛平后宮歌合」などの歌合に参加、紀貫之と歌の贈答をしており、親交が伺える。また『伊勢集』に伊勢に贈った歌が所収されている。『大和物語』に右京大夫として登場する。『古今集』を初めとして、勅撰入集は15首。三十六歌仙のひとり。「小倉百人一首」28番入集。

【著作】家集に『宗于集』。

源義家（みなもとのよしいえ）

武将・歌人【生没】生没年未詳

【評伝】生没ははっきりしていないが『中右記』から察するに、嘉承元年生まれの長暦3年没、68歳で亡くなったとする説が根強い。生地にも諸説あり、伝承の域を出ないものもある。源頼義の長男として生まれ、幼名は不動丸、源太丸。7歳の春に、京都郊外の石清水八幡宮で元服したことから八幡太郎と称した。父と共に前九年の役に従軍。永保3年、陸奥守、鎮守府将軍となり、後三年の役を平定。朝廷はこれを私闘とみなし、褒賞を与えなかったため私財から家臣に褒賞を与え、人望を厚くした。寛治2年、陸奥守罷免。左大臣源俊房の家来となるが、白河上皇の院政下では疎外される。承徳2年に正四位下、院昇殿を許された。武勲はもとより、源頼朝、足利尊氏などの祖先に当たることから人々に好まれる歴史人物であり、多くの逸話や伝承が生み出されている。勅撰集入集歌は『千載集』に1首。

源頼実（みなもとのよりざね）

武将・歌人【生没】長和4年（1015）～寛徳元年（1044）

【評伝】正四位下美濃守、源頼国の息子。長久4年、蔵人。従五位下左衛門尉に至る。一時、罪を得て土佐に流されたことがある。長元8年、藤原頼通邸で催された「賀陽院水閣歌合」に参加したのを初め多くの歌会に出詠。歌道には本当に熱心で住吉大社に参詣して秀歌を詠めたなら死んでもよいと祈っていたほどと伝わる。その願ってできた歌が「木の葉散る宿は聞きわくことぞなき時雨する夜も時雨せぬ夜も」という作である。寛徳元年、没。享年30。藤原範永、平棟仲、源兼長、藤原経衡、源頼家らから成る和歌六人党のひとり。『後拾遺集』を初めとし、勅撰入集7首。

【著作】家集に『頼実集』（『故侍中佐金吾集』）。

源頼政（みなもとのよりまさ）

武将・歌人【生没】長治元年（1104）～治承4年（1180）5月26日

【評伝】摂津源氏、源頼光の子孫。源仲政の長男。源三位《げんざんみ》とも号し、父と同じく馬場を号としたため馬場頼政ともいう。保元の乱、平治の乱にて平家に味方する。平氏が政治の中枢を握る中、唯一の源氏として大きな位置を占めた。頼政の位階は正四位下であり、従三位からを指す公卿とは差があった。老いてもなお頼政は、源氏の栄誉として従三位への昇進を強く望んでいた。それは晩年に官位への不満をもらす歌が多くなっていることからも伺える。その願いは治承2年、頼政74歳にしてやっと叶えられることになった。清盛の推挙あってのことであった。翌年には出家して、家督を嫡男の仲綱に譲る。しかしながら平家の横行は快いものではなく、治承4年、以仁王《もちひと》と結託して平家打倒を試みるも、計画が途中で露見。準備不足のまま挙兵し、敗戦。観念した頼政は自害。享年77。この動乱は「以仁王の変」と言われ、のちの「治承・寿永の乱」の引き金になる。歌人としては藤原俊成や俊恵、殷富門院大輔などの歌人と交流があったことが知られる。また小侍従と恋仲とであったらしい。『詞花集』を初めとして、勅撰入集は59首。

【著作】家集に『源三位頼政集』。

皆吉爽雨（みなよしそうう）

俳人【生没】明治35年（1902）2月7日～昭和58年（1983）6月29日

【評伝】本名、大太郎。福井県福井市に生まれた。福井中学卒業後、大阪の住友電気工業に30年勤務。大正8年大橋桜坡子の手引きで「ホトトギス」に投句。大正11年、関西を中心とした7人のホトトギス作家と計り、「山茶花」を創刊し編集を担当。昭和7年「ホトトギス」の同人となる。大正11年から昭和19年まで「山茶花」編集責任者。戦後は東京に移った。昭和21年矢島書店の勧めにより俳誌「雪解」を創刊して主宰した。句集『三露』などにより第1回の蛇笏賞を受賞している。

【著作】句集に『雪解』『寒林』『雲坂』『緑蔭』『松本たかし・皆吉爽雨互選句集』『遅日』『雁列』『寒柝《かんたく》』『三露』『泉声』『花幽』『自註現代俳句シリーズ・皆吉爽雨句集』『自選自解・皆吉爽雨句集』『聲遠』。その他に『花鳥開眼』『句ごころ』『句作一路』『俳文四季』『近世秀句』『句のある自伝』『序文集成』『写生句作法』『夏の俳句』『わが俳句作法』『山茶花物語』『俳句への道』『皆吉爽雨著作集』。

壬生忠見（みぶのただみ）

歌人 **【生没】** 生没年未詳

【評伝】壬生忠岑の子。名多、忠実、最終的に忠見と名を改めている。摂津国にいたとされるが、天暦元年頃、村上天皇に召され京に上る。天暦8年に御厨子所定外膳部、天徳2年に六位摂津大目に叙任された以外の経歴は未詳である。歌人としては「内裏菊合」などを著すほかに、屏風歌で活躍した。天徳4年の内裏歌合に出詠した時、平兼盛の歌と合わされて敗れた話は有名であるが、家集に老境の歌が残されていることを根拠に、それが原因で病没したという『沙石集』の説話は事実ではないとされている。父、忠岑とともに三十六歌仙のひとりに数えられる。『後撰集』を初めとし、勅撰入集は36首。「小倉百人一首」41番に入集。

【著作】家集に『忠見集』。

壬生忠岑（みぶのただみね）

歌人 **【生没】** 生没年未詳

【評伝】甲斐国の壬生氏を祖とすると言われているが、出自は不明。下級武官であったが、歌人としては寛平年間から活躍し、「是貞親王家歌合」や、寛平5年の后宮歌合などに参加している。延喜7年、宇多法皇の大井川行幸に献歌。延喜5年、紀貫之らと共に『古今集』の撰者に抜擢された。歌論書『和歌体十種』の序に忠岑の撰とあるが、これは10世紀後半以降、『拾遺集』成立の頃に成立しており、忠岑に仮託されて書かれたという偽書説が有力である。三十六歌仙のひとり。勅撰入集は84首。「小倉百人一首」30番に入集。

【著作】家集に『忠岑集』。

宮澤賢治（みやざわけんじ）

詩人・童話作家【生没】明治29年（1896）8月27日～昭和8年（1933）9月21日

【評伝】岩手県稗貫郡里川口村（現・岩手県花巻市）に生まれる。生家は質屋。浄土真宗門徒である父祖伝来の濃密な仏教信仰の中で育つ。明治36年、花巻川口尋常高等小学校に入学。明治42年、旧制盛岡中学に入学し、寄宿舎に入る。在学中に短歌の創作を始める。これは同郷の石川啄木の影響ではないかと推測されている。『漢和対照妙法蓮華経』を読み、大きな感銘を受ける。大正4年、盛岡高等農林学校に首席で入学。地質調査研究をする。大正6年、同人誌「アザリア」を創刊。短歌や小文などを発表する。大正9年、研究生を卒業。国柱会に入信。大正10年、家族に無断で上京し鶯谷の国柱会館を訪問。本郷菊坂町に下宿する。謄写版制作の職に就きながら、盛んに童話の創作をおこなう。夏に妹トシ発病のため岩手に帰る。秋に、稗貫農学校の教師となる。翌年、トシ病死。大正13年、『春と修羅』を自費出版。同年、『注文の多い料理店』を刊行。大正14年、草野心平と書簡を通じた親交を開始。草野編集の文芸誌「銅鑼」に詩を発表。大正15年、農学校を退職。羅須地人協会を設立し、農民芸術を説いた。以降、農業指導に従事。昭和2年、羅須地人協会の活動に関して警察の聴取を受けたことから協会の活動を停止。昭和3年、過労から病臥し、秋に急性肺炎を発症。以後約2年間はほぼ実家での療養生活となる。昭和6年、病気から回復し、東山町（現・岩手県一関市）の東北砕石工場技師となり石灰肥料の宣伝販売を担当。セールスに出向いた東京で病に倒れ、帰郷して再び療養生活に入る。昭和8年、急性肺炎で病没。享年37。

【著作】詩集に『心象スケッチ　春と修羅』。童話集に『注文の多い料理店』など。

宮澤章二（みやざわしょうじ）

詩人【生没】大正8年（1919）6月11日～平成17年（2005）3月11日

【評伝】埼玉県羽生市に生まれる。昭和17年に結婚し、昭和18年、東京帝国大学文学部美学科卒業。昭和22年から高校で国語教師として教鞭をとった。昭和27年、東京都荒川区町屋に転居し、本格的に文筆業に専念。ＮＨＫラジオ歌謡等の作詞、放送台本を執筆。昭和32年、大宮に転居し、童謡、歌曲、合唱曲、校歌、社歌、市民歌の作詞、童話の執筆を多数手がける。中でも校歌は戦後のベビーブーム世代と、校歌制定の動きも出始めた事で需要が多く、３００校あまりに及ぶ。代表作「ジングルベル」の訳詞もこの頃に作られた。また、童謡詩「知らない子」もよく知られている。更に自由詩も作り、20作ほどの詩集を発表した。北辰図書情報誌連載の中学生のための詩と「埼玉グラフ」連載の埼玉風物詩はライフワークとなり、共に300編以上書き続ける。平成17年、没。享年85。平成18年、北辰図書情報誌連載の中学生のための詩から自選した77編の詩集『青春前期のきみたちに』が出版される。その中から、平成22年、ACジャパンのキャンペーン広告に「行為の意味」の一節が引用される。東日本大震災の影響でCMの露出が増え、そのメッセージ性が話題となる。

【著作】詩集に『蓮華』『旅路』『風鈴抄』『晩年抄』など。

宮島誠一郎（みやじませいいちろう）

官僚**【生没】**天保9年（1838）7月9日～明治44年（1911）3月15日

【評伝】号は栗香《りっこう》。父は米沢藩士吉利。幼いころより才気があり、13歳にして漢詩を作ったという。山田蠖堂《かくどう》に学んで藩に仕え、文久3年、京都に上った。これは諸藩の志士の動静を探るための藩令であったらしい。元治元年、蛤《はまぐり》御門《ごもん》の変があり、会津・薩摩の守備の兵が長州軍を撃退する。これとほぼ同時に水戸の武田耕雲斎《こううんさい》の挙兵がある。長州と武田耕雲斎の間に連絡があったのは事実である。誠一郎は秘密の連絡のために公命を以て会津に行き、また仙台にゆく。翌慶応元年、興譲館助教となった。3年、大政奉還、明治元年、鳥羽伏見の戦いから東征の軍が進発する。奥州の諸藩は聯合して対決の姿勢をとる。誠一郎はこれに先立ち、その衷情を朝廷に訴えるために、上洛したが、この情勢に急遽帰藩し、馬を飛ばして老臣会議の行われている白石に赴いて、「それでは事志に反し朝敵となる。第一、将軍慶喜の意思にも反する」と自重を求めた。そしてもう一度、諸藩連盟の上奏文を奉ることにして、仙台藩の二家老とともに上洛、この際は首尾よく志を達した。しかし、会津藩はあくまで薩長と戦う方針を取った。4月、江戸城明け渡し、9月、会津降伏、2年、北海道五稜郭《ごりょうかく》によった榎本武揚も降伏し、幕府はここに完全に瓦解消滅した。誠一郎は3年、待詔院学士、翌年、左院議官、8年、太政官修史館編修、22年、宮内省爵位局主事、29年、貴族院議員に勅選され、44年、病没した。

【著作】『養浩堂集』。

宮柊二（みやしゅうじ）

歌人**【生没】**大正元年（1912）8月23日～昭和61年（1986）12月11日

【評伝】本名、肇。新潟県北魚沼郡堀ノ内町（現・新潟県魚

沼市）に生まれる。生家は書店を営んでいた。旧制長岡中学在学中から相馬御風主宰の歌誌「木蔭歌集」に投稿を行う。昭和7年に上京し、新聞配達店に住み込みで働く。翌年、北原白秋の門下となる。昭和10年、白秋主宰の「多磨」創刊に加わり、また白秋の秘書となる。昭和14年白秋の許を辞去、会社勤めをするが途中、召集。中国山東省で5年ほど従軍する。昭和21年、処女歌集『群鶏』を刊行。そして加藤克巳や近藤芳美らと「新歌人集団」を結成。昭和28年、歌誌「コスモス」を創刊。昭和58年から日本芸術院会員。昭和61年、東京都三鷹市の自宅で病没。享年74。宮中歌会始の選者を始め雑誌、新聞の短歌欄の選者を勤める。一般向けの短歌の手引書も執筆している。歌人の宮英子は妻。門下には、島田修二、奥村晃作、高野公彦、小島ゆかりなど。

【著作】歌集に『群鶏』『小紺珠』『山西省』『多く夜の歌』。随筆に『埋没の精神』など。

妙音院入道（みょうおんいんにゅうどう）

歌人**【生没】**保延4年（1138）2月～建久3年（1192）7月19日

【評伝】藤原師長。妙音院と号した。左大臣、藤原頼長の息子。母は源信雅の娘。伊予権守、右近衛中将などを経て、仁平元年、参議に列する。久寿元年、権中納言。しかし保元元年、保元の乱で父の罪に縁座し土佐に配流される。長寛二年、許されて帰京。後白河院に近臣として仕え、仁安元年、権大納言として中央政権に復帰。翌年、大納言に転じ、安元元年、内大臣に就任。治承元年には太政大臣となり従一位に叙せられるが、同三年、平清盛のクーデターの際に解任され、尾張に退いて出家した。法名は理覚。3年後に帰京を許され、建久3年に55歳で没した。勅撰入集は『千載集』に1首のみ。特に箏や琵琶の名手として知られ、更に神楽、声明《しょうみょう》、朗詠、今様、催馬楽など当時の音楽のあらゆる分野に精通していたと言われている。音楽関係の著作に『仁智要録』『三五要録』などがある。なお、号の「妙音院」とは、彼が音楽家の守り神と考えられていた妙音菩薩（弁才天）を、篤く信仰していたことに由来すると言われている。

三好達治（みよしたつじ）

詩人**【生没】**明治33年（1900）8月23日～昭和39年（1964）4月5日

【評伝】大阪府大阪市に生まれる。家業は印刷業を営んでいたが、次第に没落し、大阪市内で転居を繰り返した。小学時代から神経衰弱に苦しみ、学校は欠席がちだったが、図書館に通って高山樗牛、夏目漱石、徳冨蘆花などを耽読した。大阪府立市岡中学に入学し、俳句をはじめ、「ホトトギス」を購読した。学費が続かず、中学2年で中退し、大阪陸軍地方幼年学校に入学し卒業、陸軍中央幼年学校本科に入学。大正9年、陸軍士官学校に入学するも翌年、脱走事件を起こして逮捕され2ヵ月間陸軍刑務所に収監されて退校処分となった。このころ家業が破産、父親は失踪し、以後大学を出るまで学資は叔母が援助した。大正11年、第三高等学校文科丙類に入学。ニーチェやツルゲーネフを耽読し、丸山薫の影響で詩作を始める。東京帝国大学文学部仏文科に進学。大学在学中に梶井基次郎らとともに同人誌「青空」に参加。その後萩原朔太郎と知り合い、詩誌「詩と詩論」創刊に携わる。シャルル・ボードレールの散文詩集『巴里の憂鬱』の全訳を手がけた後、昭和5年、処女詩集『測量船』を刊行。叙情的な作風で人気を博す。昭和9年、堀辰雄らと第2次「四季」を創刊。昭和28年に『駱駝の瘤にまたがつて』で芸術院賞受賞。昭和38年に『定本三好達治全詩集』で読売文学賞を受賞。翌年、心臓発作で急死。享年63。詩集の他、詩歌の手引書の『詩を読む人のために』、中国文学者吉川幸次郎との共著『新唐詩選』などは半世紀を越え、絶えず重版されている。

【著作】詩集に『測量船』『南窗集』『閒花集』『日光月光集』『駱駝の瘤にまたがつて』など。

向井去来（むかいきょらい）

俳人**【生没】**慶安4年（1651）～宝永元年（1704）9月10日

【評伝】儒医、向井元升の次男として肥前国（現・長崎市興善町）に生まれる。少年時代に父に伴って京都に移住した。一時福岡の叔父のもとに身を寄せて武芸を学んだ。その功あって25歳のときに福岡藩に招請されるが、なぜか固辞し以後武芸を捨てて京都で浪人生活を送り、京都嵯峨野の落柿舎に住んだ。貞享元年、上方旅行の途中に和田蚊足の紹介で、去来と其角がまず出会い、同3年に江戸に下り、其角の紹介で芭蕉と出会ったとされている。松尾芭蕉はここで『嵯峨日記』を執筆した。野沢凡兆と共に、蕉風の代表句集『猿蓑』を編纂した。宝永元年、没。享年54。

【著作】俳論書に『旅寝論』『去来抄』など。

向山黄村（むこうやまこうそん）

幕臣・文人**【生没】**文政9年（1826）1月13日～明治30年（1897）8月12日

【評伝】江戸末・明治時代、江戸の生まれ。名は栄。通称は栄五郎。黄村と号した。本姓は一色氏。初め千坂莞爾に学び、のち昌平坂学問所に入った。幕府に仕えて目付の役を務めた。また幕府の駐仏公使となって、ナポレオン3世に謁見した。詩に長じて蘇東坡を宗とし、維新後は東京に詩社の晩翠吟社を立ち上げた。文政9年生まれ、明治30年没、享年72。

【著作】『遊晃小草』『景蘇軒詩鈔』。

陸奥宗光（むつむねみつ）

政治家【生没】弘化元年（1844）7月7日～明治30年（1897）8月24日

【評伝】明治時代の外交官。紀伊（現・和歌山県）藩士伊達千広（宗広）の6男として生まれた。幼名は牛麿、小二郎、のち陽之助。15歳のとき江戸に遊学し、のち京都に行き勤王運動に参加した。慶応3年、脱藩し、陸奥陽之助と称して坂本龍馬の海援隊に加わった。維新後は外国事務局に勤め、神奈川県令を経て、明治5年、地租改正局長となる。2年後薩長財閥の専横に反対して職を辞したが、元老院議官となる。西南戦争の際には林有造・大江卓ら土佐派と反政府の挙兵を企んだとの理由で禁獄5年に処せられた。赦免されたのち、明治16～19年まで欧米諸国に留学、帰国後外務省に入った。駐米公使、山県有朋内閣の農商務相、衆院議員、枢密顧問官を経て、明治25年、伊藤博文内閣の外相となった。2年後イギリスとの間で条約改正を実現し、日清戦争の遂行に精励し、下関条約には全権として活躍した。伯爵。

【著作】『蹇蹇録』『伯爵陸奥宗光遺稿』。

宗尊親王（むねたかしんのう）

皇族・歌人【生没】仁治3年（1242）11月22日～文永11年（1274）8月1日

【評伝】後嵯峨天皇の皇子。皇族での初めての征夷大将軍である。建長4年に11歳で鎌倉に迎えられ、異母弟の後深草天皇より征夷大将軍の宣下を受ける。しかし当時の幕府は既に北条氏による政治体制を整えていたため宗尊には何ら権限は無かった。この環境が、結果として和歌に没頭させることとなり、才能が花開くこととなった。歌会も頻繁に開かれ、鎌倉の武家歌壇が隆盛を極め、後藤基政や島津忠景ら御家人出身の有能な歌人が輩出されることになった。文永3年、正室の近衛宰子と良基の密通事件を口実に謀叛の嫌疑をかけられ、将軍の解任と京への送還が決定された。次の将軍は嗣子の惟康王が継いだ。文永9年、父の死に伴い出家。文永11年、没。享年33。『続古今集』を初めとして、勅撰集入集は190首。『続千載集』で最多入集歌人。

【著作】家集に『柳葉和歌集』『瓊玉和歌集』『初心愚草』。

宗良親王（むねながしんのう／むねよししんのう）

皇族【生没】応長元年（1311）～没年未詳

【評伝】後醍醐天皇の皇子。母は二条為子。信濃の宮や大草宮、幸坂宮とも。元徳2年、天台座主に任じられるも、元弘の変により捕らえられて讃岐国に流罪となる。尊澄法親王と号した。建武の新政が開始されると再び天台座主となるが、足利尊氏の蜂起により、建武の新政が失敗し、南北朝の対立が本格化すると還俗して宗良を名乗り、南朝方について活躍するようになる。北畠親房と伊勢から東国に向かう途中に遭難し、遠江に漂着。以後は、信濃や越後など中部地方を転戦する。弘和元年／永徳元年に『新葉集』を撰、編集。南朝の天皇や朝臣が詠んだ歌が1400首程度収められている。同年に『新葉集』を長慶天皇に奉覧した以後の記録は残っていない。没地に関しても、信濃、遠江、諏訪など諸説ある。二条家出身の母の影響で、幼い頃から和歌に親しむ。特に従兄の為定との親交は深く、為定が亡くなった時には哀傷歌を詠んで為定の子、為遠のもとに贈っている。北畠親房も歌友である。転戦中も歌を詠み、それは『李花集』にまとめられている。勅撰入集は『新古今集』に3首。いずれも「詠み人知らず」である。

【著作】家集に『李花集』。

村上鬼城（むらかみきじょう）

俳人【生没】慶応元年（1865）5月17日～昭和13年（1938）9月17日

【評伝】旧姓、小原。本名、荘太郎《しょうたろう》。小石川の鳥取藩江戸屋敷に生まれた。明治8年11歳の時、母方村上源兵衛の養子となったが、実の両親と生活していた。幼時より高崎に居住。耳疾により軍人・司法官の志望を諦め、父の職を継いで明治27年高崎裁判所の代書人となる。その間18歳の時に結婚をしたが一年半で別れた。二度目の妻とは死別し生涯3度の妻を娶り、2男8女を儲けた。俳句は、正岡子規の俳論に刺激されて本格的に勉強を始め、「ホトトギス」が創刊されると直ちに参加。大正2年高崎の俳句会に出席した虚子に初めて会い、庇護を受けるようになった。大正初期には同誌の代表作家として活躍した。「山鳩」「奔流」などの選を担当した。多くの家族を抱えた貧困の中で、聾者としてのコンプレックスを克服した時から、境涯俳句に独自の境地を拓いた。赤城・榛名・妙義・浅間といった上州の山々の不動の姿、その中にあるいのちの把握こそが鬼城俳句の本質であった。昭和13年、没。享年74。

【著作】句集に『鬼城句集』『続鬼城句集』『定本鬼城句集』『鬼城俳句評論集』『村上鬼城全集』など。

村上佛山（むらかみぶつざん）

教育者【生没】文化7年（１８１０）10月25日～明治12年（１８７９）9月27日

【評伝】名は剛、字は大有、通称は初め健平、彦左衛門と改め、後に潜蔵といった。号は佛山。豊前稗田村（現・福岡県行橋市）の生まれ。武田氏の後裔、世々里正を務めた。15歳のとき原古処に学んだ。一説には亀井昭陽に学んだという。その後、京阪に出て諸家の門に入り、さらに四方に遊んで名家碩儒らと交わった。しかし足疾を病み周遊を絶ち、天保6年、26歳のとき、郷里に帰り塾を開いて子弟に教えた。詩名すでに高く、教えを請うものは１５００余人にも及んだという。その人となり温厚、恭謙、人に下り、親に事《つか》えて純孝。詩を愛し、とくに白楽天・蘇東坡《そとうば》を好んだ。明治元年、藩主小笠原侯、徴して士籍に列し、委ねるに藩の督学を以てしたが、病のために辞し、12年、没した。

【著作】『佛山堂詩鈔』。

紫式部（むらさきしきぶ）

物語作家・歌人【生没】生没年未詳

【評伝】藤原北家出身、越後守藤原為時の娘。長徳4年頃、山城守藤原宣孝と結婚し、藤原賢子をもうけたが、まもなく宣孝とは死別した。この頃から『源氏物語』の執筆に着手。寛弘2年頃から、一条天皇の中宮、彰子（上東門院）に仕える。寛弘8年までは奉仕していた記録が残っている。宮仕えの生活を記した『紫式部日記』では、清少納言に対する批判めいた文言が見られるが、実際の面識はなかったとされる。しかし、一条天皇を巡る中宮彰子と中宮定子の関係や彼女たちの父親である藤原道長と藤原道隆兄弟の権力争いからこのような文が残ることになったであろうと推測される。『源氏物語』の作者として知られる。全54巻に及ぶ壮大な物語であるが、「桐壺」「帚木」など巻の名称は後人がつけたもので、当時は「一之巻」「二之巻」とされていたと言われる。この作品に影響を受けた作品は数知れないが、『夜の寝覚』『狭衣日記』などが挙げられる。中古三十六歌仙、女房三十六歌仙のひとり。『後拾遺集』を初めとし、勅撰入集は62首。「小倉百人一首」57番に入集。

【著作】家集に『紫式部集』。物語に『源氏物語』。日記に『紫式部日記』。

村田清風（むらたせいふう）

藩政家【生没】天明3年（１７８３）4月26日～安政2年（１８５５）5月26日

【評伝】江戸後期の藩政家。長門国大津郡沢江村生まれ。名ははじめ順之、通称は亀之助、のち新左衛門・織部、字は子則、松斎・東陽・梅堂・静翁・炎々翁などと号した。長州藩士。幼いとき、藩校明倫館に学ぶ。国学・兵学を学んだが、とりわけ財政経済の分野に秀でていた。文化5年、藩主毛利齊房の近侍、密用方、文政7年、当職手元役、以後郡奉行を兼任し、矢倉頭人、撫育方、当役相談役などを歴任し、5代の藩主に仕えた。天保3年、山口・三田尻の皮騒動を発端に長州藩全域に百姓一揆が拡大し、各所で産物会所・特権商人・村役人が打ち壊しの対象となった。藩は米入札・相場所・御所帯御内用産物方・藍会所を廃止するとともに、村田清風を表番頭格・江戸当役座用談役に登用して藩政改革に着手することとなった。清風は城下町特権商人を抑えて藩借財を事実上帳消しにし、また専売制の改正・越荷方の設置など、豪農・村役人層と結んで財政再建に努力し藩の天保改革を遂行した。そして保守派の坪井九右衛門らとの激しい政争の中で改革派の基盤を固めた。彼のもとに周布政之助や高杉晉作らがあらわれ、維新改革への原動力となっていった。この意義は非常に大きい。

【著作】『村田清風全集』。

村田春海（むらたはるみ）

国学者・歌人**【生没】**延享3年（1746）～文化8年（1811）2月13日

【評伝】江戸の干鰯《ほしか》問屋村田屋の次男に生まれる。通称は平四郎。字は士観《さちまろ》。錦織斎《にしごりのや》、琴後翁《ことじりのおきな》と号した。父、忠興（のち春道に改名）が賀茂真淵の門弟にして後援者であったことから、春海も13歳の時入門し、歌道、国学を学ぶ。のちに真淵の『賀茂翁家集』を編纂することとなる。同じく門弟であった長兄の春郷が夭折したため家業を継ぐが、豪奢な生活と放蕩により家を傾ける。その後は実業から退き、歌道師範と筆耕で生計を立てた。晩年は松平定信の庇護を受けた。文化8年、没。享年66。県門四天王のひとり。江戸派の代表的歌人のひとりで、門下には清水浜臣、岸本由豆流などがいる。

【著作】歌文集に『琴後集』『歌がたり』『和学大概』『竺《つく》志《し》船物語』など。

村野四郎（むらのしろう）

詩人**【生没】**明治34年（1901）10月7日～昭和50年（1975）3月2日

【評伝】東京都に生まれる。兄は北原白秋門下の歌人の村野次郎。府立第二中学校時代は体操を得意とした。慶應義塾大学理財科卒業。理研コンツェルンに勤務。ドイツ近代詩の影響を受け、事物を冷静に見つめて感傷を表さない客観的な美を作り出した。詩集『罠』でデビュー。昭和14年の『体操詩集』では、スポーツを題材にした詩にベルリン・オリンピックの写真を組み合わせた斬新さと新鮮な感覚が注目を浴びた。同詩集について村野自身は「ノイエザッハリッヒカイト（新即物主義）的視点の美学への実験」と言っている。昭和34年には第11回読売文学賞を『亡羊記』で受賞、室生犀星は「現代詩の一頂点」と評価した。晩年はパーキンソン病に悩まされた。昭和50年、没。享年73。詩作品では「鹿」が国語教材として取り上げられることが多く、小中学校の卒業式の定番曲として知られる「巣立ちの歌」の作詞者としても知られる。

【著作】詩集に『罠』『体操詩集』『抒情飛行』『蒼白な紀行』『芸術』など。

室生犀星（むろうさいせい）

詩人・小説家・俳人**【生没】**明治22年（1889）8月1日～昭和37年（1962）3月26日

【評伝】本名、照道。私生児として金沢市に生まれた。生後まもなく、真言宗寺院雨宝院住職、室生真乗の内縁の妻赤井ハツに引き取られ、その私生児として戸籍に登録された。7歳で室生家に養子として入る。明治35年、金沢市立長町高等小学校を中退し金沢地方裁判所に給仕として就職。裁判所の上司であった河越風骨、赤倉錦風に俳句の手ほどきを受け、新聞投句を始める。その後詩、短歌などにも手を染める。犀星を名乗ったのは明治39年からである。大正2年、北原白秋に認められ白秋主宰の「朱欒《ざんぼあ》」に寄稿。同じく寄稿していた萩原朔太郎と親交をもつ。大正5年、萩原と同人誌「感情」を発行。大正8年までに32号を刊行した。この年には中央公論に「幼年時代」「性に目覚める頃」等を掲載し、注文が来る作家になっていた。昭和4年、初の句集『魚眠洞発句集』を刊行。1930年代から小説の多作期に入り、昭和9年には「詩よ君とお別れする」を発表。詩との訣別を宣言したが、実際にはその後も多くの詩作を行っている。昭和10年、「あにいもうと」で文芸懇話会賞を受賞。芥川賞の選考委員となり、昭和17年まで続けた。戦後は小説家としての地位を確立し、多くの秀作を生んだ。昭和37年、肺癌で病没。享年72。

【著作】句集に『魚眠洞発句集』『犀星発句集』『遠野集』。小説に『杏っ子』『あにいもうと』『性に目覚める頃』。詩集に『愛の詩集』『抒情小曲集』など。

室鳩巣（むろきゅうそう）

儒学者【生没】万治元年（1658）2月26日～享保19年（1734）8月12日
【評伝】名は直清《なおきよ》、字は師礼《しれい》・汝玉《じょぎょく》。通称は新助。号は鳩巣・駿台《すんだい》・滄浪《そうろう》。江戸の谷中《やなか》（現・台東区）の人。14歳で加賀藩主前田《まえだ》綱紀《つなのり》に仕え、その世話で京都の木下《きのした》順庵《じゅんあん》の門に入った。正徳《しょうとく》元年、新井《あらい》白石《はくせき》（順庵門下で同門）の推薦で幕府の儒官となり、将軍吉宗《よしむね》に信頼されて、享保の改革に参与した。朱子学を遵奉《じゅんぽう》して、「道義＝物事の筋を通すこと」を重んじ、荻生《おぎゅう》徂徠《そらい》や伊藤《いとう》東涯《とうがい》らの古学派を異端とみなした。元禄16年10月の赤穂《あこう》浪士《ろうし》の仇討ち直後に『赤穂義人録』を著し、46人の浪士を義人として讃えたことは、彼の面目をよく示している。
【著作】『駿台雑話《すんだいざつわ》』『鳩巣先生文集』。

明治天皇（めいじてんのう）

第122代天皇【生没】嘉永5年（1852）9月22日～明治45年（1912）7月30日
【評伝】孝明天皇の第二皇子として生まれる。母は中山忠能の娘、藤原慶子。しかし公称の実母は女御、九条夙子（英照皇太后）であった。名は睦仁親王。慶応2年12月25日、孝明天皇の崩御を受けて、14歳で践祚。慶応4年8月27日に即位の礼を行った。当初はもっと早く行われるはずであったが、大政奉還を始めとした幕末動乱期であり、このような日程となった。在位中には、五箇条の誓文の宣旨、東京遷都、一世一元の制、教育勅語、明治憲法など近代日本の天皇制の基盤を築いた。西洋風の髪型や、皇室に肉食を取り入れるといった進歩的な面と、和歌を愛好する面があり、良いものは取り入れ、そして守るべきものは守るという考え方であったことが察せられる。御製は約9万3千首と言われている。

孟郊（もうこう）

【生没】中唐、751～814
【評伝】字は東野《とうや》。湖州《こしゅう》武康《ぶこう》（浙江省呉興《ごこう》）の人。一説には洛陽（河南省洛陽市）の人という。はじめは嵩山《すうざん》に隠棲していた。科挙の試験を幾度受けても落第ばかりで、「棄《す》て置かれ復《ま》た棄て置かれ、情《おもい》は刀剣《とうけん》の傷の如《ごと》し」と、心境を述べていた。そこで貞元《ていげん》12（796）年に進士に及第すると、「昔日《せきじつ》の齷齪《あくせく》嗟《さ》するに足らず、今朝《こんちょう》曠蕩《こうとう》として恩は涯《はて》無し、春風《しゅんぷう》意を得て、馬蹄《ばてい》疾《はや》く、一日にして看《み》尽《つ》くす長安の花」と手放しの喜びをうたった。4年後に溧陽《りつよう》（江蘇省溧陽）の尉となったが、毎日郊外の川べりで酒を飲んでは詩を作っていたので、県令はその代理を置いて給料を折半させた。そのために生活が苦しくなり、尉を退いた。しかし2年後にもとの宰相、鄭余慶《ていよけい》に見出され、水陸転運判官《すいりくてんうんはんがん》に任命された。やがて鄭余慶が興元（陝西省南鄭《なんてい》）節度使になるとその幕僚に招かれたが、赴任する途中、にわかに病気にかかって没した。孟郊は世渡りが下手で、かなり気難しく、付き合いにくい人間であったようである。しかし韓愈《かんゆ》とは意気投合して、生涯親しんだ。韓愈はその文、「貞曜先生墓《ていようせんせいぼ》誌銘《しめい》」の中で次のように述べている。「詩を作るときになると、わがまなこを切りつけ、心臓に針を突き刺すようにして、剣に触れて糸のもつれが解けるように論断する。すると、剣やいばらのように険難《けんなん》なその文章は、読む者の内臓をえぐり取るのである。そこには神秘不可思議なはたらきが、こもごもに重なって現れてくる。」

孟浩然（もうこうねん）

【生没】盛唐、689～740

【評伝】湖北省襄陽《じょうよう》の出身。科挙に及第できずに、各地を放浪したり、鹿門山《ろくもんざん》に隠棲していたりという生活をしていた。40歳頃、都へ出て、王維《おうい》や張九齢《ちょうきゅうれい》らと親交を結んだ。次のような話がある。王維が宮廷にいたある日、私的に浩然を招いて文学論をたたかわせていると、突然玄宗皇《げんそう》帝のお出でがあった。浩然はあわててベッドの下に隠れたが、王維が玄宗に告げたので、浩然は玄宗にお目通りすることとなった。早速「詩を見せよ」との玄宗のお言葉に対して「歳暮南山《さいぼなんざん》に帰る」と題する詩を献上したのだが、詩中の、「不才明主棄（不才《ふさい》にして明主《めいしゅ》に棄《す》てられ）」の句を聞くと、玄宗は「君は仕官を求めず、私は君を棄てたことはない」と大変不機嫌になり、浩然は宮仕えのチャンスを失ったという逸話が残されている。のち、張九齢が荊州《けいしゅう》に左遷された時、招かれて属官になったが、九齢の退官とともに浩然も辞した。開元《かいげん》28（740）年襄陽にいて、背中におできができた。治りかけてきた頃、王昌齢《おうしょうれい》がたずねてきたのでうれしくなり、おできのことを忘れて羽目をはずしたために容態がぶり返し亡くなったという。のち、王維が襄陽に来たとき浩然を悼み「孟浩然を哭《こく》す」という詩を読み、「故人見るべからず。漢水日《かんすいひ》に東流す。襄陽の老に借問《しゃもん》すれば、江山《こうざん》空しく蔡州《さいしゅう》あるのみ。」と歌っている。

黙雷（もくらい）

僧侶**【生没】**天保9年（1838）2月15日～明治44年（1911）2月3日

【評伝】真宗西本願寺の僧。本姓清水、後に島地と改めた。

号は益渓・縮堂・雨田・無声・北峰・六六道人など。周防の生まれ。読書を好んで、はやくに儒・仏の二教を修め、国事に志した。慶応2年、大州《おおず》鉄然《てつねん》とはかり、藩に上申して萩の清光寺内に改正局を設けて真相僧侶を訓育し、風儀の改正に従うと共に、有事の際（討幕挙兵）に備えてフランス流の兵学を教授した。当時、政治・法律・経済・兵制の改革の叫ばれるとき、まず自己の属する本願寺の改革を行ったが、明治になって廃仏毀釈《きしゃく》の論が巻き起こったので、これに対し、3年、政府要路に働きかけ、民部省内に寺院寮を設置させ、5年、教部省を置くことに成功した。しかし教部省は神道優先で、大教院を開いて仏教に対して布教統制をはかるありさまであった。そこで『新聞雑誌』を発行して論陣を張り、6年、木戸孝允のすすめで欧州諸国の宗教政策を視察して帰り、伊藤博文に訴えて仏教を大教院から分離させ、これによって日本の仏教を壊滅から救った。ついに本願寺の内部も改革し、21年、女子教育のため、白蓮社内に女子文芸学舎を設立した。これが今の千代田女子学園である。38年、奥州布教総監となり、盛岡の願教寺に入って真宗教団の勢力を拡張し、44年、74歳で示寂した。

【著作】『耶蘇教一夕話』。

本居宣長（もとおりのりなが）

国学者・医師**【生没】**享保15年（1730）5月7日～享和元年（1801）9月29日

【評伝】伊勢国松坂（現・三重県松阪市）の木綿商、小津家の次男に生まれる。兄が死んだ後家業を継ぐが実業にはあまり向いておらず、宝暦2年、医学の勉強のため京都へ上る。京では医学のほか、儒学、漢学、国学も学んだ。同年、「本居」を名乗る。この頃から、荻生徂徠や契沖に影響を受け、国学の道を志す。宝暦7年、京都から松坂に戻り、医師を開業。舜庵（春庵）と号した。『先代旧事本紀』『古事記』と賀茂真淵の書に出会い、医師の傍ら国学の研究に打ち込むようになる。その後宣長は真淵に手紙で教えを乞うようになった。宝暦13年に二人は初めて出会い、入門を許可されている。35年の歳月をかけて、当時は解読不可能と言われた古事記の注釈書『古事記伝』を執筆し、国学の発展に大いに寄与した。一時期は紀伊藩に出仕したが、生涯市井の研究者であった。享和元年、没。享年72。和歌は京都時代に森河章尹、有賀長川に師事。宣長の門流は鈴屋派または伊勢派と呼ばれ、加納諸平、石川依平、橘曙覧、伴林光平を輩出する。

【著作】歌集に『石上稿《いそのかみこう》』『鈴屋集《すずのやしゅう》』。注釈研究書に『古事記伝』『玉小櫛』。随筆に『玉勝間』など。

元田東野（もとだとうや）

侍講【生没】文政元年（1818）10月1日～明治24年（1891）1月22日

【評伝】名は永孚《ながざね》、字は子中、東野はその号。肥後の人。藩校時習館に学び、明治3年、藩知事細川護久《もりひさ》の侍講となった。また翌年には、大久保利通の推薦によって、明治天皇の侍講となった。21年、枢密顧問官となり、ついで教育勅語の草案の制作にあたり、24年、特命を以て男爵を授けられたが、1月に病没した。享年74。明治天皇の侍講を約20年間勤め、天皇の信任や寵遇の厚い人物であった。

【著作】『経筵進講録』『幼学綱要』『五楽園詩鈔』。

本宮三香（もとみやさんこう）

軍人・文人【生没】明治11年（1878）10月31日～昭和29年（1954）12月25日

【評伝】千葉県下総国香取郡津宮村（現・佐原市）に生まれる。名は庸三、字は子述、別に風土子と称した。幼少より漢学を渡辺存軒、漢詩を依田学海のち岩渓裳川に学ぶ。日露戦役に従軍、第三軍に属し戦功ありて金鵄勲章を賜る。凱旋後は故郷に帰り晴耕雨読・詩作の生活を送った。明治45年乃木将軍を訪い詩話を楽しむに至り将軍の作、金州城、爾霊山の二詩に次韻した自作を示すと、将軍一笑して「汝もまた、余と同じく風流兵士なり」と言われた。大正2年、水郷の詩人八木方山らと江南吟社を創立、昭和10年、報知新聞の創作漢詩コンクールに応募「碪を聞く」が一位となる。11年、水郷吟詠会を設立し会長に推さる。また日本詩吟学院長木村岳風より同院の講師・顧問を委嘱されるなど作詩と詩吟普及に最も力を注いだ。16年、朝鮮総督府と満鉄に招聘され朝鮮・満州で作詩講演をなし日本精神の作興に努めた。9月には木村岳風・本宮三香編著『聖戦漢詩の吟じ方』を出版すると、ラジオ、レコードによって全国に広がった。頭山満、荒木貞夫、林銑十郎らの知遇を得た。資性快活にして国士の気概があった。25年、門下の岩沢杉香らと清風吟社を設立。再び作詩の普及に努めた。生涯に一万余首の詩を作り、花の晨、月の夕風雅を愛し酒を好んだ故山の生活であったが77歳、喜寿の祝いも済ませ29年12月29日卒した。盟友八木方山は、

「朝《ニ》諷《シ》而夕《ベニ》詠《ズ》　一年三百日　忘《レ》レ食《ヲ》兼《ネテ》忘《ル》レ病《ヲ》
三香詩之化　詩《ハ》則《チ》三香《ノ》命　無《ケレバ》レ詩　無《シ》二三香一」

と詠っている。

森鷗外（もりおうがい）

軍医・作家・詩人【生没】文久2年（1862）1月19日～大正11年（1922）7月9日

【評伝】名は林太郎《りんたろう》。号は鷗外漁史《ぎょし》・千朶山房主人《せんださんぼうしゅじん》・観《かん》潮楼《ちょうろう》主人など。石見《いわみ》（現・島根県）津和野《つわの》の人。東京大学医学部を卒業後、明治17年ドイツへ留学した。帰国後は、陸大・軍医学校の教官となり、日清・日露戦争に軍医として出征し、陸軍軍医総監・陸軍省医務局長・帝室博物館兼図書頭・帝国美術院長などを務めた。一方、帰国直後の明治22年に訳詩集『於母影《おもかげ》』を公刊、また雑誌「しがらみ草子《ぞうし》」を創刊してからは、公務の余暇に翻訳家・評論家・小説家としての活躍を続けた。晩年は『阿部一族《あべいちぞく》』、『山椒大夫《さんしょうだゆう》』をはじめとする歴史小説や『渋江抽斎《しぶえちゅうさい》』『伊沢蘭軒《いざわらんけん》』などの史伝に独自の才能を発揮した。

【著作】『舞姫』『ヰタ・セクスアリス』『阿部一族《あべいちぞく》』『山椒大夫《さんしょうだゆう》』。

森槐南（もりかいなん）

教育者【生没】文久3年（1863）11月16日～明治44年（1911）3月7日

【評伝】名は公靖《きみやす》、字は大来《たいらい》、通称は泰二郎。号は槐南・秋波禅侶《しゅうはぜんりょ》・菊如澹人《きくじょたんじん》・説詩軒主人など。尾張名古屋の人。森春濤《もりしゅんとう》の子。鷲津毅堂《わしづきどう》・三島中洲《みしまちゅうしゅう》に学んで、詩学・音韻学を修め、『新詩綜』を発刊、随鷗吟社《ずいおうぎんしゃ》を主宰して、本《ほん》田種竹《だしゅちく》・国分青厓《こくぶせいがい》とともに〝三大家〟と称せられた。また明・清の伝奇（戯曲）に関心を寄せ、自らも伝奇を創作している。19歳で太政官《だじょうかん》となり、図書寮編修官、宮内《くない》大臣秘書官、東京帝国大学文科大学講師などを歴任した。伊藤博文に認められてしばしば随行しており、博文がハルピンで狙撃された時は、槐南も負傷している。

【著作】『槐南集』『唐詩選評釈』『杜詩講義』『李太白詩講義』『作詩法講和』『古詩平仄《ひょうそく》論』。

森川許六（もりかわきょろく／きょりく）

俳人【生没】明暦2年（1656）～正徳5年（1715）

【評伝】名は百仲。別号、五老井、無々居士、琢々庵、菊阿仏など。近江国彦根藩の藩士で、和歌や俳諧を北村季吟などに学び、談林派の俳諧に属していた。その後、松尾芭蕉の門弟で蕉門十哲のひとりである榎本其角に師事して蕉風に傾いた。江戸での勤務の折の元禄5年、江戸深川にいた芭蕉に会って入門した。その後翌6年5月に帰郷するまで、公務の暇を割いてしばしば芭蕉庵を訪れ、直接指導を受けた。許六が彦根に帰る際には芭蕉から「柴門之辞」を贈られている。俳諧のほか書や絵画など諸芸に秀でていた。芭蕉にも絵の指導をしていたとされる。蕉門十哲のひとり。武芸にも熱心で、槍、剣、馬に巧みであったという。しかし健康には恵まれず若いころから病気がちで、特に晩年の10年間は病床にあることが多かった。正徳5年、没。享年60。

【著作】俳文集に『風俗文選』。俳論に『青根が峯』『歴代滑稽伝』。編著『韻塞』『篇突』『宇陀法師』。

森春濤（もりしゅんとう）

教育者**【生没】**文政2年（1819）4月2日～明治22年（1889）11月21日

【評伝】名は魯直《ろちょく》、字は希黄《きこう》、通称は春道。号は春濤。槐南《かいなん》の父。尾張一宮《いちのみや》の人。家は代々医を業とした。17歳で鷲津益斎《わしづえきさい》（毅堂《きどう》の父）の有隣舎《ゆうりんしゃ》に入り、毅堂や大沼枕山《おおぬまちんざん》との知遇を得た。その後、京都の梁川星巌《やながわせいがん》に学び、また江戸の下谷吟社《したやぎんしゃ》に出入りして詩名を高め、45歳のとき名古屋で桑三軒吟社《そうさんげんぎんしゃ》を開き、多くの子弟を教えた。さらに明治7年、56歳のとき東京に移住し、下谷に茉莉吟社《まつりぎんしゃ》を開いた。そして『東京才人絶句』を刊行、ついで漢詩雑誌「新文詩《しんぶんし》」を創刊し、詩壇の中心となった。

【著作】『春濤詩鈔』『岐阜雑詩』。

森澄雄（もりすみお）

俳人**【生没】**大正8年（1919）2月28日～平成22年（2010）8月18日

【評伝】本名、澄夫。兵庫県に生まれた。5歳までは兵庫で母方の祖父母のもとで育った。以後長崎市で生育。長崎高等商業学校を経て、九州帝国大学法学部を繰り上げ卒業。久留米の連隊に入隊。昭和19年砲兵少尉としてボルネオに出征し、南方を転戦し惨憺たる状況で敗戦を迎えた。収容所生活を経て復員。その後上京して都立第十高女で社会科教諭を勤めた。俳句は、父の影響で小学校時代から始めており、長崎高商では校内句会に所属していたが、昭和15年「寒雷」創刊と同時に投句を始めて、加藤楸邨に師事する。戦後「寒雷」が復刊されるや参加し昭和25年に同人となり、昭和32年から46年まで編集長を務めた。昭和45年「杉」を創刊して主宰する。読売新聞俳壇選者を務めた。昭和52年、『鯉素』で読売文学賞受賞。昭和62年、『四遠』で第21回蛇笏賞を受賞している。平成元年、第1回現代俳句協会大賞受賞。平成5年、勲四等旭日小綬章受章。平成9年、『花間』『俳句のいのち』で日本芸術院賞恩賜賞受賞、同年、日本芸術院会員。平成13年、勲三等瑞宝章受章、平成17年、文化功労者。思索的な心象の厚みを持った境涯的作風が特徴で、徐々に人生派的な内省を深めていった。平成22年、肺炎のため病没。享年91。

【著作】句集に『雪櫟《ゆきくぬぎ》』『花眼《かがん》』『浮鷗《うきかもめ》』『鯉素《りそ》』『游方』『空艫』『所生』『余日』『花間』。評論に『森澄雄俳論集』。

文武天皇（もんむてんのう）

第42代天皇**【生没】**天武天皇12年（683）～慶雲4年（707）6月15日

【評伝】天武天皇の孫。草壁皇子。母は、阿閉皇女（元明天皇）。持統天皇の禅を受けて即位したのち、大宝律令を定め、慶雲4年に崩御した。享年25。寛仁にして博学であり、射芸を善くしたという。詩は3首『懐風藻』に収められている。

や　ゆよ

八木重吉（やぎじゅうきち）

詩人【生没】明治31年（1898）2月9日〜昭和2年（1927）10月26日

【評伝】東京府南多摩郡堺村（現・東京都町田市）に生まれる。大正元年、神奈川県鎌倉師範学校入学。大正6年、神奈川県鎌倉師範学校から東京高等師範学校に進学。在学時より聖書を読み、教会に通いだし、かつ内村鑑三の著作に感化されて、大正8年には洗礼を受けた。大正10年、東京高等師範学校を卒業。この年、将来の妻となる島田とみと出会う。この頃より短歌や詩を書き始め、翌年に結婚した後は詩作に精力的に打ち込んだ。大正12年のはじめから6月までにかけて、自家製の詩集を十数冊編むほどの多作ぶりであった。大正14年から千葉県の柏東葛中学校で英語教員を勤め、この年、『秋の瞳』を刊行した。同年、佐藤惣之助が主催する「詩之家」の同人となる。翌年には体調を崩し結核と診断される。茅ヶ崎で療養生活に入り、病臥のなかで『貧しき信徒』を制作したものの、出版物を見ることなく、昭和2年、29歳で亡くなった。5年ほどの短い詩作生活の間に書かれた詩篇は、2000を超える。妻のとみとの間には二人の子供がいたが結核のため相次いで夭逝。短い詩が多いのが特徴であり、そのなかにささやかな幸せや温かさを持つ詩風で知られる。

【著作】詩集に『秋の瞳』『貧しき信徒』など。

安井朴堂（やすいぼくどう）

教育者【生没】安政4年（1858）〜昭和13年（1938）

【評伝】名は朝康、通称小太郎、朴堂と号した。安井息軒の外孫で、後に息軒の後を承けた。朴堂の母は息軒の長女須磨子。6歳のとき、朴堂は母とともに息軒のもとに引き取られた。明治9年、島田篁村《こうそん》の門に入り、11年、京都で草場船山に学び、15年、東京帝国大学古典科に入った。卒業の後、学習院助教授となり、40年、第一高等学校教授として務めた。大正14年、官を辞し、次いで大東文化学院教授、のち教頭となり、昭和13年、病没した。享年81。その間、東京理科大学・二松学舎・駒沢大学に講師となった。人となりは樸実、学術深粋、経学・文章ともに蔚然たる大家で、よくその実声を落とさなかった。

【著作】『曳尾集』『朴堂遺稿』。

安岡正篤（やすおかまさひろ）

政治活動家**【生没】**明治31年（1898）2月13日～昭和58年（1983）12月13日

【評伝】昭和期の国粋主義運動家。東京帝国大学在学中、「論語」の研究に没頭し、卒業後一時期、文部省で精神運動に従事した。大正13年、大川周明・満川亀太郎らと「維新日本の建設」と題する行地会（翌年行地社と改称）を結成。また昭和2年には金鶏学院を創立し、満州事変後、軍部と結んで「革新」を唱えてファシズム体制を確立していく際の新官僚に多くの精神的影響を与えた。後藤文夫・近衛文麿らによって作られた国粋主義団体「国維会」と結んで国家改革運動を起こすが、岡田内閣成立後は国民の疑惑を受け、講演と著述に専念することとなった。昭和13年、陸軍・外務両省の後援で「新東亜建設の理想」普及のため中国に渡る。敗戦後、全国師友教会、憲法の会、新日本協議会などを設立し、反共理論家の支柱的存在となる。政・財・官首脳層に多くの信奉者を持った。

【著作】『王陽明研究』『日本精神の研究』。

安原貞室（やすはらていしつ）

俳人**【生没】**慶長15年（1610）～延宝元年（1673）2月7日

【評伝】本名、正章《まさあきら》。通称、鎰屋《かぎや》彦左衛門。別号、一嚢軒・腐誹子《ふはいし》。京都に生まれた。紙商を営む。はじめ松江重頼に親炙したが『俳諧之註』をめぐって不和となり、重頼の『毛吹草』を貞室が『氷室守』で論破している。他門、同門の諍いが多い人物で、かつては自分の門人であった北村季吟とも絶交した。のち松永貞徳直門の正統派として振舞った。作風は、貞門派の域を出たものもあり、松尾芭蕉ら蕉風俳人から高く買われていた。

【著作】編著に『玉海集』『氷室守』『正章千句』など。

安水稔和（やすみずとしかず）

詩人**【生没】**昭和6年（1931）9月15日～

【評伝】兵庫県神戸市須磨区に生まれる。神戸大学文学部英米文学科卒業。在学中から多くの詩誌に関わり、のち

「歴程」「たうろす」同人。現代詩人会所属。昭和30年、第一詩集『存在のための歌』を発表。ドラマ作家的な目と耳で現実の皮相をはがす詩風で脚光を浴びる。昭和38年、多田武彦作曲の合唱組曲「京都」で芸術祭奨励賞受賞。平成元年、詩集『記憶めくり』で第14回地球賞受賞。平成9年、『秋山抄』で第6回丸山豊記念現代詩賞受賞。平成11年、『生きているということ』で第40回晩翠賞受賞。平成13年、『椿崎や見なんとて』で第16回詩歌文学館賞受賞。平成17年、『蟹場まで』に至る菅江真澄に関する営為で、第43回藤村記念歴程賞受賞。阪神淡路大震災で神戸市長田区の自宅が半壊。その直後から、その体験を言葉にして語り続けてきた。

【著作】詩集に『能登』『花祭』『やってくる者』『遠い声若い歌』『ひかりの抱擁』など。

梁川紅蘭（やながわこうらん）

文人**【生没】**文化元年（1804）3月15日~明治元年（1879）3月

【評伝】名は景《けい》、また景婉《けいえん》。字は玉書《ぎょくしょ》、また月華《げっか》、のち道華《どうか》。紅鸞《こうらん》と号し、のち紅蘭《こうらん》と改めた。美濃（現・岐阜県）の人。梁川星巌《やながわせいがん》のまた従妹で、17歳のとき星巌の妻となった。夫について各地を遊歴、名士たちと交流して詩名を高めた。晩年の星巌が攘夷《じょうい》思想を強めて志士たちと親交をもったため、その没後、安政の大獄の際に彼女も数ヵ月間投獄され、かろうじて刑死を免れた。晩年には京都の私塾で子弟の教育にあたった。

【著作】『紅蘭小集』『紅蘭遺稿』。

梁川星巌（やながわせいがん）

勤王家・文人**【生没】**寛政元年（1789）6月18日~安政5年（1858）9月2日

【評伝】名は孟緯《もうい》。字は公図《こうと》、また伯兎《はくと》、無象《ぶしょう》。通称は新十郎。号は星巌・詩禅《しぜん》・三野逸民《さんやいつみん》など。美濃（現・岐阜県）安八郡《あんぱちぐん》の人。12歳のとき父母を失い、祖父の弟に養育された。19歳で江戸へ出て古賀精里《こがせいり》・山本北山《やまもとほくざん》に学び、ついで市河寛齋《いちかわかんさい》の江湖詩社に参加した。29歳のとき帰郷して塾を開くが、やがてまた従妹の紅蘭《こうらん》と結婚。ともに西遊の旅に出る。足掛け5年の長旅の間には多くの詩を作り、詩人たちと交流し、そして大いに名声を高めた。44歳のとき江戸の神田お玉《たま》が池に居《きょ》を定め、玉池吟社《ぎょくちぎんしゃ》を開く。その門下からは大沼枕山《おおぬまちんざん》・森春濤《もりしゅんとう》はじめ明治詩壇をリードする逸材を輩出した。そのころから星巌は世相に乱れを感じ、志士たちと交流して国事を論ずるようになる。57歳のとき京都に居を移し、尊王攘夷の主張を持して、いよいよ政治的活動に傾斜、吉田松陰・釈月性《しゃくげっしょう》・頼鴨厓《らいおうがい》らと親交を結んだ。安政の大獄の直前、京都に流行していたコレラにかかって没したが、妻の紅蘭は逮捕されて、数ヵ月間投獄された。

【著作】『梁川星巌全集』。

柳澤桂子（やなぎさわけいこ）

歌人・生命科学者・エッセイスト【生没】昭和13年（1938）～

【評伝】東京都に生まれる。昭和16年、愛媛県松山市に疎開。自然豊かなこの地で育ったことが、後の進路を方向付けることとなる。昭和20年、『棘のないサボテン』という本を読み、植物学者になりたいという夢を持つ。その後、父の仕事の関係で東京に引っ越す。お茶の水女子大学理学部植物学科卒業後、コロンビア大学動物学科大学院修了。コロンビア大学卒業後は出産と子育てのため7年間専業主婦となる。子育ても一段落した昭和38年、慶應義塾大学医学部分子生物学教室助手に就任。のちに三菱化成生命科学研究所に就職。昭和44年、原因不明の難病を発病し、最初の入院をする。以後、現在まで入退院を繰り返す。昭和61年、短歌を始め、「音」短歌会に入会。闘病をしながら、専門分野の生命科学の本や歌集を執筆。科学者として、また、己の病気と闘いながら医療、生死や命を見つめた作品が多く、平成16年刊行の『生きて死ぬ智慧』は大きな反響を呼んだ。

【著作】歌集に『いのちの声』『萩』。科学書に『意識の進化とDNA』『二重らせんの私』『脳が考える脳』『安らぎの生命科学』。エッセイに『生きて死ぬ智慧』『いのちの日記』『柳澤桂子　いのちのことば』など。

梁田蛻巌（やなだぜいがん）

儒学者【生没】寛文12年（1672）1月24日～宝暦7年（1757）7月17日
【評伝】名は邦美《くによし》、初名は邦彦《くにひこ》、字は景鸞《けいらん》。通称は方右衛門。号は蛻巌。江戸の生まれ。11歳で幕府儒官の人見鶴山《ひとみかくざん》（竹洞《ちくどう》）に学び、山崎闇斎《やまざきあんさい》の学に傾倒、26歳のとき新井白石の知遇を得た。奔放な性格で、浪人の時期が長かった。享保4年、48歳にして播磨（現・兵庫県）明石藩の儒臣となり、以後、公務と詩作の生活を送るうち、人柄も次第に穏やかになり、関西詩壇の重鎮としての尊敬を集めた。蛻巌ははじめ宋詩を学んだが、白石に会ってからは、その影響もあり、唐詩と明の擬古派を範とした。しかし間もなく明末の袁宏道《えんこうどう》や徐渭《じょい》ら、反擬古の詩論に共感を覚え、〝性情〟を重視した。当時一般には軽視されていた俳諧など、俗文学に価値を認めようとしたのも彼の特色の一つである。

【著作】『蛻巖集』。

藪孤山（やぶこざん）

儒学者【生没】享保20年（1735）～享和2年（1802）4月20日

【評伝】名は愨、字は子厚、号は孤山または朝陽山人。通称は茂次郎。肥後（現・熊本県）の人。宝暦7年、江戸に遊学し、翌年は京都に向かい、中井竹山、頼春水、尾藤二《じ》洲《しゅう》らと交遊した。明和5年、熊本藩藩校時習館の2代目教授となった。当時の時習館は、前任教授の秋山玉山《ぎょくざん》の影響によって古文辞学が盛んに行われていたために、それを朱子学への学風へと統一していくことに努力したという。享和2年に没した。享年68。

【著作】『崇孟』『楽泮集』『孤山先生遺稿』。

山岡鐵舟（やまおかてっしゅう）

幕臣・政治家【生没】天保7年（1836）6月10日～明治21年（1888）7月19日

【評伝】江戸本所（現・東京都墨田区）に小野朝右衛門高福の四男として生まれる。通称は鐵太郎。9歳より剣術を学ぶ。弘化2年、父の転属に伴い、幼少時を飛騨高山で過ごす。嘉永5年、父の死に伴い江戸へ戻った。慶応4年、精鋭隊歩兵頭格となる。江戸無血開城に先立ち、駿府（現・静岡県）で西郷隆盛と面会する。この面談があってこそ、勝海舟、西郷と幕府間による江戸城の明け渡しが速やかに行われたという。維新後は、駿府に下る。明治4年の廃藩置県に伴い新政府に出仕。静岡県権大参事、茨城県参事、伊万里県権令を歴任。西郷の依頼により、明治5年からは宮中に出仕し、侍従として明治天皇に仕えた。剣の他に禅、書も能くしたという。晩年は、維新に殉じた人々を弔うため普門山全生庵を建立。明治18年には一刀正伝無刀流を開いた。明治21年、胃癌にて病没。享年53。

山鹿素行（やまがそこう）

思想家・兵学者【生没】元和8年（1622）8月16日～貞享2年（1685）9月26日

【評伝】江戸時代、岩代（現・福島県）会津の生まれ。儒者・兵学者。名は高祐。字は子敬。通称は佐太郎。幼名、甚五左衛門。素行・因山（また隠山）などと号した。9歳のとき林羅山の門に入って朱子学を学び、18歳のとき北条氏長について兵学を学んだ。31歳のとき赤穂侯浅野長直（長矩の父）に招かれて禄1000石を受けた。その学は初め朱子学であったが、のち理気心性の説を疑い、古学に転じた。『聖教要録』を作って朱子学を排斥したが、そのために寛永6年、罪を得て赤穂に流された。10年後、許されて江戸に帰ったが、それからはいわゆる山鹿派の兵学を唱えて講じ、経学を廃棄した。その後64歳で没した。

【著作】『聖教要録』『四書句読或問』『中朝事実』『皇統要略』。

山縣周南（やまがたしゅうなん）

儒学者【生没】貞享4年（1687）～宝暦2年（1752）8月12日

【評伝】江戸時代、周防（現・山口県）の生まれ。名は孝孺。字は次公。通称は少助。周南と号した。萩藩の儒官山縣良齋の次男である。幼少のときに父から実学を受けて刻苦勉励した。19歳のとき江戸に出て荻生徂徠に3年間師事し、のち萩藩に仕えて元文2年、藩校明倫館の学頭祭酒となった。門下に和智東郊《とうこう》、永富独嘯庵《どくしょうあん》などの逸材を輩出した。その学は徂徠学を遵守し、経術・文章を以て宗とし、文は秦漢、詩は唐明の風に帰した。宝暦2年没、享年66。

【著作】『為学初問』『作文初問』『宣室夜話』『養子説』。

山川登美子（やまかわとみこ）

歌人【生没】明治12年（1879）7月19日～明治42年（1909）4月15日

【評伝】福井県遠敷郡竹原村（現・福井県小浜市）に生まれる。本名、とみ。山川家は代々若州小浜藩主・酒井家に側用人御目付役として仕えてきた由緒ある家柄。登美子の父も、藩政時代にはその要職を勤め、維新後は第二五国立銀行の創設に尽力し、以後長く頭取の職にあった。地元の高等小学校を卒業後、明治28年、大阪の梅花女学校に入学。この頃から歌作を始めたとされるが、高等小学校の頃より良家の子女の教養として生け花、琴、習字、旧派の和歌などを習得していた。明治30年、梅花女学校卒業。明治33年から母校の研究生となり英語を専修。この頃、作品が「明星」に初掲載され、社友となった。20歳頃までは画家を志していたが、父の同意が得られず悩んでいた。しかし、与謝野鉄幹との出会いにより短歌に専心するようになる。鉄幹を慕っていたが明治34年に親の勧めた縁組により結婚する。しかし、夫が結核で病死する。寡婦となったあとの明治37年、日本女子大英文科予備科に入学。鉄幹らがおこした新詩社に参加し、明治38年、与謝野晶子、茅野雅子と『恋衣』を刊行。「白百合」と題する短歌131首を収載。その後、夫からの感染と思われる結核を発症。明治40年、日本女子大学を病気中退。京都での療養生活などを経て、明治42年、福井の生家にて病没。享年29。与謝野晶子は登美子のひとつ上で、姉のように慕う一方、短歌と恋のライバルでもあった。鉄幹は、登美子を「白百合」、晶子を「白萩」と称していた。

【著作】歌集に『恋衣』（与謝野晶子、茅野雅子との共著）。

山口誓子（やまぐちせいし）

俳人【生没】明治34年（1901）11月3日～平成6年（1994）3月26日

【評伝】本名、新比古《ちかひこ》。戸籍では新彦。京都市に生まれた。第三高等学校を経て東京帝国大学法学部を卒業。大阪住友本社に入社。本格的な句作の始まりは三高時代に三高京大俳句会に入会し、先輩の鈴鹿野風呂・日野草城の指導を受け、「京鹿子」次いで「ホトトギス」に投句した時である。東大入学後は直接高浜虚子に学び、東大俳句会に入会し水原秋桜子と新興を結んだ。ホトトギスの最新鋭として活躍。四Sとして喧伝された。次第に諷詠趣味から離れ連作俳句の方法を実践。昭和10年から「馬酔木」に拠った。戦後は桑原武夫の『第二芸術論』に反発、俳句の復活を志し、昭和23年、西東三鬼らとともに「天狼」を主宰して、戦後の俳句復活に寄与した。昭和28年に兵庫県西宮市苦楽園へ転居。昭和32年より朝日俳壇の選者を務め、新幹線で東京の朝日新聞社本社に赴き、選を行った。その時、新幹線の車窓から詠んだ俳句は「窓際俳句」と呼ばれる。昭和62年には芸術院賞を受賞し、平成4年には文化功労者として表彰される。平成6年、没。享年92。遺産は神戸大学に寄贈された。誓子の屋敷は阪神・淡路大震災で倒壊し、跡地に句碑と記念碑が建てられている。現在、屋敷は神戸大学文理農学部キャンパス内に再現され、山口誓子記念館として不定期に公開されている。

【著作】句集に『凍港』『黄旗』『炎昼』『七曜』『激浪』『遠星』『晩刻』『青女』『和服』『方位』『溝橋』『青銅』『一隅』『不動』『玄冬』『光陰』。その他『誓子句彙第一、第二』『山口誓子句集』『誓子自選句集』『定本山口誓子全句集』『自選自解山口誓子句集』『山口誓子全集』『自註現代俳句シリーズ山口誓子集』。評論等に『俳句諸論』『秀句の鑑賞』『子規諸文』『芭蕉諸文』『俳句の復活』『誓子俳話』『芭蕉秀句』など。

山口青邨（やまぐちせいそん）

俳人【生没】明治25年（1892）5月10日～昭和63年（1988）12月15日

【評伝】本名、吉郎。初号、泥邨。盛岡市に生まれた。東京帝国大学卒業。採鉱学専攻。東京帝国大学工学部助教授の時の大正11年に高浜虚子に入門した。水原秋桜子・富安風生・山口誓子らと東大俳句会を興した。大正12年「芸術運動」発刊。昭和3年9月ホトトギス講演会で「どこか実のある話」を講演して、四S時代の名称が提唱された。昭和4年には「ホトトギス」同人となり、また盛岡で「夏草」を創刊し主宰した。昭和6年工学博士。昭和9年、東大ホトトギス会を興し学士の指導に当たった。昭和12年、東京帝大教授。虚子の花鳥諷詠の教えに従い、作風は穏健で洒脱。昭和63年、没。享年96。

【著作】句集に『雑草園』『雪国』『露団々』『花宰相』『庭にて』『冬青空』『乾燥花』『粗餐』『薔薇窓』『不老』。その他、『俳句入門』『暑往寒来』『夏草雑詠選集』『俳句歳時記冬の部』『明治秀句』『自選自解・山口青邨句集』『山口青邨読本』。随筆集に『花のある随筆』『春籠秋籠』『滞独随筆』『わが庭の記』『草庵春秋』『堀の内雑記』『回想の南瓜』『三艸書屋雑筆』など。

山口草堂（やまぐちそうどう）

俳人**【生没】**明治31年（1898）7月27日～昭和60年（1985）3月3日

【評伝】本名、太一郎。別号、泰一郎。大阪市に生まれた。早稲田大学文学部ドイツ文学科に入学。井伏鱒二らと同級であった。新早稲田文学に同人として参加したが、胸部疾患のために中退。昭和7年「馬酔木」に入会し、水原秋桜子に師事した。大阪馬酔木会を興し、馬酔木大阪支部の発展に尽くした。昭和10年、「馬酔木」同人となり、昭和7年より発行した大阪馬酔木会会報を同年より「南風」と改題して主宰した。昭和52年、『四季蕭嘯』で第11回蛇笏賞を受賞している。自然や人間を厳しい眼で捉えた迫力のある句風で、荒草堂の名をほしいままにした。戦後はその窮乏生活から深く己の生を見つめることになり、自然参入への傾斜を深め、存在の中に魂の故郷を求めようとする自然詩人即人生詩人として独自の境地を拓いた。昭和60年、没。享年86。

【著作】句集に『帰去来』『漂泊の歌』『行路抄』『四季蕭嘯』『白望』など。

山口素堂（やまぐちそどう）

俳人**【生没】**寛永19年（1642）5月5日～享保元年（1716）8月15日

【評伝】名は、信章。別号、来雪・素仙堂など。茶道の号に、今日庵・其日庵。甲斐の国の素封家に生まれた。20歳の頃に江戸に出て儒学を学んだ。和歌・書道・能などにも造詣が深かった。俳諧は寛文8年に刊行された『伊勢踊』に句が入集しているのが初見。延宝2年、京都で北村季吟と会吟。翌年、江戸で初めて松尾芭蕉と一座し、その尊敬を受けた。ふたりは門弟ではなく友人として以後互いに親しく交流した。晩年には「とくとくの句合」を撰している。後に葛飾に移り、葛飾蕉門の始祖となった。享保元年、没。享年75。

【著作】家集に『素堂家集』。

山崎闇斎（やまざきあんさい）

神道家**【生没】**元和4年（1619）12月9日～天和2年（1682）9月16日

【評伝】山崎嘉《よし》、字は敬義、通称は嘉右衛門、闇斎と号した。近江国伊香立の人。父は浄因。早く仏門に入ったが、僧となるのを嫌って、寛永19年、25歳のとき、還俗して儒者となった。のち、寛文5年、会津の保科正之《ほしなまさゆき》に招かれて名声高く、朱子学を標榜し、その門弟は6000人に及んだという。大義名分を重んじ、門下に浅見絅斎《けいさい》・佐藤直《なお》方《かた》・三宅尚斎《みやけしょうさい》らを輩出している。晩年は神道を唱え、垂加神道といった。天和2年、病没。享年65。

【著作】『山崎闇斎全集』。

山崎宗鑑（やまざきそうかん）

連歌師**【生没】**生没年未詳

【評伝】本名を志那範重、通称を弥三郎と称し、近江国の出身とされるが、生没年、本名、出自については諸説があり定かではない。足利義尚に仕えたが、義尚の陣没後に出家し、摂津国尼崎または山城国薪村に隠棲し、その後、洛西山崎に「對月庵」を結び、山崎宗鑑と呼ばれた。大永3年頃、この地を去り、享禄元年に讃岐国の興昌寺に「一夜庵」を結びそこで生涯を終えた。宗祇、宗長、荒木田守武などと交流し俳諧連歌を興隆した。連歌作品として伝わるものはわずかであるが、当時言捨て（正式に書きとめない）であった俳諧付合を収集して『犬筑波集』を編んだ。俳諧連歌のもっとも早い時期に編纂された俳諧撰集『犬筑波集』は、自由奔放で滑稽味のある句風で、江戸時代初期の談林俳諧に影響を与えた。荒木田守武とともに、俳諧の祖と称される。一休宗純に参禅、また宗鑑流と称される能書家で人々の依頼を受けて数々の古典を書写している。晩年、腫瘍を患いそれが元で没したとされる。

山崎方代（やまざきほうだい）

歌人**【生没】**大正3年（1914）11月1日～昭和60年（1985）8月19日

【評伝】山梨県東八代郡右左口村（現・山梨県甲府市）生まれ。年少の頃から「一輪」の名前で「ふたば」「あしかび」

「一路」「水甕」などの結社誌のほか、「峡中日報」や「山梨日日新聞」の文芸欄へも投稿。右左口尋常小学校を卒業後、横浜へ移り職を転々とする。昭和16年に召集され、南方に従軍。戦傷で右目を失明する。昭和21年に復員後、傷痍軍人の職業訓練で習得した靴の修理をしつつ各地を放浪する。文芸活動も再開し、昭和23年に「工人」を創刊。昭和29年創刊の「黄」や、昭和24年結成の「泥の会」同人誌「泥」などへ短歌を寄せている。昭和46年には「寒暑」を創刊。昭和53年創刊の「うた」へも寄稿。晩年は鎌倉で過ごした。昭和60年、病没。享年71。

【著作】歌集に『方代』『右左口《うばぐち》』『迦葉』など。

山田蠖堂（やまだかくどう）

儒学者**【生没】**享和3年（1803）～文久元年（1861）

【評伝】江戸時代、羽前（現・山形県）米沢の人。名は政苗。字は実成。蠖堂と号した。興譲館総監山田政章の子。天保4年、江戸に出て古賀侗庵に師事し、また昌平坂学問所に学んだ。その学は朱子学を宗としたが、必ずしも墨守することはなかった。安政7年、上ノ山藩に招かれて世子松平信庸の師範となった。のち練兵総督となったが、西洋砲術の唱道者と意見が合わなかったため免職となった。米沢に帰って藩に仕えたが、文久元年、上杉家の忌諱にふれて禁錮となり、自殺した。詩に長じて塩谷宕陰・安井息軒とともに三奇傑と称された。文久元年没、享年59。

【著作】『蠖堂一家言』『蠖堂遺稿初集』。

山田濟齋（やまだせいさい）

教育者**【生没】**慶応3年（1867）11月23日～昭和27年（1952）11月21日

【評伝】名は準、号は濟齋。山田方谷《ほうこく》の孫として、備中（岡山県）上房郡高梁町に生まれた。幼い時から家学を承け、のち上京して三島中洲に二松学舎で学び、さらに東京帝国大学古典漢籍科を卒業し、熊本第五高等学校・鹿児島第七高等学校を経て、昭和2年、二松学舎学長及び二松学舎専門学校校長となり、大東文化学院教授を兼ねた。18年、喜寿を機に一切の職を辞し、郷里に帰り、『山田方谷全集』を編纂刊行した。27年、86歳を以て病死した。経学・詩文に長じ、陽明学の第一人者と目された。人格円満、和気靄然、講説に妙を得、聴く者皆これを楽しんだ。

【著作】『陽明学精義』『漢詩吟詠』。

山田方谷（やまだほうこく）

儒学者**【生没】**文化2年（1805）2月21日～明治10年

（1877）6月26日

【評伝】名は球、字は琳卿、通称安五郎、号は方谷。備中高梁《たかはし》の生まれ。幼いころより聡明で、丸川松陰に学び、神童と称せられた。のち京都に遊学。23歳にして藩学有終館会頭となった。天保5年、江戸に出て、佐藤一斎《いっさい》に従遊し、佐久間象山・塩谷宕陰《しおのやとういん》らと交わり、しだいに重用され、文政2年、藩主の老中に任ぜられると、顧問としても活躍し、幕政を改革しようとした。しかし幕府の衰運にあたり、ついに病に託し致任した。その後、維新の際、藩公を助け、大義を取って向背を誤らせなかった。

【著作】『山田方谷全集』。

山田みづえ（やまだみづえ）

俳人【生没】大正15年（1926）7月12日～

【評伝】宮城県仙台市に生まれる。国語学者、山田孝雄の次女。宇治山田高等女学校卒業。日本女子大学中退。昭和32年、石田波郷に師事。俳誌「鶴」に入会。昭和43年、「梶の花」で第14回角川俳句賞受賞。昭和51年、『木語』にて第15回俳人協会賞受賞。昭和54年、「木語」を創刊、主宰。平成16年、同誌終刊。門下に石田郷子などがいる。宮城県仙台市の阿部次郎記念館に、山田孝雄、みづえの親子句碑が建立されている。孝雄が晩年、阿部日本文化研究所（現・阿部次郎記念館）の顧問を務め、この場所に起居していたことに由来する。

【著作】句集に『忘』『木語』『手甲』『草譜』『味爽』『中今』。随筆に「花双六」など。

倭建命（やまとたけるのみこと）

【生没】生没年未詳

【評伝】第12代景行天皇の皇子。『日本書紀』『先代旧事本紀』では日本武尊、『古事記』では倭建命と記される。日本童男、倭男具那命《やまとおぐなのみこと》とも。また、『尾張国風土記』『古語拾遺』では日本武命、『常陸国風土記』では倭武天皇、『阿波国風土記』逸文では倭健天皇または倭健天皇命と記されている。父の命令で熊襲、出雲、蝦夷などを討伐。その間に焼津での草薙剣の逸話を残す。『古事記』に御製とされる歌が8首残っている。

山梨稲川（やまなしとうせん）

音韻学者【生没】明和8年（1771）8月4日～文政9年（1826）7月6日

【評伝】名は治憲《はるのり》、字は玄度《げんたく》、また叔子《じょし》。通称は東平。号は稲川・昆陽山人《こんようさんじん》・不如無斎《ふじょむさい》など。駿河の人。幼い時より学問に励み、特に古文辞学を修め、各地を遊学した。しかし24歳で父を失ってからは駿河の家に留まり、独学をつづけた。清の顧炎武《こえんぶ》や本居宣長の古学に啓発されて、『説文《せつもん》解字《かいじ》』、『広韻《こういん》』を研究し、文字学・音韻学の分野で高い業績を残した。詩・書も評価されている。

【著作】『稲川詩草』『古声譜』『文緯《ぶんい》』『諧声図《かいせいず》』。

山西雅子（やまにしまさこ）

俳人・歌人【生没】昭和35年（１９６０）3月29日～

【評伝】大阪府生まれ。奈良女子大学大学院修士課程修了（国文学専攻）。10代で詩作を始める。その後歌作を始め、「心の花」に入会。１９８９年、歌集『花を持って会いにいった』を刊行。同年、岡井省二に師事。「晨」を経て、平成3年、省二の主宰誌「槐」創刊に参加。翌年、第１回槐賞受賞。平成13年、省二の死去にともない退会。同世代の同門に、小山森生、加藤かな文、吉野裕之などがいる。平成20年、大木あまり、石田郷子、藺草慶子とともに「星の木」を創刊。

【著作】句集に『夏越』『沙鷗』。歌集に『花を持って会いにいった』。国語文法書に『俳句で楽しく文語文法』。

山上憶良（やまのうえのおくら）

官吏・歌人【生没】斉明天皇6年（６６０）頃～天平5年（７３３）頃

【評伝】出自には諸説あるが、春日氏の分家にして粟田氏の支族、山上氏ではないかとされている。大宝2年の第7次遣唐使船に同行し、唐に渡り儒教や仏教など最新の学問を持ち帰る。地方官を歴任しながら、天平4年、「貧窮問答歌」、同5年、「老身重病歌」を詠んだ。仏教や儒教の思想に精通していたため、貧しさや老い、病などといったものに機敏であった。農民の窮乏や、防人に召される夫を心配する妻など社会派の歌を多数詠んでおり、当時としては異色の歌人として知られている。大伴家持や柿本人麻呂、山部赤人らと共に奈良時代を代表する歌人のひとり。『万葉集』には78首が撰ばれており、『新古今集』を初めとし、勅撰入集は5首。

山之口貘（やまのくちばく）

詩人【生没】明治36年（１９０３）9月11日～昭和38年（１９６３）7月19日

【評伝】沖縄県那覇区（現・沖縄県那覇市）に生まれる。本名、重三郎。大正6年に沖縄県立第一中学校に入学。大正7年から詩を書き始める。大正11年の秋に上京して日本美術学校に入学。一か月後に退学する。大正12年の春に家賃が払えなくなって下宿屋から夜逃げをし、一中の上級生の友人と駒込の家に移住する。同年9月1日に関東大震災で罹災し無賃で機関車と船に乗って帰郷する。大正13年の夏に再び上京する。大正15年、様々な仕事を勤め、家が無いので公園や知人の家で寝泊りした。同年、佐藤春夫と知り合う。昭和2年、佐藤から高橋新吉を紹介される。昭和4年から東京鍼灸医学研究所の事務員になる。昭和6年に「改造」4月号で初めて雑誌で詩を発表する。以降は様々な雑誌に詩を発表する。昭和8年、貘をモデルとした佐藤春夫の小説「放浪三昧」が脱稿される。昭和11年に鍼灸医学研究所を辞職。半年ほど隅田川のダルマ船に乗る。昭和13年、第一詩集『思弁の苑』を発表する。昭和14年から東京府職業紹介所に勤める。昭和15年、第二詩集『山之口貘詩集』を発表。昭和23年に紹介所を辞職し以降は執筆活動に専念する。昭和33年、第三詩集『定本山之口貘詩集』を発表。翌年、同著で第二回高村光太郎賞を受賞。同年、34年振りに沖縄に帰る。昭和38年、胃癌を発病して入院、59歳で没した。同年、全業績で沖縄タイムス賞受賞。人生の様々な場面を純朴で澄んだ目線で描いた。決して悲惨や陰鬱ではなく寧ろ可笑しみがある詩風である。

【著作】詩集に『思弁の苑』『鮪に鰯』など。

山部赤人（やまべのあかひと）

歌人**【生没】**生没年不詳

【評伝】経歴は未詳。下級官人であったとされているが神亀、天平期にのみ和歌作品が残されている。紀伊国、吉野、難波、播磨国印南野などの御幸に随行。その土地や天皇への讃歌が多いことから、聖武天皇時代の宮廷歌人だったと思われる。同時代の歌人には山上憶良や大伴旅人がいる。柿本人麻呂と並び称され、大伴家持の書簡に記された「山柿の門」の「山」は赤人を指すと見る説が有力。『古今集』の序では人麻呂と共に歌仙として仰がれている。三十六人集の一巻として伝わる『赤人集』は、大半が万葉集巻十の詠み人知らずの歌で占められている。三十六歌仙のひとり。『万葉集』には長歌13首、短歌37首が採録され、『拾遺集』を初めとする勅撰入集は49首。

【著作】家集に『赤人集』。

山村暮鳥（やまむらぼちょう）

詩人**【生没】**明治17年（1884）1月10日～大正13年（1924）12月8日

【評伝】本名、土田八九十《はくじゅう》。旧姓は志村、小暮。群馬県西群馬郡棟高村（現・群馬県高崎市群馬町）に生まれる。父の木暮久七と母の志村シヤウが未入籍であったため、母方の祖父の次男として「志村八九十」で出生届けが出された。明治22年、父が祖父との確執に耐えきれず出奔、母もその後を追って志村家を出たので、叔父の家に預けられる。父母が父の地元の元総社村（現・群馬県高崎市元総社地区）に戻り移り住んだので、そこで父母と同居し、父の養子として入籍。小暮姓を名乗る。複雑な家庭環境であったため、いつ頃から本名が土田になったのかは明らかでない。貧困の中で少年期を過ごす。明治32年に堤ヶ岡尋常小学校の代用教員となる。働きながら前橋の聖マッテア教会の英語夜学校に通う。明治35年、同教会の婦人宣教師ウォールの通訳兼秘書として青森に転任。明治36年、東京都築地の聖三一神学校に入学。卒業後はキリスト教日本聖公会の伝道師として秋田、仙台、水戸などで布教活動に携わる。神学校在学中より詩や短歌の創作をはじめ、前田林外らの雑誌「白百合」に木暮流星の筆名で短歌を発表。明治42年、人見東明から「静かな山村の夕暮れの空に飛んでいく鳥」という意味をこめて「山村暮鳥」の筆名をもらう。大正2年、萩原朔太郎、室生犀星と、詩、宗教、音楽の研究を目的とする「人魚詩社」を設立。翌年、同社の機関誌「卓上噴水」創刊。教会の信者や知人達を中心に「新詩研究会」を結成。機関誌「風景」には萩原朔太郎、室生犀星の他、三木露風らが参加。大正8年、結核のため伝道師を休職。大正13年、茨城県大洗町で病没。享年40。

【著作】詩集に『三人の処女』『聖三稜玻璃』『風は草木にささやいた』『月夜の牡丹』『雲』など。

山本荷兮（やまもとかけい）

俳人【生没】慶応元年（1648）〜享保元年（1716）8月25日

【評伝】名は周知。初号、加慶。別号、橿木堂など。名古屋に生まれ、医を業としたという。芭蕉七部集の最初の三集である『冬の日』『春の日』『曠野』の編者として知られる。初期尾張蕉門の最年長者で、一時は尾張蕉門のリーダーとして活躍した。しかし保守的な性格で、作為を凝らした古風な俳風に対する好みを捨て切れず、新風を追求する蕉風の展開には批判的な態度をとり、松尾芭蕉とも疎遠になった。晩年は昌達の号で連歌師となった。享保元年、没。享年69。

山本友一（やまもとともいち）

歌人【生没】明治43年（1910）3月7日〜平成16年（2

004）6月9日

【評伝】福島県生まれ。旧制福島中学時代に歌作をはじめ、昭和4年「国民文学」に入り、松村英一に師事する。東京外国語大学に合格するも、学費が捻出できず、進学を断念。昭和6年より、父母のいる満州に渡り、学歴と年齢を偽り満州鉄道に勤務。満州事変勃発直後から終戦まで鉄道線路の建設業務に従事。途中3度応召した。昭和21年、帰国。昭和28年、香川進らと「地中海」を創刊。昭和32年より角川書店に勤務。昭和53年、九芸出版を設立。昭和57年、師の死に伴い「国民文学」を退会。満州の生活や引き揚げ体験を詠んだ歌風が特徴。日本歌人クラブ、現代歌人協会にも参加。新聞歌壇の選者の他、宮中歌会始選者も務めた。平成16年、病没。享年94。

【著作】歌集に『北窓』『日の充実』『日の充実続』など。

山本有三（やまもとゆうぞう）

政治家・俳人・小説家【生没】明治20年（1887）7月27日～昭和49年（1974）1月11日

【評伝】本名、勇造。呉服商の子として、栃木県栃木市に生まれる。高等小学校卒業後、父親の命で一旦東京浅草の呉服商に奉公に出されるが、逃げ出して故郷に戻る。上級学校への進学を希望したが許されず、家業を手伝う。この頃、佐佐木信綱が主宰する短歌結社、竹柏会に入会し、新派和歌を学んだ。また「中学世界」や「萬朝報」「文章世界」に投稿し、入選した。その後、母親の説得で再度上京。正則英語学校、東京中学に通い、明治41年、東京府立一中を卒業。明治42年、一高入学。一高を1年落第ののち卒業し、東京帝国大学独文学科に入る。在学中から「新思潮」創刊に参加し、卒業後、大正9年、戯曲「生命の冠」でデビュー。真実を求めてたくましく生きる人々の姿を描いた。一高時代落第後に同級となった菊池寛、芥川龍之介らと文芸家協会を結成し、内務省の検閲を批判する一方、著作権の確立に尽力した。だが、昭和9年に共産党との関係を疑われて一時逮捕されたり、「路傍の石」の連載中止に追い込まれるなど軍部の圧迫を受けた。その一方で近衛文麿と親交があり、昭和16年には帝国芸術院会員に選ばれるなどその立場は複雑であった。戦後は貴族院勅撰議員に任ぜられ、国語国字問題に取り組み、「ふりがな廃止論」を展開したことでも知られる。憲法の口語化運動にも熱心に取り組んだ。昭和22年に第1回参議院議員通常選挙では全国区9位で当選。昭和28年まで6年間、参議院議員を務めて緑風会の中心人物となり、政治家としても重きをなす一方で積極的な創作活動を行った。昭和40年、文化勲章受章。昭和49年、没。享年86。東京都三鷹市に、山本有三記念館がある。また、栃木県栃木市には、山本有三ふるさと記念館がある。

【著作】小説に『生命の冠』『女の一生』『真実一路』『路傍の石』など。

湯淺元禎（ゆあさげんてい）

官人・文人**【生没】**宝永5年（1708）3月12日～天明元年（1781）1月9日

【評伝】湯浅常山、名は元禎、字は之祥。一に文祥・士祥に作る。通称は新兵衛、号は常山。岡山の生まれ。幼いころより読書を好み、長じてからは江戸に出て服部南郭・太宰春臺に師事し、徂徠の学を修めた。藩に仕えて寺社奉行・町奉行を経て判形役に至ったが、危言直諌して当局に忌まれ蟄居《ちっきょ》を命じられた。晩年は読書著述に努め、天明元年、74歳で病没した。

【著作】『常山文集』。

雄略天皇（ゆうりゃくてんのう）

第21代天皇**【生没】**允恭天皇7年（418）12月～雄略天皇23年（479）8月7日

【評伝】允恭天皇の第五皇子。大泊瀬《おおはつせ》幼武尊《わかたけるのみこと》とも。『宋書』『梁書』に記される「倭の五王」の倭王武に当たるとされる。江田船山古墳出土の銀象嵌鉄刀銘や稲荷山古墳出土の金錯銘鉄剣銘に記されている「獲加多支鹵大王」を、すなわちワカタケル大王と解し、雄略天皇とする説が有力である。これが真説であれば、考古学的に実在が実証される最古の天皇となる。御製とされる歌は『万葉集』に2首、『古事記』に9首、『日本書紀』に3首。

庾　信（ゆしん）

【生没】南北朝、513～581

【評伝】字は子山《しざん》。南陽郡新野（河南省）の人。南朝の梁に仕え、のちに西魏・北周に仕えた。太清2（548）年に侯景の乱が起こって梁が倒れる際、庾信は幼い3人の子どもを全員失ってしまう。宮廷文学を代表する詩人として活躍し、その詩は徐陵の文とともに「徐庾体《じょゆたい》」と呼ばれ名高い。望郷の思いを込めた「哀江南賦」が有名。開皇元（581）年2月、隋朝が成立した後、その年に長安で病没した。享年69。

湯原王（ゆはらのおおきみ）

皇族**【生没】**生没年未詳

【評伝】天智天皇の孫にして、志貴皇子の子。宝亀元年、弟の白壁王が即位して光仁天皇となり、兄弟姉妹の諸王子を親王及び内親王としたことで、湯原親王と称される。経歴は史書に見られず未詳。『万葉集』所収の歌は天平初年～8年頃の作と見られる。天平前期の歌人のひとり。『万葉集』に19首が採録。

油谷倭文子（ゆやしづこ）

歌人【生没】享保18年（1733）～宝暦2年（1752）

【評伝】姓は弓屋、油屋とも。江戸京橋弓町（現・東京都中央区銀座）の商家伊勢屋、油谷平右衛門の娘に生まれる。若くして歌の道に進み、賀茂真淵に師事。鵜殿余野子、土岐筑波子と共に「県門の三才女」と称された。一時、同門の加藤宇万伎と恋仲であったという。宝暦2年、20歳で夭折。師である真淵に痛切な挽歌を詠ませるほどの悼まれる死であった。死後編まれた作品集『文布《あやぬの》』があり、その中に歌集「散りのこり」、紀行文「伊香保の道ゆきぶり」、鵜殿余野子との往復書簡「ゆきかひ」、などを収める。

【著作】遺稿集に『文布』。

楊維楨（よういてい）

【生没】元、1296～1370

【評伝】字は廉夫《れんぷ》、号は鉄崖《てつがい》、東維子、鉄笛道人など多数をもつ。浙江諸曁《せっこうしょき》（浙江省諸曁）の人。泰定《たいてい》4（1327）年の進士。天台（浙江省）尹《いん》、銭清（同省）場塩司令より、江西儒学提挙に推挙されたが、元末の戦乱が起こったため、郷里の富春山に逃れた。明の洪武《こうぶ》2（1369）年に太祖の招きを受けたが応ぜず、のちにやむなく出仕したものの、百日あまりで帰ったという。元末の詩壇にあって楊維楨の詩名はすこぶる高い。鉄崖体と称されるその詩は、華麗で空想に富み、唐の李賀の影響が濃いといわれる。

【著作】『東維子集』『鉄崖先生古楽府』。

楊栄（ようえい）

【生没】明、1371～1440

【評伝】字は勉仁《べんじん》。福建建安県の人。1400年に進士に及第し、翰林院編修を勤めたが、永楽帝に抜擢されて内閣に入った。そこで大学士となって『性理大全』の督修に携わり、また北征に随行した際は『後北征記』を残している。洪熙帝の時代には工部尚書に任命され、『太宗実録』編修の総裁となった。宣徳帝の時代には『仁宗実録』の編修を、また正統帝の時代にも『宣宗実録』の編修を担当している。そのように永楽帝から正統帝までの4代に渡って重臣として重んぜられたため、楊士奇・楊溥と三楊と並び称された。

正統5（1440）年、武林駅で没した。
【著作】『北征記』『楊文敏集』。

永　縁（ようえん／えいえん）

僧侶・歌人【生没】永承3年（1048）～天治2年（1125）
【評伝】初音僧正とも。大蔵大輔従五位上藤原永相の息子。天喜4年、父を失い、一乗院頼信に師事。康平4年に出家し、興福寺の頼信に師事。維摩会や宮中の最勝会の講師をつとめ、以後元興寺、大安寺、法隆寺などの別当を経て、天治元年、興福寺権僧正に至る。歌人としては承保3年の「前右衛門佐経仲歌合」、元永元年の「右兵衛実行歌合」に出詠し、天治元年頃、「奈良花林院歌合」を主催。「堀河百首」作者のひとり。『無名抄』『袋草紙』などに数奇者の逸話を残している。天治2年、没。享年78。『金葉集』を初めとし、勅撰入集は28首。

楊巨源（ようきょげん）

【生没】中唐、770?～没年未詳
【評伝】字は景山《けいざん》。蒲中《ほちゅう》（山西省蒲県）の出身。河中《かちゅう》（山西省永済県《えいさいけん》）の人だという説もある。貞元《ていげん》5（789）年進士に及第して張弘靖《ちょうこうせい》の従事となり、ついで虞部員外郎《ぐぶいんがいろう》に任命された。その後太常博士《たいじょうはかせ》（礼楽《れいがく》、郊廟《こうびょう》、社稷《しゃしょく》などを管理する官）に抜擢され、さらに、礼部員外郎《れいぶいんがいろう》を加えられた。やがて転出し、鳳翔《ほうしょう》（陝西省鳳翔県）の少尹《しょういん》（府の副長官）となり、再び召されて国子司業《こくししぎょう》（国立大学副学長）となった。太和年間（829～835）河中の尹となると、また召されて礼部郎中《れいぶろうちゅう》を務め、のち退任したという。目覚ましい出世を遂げたというわけではないが、政治情勢が複雑だった当時においては比較的順調な官僚生活を送った人だといえるだろう。元稹《げんしん》や白居易《はくきょい》とも交友した。才能が豊かで学力にも富み、声律に力を入れて詩を作ったとされる。長編の詩は彫琢を凝らしたものであり、絶句には清令《せいれい》の趣がある、というふうに評価されている。

楊　炯（ようけい）

【生没】初唐、650～695?

【評伝】華陰（陝西《せんせい》省華陰）の人。顕慶《けいけい》4（661）年に神童科に及第し、待制弘文館を授けられ、上元3（676）年に制挙に応じて、校書郎となった。その後、崇文館学士を経て詹事《せんじ》司直に移ったが、則天武后の垂拱《すいきょう》2（686）年に叛逆罪に連座して梓州《ししゅう》（四川省三台）の司法参軍に長期間左遷された後、婺州《ぶしゅう》盈川《えいせん》（浙江省江衢《こうく》）の令となって、在任中に死んだ。初唐の四傑のひとりに数えられる。
【著作】『楊盈川集』。

楊士奇（ようしき）

【生没】明、1365~1444
【評伝】字は士奇または僑中。名は寓。江西省泰和県の人。翰林院に入って『太祖実録』の編纂に携わり、永楽帝の即位に際しては楊栄とともに内閣へ入ったとされる。その後は永楽帝から正統帝までの4代に仕え、『歴代名臣奏議』や『太宗実録』『仁宗実録』『宣宗実録』の纂修に総裁として携わった。一方で官途は少師まで進み、楊栄・楊溥とともに三楊と並び称されたが、晩年は王振を始めとする宦官勢力が台頭してきたために不遇であったという。在官中に没した。死後は太師を追贈されている。文人としても著名であり『奏対録』などが残っている。
【著作】『奏対録』。

陽成院（ようぜいいん）

皇族【生没】貞観10年（869）12月16日~天暦3年（949）9月29日
【評伝】陽成天皇。清和天皇の第一皇子。母は藤原高子（二条后）。9歳で清和天皇から譲位され帝位に就く。在位の初めは父、母のほか摂政の藤原基経が協力して政務を見たが、清和上皇の死後、基経との関係が悪化したらしく、元慶7年夏頃より、基経は出仕を拒否するようになる。この政局の混乱と、元慶7年、宮中で天皇の乳母の子、源《みなもとの》益《すすむ》が殴殺されるという事件が起き、責任を取る形で陽成天皇は翌年退位させられた。この退位には陽成天皇の暴君説もあるが、幼くして帝位に就き退位時もまだ満15歳であったことや、表向きの退位理由が病気であったこと、基経が次期天皇に自身の意向に沿う光孝天皇、宇多天皇を擁立したことなどを考えると疑問点や不審点が多い。長寿を保ち、天暦3年に没。享年82。譲位後は何度か歌合を主催したというが、勅撰入集は『後撰集』の1首のみである。この歌は「小倉百人一首」13番にも入集している。

煬帝（ようだいてい／ようてい）

隋、第2代皇帝【生没】隋、569~618
【評伝】姓は楊、名は広。廟号は世祖で、諡《おくりな》は煬皇帝である。隋の第2代皇帝として、604~618年の間、君臨した。604年、父の文帝の病没後に即位したが、暗殺したとする説もある。東都（洛陽）の造営や、通済渠をはじめとする大運河の建設を行い、南北の物流を活発化させた。

しかし、高句麗・突厥《とっけつ》・吐谷渾《とよくこん》・林邑・流求（台湾）などの周辺諸国への遠征が失敗したことなどから反乱が起こり、大業14（義寧2）年3月11日、親衛隊によって殺された。享年50。裴世清《はいせいせい》を遣隋使小野妹子の派遣への答礼使として日本に送ったことでも知られている。

楊万里（ようばんり）

【生没】 南宋、1127～1206

【評伝】 字は廷秀《ていしゅう》、号は誠齋《せいさい》。吉州吉水《きっしゅうきっすい》（江西省吉安《きっあん》市）の出身。紹興《しょうこう》24（1154）年に進士に及第し、贛州《かんしゅう》（江西省贛県）の司戸《しこ》となり、永州零陵《えいしゅうれいりょう》（湖南省零陵県）の丞《じょう》に移った。そのころ、永州に流されていた張浚《ちょうしゅん》に師事し、一生の間その教えを守って、書斎を誠齋と名付けた。朝廷に入り、国子博士《こくしはかせ》・太常博士《たいじょうはかせ》などを経たのちに、漳州《しょうしゅう》（福建省漳州市）の知事となった。これ以後、中央、地方の官職を移るたびに一つの詩集を編んだ。9集に残る作品は4200余首にのぼる。この多作ぶりは宋代では陸游《りくゆう》に次ぐものである。その人柄は、剛直で激しすぎたらしく、孝宗にはじめは愛されたものの、次第にうとんじられた。光宗《こうそう》が即位すると、召されて秘書監《ひしょかん》となったが、次の寧宗《ねいそう》のときには、権臣の韓侂冑《かんたくちゅう》の横暴ぶりを憂えるうちに病気となり、韓侂冑による北伐の開始を耳にすると、慟哭してその罪状を書き連ねた。その際に妻子へ別れの言葉を書き終わると、筆をぽとりと落として死んだという。その詩風は、自由闊達《かったつ》で、発想もしばしば奇抜であり、俗語も多く取り入れていた。

【著作】『江湖集《こうこしゅう》』『荊渓集《けいけいしゅう》』『西帰集《せいきしゅう》』『南海集《なんかいしゅう》』『朝天集《ちょうてんしゅう》』『江西道院集《こうせいどういんしゅう》』『朝天続集《ちょうてんぞくしゅう》』『江東集《こうとうしゅう》』『退休集《たいきゅうしゅう》』。

横井小楠（よこいしょうなん）

教育者・官吏 **【生没】** 文化6年（1809）8月13日～明治2年（1869）1月5日

【評伝】 名は時存、字は子操、通称は平四郎、小楠はその号、別に沼山と号した。肥後藩士奉行、太平の長男である。幼いころから聡明であった。藩命で江戸に遊学し、藤田東湖・川路聖謨《としあきら》らと交流した。郷里の熊本に帰った後は、塾を開いて門人に授けた。元田東野（永孚《ながざね》）らはこのとき入門した。安政5年、越前の藩主、松平春嶽《しゅんごく》の賓師となり、春嶽は小楠に多くを学んだ。そのため藩への建議書の類はそのほとんどが小楠の手によるものとなっている。また文久2年、国是七か条を草し、大政を奉還すべきであると国事も論じた。しかしこれが火種となり刺客に襲われ、危ないところで難を免れた。元治元年、熊本に帰ると、刺客に対抗しなかったことは士道を忘却したものとして、藩はその世禄を奪った。しかし、その高邁なる見識は世に認められ、坂本龍馬・西郷隆盛らが相次いで、郊外にあった山沼荘を訪ね意見を問うた。その思想は実学を主とし、文字章句の末に拘泥せず、西洋の文明をも取り入れ、治平を実現しようとするものであった。明治元年、招かれて制度局参事となり、ついで参与となった。太政官の長老として重きをなしたが、2年正月5日、退朝の途上、京都寺町で暗殺された。享年61。

【著作】『小楠堂詩草』。

横井也有（よこいやゆう）

俳人【生没】元禄15年（1702）9月4日〜天明3年（1783）6月16日

【評伝】本名、時般《ときつら》。幼名は辰之丞。通称、孫右衛門。別号、永言斎、知雨亭など。尾張藩士、横井時衡の長男として生まれ、26歳で家督を継ぐ。尾張藩御用人となり、武芸に優れ、儒学を深く修めるとともに、俳諧は各務支考の一門である武藤巴雀、太田巴静らに師事した。若い頃から俳人としても知られ、俳諧では、句よりもむしろ俳文のほうが優れ、俳文の大成者といわれる。多芸多才の人物であったという。病気のため、53歳で退官した。以後、死に至るまで知雨亭に隠遁し、遊俳として自適の生活を送った。美濃派の流れをくむ俳風で、武士でありながら庶民の感覚を持ち、軽妙・上品なユーモアを特色とする。天明3年、没。享年82。

【著作】俳文集に『鶉衣《うずらごろも》』など。編著に『蘿葉《らよう》集』など。

横光利一（よこみつりいち）

小説家・俳人【生没】明治31年（1898）3月17日〜昭和22年（1947）12月30日

【評伝】本名、横光利一《としかず》。福島県北会津郡東山村（現・福島県会津若松市）の東山温泉に生まれる。本籍地は大分県宇佐郡長峰村（現・大分県宇佐市）。父は鉄道敷設工事の現場で測量技師をしていた。その関係で、千葉県佐倉など各地を転々とする。小学校は10回以上変わったという。父が仕事で朝鮮に赴任したため、明治37年から母の故郷である三重県阿山郡東柘植村（現・伊賀市柘植町）に移り、小学校時代の大半を過ごした。友人に宛てた手紙で、「やはり故郷と云えば柘植より頭に浮かんで来ません」と記している。明治43年、三重県第三中学校に入学。この頃、近所に住んでいた少女に淡い恋心を抱き、のちに、この思い出をもとに「雪解」を発表している。このころから志賀直哉に影響を受ける。大正3年、早稲田大学英文科に入学するも、文学に傾倒し除籍。再び政治経済学科に入学するも中途退学する。大正10年頃から菊池寛に師事し、また川端康成と出会い以後生涯の友となる。大正12年、菊池の推挙により同人誌「文芸春秋」同人となる。この年、同誌にて「蝿」を、「新小説」に「日輪」を発表する。同9月に関東大震災があったために、この時期に出た作家は震後作家としてもてはやされた。この年、同人仲間の妹、小島君子と結婚する。大正13年、『御身』と『日輪』を刊行。川端康成とともに、今東光、中河与一、稲垣足穂ら新進作家を糾合して「文芸時代」を創刊する。プロレタリア文学全盛の中、この雑誌は新感覚派の拠点となる。横光は新感覚派の天才と呼ばれるようになる。大正15年、妻を結核によって喪う。このころのことは「春は馬車に乗って」「花園の思想」などに書かれている。翌年、日向千代と再婚。芥川龍之介に「君は上海に行くべきだ」と言われ、昭和3年に約1ヵ月上海に滞在する。これにより「上海」を執筆し始める。連作長編の形で執筆されたこの作品は、内容的には大正15年の五・三〇事件を背景に、上海における列強ブルジョアジーと中国共産党、押し寄せるロシア革命の波と各国の愛国主義といった諸勢力の闘争を描いた野心作であると同時に、形式的には新感覚派文学の集大成であり、新心理主義への傾倒の兆しもみられる問題作であった。昭和5年、町工場の人間模様を実験的な手法で描いた「機械」を発表する。昭和7年、新感覚派の集大成というべき『上海』と『寝園』を、昭和9年には『紋章』を刊行。翌年、「純文学にして通俗小説、このこと以外に、文芸復興は絶対に有り得ない」と説く「純粋小説論」、それを実行した「家族会議」を発表する。昭和11年、半年間ヨーロッパを旅行する。行きの船では高浜虚子や宮崎市定がいて、句会をしばしばひらいていたという。出発直後に二・二六事件が起こる。ヨーロッパではベルリンのオリンピックや、パリでの人民戦線政府への激動を直接体験する。この経験をもとに、翌年から「旅愁」の連載をはじめる。世相が戦争に向かう中、国粋主義的傾向を強めてゆき、文芸銃後運動に加わる。敗戦後に文壇の戦犯と名指しで非難されることになり、横光の評価を落としていくことになる。昭和20年、山形県に疎開。疎開先で健康を害する。敗戦後、帰京。12月30日、49歳で急性腹膜炎のため死去。俳人として残した句は約四百句と言われている。単独の句集は刊行されていないが、河出書房新社刊『定本　横光利一全集』や中田雅敏著『横光利一―文学と俳句』の巻末には俳句が収録されている。

【著作】小説に『日輪』『春は馬車に乗って』『機械』『上海』『寝園』『紋章』など。

横山白虹（よこやまはっこう）

俳人**【生没】**明治32年（1899）11月8日～昭和58年（1

983）11月18日

【評伝】本名、健夫。東京に生まれた。父は評論家の横山健堂。旧制一高を経て、九州帝国大学医学部を卒業。内臓外科専攻、医学博士。俳句は九大時代に始まり、大正14年、九大俳句会を創立した。次いで吉岡禅寺洞の門に入り、「天の川」を編集して同誌の隆盛に寄与し、新興俳句の一大牙城を築いた。篠原鳳作の「傘火」選者を経て、昭和12年、新鮮な近代俳句の樹立を企図して「自鳴鐘《とけい》」を創刊して主宰した。戦後昭和27年には「天狼」の同人に加わった。作風は終始、軽快、新鮮で、近代詩風を持していた。昭和58年、没。享年84。

【著作】句集に『海堡』『空港』『旅程』『横山白虹全句集』。

与謝野晶子（よさのあきこ）

歌人・作家・思想家**【生没】**明治11年（1878）12月7日～昭和17年（1942）5月29日

【評伝】本名、鳳《ほう》志よう。大阪府堺市生まれ。堺の菓子商鳳宗七の三女。9歳で漢学塾に入り、琴、三味線も習得。堺女学校時代から『源氏物語』を始め古典に親しむ。20歳頃から与謝野鉄幹主宰の「明星」に歌を発表しはじめ、鉄幹に認められ知遇を得る。明治34年、処女歌集『みだれ髪』を刊行し、与謝野鉄幹と結婚する。『みだれ髪』は、青春の情熱を歌いあげ、浪漫主義運動の中心となる。『源氏物語』『蜻蛉日記』を始めとする古典の現代語訳や評論でも知られている。日露戦争の反戦詩「君死にたまふこと勿れ」や、「青鞜」発刊への参加、婦人参政権の獲得運動など、思想家の面も持つ。またヨーロッパを歴訪した経験から教育の重要性を感じ、大正10年に西村伊作、石井柏亭、夫の鉄幹らと文化学院を創立。日本で初の男女共学の学校となる。昭和17年、没。享年65。生前には5万首もの歌を残したと言われ、23冊の詩歌集、15冊の評論集を刊行するだけでなく、小説、随筆、童話、戯曲など幅広い作品を手がける。晩年は吟行にも良く出掛け、国内各所に歌碑が建てられている。

【著作】歌集に『みだれ髪』『恋衣』（山川登美子、増田雅子との共著）『白桜集』など。評論に『一隅より』『雑記帳』『人及び女として』など。

与謝野鉄幹（よさのてっかん）

歌人**【生没】**明治6年（1873）2月26日～昭和10年（1935）3月26日

【評伝】本名、寛。京都府岡崎（現・京都市左京区）に西本願寺支院願成寺の僧侶、与謝野礼厳の4男として生まれる。明治16年、安養寺の安藤秀乗の養子となる。明治22年に得度したあと、徳山女学校の教員となる。翌年から鉄幹の号を名乗り始める。明治24年に与謝野に復姓した。明治25年、勤務先で女子生徒との間に問題を起こし、退職し京都へ帰る。同年、上京して、落合直文の門に入り、浅香社に参加。明治27年、歌論「亡国の音」を発表。明治29年、明治書院の編集長となるかたわら跡見女学校で教鞭を取った。同年、歌集『東西南北』を、翌年、歌集『天地玄黄』を刊行。その作風は「ますらおぶり」と呼ばれた。明治32年、東京新詩社を創立。同年、最初の夫人浅田信子と離別し二度目の夫人林滝野と暮らし始める。明治33年、「明星」を創刊。石川啄木、北原白秋、吉井勇などを発掘し、日本近代浪漫派の中心となる。当時無名の歌人であった鳳晶子の才を見抜いた鉄幹は、晶子の歌集『みだれ髪』を刊行、滝野と離別して明治34年に晶子と再婚した。結婚後の鉄幹は不振に陥る。明治44年、晶子の計らいでパリをはじめヨーロッパを歴訪。のち晶子も追従する。だが、筆が盛んになったのは晶子の方で、鉄幹は依然不振のままであった。再起を賭けた労作、訳詞集『リラの花』も失敗するなど、妻の影で苦悩に喘いだ。だが、晶子らと共に文化学院を創設、大正8年から昭和7年まで慶応義塾大学教授を務めるなど、晩年は教育の面で功績を残した。昭和10年、病没。享年63。

【著作】 詩歌集に『東西南北』『天地玄黄』『相聞《あいぎこえ》』『紫』。訳詞集に『リラの花』など。

與謝蕪村（よさぶそん）

俳人・画家 **【生没】** 享保元年（1716）～天明3年（1784）12月25日

【評伝】 本姓、谷口。別号、夜半亭二世。若くして江戸に出て、夜半亭早野巴人に入門。やがて南画と俳諧修行のため、奥羽に行脚。中年には京都に移住して画業に精進した。俳人としても、炭太祇、黒柳召波と共に「三菓社」を結成し活躍。明和7年、夜半亭二世を継承し、その後の10年間は蕉風復興を提唱。蕪村調を完成し、天明俳壇の重鎮となった。その俳諧は南宋の画論をふまえ、「離俗」の風雅に染まり、反俗的な絵画的・感覚的・芸術至上主義的な表現に特色がある。これは、尚古趣味に馴染んだ当時の上方上層町人の浪漫的・耽美的な文化の一典型とも言える。

【著作】 句集に『其雪影』『あけ烏』『一夜四歌仙』。俳論に『春泥句集序』など。

吉井勇（よしいいさむ）

歌人・劇作家・小説家 **【生没】** 明治19年（1886）10月8日～昭和35年（1960）11月19日

【評伝】 東京芝区（現・東京都港区）の子爵吉井幸蔵の次男

に生まれる。幼少期を鎌倉材木座の別荘で過ごし、鎌倉師範学校付属小学校に通う。明治33年、東京府立第一中学校に入学するが、落第したため日本中学に転校。明治38年頃肋膜炎を患い、幼少期を過ごした鎌倉へ転地療養した際に歌作に励み、新詩社の同人となって「明星」に作品を発表する。北原白秋とともに新進歌人として注目されるが、翌年に「明星」を脱退する。明治41年、早稲田大学文学部高等予科に入学。途中政治経済科に転ずるも中退し、年末には「パンの会」を結成した。明治42年、「スバル」が創刊され、編集にあたる。翌年、第一歌集『酒ほがひ』を刊行。酒と遊びを愛する頽唐な歌風が一躍評判となり、耽美派の中心を担った。大正10年、結婚するも、昭和8年に離婚。これを機に爵位を返上して隠棲。このころから人生の悲哀を深く切り取った歌を詠むようになる。昭和23年、歌会始選者となり、同年、日本芸術院会員。昭和35年、病没。享年74。歌作の他に小説や戯曲も著している。

【著作】 歌集に『酒ほがひ』『水荘記』『祇園歌集』。戯曲集に『午後三時』『俳諧亭句楽の死』。小説に『狂へる恋』『蝦蟆鉄拐』など。

吉岡禅寺洞（よしおかぜんじどう）

俳人 **【生没】** 明治22年（1889）7月2日～昭和36年（1961）3月17日

【評伝】 本名、善次郎。初号、禅寺童。福岡市に生まれた。15歳より「日本」に投句。20歳で上京するも一年で郷里に戻った。全国旅行中の河東碧梧桐を迎え、一時、新傾向俳句を作る。大正7年、「天の川」を創刊。富安風生、芝不器男らを輩出。はじめ長谷川零余子を選者にしていたが、大正9年には自ら選者となった。門司日報の記者になり、大正の末年から九大俳句会を指導した。昭和に入り新興俳句運動を推進し、無季俳句を提唱して、昭和11年には「ホトトギス」同人を除名された。名実共に新興俳句の西方の王国を築いていたが、新興俳句弾圧の難は免れた。戦後は口語・自然律を唱え多行表記を行なった。口語俳句協会を結成し会長を務めた。昭和36年、没。享年71。

【著作】 句集に『銀漢』『新墾』『定本吉岡禅寺洞句集』など。

芳川越山（よしかわえつざん）

政治家 **【生没】** 天保12年（1841）12月10日～大正9年（1920）1月10日

【評伝】 原姓は原田、名は顕正、号は越山。阿波麻植郡川田村（現・徳島県）の人。曾祖父省博の代から医を業とする家で名声があった。幼時漢学を有田進斎に学び医学を浅野玄碩に学ぶ。長じて長崎で医学を修め、傍ら何礼之、瓜生寅に英学を学び、伊藤博文らと交遊。慶応3年、鹿児島海軍所に招かれ兵学、航海、数学書の翻訳に当たる。明治元年、芳川と改姓。徳島の洋学教授を経て、3年大蔵省に出仕。4年、伊藤博文と渡米、貨幣・金融制度を視察調査し、帰国後、紙幣頭・租税頭、工部大丞、工部大書記官、電信局長などを歴任、12年から翌年にかけて英国に出張、万国電信会議に出席。15年から3年間、東京府知事を務め、築港地区改正など近代都市計画を策定した。次いで内務次官となり山県有朋内務卿を補佐。23年、第1次山県内閣の文部大臣となり教育勅語の制定に関与した。以後宮中顧問官兼内蔵頭、帝室会計審査局長、25年、司法大臣、さらに内務大臣、逓信大臣を勤め、この間、貴族院議員に勅選され、のち伯爵を賜わる。43年、皇典講究所総裁、國學院大学学長となった。

【著作】『越山遺稿』。

吉川幸次郎（よしかわこうじろう）

教育者【生没】明治37年（1904）3月18日～昭和55年（1980）4月8日

【評伝】兵庫県の人。大正15年、京都帝国大学文学科卒。中国留学ののち昭和6年、東方文化学院京都研究所に入り、22年、京都大学文学部教授となって中国文学を担当した。42年、退官して名誉教授となった。元雑劇研究で文学博士となり、39年、芸術院会員となり、45年、中国文学研究の高い功績によって朝日賞を受けた。享年77。

【著作】『元雑劇研究』『吉川幸次郎全集』。

吉田兼好（よしだけんこう）

随筆家・歌人【生没】弘安6年（1283）～没年未詳

【評伝】本名、卜部《うらべ》兼好《かねよし》。兼好法師とも。代々神職の家系であり、吉田神社の神職であった兼顕の子に生まれる。吉田は苗字ではなく、吉田神社の、という官職名。正安3年、六位蔵人に任じられ、従五位下左兵衛佐にまで昇進した後、延慶元年、天皇の死去に伴い職を辞す。翌年に出家、遁世。30歳頃とされる。その詳細な理由は定かでない。元弘元年頃成立した『徒然草』は、作者の見聞や思想を散文体で綴り、当時の社会風潮などを知るための貴重な史料ともなっている。和歌は二条為世に学び、為世門下の和歌四天王のひとりにも数えられる。『続千載集』を初めとして勅撰入集は18首。没年は、名前が見られる一番新しい資料が文和元年／正平7年であることから、この年以降ということになっている。

【著作】家集に「兼好法師集」。

吉田松陰（よしだしょういん）

国学者【生没】天保元年（1830）8月4日～安政6年（1859）10月27日

【評伝】幼名は虎之助。名は矩方《のりかた》。通称、寅次郎。号は松陰・二十一回孟士《にじゅういっかいもうし》など。萩城下松本村（現・山口県萩市）で長州藩士杉百合之助の次男として生まれる。天保5年、6歳のとき、叔父で山鹿《やまが》流兵学の師範、吉田大助の養子となり兵学と経学を学ぶ。名を大次郎と改めるが、翌年、大助が死去したため、幼くして吉田家の家督を継ぎ、同じく叔父の玉木文之進が開いた松下村塾で指導を受けた。嘉永3年、九州に遊学し、後に江戸へ出て安積艮齋、山鹿素水、佐久間象山に師事して攘夷論の立場をとる。安政元年、ペリー再来の際、下田で密航を企てるが失敗。投獄ののち幽閉に処され、伯父の松下村塾の名を引き継ぎ、生家の杉家に松下村塾を開塾。久坂玄瑞や高杉晉作、伊藤博文、山縣有朋ほか多くの人材を輩出。幕府の対外政策を批判し、倒幕を企て再度投獄の果てに、安政6年、安政の大獄で斬首処刑。享年30。

【著作】獄中記に『幽因録』。遺書に『留魂録』『永訣書』。

吉田冬葉（よしだとうよう）

俳人【生没】明治25年（1892）2月25日～昭和31年（1956）11月28日

【評伝】本名、辰男。岐阜県に生まれた。育英中学校を卒業。元苗木藩家老の家筋にあたるというも、少年時代から恵まれず名古屋に出て陶器画工として働いた。小牧の織田鳥不関に俳句を学んだ。上京して大須賀乙字に師事し、「常盤木」に拠り、碧門の句会に出席した。新傾向の変調に伴い、乙字と共に碧門を離れ、亜浪の「石楠」に加わったが、乙字と共に「石楠」を脱けて「懸葵」に加わった。乙字没後には「汐木」「中心」などに拠ったが、大正14年には「獺祭」を創刊・主宰して乙字の精神を継承した。没後は夫人のひで女・細木芒角星・桜木俊晃《しゅんこう》が相継いで乙字系俳誌の歴史を今日に伝えている。酒を愛し、旅を愛し、画をよくした。その句は豊麗柔軟雅かな調べと静かな自然観照を特徴とする。昭和31年、没。享年64。

【著作】句集に『冬葉第一句集』『故郷』『望郷』。その他『俳句に入る道』『子規の俳句と其一生』など。

吉野秀雄（よしのひでお）

歌人【生没】明治35年（1902）7月3日～昭和42年（1967）7月13日

【評伝】群馬県高崎市の絹織物問屋の次男に生まれる。高崎商業学校を卒業後、慶應義塾大学経済学部に入学するが結核のために中退。療養中に正岡子規、アララギ派の短歌に親しみ、大正15年から会津八一に師事、終生私淑した。同年、学生時代から交際していた栗林はつと結婚。昭和2年、転地療養のため鎌倉に移住。永住して闘病をした。昭和19年、はつが病没。昭和22年、後妻に詩人八木重吉の前妻、八木とみ子を迎える。戦後には鎌倉アカデミアの講師や新文化会・潮会での講義、放送などで活躍した。歌作の他にも師・會津八一や良寛、『万葉集』『歎異抄』の研究者としても知られ、著作も多い。昭和42年、病没。享年65。

【著作】歌集に『寒蟬集』『病室の牡丹』『含紅集』。随筆に『やわらかな心』『心のふるさと』。評論に『良寛和尚の人と歌』など。

吉野弘（よしのひろし）

詩人【生没】大正15年（1926）1月16日～

【評伝】山形県酒田市に生まれる。昭和17年、山形県立酒田商業学校卒業。若いころ高村光太郎の「道程」を読んで感銘を受ける。商業学校卒業後、就職し会社員となる。徴兵検査を受けるも入隊前に敗戦。昭和24年から労働組合運動に専念していたが、過労で倒れ、肺結核のため3年間療養。このころ詩作を始める。昭和28年、同人雑誌「櫂」に参加し詩人としての活動を始める。昭和32年に詩集『消息』を刊行。昭和34年には詩集『幻・方法』を上梓。昭和37年に退職し詩人専業となる。昭和46年、『感傷旅行』で第23回読売文学賞の詩歌俳句賞を受賞。平成2年、『自然渋滞』で第5回詩歌文学館賞を受賞。平成6年、『吉野弘全詩集』を刊行。代表作には結婚披露宴のスピーチで引用され広く知られる「祝婚歌」をはじめ、国語の教科書にも掲載された「夕焼け」「I was born」「虹の足」などがある。また高田三郎の合唱組曲「心の四季」でも知られる。埼玉県狭山市に在住したのち、現在は静岡県に在住している。

【著作】詩集に『幻・方法』『10ワットの太陽』『二人が睦まじくいるためには』『素直な疑問符』など。

吉増剛造（よしますごうぞう）

詩人【生没】昭和14年（1939）2月22日～

【評伝】東京都杉並区阿佐ヶ谷に生まれる。昭和26年、啓明学園中学校入学。昭和29年、東京都立立川高等学校入学。昭和32年、慶應義塾大学文学部国文科入学。昭和36年、会田千衣子、岡田隆彦、井上輝夫、鈴木伸治とともに詩誌「ドラムカン」を創刊。昭和38年、大学卒業。昭和39年、第一詩集『出発』を刊行。昭和45年、詩集『黄金詩篇』により高見順賞受賞。昭和54年、詩集『熱風 a thousand steps』により第17回藤村記念歴程賞受賞。昭和59年、詩集『オシリス、石ノ神』により第2回現代詩花椿賞受賞。昭和62年、城西女子短期大学客員教授就任。平成2年、詩集『螺旋歌』により第5回詩歌文学館賞受賞。平成4年から平成6年までサンパウロ大学客員教授。平成10年、『「雪の島」あるいは「エミリーの幽霊」』により第49回芸術選奨文部大臣賞受賞。平成15年、紫綬褒章受章。平成18年、城西国際大学人文学部客員教授。平成21年、『表紙』で毎日芸術賞受賞。日本を代表する先鋭な現代詩人として高い評価を受けている。

【著作】 詩集に『出発』『黄金詩篇』『頭脳の塔』『天上ノ蛇、紫のハナ』『何処にもない木』など。

良岑宗貞（よしみねのむねさだ）

僧侶・歌人 **【生没】** 弘仁7年（816）～寛平2年（890）1月19日

【評伝】 桓武天皇の孫で、大納言良岑安世の八男。仁明天皇の蔵人から、承和12年、従五位下左兵衛佐、左近衛少将兼備前介を経て、嘉祥2年、蔵人頭に任ぜられる。嘉祥3年、仁明天皇の崩御により出家、天台宗に帰依。遍昭《へんしょう》（遍照）と号した。元慶寺を建立し、紫野の雲林院の別当を兼ねた。仁和元年に僧正となり、花山僧正と呼ばれるようになる。高貴な生まれにもかかわらず、出家して僧正の職にまで昇ったことや歌僧のさきがけであることなどから、格好の説話の主人公であり、『大和物語』『今昔物語集』『宝物集』、『十訓抄』などに多くの逸話が収められている。江戸時代の作である歌舞伎『積恋雪関扉』にも登場している。六歌仙および三十六歌仙のひとり。『古今集』を初めとして、勅撰集入集歌は計35首。「小倉百人一首」12番に入集。

【著作】 家集に『遍昭集』。

吉村虎太郎（よしむらとらたろう）

藩士 **【生没】** 天保8年（1837）4月18日～文久3年（1863）9月27日

【評伝】 名は重郷、通称は寅太郎。号は黄庵。土佐の生まれ。幼いころから聡明で、神童と称せられた。初め同藩の間崎滄浪《そうろう》に従って文武の道を修めた。のち国事に奔走することとなったのも滄浪の感化影響と思われる。しばしば京阪の間に往来し、尊王攘夷の志士に交わり寺田屋の同志のひとりであったが、時期が早まったため、まだ上洛しておらず、難を逃れた。しかしやがて同志のひとりとして捕えられ、5月、土佐に送還監禁された。翌年3月、再び上京し、8月、天誅組のひとりとして倒幕の旗をあげ、十津川に潜入したが、自ら割腹して死んだ。享年26。その人となりは眉目秀麗、剣技に熟達し、その突撃の前に作った辞世の句は、「秋なればこき紅葉をも散らすなり、わが打つ太刀の血煙を見よ」というものであった。高杉晋作はかつて、「予の知己天下に多し。而《しか》してわが心を知る者は土州の吉村寅太郎とわが藩の河上弥市なり」といった。河上弥市は生野の義挙のひとりで、豪胆無比の人で知られる。高杉が第一の知己と許したとすれば、黄庵と弥市が容易ならぬ偉傑であったことが想像される。

吉分大魯（よしわけたいろ）

俳人**【生没】**享保15年（1730）?～宝永7年（1778）11月13日

【評伝】本姓、今田氏。名は為虎。通称、文左衛門。初号、馬南。別号、蘆陰舎など。徳島藩士だったが脱藩して（遊女と駆け落ち事件を起こした結果、家禄没収のうえ追放となったという説もある。）上洛、初め文誰《ぶんすい》に師事し、後に与謝蕪村に師事した。蕪村からその才能を高く評価され、蕪村の高弟として活躍する。しかしその後大坂、兵庫と居を移したことは、狷介な性格ゆえだという。高井几董とは生涯交遊し、安永7年、没。没後、几董により『蘆陰句選』が編まれた。

【著作】句集に『蘆陰句選』『霜月十三日』

ら　りるれろ

頼鴨厓（らいおうがい）

勤王家【生没】文政8年（1825）5月26日〜安政6年（1859）10月7日

【評伝】名は醇、字は子春、通称は三樹三郎、号は鴨崖・古狂生。頼山陽の第3子。8歳、父を失い、16歳、大坂に出て後藤松陰の塾に居り、また篠崎小竹の教えを受けた。天保14年、昌平坂学問所に学んだが意に満たず、上野寛永寺の広麗を見て、幕府の華侈僭上に対して憤慨し、寺門の石燈を蹴倒したため、退学を命ぜられた。のち、京都に帰り、家塾を守り、四方の志士と交わり、友と国事を論じ、匡王の志を抱いた。安政以後、尊攘運動に尽力し、5年、ついに捕えられ、6年、江戸に檻送され、10月小塚原で斬られた。35歳であった。

頼杏坪（らいきょうへい）

儒学者【生没】宝暦6年（1756）〜天保5年（1834）7月23日

【評伝】名は惟柔《これやす》、字は季立《きりつ》、また千祺《せんき》。通称は万四郎《ばんしろう》。号は杏坪・春草堂《しゅんそうどう》。頼享翁《らいきょうおう》の第4子で、春水・春風の弟。山陽の叔父にあたる。安芸《あき》（現・広島県西部）竹原の人。広島県藩儒として、朱子学の振興につとめた。寛政9年、江戸在住の世子《せいし》斉賢の侍読《じどく》となり、文化8年からは備後《びんご》の郡奉行として功績を残した。

【著作】『春草堂詩鈔』『杏坪文集』『原古編』。

頼山陽（らいさんよう）

文筆家【生没】安永9年（1780）12月27日〜天保3年（1832）9月23日

【評伝】名は襄《のぼる》、字は子成《しせい》、通称は久太郎《ひさたろう》。号は山陽、三《さん》十六峰外史《じゅうろっぽうがいし》。頼春水《らいしゅんすい》の長男として大阪に生まれ、父が安芸《あ》《き》（現・広島県西部）藩儒となったため、広島で成長した。

10代より詩才を認められ、また史学に関心を抱いた。18歳で江戸に赴き、昌平坂学問所に学んだが、1年で帰国、奔放な行いのため、21歳から24歳までの間幽閉されるが、その間読書にふけり、『日本外史』を起草した（28歳のとき脱稿）。30歳のとき父の友人菅茶山《かんさざん》に迎えられて備後《びんご》（現・広島県東部）の神辺《かんなべ》に赴き、32歳で京都にうつり、三本木の山紫水明処《さんしすいめいしょ》で教育にあたった。このころより山陽の名声は着実に高まってゆく。36歳のとき江馬細香《えまさいこう》に出会い、終生、師弟としての交流を続けた。その年に父を失い、以後、山陽の人柄は大きく変わったという。48歳で『日本外史』を老中松平定信《まつだいらさだのぶ》に献上、同書は間もなく出版され好評を博した。ついで『日本外政記』を起稿、また『日本楽府』を作った。最後まで『政記』執筆にいそしみ、ほぼ完成させて没した。

【著作】『山陽詩鈔』『日本外史』『日本外政記』。

頼支峰（らいしほう）

教育者　**【生没】**文政6年（1823）11月6日～明治22年（1889）7月8日

【評伝】江戸末・明治時代の人。名は復。字は士剛。通称は又二郎。支峰と号した。頼山陽の第二子として京都に生まれた。実学を継承し、後藤松陰・牧百峰に学んだ。明治元年、東駕東幸の際に従った。大学教授となり、大学少博士となった。

【著作】『支峰詩文集』『編年日本外史』『神皇紀略』。

頼春水（らいしゅんすい）

儒学者　**【生没】**延享3年（1746）6月30日～文化13年（1816）2月19日

【評伝】名は惟完《いかん》（惟寛）、字は伯栗《はくりつ》・千秋《せんしゅう》。通称は弥太郎。号は春水・霞崖《かがい》・拙巣《せっそう》など。安芸《あき》（現・広島県）竹原の生まれ。山陽の父、春風《しゅんぷう》・杏坪《きょうへい》の兄にあたる。片山北海《かたやまほっかい》に詩を学び、尾藤二洲《びとうじしゅう》・古賀精里《こがせいり》・菅茶山《かんさざん》らと交遊した。朱子学を修めて広島藩の儒官となった。のち江戸の昌平坂学問所でも講義を行っている。

【著作】『春水遺稿』『春水日記』。

頼春風（らいしゅんぷう）

儒者　**【生没】**宝暦3年（1753）～文政8年（1825）9月12日

【評伝】名は惟彊《ただたけ》、字は叔義、または千齢、号は春風。安芸（現・広島県）の人。春水の弟で、杏坪《きょうへい》の兄である。春水に師事した。14歳のとき兄に従って大阪に出向き、父の命により医術を古林見宜《ふるばやしけんぎ》の門に学び、尾藤二洲《じしゅう》と親しく交わった。甥である頼山陽が京都に出奔したときは、追手の役を果たし、また山陽が幽閉されているときは、山陽が彼に編史書の題名の案を求めたのに対して、日本外史の名こそ適当だと教えたという。性格は穏やかであったといわれる。文政8年に没した。享年73。

【著作】『春風館詩鈔』。

駱賓王（らくひんのう）

【生没】初唐、640?～684?

【評伝】婺州義烏《ぶしゅうぎう》（浙江省義烏県）の出身。父は履元《りげん》といって山東省の県令であった。王勃《おうぼつ》・楊炯《ようけい》・盧照隣《ろしょうりん》とともに「初唐の四傑《しけつ》」と称される。7歳で詩を作ったといわれ、特に五言詩に優れている。都長安をうたった「帝京篇《ていけいへん》」（七言古詩）は、当時絶唱ともてはやされた。しかし、一面では素行修まらず、博徒との付き合いを好んだ。官は、始め道王（高祖の第3子）の府の属官となり、ついで武功《ぶこう》（陝西省武功県）の主簿《しゅぼ》（秘書・書記）となった。高宗の末年、長安（陝西省長安市）の主簿となって、しばしば天子に文書を差し出したが採用されず、臨海《りんかい》（浙江省臨海県）の丞《じょう》（判官）に左遷されたため、不満を抱いて官を辞した。光宅元《こうたく》（684）年、徐敬業《じょけいぎょう》が則天武后《そくてんぶこう》討伐の兵を挙げるとその幕僚となり、武后を指弾する檄文《げきぶん》を書いた。これを読んだ武后は嘆くとともに、「宰相安《いず》くんぞ此《こ》の人を失うを得《え》ん」と言ってその才能を惜しんだという。徐敬業が破れると、行方知れずになった。なお、駱賓が姓で王が名だが、自分では賓王と称している。

【著作】『駱臨海集《らくりんかいしゅう》』。

李　益（りえき）

【生没】中唐、748～827

【評伝】字は君虞《くんぐ》。隴西姑臧《ろうせいこぞう》（甘粛省武威《ぶい》）の出身。大暦4（769）年進士に及第し、鄭県《ていけん》（陝西省華県）の尉となったが、永らく昇進できず、河北地方を遊歴して幽州《ゆうしゅう》（河北省）節度使劉済《りゅうさい》の幕僚となり、さらに邠寧《ひんねい》（甘粛省東部）節度使の幕下に移った。やがて詩名が憲宗《けんそう》に聞こえたため、招かれて秘書少監《ひしょしょうかん》・集賢殿学士《しゅうけんでんがくし》に抜擢された。才能を自負して傲慢な態度を取ったために一時降職されたこともあったが、まもなく元に戻り、侍御史《じぎょし》から太子賓客《たいしひんかく》、右散騎常侍《うさんきじょうじ》を歴任した。太和年間の初め（827年頃）礼部尚書《れいぶしょうしょ》（大臣）で隠退し、間もなく亡くなった。特に七言絶句の評判は高く、一首できるごとに楽人たちが買い求めて雅楽の楽曲に乗せたり、好事家たちが「早行篇《そうこうへん》」、「征人の歌《せいじんのか》」などを屏風に描かせたりしたという。その一方李益は嫉妬深い人で、妻や妾の部屋の前には灰をまいて出入りをできなくするなどをしたことから「妬《と》痴《ち》尚書《しょうしょ》」（やきもち大臣）と言われた。次のような伝説がある。進士になって間もない頃、霍小玉《かくしょうぎょく》という美しい芸妓《げいぎ》と知り合った。二人は愛を誓い合い、必ず迎えに来ると言って李益は故郷に帰った。ところが李益の母親が別に縁談を進めたので、李益は仕方なく結婚してしまい、小玉には便りもやらなかった。ある春の日、李益が長安の牡丹を見物していると、現れた大男に無理やり小玉の家に連れて行かれた。小玉は李益を慕って病気になり、暮らしにも困っていた。逃げようとする李益に小玉は恨みを述べ、病床から起き上がって李益の腕をつかんだまま息絶えた。こののち、李益の妻の身辺には怪しいことがたて続けに起こった。たとえば夜中、妻のベッドのそばに美しい青年が立っており、李益が近付くと消えてしまう、などである。李益はこれ以来嫉妬の病に取りつかれ、三度妻をかえたが、それでも霍小玉の祟りのために安らぎを得ることができなかったという。

李　華（りか）

【生没】 盛唐、715?～766?

【評伝】 字は遐叔《かしゅく》。趙州賛皇《こうしゅうさんこう》（河北省賛皇県）の出身。開元23（735）年に進士に、天宝2（743）年に博学宏詞《はくがくこうし》に首席で及第し、天宝11（752）年、監察御史《かんさつぎょし》となったが、権臣楊国忠《ようこくちゅう》に逆らったため右補闕《うほけつ》に左遷された。「弔古戦場文（古戦場を弔《とむら》う文）」などの優れた古文を書き、親交のあった蕭穎士《しょうえいし》（717～768）とともに古文家の第一人者と目されていた。兄事していた元徳秀《げんとくしゅう》が亡くなった際、徳秀の人柄をたたえた文を華《か》が作り、顔真卿《がんしんけい》が書き、篆書《てんしょ》に巧みな李陽冰《りようひょう》が刻んで墓碑を立てた。これは当時「四絶碑」と呼ばれてたたえられたという。安禄山《あんろくざん》の乱の時、母を連れて逃げようとして賊軍に捕らえられ、迫られて賊の官である鳳閣舎人《ほうかくしゃじん》（侍従職）に就任した。しかし乱の平定後は、その罪によって杭州司戸《こうしゅうし》参軍《こさんぐん》に左遷され、恥じて江南に蟄居《ちっきょ》した。粛宗《しゅくそう》の上元《じょうげん》年間にまた召されたが、病気と称して辞し、晩年は山陽《さんよう》（江蘇省淮安《わいあん》県）で農耕生活をした。今に伝わる詩は全部で29首だけである。

李　賀（りが）

【生没】 中唐、790～816

【評伝】 字は長吉《ちょうきつ》。福昌《ふくしょう》（河南省宜陽《ぎよう》県）の人。唐の王室と縁のある家系であり、隴西《ろうせい》（甘粛省南東部）の出身であると称していたが、実際は昌谷《しょうこく》の中小地主にすぎなかった。彼の父である「晋粛《しんしゅく》」の「晋」と、科挙及第者を指す進士の「進」とが同音だったため、その才能をねたむ者によって異議が出され、科挙を受験することすらできなかった。そのために、奉礼郎《ほうれいろう》という下級官に終わったという。長安での生活を「長安に男児有り、二十歳にして心已朽ちたり」〈陳商《ちんしょう》に贈る〉とうたい、志を得ぬまま27歳の若さで他界した。濃い眉に長い爪の、痩《や》せた男であった。いつもボロボロの錦嚢《きんのう》（詩句を書きつけた紙を入れる布袋）を背負い、驢馬《ろば》に乗って出かけては、いい句ができると書きつけ、その袋の中に放り込んだ。家に戻るとその紙を並べ、たちまちに一編の詩を作ったといわれている。その詩はすでに当時の領袖《りょうしゅう》、韓愈《かんゆ》をはじめ一流の詩人からも高く評価されており、その熱烈な支持を保持したまま今日に至っている。まさに鬼才と呼ぶにふさわしい詩人であり、その身の不遇と、強い自負心、自意識とのせめぎあいの中で、鬱屈《うっくつ》した精神から生み出される幻想的な詩風は、時として美しくもこの世ならぬ幻想やおどろおどろしい鬼の世界へと飛翔する。

【著作】『李長吉集《りちょうきつしゅう》』。

李　頎（りき）

【生没】盛唐、生没年不詳

【評伝】字不詳。東川《とうせん》（四川省三台県）の出身。一説には、趙郡《ちょうぐん》（河北省趙県）の出身であるともいわれる。開元23（735）年の進士。世事を好まず、老荘思想に傾倒、官位が昇進せぬままに辞職して東川に隠棲した。詩人として王《おう》昌齢《しょうれい》・高適《こうせき》らと交友し、五言古詩と七言歌行にすぐれ、律詩も高適と並び称せられている。広い題材を取り上げたが、人物描写と辺塞詩《へんさいし》に秀でている。

【著作】『李頎詩集』。

陸　機（りくき）

【生没】西晋、261〜301

【評伝】字は士衡《しこう》、呉郡（今の江蘇省呉県）の人。呉国の太《りく》司馬陸抗《こう》の息子として生まれ、呉国の滅びた後に晋国に行き、そこで張華《ちょうか》に重んぜられた。太安（晋の恵帝）2年、成都王の司馬穎《しばえい》などが長沙王の司馬乂《しばがい》を討ったときは、陸機を後将軍・河北大都督としていたが、戦いに敗れて戦死した。享年43であった。彼の詩名は当時すでに高かったが、あまりに修辞的対句が多すぎるなどして、往々にして情緒に欠ける憾《うら》みがあった。

【著作】『陸機伝』（散逸）。

六　如（りくにょ）

僧侶**【生没】**享保19年（1734）〜享和元年（1801）3月10日

【評伝】法名は慈周《じしゅう》。六如と号した。本姓は苗村《なえむら》氏。近江《おうみ》八幡《はちまん》（現・滋賀県）の生まれ。11歳のとき比叡山《ひえいざん》で得度、翌年、江戸に出て、20歳ごろより服部南郭《はっとりなんかく》の門下、宮瀬龍《みやせりゅう》門《もん》に古文辞を学んだ。以後、京都と江戸を往復しながら仏学・詩文を修め、多くの文人と交遊した。古文辞学に飽き足らず、宋詩を範とするに至っている。晩年は京都の嵯峨《さが》に居住した。詩は陸游に学び、山本北山《やまもとほくざん》らに影響を与えて、日本に漢詩壇が宋詩風に転ずる端緒を作ったとされている。晩年は杜甫の影響も見逃せないとする説もある。

【著作】『六如庵詩鈔』『葛原詩話《かつげんしわ》』。

陸　游（りくゆう）

【生没】南宋、1125～1210

【評伝】字は務観《むかん》。放翁《ほうおう》と号した。越州山陰（浙江省紹興市）の名門の家の出身である。ほぼ同年配の氾成大《はんせいだい》（1126～1193）、楊万里《ようばんり》（1127～1206）とは友人で、この3人を南宋の三大詩人という。陸游が生まれた翌年、北宋の首都、汴京《べんけい》（河南省開封《かいほう》）は北方女真《じょしん》族の国、金に占領され、その翌年には王子欽宗《きんそう》とその父徽宗《きそう》が金の捕虜となって連れ去られていた。陸家はこの時の戦乱に追われて逃避行を続け、陸游が9歳のときにようやく故郷山陰に落ち着いた。このような運命に遭遇して、陸游は、一生の間失われた北方の国土の回復を夢見て、金に対する徹底抗戦を叫んだ。憂国の詩人と呼ばれることになったのはこのことによる。陸游が17歳のとき、南宋は金との間に紹興の和議を結び、毎年多くの貢物を差し出すことで屈辱的な平和を得た。20歳のころ、陸游は結婚したが、その妻は母の気に入らなかったため、その母の命令でやむなく離婚した。30歳のときには、殿試《でんし》を受け、それが好成績だったにもかかわらず、時の宰相秦檜《しんかい》の妨害を受け、落第した。青年陸游の、またしての挫折であった。紹興28（1158）年、寧徳県主簿《しゅぼ》となり、秦檜の死後進士の資格を得て枢密院編修官となったが、朝廷での派閥争いを批判して左遷され、さらに免職となった。乾道6（1170）年、夔州通判《きしゅうつうはん》（副知事）となり、翌々年には四川省宣撫使《せんぶし》王炎《おうえん》の幕下に招かれ、興元（陝西省南鄭《なんてい》）に赴き、遥かに金に占領された故地を望んでは心を躍らせた。しかし間もなく司令部は解散させられ、陸游は四川を転々として成都（四川省）の氾成大の幕下に至り、惇熙《じゅんき》3（1176）年に退官した。翌々年、今度は常平茶塩公事《じょうへいさえんこうじ》となって各地を巡り、3年後、水害が起こった際に独断で官有米を農民に与え、これがもとで免職となって帰郷した。惇熙13（1186）年、再び召されて厳州《げんしゅう》（浙江省建徳）知事心得（代理）となって、今度は無事3年の務めを果たし軍器少監《ぐんきしょうかん》などに任命された。紹熙元（1190）年、光宗《こうそう》が即位すると主戦論者が処分された、陸游も4度目の免職を味わった。その後晩年の20年間はほとんど故郷で貧困のうちに自ら畑を耕しつつ、恩給生活を送った。78歳のとき、陸游の人生は最後に輝いたかに見えた。王室の外戚、韓侂冑《かんたくちゅう》が北伐を提唱して、陸游を招いたのである。しかし、結局政治とは無関係の国史編纂官を1年余り務めただけで故郷に戻った。さらに北伐の企ても失敗に帰して韓侂冑は殺され、陸游もその企てに加担したことが咎められ、85歳のとき、宝謨閣待制《ほうぼかくたいせい》という名誉称号を剥奪された。その年に陸游は死んだのである。死ぬときまで彼は北方領土の回復を熱望していた、しかしその願いも空しく、陸游の死後60数年して、南宋は北方の蒙古族に滅ぼされるのである。

【著作】『剣南詩稿《けんなんしこう》』『老学庵筆記《ろうがくあんひっき》』『入蜀記《にゅうしょくき》』。

李商隠（りしょういん）

【生没】晩唐、812～870

【評伝】字は義山《ぎざん》。玉谿生《ぎょくけいせい》と号した。懐州《かいしゅう》河内（河南省沁《しん》陽《よう》県）の出身。若いころから、天平軍節度使《せつどし》であった令孤《れいこ》楚《そ》の知遇《ちぐう》を得、その巡官《じゅんかん》となったりしたが、進士に及第すると今度はその政敵である王茂元《おうもげん》の娘をめとった。そのため、その息子の令孤綯《れいことう》が権力を握ると、何かにつけて排斥された。当時朝廷では令孤父子を中心とする牛僧孺《ぎゅうそうじゅ》一派と、王茂元が属する李徳裕《りとくゆう》一派による「牛李《ぎゅうり》の党争」という対立抗争の最中であったが、どちらにも属さなかったために不遇な生涯を送った。のち、桂管監察使《けいかんかんさつし》の鄭亜《ていあ》に従って広西《こうせい》へ行き、さらに四川へ行ったりしたが、ついに滎陽《けいよう》（河南省）の地で客死した。晩唐の詩人の中では温庭《おんてい》筠《いん》と並び称される存在で、近体詩の七言律詩に優れている。作品はきらびやかな言葉や典故のある語でもってつづられて、独特な風格を持っている。それが難解なところから、「獺祭魚《だつさいぎょ》」（かわうそがその獲った魚を並べるように、詩を作るときにやたら参考書を広げる）と後世の人々に評された。彼に影響を与えた詩人としては、庾信《ゆしん》・李賀《りが》・杜甫《とほ》・韓愈《かんゆ》をあげることができるが、前二者からは味わいを、後二者からは風格を学んだ。特に七言律詩については杜甫の影響の影を見ることができる。彼が一生涯ほとんど志を得ぬままに過ごしたせいか、喜びの詩は少なく、むしろ悲しみの詩が多い。北宋の詩人、楊億《ようおく》・銭惟演《せんいえん》などは彼の詩風を学び、「西崑派《せいこんは》」と呼ばれた。彼らの詩風を「西崑体」という。

【著作】『李義山《りぎさん》詩集』『樊南文集《はんなんぶんしゅう》』。

李紳（りしん）

【生没】中唐、生年未詳～846

【評伝】字は公垂《こうすい》。潤州《じゅんしゅう》（江蘇省）の人。亳州《はくしゅう》（安徽省）

の人というのは先祖の出身地を称したもの。元和《げんな》元（806）年進士に及第し、国士助教《こくしじょきょう》に任命されるも辞退。一時は江西塩鉄運使《こうせいえんてつうんし》の幕僚を務めたが、のち穆宗《ぼくそう》に召され、翰《かん》林学士《りんがくし》となった。以後は順調に出世し、武宗《ぶそう》の会昌《かいしょう》2（842）年には、宰相職の中書侍郎同門下平章事《ちゅうしょじろうどうもんかへいしょうじ》となり、のち尚書《しょうしょ》右《う》僕射《ぼくや》を加えられ趙郡公に封ぜられた。その身分のまま淮南節度使《わいなんせつどし》に転出して没した。詩人としても有名で、元稹《げんしん》・李徳裕《りとくゆう》と並んで三俊《さんしゅん》と称されている。白居易とも交友し、紀行文の作家としても優れていた。背が低く精悍な風貌で、人々は短李《たんり》と渾名《あだな》したという。

【著作】『追昔遊集《ついせきゆうしゅう》』。

李　白（りはく）

【生没】盛唐、701～762

【評伝】字は太白《たいはく》。蜀（四川省）の人とも、山東（山東省）の人とも、隴西成紀《ろうせいせいき》（甘粛省）の人ともいうが、蜀の青蓮《せいれん》郷《きょう》（綿陽県）とするのが通説である。号は青蓮居士《こじ》。酒仙《しゅせん》翁《おう》または詩仙と称せられた。父は西域との通商に従事していた富裕な商人であったらしく、李白は西域の砕葉《スヤブ》で生まれたという。その出生のとき、母が太白星《たいはくせい》（宵の明星）を夢に見て生んだという伝説が残されている。その後、5歳のときに蜀の綿州《めんしゅう》に移住し、20歳の半ばころまで、この地で生活した。5歳のころには六甲《りくこう》（干支）をそらんじ、10歳では老荘をはじめ諸子百家を読みあさった。15歳のころは、奇書を読み、詩を作っては司馬相如《しばしょうじょ》をも凌いだと自負している。このように早くから、その才能を発揮していた。20歳の冬、礼部尚書《れいぶしょうしょ》蘇頲《そてい》が益州《えきしゅう》（四川省）刺史《しし》となってやってきたとき、李白は面会に出かけた。蘇頲は李白を見て、「天才である。司馬相如と比肩しうるだろう」と、その才能を認めた。一方学問だけでなく、15歳ころから剣術を好んで、19歳ころ任俠の仲間に入り、人を殺したこともあったと、後年言っている。峨眉山《がびさん》や岷山《びんざん》にこもって、東巌子《とうがんし》という隠者とともに、珍しい鳥を相手に暮らした。25歳のころ長江を下り、蜀の地を出、江陵《こうりょう》・長沙《ちょうさ》・金陵《きんりょう》など各地に遊び、安陸《あんりく》（湖北省）に来て、元宰相の許圉師《きょぎょし》の孫娘と結婚し、この地に十年間暮らした、その後は、安陸を離れ、山東に行き魯郡兗州《ろぐんえんしゅう》に寓居《ぐうきょ》する。孔巣父《こうそうふ》・裴《はい》政《せい》・張叔明《ちょうしゅくめい》・韓準《かんじゅん》・陶沔《とうべん》らの5人とともに、徂徠山《そらいざん》で会合し、酒をほしいままに酌み交わし、「竹谿《ちくけい》の六逸《りくいつ》」と呼ばれる隠逸の生活を送った。42歳、道士呉筠《ごきん》と剡中《せんちゅう》（浙江省）にいたときに、たまたま呉筠が宮中に召された。その時、呉筠は李白を朝廷に推挙。朝廷から招かれて長安に出た李白は翰林供奉《かんりんぐぶ》を務めた。李白を一見した賀知章《がちしょう》は、「天下の謫仙人《たくせんにん》なり」と称賛したという。翰林院では詔勅や詩文などを草していたが、高力士《こうりきし》や張均《ちょうきん》らに讒言《ざんげん》されたため朝廷を追放された。都長安での生活の一面は杜甫の「飲中《いんちゅう》八仙歌」や「清平調詞《せいへいちょうし》」にうかがい知ることができる。長安を追われた李白は、東都洛陽《らくよう》で杜甫に会う。このとき李白44歳、杜甫は33歳であった。この出会いを、中国の学者聞一多《ぶんいった》は「４０００年の歴史の中で、これほど重大で、これほど神聖で、これほど記念的な出会いはない。それは青天で太陽と月とが衝突したようである」と評している。その後、高適《こうせき》を加えて、酒を飲み、詩を賦《ふ》して暮らした。李白と杜甫の交友は深く熱いものであった。だが、その交友にも別れの時がきた。杜甫と別れた李白は各地（江東・会稽《かいけい》・金陵・尋陽《じんよう》・南陽・邯鄲《かんたん》・幽州《ゆうしゅう》・宣城《せんじょう》・広陵《こうりょう》など）を放浪して歩いたが、これ以降は不遇の生活であった。天宝14（７５５）年の11月に安禄山《あんろくざん》が反乱を起こす。その翌年の至徳《しとく》元（７５６）年の冬、56歳の李白は、安禄山討伐と称する玄宗皇帝の子、永王璘《りん》に招かれ、その幕僚として政治の舞台に復帰したのであったが、永王璘と兄の粛宗《しゅくそう》との仲違いから、永王璘の軍は反乱軍とみなされ、官軍と戦って敗れた。李白も彭沢《ほうたく》まで逃げたが、捕らえられて尋陽（江西省）の獄につながれる。夜郎《やろう》（貴州省）に流され、長江をさかのぼって、巫山《ふざん》まで来た時、乾元《けんげん》2（７５９）年の大赦によって釈放された。その後長江を下り、金陵（南京）に遊び、さらに宣城・歴陽《れきよう》あたりを往来し、当塗《とうと》（安徽省）の県令であった李陽冰《りようひょう》のもとに身を寄せていたが、腐脇疾《ふきょうしつ》という病気にかかり、宝応元（７６２）年の11月に没した。62歳であった。一説には、長江上に船を浮かべて遊んでいたところ、舟中で酔って江上の月を取ろうとして溺死したとも言われている。いかにも李白らしい逸話である。李白は杜甫と並んで中国を代表する大詩人であったが、その作風は相反していた。杜甫の「詩聖」に対し「詩仙」と称され、長編の古詩に長じ、また、絶句に優れていた。豪放で天馬空を行くがごとく、詩作は筆の運ぶのに任せて、句が出来上がるという天才詩人であった。

【著作】『李太白詩集《りたいはくししゅう》』。

李樊龍（りはんりょう）

【生没】明、１５１４〜１５７０

【評伝】字は于鱗《うりん》、滄溟《そうめい》と号した。山東省歴城の人。幼いころに父を失い、貧苦の中で生まれ育ち、成長してからは詩歌を嗜むようになった。日々古書を読んでいたので、故郷の人々は彼のことを狂生と呼んだという。嘉靖23年、進士に挙げられ、陝西提学副使となり、家に居ること10年を経て、河南按察使に累官した。穆宗《ぼくそう》の隆慶4年、母の喪にあい、まもなく没した。享年57。

【著作】『滄溟集』『唐詩選』『古今詩刪』。

李夢陽（りぼうよう）

【生没】明、1471~1529

【評伝】明中期の詩人。字は献吉《けんきち》、号は空同子。慶陽（陝西省）の人。直情径行の性格ゆえに、役人としては不遇であり、何度も投獄や左遷を経験したが、その詩才は明代にまれに見るものだった。秦漢の文、盛唐の詩を最高の規範とする運動を引き起こし、以後100年間の文学はすべてこの潮流に支配されてしまうこととなった。前七子《ぜんしちし》の指導者として活躍し、その詩文を集めたものを「空同子集」という。

【著作】『空同子集』。

劉禹錫（りゅううしゃく）

【生没】中唐、772~842

【評伝】字は夢得《ぼうとく》、中山《ちゅうざん》（河北省）の出身。21歳の若さで柳宗元《りゅうそうげん》とともに進士に及第、のち博学宏詞科《はくがくこうしか》にも合格した。一時は節度使の幕僚も務めたが、中央政界に乗り出すと王叔文《おうしゅくぶん》一党の朝政改革に参画し、屯田員外郎《とんでんいんがいろう》・判度支《はんどし》塩鉄案《えんてつあん》となる。永貞《えいてい》元（805）年の政変では、朗州《ろうしゅう》（湖南省）司馬に左遷されてしまう。のち中央に戻されたが、玄都観《げんとかん》の花見の宴で読んだ詩が当局誹謗の意ありとされ、またも蓮州《れんしゅう》（広東州）刺史《しし》に左遷された。局遠の地播州《はしゅう》（貴州省）に流されるところを、老母のいることに同情した柳宗元の任地変更の請願や、宰相裴度《はいど》のとりなしで、この地にとどめられたのである。のち和州《かしゅう》（安徽省）などの刺史を経て中央に復帰。裴度の推薦で礼部郎中《れいぶろうちゅう》・集賢院直《しゅうけんいんちょく》学士《がくし》となり、彼の亡くなると地方へ転出し、汝州《じょしゅう》（河南省）刺史などを歴官、検校礼部尚書《けんぎょうれいぶしょうしょ》（大臣代理）を加えられ、太子賓客《たいしひんかく》を兼ねた。死後礼部尚書を追贈された。柳宗元と無二の親友であっただけでなく、白居易とも交遊した。白居易は彼を「詩豪」と呼び、「彼の詩のあるところには、神仏の護持がある」と言って讃《たた》えたという。晩年は、互いに洛陽にあって、詩を唱和した。

【著作】『劉夢得文集《りゅうぼうとくぶんしゅう》』『外集』。

劉　基（りゅうき）

【生没】元、1311~1375

【評伝】明初の政治家。字は伯温《はくおん》。青田（浙江省）の人。元の至順年間に進士となり、元の地方官を勤めたが、上司との折り合いが悪かったために辞退して故郷に帰った。その後朱元璋をたすけて明の建国に功績をたて誠意伯に封じられた。明が成立してからは太史令、御史中丞となり、綱紀の粛正に着手した。しかしこのことが李善長・胡惟庸などの家臣から恨みを買い、朱元璋の耳にも劉基の讒言が入るようになってしまった。劉基はこれを気に病んで故郷に戻り、のち南京に出て、そこで病没した。

【著作】『誠意伯劉先生文集』。

劉希夷（りゅうきい）

【生没】初唐、651～679
【評伝】字は廷子《ていし》（庭子《ていし》とも）。一説に、庭芝《ていし》（挺之《ていし》）を名とする。汝州《じょしゅう》（河南省臨汝《りんじょ》県）の人とも、穎川（河南省許昌市）の人とも。25歳ごろ進士となった。弁舌がたち、琵琶にたくみで容姿も優れていたが、常識や道徳にはまらない生活を送ったという。詩では歌行体にすぐれ、華麗な中に感傷性を交えるという作風であった。宋之問《そうしもん》の女婿《むすめむこ》にあたる。35首の詩が現存する。

劉琨（りゅうこん）

【生没】西晋、271～318
【評伝】字は越石《えっせき》。中山郡魏昌県（現在の河北省定州市南東部）の人。曾祖父と祖父は魏に仕えた劉邁と劉進で、父は西晋に仕えた劉蕃であり、劉琨はその庶子である。子に劉群（劉羣）、劉遵らがある。「劉昆」とも呼ばれる。若い頃は文化人として活躍し、その功績は賈謐《かひつ》の二十四友にも数えられるほどであるが、306年、并州刺史になると晋陽から幽州、冀州、并州にかけて転戦している途上、晋陽で両親が殺害されてしまう。しかし鮮卑《せんぴ》拓跋《たくばつ》部の拓跋猗盧《たくばついろ》らと結んで前趙との戦いを継続した。のちに平北将軍、司空、并・幽・冀三州諸軍事などに任命され、西晋の将軍として劉淵や前趙の部将石勒らと戦い、最後は鮮卑段部の段匹磾らと結んだ。しかし318年、劉琨の存在をよく思わない東晋の将軍王敦らにそそのかされた段匹磾らが裏切ったため劉琨は殺害されてしまった。東晋の元帝は劉琨の死を惜しみ、愍侯と諡《おくりな》した。

柳宗元（りゅうそうげん）

【生没】中唐、773～819
【評伝】字は子厚《しこう》、河東《かとう》（山西省）の人と称するが、都長安（陝西省）で生まれ育った。少年時代から神童と称され、21歳の若さで進士に及第し、5年後博学宏詞科《はくがくこうしか》にも合格した。校書郎《こうしょろう》・藍田《らんでん》県（陝西省）尉、監察御史《かんさつぎょし》履行《りこう》を歴官し、御史台《ぎょしだい》では、韓愈《かんゆ》や同期進士科及第者である劉禹錫《りゅううしゃく》と机を並べた。永貞元（805）年33歳のとき、王叔文《おうしゅくぶん》・韋執誼《いしつぎ》らの引き立てで順宗の信任を得て、礼部員外郎《れいぶいんがいろう》となり、彼ら一党とともに減税・宦官《かんがん》勢力駆逐・宮女の解散などの政治改革に乗り出す。しかし、病身の順宗《じゅんそう》の退位とともに一年足らずで新政は挫折してしまう。彼は得意の絶頂から突き落とされ、邵州《しょうしゅう》（湖南省）刺史《しし》、永州（同上）司馬、柳州（江西荘《チワン》族自治区）刺史と左遷され、転任させられ、最後まで中央に復帰することなく柳州の地で亡くなった。ともに政争に敗れ、老婆の孝養に当るべき身で南の果ての播州《はしゅう》（貴州省）に流されることになった劉禹錫に同情し、自分の任地と替えてほしいと願い出たエピソードは、彼の友情に厚い人柄を語っている。散文作家としては韓、柳と併称され、韓愈とともに古文復興運動に尽力した。晩唐の司空図《しくうと》から「一唱して三嘆《さんたん》す」と絶賛された彼の詩は、山水詩に傑れており、散文作品の山水記『永州八記《えいしゅうはっき》』も名作である。王維《おうい》・孟浩然《もうこうねん》・韋應物《いおうぶつ》らと並んで、王・孟・韋・柳と称され、唐代自然派詩人の代表とされている。

【著作】『柳河東集《りゅうかとうしゅう》』『永州八記《えいしゅうはっき》』。

劉長卿（りゅうちょうけい）

【生没】中唐、７０９?~７８０?

【評伝】字は文房《ぶんぼう》。河間（河北省河間県）の出身。開元21（７３３）年の進士。長洲（江蘇省）県の尉となったが左遷され、睦州《ぼくしゅう》（浙江省）司馬を経て、随州《ずいしゅう》（湖北省）刺史《しし》として終わった。詩は技巧をこらしつつ、官職の不遇から来る感傷を表現したものが多い。特に五言詩に長じ、〝五言の長城〟と自称したとされる。

【著作】『劉随州集』。

劉楨（りゅうてい）

【生没】後漢、生年不詳~２１７

【評伝】字は公幹《こうかん》。建安七子のひとり。山東省東平寧陽の人。後漢の宗室の子孫で、劉梁の子である。曹操に抜擢され丞相掾属となり、五官将文学・平原侯庶子に転じて、曹操の子の曹丕や曹植と親しく交際した。のちに宴席の場で、曹丕が夫人の甄《しん》氏に命じて客らに挨拶をさせた時、座中の人々がみな平伏する中で、劉楨はただ一人彼女を平視していた。このことを聞きつけた曹操は彼の不敬を問うたが、死刑は免れて懲役となった。さらに刑期が終わるとまた官吏に登用された。劉楨は文才に恵まれ、数十篇の作品を著したという。特に五言詩は「其の五言詩の善き者、時人に妙絶す」と曹丕に高く評価された。後世においても「真骨は霜を凌ぎ、高風は俗を跨ぐ」と鍾嶸《しょうこう》に賞賛され、骨太で高邁な風格を特徴とする作風は、王粲とともに建安七子の中で最も高い評価を受けている。

良寛（りょうかん）

僧侶・歌人【生没】宝暦8年（1758）～天保2年（1831）1月6日

【評伝】俗名、山本栄蔵。のち文孝に改名。字は曲。越後国出雲崎（現・新潟県三島郡出雲崎町）の名主の家に生まれる。明和5年、大森子陽の狭川塾に入り漢学を学ぶ。その後名主見習となるが、18歳のとき出家して良寛と称し、大愚と号した。玉島（現・岡山県倉敷市）の円通寺の国仙に師事する。その頃義提尼より和歌を学んだとされる。寛政3年、国仙の没後、諸国行脚の旅に出る。京都、越後、出雲崎を放浪したあと、文化元年、国上山（現・新潟県燕市）に13年住んだ。59歳のとき、老衰不便のため、山麓の乙子神社の境内に移って、文政9年、島崎村（現・新潟県長岡市）の能登屋こと木村元右衛門の物置を改修してここに住んでいた。天保2年、74歳で没した。

【著作】『良寛詩集』『良寛全集』。

良暹（りょうぜん／りょうせん）

僧侶・歌人【生没】生没年未詳

【評伝】出自、経歴は未詳。天台宗の僧で祇園別当となり、その後大原に隠棲、晩年は雲林院に住んだといわれている。歌友に、賀茂成助、津守国基、橘為仲、素意法師などがいた。「権大納言師房家歌合」「弘徽伝女御歌合」「鷹司殿倫子百和香歌合」などいくつかの歌合に出詠している。「良暹打聞」という私撰集を編んだというが現存していない。懐円と「ほととぎす」「石門《いわかど》」の歌で論争した話を始め、他人の歌を剽窃、改作して自作とするなど逸話が多い。『後拾遺集』を初めとして、勅撰入集は32首。「小倉百人一首」70番に入集。

呂洞賓（りょどうひん）

【生没】晩唐、874年頃在世

【評伝】晩唐の道士。呂祖とも呼ばれる。名は嵒《がん》、字は洞賓。京兆《けいちょう》（陝西省長安県）の出身。純陽子《じゅんようし》と号し、また同道人と呼ばれた。黄巣《こうそう》の乱にあい、家を終南山《しゅうなんざん》（秦嶺《しんれい》）に移して道を修めたという。関羽と肩を並べるほどの人気があり、主神として祀る廟も多い。また、全真教の開祖である王重陽に、田舎の酒屋で金丹道の口訣を与えたという説話から、全真教では特に重要視されている。八仙のひとりとして、雪村の水墨画に「呂洞賓図」が残され、国の重要文化財に指定されている。

李 陵（りりょう）

【生没】前漢、生年不詳～前７４

【評伝】字は少卿。隴西《ろうせい》（今の甘粛省）成紀の人。有名な将軍李広の孫。若いときから騎射に秀で、李広利が匈奴と戦火を交えた際に、歩兵５０００人を率いて出撃し、これを破った。しかし食料が尽きたことなどにより最後には降伏してしまった。武帝はこのことを聞いて怒り、彼の母と妻子を殺そうとした。司馬遷はこのとき李陵を擁護したため宮刑（去勢の刑罰）に処せられた。一方で李陵は匈奴に降り、単于《ぜんう》の娘を妻として、彼の軍事・政治顧問として活躍した。そして元平元年に匈奴に没した。李陵の悲劇は、詩や物語として長く伝えられた。日本でも中島敦の「李陵」が有名である。

林 逋（りんぽ）

【生没】北宋、９６７～１０２８

【評伝】字は君復《くんぷく》。諡《おくりな》して和靖《わせい》先生という。杭州《こうしゅう》銭塘《せんとう》（浙江省杭州市）の出身。幼い時に父を亡くしたため苦学したが、出世のための学問はせず、一生仕官しなかった。はじめ江《こう》（江蘇省）、淮（安徽省）一帯を放浪し、のちに杭州へ戻り西湖《せいこ》の孤山《こざん》に廬《いおり》を結んで、20年もの間、町へ出てこなかったという。妻をめとらず、梅の花と鶴をつれあいとしていたので、「梅妻鶴子《ばいさいかくし》」（梅の妻、鶴の子）と呼ばれた。行書にもすぐれ、詩は奇句《きく》を多く作ったが、出来上がるとさっさと捨ててしまった。ある人がそのわけを尋ねると、「この世でも名を得るつもりがないのに、ましてや後の世に名を残す気持ちなどさらさらない」と答えたという。しかし、好事家がひそかに写しておいたので、現在３００編余りが残っている。

【著作】『林和靖先生詩集《りんわせいせんせいししゅう》』。

厲 鶚（れいがく）

【生没】清、１６９２～１７５２

【評伝】字は太鴻。号は樊榭。銭塘（浙江省杭州）の人。康熙59（１７２０）年に推挙されるものの、翌年の会試には落第した。乾隆元（１７３６）年の博学鴻詞の科にも推されたが合格せず、以後は郷里に住んで仕官を求めなかったという。宋代の文学や歴史に造詣が深く、宋詩の影響を色濃く受けているとされる。

【著作】『宋詩記事』『絶妙好詞箋』『樊榭山房集』。

冷泉為相（れいぜいためすけ）

歌人【生没】弘長3年（1263）～嘉暦3年（1328）7月17日

【評伝】御子左家冷泉流の祖。藤原為家の3男。母は阿仏尼。異母兄に二条為氏（二条派の祖）、京極為教（京極派の祖）。建治元年に父、為家が死去した後、相続の問題で異母兄の為氏と争いになり、その訴えのためたびたび鎌倉へ下る際に鎌倉の歌壇を指導した。相続問題は未解決のまま、阿仏尼は弘安6年に亡くなるが、正和2年、為相の勝訴が確定した。その一方、京都の京極派の歌合や「文保百首」などにも参加。また娘のひとりが久明親王に嫁ぎ久良親王を儲けた関係から、晩年は鎌倉に移住。将軍を補佐し、執権北条貞時や娘婿にあたる将軍久明親王の開催した歌会に参加している。鎌倉の藤谷《ふじがやつ》に住んだため、藤谷殿《とうこく》などと称される。嘉暦3年、没。享年66。私撰集『柳風和歌抄』『拾遺風体和歌集』の編者。『新後撰集』を初めとして勅撰入集は65首。

【著作】家集に『藤谷和歌集』。

冷泉為秀（れいぜいためひで）

歌人【生没】生年不詳～応安5年／文中元年（1372）6月11日

【評伝】冷泉家の祖、冷泉為相の次男。冷泉家二代目。足利尊氏と親しく、建武3年に尊氏が主催した「住吉社法楽和歌」に出詠。延文のころ、二条為定と不仲であったため、新千載集には入集しなかった。花園院に近づき、寄人として『風雅集』の編集を補佐した。やがて二条良基と親しくなり、足利義詮の歌道師範となるなど、晩年に歌壇で勢力を得ることとなった。今川了俊、足利基氏、京極高秀など公武に多くの弟子を持った。貞治5年、良基主催の「年中行事歌合」や「新玉津島社歌合」など多くの歌合で判者を務める。「貞和百首」作者。『風雅集』を初めとし、勅撰入集は26首。

冷泉為村（れいぜいためむら）

歌人【生没】正徳2年（1712）1月28日～安永3年（1774）7月29日

【評伝】父は上冷泉家の冷泉為久。祖父の為綱、父の為久が冷泉家の宮廷歌壇における地位を固めた時期に生まれ、才能を期待され育った。享保6年の「玉津島法楽月次御会」に10歳で出詠。享保6年、12歳で霊元上皇の古今伝授を受け、同14年には宮廷歌会のほとんどに出詠する常連歌人となる。父のほか、烏丸光栄や三条西公福に師事。彼らの死後は宮廷歌壇の第一人者として活躍。関東の武家歌人の多くを門弟とし、きめ細やかな添削や意欲をかきたてる指導によって一門は発展した。宝暦8年に正二位、翌年には権大納言にいたるが、明和7年に出家している。安永3年、没。享年63。

【著作】歌集に『冷泉為村卿家集』。歌論に『樵夫問答』。

盧照隣（ろしょうりん）

【生没】初唐、635?〜679

【評伝】初唐の詩人。王勃《おうぼつ》、楊炯《ようけい》、駱賓王《らくひんのう》とならんで「初唐の四傑」と称された。字は昇之《しょうし》、号は幽憂子。幽州范陽（河北省涿県）の人。高祖の子の鄧《とう》王に仕えて才能を愛され、新都（四川省新都県）の尉となったが病のために辞職した。はじめ太白山にすみ、のち具茨《ぐし》山（河南省禹県）のふもとに移った。しかし病は重くなる一方で、潁水に投身自殺をした。享年40。

【著作】『幽憂子集』。

魯迅（ろじん）

【生没】清、1881〜1936

【評伝】本名は周樹人《しゅうじゅじん》。字は豫才《よさい》。浙江省紹興県の出身。生家は裕福な官吏の家柄であったが、彼の幼少時に没落した。1902年、日本に留学し、仙台医学専門学校に在学していた際に文学を志し、帰国後、18年に「狂人日記」、ついで「孔乙巳《コンイーチー》」「故郷」「阿Q正伝」などを次々に発表、文学革命を実作面で裏付け、中国近代文学を確立する役割を果たした。その後は左右の各方面に対して、鋭い批判の文章を書き続け、また論争や文壇活動も精力的に行った（その間、住所も北京から厦門《アモイ》、広東、上海とたびたび変えている）。魯迅は旧詩（旧詩体、古典詩）を生涯にわたって作っており、現在も60余首が残る。

【著作】『吶喊』『彷徨』『両地書』『中国小説史略』。

盧僎（ろせん）

【生没】盛唐、生没年未詳

【評伝】臨漳《りんしょう》（河北省臨漳県）の出身。生没年ははっきりしないが、孟浩然《もうこうねん》（689〜740）と交遊し、開元29（741）年冬11月の出来事を歌った作品「譲帝挽歌詞《じょうていばんかし》」が残っているので、おおよその年代は推測できる。はじめ聞喜《ぶんき》（今の山西省聞喜県）の尉（一県の検察・警察を統轄《とうかつ》する）となり、ついで中央の集賢院学士《しゅうけんいんがくし》（図書の蒐集《しゅうしゅう》と校訂にあたる）に移り、吏部員外郎《りぶいんがいろう》を務めた。ほぼ同年代の一族に、吏部尚書《りぶしょうしょ》（人事を担当する吏部の長官）の盧従愿《ろじゅうげん》がいる。詩14首が現存する。

盧綸（ろりん）

【生没】中唐、748?~799?

【評伝】允言《いんげん》が字である。河中蒲（山西省永済県）の出身。大暦年間（766~779）、しばしば進士の試験を受けるものの、及第しなかったが、宰相元載《げんさい》に才能を認められてそのまま抜擢され、のち検校戸部郎中・監察御史を務めた。〝大暦の十才子〟のひとりに数えられる。

【著作】『盧綸集』。

わ

若槻礼次郎（わかつきれいじろう）

政治家【生没】慶応2年（１８６６）2月5日～昭和24年（１９４９）11月20日

【評伝】大正・昭和期の官僚・政治家。明治25年、大蔵省に入り国税課長から、主税局長、ついで第1次西園寺内閣の大蔵次官、のち英・仏駐在財務委員を務め第2次桂内閣で再び次官となる。辞任後、貴院議院に勅選された。第3次桂内閣の蔵相となり、大正政変後、立憲同志会に入って政界に進む。第2次大隈内閣の蔵相を務めたのちは憲政会に副総裁として重きをなし、加藤高明内閣の成立とともに内相に就任、治安維持法・普通選挙法を制定したが、この際、普選法案の審議にあたって枢密院・貴族院の修正を大幅に容れ、同法案承認と引き換えに治安維持法通過を図る密約を枢密院と交わしたと噂された。大正15年、加藤の死去に伴い首相・総裁を継いだが、昭和改元を機に3党首会談を開いて政治休戦を申し入れる等、その動きに官僚臭がつきまとったため党内に党人派の反発を生み、以後の底流をなすに至る。昭和2年、金融恐慌への対処を誤って枢密院の画策に敗れて総辞職した。昭和5年、浜口内閣のもとにロンドン軍縮会議に首脳全権として条約調印にこぎつけ、翌年病状の悪化した浜口に代わって首相・民政党総裁に就任した。ところが満州事変が勃発し、その処理に苦慮しているところに、安達内相らの政・民協力内閣運動が閣内から起こって退陣に追い込まれた。昭和9年、重臣となり、党総裁を辞任、以来重臣会議で東条内閣出現や日米開戦に「和平派」の立場をとったが、その影響力は限られたものでしかなかった。

【著作】『古風庵回顧録』。

若山牧水（わかやまぼくすい）

歌人【生没】明治18年（１８８５）8月24日～昭和3年（１９２８）9月17日

【評伝】本名、繁。宮崎県東臼杵郡東郷村（現・宮崎県日向市）の医家の長男に生まれる。明治32年、宮崎県立延岡中学校に入学し短歌と俳句を始める。18歳のとき、号を牧水とする。早稲田大学在学中に、尾上柴舟の門に入り、前田夕暮と共に「車前草社」に加わり、自然主義的な作風を目指した。明治41年、早大卒業の年に処女歌集『海の声』を出版。明治44年、創作社を興し詩歌雑誌「創作」を主宰。この年、太田水穂邸にて後に妻となる太田喜志子と知り合う。明治45年、石川啄木の臨終に立ち合う。同年、喜志子と結婚。大正9年、一家で沼津に移住する。昭和2年には喜志子と共に朝鮮半島方面の旅行に出発するが、体調を崩し帰国。その後自宅で病臥する。昭和3年、沼津の自宅で病没。享年43。死後の「創作」は喜志子が運営を引き継いだ。旅と歌を愛し、日本各地に歌碑がある。そしてなにより酒を愛し、一日一升程度飲んだという。死に至った大きな要因となったのは肝硬変である。

【著作】歌集に『海の声』『別離』『路上』『砂丘』。紀行文に『みなかみ紀行』『木枯紀行』など。

鷲津毅堂（わしづきどう）

官僚・儒学者【生没】文政8年（1825）11月8日～明治15年（1882）10月5日

【評伝】名は宣光、字は重光、九蔵と称し、号は毅堂。尾張の生まれ。幼いころから聡明で、ほぼ経史に通じ、やや長じてからは猪飼敬所《いがいけいしょ》に従学し、また江戸に遊び昌平坂学問所に入った。業成り、嘉永6年、久留米藩に仕え、文久中、藩政を論じたが報われなかったため致仕し、ついで尾張藩に仕えて、藩主徳川慶勝《よしかつ》の侍読となり、藩校教授を兼ね、さらに督学となって政務にも参与した。明治維新の後、権弁事となり、2年、大学少丞に転じ、ついで登米県権知事に任ぜられ、大審院五等判事・司法少書記官を歴任し、明治15年、58歳を以て病没した。葬儀の際に、特に儀衛兵を賜り、儒者未曾有の栄誉とされた。

【著作】『親燈余影』『毅堂集』。

渡邊崋山（わたなべかざん）

蘭学者・画家【生没】寛政5年（1793）9月16日～天保11年（1840）10月11日

【評伝】名は定静、字は伯登、またの字は子安、通称は登、初め華山と号し、34、5歳ごろから崋山と改めた。父は三河、田原藩、三宅侯の家老で定通といった。崋山はその長男。ほかに弟妹が7人あり、小藩のため家計は苦しかった。はじめ鷹見爽鳩《たかみそうきゅう》について儒学を修め、ついで家計を助けるために画を谷文晁《たにぶんちょう》に学んだ。文政3年、松崎慊堂《こうどう》に学び、佐藤一齋・安積艮齋にも学んだ。父の没後、藩の年老役となったが、高野長英・小関三英らの蘭学者と尚歯会を起こし、『鴃舌或問』『慎機論』などを著し、西洋事情研究の必要と攘夷が不可能であることを述べた。たまたま日附役の鳥居耀蔵が、無人島開拓の計画があることを聞いて、実はこれは外人と交通を企てるものであり、長英や崋山もその一味であろうと疑い、崋山をとらえて獄に下した。いわゆる蛮社の獄である。取り調べの結果、無人島事件と関係ないことは判明したが、書を著して時世をそしったとして罰せられ、国元、田原藩に蟄居《ちっきょ》を命ぜられた。門人福田半香らが江戸に画会を開いて作品を即売し、その家計を救おうとした。その往復の書簡が頻繁であったため、蟄居不謹慎とみなされてしまい、ついにその累を藩主に及ぼすことを恐れて、天保11年、自刃した。その師、松崎慊堂は老躯に鞭打ち、幕閣に働きかけ、その赦免運動を続け、これは功を奏したが、その知らせが着いたのは惜しくも彼の死の3日後であった。崋山は人となり豪邁、博覧強記、詩文書画・和歌俳諧に至るまで、みなこれを善くしたが、尤も画才に長じ、近世第一流の画人となった。

【著作】『日光紀行』。

渡邊吟神（わたなべぎんじん）

弁護士**【生没】**昭和2年（1927）5月17日～平成8年（1996）11月15日

【詳伝】東京に生まれる。父は渡邊龍神、母は章神、名は剛彰。吟神は号、別に郷風、剛岳、岳吟などが時代によって使われていた。旧制武蔵高校。東京大学文学部英文科卒業。昭和25年東大在学中に司法試験に合格、29年弁護士を開業した。また、中学2年の時、父より記憶術を習い、それを大成させた記憶術の大家。俳句は12歳の時、萩原井泉水門下となり自由律俳句を学び、のちの作詩活動、作品に大きな影響を与えた。吟詠は幼少より父の薫陶を受け、4歳の時には木崎正道門下として剣舞の初舞台を踏み、父が木村岳風門下となるや、岳風の門に入る。東大在学中に詩吟部を組織し活動、また日本詩吟学院の青年吟士として、長谷川岳聖、伊藤岳智等と終戦後の吟道復興に活躍した。自らアコーディオンを弾き吟じ積極的に洋楽器を伴奏に採り入れたり、日本の滝のほとんどを写したという撮影の技術を活かした、初のカラースライドによる構成吟詠を企画実演し好評を博すなど多才ぶりを発揮した。作詩は「吟道讃歌」「嗚呼硫黄島」など次々に発表、就中「古寺訪梅」は本格的代表作、のち作風は井泉水の自由律風に、あるいは父の影響からか、分かり易い吟詠詩を残している。日本詩吟学院の常務理事となり運営にも力を発揮したが、55年父龍神の日本吟道学院創立に参画、龍神亡き後、二代目総裁となり吟道普及発展に大きな功績を残し、平成8年11月15日病没。享年69。

【著作】法律、記憶術、吟詠など多岐にわたり100冊を超える。

渡邊順三（わたなべじゅんぞう）

歌人**【生没】**明治27年（1894）9月10日~昭和47年（1972）2月26日

【評伝】富山県富山市に生まれる。富山中学校に進学したが父の死により中退し、明治40年、母とともに上京して家具店に住み込みで働くこととなった。明治43年、流行性脳髄膜炎で左耳の聴力を失う。この頃より「明星」「新声」を読み、作歌を始める。大正2年「時事新報」に投稿し、窪田空穂の目に留まり、師事する。同じ頃、石川啄木の歌集や河上肇の『貧乏物語』を読み影響を受けた。大正12年、家具店を退職して、印刷所経営で独立する。1920年代の終わりごろから、短歌界にもプロレタリア文学の動きが波及し、「無産者歌人連盟」「プロレタリア歌人同盟」に参加し、雑誌「短歌戦線」「短歌前衛」「プロレタリア短歌」「短歌クラブ」「短歌評論」などを創刊しては終刊させる。勤労大衆の生活実感を詠う新しい短歌の創造を提唱した。こうした一連のプロレタリア短歌運動の推進により、昭和16年、治安維持法違反で検挙。戦後は「新日本歌人協会」の創立に参画し、民主主義文学運動の一翼として活動した。後年は、『評伝石川啄木』『大正短歌史』『昭和短歌史』など評論でも活躍した。昭和47年、没。享年77。

【著作】歌集『貧乏の歌』。評論に『大正短歌史』『昭和短歌史』『定本近代短歌史』。

渡邊水巴（わたなべすいは）

俳人**【生没】**明治15年（1882）6月16日~昭和21年（1946）8月13日

【評伝】本名、義《よし》。東京に生まれた。父は花鳥画の大家渡辺省亭。日本中学を3年で中退。明治33年、19歳で俳句を志し、翌34年、内藤鳴雪の門に入り、後に高浜虚子に師事した。39年、25歳で「俳諧草紙」を創刊し、主宰となる。以後各詩の選を担当した。大正初期、虚子の俳壇復活を機に「ホトトギス」の代表的俳人として活躍した。大正3年、情調本位の俳句を標榜して曲水社を設立。大正5年、「曲水」を創刊主宰する。父から受けた芸術的稟質と高い趣味性に加えて、清新で健康な美的世界を追究した。生涯俳句以外の職に手を染めることがなかった。昭和21年、没。享年65。

【著作】句集に『水巴句集』『水巴句帖』『続水巴句帖』『隈笹』『白日』『富士』『新月』。他に『路地の家』『蓑虫の散歩』『彼岸の薄雪』『花を語る』『夏の風景』『初富士』『雨傘』『燈影礼讃』『妹』。

渡邊龍神（わたなべりゅうじん）

弁護士【生没】明治29年（1896）5月24日～昭和57年（1982）9月8日

【評伝】栃木県塩谷郡箒根村（現・那須塩原市）の農家に生まる。名は章平。号は日本詩吟学院時代、岳神。日本吟道学院創立後は龍神と称した。別に「あきひら」のペンネームで作品を残している。幼少の頃より苦学力行、牛乳配達や呉服店に勤めながら漢文・書道などを学び、18歳、日本文章学院卒業、22歳、正則英語学校修了、24歳、明治大学法学科卒業、27歳、明治大学高等専攻科修了、31歳、弁護士登録。その後も広く学問を修め、また心身の鍛練も怠ることなく修業した。全日本弁護士会理事、第一弁護士会常議員会副議長、日本弁護士連合会弁護士資格審査委員、第一東京弁護士会監事などを歴任、法曹界で功績を残した。吟詠界では昭和12年木村岳風の門下生となり、昭和27年7月1日木村岳風死去するや、8月2日推されて日本詩吟学院理事長に就任、55年6月退任、その間、吟道復興に全力を注ぎ、東京世田谷にある松陰神社の松下村塾を自費で修復建て直し、松陰道場を開設するなど各地に吟詠教場を開き、全国を行脚し普及向上に努めた。43年3月、日本詩吟学院の社団法人化を実現し、師岳風の遺言、恩に報いた。49年、吟詠の普及向上と後進育成に貢献した業績に対して、藍授褒章叙勲の栄に浴した。55年7月、更なる理想、飛躍を求め、日本吟道学院を設立し初代総裁に就任し号を龍神と改め吟道活動のほか、その念いを多くの詩歌に託して発表した。ほかに弓道も善くし、財団法人誠心弓道会理事も務めた。57年9月8日没す。享年86。

渡邊綠村（わたなべりょくそん）

教育者【生没】明治22年（1889）3月28日～昭和27年（1952）1月5日

【評伝】熊本県甲佐町に父親助、母サトの長男として生まれる。名は幸吉。甲佐小学校、中学済々黌に入学、二年生の時渡米を志したが身体検査の結果不合格となり断念、代議士渡辺敬昌、その天稟を惜しみ、東京に伴い、杉浦重剛の日本中学に学ばせるも、志すところありて明治学院に転校、卒業後も独学、台湾に渡り台湾小学校商業科英語教師となる。大正2年東京下高井戸に農場を経営、大学生を中心に青年達と農耕をしながら教育した。昭和3年二松学舎学長山田準の招聘に応じ吟詠指導、吟詠部設立の嚆矢となった。以来日本大学、大東文化学院、大正大学、早稲田大学、國學院大学等吟詠部を創設するに至った。4年9月熊本市公会堂において、日本漢詩吟詠会主催第一回吟詠大会を開催、伝統的日本精神の覚醒は教育吟詠の外に無し、と力説、普及に努めた。また第六師団長荒木貞夫を顧問に迎え皇風会熊本支部を結成、大神宮において第1回大会を催した。7年東京に皇風会を設立、菊地武夫男爵を会長に平沼騏一郎男爵、荒木貞夫等を顧問に迎え教育吟詠による国民教化運動展開への基盤を固めた。以後各学生聯合や学生吟詠連盟の結成、吟詠大会開催と諸団体への吟詠指導を行った。8年横浜本牧の八聖殿において第1回全国吟詠大会が開かれ全国から名吟家が出吟し盛況を極めた。八聖殿を建てた安達謙蔵のよき相談相手となり、毎回緑村が中心となり進行した。これが契機となり、大日本吟詠聯盟が発足、安達謙蔵が会長となり、緑村は理事となり運営に参画した。23年東京に道義実践会を結成、のち緑村吟詠会と改め教育吟詠の実践による道義高揚を目標とした。26年12月30日、脳溢血で倒れ、27年1月5日不帰の客となる。享年64。「孔子」の言葉を中心に緑村が成文化した『朗吟精神』は、現在も確かな吟詠会のバイブルとなっている。

王仁（わに）

学者　**【生没】**生没年未詳

【評伝】応神朝に百済から日本に渡来し、漢字と儒教を伝えたとされる人物。『古事記』には和邇吉師《わにきし》と記されている。『論語』と『千字文』をもたらし、皇太子宇治稚郎子《うじのわきいらつこ》に典籍を講読したと伝わる。西文氏《かわちのふみうじ》の祖とされる。『古今和歌集』の仮名序に見る王仁の作とされる、「難波津に咲くや木の花冬ごもり今は春べと咲くや木《こ》の花」という歌は百人一首には含まれていないが、全日本かるた協会が競技かるたの際の序歌に指定している。一部変えられているが、競技の時に一首目に読まれる歌である。これは歌人の佐佐木信綱が選定したとされる。

〔監修者〕

志村有弘（しむら・くにひろ）

相模女子大学名誉教授・八洲学園大学客員教授。文芸評論家・日本ペンクラブ会員・日本文藝家協会会員。1941年、北海道生まれ。立教大学大学院文学研究科博士課程修了。伝承文学・古典と近代文学の比較研究・怪奇文学を専攻。

主要著書に、『林富士馬の文学』（鼎書房）、『説話文学の構想と伝承』（明治書院）、『陰陽師安倍晴明』（角川ソフィア文庫）、『江戸の都市伝説』（河出文庫）、『新編百物語』（河出文庫）、『羅城門の怪』（角川書店）、監修・編纂に『日本文化文学人物事典』（鼎書房）、『室生犀星事典』（鼎書房）、『日本伝奇伝説大事典』（角川書店）、『社寺縁起伝説辞典』（戎光祥出版）、「怪奇伝奇時代小説選集」（春陽堂）全15巻など。

詩歌作者事典

発　行――二〇一一（平成二三）年一一月二〇日

編　者――詩歌作者事典刊行会
鼎書房編集部

発行者――加曽利達孝

発行所――鼎　書　房
〒132-0031 東京都江戸川区松島二-一七-二
TEL・FAX 〇三-三六五四-一〇六四

印刷所――太平印刷社

製本所――エイワ

ISBN978-4-907846-87-9　C0590

日中詩歌作者略年表

日本 作者（生没年）	日本 時代	西暦	中国 時代	中国 作者（生没年）
	縄文文化	前1600	殷	
	縄文文化	前1132	西周	
素戔嗚尊（？～？）210頁	縄文文化	前 770	東周（春秋戦国）	孔　子（前551～前479）159頁 屈　原（前343?～前277?）145頁 高　祖（前256?～前195）160頁 項　羽（前232～前202）157頁
	弥生文化	前 221	秦	
神武天皇（？～？）206頁	弥生文化	前 206	前漢	卓文君（前179?～前117?）239頁 漢武帝（前156～前87）128頁 李　陵（前?～前74）439頁 蘇　武（前140?～前60）224頁 王昭君（前30?）75頁
	弥生文化	8	新	
倭建命（？～？）406頁 弟橘比売命（？～？）101頁	弥生文化	25	後漢	張　衡（79～139）254頁 孔　融（153～208）163頁 阮　瑀（？～212）153頁 崔　琰（？～216）170頁 陳　琳（？～217）259頁 劉　楨（？～217）437頁 徐　幹（170～217）202頁 王　粲（177～217）74頁 諸葛孔明（181～234）202頁 曹　丕（187～226）220頁 應　璩（190～252）74頁 曹　植（192～232）220頁 阮　籍（210～263）154頁
	弥生文化	220	三国	嵆　康（223～262）152頁 張　華（232～300）253頁 潘　岳（247～300）322頁

			250	三国	左　思 (250?〜305?) 179頁
王　仁（？〜？）448頁					陸　機 (261〜301) 430頁
			265	西晋	劉　琨 (271〜318) 436頁
					郭　璞 (276〜324) 106頁
			317	東晋	陶潜 (淵明) (365〜427) 268頁
仁徳天皇（？〜？）302頁					顔延之 (384〜456) 126頁
磐姫皇后 (5世紀中頃?) 59頁	古				謝霊運 (385〜433) 196頁
木梨軽太子（？〜？）134頁					鮑　照 (412?〜466) 350頁
雄略天皇 (418〜479) 411頁			420	南北朝	沈　約 (441〜513) 206頁
					范　雲 (451〜503) 322頁
					謝　朓 (464〜499) 195頁
	墳				呉　均 (469〜520) 156頁
					庾　信 (513〜581) 411頁
					楊煬帝 (569〜618) 414頁
聖徳太子 (574〜622) 200頁					王　績 (585〜644) 77頁
			589	隋	
舒明天皇 (593〜641) 203頁		593			
			618	唐（初）	
藤原鎌足（614〜669）336頁	大和				張敬忠（？〜？）255頁
中皇命（？〜？）287頁					崔敏童（？〜？）175頁
天智天皇（626〜672）265頁					寒　山（？〜？）127頁
有間皇子（640〜658）36頁					狄仁傑 (630〜700) 263頁
鏡王女（？〜683）105頁					盧照鄰 (635?〜679) 441頁
天武天皇（？〜686）266頁					駱賓王 (640?〜684?) 428頁
持統天皇（645〜703）187頁					杜審言 (648?〜708) 272頁
但馬皇女（？〜708）242頁					蘇味道 (648?〜727?) 225頁
大友皇子（648〜672）90頁					王　勃 (650〜676) 77頁
柿本人麻呂（？〜？）106頁					楊　炯 (650〜695?) 413頁
額田王（？〜？）303頁					劉希夷 (651〜679) 436頁
野中川原史満（？〜？）305頁					宋之問 (656?〜712?) 219頁
山上憶良（660?〜733?）407頁					沈佺期 (656?〜714) 205頁
高市黒人（？〜？）240頁					賀知章 (659〜744) 111頁
長意吉麻呂（？〜？）288頁					陳子昂 (661〜702?) 259頁
大伯皇女（661〜702）82頁					張　説 (667〜730) 252頁
大津皇子（663〜686）88頁					張九齢 (678?〜740) 254頁
大伴旅人（665〜731）89頁					玄宗皇帝 (685〜762) 155頁
旅人傔従（？〜？）248頁					王　翰 (687〜726) 73頁
大伴坂上郎女（？〜？）89頁					王之渙 (688〜742?) 75頁
山部赤人（？〜？）408頁					孟浩然 (689〜740) 390頁
陸奥国前采女（？〜？）371頁					王昌齢 (698?〜755?) 76頁
文武天皇（683〜707）266頁					王　維 (699?〜761) 72頁

	大和		701	唐（初）	李　白 (701～762) 433頁
志貴皇子（？～716）186頁					崔　顥 (704～754) 172頁
					儲光羲 (706?～763?) 258頁
長屋王（？～729）292頁					高　適 (707～765) 159頁
					常　建 (708～？) 199頁
					劉長卿 (709?～780?) 437頁
阿倍仲麻呂 (698～770) 32頁					杜　甫 (712～770) 272頁
厚見王（？～？）31頁					張若虚 (？～？) 256頁
猿丸大夫（？～？）182頁					李　頎 (？～？) 430頁
湯原王（？～？）411頁					盧　僎 (？～？) 441頁
			713	唐（盛）	李　華 (715?～766?) 429頁
大伴家持 (718?～785) 90頁					岑　參 (715?～770) 205頁
狭野茅上娘子（？～？）182頁					賈　至 (718～772) 109頁
葛井諸会（？～？）331頁					張　謂 (721～780?) 252頁
笠郎女（？～？）108頁					錢　起 (722～780?) 218頁
丈部稲麻呂（？～？）315頁					嚴　武 (726～765) 155頁
平群女郎（？～？）350頁					皎　然 (730～799) 163頁
	奈良	731			戴叔倫 (732～789) 226頁
					耿　湋 (734～？) 157頁
高橋虫麻呂（？～？）232頁					韋應物 (737?～790?) 40頁
					司空曙 (？～790?) 186頁
小野老（？～737）103頁					盧　綸 (748?～799?) 442頁
行　基（？～749）138頁					李　益 (748～827) 428頁
					孟　郊 (751～814) 389頁
伝教大師 (766～822) 265頁			767	唐（中）	張　繼 (？～？) 255頁
					韓　愈 (768～824) 128頁
空　海 (774～835) 141頁					張　籍 (768～830?) 257頁
					薛　濤 (768～831?) 217頁
					楊巨源 (770?～?) 413頁
					杜秋娘 (？～？) 271頁
					劉禹錫 (772～842) 435頁
					白居易 (772～846) 309頁
					李　紳 (?～846) 432頁
					柳宗元 (773～819) 436頁
					王　建 (778?～830?) 74頁
					元　稹 (779～831) 154頁
					賈　島 (789～843) 113頁
巨勢識人 (795?～？) 165頁	平安	794			李　賀 (790～816) 429頁
					許　渾 (791～854?) 140頁
兼覧王（？～832）120頁					杜　牧 (803～852) 274頁
小野篁 (802～853) 103頁					趙　嘏 (810?～856?) 253頁

藤原良房（804～872）347頁		804		
有智子内親王（807～847）64頁				李商隠（812～870）432頁
文屋康秀（？～？）349頁			唐（中）	
良岑宗貞（816～890）424頁				温庭筠（812?～870）104頁
源　融（822～895）374頁				高　駢（821～887）162頁
在原業平（825～880）36頁				曹　松（830?～901）220頁
在原棟梁（？～898）36頁		835		胡　曽（？～？）166頁
小野小町（？～？）103頁				韋　荘（836～910）47頁
藤原敏行（？～？）343頁				
素性法師（？～？）223頁				司空圖（837～908）186頁
在原元方（？～953）37頁				魚玄機（843～868?）140頁
二条后高子（842～910）299頁				杜荀鶴（846～904?）272頁
菅原道真（845～903）208頁				于武陵（847?）66頁
紀友則（845?～907）136頁				
春道列樹（？～？）322頁	平			
平貞文（？～923）227頁				
凡河内躬恒（？～？）84頁				
文屋有季（？～？）349頁				
壬生忠岑（？～？）379頁				
藤原因香（？～？）348頁				
藤原忠房（？～929）341頁				
坂上是則（？～930）177頁				
紀貫之（868～945）136頁			唐（晩）	
陽成院（869～949）414頁				
大江千里（？～？）79頁				
文屋朝康（？～？）349頁	安			
藤原定方（873～932）338頁				呂洞賓（874?）438頁
伊　勢（875?～938?）47頁				
藤原兼輔（877～933）335頁				
源宗于（？～940）377頁				
藤原忠平（880～949）340頁				
源　等（880～951）375頁				裴　迪（？～？）308頁
清原深養父（？～？）141頁				
藤原興風（？～？）335頁				
源当純（？～？）376頁				
大中臣頼基（886?～958）91頁				于　濆（？～？）66頁
大江朝綱（886～958）79頁				
源公忠（889～948）372頁				
白　女（？～？）203頁				
蟬　丸（？～？）217頁				
藤原敦忠（906～943）334頁				

藤原清正（？～958）336頁	平安	908	五代	
橘直幹（？～？）243頁				
清原元輔（908～990）141頁				
藤原朝忠（910～967）334頁				
源信明（910～970）373頁				
源　順（911～983）374頁				
中　務（912?～991?）287頁				
兼明親王（914～987）117頁				
平兼盛（？～991）227頁				
大中臣能宣（921～991）91頁				
藤原仲文（923～992）344頁				
藤原伊尹（924～972）337頁				
齋宮女御（929～985）171頁				
藤原高光（？～994）340頁				
右大将道綱母（937～995）64頁				
藤原実方（？～999）339頁				
源重之（？～？）373頁				
安法法師（？～？）39頁				
恵慶法師（？～？）68頁				
藤原元真（？～？）346頁				
壬生忠見（？～？）379頁				
大中臣輔親（945～1038）90頁				
藤原高遠（949～1013）340頁				
藤原長能（949～？）343頁				
増基法師（？～？）219頁				
大江匡衡（952～1012）79頁				
藤原義孝（954～974）347頁				王禹偁（954～1001）73頁
赤染衛門（？～？）25頁				
右　近（？～？）63頁				
菅原輔昭（？～？）207頁				
曾禰好忠（？～？）224頁				
紫式部（？～？）386頁				
源道済（？～1019）376頁				
清少納言（？～？）214頁		960	宋（北宋）	
藤原道長（966～1028）345頁				
藤原公任（966～1041）337頁				
花山院（968～1008）108頁				林　逋（967～1028）439頁
小大君（？～？）164頁				
藤原道信（972～994）346頁				
道命阿闍梨（974～1020）269頁				
三条天皇（976～1017）183頁				

和泉式部（？～？）47頁		988		
上東門院中将（？～？）200頁				
能因法師（988～？）303頁				
伊勢大輔（？～？）47頁				
良　暹（？～？）438頁				
馬内侍（？～？）66頁				
藤原道雅（992～1054）346頁				
藤原定頼（995～1045）339頁				
相　模（？～？）177頁				
小式部内侍（？～？）165頁				
大弐三位（？～？）226頁				
藤原兼房（1001～1069）336頁				梅堯臣（1002～1060）308頁
菅原孝標女（1008～？）207頁				歐陽脩（1007～1072）77頁
源頼実（1015～1044）378頁	平		宋（北宋）	蘇舜欽（1008～1048）222頁
大江嘉言（？～？）80頁				邵　雍（1011～1077）201頁
源経信（1016～1097）374頁				曾　鞏（1019～1083）219頁
津守国基（1023～1102）263頁				司馬光（1019～1086）189頁
源義家（？～？）377頁				王安石（1021～1086）71頁
大江匡房（1041～1111）80頁				程明道（1032～1085）263頁
藤原通俊（1047～1099）345頁				蘇　軾（1036～1101）222頁
永　縁（1048～1125）413頁				黄庭堅（1045～1105）161頁
源俊頼（1055?～1129）375頁				
行　尊（1055～1135）138頁				
藤原基俊（1060～1142）347頁	安			
平忠盛（1096～1153）228頁				
藤原忠通（1097～1164）341頁				
妓　王（？～1172）129頁				
源頼政（1104～1180）378頁				
藤原俊成（1114～1204）342頁				陸　游（1125～1210）431頁
西　行（1118～1190）171頁				范成大（1126～1193）323頁
寂　然（？～？）194頁				杜　秉（？～？）272頁
後白河天皇（1127～1192）165頁		1127		楊万里（1127～1206）415頁
藤原範長（？～？）344頁				朱　熹（1130～1200）197頁
妙音院入道（1138～1192）382頁			宋（南宋）	
藤原実定（1139～1192）339頁				
平忠度（1144～1184）227頁				
式子内親王（1149～1201）202頁				
寂　蓮（？～1202）195頁				

鴨長明（1155～1216）122頁		1155		
藤原有家（1155～1216）334頁				
慈　円（1155～1225）184頁				
建礼門院右京大夫（?～?）155頁				
藤原家隆（1158～1237）335頁				
藤原定家（1162～1241）338頁	平			
藤原忠良（1164～1225）342頁				
九条良経（1169～1206）144頁				戴復古（1167～1248?）227頁
飛鳥井雅経（1170～1221）29頁				趙師秀（？～？）256頁
静御前（？～？）187頁				
源通具（1171～1227）376頁				
西園寺公経（1171～1244）170頁				
藤原俊成女（？～？）343頁	安		宋	
後鳥羽院（1180～1239）167頁				
源具親（？～？）375頁				
藤原秀能（1184～1240）344頁				
源通光（1187～1248）376頁				
永福門院内侍（？～？）67頁				
源実朝（1192～1219）373頁		1192	（南宋）	元好問（1190～1257）153頁
藤原為家（1198～1275）342頁				方　岳（1199～1262）350頁
道　元（1200～1253）267頁				
宮内卿（？～？）146頁				
二条為氏（1222～1286）298頁				
祖　元（1226～1286）222頁				謝枋得（1226～1289）196頁
宗尊親王（1242～1274）384頁				文天祥（1236～1282）348頁
二条為世（1250～1338）299頁				趙孟頫（1254～1322）257頁
京極為兼（1254～1332）138頁	鎌			
冷泉為相（1263～1328）440頁				
伏見院（1265～1317）332頁				家鉉翁（1270?）108頁
後宇多院（1267～1324）161頁				眞山民（？～？）204頁
永福門院（1271～1342）67頁				掲傒斯（1274～1344）152頁
二条為藤（1275～1324）299頁		1279		郭麟孫（1279?）107頁
吉田兼好（1283～？）421頁	倉			
後醍醐天皇（1288～1339）166頁				
頓　阿（1289～1372）277頁				
雪村友梅（1290～1346）216頁				
楠木正行（？～1348）145頁			元	
寂室元光（1290～1367）194頁				
慶　運（1293～1369）151頁				
円　旨（1294～1364）70頁				
二条為明（1295～1365）298頁				

花園院（1297〜1348）318頁	鎌倉	1297	元	楊維楨（1296〜1370）412頁
浄　弁（？〜？）201頁				
中巖円月（1300〜1375）252頁				
花山院師賢（1301〜1332）109頁				
足利尊氏（1305〜1358）28頁				
宗良親王（1311〜？）385頁				劉　基（1311〜1375）435頁
光厳院（1313〜1364）158頁		1366	明	
冷泉為秀（？〜1372）440頁				
義堂周信（1325〜1388）133頁				
後村上天皇（1328〜1368）167頁				
細川頼之（1329〜1392）352頁				
絶海中津（1336〜1405）216頁				高　啓（1336〜1374）158頁
長慶天皇（1343〜1394）255頁	室町戦国	1338		
飛鳥井雅縁（1358〜1428）30頁				
花山院長親（？〜1429）109頁				楊士奇（1365〜1444）414頁
正　徹（1381〜1459）200頁				楊　栄（1371〜1440）412頁
飛鳥井雅世（1390〜1452）30頁				
一　休（1394〜1481）50頁				
東常縁（？〜？）269頁				袁　凱（1400?）70頁
一条兼良（1402〜1481）49頁				
正　広（1412〜？）199頁				
飛鳥井雅親（1416〜1490）29頁				
宗　祇（1421〜1502）218頁				
太田道灌（1432〜1486）87頁				
三条西実隆（1455〜1537）183頁				
足利義尚（1465〜1489）29頁				王九思（1468〜1551）73頁
山崎宗鑑（？〜？）404頁				李夢陽（1471〜1529）435頁
荒木田守武（1473〜1549）35頁				王陽明（1472〜1528）78頁
十市遠忠（1497〜1545）269頁				康　海（1475〜1540）157頁
武田信玄（1521〜1573）240頁				徐禎卿（1479〜1511）203頁
新納忠元（1526〜1611）294頁				何景明（1483〜1521）108頁
上杉謙信（1530〜1578）60頁				謝　榛（1495〜1575）195頁
細川幽齋（1534〜1610）352頁				
足利義昭（1537〜1597）28頁				帰有光（1506〜1571）138頁
豊臣秀吉（1537〜1598）277頁				唐順之（1507〜1560）268頁
藤原惺窩（1561〜1619）333頁				王愼中（1508〜1559）76頁
伊達政宗（1567〜1636）245頁				李攀龍（1514〜1570）434頁
野澤凡兆（？〜1640）304頁				徐　渭（1521〜1593）197頁
木下長嘯子（1569〜1649）135頁	安土桃山	1568		
松永貞徳（1571〜1653）364頁				王世貞（1526〜1590）76頁
林羅山（1583〜1657）320頁				袁宏道（1568〜1610）70頁
石川丈山（1583〜1672）43頁				袁中道（1570〜1623）71頁

中院通村 (1588～1653) 288頁	安土桃山		明	
野々口立圃 (1595～1669) 305頁				
後水尾天皇 (1596～1680) 168頁				
松江重頼 (1602～1680) 360頁		1603		
西山宗因 (1605～1682) 297頁	江戸			
中江藤樹 (1608～1648) 281頁				陳子龍 (1608～1647) 259頁
安原貞室 (1610～1673) 397頁				
山崎闇齋 (1618～1682) 404頁				
山鹿素行 (1622～1685) 400頁				
元　政 (1623～1668) 154頁				
下河辺長流 (? ～1686) 193頁				
坪井杜國 (? ～1690) 262頁				
北村季吟 (1624～1705) 132頁				
伊藤仁齋 (1627～1705) 52頁				朱彝尊 (1629～1709) 196頁
田捨女 (1634～1698) 266頁				王士禎 (1634～1711) 75頁
契　沖 (1640～1701) 152頁				
井原西鶴 (1642～1693) 56頁				
廣瀬惟然 (? ～1711) 238頁				
山口素堂 (1642～1716) 403頁				
松尾芭蕉 (1644～1694) 361頁				
杉山杉風 (1647～1732) 210頁				
山本荷兮 (1648～1716) 409頁				
河合曾良 (1649～1710) 123頁				
齋部路通 (1649～1738) 58頁				
池西言水 (1650～1722) 42頁				査愼行 (1650～1727) 179頁
向井去来 (1651～1704) 383頁				
服部嵐雪 (1654～1707) 317頁				
小西来山 (1654～1716) 168頁				
森川許六 (1656～1715) 393頁				
椎本才麿 (1656～1738) 184頁				
越智越人 (1656～ ?) 101頁				
新井白石 (1657～1725) 33頁				
服部土芳 (1657～1730) 316頁				
室鳩巣 (1658～1734) 389頁				
岩田涼菟 (1659～1717) 59頁				
宝井其角 (1661～1707) 238頁				
立花北枝 (? ～1718) 243頁				
上島鬼貫 (1661～1738) 60頁				
内藤丈草 (1662～1704) 279頁		1662		呉永和 (? ～ ?) 164頁
志太野坡 (1662～1740) 187頁			清	
稲津祇空 (1663～1733) 53頁				

斯波園女（1664～1726）190頁		1664		
各務支考（1665～1731）105頁				
荻生徂徠（1666～1728）97頁				
秋　色（1669～1725）196頁				屈　復（1668?～？）146頁
荷田春満（1669～1736）110頁				
伊藤東涯（1670～1736）52頁				
濱田洒堂（？～1737）318頁				
武林唯七（1672～1703）241頁				
梁田蛻巖（1672～1757）399頁				
松木淡々（1674～1761）362頁				沈德潛（1673～1769）206頁
中川乙由（1675～1739）283頁				
祇園南海（1677～1751）129頁				
桂山彩巖（1679～1749）113頁				
太宰春臺（1680～1747）241頁	江			
服部南郭（1683～1759）317頁				
山縣周南（1687～1752）401頁				
平野金華（1688～1732）327頁				
烏丸光栄（1689～1748）123頁				
賀茂真淵（1697～1769）122頁				厲　鶚（1692～1752）439頁
秋山玉山（1702～1763）27頁				
横井也有（1702～1783）416頁			清	
千代女（1703～1775）258頁				
高野蘭亭（1704～1757）231頁				
湯淺元禎（1708～1781）411頁				
炭太祇（1709～1771）250頁				
冷泉為村（1712～1774）440頁				
澄　月（1714～1798）256頁	戸			
龍草廬（1714～1792）244頁				
田安宗武（1716～1771）249頁				袁　枚（1716～1797）71頁
與謝蕪村（1716～1784）419頁				
堀麦水（1718～1783）354頁				
大島蓼太（1718～1787）84頁				
加藤宇万伎（1721～1777）114頁				
荷田蒼生子（1722～1786）110頁				
大伴大江丸（1722～1805）88頁				
楫取魚彦（1723～1782）117頁				
小澤蘆庵（1723～1801）99頁				
勝見二柳（1723～1803）112頁				
土岐筑波子（？～？）270頁				蔣士銓（1725～1785）199頁
高桑闌更（1726～1798）229頁				
細井平洲（1728～1801）351頁				趙　翼（1727～1814）258頁

黒柳召波（1729～1771）151頁 三浦樗良（1729～1780）367頁 吉分大魯（1730?～1778）425頁 鵜殿余野子（？～1788）65頁 本居宣長（1730～1801）391頁 吉川五明（1731～1803）133頁 加藤暁臺（1732～1792）114頁 蝶　夢（1732～1795）257頁 油谷倭文子（1733～1752）412頁 伴蒿蹊（1733～1806）323頁 六　如（1734～1801）430頁 上田秋成（1734～1809）61頁 西山拙齋（1735～1798）297頁 藪孤山（1735～1802）400頁 皆川淇園（1735～1807）372頁 橘千蔭（1735～1808）242頁 柴野栗山（1736～1807）191頁 加舎白雄（1738～1791）122頁 林子平（1738～1793）319頁 松岡青蘿（1740～1791）361頁 高井几董（1741～1789）228頁 井上士朗（1742～1812）54頁 亀井南冥（1743～1814）120頁 伊形靈雨（1745～1787）41頁 浦上玉堂（1745～1820）67頁 村田春海（1746～1811）387頁 頼春水（1746～1816）427頁 尾藤二洲（1747～1814）325頁 慈　延（1748～1805）184頁 菅茶山（1748～1827）127頁 夏目成美（1749～1817）292頁 市河寛齋（1749～1820）48頁 大田南畝（1749～1823）87頁 亀田鵬齋（1752～1826）121頁 頼春風（1753～1825）427頁 頼杏坪（1756～1834）426頁 鈴木道彦（1757～1819）213頁 良　寛（1758～1831）438頁 建部巣兆（1761～1814）241頁 成田蒼虬（1761～1842）293頁 館柳灣（1762～1844）244頁	江 戸	1729	清	

田川鳳朗（1762～1845）238頁 柏木如亭（1763～1819）109頁 小林一茶（1763～1827）168頁 大田錦城（1765～1825）86頁 武元登登庵（1767～1818）241頁 大窪詩佛（1767～1837）82頁 蒲生君平（1768～1813）121頁 林述齋（1768～1841）319頁 香川景樹（1768～1843）105頁 櫻井梅室（1769～1852）178頁 山梨稻川（1771～1826）406頁 松崎慊堂（1771～1844）363頁 佐藤一齋（1772～1859）180頁 野村篁園（1775～1843）306頁 清水浜臣（1776～1824）193頁 市原たよ女（1776～1865）49頁 田能村竹田（1777～1835）248頁 木下幸文（1779～1821）135頁 長尾秋水（1779～1863）282頁 賴山陽（1780～1832）426頁 篠崎小竹（1781～1851）188頁 西島蘭溪（1781～1853）296頁 廣瀬淡窓（1782～1856）329頁 熊谷直好（1782～1862）147頁 村田清風（1783～1855）386頁 高畠式部（1785～1881）234頁 江馬細香（1787～1861）69頁 草場佩川（1787～1867）143頁 梁川星巖（1789～1858）398頁 摩島松南（1791～1839）360頁 仁科白谷（1791～1845）297頁 朝川善庵（1791～1849）28頁 太田垣蓮月尼（1791～1875）86頁 安積艮齋（1791～1861）27頁 大塩平八郎（1793～1837）84頁 渡邊崋山（1793～1840）444頁 寺門靜軒（1796～1868）264頁 玉乃九華（1797～1851）249頁 齋藤拙堂（1797～1865）174頁 坂井虎山（1798～1850）175頁 野田笛浦（1799～1859）305頁	江 戸	1762	清	

藤森弘庵（1799～1862）333頁 大隈言道（1798～1868）83頁 八田知紀（1799～1873）315頁 菊池溪琴（1799～1881）130頁 徳川齊昭（1800～1860）271頁 平賀元義（1800～1865）326頁 井上文雄（1800～1871）55頁 中島米華（1801～1834）284頁 大槻盤溪（1801～1878）88頁 山田螻堂（1803～1861）405頁 梁川紅蘭（1804～1879）398頁 木下犀潭（1805～1867）134頁 山田方谷（1805～1877）405頁 藤田東湖（1806～1855）332頁 加納諸平（1806～1857）120頁 久貝正典（1806～1865）142頁 野村望東尼（1806～1867）307頁 廣瀨旭莊（1807～1863）329頁 月田蒙齋（1807～1866）260頁 藤井竹外（1807～1866）331頁 塩谷宕陰（1809～1867）185頁 横井小楠（1809～1869）415頁 村上佛山（1810～1879）386頁 佐久間象山（1811～1864）177頁 井上井月（？～1887）54頁 岡本黃石（1811～1898）96頁 橘曙覧（1812～1868）242頁 伴林光平（1813～1864）324頁 小野湖山（1814～1910）102頁 齋藤竹堂（1815～1852）174頁 梅田雲濱（1815～1859）66頁 安藤野雁（1815～1867）38頁 大橋訥庵（1816～1862）93頁 月　性（1817～1858）153頁 日柳燕石（1817～1868）142頁 正墻適處（1818～1875）198頁 土井有恪（1818～1880）267頁 大沼枕山（1818～1891）91頁 元田東野（1818～1891）392頁 草場船山（1819～1887）143頁 森春濤（1819～1889）394頁	江 戸	1799	清	

菊池三溪（1819～1891）130頁 進鴻溪（1821～1884）204頁 齋藤監物（1822～1850）173頁 阪谷朗廬（1822～1881）176頁 栗本鋤雲（1822～1897）150頁 谷口藍田（1822～1902）247頁 頼支峰（1823～1889）427頁 鱸松塘（1823～1898）211頁 勝海舟（1823～1899）111頁 秋月胤永（1824～1900）26頁 頼鴨厓（1825～1859）426頁 河野鐵兜（1825～1867）162頁 鷲津毅堂（1825～1882）444頁 江馬天江（1825～1901）69頁 向山黄村（1826～1897）383頁 杉浦梅潭（1826～1900）209頁 重野安繹（1827～1910）186頁 平野國臣（1828～1864）327頁 西郷隆盛（1828～1877）172頁 松平春獄（1828～1890）363頁 副島種臣（1828～1905）221頁 吉田松陰（1830～1859）422頁 黒澤忠三郎（1830～1861）150頁 柴秋村（1830～1871）190頁 大久保利通（1830～1878）82頁 川田甕江（1830～1895）124頁 三島中洲（1830～1919）368頁 神波即山（1832～1891）127頁 中村敬宇（1832～1891）290頁 木戸孝允（1833～1877）134頁 長三洲（1833～1895）256頁 江藤新平（1834～1874）68頁 前原一誠（1834～1876）358頁 巖谷一六（1834～1905）59頁 橋本左内（1835～1859）312頁 高橋泥舟（1835～1903）232頁 佐原盛純（1835～1908）182頁 信夫恕軒（1835～1910）189頁 杉聽雨（1835～1920）210頁 山岡鐵舟（1836～1888）400頁 西道仙（1836～1913）297頁	江 戸	1819	清	

児島葦原（1837～1862）165頁 吉村虎太郎（1837～1863）424頁 成島柳北（1837～1884）293頁 谷干城（1837～1911）246頁 宮島誠一郎（1838～1911）381頁 黙　雷（1838～1911）390頁 中井櫻洲（1838～1894）280頁 亀谷省軒（1838～1913）120頁 佐野竹之助（1839～1860）181頁 高杉晋作（1839～1867）229頁 闞湘雲（1839～1918）215頁 久坂玄瑞（1840～1864）142頁 古莊嘉門（1840～1915）348頁 サミュエル・ウルマン （1840～1924）182頁 加藤雍軒（1841～1898）116頁 伊藤博文（1841～1909）52頁 大須賀筠軒（1841～1912）85頁 秋月天放（1841～1913）26頁 芳川越山（1841～1920）420頁 竹添井井（1842～1917）240頁 土屋鳳洲（1842～1926）261頁 新島襄（1843～1890）294頁 雲井龍雄（1844～1871）148頁 陸奥宗光（1844～1897）384頁 永坂周二（1845～1924）283頁 橋本蓉塘（1845～1884）313頁 丹羽花南（1846～1878）302頁 内藤鳴雪（1847～1926）280頁 乃木希典（1849～1912）303頁 清浦奎吾（1850～1942）139頁 上夢香（1851～1937）62頁 明治天皇（1852～1912）389頁 岩溪裳川（1852～1943）58頁 佐佐友房（1854～1906）180頁 末松謙澄（1855～1920）207頁 杉浦重剛（1855～1924）208頁 塩谷青山（1855～1925）185頁 岩崎行親（1855～1928）58頁 瀬川雅亮（1855～1929）215頁 大江敬香（1857～1916）78頁	江戸	1837	清	黃遵憲（1848～1905）159頁

国分青厓（1857～1944）164頁		1857		
井上円了（1858～1919）54頁				
安井朴堂（1858～1938）396頁				
伊藤松宇（1859～1943）51頁				
落合直文（1861～1903）100頁				
本田種竹（1862～1907）355頁				
森鷗外（1862～1922）393頁				
磯野秋渚（1862～1933）48頁	江			
生田鐵石（？～1934）41頁				
森槐南（1863～1911）393頁				
河野天籟（？～1941）162頁				
藤野君山（1863～1943）332頁				
松平天行（1863～1946）364頁				
徳富蘇峰（1863～1957）271頁				
伊藤左千夫（1864～1913）50頁				
長尾雨山（1864～1943）282頁				
市村器堂（1864～1947）49頁	戸			
安達漢城（1864～1948）31頁				
大久保湘南（1865～1908）82頁				
田邊碧堂（1865～1931）245頁			清	
石田東陵（1865～1934）44頁				
村上鬼城（1865～1938）385頁				
内藤湖南（1866～1934）279頁				
若槻礼次郎（1866～1949）443頁				
正岡子規（1867～1902）359頁		1867		
野口寧齋（1867～1905）304頁				
落合東郭（1867～1942）100頁				
山田濟齋（1867～1952）405頁				
服部擔風（1867～1964）316頁				
北村透谷（1868～1894）132頁	明			
中野逍遥（1868～1894）289頁				
尾崎紅葉（1868～1903）98頁				
廣瀬武夫（1868～1904）329頁				
宇田滄溟（1868～1930）64頁				
夏目漱石（1869～1916）292頁	治			
松瀬青々（1869～1937）363頁				
住谷天來（1869～1944）214頁				
巖谷小波（1870～1933）59頁				
土井晩翠（1871～1952）266頁				
島崎藤村（1872～1943）192頁				

佐佐木信綱（1872～1963）178頁 石井露月（1873～1928）42頁 与謝野鉄幹（1873～1935）418頁 河東碧梧桐（1873～1937）126頁 上田敏（1874～1916）61頁 高浜虚子（1874～1959）234頁 久保天随（1875～1934）147頁 蒲原有明（1875～1952）128頁 平野紫陽（1875～1954）328頁 島木赤彦（1876～1926）191頁 金子薫園（1876～1951）118頁 太田水穂（1876～1955）87頁 尾上柴舟（1876～1957）101頁 仁賀保香城（1877～1945）295頁 薄田泣菫（1877～1945）211頁 荒木貞夫（1877～1966）34頁 窪田空穂（1877～1967）146頁 与謝野晶子（1878～1942）418頁 服部空谷（1878～1945）315頁 本宮三香（1878～1954）392頁 塩谷節山（1878～1962）185頁 鈴木豹軒（1878～1963）212頁 松根東洋城（1878～1964）364頁 山川登美子（1879～1909）402頁 長塚節（1879～1915）287頁 大正天皇（1879～1926）226頁 青木月斗（1879～1949）25頁 川田瑞穂（1879～1951）124頁 臼田亞浪（1879～1951）63頁 永井荷風（1879～1959）281頁 茅野雅子（1880～1946）251頁 三浦英蘭（1880～1957）367頁 大須賀乙字（1881～1920）85頁 前田普羅（1881～1954）357頁 会津八一（1881～1956）25頁 種田山頭火（1882～1940）247頁 嶋田青峰（1882～1944）193頁 渡邊水巴（1882～1946）446頁 齋藤茂吉（1882～1953）175頁 大野孤山（1882～1955）92頁 橋本關雪（1883～1945）311頁	明治	1872	清	魯　迅（1881～1936）441頁

茅野蕭々（1883～1946）251頁 相馬御風（1883～1950）221頁 前田夕暮（1883～1951）357頁 高村光太郎（1883～1956）235頁 山村暮鳥（1884～1924）408頁 荻原井泉水（1884～1976）97頁 尾崎放哉（1885～1926）99頁 若山牧水（1885～1928）443頁 北原白秋（1885～1942）131頁 飯田蛇笏（1885～1962）40頁 富安風生（1885～1979）277頁 土岐善麿（1885～1980）270頁 石川啄木（1886～1912）44頁 木下利玄（1886～1925）135頁 古泉千樫（1886～1927）156頁 萩原朔太郎（1886～1942）309頁 原石鼎（1886～1951）320頁 吉井勇（1886～1960）419頁 小田觀螢（1886～1973）100頁 阿部みどり女（1886～1980）32頁 半田良平（1887～1945）324頁 中塚一碧楼（1887～1946）286頁 竹下しづの女（1887～1951）239頁 釈迢空（1887～1953）194頁 土屋竹雨（1887～1958）260頁 長谷川かな女（1887～1969）314頁 山本有三（1887～1974）410頁 松口月城（1887～1981）362頁 岡本かの子（1889～1939）95頁 渡邊綠村（1889～1952）447頁 水野豊洲（1889～1958）369頁 吉岡禅寺洞（1889～1961）420頁 室生犀星（1889～1962）388頁 尾山篤二郎（1889～1963）103頁 久保田万太郎（1889～1963）147頁 三木露風（1889～1964）368頁 角光嘯堂（1889～1966）107頁 内田百閒（1889～1971）65頁 松村英一（1889～1981）365頁 杉田久女（1890～1946）209頁 今井邦子（1890～1948）57頁	明 治	1883	清	

平池南桑（1890〜1984）326頁	明治	1890	清	
土屋文明（1890〜1990）261頁				
久米正雄（1891〜1952）148頁				
岡田義夫（1891〜1968）94頁				
新田興（1891〜1977）300頁				
芥川龍之介（1892〜1927）27頁				
吉田冬葉（1892〜1956）422頁				
佐藤春夫（1892〜1964）181頁				
網谷一才（1892〜1965）32頁				
西條八十（1892〜1970）172頁				郭沫若（1892〜1978）106頁
堀口大學（1892〜1981）354頁				
水原秋桜子（1892〜1981）370頁				
山口青邨（1892〜1988）402頁				
高田陶軒（1893〜1975）229頁				
高野素十（1893〜1976）230頁				
栗林一石路（1894〜1961）149頁				
渡邊順三（1894〜1972）446頁				
西脇順三郎（1894〜1982）300頁				
瀧井孝作（1894〜1984）238頁				
金子光晴（1895〜1975）119頁				
後藤夜半（1895〜1976）167頁				
宮澤賢治（1896〜1933）380頁				
渡邊龍神（1896〜1982）447頁				
富田木歩（1897〜1923）275頁				
川端茅舎（1897〜1941）125頁				
八木重吉（1898〜1927）396頁				
横光利一（1898〜1947）416頁				
五島美代子（1898〜1978）166頁				
安岡正篤（1898〜1983）397頁				
山口草堂（1898〜1985）403頁				
木村岳風（1899〜1952）137頁				
橋本多佳子（1899〜1963）312頁				
鈴木岳楠（1899〜1967）212頁				
三橋鷹女（1899〜1972）371頁				
横山白虹（1899〜1983）417頁				
篠田悌二郎（1899〜1986）188頁				
阿波野青畝（1899〜1992）37頁				
西東三鬼（1900〜1962）173頁				
三好達治（1900〜1964）382頁				
高浜年尾（1900〜1979）235頁				
中村汀女（1900〜1988）291頁				

永田耕衣（1900～1997）285頁 富永太郎（1901～1925）276頁 違星北斗（1901～1929）57頁 日野草城（1901～1956）325頁 村野四郎（1901～1975）387頁 秋元不死男（1901～1977）26頁 中村草田男（1901～1983）290頁 市川一男（1901～1985）48頁 高橋新吉（1901～1987）231頁 昭和天皇（1901～1989）201頁 山口誓子（1901～1994）402頁 富沢赤黄男（1902～1962）275頁 吉野秀雄（1902～1967）423頁 中野重治（1902～1979）288頁 皆吉爽雨（1902～1983）378頁 金子みすゞ（1903～1930）118頁 芝不器男（1903～1930）191頁 山之口貘（1903～1963）407頁 橋本夢道（1903～1974）313頁 星野立子（1903～1984）351頁 草野心平（1903～1988）142頁 前川佐美雄（1903～1990）356頁 小野十三郎（1903～1996）102頁 吉川幸次郎（1904～1980）421頁 大野林火（1904～1982）93頁 永井龍男（1904～1990）281頁 原民喜（1905～1951）321頁 福田蓼汀（1905～1988）330頁 加藤楸邨（1905～1993）115頁 平畑静塔（1905～1997）328頁 伊東静雄（1906～1953）51頁 松本たかし（1906～1956）365頁 木俣修（1906～1983）136頁 石塚友二（1906～1986）45頁 高橋藍川（1906～1986）233頁 永瀬清子（1906～1995）285頁 鈴木真砂女（1906～2003）212頁 内田南草（1906～2004）65頁 中原中也（1907～1937）289頁 折口春洋（1907～1945）104頁 長谷川素逝（1907～1946）314頁	明 治	1900	清	

佐佐木岳甫（1907～1980）178頁 葛原妙子（1907～1985）145頁 安住敦（1907～1988）31頁 橋本鷄二（1907～1990）311頁 細見綾子（1907～1997）353頁 中島斌雄（1908～1988）283頁 石橋秀野（1909～1947）46頁 石橋辰之助（1909～1948）45頁 石川桂郎（1909～1975）43頁 佐藤佐太郎（1909～1987）180頁 加倉井秋を（1909～1988）107頁 齋藤史（1909～2002）174頁 篠原梵（1910～1975）189頁 高屋窓秋（1910～1999）237頁 山本友一（1910～2004）409頁 三谷昭（1911～1978）370頁 能村登四郎（1911～2001）306頁	明治	1907	清	
宮柊二（1912～1986）381頁 石田波郷（1913～1969）45頁 高安國世（1913～1984）236頁 近藤芳美（1913～2006）169頁 立原道造（1914～1939）243頁 大野誠夫（1914～1984）92頁 前田透（1914～1984）356頁 山崎方代（1914～1985）404頁 高田敏子（1914～1989）230頁 桂信子（1914～2004）112頁 加藤克巳（1915～2010）114頁 野見山朱鳥（1917～1970）306頁 角川源義（1917～1975）117頁 香西照雄（1917～1987）158頁 西垣脩（1919～1978）295頁 黒田三郎（1919～1980）150頁 安西均（1919～1994）37頁 石原八束（1919～1998）46頁 沢木欣一（1919～2001）183頁 安東次男（1919～2002）38頁 原子公平（1919～2004）320頁 宮澤章二（1919～2005）380頁 森澄雄（1919～2010）394頁	大正	1912	中華民国	

金子兜太（1919～）118頁		1919		
鮎川信夫（1920～1986）33頁				
野澤節子（1920～1995）304頁				
上村占魚（1920～1996）63頁				
三橋敏雄（1920～2001）372頁				
草間時彦（1920～2003）144頁				
石垣りん（1920～2004）42頁	大			
塚本邦雄（1920～2005）260頁				
飯田龍太（1920～2007）40頁				
中城ふみ子（1922～1954）284頁				
河野愛子（1922～1989）162頁				
清岡卓行（1922～2006）139頁				
高柳重信（1923～1983）237頁				
上田三四二（1923～1989）62頁	正			
田村隆一（1923～1998）249頁			中	
新田大作（1924～1986）301頁				
玉城徹（1924～2010）248頁				
岡野弘彦（1924～）95頁				
岡井省二（1925～2001）93頁			華	
阪田寛夫（1925～2005）176頁				
藤田湘子（1926～2005）331頁		1926		
茨木のり子（1926～2006）56頁				
前登志夫（1926～2008）358頁			民	
長澤一作（1926～）283頁				
山田みづえ（1926～）406頁				
吉野弘（1926～）423頁			国	
渡邊吟神（1927～1996）445頁	昭			
川崎展宏（1927～2009）123頁				
岡井隆（1928～）94頁				
岡本眸（1928～）96頁				
馬場あき子（1928～）318頁				
岸田衿子（1929～2011）131頁				
加藤郁乎（1929～）113頁				
新川和江（1929～）204頁	和			
原　裕（1930～1999）322頁				
川崎洋（1930～2004）123頁				
有馬朗人（1930～）35頁				
飯島耕一（1930～）39頁				
鷹羽狩行（1930～）234頁				
服部承風（1930～）316頁				
安水稔和（1931～）397頁				

稲畑汀子（1931〜）53頁 大岡信（1931〜）80頁 谷川俊太郎（1931〜）246頁 上田五千石（1933〜1997）61頁 江國滋（1934〜1997）68頁 寺山修司（1935〜1983）264頁 奥村晃作（1936〜）98頁 高橋睦郎（1937〜）233頁 春日井建（1938〜2004）110頁 黒田杏子（1938〜）151頁 佐佐木幸綱（1938〜）179頁 柳澤桂子（1938〜）399頁 岸上大作（1939〜1960）130頁 吉増剛造（1939〜）423頁 大木あまり（1941〜）81頁 高野公彦（1941〜）230頁 伊藤一彦（1943〜）50頁 福島泰樹（1943〜）330頁 三枝昻之（1944〜）171頁 坪内稔典（1944〜）262頁 河野裕子（1946〜2010）125頁 小池光（1947〜）156頁 永田和宏（1947〜）285頁 西川徹郎（1947〜）295頁 道浦母都子（1947〜）371頁 荒川洋治（1949〜）34頁 栗木京子（1954〜）149頁 長谷川櫂（1954〜）313頁 石田郷子（1958〜）44頁 加藤治郎（1959〜）115頁 水原紫苑（1959〜）369頁 山西雅子（1960〜）407頁 住宅顕信（1961〜1987）213頁 荻原裕幸（1962〜）96頁 俵万智（1962〜）250頁 穂村弘（1962〜）353頁 黛まどか（1962〜）366頁 東直子（1963〜）324頁 紀野恵（1965〜）136頁	昭和	1931 1949	中華民国 中華人民共和国	